吴塘细雨，寂寥长巷。
他们不是初识相遇，而是久别重逢

杨潮

隐山岚

（上）

杨溯 著

长江出版社

目 录

第六章 惊回 ——— 083

第七章 白鹿 ——— 103

第八章 无方 ——— 113

第九章 秘殿 ——— 131

第十章 经藏 ——— 141

第十一章 兰训 ——— 149

第一章　孤客 ———— 001

第二章　贼山 ———— 021

第三章　桑梓 ———— 041

第四章　说剑 ———— 059

第五章　天香 ———— 069

第十八章　如寄　251

第十九章　舍身　267

第二十章　雪融　281

第二十一章　香冷　295

第二十二章　难追　303

第二十三章　折柳　327

- 第十二章 灵枢 —— 163
- 第十三章 禁垣 —— 171
- 第十四章 神迹 —— 185
- 第十五章 茕茕 —— 207
- 第十六章 降临 —— 223
- 第十七章 罪徒 —— 241

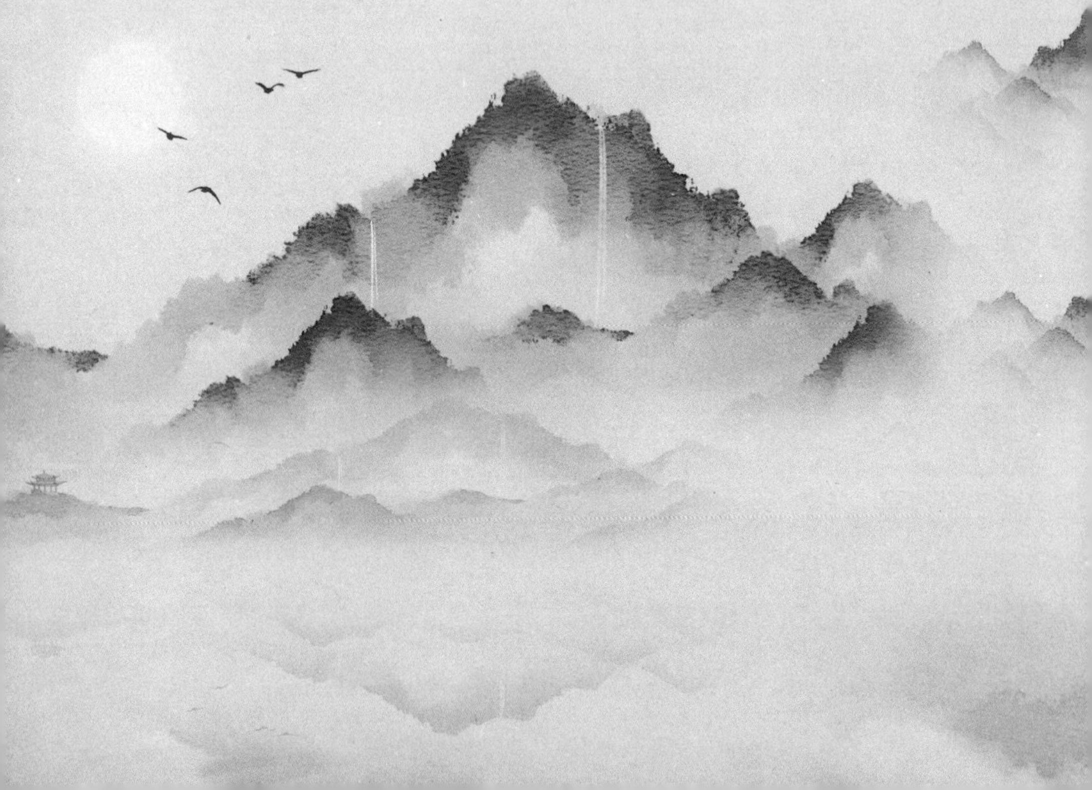

第一章

孤客

下雨了。雨线顺着鱼鳞瓦而下，在青石砖地上织出密密麻麻的针脚。天刚亮，又下了雨，到处都是雾蒙蒙的。别人家的翘檐上顶着灰白色的月亮，极暗淡的一个缺损的圆，仿佛再一眨眼就会散了。

戚隐在笃笃声里醒来，目光一扫，便看见雨点从破瓦外面滴进来，打在木板地上，湿了一片。他坐起身来，从床底下拖出一个木盆放在天漏底下，水便滴在了盆里。他睡的是阁楼，前天刮大风，瓦片被吹跑了几片，没来得及补。他一边窸窸窣窣地穿衣裳，一边想等会儿吃早饭的时候跟小姨说一声，他会自己补屋顶，只要有材料。

他顺着梯子下楼，见家里人都还睡着，四处都很静，只听见灰蒙蒙的院落里浇着雨点儿，沙沙响。他进了厨房，砍柴、烧火、做早饭，这是他每天清晨必干的活计。他是没爹娘的人，寄人篱下，必须得有点儿自觉。

听小姨说他是五岁那年没了娘，有一天他娘在河边洗衣裳的时候被水鬼拖走了。五岁太小了，他已经什么都不记得了。小姨说他那个时候在边上打水漂玩儿，他娘栽进水里的时候他以为她是要凫水，乐呵呵地要娘给他捉鱼吃。然而，他娘再也没能浮上来。

他是他娘未婚先孕的私生子，亲爹据说是哪座仙山的剑仙，跟他娘来了一段露水情缘就御剑回去修仙了，留下来唯一的东西是他腕上的琉璃十八子，每颗碧绿琉璃珠上都有深深浅浅的金色符纹，据说可以挡妖邪保平安。

仙人不拘小节，不娶他娘似乎也能得到理解。他从小就知道为他那个未曾谋面的爹找借口：他猜测他爹正好要去封印一个毁天灭地的妖魔，才没能赶回来接他和他娘回仙山。他让自己信以为真，揣着这个理由解释为什么他爹不来接他，向流鼻涕的小邻居和一块儿被打手心挨板子的同窗炫耀他的琉璃十八子。他姨也抱着这样的希望，期盼将来某一天他爹从天而降带他走，为了报答他姨的养育之恩顺便捎上他表哥，两兄弟欢欢喜喜一同修仙。

只不过他爹封印了十八年的妖魔，到现在依旧一个影儿都没有。几年前小姨托了个云游的老道向无方山捎信，也没个回应。大家渐渐明白戚隐是个私生子，娘早死爹不要。

他姨对他的态度渐渐变了。从前他和表哥一块儿睡在有月洞窗的上房，现在他只能睡在破了顶的阁楼。要不是怕邻里流言蜚语，只怕他连蒙学都上不完。他姨留着他纯粹是因为买仆役费钱，前年年初家里买了个女使进门，为此心疼了老久，恨不得把那个女使掰成两个人使唤。

戚隐没什么想头，自从认清了自己没爹没娘的现实后，他就认认真真当起了他姨家的帮佣。他就是这样一人儿，没那个机缘修不成仙，也没有那个脑子去考科举，普普通通，一辈子望得到头。

他烧旺了柴火，往药吊子里放阿胶熟地黄，又倒上水。这是他姨每天早晚都要喝的养颜汤。他姨年纪大了心却不服老，家里最让她讨厌的其实不是戚隐而是女使小圆。小圆进门的时候十三岁，瘦巴巴一个小丫头，蔫巴巴像路边的野草，在家里待了三年，竟出落成了唇红齿白的大姑娘，洁白的颈项和圆润的肩头，走路的时候露出小笋似的脚尖，家里男人见了她都多看两眼，除了戚隐。

"起得这么早？"门槛跨进一只牡丹红的绣花鞋来，戚隐扭过头，正瞧见小圆冲他笑。

戚隐挠了挠头，说："煎药。姨最近起得早。"

药吊子正在烧，咕咚咕咚地响。他趸身去拿蒸笼蒸馒头，一低头，正瞧见灶台上煤灰印出来的两瓣屁股印儿。印子肥圆，看得出它的主人很是丰腴。他不自觉瞄向边上的小圆，她正揉着面团，腕上戴着乌藤镯子，紧紧地贴着肉，帕子都掖不进去。

许是察觉到戚隐的目光，小圆扭过头来看他，眸子里有揶揄的笑意。戚隐讪讪地收回目光，默不作声地抹干净印子，把蒸笼放进灶里。

"哎，我出汗了，头发黏在脖子上，你帮我撩一下。"小圆说。

戚隐望过去，一缕乌黑的发丝掉在她白腻的脖颈上，不知道怎的，戚隐莫名想起菜市场挂在肉架上的白猪肉。戚隐把湿布放在她面前，说："你擦擦手，自己撩。"然后就出去了。

小圆脸色一僵，把面团扔到案板上："喊，装什么装！"

她没有刻意压低声音，话直飘到戚隐耳朵里。戚隐没理她，提步跨出门槛。

他知道小圆和姨爹有首尾，今年过年的时候两个人就搅和在一起了。不过戚隐不喜欢小圆不是因为她有贼心眼，而是因为他心里已经有人了。隔街有家药铺，他喜欢那家药铺的女使凤仙。

每回帮小姨抓药他都去那家药铺，乌漆漆的柜台，一色云头栓的药屉子，进门就闻见清淡的苦味，格外醒神。凤仙就立在柜台后面，提溜一把小秤仔仔细细地称药。她黑亮的发髻低下来，露出一根做工粗糙的劣玉簪子；碎发下面是低垂的眉眼，有种静静的美。他疑心她也喜欢他，因为每回她都冲他笑，盈盈的眼波递过来，他走出门的腿脚都是酥的。最有力的证据是上回她多称了一钱熟地黄给他，他说他不要这么多，她笑着眨了眨眼，说："就算送给你的啦。"

他都已经想好了，这些年他在外面打短工攒了点银子，去外面赁一间屋子，再找一份长工，攒两年银钱就上门去提亲。凤仙家也穷，要的聘礼不会多，他有信心。

雨还在下，但已经有天光从云层里透出来，是灿烂的金。戚隐端着漱口水，望着石板地上的粼粼水光傻呵呵地笑起来。他笑完抬起头，就看见他的表哥姚小山用看白痴的眼神盯着他。

"跟你商量个事儿，"姚小山贼头贼脑地蹲在他边上，从怀里摸出一个石头蛋，"我娘吃饱了没事干，老是查我屋，这蛋放你那儿，你帮我好好收着。"

姚小山是戚隐的表哥，年纪轻轻就考上了秀才，小姨疼他疼得紧，日日用山珍海味伺候他。但最近他不知吃错了什么药，常偷偷去西市鬼混，说要寻仙缘。其实对于他们这种平头老百姓来说，修仙的机缘实在很小。四方仙山渺然无影踪，吴塘镇又是个犄角旮旯地儿，连妖魔都不屑于在此地作祟，更别说遇见剑仙。

不过戚隐向来人好，没有打击他，只说："这什么玩意儿？你上回放了一沓符纸在我屋，结果全变成了癞蛤蟆，害我捉了一晚上还被小姨骂。"

姚小山嘿嘿笑道："上回那是意外，意外。"他把石头蛋捧到戚隐鼻子前，神神秘秘地道："这是麒麟蛋，据说孵个百八十年，就能孵出一只小麒麟来。我是买回来收藏的，说不定等到我儿子这辈，我家就能有麒麟看家护院了。"

麒麟还下蛋？戚隐有些无语。

"你要不帮我，我就告诉我娘你喜欢小圆。"姚小山说。

戚隐一惊，差点咬了自己舌头，忙瞪眼道："你别瞎说！"

姚小山说："你俩刚刚眉来眼去我都看见了，小圆还让你帮她撩头发。"

"你！"戚隐真是跳河里都洗不清，丧气道，"好好好，我帮你藏！求你千万别瞎说，要人命的！"

姚小山这才满意了，把石头蛋塞进戚隐怀里，大摇大摆地走了。

戚隐和他这个表哥实在是个冤家，上私塾的时候戚隐得帮他罚抄四书五经，在家得帮他顶锅，就算是外头姚小山惹了小流氓地头蛇，还得拉着戚隐一块儿去帮忙挨打。可戚隐实在没什么办法，寄人篱下，就得给人鞍前马后，自觉活成了小姨的小厮、表哥的小弟。

石头蛋揣在手里，冰冰凉凉的，戚隐端详了半天没看出来它哪里像个仙蛋。那小子没准又是让人给骗了，戚隐叹了口气，把石头蛋放进箱笼里锁上，免得它又孵出什么癞蛤蟆来。

刚下楼，就听见上房一阵喧嚷，有人摔碗，又有人哭泣。戚隐听见小姨的叱骂声遥遥传过来："小蹄子，扮这么妖给谁看！你要是敢勾我儿子，扰他读书，看我不剥了你的皮！"然后便见小圆抱着乌漆托盘抽抽噎噎地跑出来。

"行啦，行啦，骂骂就得了。"是姨爹在劝。

小姨还在骂："一个两个都让人不省心！还有小隐，你瞧瞧，亲娘跟了仙人有什么用？人家御着剑刺溜就没了，还不是白瞎！生个儿子在我家吃白饭，眼看就满十八了，一点出息都没有！"

"哎哎哎，怎么又扯上小隐了？当心他听见。"

戚隐立在廊下发了会儿呆，默默走进跨院。雨潇潇地下，江南的雨一向是这样，不大，但绵密，永远下不完似的。老太太也已经起了，靠在醉翁椅上绣花儿。偌大年纪的人儿了，头发白了大片，早年过得太辛苦，脸晒成赭黄色，加上满脸细细的皱纹，像风干的红薯片。老太太是个清淡的女人，对谁都不亲近，也不很插手家务事儿，只日日绣一些手帕子，聊以补贴家用。他虽然和老太太没有血缘关系，却也跟着姚小山叫祖母。

前院的骂声隐隐约约传过来，戚隐不知道老太太听没听见，尴尬地想要去后门外待着。老太太仰起头看了戚隐一眼，冲他招招手，拍了拍旁边的马扎。戚隐坐过去，老太太弯着腰进屋拿了个螺钿盒子出来，放在戚隐手里。

"祖母？"戚隐打开盒子，见里面放了一打碎银，怔了一下，不解地望向老太太。

老太太笑眯眯地看向他："我攒了好些年，算起来起码有五两了，请媒人、置办一点金银头面、办酒席，应当勉强够用。你省着点儿花，将来养娃娃可要花不少钱哪。"

戚隐还是愣愣的。

"隔街的小凤仙，你是不是喜欢人家？"老太太冲他眨眨眼。

戚隐的脸登时红了，急得话儿都说不明白了："……您，您怎么知道？"

老太太低下头绣花儿，细细的银针戳进布里："每回买药你都抢着去，老婆子我好奇，上回去看了一眼。嗯，长得不错，屁股也大，好生养的相貌。"

戚隐的脸红得能滴血，结结巴巴地说："人也好，可温柔了，一看就贤惠。"

老太太乜着眼睛瞧他："还没娶进门呢，就学会帮媳妇儿说话了。"

戚隐想说没有，老太太笑着推了推他："行了，好生藏起来，别让你姨知道。去吧。"

他用力点了点头，一溜小跑回前院，刚巧看见门口来了客，乌帽团领衫子，似乎是官驿的驿差。小姨从上房出来迎客，戚隐连忙脚下拐了个弯儿回到跨院。老太太指指后门，戚隐会意，跨出门槛关上门，蹲在石狮子下面。他要等小姨回屋了再回去，免得让她发现。

他紧紧抱着那个书册大的小盒子。夏天，下了雨也有点儿冷，可他的心却是暖的。他想起小时候老太太常常带他去二里外的集市买菜，丁点儿大的小人儿拉着老人的手，肘弯里挎一个篮子，见了谁都问声好。有一回他不小心和老太太走散了，抱着篮子站在牌坊底下等，幸好因为他平常嘴甜，路人认得他，把他引回了家。

他对着水洼里的自己笑了笑，小姨不喜欢他不打紧，他还有祖母，还有凤仙。

头上忽然罩下一片阴影，他抬起头，看见一个男人站在他身边，黑发黑衣，都湿透了，肩膀上蹲了一只肥肥的黑猫，毛上滴着水。他只能看见男人的侧脸，冷白的，睫毛很长，在天光下是米色的，像蛾的翅子。

躲雨的吗？戚隐想。

那只黑猫扭头望见了他，从男人肩膀上跳下来。这黑猫着实太胖了些，跳下来的时候像个毛球。黑猫在戚隐脚边蹭了蹭，细细地喵了一声。戚隐笑着捋了捋它的毛。男人也转过头来，戚隐看见了他的脸，清俊的眉目，眸子黑而大，映着满世界的风雨和蹲在地上的戚隐。

"你看着脸生，打外地来的？"戚隐问。

男人似乎不怎么习惯和别人交谈，低头看了他一会儿，才点了点头。

"来寻亲吗？还是路过？"他又问。

"我的弟弟在这里，"男人说，他的声音轻而淡，像一阵风，"我来找他。"

戚隐冲他一笑："你弟弟哪家的？"

"他姓戚。"男人说。

"巧了，和我一个姓。"戚隐拍拍屁股站起来，"你打哪儿来的？"

男人道："乌江。"

太巧了，戚隐还跟着他娘的时候也住过乌江。这也是小姨告诉他的，据说他娘是被不知道什么妖魔缠上了，辗转搬了好些地方，后来银子花光了，才来投奔小姨。他还记得小姨说这事儿的时候满眼揶揄的笑，掩着嘴道："也不知道你娘这什么运气，动不动就招惹些不三不四的东西。你瞧你姨我活了这么大岁数，别说什么仙人妖魔了，连成精的灵怪都没见过。"

"他叫什么名儿？我在这儿住得久，认识的人多，兴许能帮你找找。"戚隐说。

"狗崽。"

"啊？"戚隐没听明白。

"狗崽，"男人道，"他叫狗崽。"

狗崽子？戚隐有些无语，这男孩的名儿取得委实有些随便。

"长什么模样，有什么特征没有？"戚隐说，"脸上有没有痣，有没有什么特别的喜好？"

男人认真地想了想，道："长得很可爱，喜欢吮吸我的指头。"

戚隐不说话了。男人也没开口，或许是不知道说什么。两人眼对眼瞧着，陷入了长久的沉默。

这是个可怕的男人。戚隐想。

"这里姓戚的人家不多，西门有两家，东门有三家，你去问问，说不定能找到。"戚隐挠挠头。

男人怔了一下。

戚隐让他等一会儿，蹿身进门，出来的时候拿了把旧伞，一面递给他一面笑道："祝你早日找到弟弟。"

戚隐笑起来的时候露出一口白牙，有种青年的朝气。

男人望着他呆了呆，低头接过伞，轻声说了句："谢谢。"

第一章　孤客

　　黑猫跳上石狮子，跃上他的肩膀，一人一猫撑着伞步入了潇潇风雨。墨色的背影，在白墙黑瓦间像一道朦胧的墨迹，慢慢晕散在巷子尽头。戚隐想起那个男人干净的黑眸，映着吴塘镇的风雨和水光，有一种恬淡的味道。
　　果真人不可貌相。戚隐摇摇头。

　　"喊，穷汉，老夫撒了那么久娇也不给点儿吃的。"黑猫气得牙痒痒，"老夫饿了，扶岚！"
　　扶岚低头拿出荷包，倒出三枚铜板在掌心："没钱了。"
　　"你比他还穷！"
　　扶岚没理它，抬头望向远方，视野尽头矗立着一座高塔，是吴塘镇最高的佛塔。他收起青竹油纸伞，望了一会儿，瞬间消失。街上行人纷纷，路边小贩正忙着支开平顶棚子，没人发现有一个男人突然失去了踪影。再下一个瞬间，塔顶有一点墨迹逐渐扩大，现出年轻男人的身影。扶岚悬浮在塔尖，重新撑开伞，清澈的雨滴沿着伞檐落下，跌向下方遥远又渺小的房屋楼阁。
　　他张开右手，无数条淡青色的小小游鱼从掌心奔涌而出，汇入风雨。鱼在风中摆尾，他借着小鱼的眼睛看见东门大街的店铺一间间开了门，拉粪车的摇着铃铛挨家挨户收粪水，买菜的农人挑着担进镇，几个垂髫小童在雨中疯跑……还有方才见过的那个男孩，他正喜滋滋地把一个螺钿小盒放进被窝，床下有一个上了锁的箱笼，里面的石头蛋蛋壳上有一条裂缝。
　　"如何？"黑猫问，"找到狗崽了吗？"
　　他垂下眼帘，沉默地摇了摇头。
　　"看来这个镇子也没有啊。"黑猫搔了搔鼻尖。
　　扶岚沉默了一阵。他低头看看自己的掌心，又想起那个孩子。
　　那是他的小弟弟，他喜欢那个孩子叫他哥哥，清脆又好听。
　　抬起头，不经意间望见方才那个男孩家，扶岚说："刚才那个人家里有妖。"
　　"不关我们的事。"黑猫说，"咱们也是妖，呆瓜，妖才是我们的同类。找个地方歇歇脚，晚上启程去下个镇子找狗崽。他今年已经十八了，虚岁二十，凡人弱冠之龄娶妻，咱们必须尽快找到他。"
　　扶岚收起伞，身子后仰，墨发在风雨中散开，仿佛要跌下高塔。只是在他跌落的一瞬间，黑色的身形一闪，像墨迹急速晕散，眨眼间又失去了踪迹。

　　戚隐回去的时候客人已经走了，大约是来家里送什么信吧。他趴在床上数自己的小金库，加上祖母给的银子，统共有十两银，足够他在外头赁一间小瓦房再娶凤仙过门了；孩子不着急，反正还年轻，晚几年再要也无妨。他心里高兴，连带着看这破烂阁楼都顺眼了许多。雨渐渐地止了，凝神听外边儿的声响，他这才发现家里静静的，不同往日。他小姨是个大嗓门，家里难得有清静的时候，今天不知吃错了什么药，竟然消停了。

过了会儿，戚隐起来穿衣裳出门去买菜。临出门的时候小姨靠在门框上看他，眼神颇有些怪怪的，他心里发毛，拎着篮子小跑出了巷子。走到巷子口他才发现没带荷包，忙又转回去拿。家里很静，只有上房有人声，戚隐走路的步子都不自觉轻了些。

上房关着门阖着窗，天光照在菱花窗上，投出几个朦胧的剪影。戚隐数了数，除了他和小圆，姚家人都在里面。

鬼使神差地，他蹲在窗下，细细听里面的声音。

"你说说，这孩子哪来的狗屎运！失踪了十八年的爹竟又传了信来，要他上仙山去修仙，还明日就派人来接！"是小姨的声音，音调极高，几乎要抖上天。

戚隐心里一惊，几乎要叫出声来，连忙捂住嘴。

"说错了，说错了，他爹已经在除妖的时候遇害了，是无方仙山照顾他爹的孩子，要他上仙山。"姨爹叹了口气道，"苦命的孩儿，爹还没见着就没了。"

"这不都一样？"小姨气得牙痒痒，"我家小山这般有天分，怎的不见有人来收？竟让这蠢小子占了先机！"

刚腾起来的心又落了下去，戚隐愣在了原地。

戚隐说不清楚自己心里是什么感觉，仿佛是难过，却好像又没那么难过。"爹"对他来说还只是一个陌生人，听见一个陌生人死了，他除了"哦"并没有多余的话，只是冥冥之中仿佛有一种联系忽然就断了，像极细的风筝线，平日牵在背后没什么感觉，可到了断掉的那日，忽又觉得空虚，心里面好像少了些什么，漏着风。

除妖死的吗？戚隐低头看自己的脚尖，倒还算是一个英雄。

"娘，我也想上仙山。"姚小山说。

"唉，我也想让你去呀，可人家明明白白说了，只来接戚隐这一个小子。"小姨叹了口气，又道，"娘，您怎么说？"

屋子里沉默了一阵，戚隐听见老太太数佛珠的嗒嗒声，一下一下。

祖母终于开了口："小隐这孩子，看着面善，其实心硬得很哪。他娘死的时候他一滴眼泪都没掉，站在那儿没事人似的。小时候姑且能说不知事儿，可八岁那年他头一回杀鸡，眼睛都不眨，一下就把鸡脖子给抹了。早年家里穷，他又是个克亲的命，本想把他扔了，谁知道又让人给送了回来。养了这么些年，仍是没什么出息，科举考不上，也挣不着银钱。原想给他点银钱，让他娶妻成家，早点儿出去单过，想不到他有这样的造化。"老太太顿了顿，又道，"只是你们待他这样不好，他若是修了仙，只怕从此一走了之，再不回来了。"

"就是啊！"小姨高叫，"瞧我家小山，才二十就当上了秀才老爷，怎的没这样的运道！"

戚隐的心一寸寸地凉了下去。

"罢了，我给他银钱让他娶亲，也算对得起他了。"老太太道，"这样吧，玉娘，今晚往他吃食里下点药，让他一觉睡到明日。晚上你偷偷取走他的琉璃十八子，锁上门锁上窗，明日仙长来，你便说小山便是戚隐。小山才是我的亲孙子，小山去了仙山咱们才有好日子过。还有，那个小圆不是个安分的人，放在家里你也不得安生，趁早发卖出去，眼不见心不烦。"

"这又关小圆什么事……"姨爹畏畏缩缩地开口。

"你闭嘴！"小姨欢欢喜喜地应道，"还是咱娘有主意，就这么办！"

后面他们说什么戚隐没再听了，他出了门，拎着篮子踢着石子走在路上。青石板路水光一片，映出他模模糊糊的影子来。

原来老太太并不是不亲近人，她只是单纯地不喜欢他。原来小时候他没有走失，是老太太要丢了他。也对，买菜为什么非去二里地外的市集？不是那里的菜更好，是他们怕他自己找回来。她看他的眼神不是清淡，是冷漠。

也对，他又不是人家的亲孙子，人家凭什么待他好？

其实去不去仙山的他都无所谓，他早就过了听说书人讲剑仙降妖伏魔的年纪了，小时候拿着琉璃十八子炫耀的心都埋进了过往的岁月。老百姓的日子过惯了，成仙成道高来高去离他都很远，他想象不出那是什么样，也生不出多少艳羡和期待。

至于他那个爹，反正他都没有见过面，他爹活着的时候也没有想起过他，他何必上赶着去为那个男人披麻戴孝，摔瓦捧灵？

他抬起头，阳光越过马头墙照在他脸上，微微有些刺眼。他想要的其实很少，一个给他银钱让他娶亲的祖母，一个贤良淑德的媳妇儿，这就够了。现在祖母没了，他把脚边的一颗石子踢出去，石子儿骨碌碌滚到对面药铺的阶下，他看见凤仙站在柜台后面称草药。

算啦，反正还有媳妇儿嘛。他扯了扯嘴角，靠在墙边上。

他不想回家，在外头一直晃悠到夕阳西下。鸡蛋黄的阳光爬到墙头，乌桕树的影子映在墙上，孤单又瘦弱。

他不自觉又走到药铺对面，眸光一扫，一个熟悉的黑衣身影映入眼帘。清晨遇见的那个男人站在告示栏边上，黑猫蹲在他身旁，他们对面贴了魔首扶岚的通缉令。男人静静在那儿看着，脸上没有表情，无悲无喜的模样。从戚隐的角度看，男人的黑色侧影像一根墨竹，静谧地矗立在夕阳下。

戚隐走过去，跟男人打了声招呼。

男人侧过头看了看他，点了点头算是回应。这个人看起来不太爱说话，沉静得像一面古镜。

通缉令上画了扶岚的大头，他是一只猪妖，满头长毛，两只眼睛铜铃一样大，鼻子底下伸出两根长长的獠牙。扶岚的通缉令贴了很久了，今天被雨淋过湿了个透，扶岚的嘴上的墨晕染下来，仿佛是喝了满嘴血似的。

十几年前妖族内讧，伤了元气，龟缩在巴蜀南疆偏安一隅，四方很是太平了一阵。不过这群妖里蹦出了个大妖扶岚，去年横扫九垓斩杀了前任妖王。因着他的缘故妖族止戈休战，奉他为妖界之主，好生威风。扶岚野心甚大，屡屡滋扰人间，前些日子还传出人间与南疆交界阆村被屠的消息。

他身边有个军师最是狡诈，扶岚能横扫九垓此人功不可没，好像叫什么庚桑，估计也长得奇形怪状。妖魔都长这样。

"扶岚，站住！今日本剑仙要替天行道，斩下你的猪头！"他俩身边蹿过一群小孩儿，两人一猫望过去，有个小孩儿牵着一条狗，被其他小孩儿拿木剑指着。

"哼，我才不怕你们呢！我的军师庚桑会保护我！"那小孩儿拍拍自己的土狗，"军师，上！"

土狗冲其他小孩儿汪汪大叫，大家一哄而散。

戚隐笑道："小孩儿就爱玩这样的，我小时候也扮过扶岚来着。"

只不过他是被同窗逼着扮的，最后还被"剑仙们"打了个鼻青脸肿。

男人没说话。

"找到你弟弟了吗？"戚隐问。

他沉默地摇头。

戚隐心里大概有点数了。这哥们儿一个人带一只猫，穿的衣裳也是极普通的苎麻布，不像是个有钱的。估计那人家早就搬家了吧。

唉，和他一样，也是个苦命人。戚隐心中生出同病相怜的惆怅。

"放宽心。"戚隐朝药铺指了指，岔开话题，"看见那个姑娘没有，她叫凤仙，她爷娘种地的，还有两个弟弟一个妹妹，家里穷，但人家姑娘人好，温温柔柔的，对谁都不生气。我打算挑个黄道吉日登门提亲，聘礼都已经预备好了。"戚隐拍拍男人的肩膀。

扶岚往药铺的方向看了看，道："哦，是那个女人吗？"

戚隐一愣，抬起头，正瞧见凤仙躲着她东家的嘴，扭头哧哧地笑。他这才发现，凤仙的装束已经变了，发髻梳得高高的，是妇人的发式了，往日的劣玉簪子换成了金钗，流苏垂下来，在她耳边一闪一闪地晃动。

心里好像有什么东西在寂静地坍塌，戚隐呆在了原地。

扶岚想起今天清晨戚隐借他伞，斟酌着要不要开口说些什么。他不太会说话，跟着黑猫学了很久才有一点点进步。

两个人在夕阳中眼对眼互相看着，阳光落进男人黑黝黝的眸子里，洒满了沉甸甸的金，依旧是淡淡的神色。

这家伙不是在故意嘲讽自己，戚隐确信。

"我不提亲了。"戚隐说。

扶岚眼睛里露出疑惑。

"你没看到吗？"戚隐无奈地道，"她已经嫁给她东家当姨娘了。"

扶岚望向药铺，老东家正坐在柜台边上算账，食指点点舌头，一面一面地翻账本，瘦骨嶙峋的手背横亘着一条条青筋。

这是一个苍老的凡人，神魂渐衰，不久就要步入轮回。

"她的丈夫很弱，"扶岚淡淡地道，"可以抢。"

戚隐一惊，愕然看着男人。那家伙依旧静静将他望着，大大的眸子黑得匀净，像一片净透的琉璃。戚隐忽然发现他的眸光从不曾变过，人畜草木在他眼里皆是一般模样，仿佛万物都没什么分别。

戚隐忽然很好奇，怎样的爷娘才能养出这样的……傻孩子。

"你家是干什么营生的？"戚隐问，"你爹娘呢？你一个人带着猫来找弟弟，你爹娘怎么不和你一块儿？"

"没有爹，没有娘。"他回答。

简简单单几个字，扶岚没有更多的表情，戚隐却听出了很深的悲哀。

想不到分明是陌路人，却同病相怜。

"唉……"戚隐沉沉地叹了一口气，拉起扶岚的腕子，在他手心里放了一个荷包，"这里有一两碎银子，是我自己攒下来的，不多，你拿去使。你好生找个正经的营生，养活你自己养活你的小猫。等自己有了点儿积蓄，再找个媳妇儿。别着急，男人不怕老。"

扶岚呆呆地看着他。

"人生在世，谁没点不容易，咬咬牙就挺过去了，千万别走邪路。知道不？"

戚隐说完拍拍他的肩膀，转身走了。戚隐低头看自己在夕阳下瘦长的影子，黑黢黢的一长条，耷拉着肩膀垂着脑袋，像一只无家可归的孤魂野鬼。他忽然觉得自己可笑，明明自己都顾不过来，还要去安慰别人。

他今天在外面瞎晃悠了一天，什么都没干，等会儿回家不知道小姨会不会又骂他赔钱货。不对，她现在仰仗他的身份送姚小山上仙山，大概会对他稍微好一点吧。

衣襟忽然被扯住，他回过头，那个家伙正拉着他的襟角。

"干吗？"他问。

"你的蛋还在吗？"

戚隐被这厮突如其来的问题问蒙了，不自觉低头看了看自己。

"你想干吗？"戚隐抽了抽嘴角。

扶岚道："尽快扔掉，很危险，要小心。"

有病吗？戚隐用看疯子的眼神看扶岚。

扶岚一无所觉，一手抱着猫，一手拿着伞，背过身慢慢走远。戚隐纳闷……等等，他恍然大悟，难道是那个石头蛋？

那个家伙……怎么会知道他有一颗石头蛋？

戚隐大惊，惶然追出去，然而四面街道都只有来来往往的行人。斜阳照在青砖地上，湿滑的苔藓上泛着浅浅的金。那个人就这么消失了，仿佛从未出现过。

戚隐回到家直奔阁楼，从床下拖出箱笼打开，那个石头蛋上已经多了好几条裂缝，好像下一刻就要碎掉。戚隐惊疑不定，没敢用手碰，把箱笼重新严丝合缝地阖上。

很危险，难不成是妖蛋吗？

阁楼底下又传来小姨呼喝的声音，大声叫嚷大声跺脚，整座宅子都回荡着她高扬的调子，他在这样的嘈杂声里过了十三年。推开窗，后院里头姚家老太太躺在醉翁椅里打瞌睡，昏黄的夕照爬上膝盖，落在她干枯的手指边。他关上窗，夕阳被隔绝在外，阴沉沉的阁楼里只有他，还有那只妖蛋。

小姨站在八仙桌前看小圆一盘盘地上菜，老太太捻着佛珠入座，耷拉着眼皮，安定得像个神像。小姨不自觉地把目光瞟向阁楼的方向，中午戚隐就没回家，晚上总得回吧，她老早就在家里定了规矩，晚上不留门，太阳下山还不回家就睡大街，这孩子懦弱，从来没犯过禁。

她一面摇着绢扇一面转到门槛上，探着脑袋朝阁楼望，门窗都静悄悄的，仍是一点动静都没有。菜上齐了，姚小山和姨爹都来了，只剩下戚隐一个。

她越发沉不住气，要上楼去看看。老太太将碗筷重重往桌上一放，喝道："回来，吃饭！"

小姨迈出去的脚一缩，不情不愿地走了回来。刚帮老太太盛好汤，门口光线一暗，戚隐抱着一个小箱子走进来，往桌上一放，对小姨道："小姨，这是表哥让我帮他藏的麒麟仙蛋。上回他让我帮他藏符咒，结果变出一堆癞蛤蟆来，这回我不敢了，还是交给你吧。"

"戚隐，你背叛我！"姚小山高叫一声。

小姨狠狠瞪他一眼，道："你又去西市倒腾了什么？还麒麟仙蛋，准花了不少银子是吧。家里就算有金山银山也不够你折腾！一会儿我要再搜一遍你屋子，把你那些糊弄人的玩意儿都扔了！"她把箱子接过来递给小圆，"去，放到我屋里去。"

姚小山愤愤不平，摔了筷子赌气。小圆抱着箱子走了，戚隐坐在桌边垂着眼。小姨冲他一笑，拿起他的碗为他盛饭："小隐，还是你懂事儿，你可别学你哥。来，吃饭，年轻人饭量大，多吃点儿。"

看见戚隐张口吃了饭她便安了心，饭食里下了料，足够迷晕一头牛。万事俱备，只欠戚隐腕间的琉璃十八子。小姨低下头，略略抿了一口汤，眼神不自觉又看向那个孩子，坐在最角落，低着头，碎发挡住了眼。

这孩子长得像他爹，并不丑陋，称得上俊，只是经常低着头跟在人群后头，看不见脸，像别人的影子似的。他的轮廓很深，用刀一笔笔刻出来的似的，眉角锋利，是刀锋的形状。他笑起来的时候很有朝气，不笑的时候却又坚硬清冷，似乎和人隔得很远。

他就是这样的性子不讨人喜欢，耷拉着脑袋不怎么吭声，总让人觉得晦气。其实他刚出生的时候她还抱过他，小小的一只，裹在褓褓里，皱皱巴巴的脸，一直哭一直哭，看到她却又笑了。她确实是喜欢他的，至少在他来她家住之前是这样。她们两姐妹从小就要好，形影不离，她姐姐的孩子她当然也是爱的。

可他不该到她家里来，他应该和他娘一样，被水鬼拖去才好。这样她对他的爱就能一直延续至今，每逢他们娘俩的忌日她还会毫不吝惜地花钱做法事。

她想自己算对得起他了，把他拉扯到这么大，长这么高的个儿。只要她的儿子去了仙山，她不介意多贴点银子给他，让他娶一个如意的媳妇儿。修道成仙，那是老百姓一辈子都不敢想的福气。她想那些仙人高高站在云端，看他们一定像看灰扑扑的尘土似的。从今往后，她的儿子也能站那么高，脚底纤尘不染，寿元千年万年。

戚隐吃完了，回屋去了。她摇着绢扇坐在门口，静静等候天黑。月亮慢慢升上来，满满的一个圆，又白又亮，似乎昭示着满人间的团圆。她把小圆支到老太太那儿去，自己悄没声儿地上了阁楼，将纱窗掀开一个角，见屋子里黑沉沉的，木板床上朦胧一个黑影。

她推开门，蹑手蹑脚地进去。戚隐闭着眼。黑暗里他的眉目安详，对一切都不知情。她小心翼翼地伸出手，从他搭在床沿的手腕上褪下琉璃十八子。那是他爹娘留给他唯一的东西，她心里忽然感到愧疚。

别怪我，我对得起你了。她在心里说，蹑着脚尖出了门，在门窗上挂上锁。她回到上房，躺在美人靠上，低头看手上的琉璃十八子，深深吐出一口浊气来。她头一回干这种事，心跳得像一只兔子。她丈夫笑嘻嘻地端过一盏养颜汤："还是我娘子厉害，辛苦了，喝汤喝汤。"

她斜了他一眼，冷哼了一声，颇有一种自负的意味，于是低头喝下那碗汤。

阁楼的黑暗中，戚隐睁开了眼。

夜深了，街上更夫路过，敲出三更天的笃笃声。天是霁青釉的颜色，底下的屋子沉在黑暗里，一团团地排列在一起，浓得化不开。

她翻了个身，手往边上一靠，落入冰凉的被窝。她闭着眼摸了摸，原本她丈夫该躺的地方空空荡荡，什么也没有。出恭去了？她皱了皱眉，转过去等了半晌，忽然觉得不对劲，床边就是夜壶，他上哪儿去出恭？

她满心狐疑地坐起身，挑开帘子下了床。屋子没有点灯，黑黝黝的，从灯笼锦的菱花窗望出去，外面也是影影绰绰的，花草的影子落在地上，像一丛丛森森鬼影。夜很静，不时传来几声野猫子婴儿般的叫声，隐隐约约还听见女人幽幽的低语声，很远，听不分明。

她有些害怕，赤脚踩在地上，石板地凉凉地贴着她的脚心。她走到窗前，又细细听了一阵，那女人的声音越发清晰了，分明是在她自家的宅院里。

要死了，家里闹鬼。她想找丈夫，暗恨他这时候不见人影儿。正着急的时候她忽又一愣，一个难堪的揣测上了心头。那声音来自厨房，小圆就睡在厨房隔壁的下人屋子。她不敢置信，却又鬼使神差地推开门，往厨房的方向走。因为心悸，她鞋也忘了穿，赤着脚踩着树影绕过回廊，走到戚隐的阁楼底下，那声音越来越清楚，就在厨房里面。

"要不今儿歇一歇吧，我肚子疼。"她听见她丈夫哀哀地求告。

呻吟声停了，小圆哼道："你要是敢丢了我，看我不把你捅到外面那儿去！"

"不是，是真肚子疼。哎哟……"

她气往头上涌，满心翻江倒海的愤怒，正要一鼓作气上前，头顶上瓦片动了动，发出噼里啪啦的响声，她吓了一跳。不知哪里又传来野猫子的哭叫，一声盖过一声，婴孩一般凄厉，哭得让人头皮发麻。她抚了抚胸，随手拣起靠墙的一根竹竿，深呼吸两下，一脚踹开了门。

那两个人果然在里面。门一开，月光漏进来，小圆整个人都愣了，脸在月色下惨白得像鬼。姨爹也瞪圆了眼睛，忘记了反应。

小姨气得头发昏，大吼一声："我打死你们这对奸夫淫妇！"

一竹竿打下去，姨爹抱头鼠窜，一面躲一面哀号。小圆跪在地上呜呜地哭："夫人饶命，夫人饶命，都是老爷的主意，奴婢也没有办法啊！"

小圆不哭不要紧，一哭小姨更是怒火中烧，反过身来用竹竿照着小圆的面皮打："我打死你这个死丫头，打死你这个死丫头！把你脸皮打烂，看你还怎么见人！"

小圆在地上翻来滚去，哭号声震天响。小姨冲上前把她的发钗簪子都拔了，又去扒她的衣裳。小圆死死扯着衣裳，大叫道："老爷救我！"

姨爹站在厨房另一头没反应，小姨冷笑道："你还指望他救你！我把你卖到勾栏院去！看他救不救你！"

小圆不知道哪来的劲儿，一脚踹开小姨，连滚带爬往姨爹那儿跑，两手抱住姨爹的腿哭道："姚郎，你说你会护我的！"

小姨气得两眼发黑，提起竹竿还要再打。姨爹背对着两人，半身笼在黑暗里，极慢地回过头来。他扭头扭得很奇怪，像上了年纪的老头行动不方便，动作一顿一顿的。

小姨看他还要相护，破口大骂："你个不知耻的，你还想拦我不成！"

小圆离得近，看得却很是分明——姨爹脖子发出极清脆的咔嚓一声，整颗头扭向了她们，正巧两眼直勾勾地望向了抱住他的小圆。

小圆大叫一声，又连滚带爬地回到小姨这儿来。小姨刚想骂她鬼叫什么，姨爹张开嘴。那嘴张得巨大，简直不像人的嘴，五官都挤上了天灵盖。与此同时，黑洞洞的嘴巴里伸出九个蛇颈一样的长脖，每个脖子上都有一个又扁又干枯的脑袋，九个脑袋一同朝小姨和小圆张大嘴巴，发出婴孩一般凄厉的哭叫，声嘶力竭。

两个女人吓得肝胆俱裂，同声尖叫："啊——"

老太太被尖叫声吵醒，拉开帘子坐起来。有女人的地方就不得安生，她是明白的。玉娘的性子她一直不喜，小圆和儿子如此，她是暗中默许的。只待哪天小圆肚子里有了，玉娘便是不情愿也非得把她纳进门来。

谁知从年初到现在小圆肚子还没个动静，看今晚这闹腾劲儿，没准是东窗事发了。老太太叹了口气，披上衣裳出门。

她还没过角门，前面的大树枝叶一动，跳下一个人影儿来。她抬头一看，正是戚隐那孩子。她暗道不好，玉娘下的药分量不够，这孩子竟然醒了。戚隐没有立刻走过来，只是站在树底下惊恐地望着她。她觉得奇怪，再一看那孩子手里竟然拎了把斧头，冰冷的斧头上一滴一滴流着血。

她脑子里嗡的一声，颤着手指着他："你……你……你杀了谁？玉娘还是我儿，还是我孙子？"是了是了，一定是这小子知道了他们要小山顶替他上仙山，怀恨在心，持斧杀人。她目眦欲裂，哀叫道："养不熟的白眼狼，当初就不该收留你！"

戚隐没说话，咬着牙拎着斧头杀气腾腾地朝她跑过来。她愕然后退，大叫道："你还要杀我！杀人了！杀人了！"

斧子直朝她的面门抡过来，她下意识地捂住头，头顶斧子呼啸而过，她听见什么东西凄厉地哀号一声，紧接着腥臭的血落了她满头满脸。她惊恐地睁开眼，正看见脚边躺了九根褐色的断颈和那怪鸟硕大的身体。

"这玩意儿一直跟您后面。"戚隐抹了把脸上的血，说。

老太太惊魂未定，道："这……这是什么？"

"我也不知道。"戚隐摇头，"你回屋去，我去前院看看。"

戚隐说完就拎着斧子往前院走。老太太回头看，离屋子还有段距离，一路乌漆墨黑，她不敢自己走，跟跟跄跄地跟在戚隐后面。戚隐推开角门，正见小圆和小姨满脸惊惶地冲过来，身后姨爹嘴里伸着九根长脖子追，只不过那怪鸟似乎不大会操纵人身，姨爹走得七扭八歪，两条腿都往外拐。

老太太一见他那模样就晕了，戚隐扶着她靠到门槛上。姚小山也被吵醒了，揉着眼睛趿拉着鞋走到回廊底下，问："你们在干吗？"

姨爹眼看追不上小姨和小圆，脚下拐了个弯儿，竟朝姚小山走过去。小姨连忙大叫："小山快跑！"

姚小山终于看清他爹的模样，尖叫一声，撒腿就跑。姨爹拐着腿扑他，他跑得快，姨爹追不上，又扭过来扑小圆。小圆尖叫着闪躲，姨爹看都不追上，扭头见歪在地上的老太太，一拐一拐地走过来。小姨大惊失色，跑过去拖老太太，太沉了她拖不动。

戚隐拎着斧头上去，咬着牙根一斧一斧砸下去。

众人都骇然望着他，不知道是惧那怪鸟还是惧戚隐这杀人的模样。

劈了半晌，戚隐扔了斧头，靠着吉祥缸喘了口气。

惊骇稍退，小姨这才后知后觉地发现姨爹已经没了，坐在地上拍手拍脚地大哭道："造孽啊，这是怎么回事儿啊！咱家怎么就进妖怪了！夫君啊，夫君啊！"

戚隐缓过气儿来，道："是表哥从西市买来的蛋，他以为是麒麟蛋，没想到是怪鸟的妖蛋。"

小姨恍然大悟，哭号着扑到姚小山怀里拧他："你这个孽障啊！你害死了你爹，看看你干的好事啊！"

"不是我，不是我！我不知道那是妖蛋……"姚小山也哭，抬头见到戚隐，高叫道，"不是我，是戚隐！他知道那是妖蛋，故意送到我爹屋里。娘，你不是下了药给那个小子吗，他怎么醒了？他早就知道，早就知道！"姚小山从他娘怀里摸出琉璃子，细细一瞧，大叫道，"果然！娘，这琉璃子是假的，是那小子上学堂的时候做的假货，捎到学堂里卖的。他拿这玩意儿来诓你！"

小姨愣愣地转过来，戚隐站在那儿瞧着他们。小姨指着他道："原来是这样！好你个白眼狼，你原来早就知道仙长要来咱家的事儿，布下这样的毒计想要害死我全家啊！你这个白眼狼！"

"我的确知道你们要顶替我的事。"戚隐脸上的表情说不清是难过还是悲凉，"但是我没害你们。有人跟我说蛋是妖蛋，我以为表哥只有一颗蛋，就是藏在我屋的那颗。我今天回家的时候那颗蛋已经有裂缝了，我往里头灌了砒霜，把怪鸟药死了。那颗蛋还在我屋里，不信你们自己去看。"

小姨不信，让小圆上楼看。过了半晌，小圆竟真的捧了一颗满是裂纹的石头蛋出来。

老太太不知道什么时候醒了，沙哑地问道："那你给玉娘的那个箱子，装的是什么？"

小姨回屋取出箱子，在众人面前打开，里面整整齐齐放着一堆银钱，还有一封信。小姨把那封信取出来，信封上写着三个大字："辞别书"。

"小隐，你要走？"小姨颤声问道。

"嗯。"戚隐垂着眼睫，站在月光底下，是孤零零的一个黑影，"我亲爹抛妻弃子，我不稀罕去修那个仙，表哥想去就去吧。但是我也不想留在这儿了。我知道小姨要迷晕我，吃了饭我就回屋抠喉咙抠出来了。祖母给我的银钱都放在里头了，我一点也没拿。我屋的房顶正好破了，我本来想今晚上房走的，没想到一上房，就看到院里头蹲了怪鸟。"

他扭过头，瞥见地上姨爹惨不忍睹的尸体。他本也存了报复的心，所以替换了那碗加了料的养颜汤，想让小姨半夜醒来发现姨爹的丑事，闹个鸡犬不宁，只是没想到，最后竟成了这番模样。

大家都静默，小姨失魂落魄地瘫倒在地。

"前院一只，后院一只，加上小隐用砒霜毒死的一只，小山啊，你藏了三颗妖蛋在家里啊！"老太太捂着脸哭泣，"这是造的什么孽啊！"

"对不起，对不起……我不是故意的……"姚小山抖着手开口，"还有，其……其实，我买了五颗……"

众人一惊，戚隐厉声问："还有两颗呢？你藏哪儿了？"

姚小山闭着眼，颤颤巍巍地伸出手，指向戚隐。

小姨、小圆和老太太都露出惊恐的表情，一步步往后退。戚隐手脚发凉，难道怪鸟不知道什么时候也钻进他肚子里了？可又不对，怪鸟没有从他嘴里钻出来，姚小山怎么知道怪鸟在他肚子里？

那就是……

他慢吞吞地回过头，正对上一张湿答答的枯槁怪脸。怪鸟张开黑漆漆的鸟喙，仿佛要吃人一般，婴孩似的厉号声排山倒海地朝戚隐压过来，震耳欲聋。

怪鸟站在水缸里，发出凄厉的嘶吼，声浪碾向戚隐的面门，所有人惊声尖叫。

小姨拉着姚小山和老太太扭头便跑，小圆也连滚带爬地逃离。怪鸟九根长颈，九颗巴掌大的干枯头颅将戚隐团团围住。电光石火之间，戚隐的大脑一片空白。

要死了吗？他十八年的惨败人生，终于到此为止。

然而，就在此时，腕间的琉璃十八子忽然嗡嗡振动起来，戚隐低头看，琉璃珠上的金色符纹光泽流淌，宛若激滟流金。与此同时，琉璃珠的温度迅速上升，几乎要将他的手腕灼伤。怪鸟尖唳一声，九个鸟喙同时扑向戚隐。符纹猛然一振，倏地急速扩大变出虚影包裹住戚隐，怪鸟蒙头撞在符纹之上，竟被大力反弹，两脚朝天跌入回廊花丛。

符纹消失，十八子忽然断裂，噼里啪啦滚落在地。戚隐想要捡，扭头看怪鸟又要爬起来，连忙收回手往后院跑。后院有后门，可以从那里逃跑。戚隐跑得快，没跑几步就赶上了老太太他们，大家一起奔向后门，到了才傻眼，门上闩了大锁，钥匙还在小姨卧房。

婴儿似的哭号声越来越近，大家哭丧着脸面面相觑。他们这一帮人一个老太太，两个弱质女流，路都走不灵便，要翻墙也来不及了。戚隐当机立断："进屋躲！"

大家都进了老太太屋子，戚隐轻轻阖上门，贴着墙蹲着。屋里很黑，月亮不知道什么时候被乌云掩了，门一阖上，里头便陷入了伸手不见五指的黑暗之中。那哭号声越来越近，越来越清晰，最后只剩下一墙之隔。所有人的心都提到了嗓子眼，侧耳听着那哭号声在门口徘徊。

戚隐心里很不安，姚小山说还有两只怪鸟，一只在外面，那还有一只呢？那怪鸟喜欢钻人肚子，该不会在哪个人肚子里吧？慌乱之间他忘记把斧头捡回来了，现在手边连一件称手的兵器都没有。他额上流着冷汗，其他人都害怕门外的怪鸟，蹲在落地罩里面，只有他故意停在门边不往里走，以免和他们混在一起被打得措手不及。

远处又响起几声哭号声，戚隐心里一抖，悄悄点破窗纱看出去，只见原本被他斩了脑袋的九头鸟和姨爹又站起来了，原本破碎的脑袋一点一点地复原。

戚隐睁大眼睛，这怪鸟竟杀不死！

"诛妖当诛心，"姚小山不知从哪儿冒出来，吓了戚隐一大跳，"我听西市的鬼火道士说，不诛心妖是不会死的。"他流着泪道，"小隐，咱今天是不是都要死了？"

"别瞎说，等天亮仙人到了，咱们就有救了。"戚隐闷闷地说。

黑暗中有只冰凉的手攀住他的手臂，戚隐又被吓得一抖，仔细一瞧竟是老太太。这一家子到底怎么回事，专爱吓人？又有衣裳摩擦的簌簌声传来，原来小姨也聚到他身边上了，只有小圆一个人还待在落地罩边上。

老太太指了指小圆，又摸了摸自己的肚子。屋子里太黑，戚隐用力看了很久才发现，小圆一直捂着肚子，现在也不动弹了，好像死了一般。

原来怪鸟在小圆肚子里！

戚隐随便摸了把杌子当武器，大家一齐死死盯着小圆。哭号声又来了，就在门口，叫得人头皮发麻。

小圆一直没动。月亮不知道什么时候出来了一点儿，苍白的月光越过月洞窗，屋子里稍稍亮堂了些许。

老太太忽然拉了拉戚隐的衣袖，戚隐疑惑地扭过头，月光下老太太的脸苍白得没有血色，像戴了一张纸糊的面具。老太太发着抖，又指了指地上的影子。

地上有三个影子，左边是老太太，右边是姚小山，中间是戚隐。小姨蹲在他们后面，影子映在他们的身上。这影子怎么了？正疑惑着，戚隐头顶上缓缓伸出九根又细又长的黑影来，活像头发乱舞。

戚隐登时从头凉到了脚底心。

他们扭过头，正瞧见小姨嘴里伸着九根长脖子，姿态扭曲地站起来。

"啊——"

老太太和姚小山夺门便跑。戚隐离小姨最近，小姨朝戚隐扑过来，戚隐用杌子挡住她，却被她冲得跌出了门。她的力气突然大得惊人，戚隐抵住杌子的双手青筋暴突。头顶忽然传来嘶叫，戚隐一面格住怪鸟的长脖，一面仰头一看，另一只九头鸟正栖在屋檐上，九双眼睛阴鸷地盯着戚隐。戚隐简直欲哭无泪，那鸟翅膀一抖，直直朝他扑过来。

一道凛冽的弧光忽然出现，仿佛黑夜裂开一角。那弧光直接贯穿怪鸟的身躯，戚隐眼睁睁地看着怪鸟四分五裂。小姨像受了惊吓一般，遽然一抖，九颗鸟头缩进嘴巴里，手脚并用攀上屋去。

戚隐被一只苍白的手拎着领子站起来，扭头一看，正是那个黑衣男人，他肩膀上依旧是那只大脸胖猫。胖猫跳到戚隐怀里，嘴巴一张，吐出一颗琉璃子在他手上："辟邪琉璃，能收敛气息，挡妖除魔。我们妖魔以气息识人，这玩意儿把你藏起来了，难怪我们找不着你。"

见这猫口吐人言，戚隐差点儿没撒开手把它扔下去。

"你你你你……"戚隐瞠目结舌。

九头鸟仍在嘶叫，已经异变的姨爹和小姨追得姚小山和老太太满院打转，却偏偏不往扶岚和戚隐这儿来。黑猫道："我说你这娃娃也是胆儿肥，把妖蛋当宝贝。这姑获鸟喜食人的心肝肚肠，如今刚刚破壳，正是饿的时候，若非老夫和呆瓜及时赶到，你这娃儿也得没命。对了，你娘呢，怎么不见她？"

"救命啊！救命啊！"

那边姚小山眼看就要被姨爹追上，戚隐顾不得废话慌忙朝扶岚作揖："烦请大爷出手救救我表哥、祖母，戚隐不胜感激！"

扶岚没动，只望着屋檐道："有人来了。"

话音刚落，屋顶传来尖利的呼啸，仿佛要贯穿头颅。一道雪亮的疾光瞬息便至，姨爹和小姨身形一滞，破布麻袋一样扑倒在地，再也不动弹了。

空中剑光飞舞，乌云消散，月亮重现天穹。两个白衣男人踏月而来，轻飘飘地落在小院的天井里。

当先的白衣人敛袖长揖，像收敛了翅膀的白蝶。他脸上挂着精致的微笑，道："无方山昭冉来迟一步。"

老太太痛哭流涕地爬到他脚边，大哭道："仙长，仙长，你可算来了啊！"

小圆捂着肚子从屋里爬出来，戚隐看见她身下一摊血迹，心里明白，原来是流产了。

"老夫人节哀。贫道看见此地妖气冲天，便连忙御剑过来了，没想到……"昭冉看见地上的姚家夫妇，摇头叹息了一声。

老太太哭得上气不接下气。

昭冉又朝扶岚拱手："这位小友以爪杀人，似是妖道中人，请问姚家妖鸟可与你有关？"

戚隐原本还愣着，听到这话儿连忙把扶岚拉到身后，道："和他没关系，他是我朋友，他是赶来救我的。"

昭冉笑道："无关便好。贫道来接戚长老的遗孤回山，不宜节外生枝。"

这厮笑得像戴着一副笑脸面具，戚隐看了心里有些不舒服，转眼看扶岚，他还是那副淡淡的神情，仿佛什么都不在意。

昭冉又望向老夫人："老夫人，还未请教戚隐小友身在何处？不知此间二位哪位是戚小友，又或者……他已经命丧妖腹？"

底下一片寂静，老太太泪眼蒙眬地望了望戚隐，正要开口，戚隐却先问道："小人冒昧，敢问这位仙长，无方仙山对戚隐不闻不问十八年，为何又想起要把他接回去？"

"不闻不问？"昭冉笑起来，"小友恐怕误会了，无方仙山对戚隐从未有看管之责。修道之人断七情，绝六欲，十八年前戚长老前往乌江降妖，戚隐之母不知恩图报，反倒魅惑长老远离大道，沉迷绮念。所幸长老最终幡然悔悟，重归仙山，否则数十年修为皆付诸流水。独自抚养戚隐，后又埋骨江底，是其母自食其果，与我仙山有何干系？"

"埋骨江底？"扶岚忽然出声了，"阿芙死了吗？"

"阿芙？"昭冉道，"若你所说是戚隐之母孟芙娘，她已在戚隐小友五岁之时被水鬼拖入了江水。"

扶岚陷入了长久的沉默，戚隐也缄默了一阵，又问："戚隐母亲勾引你家长老这话，是戚长老告诉你的吗？"

"自然，"昭冉道，"长老回山不久，便在晨省之时当着全派自述己过，还自罚思过崖静坐八年以证悔悟。知错能改，善莫大焉。仙途漫漫，何能一帆风顺？长老能悔，便依然是我辈翘首。可惜长老前往颍河清剿水鬼，竟又不幸遇害。掌门体恤长老，又念及母之过错不能累及稚子，特令我前来接回戚隐小友。若他能克承长老衣钵，也不失为一件幸事。"

戚隐没再说什么，指了指姚小山："他就是戚隐，你把他带走吧。他爹留给他的琉璃子在打怪鸟的时候散了，就在前院。"

姚小山震惊地看着戚隐，结结巴巴地喊他："表……表弟，你……你不想吗？"

"你不是一直想去吗？去吧，好好修行，"戚隐扭头望见地上残破的尸首，眼神黯了黯，"不要辜负小……夫人的期望。"

戚隐返身把落在前院的包袱背起来，对姚家老太太作了一揖："老夫人，我走了，您保重身体。"

老太太拉着他的手落泪："你等天明再走不好吗？还有那些银钱，都拿上吧，拿上吧。"

他摇摇头谢绝了，走到门边，忽然想起门被闩着，想回去拿钥匙。扶岚指尖一划，锁就断了，门吱呀一声打开，露出外面黑漆漆的巷道和沉沉的天。他回头望了望里边，姚小山和老夫人抱着尸首痛哭，小圆待在回廊里双眼无神，木头人一般，昭冉揣着袖子站在旁边看着，脸上神情漠然。

大约修了仙便要断情绝爱吧，心向着苍茫大道，哪里会在意这点儿砂砾一般的世俗私情呢？戚隐默默地想。

另一个白衣人抱着剑偏头望着他。这人看着有些怪，一直没吭声，右手上戴了一只黑手套，脸上饶有兴味的模样。

戚隐皱了皱眉，转头想走，身后又传来昭冉的声音："小友，还要奉劝你一句，妖道不是正途，小友还是莫与妖为伍的好。与妖为友便罢，切莫浸染妖道，万劫不复。"

戚隐还没回话，扶岚顿住脚步，回头道："他不是我的朋友。"

"哦？"昭冉挑了挑眉。

扶岚道："他是我的弟弟。"

院里的哭声忽然就停了。

第二章

贼山

扶岚和戚隐站在巷口，大眼瞪小眼。

"妖人老兄，我已经说了十遍了，我不是你的弟弟。"戚隐无奈道。

"你是。"扶岚道。

"我不是。"

"你是。"

"我不是……"

扶岚很笃定："你是。"

他们刚刚已经重复这段话十遍了，现在是第十三遍。戚隐快疯了，转而问道："你怎么知道我是？"

扶岚歪着头看他看了半晌，戚隐被他的目光看得有点起鸡皮疙瘩。就在戚隐以为他没话答的时候，扶岚忽然上前一步，深深嗅了一口。

戚隐顿时炸了，鸡皮疙瘩起了满身，猛地推了扶岚一把，捂着脖子退出去老远，叫道："你干吗？！"

"气息是对的，"扶岚望着他，"你是狗崽。"

"唉，你这娃娃。"黑猫道，"你小时候我们带过你的，那时候呆瓜十二岁，你才四岁，天天跟在呆瓜屁股后面喊'哥哥'。后来妖族入侵南疆，老夫和呆瓜才离开了乌江。谁知道这一仗就打了这么多年，你娘也……罢了，娃儿，你在人间无亲无故的，不如跟我们走吧。你哥现如今是妖族之主，起码能护你一二。"

"妖族之主？"戚隐抽了抽嘴角，"这位猫爷，莫非你就是庚桑？"

"正是老夫。"

庚桑长什么样儿戚隐不知道，但告示上明明白白画着扶岚的模样——一头猪。戚隐看看告示上的猪头，又瞧瞧扶岚那张白白净净的脸蛋，试探着问道："老兄，你说你是南疆的皇帝，你是猪吗？"

扶岚摇头。

"你的近身卫队呢？"

扶岚指了指黑猫："它。"

"你的太监侍从呢？"

"它。"

"你的将军大臣呢？"

"它。"

"你的美人嫔妃呢？"戚隐无语，"总不会也是这只猫吧？"

扶岚诚实地摇头："不是。"

这一人一猫，果真是脑壳有毛病。小姨说他娘被妖魔纠缠过，算算时间，好像差不多就是那时候，看来就是这两货没错了。但他俩也不坏，就是脑子有病而已——大的幻想自己是南疆皇帝，小的幻想自己是南疆军师。他小时候也干过这事儿，只不过他常常想象他是大神转世，最好是伏羲老爷和女娲娘娘的儿子，在天上犯了错，被贬下凡，总有一天是要回天上当神仙的。

后来到学堂里，他发现十个孩童里有九个觉得自己是大神太子。戚隐觉得自己不够特别，正巧有次在野林子里迷路，碰到一个野神的石像。那野神长得像只白鹿，他揽着镜子对着那鹿脸照了半天，不知他怎么看的，竟越看越像。从那以后他就宣布自己是白鹿神的转世，说不定天上还有个神女暗恋他，追随他转世下凡，在人间某个地方等着他去成就美好姻缘。

小孩儿嘛，都这样，谁都愿意自己出身高贵，命中不凡。后来他慢慢明白，他就是一个普普通通的凡人而已，况且他是私生子，说不定比常人还要低贱一些。

戚隐无奈地摇摇头，拍了拍扶岚的肩膀，道："虽然你们一个是妖人，一个是妖猫，但是不管是什么东西，都要脚踏实地，认真做事。兄台，方才的救命之恩我无以为报，就送你几句忠告吧。还是那句话，仔细找个营生，别成天想七想八觉得自己是南疆皇帝。你长这么俊，干吗想不开觉得自己是头猪？"

扶岚垂着眉睫，看起来很沮丧："我不是猪……"

"这才对嘛！"戚隐以为他的脑筋终于正常了，欣慰道，"放心，等你兜里有点儿银两，自然能找到你弟弟。行了，青山不改，绿水长流，告辞，后会无期。"

"喂，戚隐！"有人在背后喊他。

戚隐不耐烦了，这两个臭妖怪难道还想赖上自己不成？他回身一看，扶岚和黑猫还站在原地，先前在姚家见过的那个不说话的白衣人抱着剑走过来。戚隐这才发现方才的声音既不是黑猫的也不是扶岚的，而是这个白衣人的。

糟了，中计了。他回应了这小子的呼唤，这小子知道他才是真的戚隐了。

"贫道云知，见过戚小师弟。"云知冲他一笑，"戚师叔我见过的，你和他长得很像，尤其是这眉眼，简直是一个模子刻出来的。你能蒙过昭冉那个白痴，可蒙不过我。"

这话儿像一块烧铁，在戚隐心头猛地烙了一下。他扭过头，正巧对上牌坊的红漆柱子，里头映着他的脸，墨色的长眉，黑黢黢的眼睛。他和那个男人长得一样吗？他觉得厌恶，挂起一个不咸不淡的笑容，道："道长不必多说，反正已经有人要上仙山了，此事就烂在肚子里吧，戚隐告辞。"

"我不是来劝你上无方山的，我只是觉得失望。"云知笑眯眯地看他，"我七岁的时候见过戚师叔一面，师叔风神秀彻，立在一众弟子里面，犹如鹤立鸡群，光华难掩。此次前来，我以为他的孩子当如他一般，就算比不上，也不会差太多。只是没想到，他的儿子竟这般……"云知略顿了一下，好像在想用什么词儿形容，最后道，"窝囊。"

戚隐抬起眼来看他："这位仁兄，有话直说。"

云知吊着嘴角，笑得嘲讽，继续道："昭冉那样说你娘你都不生气。你娘含辛茹苦拉扯你，听说最后是被水鬼拖进水里的。昭冉对你娘不敬，你竟一点儿都不生气吗？"

戚隐吸了一口气，刚想说什么，扶岚忽然开口道："你在欺负他吗？"

云知愣了一下，望向他。

扶岚说："如果你欺负他，我会杀你。"

他说这话儿的时候半点表情都没有，好像在说"你吃了没"这样平常的话儿。戚隐被他吓怕了，担心这傻子真干出什么出格的事情来，忙把他拉到后面，对云知道："行了，云知道长，你说得对，我就是这样窝囊。你们怎么骂我都没关系，反正我就这样儿，配不上你们戚师叔儿子的名号。这下总可以了吧，放我们走吧。"

云知看了他一会儿，躬身拱手，退了一步。

戚隐拉着扶岚往外走，黑猫亦步亦趋跟在扶岚身后。云知望着这两人一猫，忽然道："戚隐，若我说如今无方山皆以取笑你娘为乐，若有女子不自量力勾引无方山的弟子，立刻会被讥讽为'孟芙娘'，你也这般能忍吗？"

孟芙娘是他娘，他多少年没听过这个名字了。戚隐脚步一顿，慢吞吞回过头来。

心里明明有团火在烧，可越到这种时候戚隐越是不想动。那时候他蹲在窗下听见小姨一家的密谋也是，明明气得要命，恨不得进去挨个骂他们一番，可最后还是独自出了门，走在石板路上踢石子。

他知道无方山这帮人看不起他，看不起他娘，可他能怎么办呢？他就是这样失败的一个人，爹不爱，娘早逝，喜欢的姑娘还没来得及提亲，就已经给别人当姨娘了。他最多耍要小心机，调换了小姨的养颜汤让小姨撞破家里的丑事，闹他个家宅不宁，然后一声不吭地离家出走表示抗议，这就是他最大的反击。

可没想到到最后小姨一家家破人亡，他满心的悲欢喜怒都扑了个空。怪鸟人尸满地鲜血弄得他晕头转向，他一晚上没合眼，一晚上担惊受怕，他只想找个地方好好睡一觉。

"你们修仙的了不起咯！"戚隐自暴自弃，居然耸了耸肩膀，"我一个普通小老百姓，不像你们能上天入地到处飞啊。我也想按着那个什么狗屁昭冉的脑袋说，什么狗屁无方山，都给老子滚蛋！可是我能吗？"戚隐笑得没滋没味，自己答了这话儿，"我不能。"

扶岚戳了戳他的后背，在后面道："我能。"

怒火终于破了口，戚隐扭头骂道："你给老子闭嘴，再说话老子先打你！"

第二章 贼山

话说完戚隐就后悔了，这傻子虽然烦人但救了自己的命。眼见扶岚睁着大眼呆呆地望着自己，戚隐心里既无力又难过，深深叹了一口气。

"消消气，消消气。"云知对戚隐的怒火丝毫不放在心上，道，"戚隐，我给你指条明路如何？据我所知，你举目无亲，就算想躲，现在也没地方可以去吧。你不去无方山，也还有别的地方可以去嘛。"

黑猫咬了咬戚隐的裤脚。它没有妖气，有旁人在，它要假装成普通凡猫，不方便开口，只好这样示意戚隐能跟着他们去南疆。

"忘了说了，我不是无方山的，"云知抱着剑，双眼光华璀璨，"我派仙山，号为'凤还'。我们向来和无方山不对盘，我师父让我来抢你，幸好昭冉没认出你，要不然就只能打架了。"

"哦，"戚隐无动于衷，"鸟山，不去。"

"考虑考虑嘛，等你神功大成，你想打谁就能打谁。那个昭冉我也早看他不顺眼了，到时候咱们一起兜麻袋打他。"云知笑嘻嘻地道。

戚隐头也不回地往外走。

"喂，戚隐，"云知遥遥地喊他，"你就不想知道，你爹抛妻弃子也梦寐以求的长生大道是什么样吗？"

戚隐停了脚步。

云知走到他身旁，正色道："你娘是被水鬼拖走的，那时候你才五岁吧。戚隐，若你能修得无上剑心，成无往而不败之剑，有朝一日面对艰难险阻，亲友临危，亦有一剑相护。"

戚隐叹了一口气，道："我不想打光棍。"

"学成了再还俗嘛。"云知挑挑眉毛。

黑猫还在锲而不舍地咬他的裤腿，裤脚都被咬破了。戚隐心里很复杂，现在是怎么了？他竟然还成了一个宝，哪儿都想要他了。他却一点儿也不觉得开心，心里闷闷的，仿佛压了一块大石头。

闭上眼，他仿佛看见他面目模糊的娘被苍白的水鬼拖入江河，而他在岸边一无所觉；再一转身，姚家怪鸟从小姨的嘴里伸出来，对着他嘶声厉号。

原来手无缚鸡之力，便只能任人宰割。可一个当惯了燕雀的人，真的能成为翱翔九天的鸿鹄吗？

"如果我到时候反悔，还能下山回来吗？"戚隐犹疑着问。

"当然可以。"云知道，"我亲自御剑送你。"

反正也没地可去，去那个什么鸟还山还有个地方睡觉吃饭。戚隐一狠心，道："那我就去试试。"

云知刚要高兴，低头一看，黑猫还在扯戚隐的裤脚。云知用剑鞘戳戳它，问道："这猫儿怎么回事？"

戚隐却扭过头去看扶岚，那厮在牌坊红柱边上，站成一个影子。他想起这家伙

025

和他一样,也没爹没娘,心里不由得难过起来。大概没有爹娘,就会想要早一点成亲,这样就能早点有个温暖的怀抱,在寂静清冷的屋檐下相互依偎。

"狗崽,你要离开吗?"扶岚静静望着他。

云知搔搔头。

戚隐无奈,大哥你虽然很可怜,可你也是徒手撕怪鸟的男人,可不可以不要这样?还有,他不叫狗崽!

"不过……"云知朝扶岚抬抬下巴,"妖人,我看你妖气不重,入妖道时日不久吧。昭冉那小子说得有理,妖道阴损,还是别沾惹的好。要不要和你弟一起上凤还山?只要你们在山上不要太过分,别让师长发现。"

凤还山的名头黑猫听过,四方仙山之一,专产牛鼻子臭道士的地方。他们和道士是天敌,怎么能进贼窝?可戚隐这小子偏不听劝。黑猫正焦急着,扶岚那边已经发话了:"我去。"

黑猫愕然,扭头望去,见扶岚神色淡淡,好似不知此路艰险一般。

"你叫什么名儿?"云知问。

"扶岚。"

牌坊下寂静了一瞬,云知捂着肚子大笑:"你爹怎么想的?为什么要给你取一头猪的名儿?"

黑猫:"……"

扶岚:"……"

耳畔风声呼啸,戚隐揉着眼睛醒了。云知那厮非要御剑连夜赶路,生怕他跑了似的。后来戚隐才知道,这家伙是没钱住旅舍。剑行了一夜,天已经亮了,东边尽头透出隐约一点红和万点金光,云浪的边缘被染上金色,像大镶大绲的边。

只是天上风大,戚隐连打了几个喷嚏,裹着袄儿眯瞪着眼睛回过神来,才发现自己靠在扶岚肩膀上,忙坐直了身子。扶岚抱着打着呼噜的黑猫没动弹,戚隐觉得尴尬,这家伙该不会让他靠了一晚上吧?都怪云知这破剑太小,只能肩并肩坐下三个人,尤其还是三个大男人,更觉得挤了。

戚隐心里尴尬得要死,面上却还要装作不在意。戚隐揣着袖子坐着,扶岚也没说话,侧目看他,这厮静静的,黑得匀净的眸子烟水一样茫茫。

这厮惯常没有表情,戚隐也闹不明白他在想什么,回头望来路,入目皆是漫漫云海,吴塘镇已经不见踪影,偶尔可以从巴掌大的缝隙里窥见人间,却都是莽莽苍苍的山野白水,有时也能见到零星几个村镇,几座城池,散落在山川间,倏忽一下便过去了;而人,更不足道矣。

原来人寄天地,不过蜉蝣而已。

云知递来两个馍馍,让他们当早饭。戚隐接过馍馍,又递给扶岚。扶岚说了声"谢谢",拿着馍馍却没吃。

第二章　贼山

这家伙说话声向来轻轻的低低的，老实巴交斯斯文文的模样，像别人家足不出户的大闺女。戚隐从来没见过这样的妖人，说书人嘴里的妖人都磨牙吮血，凶恶可怖，因为原本是人却走了妖道，甚至也吃人肉，听起来比旁的妖魔还要更可怕一些。

"呃，"戚隐挠挠头，先打破了沉默，"那个……"

扶岚扭过头来看他，大而黑的眸子澄澈干净，天光云影在他眼底徘徊。

他不像个妖，连男人都称不上，倒像个大孩子。戚隐小声问："你吃过人吗？"

扶岚摇头。

戚隐松了一口气，云知在一旁道："修道之人耳聪目明，我都听得到，你小声说也没用。你放心好了，吃过人的妖妖气都很重的，这位小兄弟身上几乎没什么妖气，又……"他瞥向扶岚，扶岚也呆呆地望着他，"又不大聪明的样子，连剑也不会御，入妖道不会超过三个月吧。幸好你们之前遇见的是刚破壳的姑获鸟，走路都不麻利，要是有些道行的，十个妖人都不够它塞牙缝的。"

扶岚道："我入此道很久了。"

云知露出一个揶揄的笑："据我所知妖人一般成群结队，扶岚，你身边一个同伴也没有，该不会是因为太笨被赶出来了吧？"

"我有同伴的，我有猫，"他转眼看了看戚隐，"本来还有小隐。"

猫不知道什么时候醒了，正啃着扶岚手里的馍馍。原来这家伙留着馍馍不吃是给他的黑猫的，和一只脑子不大正常的妖猫相依为命，自己脑子也不灵光，真挺可怜的。戚隐叹了口气，分了一半的馍馍给扶岚，道："好啦，我当你的同伴啦。以后要是功课上有什么不懂的，尽管来问我，我帮你。"

扶岚呆了会儿才点点头，垂眸去看底下翻涌的云海，有些低落的模样。

戚隐没再管他，晌午的时候他们到了凤还山的地界。说不期待是假的，戚隐做梦也没有想到，自己有朝一日真的能登上仙山，像所有话本传说里的剑仙一样，衣袂飘飘，上天入地。

戚隐低头看，山脉连绵，山云伏在其间，像山窝里卧躺的棉花。一阵天风拂过，吹送着绿涛翻卷到看不见的尽头。一行白鹤扑着翅膀从他们头顶飞过，戚隐伸出手，接过一片飘扬的羽毛。

原来，这里便是世外仙境了。

戚隐听过不少仙山的传说，总是有人自称自四方仙山而来，坐在茶馆里侃侃而谈，顺便骗两壶热茶几盘茴香豆。听得最多的是无方山的悬空灭度峰，东南西北四方各有一条玄铁锁链，消失在浩荡云海间；还有灭度峰中央的无方殿，据说无方山弟子每日晨昏定省，在大殿前诵经练剑。经声琅琅，剑声呼啸，山下的百姓每日在仙音中起床劳作，吹灯入眠。

四方仙山，南无方，西昆仑，北钟鼓，东凤还，凤还位次最末，对老百姓来说，却依旧是天一般高远的存在。

云知把剑降低，戚隐看见山脚一条长街，两边高高低低的青瓦楼阁挤在一块儿，中间人流熙熙攘攘。

"那是山脚的长乐坊，衣裳鞋帽那儿都有卖，还有吃有喝有玩儿，只不过要费点儿银钱。"云知冲他俩一笑，"你俩刚来，作为师兄，改天请你们去四海升平楼见见世面。"

戚隐直觉那不是什么好地方，道："修道之人不是应该清心寡欲吗？"

云知耸耸肩："不让师长知道就行了呗。"

这人不正经，仙山一般戒律严格，为免被他连累，戚隐决定以后离他远点儿。

又飞了一程子路，他们进了山。云岚底下一条青石长阶横亘山中，一座山门矗立其上，山前一块巨石，戚隐看见"山中不可御剑"的红字。

云知看也不看，径直御着剑越过了山门。

一路碧涛如潮，云知带着他们穿叶而过，只是不见凤还大殿，也不见弟子三千。戚隐心里渐渐有了不祥的预感，前面终于看见屋舍，却是几间错落的瓦房草屋，中间栅栏围出一块儿空地，有几个丁点儿大的小孩儿在那里练剑。他们从屋顶越过，底下有人从二楼的木窗里探出头来，大吼了一句："死鬼云知，张员外上门寻债来了，你说借他的衣裳借三天，却一个月都没还！"

云知将身上的白衣一扒，丢给下面那个人，剑嗖的一声飘远，他的声音顺着风荡过来："替我谢谢张员外！"

戚隐满脸震惊地看着云知，这厮剥了纤尘不染的绸衣，露出底下补丁摞补丁的竹布中衣来。云知一笑，道："去接你回山，总得打扮得像样一点儿吧。"他从乾坤袖里取出一件外衫穿上，补丁倒是不多，就是洗得发白，看不出原来是什么颜色。

扶岚倒是淡定，但戚隐觉得他只是单纯没有表情。

"走，带你们拜见掌门。"云知带他们飞上一处高崖，在一座茅屋前面下了剑。

戚隐踌躇了一会儿，道："那个，你们的大殿呢？"

云知蒙了，反问："什么大殿？"

"像无方山无方殿那样的，你们凤还山也该有个凤还殿吧？"戚隐比画了一下，"汉白玉须弥座，三层楼那么高的穹顶，彩画横梁，麒麟浮雕……"

云知正色道："师弟，你这就不对了。"

戚隐愣了一下。

云知道："所谓清修为何？自然是苦行以修身，寡欲以修心。无方山那般穷奢极欲，我们凤还山向来是看不上的。"

"哦……原来是这样。"戚隐羞赧地挠挠头，忽又觉得不对劲，方才是谁说带他去四海升平楼见见世面的？

"走，带你们拜见掌门。"云知道。

戚隐又紧张起来，忙把身上披的袄儿收回包袱，对着日影整了整仪容，又帮扶岚理了理鬓发，捋平衣领。两个人彼此看了看，确定都人模狗样不会有碍观瞻了，再把黑猫搁在门口晒太阳，才跟着云知进了门。

第二章 贼山

茅屋外面破破烂烂，里面倒是整洁。堂屋中间挂了一幅画，大约是太过久远，掉了颜色。下面两个藤木香几，上面都放了金漆博山炉，漆掉得斑斑驳驳，游丝一般的烟气从里面冒出来。

一个弟子过来行礼，道："掌门前日御剑不当心跌了下来，摔断了腿，请各位稍候。"

这什么半吊子掌门，御剑还能栽下来？戚隐震惊。

"怎的这般不小心？"云知也大惊，关切地问，"伤势重不重，会不会伤及性命？"

"并无大碍，用了续骨膏，在床上哼唧几日，过段时日便可恢复如初。"

云知露出了失望的表情。

戚隐不慎捕捉到他脸上的失望表情，麻木地想，这小子不会想要欺师灭祖吧……

过了半晌，凤还山掌门终于姗姗来迟。他瘫在旧藤轮椅上，两个长得一模一样的道童合力推着他从金山绿水屏风后面转出来。那两个道童看着怪怪的，白面粉腮，活像年画里两颊一点儿殷红的福娃娃。但更让人瞠目的是这掌门，胖得像头刚从猪圈里放出来的白猪，满身肉都挤在藤椅里。

戚隐这下明白他为什么会从剑上栽下来了，这样的人御剑，委实是难为他的剑了。

一个道童递过茶盏，掌门接过茶，捏着青瓷盖儿撩了撩茶沫子。他的手指肥而白，并在一起的时候像白花花的猪蹄，拇指上套了一个碧玉扳指，上面刻了细细密密的莲花纹。掌门喝到一半茶叶卡了牙缝，从轮椅上撅了一小片儿藤下来，一手捂嘴一手剔牙齿，一面剔一面抬起眼来，上下打量戚隐和扶岚。

这二流子做派着实不像仙派掌门，戚隐开始怀疑自己是不是进了骗子窝。

茶叶剔下来了，他把它扔到茶杯里，笑眯眯地朝戚隐道："你就是戚隐呀，长得挺……"

又来了。戚隐觉得无聊，他知道这个胖子的下文是什么，无非是"你长得真像你爹""好好继承你爹的衣钵"之类的话。你说一遍，我说一遍，他耳朵都要起茧子了。

戚隐浑不在意，他来这儿就是想有个地方落脚，有个屋顶遮风，等他攒够了银钱，就拍拍屁股走人。

"长得挺精神嘛！"

戚隐愣了一下，抬起头。

掌门揣起袖子，笑眯眯地道："你二人虽身份特殊，不过一旦入门，便是我门中子弟，别无二致。只不过，入门可不是说入就入的，老夫还要看看，你们是不是有这个本事。"

戚隐正色，莫非是要试炼吗？他听过的，无方山入门第一道关卡便是千人大试，两两对阵，最后胜出的百人方能成为入室弟子，其他都要打道回府，各找各妈。他开始紧张，来拜师的只有他和扶岚两个人，难不成要在他们之中决出胜负吗？

掌门伸出手，宽厚的手掌递到戚隐和扶岚眼皮子底下："要入门，先交束脩。一贯钱一年，连交三年只要两贯半，一次交齐一两，老夫活到何时教你们到何时。你们俩一块儿来的，算你们便宜点儿，只要一个人的价。"

戚隐怔在原地。

扶岚掏出荷包，倒了一两银子在他手心。

"爽快！"掌门竖起大拇指，"好，打今儿起你们就是老夫的弟子了，老夫弟子字号为'云'，小隐的道号便是'云隐'，小岚是'云岚'。云知，你去给他们安排住处，其他二位长老下山除妖不在门中，便不必拜见了。"

直到出门戚隐都还没有回过神来，那一两银子，就这么有去无回了？

他一脸震惊地望向扶岚："你为什么要交钱？"

扶岚呆了呆，道："他说要交。"

"他说交你就交？"

扶岚有些不知所措："不该交吗？"

戚隐抓耳挠腮："我的爷啊，一两银啊，够咱俩活一年了，而且那一两银还是我给你的吧！"

这一定是进贼窝了，戚隐万分肯定，凤还山就是一个骗钱的贼山！

云知一面引他们下坡，一面道："山腰是戒律长老的菜园子，你们未辟谷前，可以去那里的膳房吃饭。不过作为过来人，师兄奉劝你们早些辟谷，因为菜园子除了胡萝卜就是青菜，唯一的肉是田里爬的青虫。"

一听见没东西吃，黑猫的脸绿了。

云知继续道："北竹林里的竹楼是丹药长老的丹炉。"

戚隐眼睛一亮，道："长老可是会炼许多灵丹妙药，吃了修为一日千里那种？"

"想多了，他的丹药只会治风寒感冒，还有跌打损伤。不过他的医术不大靠谱，前几年有个师兄御剑摔断了腿，他没把人家的断腿医好，反倒把好腿医折了。"

"敢问那位师兄如今何处？"戚隐虚弱地问。

云知耸了耸肩，道："他家人把他接走了，师父还赔了好些银两。"他又朝南面抬了抬下巴，"往那儿走三百步就是思过崖，崖上可以静坐，风景很好，只不过崖下不能去。那下面是我派禁地。凤还山十座峰，只最北面这座峰是我派驻地，其余九座皆是禁地。据说里面关了我派立派以来所捉的全部妖族，随便揪一个寿数都可达好几百年之久，你们可别吃了熊心豹子胆，跑去那里贪玩。"

"关得离咱们这么近，不怕他们跑出来作乱吗？"戚隐问。

"有经天结界守着呢！"云知指了指南面天穹，"仔细看。"

戚隐望过去，一排飞雁掠过山崖上空，有微不可见的光辉潋滟一动，涟漪一般散开。

"身上若带着妖气,便无法通过那个结界。不过呆师弟应该没问题,他身上的妖气弱到几乎没有。"云知背着手往坡下走,道,"你别看咱们凤还山在四方仙山中位次最末,据说在远古的时候颇受大神眷顾。经天结界便是那些老神仙布下的,大约是咱们凤还山年纪最大的玩意儿吧。"

戚隐不大相信,这贼山估计是哪个招摇撞骗的道士在这儿扎根,表面上传授一星半爪的仙法道术,实则一面骗徒弟一面教徒弟骗人,传到如今。

云知又嗟叹道:"近几年光景不大好,灵气渐稀,道法日衰,旧说仙门三千,现在好些山头的门派都关门大吉了,不知道还剩下多少。师父说改日看看风水,说不准风水一改,咱们就成人间第一大派了呢。"

云知带他们走到方才御剑路过的那一片瓦房。这其实是个小村落,土墙瓦房参差排在一起,前面有水井有水缸还有晾衣竿,师兄师姐用栅栏围出各自的地盘。抬头望过去,几件洗得发白的衣裙挂在屋前,戚隐眼尖,还看见几件红肚兜。瓦房中间是一条泥巴土路,蜿蜒伸向山阶。

云知指了最边上那一间给他们:"正好空着一间,你俩将就将就,一块儿住吧。前面那个师弟留了被褥没带走,你们可以接着用。"

"前面那个师兄去哪儿了,怎的不住了?"戚隐问。

"道法修不下去,回家种地了呗。"云知凑过来,揽着扶岚的肩膀笑道,"二位师弟,道可不是这么容易修的。既然入了门,师兄给你提供些方便。"云知从乾坤袖里掏出一本蓝皮册子,塞到扶岚手里,"《傻瓜符箓大全》,你师兄我亲自编写,什么化形符、明火符、避水诀,应有尽有,咱凤还山人手一本,符箓课有了它,保管次次甲等。师兄看你只有三个铜板,罢了,亏就亏点儿,三个铜板,就当送你了。"

扶岚不知所措地看戚隐,戚隐从扶岚的荷包里倒出三个铜板丢给云知,拉着扶岚进屋关门:"行了师兄,你慢走,我们不送。"

云知的脑袋又从窗棂那儿冒出来,笑得露出一口白牙:"对啦,最后提醒你们一句,晚上别乱跑,别进林。"

什么意思?这破地方难不成晚上还闹鬼?

想追问的时候那厮已经跑远了,戚隐阖上窗,这才发现屋子没灯,黑漆漆一片。他重新打开窗,外面已是一片斜阳,橘黄色的阳光落在墙角,陌生的师兄师姐在外头收衣裳,叽叽喳喳闹成一片。大约是晚上山里爱下雨,大家都忙着收衣裳,没人有空来认识他们。云知那厮也没说一声他住在哪儿,想串个门都不方便。

戚隐回头看,扶岚盘腿坐在书案前,睁着一双大眼看他。黑猫巡视着屋内,两张架子床各据一个墙角,中间一张黑漆长案,边上是落地铜灯,没有灯油,光有一个灯架子。竹帘隔出里外间,外间放了一张八仙桌并几个曲腿杌,桌上放了一瓶枯掉的干花,铁丝一样硬。

以后这就是他的新家了,戚隐坐在扶岚对面,心里忽然有些惆怅。

吴塘那个家,他再也不会回去了。

"我们是要住一间屋子吗？"扶岚问他。

"我们是兄弟，呆哥，"戚隐面无表情地说，"兄弟可以住一间屋子。"

扶岚呆愣愣地瞧着他，显然是没听懂的样子。

戚隐没有继续这个话题，转而打开云知那家伙卖给他们的《傻瓜符箓大全》。戚隐对那小子没抱什么希望，估摸着也是骗他们钱的。但那小子累死累活把他们载过来，又引他们走这走那，那三个铜板就当辛苦费了。

书编得倒是挺清楚，每一面都画了一个符，边上标注了符咒的名字和功用。越往后符的画法越难，到最后已经完全是一堆乱七八糟的墨线，鬼画符似的，看了就头大。

"这玩意儿该不会要背吧？"戚隐惨叫道。

"当然，"黑猫把爪子按在书页上，"符箓是让普通人也能借助天地灵力劾厌妖魔的法子。古时大巫以通天语书于黄金牍上与大神沟通，称为'金错书'。现在黄金牍失传，只留下这么一星半爪的几个词儿几句话儿，就变成了符箓。你要是懂得金错书，自然不用背；只不过你不懂，就只好死记硬背了。"

"啊……"戚隐低头看那些鬼画符，画这玩意儿比读四书五经还难。

"啊什么啊？"黑猫斜了他一眼，"你要学的还多着呢。符箓的画法有严格的规定，那是在仿造大巫降神的仪式。大巫乐舞以降神，舞步节奏均严格按照程式，否则神不悦而不降。画符也是一样，起笔顿笔收笔必须步步到位，要不然就借不来天地灵力。"

"你画个我瞧瞧？"

黑猫拍了一把扶岚："你画。"

扶岚指尖凝了一点淡蓝色的荧光，在空中画了几道蜿蜒的线条，荧光静谧地顺着他的指尖流淌四散，小小的飞鱼在空中游弋。屋子里一点点亮了起来，温暖的光晕笼罩了他们，屋里像充盈了无形的水波，波光潋滟。

戚隐惊奇地睁大眼，道："这是什么？"

"我的分身。"扶岚道。

"好漂亮，"戚隐跃跃欲试，"呆哥，教我。"

"你学不了啦，再说，你现在灵力也不够。"黑猫说，"扶岚虚空画符是凭借他的灵力，你没有灵力，只能用黄纸朱砂画符。"

"你怎么不画？"戚隐问黑猫。

黑猫一噎，哼了声道："老夫被封印了灵力，连妖气都没有，何谈画符？"

"可以试。"扶岚忽然说。

他走到戚隐身边坐下来，左手按着戚隐的背，右手握住戚隐的手。戚隐被他吓了一跳，想挣出来，扶岚低声道："别动。"

背心传来冰凉的触感，那是扶岚往他的身体里输送灵力，微凉的灵力水流一般顺着经脉流淌，凝聚在他的指尖。扶岚握着他的手，在空中画下符纹。指尖荧光闪烁,小小的游鱼闪烁着温柔的光晕,从他的指尖游出。

一瞬间,戚隐的感官变得无比敏锐,他分不出是他自己"看见"的,还是那些游鱼"看见"的。屋子里每个角落都尽收眼底,墙角的蛛丝,墙壁的裂缝,瓦片的缝隙,甚至黑猫的每根猫毛都分毫毕现。

然而,最清晰的是扶岚的气息,这个人坐在他的身侧,他完全被扶岚的气息笼罩。幽冷青涩的味道,让人想起雨后的大山,地上浸湿了的草梗碎叶。戚隐扭过头看他,沉默的男人微微仰着下巴,眸子里倒映着淡蓝色的游鱼,侧脸被光晕软化了轮廓,显出一种独特的况味。

戚隐忽然觉得有扶岚陪着也挺好,虽然这厮又傻又呆,但是两个人在一块儿,就不会觉得孤单。好歹花了一两银子,他们可以一起在这座贼山学一学骗人的手艺,将来一块儿下山,当道士两兄弟——他负责忽悠人,扶岚负责当托儿。这小子长得老实,一定很多人上当。

"呆哥,"戚隐把手从扶岚掌心抽出来,问,"你们说我是你弟弟,到底是怎么回事?"

扶岚道:"阿芙说你是我弟弟。"

戚隐无语。行了,这话儿一听就瞎扯,哪有娘把自己儿子送给妖怪当弟弟的?更何况这俩家伙还吓得他娘四处搬家。

戚隐挠了挠头,又问:"你干吗要找凡人当弟弟,你们不是很讨厌凡人的吗?"

"嗯,凡人轻诺,爱撒谎。"

"是啊,我也不怎么守信,我也爱撒谎。"

扶岚摸摸他的发顶,大而黑的眸子专注又认真。

他说:"但你可爱。"

门忽然被敲响,戚隐走过去开门,一群人咋咋呼呼地挤进了门槛。戚隐吓了一跳,来的都是师兄师姐。

当头一个穿着藕合色竹布衫裙的少女捧上一个乌漆小托盘,里头搁了两盘羹菜,两碗汤面。女孩儿把托盘放上八仙桌,回过头来笑道:"我叫桑若,是你们师姐。小师弟,你们肯定还没来得及吃晚饭吧。戒律师叔不在,你们先将就着吃我们做的,明儿一早把碗筷还给我们就好。"

戚隐连声道谢,招呼扶岚过来问好。大家互相见了礼,戚隐才知道戒律长老叶清明门下八个弟子,都是男儿,都取"流"字开头;丹药长老孟清和门下六个弟子,都是女子,取"桑"字为号。

这荒山野鸡派从上到下包括扶岚带来的肥猫,也不过二十一个人,再加上伺候掌门的道童,也不过二十六个人。

一个扎着总角的小姑娘硬挤进来,八九岁的模样,拍着手笑道:"太好了,我总算不是入门最晚的了。我是你们桑芽师姐,你们有什么不懂的尽管来问我。"她转眼瞧见黑猫,眼睛一亮,"还有猫!我可以摸摸它吗?"

戚隐刚想说小心它会挠人，扭头一瞧，那肥猫已经趴在桑若怀里眯着眼，一脸醉生梦死。

戚隐："……"

"你们好厉害！"桑若挠着黑猫下巴说，"掌门师叔许久不收徒了，云知师兄一直是他唯一的弟子，想不到你们一来，就拜入了师叔门下。"

戚隐板着脸想，大概是因为他们比较爽快，一上来就交了一两银子吧。

"听说你是戚师叔的儿子，我们把你抢来，这回无方山要气死了。对了，我们山比较穷，你们别介意，衣裳要是破了坏了，寻我和桑芽来补就行。你们刚入门，收你们便宜点儿，缝补一件只要两个铜板。"桑若笑盈盈地说。

戚隐干巴巴地笑道："谢师姐关心，不过我自己会缝衣裳，就不劳烦你们了。"

桑若失望地"哦"了一声。

一群师兄过来拉戚隐问家乡，听说戚隐来自江南，有个打慈溪来的甚是感动，扯着他说了好半天话儿。扯了半天淡戚隐才发现一直没听见扶岚的声儿，这小子不善言辞，没人搭理他就女孩子一样一声不响。戚隐担心他不能和师兄师姐们打成一片，扭过头来要寻他说话。戚隐找了半天不见人影，再仔细一瞧，这厮和黑猫一起被围在女人堆里，那个叫桑芽的小女娃儿直接坐在他腿上，抱着他的手臂说话。

"你从前是做什么的？家里做什么营生？"有师姐问。

扶岚摇头："没有家，和猫一起四处流浪。"

大家脸上都露出怜悯的表情，桑若叹息着道："没有爷娘，怪不得误入歧途入了妖道呢。幸好来了凤还山，放心，以后我们带着你走正道。岚师弟，往后你的衣裳鞋袜只管送我们这儿，我们帮你缝补，不要钱。"

一块儿入的门，这待遇差距怎么这么大？戚隐回头看梁柱，乌漆映着自己的影儿，深邃硬朗的眉眼，就是面皮黑了点儿。他自问长得不赖，怎的就不如扶岚受女人欢迎？他不再看扶岚，走到门槛上坐下来。几个师兄或立或坐待在他身侧，哧哧笑道："女人嘛，就喜欢白面后生，何况他还带只猫儿。莫急，师兄教你怎么追女娃娃。"

一个叫流白的蹭到他边上，白净面皮，一双上挑的风流眼，右眼底下还有颗泪痣。他把手肘撑在戚隐肩上，眉飞色舞地传起道来："本门道法旁的可以不管，有两样是必须要学的，这头一样就是御剑术。"

"哦，为什么？"戚隐兴致缺缺，耷拉着眼皮附和他。

"学会御剑，才好带姑娘兜风呀。"流白抖抖眉毛，"若得一把万里挑一的上好仙剑，再修得一手一日千里不带喘气儿的御剑术，何愁姑娘不往你剑上爬？"

"那第二样呢？"

流白手一伸，不知从哪里取出一支朱砂笔一张黄符纸，唰唰就往纸上画："大师兄的《傻瓜符箓大全》买了吧？翻到第二卷第四道符，化形符，你瞧！"一道符一挥而就，两指夹着符咒凛冽一甩，朱砂墨金光一闪，登时变出一捧红灿灿的野杜鹊来。流白冲他眨了眨眼:"瞧见没,上回我这么送了捧花给山下生药铺的闺女小蕙,人一下就被我迷得神魂颠倒。"

"学到了吧,"有个师兄笑道,"云知大师兄是头一个学会御剑和化形符的,除了桑芽那丫头,其他师姐妹的手他都拉过。"

戚隐心如死灰。

也罢,他安慰自己,反正他也是来混日子的,若真能学点儿花里胡哨的小仙术骗个小媳妇回家,倒也不枉此行了。

"对了,大师兄住哪儿?"戚隐问,"先前他引我们到这儿,就不见人影儿了。"

"大师兄不和我们住一块儿,他住掌门师叔那儿。"流白说,"他夜里总是做噩梦,师叔担心他梦中入魔,常常要替他驱解梦魇。"

"梦魇?"戚隐疑惑,莫不是诱拐了哪里的良家妇女,于心有愧,怕人家入梦来寻债?

"没错,"一众师姐走过来,桑芽抱着黑猫,蹦到门槛边上坐下,道,"大师兄好可怜的,他七岁的时候亲眼看见自己的爹娘被蛇妖吞进肚里。那个蛇妖还把大师兄养起来当口粮,拿绳圈套在他脖子上牵着走。后来正好被掌门师叔路过看到,他才捡回一命。"

戚隐一愣,云知那小子玩世不恭的笑脸浮现眼前,怎么看都不像是遭过如此大难的人。

"从那之后,大师兄就老是做噩梦。咱们还被师叔叫去轮流入梦驱过梦魇呢。师叔说看见咱们把梦里的蛇妖打得落花流水,大师兄就不会害怕了。"

戚隐心里忽然有个猜测,讷讷问道:"那你们呢,怎么会想到来这里修道?"

"我们都是孤儿啦!"流白道,"我是因为患有心疾,还是小娃娃的时候就被爹娘丢了,师父下山捡破烂卖钱的时候在破筐里捡到了我,就把我背上山了。"

"我和桑芽因为是女儿,爹娘不要我们,"桑若捋了下桑芽的头发,"师父花了一贯钱,把我们买回来,我们就跟着师父修道了。"

戚隐心里涌起莫名的感觉。夕阳已经下山了,最后一抹残光敛尽,夜幕徐徐降下,灿烂的银河在穹顶上静谧地淌过。大家一起坐在门槛下面看夜空。

有一种家的味道。戚隐想。

"等等,"戚隐忽然意识到什么,"为什么我和呆哥入门就要花钱?"

"你们是不是在大师兄面前露过财?"桑若掩着嘴儿笑,"大师兄很贼的,他肯定不知什么时候跟师叔商量好了,一人三一人七地瓜分你们的束脩。"

果然不能对他们期望太高。

明早还要上课,大伙儿都回屋睡觉了。桑芽送了几道灯符给他们,戚隐把符咒贴在墙上,屋子里登时黄澄澄地亮起来。扶岚比和尚还六根清净,不吃饭不喝水,羹菜和面条都让黑猫和戚隐吃完了。

酒足饭饱,戚隐想要出恭,推门一看,外头树影幢幢,想起之前云知的警告,不由得心里发怵。仙山里头该不会有九头怪鸟之类的怪物吧？奈何尿急，戚隐拉上扶岚陪他，两个人揣着手往土路上走。

前面是师兄弟的篱笆，有一高一矮俩人在路中间推来推去。

男的说："我送你回你屋，你回了我再回。"

女的扭捏了一阵，道："不要，这回我送你，你先走。"

男的又道："不行，得我送你。"

女的娇声道："不要嘛……"

他俩堵在路中间，这土路太窄，戚隐和扶岚没法儿过去，只好在远处干等。吹了好半天夜风，那两人终于挪了步子。男的把女的送回屋，自己笼着袖子回了对面的瓦房。

他爷爷的，这俩白痴就住对门，刚刚为什么磨蹭这么久？

他们围着村子走了一圈儿都没找到茅房，大约修道的人都辟谷，没有那方面的需求。戚隐只好拉着扶岚进林子，还没进去，扶岚按住他的肩膀，道："里面有很多人。"

"啊？哪有人？"

戚隐望着黑洞洞的林子，树影摇晃，恍若交叠的人影。

戚隐忽然反应过来，扶岚说的"人"不一定是真的"人"。打了个寒战，他连忙后退了几步，紧紧挨着扶岚。

"凶……凶吗？"戚隐有些结巴，"我们现在走还来得及吗？"

扶岚没说话，凝神听了一阵，满脸困惑的样子。

"你能听见'它们'说话？"戚隐小声问。

扶岚点头。

"'它们'说什么？"

扶岚又听了会儿，模仿里面的东西说道："'哥哥，今天的月亮好圆，我好喜欢你。'"

你爷爷的。戚隐扶额，登时明白里面是什么人了。

这门派迟早得完蛋。戚隐拉着扶岚上坡，到思过崖上出恭。这儿开阔，没遮没拦的，总不会有人在这里叙说春情吧。戚隐松开裤腰带，站在崖边解手。

夜风冰凉，林海沉在蒙蒙的夜色之中，风吹过去，林声如潮，一浪一浪地拍过来。人浸在这天地潮声中，越发像一只微不足道的蜉蝣。戚隐一面解手一面跟扶岚说："呆哥，你的衣裳我缝就行了，别瞎给别人。这鸟山里没有正经人，到时候你别平白无故被夺了童子身。"

扶岚乖乖点头。

"呃，"戚隐想了想，又道，"要是你有喜欢的姑娘，跟我说一声，我帮你把把关。"

扶岚这回没再吭声。一时无话，只有汹涌的林海翻卷声。戚隐解完手，正要穿裤子，扶岚突然拉了一把他的后衣领。这厮力气极大，戚隐整个人被他拉得后仰，裤子还没穿好，手一松，整条裤子顺着腿溜了下去。

戚隐暗道不好，还没想好怎么应对，崖下忽然腾起熊熊的火焰，火柱顺着崖壁直冲上来，汹涌逼人的热浪张牙舞爪地烧到戚隐脚尖。方才戚隐站的地方草木都成了灰烬。

戚隐吓得三魂七魄飞到九霄云外。这要是晚一步，他整个人都得成焦炭。

崖底传来一声惊天动地的怒吼："凤还山的兔崽子！见天儿地往老子头顶浇尿，不烧了你们，让你们长长记性，还当老子'塞北狼王'的名号是闹着玩的！"

有个师兄抱着块木牌急匆匆地跑过来，大声喊道："狼王息怒，前头的告示牌被风吹跑了，这是新来的不懂规矩！"他把木牌支在地上，扭头看戚隐和扶岚没什么大碍，便一溜烟跑了。

戚隐定睛一瞧，那牌上龙飞凤舞写着几个大字：下有狼王，此处不许出恭。

不早放出来，这不要人命吗！戚隐气得吐血。

"穿好裤子，"扶岚迈前一步，"他欺负你，我去揍他。"

"等等！"戚隐刚提好裤子，扶岚纵身一跃，戚隐下意识地去拉他的手臂，被他一带，脚下绊了一跤，直直跌下崖去。扶岚明显愣了一下，一头扎进风中，跟着戚隐下落。风声在戚隐耳边呼啸，戚隐吓得心都要跳出嗓子，腰间被谁一搂，整个人被托起来，手忙脚乱地拨开挡在眼前的头发，才看见扶岚的下颔。

扶岚带着戚隐徐徐降落，戚隐脚落到实地上才松了一口气，倚着崖壁还没缓过劲儿来，就看见那边大石头上趴着一头巨大的白狼。那头狼足有三层楼那么高，金色的双眸像燃烧的灯笼，雪白的皮毛在月光中犹如汹涌的云浪。扶岚和戚隐站在它的跟前，简直就像两个泥人儿。他们相隔明明有几丈远，可戚隐能感受到它灼热的鼻息，仿佛炼狱火焰。

"呆哥，你还揍它吗？"戚隐的声音发飘。

扶岚没说话，目光迎上狼王阴森的双眸。森冷的妖族气息从扶岚身上潮水一般涌出，如果戚隐修炼出神识，就能"看"到来自扶岚和狼王的两股妖气悍然对冲，相撞之处翻腾出滔天巨浪。他们两个像海潮中央的两块礁石，岿然不动，而他们的身前，潮吞万象。

戚隐只觉得四周忽然飞沙走石，风大得连眼睛都睁不开。扶岚腾出一只手拉住他，他像潮水中的一片枯叶，攀附着礁石才能不被浪头卷走。

风慢慢止了，戚隐看见狼王蹲了下来，他不知道，这家伙刚刚闷下一口甜腥的血。

狼王低沉地开了口："名字。"

"扶岚。"

"老子听过你，"狼王从巨石上站起来，俯视着扶岚和戚隐，"你是南疆的大妖，听说你领着三万妖兵进入九垓鏖战群魔，二十八个首领战死，妖兵全军覆没，独你一人一路杀上渊山，宰了微生原那个老儿，还把他的骨头炼成刀。"

"嗯，是我。"扶岚道。

狼王忽然低低笑起来："可你的气息一点儿也不像妖。老子活了八百年，头一回闻到如此奇特的气味儿，真是令吾生厌。"

戚隐在扶岚身后小声道："呆哥，你多久没洗澡了？"

扶岚："……"

"不过，"狼王哈哈大笑，"后生可畏，老子甘拜下风，你们俩走吧。"

戚隐松了一口气，想不到南疆那头猪妖的名头这么好用，还没开始对招，光亮出一个名头，这头狼就怕了，忙拉着扶岚想要爬崖上去。那头狼忽地耸了耸鼻尖，像是闻着什么味儿，又道："后面那个小的，过来让老子看看。"

戚隐登时僵住了，他每天都洗澡，这狼莫不是看上他当口粮了？

扶岚把他拽到身后，道："他是我的，不给看。"

"喊，"狼王不屑地啐了一口，"你真当老子稀罕不成？老子不过闻着这小崽子的味儿有些熟悉，像……像……"狼王想了想，道，"像无方山那个姓戚的牛鼻子。小崽子，你是不是那道士的亲戚？"

这狼长得凶猛，却似乎并非不好相处。戚隐踌躇了一下，对它作了一揖，道："晚辈戚隐，狼王说的姓戚的道士大约是晚辈的父亲。不过他早已抛妻弃子，对晚辈不闻不问了，所以也算不上是晚辈的父亲。"

狼王长长"哦"了一声："那小浑蛋确实长了副薄情寡义的面相。老子当初赏识他，想跟他交朋友，谁知老子不过吃了几个凡人，这小子就跟老子翻脸，二话不说跟你们凤还山那个掌门一块儿把老子关在这里。一关就是二十年，也不来看老子一眼，老子原本一身又亮又滑的狼毛都拧巴了。"狼王哼了一声，道，"那厮过得如何？他剑术超群，又有资历，现在该是无方长老了吧。"

戚隐沉默了一会儿，道："他死了，听说是前不久去颍河除水鬼的时候不慎遇害的。"

狼王顿时不说话了，熔金一般的眸子暗淡了几分。凄冷的月光照在它的脸上，每一根雪白的狼毛都流淌着玉色的光泽。不知怎的，戚隐竟从它的脸上看出几分悲哀来。

"你们两个小崽子，陪老子散散步。"狼王忽然从石头上走下来，往林子里走去。

夜风静谧，林间闪烁着点点萤光，前方有一处小溪，潺潺水声遥遥传来。很远的地方飘来似有若无的歌声，好像跨越了山山水水，被天风送到耳边。狼王说那是鲛女，她们住在下游，成天吊嗓子，它听了二十年，终于发现她们只会唱一首歌。

"长得挺漂亮，你俩要是不介意她们有鱼尾巴，可以考虑考虑。"狼王说。

戚隐干笑道："谢狼王好意，我们还是专心修道的好。"

几个不知名的小妖从落叶堆里爬出来，看见狼王吓得一哆嗦，又爬回去装死。小溪上萤火慢慢汇聚，凝成一个妙龄少女的轮廓，在溪水上飘荡。戚隐问那是什么，扶岚道："萤妖，食人。"

歌声还在继续，缥缈得像一阵烟。他们走了一截子路，在溪水边上停下。狼王伏在溪岸上，望着水里的月亮，道："小崽子，莫怪你老子狠心。男人嘛，难免犯这样的错儿。老子也有不少私生子，不知道在哪天边儿蹦跶呢。老子打过的凡人不说上万也有成千了，单敬你爹是条汉子。好好学，别丢你爹的脸。你爹脸薄，看见女人洗澡都会脸红。"

戚隐没再说什么，好像把狼王的话听进去了又好像没有。他不笑的时候脸色就淡淡的，好像和谁都隔得远远的。

两人一狼一同看水里的镜花水月，涟漪微漾，萤火森森，像一场梦。

月上中天的时候扶岚拎着戚隐回了思过崖，鲛人的歌儿已经听不见了，四周一片静寂，月光淡淡，世界像笼在水里。戚隐不想回去睡觉，坐在崖边吹风。扶岚陪着他，两个人坐在夜空下，是渺小又瘦削的影子。

"你在难过。"扶岚说。

戚隐扯了扯嘴角，干巴巴地开玩笑："这都被你发现了，你好厉害哦呆哥。"

扶岚拍拍自己的肩："难过的话，肩膀借你靠。"

戚隐心头一暖，笑了笑，说："谢啦。其实也没有很难过，就是有点闷。不就是没爹嘛，你也没有，咱师兄师姐也没有，我早就习惯了。我就是受不了总是有人在我耳边念叨他，搞得好像我有爹似的。他是大英雄嘛，我知道，斩妖除魔，披肝沥胆。我也知道他心向大道，不回来找我娘情有可原。"

扶岚静静地看着他。

"可那又怎么样？他是别人的英雄，又不是我的，毕竟……"戚隐垂下头，碎发遮住了眼睛，蔫巴得像路边的一根狗尾巴草，"毕竟，我连他叫什么名儿都不知道啊……"

"戚慎微。"扶岚忽然说。

戚隐愣了下，抬头看他。

"阿芙告诉我的，不是道号，是本名。"扶岚道，"你很想要一个爹吗？"

戚隐挠了挠头，道："说不想是假的啦。小时候我表哥拉着我跟同窗打架，被打得头破血流，我趴在地上暗暗地想，要是我爹从天而降把这帮人打得落花流水就好了，结果每回都是我姨爹来救场。但他只牵着我表哥走，我只能一边揉膝盖一边跟在后面。"

"今天我帮你赢了。"扶岚说。

那是你搬出跟你同名儿的猪妖名号把那个狼王吓了。戚隐有些无语，他没想到扶岚竟然这么厚脸皮。

两个人静了会儿，戚隐又问："呆哥，刚刚狼王说你的气息不像妖，是什么意思？"

扶岚望向远山，道："猫说我跟着它，我是一只猫妖。后来阿芙说我是她的小孩，我是人。"他垂下眼，轻声道，"小隐，我也不知道我是什么。"

不是妖，那不就是人了吗？戚隐抓抓头，看了看他的脸，道："有鼻子有眼，你就是人啦。别听你那只猫胡说，你看你跟它学说话，都学成啥样了。"

扶岚没出声。

"呆哥，"戚隐望着天上的明月说，"要不你跟我说说我娘吧，跟她在一块儿的时候我太小了，都没什么印象了。我娘她……到底是个怎么样的人？她能被我那个薄情寡义的爹看上，一定很不错吧？"

"嗯，"扶岚想起那个明媚的女人，"她很漂亮，比女娲像还要漂亮。"

他的声音很轻，像一阵风，飞进了茫茫的夜色。

第三章

桑梓

扶岚记得那年是深秋时节，漫山黄澄澄的乌桕树和红彤彤的鸡爪槭。他那年十二岁，头一回出南疆，和黑猫一起北上，沿途寻觅神迹废墟，一直走到了乌江。乌江山水和南疆迥然不同，这里的山精致秀丽，青冷冷的颜色，像女人眉上的螺黛。越往北越太平，人间王朝一统，不似南疆，妖族争斗不休。扶岚在山包里寻了处山洞歇脚，停留了好些时日。

直到有一天，黑猫外出狩猎，竟然叼回了一个身穿青布袄儿的小娃娃。

黑猫拣出一个破砂锅放在地上，道："今儿运气好，碰见个落单的小娃娃，正好做老夫的口粮。你看着他，老夫去寻些柴火。"

这娃娃生得白嫩，一双眸子黑黝黝的，一眨也不眨地盯着扶岚看。扶岚没搭理他，阖目打坐。过了会儿，他听见一阵窸窸窣窣的声音，是那娃娃朝他爬过来了。他依旧没动弹，那娃娃攀上了他的手臂，他怀里一沉，鼻尖笼上娃娃身上的奶香，紧接着，颊上印上了一个湿软的吻。

他睁开眼，怀里那个娃娃笑弯了眼睛："神仙小哥哥，又香又漂亮！"

没过多久黑猫就回来了，架好柴火，正要把砂锅放上去，伸脑袋一瞧，里面多了一坨臭烘烘的粪团子。黑猫气得七窍生烟，问道："谁干的？"

娃娃指了指扶岚："是哥哥。"

"放屁，"黑猫道，"呆瓜餐风饮露不吃不喝，哪来的屎？就是你拉的，你还撒谎！"

娃娃低下头对手指："可是我憋不住了，我娘说拉臭臭不能拉在地上。"

黑猫爱干净，砂锅沾了粪便然是不能用了，于是又琢磨着直接上火烤。狗崽还不知道自己危在旦夕，马上要沦为妖怪的口粮，犹自戳着扶岚的脸颊，问道："哥哥是哑巴吗？为什么不理我？"

"因为他讨厌你。"黑猫没好气地说。

"哥哥为什么讨厌我？"

"因为你是凡人，我们妖怪都讨厌凡人。"

"你们为什么讨厌凡人？"

黑猫抓狂了："别问我了，问他去！"

有的时候扶岚也弄不懂狗崽为什么那么多问题。扶岚听说过狗崽的爹戚慎微，那个男人是仙门百年难得一见的剑道天才，他还活着的时候，三千仙门视他为人间道标，道法传承的希望。狗崽是他的儿子，但在脑子这方面，狗崽大概是随了他娘。

娃娃开始在扶岚耳边喋喋不休。

"你们是谁呀？为什么你有妖怪猫爷爷？为什么你们住在山上，你们不去村子里和大家一起住吗？"

"哥哥为什么不吃不喝，哥哥不吃东西不会饿吗？"

"为什么村口的老大爷头上没头发？有时候他脑袋还会发光。"

扶岚什么也没说，默默地转过身面对墙壁，用手捂住了耳朵。

狗崽真的太吵了。

扶岚最终把狗崽送下了山。黑猫别别扭扭地同意，毕竟这样的娃娃，做口粮都嫌少。但最大的原因是他在扶岚身上尿了，这是扶岚漫长人生中头一次被别人尿在身上，那个家伙还十分厚脸皮地说："香哥哥变成臭哥哥了。"

但连黑猫都没有想到，那娃娃会自己再找上门来。可见狗崽这脑子，是真的随他娘。第二天过了晌午，狗崽就拿红绳牵着一只小母鸡，吭哧吭哧地爬上了山。谁也想不到这个四岁的小娃娃能认着路，他身后那只母鸡被他拖个半死，已经只剩下半口气了。

黑猫很高兴，说狗崽这娃娃是弃暗投明，叛逃人间，做他们的仆从。

但扶岚的噩梦又来了，狗崽开始在他身边歪缠："哥哥，你看我会用嘴巴放屁。"说着，他瘪起嘴，发出"噗""噗"的声音。

扶岚："……"

"我还会用口水吐泡泡。"狗崽又噘起嘴，吐出一个透明的口水泡泡来。泡泡破了，他就朝扶岚笑。吐得口干舌燥扶岚都没理他，狗崽皱起脸，道："哥哥为什么不和我玩？娘亲说我生得好看，谁见了我都喜欢。"

扶岚沉默了一会儿，终于说话了："她骗了你。你很吵，很讨厌。"

狗崽哭着回去了。

第三天狗崽上来的时候捎来了一碗红烧肉，黑猫舔个精光。酒足饭饱才发现狗崽这小子破天荒的没吭声，蹲在墙边拔草梗子。黑猫踱过去问他："你怎么了？怎么不和呆瓜玩了？昨儿还恨不得长他身上。"

"哼。"狗崽撇过头，偏不吭声。

黑猫拿尾巴勾他，他才肯说话："哥哥伤了我的心。"

"怎么了？"

"昨天哥哥说讨厌我，说我吵。"狗崽说，"我刚刚等了那么久，哥哥都不来哄我，我再也不和他玩了。"

"你别理他，老夫跟你玩。"黑猫道，"你今天带的红烧肉好吃，明天继续带这个给我。"

"哼，"狗崽拿草梗子戳地，"哥哥和娘亲一样坏，我再也不理你们了。娘亲不理我，哥哥也不理我。我生气了，你们都不哄我。我可好哄了，一哄就好。"

狗崽又抽噎着回去了。扶岚后来才知道，那时候阿芙每日浣衣做工，早出晚归，便把狗崽寄养在村里的老姑婆沈大娘家里。黑猫叫那女的老虐婆，她收了阿芙的钱，却照顾狗崽不实心，净日里在院里打叶子牌，将狗崽一人锁在屋里。狗崽是屁股底下长牙的性子，待不住，搬了板凳到窗台，自己一个人翻出来，到外边儿去玩儿，等夕阳西下，再翻回去。

黑猫就是那时候把他给叼走了。

狗崽那天生闷气，没有直接回家，在山里遛了很久，遛到后来，已经偏离小路很远了。他认不清路，闷头乱走。夕阳落进叶子的缝隙，在他脸上打下斑驳的光。狗崽瘪着嘴，嘴里还不停念："臭哥哥，臭娘亲。大家都臭，只有狗崽香。"

忽然，一个筑球滚到他脚边。狗崽抬头看，一个脸色青白的男孩儿站在远处。

那男孩儿不说话，只直勾勾地看着他。狗崽把筑球捡起来，再抬起头的时候，那男孩儿已经到了跟前。

狗崽吓了一跳，跌在地上，屁股摔疼了。

一只手把他拎起来，狗崽抬起头，看见扶岚白皙的下颌和冷淡的眸子。

"哥哥。"狗崽喃喃，再扭头看时，那男孩儿已经不见了，地上只有一个滚来滚去的筑球。

"你这小孩儿真是胆大，撞了脏东西也不怕。"黑猫趴在扶岚肩头，"下次别傻兮兮地站在那儿，记得跑，跑进有光的地方。那玩意儿怕光，不敢追你。"

扶岚把他送到田埂上，立在斜阳底下，目送他回家。狗崽一步三回头，见身量单薄的少年站在那儿，像一笔轻淡的墨迹，夕阳把他的影儿拉得长长的。狗崽忽然回头扑进他怀里："哥哥，我原谅你了，我还和你玩。"

扶岚呆了下，狗崽又扭过身，啪嗒啪嗒跑远了。小小的身子，青布的袄儿，跑得歪歪扭扭，却能看出他是天底下头一等高兴的娃娃。

黑猫戳了下扶岚的脸儿，道："呆瓜，你今儿看起来很高兴嘛。喜欢那娃儿？要不咱们把他拐跑，给你当仆人。"

扶岚摇摇头，踅身朝夕阳走去。

第四天，他盘腿坐在岩石上。灰蒙蒙的天空尽头露出一线金光，太阳慢慢移上来。他在外面坐了一天儿，远远望着山下庄稼汉光着泥巴腿子进田，又出田。太阳西移，他抬起头，横斜的树枝映着黄澄澄的天，像瓷器上细密的裂纹。

淡青色的飞鱼栖落在他指尖，告诉他，狗崽今天没来。

街上，两边店铺都阖了门，偶尔传出几声闷闷的狗吠，有人在屋里大声咳嗽、大声吐痰。阿芙送完了最后一筐衣裳，搔着肩背走在石子路上。累了一天，腰酸背痛，她伸手探进怀里摸了摸荷包，鼓鼓囊囊的，装了她一天的工钱，丁零咣啷响。

街很黑，房屋是黑沉沉的影儿。街上雾渐渐浓了，隔街传来叮叮当当的铃声，缥缈得像一阵风。石子路笼在月光和雾气里面，露出幽蓝色的轮廓。

第三章 桑梓

近日乌江老是丢孩子，很多人猜是山妖，乌江这一块儿山多，林子里总是闹山童山妖什么的。听说有人上山砍柴，看见一个矮矮的小孩儿在桥上玩球，还冲他招手，走过去一看，小孩儿却没了，可球打在地上啪啪的声音却还在；还有的时候会看见一只黑猫，眼睛冒绿光，恶狠狠的模样。所以这会儿大家都结伴上山，没人敢自己上去。

传闻听多了，假的都当真的。阿芙加快脚步，要去沈大娘家找狗崽。那铃声越来越近，幽蓝色的雾气尽头渐渐现出一列黑影，打头的高高瘦瘦的，像一截干瘪的竹竿。阿芙不自觉放慢了脚步。影子越发清晰了，后面的影子渐渐现出来，矮矮的，手伸得僵直，全是丁点儿大的孩童。

阿芙心里一惊，忙往边上一闪，躲进一条小巷。

她惊疑不定地探出头往外看，铃声从她头顶飘过去，这回她看清了，那是一个面容枯槁的道人，眼眶深深地凹陷下去，眼睛像两簇绿莹莹的鬼火。他后面跟着一群小孩儿，足有七八个，高高矮矮排成一列，闭着眼一蹦一跳地跟着他走。

孩子一个一个打她眼前过去，一张张小脸纸糊的一般，苍白得像鬼娃娃。

她心脏狂跳，想等他们过去就去找人救人。最后一个孩子跳过来了，她眸子顿时一缩。圆圆的小脸儿，睫毛又长又弯，头上还扎了一个小揪揪，那是她的狗崽。

阿芙气得两眼发黑，哪儿来的不长眼的东西，敢动她儿子！阿芙抿着唇悄悄跟在后头。那道士佝偻着背摇着铃儿，步履蹒跚地往前走。阿芙绕到一个巷口，街对面也是一条小巷，巷口黑洞洞的，看不清里面。阿芙屏息等他们一个一个过去。狗崽蹦得吃力，落在后面，那道士没有觉察，正好给了阿芙机会。

阿芙深吸一口气，一鼓作气，猫儿似的跑出去，一把搂起狗崽，扑入对面的小巷。这一跑根本不敢回头看，径直夺路狂奔，只期盼那道士没有觉察，不知道少了一个孩童。

一口气跑出去老远，也不知跑了多久，后面没有追赶的脚步声，阿芙抽空回头看，黑蒙蒙一片没有人，登时松了口气。她低头看狗崽，他已经迷瞪着眼睛醒过来了，有气无力喊了一声"娘"。阿芙摸了摸他的头，让他别说话。狗崽把头靠在她肩膀上，忽然指着上面说："娘，有人。"

阿芙做梦也不会想到那道士在上面，僵硬地抬起头，果然见一个黑漆漆的人影悬在她斜上方的头顶。上面太黑，阿芙瞧不清楚他的脸，只能看见他垂着两袖悬在那里，似乎有两道幽幽的目光阴冷地注视着他们。

她从头凉到脚，动也不敢动，就这么和他僵持着。

一阵风拂过，那黑影的衣袂飘起来，衣袖折叠起来打在身上。阿芙忽然意识到这不是人，只是人家晒在上面的衣裳。

原来是自己吓自己。阿芙松了口气，正打算去找人救其他孩子，颈脖子后面忽然传来凉飕飕的冷气，像是有一个人站在她的身后，贴得极近。

叮当当——

她又听见了那铃声，就在身后。

一声又尖又细的轻笑传到耳畔："夫人，你去哪儿？老夫送你一程。"

"啊——"阿芙尖叫一声，急忙跑出去。狗崽被一股力量拽出她的怀抱，飞到了那老道的怀里。

老道摸着狗崽的头顶，笑道："母子情深。既然夫人自个儿送上门，老夫便笑纳了。"

狗崽好玩儿，举着两只肉嘟嘟的小手摘下那老道的方帽儿，露出他青灰色的头顶。阿芙这才看清他整张脸，那简直不是人的脸，瘦骨嶙峋，像一个骷髅。狗崽愣了下，忽然拍了拍他的头顶，道："爷爷也秃了，猫爷说秃头的人上辈子是面鼓，专拿来敲的。"

那一拍阿芙的脸色更苍白了，拍他头顶的声响不像常人似的啪啪声，而是空洞的咚咚响，似乎里面空无一物。

"真是个胆儿大的孩子，可惜说话儿不中听，"老道阴森森地笑起来，露出一口参差的黄牙，"小孩儿的舌头嫩，正好割下来给老夫炖汤喝。"

"把我儿子还给我，要不然打碎你的秃头！"阿芙咬牙道。

狗崽忽然直眉睖眼地喊了声："哥哥。"

"你这小娃娃脑子不大好使，"老道摇头叹道，"老夫的年纪能当你祖……"

话没说完，老道忽然卡了壳，整个人木偶一样呆住。

一只苍白的手从他肩后伸出，捂住了狗崽的眼睛，与此同时，老道一点点裂开，像瓷器光滑的表面蜿蜒出密密麻麻的裂缝。

阿芙吓得立时僵直。老道后面的人显露出身影，那是一个少年人，十二岁的模样，脸色白皙，眸子又黑又大，肩上趴着一只黑猫。他悬停在空中，收回手，将狗崽从老道的怀里提溜出来抱在怀里。

"哥哥叫的是我。"

扶岚将狗崽交给阿芙，阿芙睁圆了眼睛："你……你们……"

"原来是你，扶岚小儿。"尖细的声儿忽然传过来，扶岚抬头望过去，那老道立在远处的雾气里。

阿芙回过神来，叫道："他的脑袋是空的，穿胸试一试！"

墨色的身影一闪，扶岚蓦地出现在老道跟前，十指穿过老道的胸口。只听见令人牙酸的咔嚓一声响，老道的胸骨尽数断裂。

"你杀不死老夫的，扶岚。"老道歪着身子低低笑了笑，"来历不明的杂种，你自称为妖，却和凡人混在一起。老夫听闻众妖皆耻与你为伍，你便离了南疆来到人间。你这般的杂种，便是凡人也不会容你的！"

黑猫一爪子拍碎他的下巴："跟你没关系，去死吧。"

骨架碎了满地，零零碎碎的骨头在地上打转，骨碌碌滚进沟渠里。阿芙跑过来，问道："他死了？"

"没有，这不是他的真身。"黑猫说。

狗崽从阿芙怀里挣下来，跌跌撞撞跑到扶岚脚边上，踮着脚尖捧起扶岚的手，上面有几道口子，是方才被那妖道的骨刺拉伤的。狗崽对着扶岚的手哈了几口气，道："痛痛飞。"

妖魔自愈能力强大，便是断了手也能再长出来。扶岚手上的口子恰在这时愈合了，狗崽笑弯了眼："飞走了！"

小小的孩童，眉眼弯得像月牙，灿烂的星星藏在他的眼睛里。

扶岚愣了一下，伸出手，笨拙地摸了摸他的头顶。

把被拐的孩童挨个送回去，阿芙抱着狗崽，领着扶岚和黑猫回到家。

阿芙的茅屋在村口，走到石子路的尽头，弯到泥巴土路上去，再拐过一面颓圮的烂土墙，村里有马头墙有菱花窗的宅子离他们越来越远，渐渐变成瓦房土屋，又变成茅草棚子。最终摸黑踏过田埂，一间孤零零的小茅屋立在东边山坡底下，柴门边上长了一棵乌桕树，黑压压的叶子挡下一片乌漆漆的影子，那就是阿芙母子的家了。

一进门，阿芙便押着狗崽的头跪下，道："多谢二位爷相救之恩，小妇人无以为报，明日定当奉上生鸡活鸭，望二位爷笑纳。"

黑猫馋嘴，见了肉腿都迈不动。它后来那么胖，都是阿芙给养的。一听有鸡有鸭，黑猫忙清了清嗓子，道："哪里哪里，救个小娃娃而已，举手之劳。不过你执意要报恩，我们也不好推辞。那就这样吧，鸡做成白斩的，鸭子弄成盐水鸭，老夫口味淡，记得多加点儿葱。"

"原来你们是吃熟食的妖怪，那这位小爷呢？"

黑猫道："他餐风饮露，专喝西北风，不用管他，你只需伺候好老夫就行。"

狗崽挣脱阿芙，朝扶岚扑了过去："哥哥！"扶岚被他吓了一跳，摁着他的脑袋把他推出去。狗崽不依不饶，又黏上来，扶岚再次把他推出去，他扭着身子钻进扶岚的怀里。

狗崽从怀里拿出一包红烧肉，打开摸了摸，道："都凉了。今天家里没有肉吃，我跑遍了村子才找来两块，本来想给你们送去的，可是半路上就被怪爷爷抓了。"

扶岚摸了摸他头顶。

阿芙一愣，笑道："原来你们就是狗崽说的新朋友。这孩子晚上睡觉前，总是说认识了一个小哥哥和一只猫。他从前说认识了小玩伴儿，结果不是他自己捏的小神仙泥娃娃，就是瞎想出来的，有一回还把自己的影子当朋友。我还以为这次也是这样。"她伸过手，摸了摸狗崽的小身子，道，"这孩子打小一个人玩儿，我事忙，照顾不到他。这几日多谢二位相陪，小妇人感激不尽。"

"好说，好说，"黑猫也笑，"老夫看这娃娃可爱，心里欢喜得很。"

"可是，狗崽，"阿芙扭过头来，微笑道，"你不是在沈大娘家吗？怎么和哥哥、猫爷认识的？"

她的微笑有点凶险的意味，但扶岚那时候心眼单纯，不懂得察言观色，由着狗崽抖抖索索，把事情都交代了。扶岚是很后面才知道阿芙这个女人是属夜叉的，那时候他已经是阿芙的干儿子了。家里没酱油，他牵着狗崽上街打酱油，正巧看见阿芙在一户人家门口打架。好像是那家女主人诓了阿芙工钱，还污蔑她勾引男人，阿芙把那对夫妻打得蓬头散发，屁滚尿流，一抬起头，正瞧见自己两个儿子站在人堆里。

　　阿芙整了整衣裳，又是一副温婉可人的模样，笑道："出来打酱油？"

　　扶岚怔怔地点头。

　　阿芙在他掌心放了两个大钱，拍拍他的脑袋，道："去，买果子吃去。"

　　女人发起疯来，妖魔鬼怪都要退避三舍。这是扶岚那时候学会的道理。

　　不过阿芙知道狗崽被黑猫叼走，又偷沈大娘家里的母鸡和红烧肉之后并没有生气。大约是因为黑猫和扶岚在场，她只是笑了笑，温言告诉狗崽下不为例，明日去大娘家赔礼谢罪。狗崽素知自己亲娘的秉性，抖得跟筛糠似的，黑猫还奇怪这小孩儿怎么打起摆子来了。

　　阿芙去倒了两盏茶，拉着扶岚的手问起他的来历来。扶岚一一都答了，打南疆来的，黑猫捡了他，他是一只猫妖，一路寻找神迹，前几日到的乌江。灯火下女人的眉眼融融，有一种说不出的温柔。扶岚莫名觉得，她长得像娘娘庙里的女娲像，只要在庙的乌沉沉的屋檐下，仿佛就是归家。

　　最后她问："你们没地方去，要不要留在我家？沈大娘照顾狗崽不尽心，我不敢再烦扰她了。你们帮我看顾狗崽，往后只要我阿芙能吃上鸡屁股，你们就一定有鸡腿吃。"

　　拜托两个妖看顾自己的孩子，天底下也只有阿芙敢这么干了。她是个胆大妄为惯了的女人，这并不是她这辈子干过最出格的事情。黑猫为了鸡鸭猪肉，一股脑全答应了，虽然照顾狗崽的活儿其实是落在了扶岚身上。

　　扶岚成了乌江最称职的姆妈。他学会了做米糊糊，炒青菜，包油渣饺子，做艾叶果子，帮狗崽洗尿湿的床单，洗狗崽弄得全是泥巴土灰的袄儿裤子，有时候还要打扫庭院。家不大，一间茅屋做堂屋，一间茅屋是卧房，还有半间塌了墙的屋子做灶房。

　　扶岚来了之后，阿芙就睡堂屋了，扶岚、狗崽和黑猫睡一屋。为了省钱，家里不经常点灯，堂屋里黑洞洞的，只有神案上有两点幽明的长明灯，淌了泪的红烛供奉一方牌位，供奉的却不是伏羲也不是女娲，而是阿芙的男人，上面写"元微真人升仙道位"。

　　"这是我男人。"阿芙拿着湿布细细擦拭那牌位，幽暗的灯火映着她的脸儿，有种阴森的笑意，"我怀胎十月的时候他南去仙山，一去不返，到现在没个音信，想着约莫是得道成仙了吧。你瞧，我立了个牌位，希望他保佑我们母子平平安安，福寿绵长。"

黑猫有些发寒，道："这样不好吧。这么些年来，老夫还没听过有谁道法大成，得道成仙的，你这样不是咒他死吗？"

"哦，"阿芙笑容不改，眉眼弯弯，"不要我的男人，我就当他死了。"

黑猫："……"

家里也有出乱子的时候。狗崽调皮，有一次趁黑猫睡觉，把黑猫的胡子给剪了。黑猫醒来一照镜子，顿时觉得没脸见人，躲在橱柜底下不肯出来。阿芙回来之后大怒，拎着剃刀，把狗崽剃成了光头。

狗崽哭得昏天暗地："我没头发了！"

"你没头发了，猫爷还没胡子了呢！"阿芙拎着他的耳朵骂，"生你手出来干什么用的？净给人添乱的！明儿就把你的手剁了。"

"我不要娘了！"狗崽一抹泪，啪嗒啪嗒奔进屋，用青布碎花帕子包住锃亮的头，收拾了一个小包袱出来，拉着扶岚的手要走。

扶岚手足无措，阿芙拉着他道："你干吗？你要走就走，你牵哥哥干吗？"

"哥哥跟我一起走！"狗崽大叫。

阿芙一把把扶岚拽过来："小兔崽子，反了天了！你一个人走！滚，滚得越远越好，当初就不该生你下来！"

狗崽真的离家出走了，扶岚呆了半晌，还是跟出去了。狗崽背着小包袱闷头乱走，扶岚默默跟在他后头。他头上裹着碎花布帕，又背着包袱，看起来像一个受气的小媳妇。后来狗崽肚子咕咕叫，扶岚摸出两块铜板，给他买了馒头。两个一大一小的男娃娃齐齐蹲在路边，看街上人来人往。有的路人看见他俩，在他们脚边扔了几块铜板。

到了晚上，狗崽在外面着了风，发了高烧。扶岚背着他回家，猫爷已经从柜子底下出来了，走过来蹭了蹭昏睡的狗崽。阿芙解开狗崽的包袱一瞧，里面只有一块他爹的灵牌。这个小娃娃，离家出走什么也不带，只带着他未曾谋面的爹。

那是扶岚第一次看见阿芙哭。

阿芙曾经说，人这一辈子走过山水迢迢，千里万里，有时候，就是为了与某个人相见，与某个人重逢。阿芙没说是谁，黑猫偷偷告诉扶岚，那个人是戚慎微。阿芙有时候会站在檐下发呆，扶岚后来知道，他们当初就是在那里跪拜天地，结为夫妻。

"这是一种承诺，扶岚，"那天漫天落叶，像飞舞的枯蝶，阿芙坐在檐下喝酒，晃着腿说，"承诺你这辈子永远待她好，永远把她放在心上。"

扶岚的心静静的，像烟水，茫茫一片。可那个时候，他心底忽然有了波澜，仿佛是有了想望。

扶岚说："我一辈子待弟弟好。"他想了想，又道，"阿芙，我从南疆到乌江，翻过很多山，渡过很多水，才遇见了他。"

阿芙愣了很久，怔怔地看着这个黑发黑眸的男孩子。他神情恬静，每一句话都很认真。

"是吧。"阿芙喝多了酒，头有些晕，撑着脸笑道。

再后来，秋天快要过去的时候，村里张大户娶亲，阿芙被叫去帮佣。扶岚洗完被狗崽尿湿的衣裳，去田埂上捡干牛屎，这是他每天必做的活计。干牛屎可以烧火，捡够了他就不用砍柴了。每日晌午扶岚都牵着狗崽，带着黑猫出来捡牛屎。天光底下，一大一小两个小小男孩儿还有一只黑猫，仿佛是从时光深处走出来的，一直走向田埂绵延的尽头。

"喂，小傻子！"有人喊扶岚，扶岚扭过头去，是个田家汉喊他。这些农人有的管他叫孟家大儿，有的管他叫傻子，因为他总是闷不吭声，像个不会说话的傻子。

"你干娘就要嫁人啦，不要你们啦。"田家汉笑道。

他说完，其他男女也围过来打趣："是呀，小傻子，你和你弟弟怎么办？来我家，给我当儿子好不好？"

扶岚疑惑地问："嫁人？"

"可不是，你干娘今天是不是去张大户家帮工去了？"一个脸庞黧黑的女人掩着嘴儿笑。

"张大户要她做妾呢。可怜的孩儿，狗崽也就罢了，毕竟是亲生的，想来会带着过门享福，你可怎么办呀？"

有人大笑："这还不简单，你看这孩子做事多麻利，把狗崽养得白白胖胖，铁定一块儿带进宅里当小厮呗。娶一个得了仨，张老爷不亏！"

狗崽破天荒没调皮，胆怯地依偎着扶岚，仰起头朝他伸出手："哥哥抱抱。"

扶岚背起背篓，弯腰抱起狗崽。

小孩儿软软的身子靠在他怀里，狗崽埋着头说："我想娘亲。"

田里的男女在他们后面嘀嘀咕咕，还有人嘻嘻哈哈地喊"小傻子"。闲言碎语像温吞的小火，把田地煮得沸腾。扶岚没再回头，两人一猫深一脚浅一脚走回了家。

沈大娘引着阿芙进了张府。府里今天要办喜事，四处张灯结彩，红绸子挂满了梁。

沈大娘一脸喜气洋洋引着阿芙往里走。她是阿芙在村里为数不多交好的人，之前没照顾好狗崽，昨日特地来找阿芙道歉，还说要将功补过，帮阿芙寻了活计，帮新娘子梳妆，活儿轻便银钱又多。

越往里走人越少，青瓦白墙的院落，青白的石板铺满地，缝里面生出潮湿的青苔，踩在脚下滑滑的。阿芙低头看自己的脚尖，像小巧的笋尖，在裙底一下一下地露出头。

不知不觉已经进到内院了。沈大娘推开彤花门拉着她跨进门槛，老婆子力气很大，攥着手腕的手粗糙有力，像一把铁钳。阿芙感觉哪里不对，沈大娘已经撩开了珠帘，里面几个粉白脂红的侍女齐齐站在黑漆梳妆台前。阿芙扭头一看，鼓凳上空空如也，仿佛在等待着它的新娘。

阿芙问沈大娘："新娘子呢？"

沈大娘咧嘴一笑，道："新娘子就是你呀！"

阿芙一惊，几个侍女冲上前，压住她的肩膀，把她按在梳妆镜前。

"大娘，你这是做什么？！"阿芙问。

沈大娘把头伸到她脸旁，梳妆镜里映出一老一少两个女人的脸影儿。沈大娘抚着她的肩道："夫人息怒，老婆子我这也是为你好呀。你瞧瞧，张老爷家财万贯，是咱们乌江数一数二的财主。你跟了他，狗崽将来就有好日子过。"

阿芙冷笑："沈大娘，你就是这么对朋友的？"

沈大娘正要再劝，一个穿着圆领吉服的男人挑开帘子进来。

"夫人，你这又是何必呢？"来人白净面皮，两眼上挑，风流倜傥的模样，"与其守活寡，还不如跟了我。我仰慕你许久，你的孩子我也会视如己出。日后狗崽就是我张洛怀的儿子，他要上学堂，要进京赶考，资费都由我来出。"

"就是，就是。"沈大娘在一旁帮腔，"阿芙啊，你别糊涂了，你那个剑仙夫君早就不要你了。女人哪，还是得嫁个男人。"

阿芙对着张洛怀冷笑："看你长得人模狗样，没想到想出这般下作的计策诓我入府。我呸，也不撒泡尿照照你这德行，老娘就是嫁头猪也不嫁给你！"

张洛怀做了个手势，众人上来压她的肩膀。谁知阿芙看着瘦弱，力气却很大，几个人压不住她。阿芙撞开侍女，想要冲出去，张洛怀迈步一挡，把珠帘挡在身后。阿芙随手拿起一个烛台，吓唬他让他躲开。可那张洛怀偏不动弹，倒上手要来抢烛台。

"滚开！"阿芙尖叫。争抢中阿芙慌乱一挥，烛台结结实实砸在张洛怀的脸上，把他打得头往右一偏。

众人都吓了一大跳，阿芙也吓得不轻。她打小力气大，这要是打死人，可是要吃牢饭的。看他稳稳当当站着，似乎性命无虞，阿芙试探着道："我会赔你钱，你放我出去！"

沈大娘跺着脚道："你瞧你，你这是做什么！打伤了脸可怎么好！张老爷，你怎么样，我给你找大夫去？"

张洛怀一寸寸地把脸转回来，沈大娘和阿芙慢慢变了脸色。他整张脸都歪了，鼻子嘴巴向左扭，右脸凹陷下去一个窝。他蠕动着被打歪的嘴，嗓音变得又尖又细："夫人，你打得我好疼啊。"

这嗓音阿芙很熟悉，她忽然想起来，这是那个秃头老道！

所有人都苍白着脸说不出话，后面有几个侍女尖叫了一声，晕了过去。沈大娘死死攥着阿芙的手臂，才没晕倒。张洛怀瞧她们脸色不对，眼一瞥，正巧看见镜子里自己的歪脸。

他的脸七扭八歪，看不出什么表情，只听见他的语气沉了几分，道："你把我的脸打坏了。"

阿芙艰难地说:"对不住,我不是故意的。"

沈大娘颤着腿道:"张老爷,这……这里没我什么事了,我就先走了吧……"

张洛怀五指成爪,朝沈大娘的面门一伸,沈大娘登时木偶一样呆住,面皮迅速地枯萎下去。阿芙眼睁睁地看着沈大娘只剩下一具枯槁的骨架。

他歪着嘴朝阿芙看过来,冷冷地道:"把老夫的脸捏好,要不然你就像她一样。"

阿芙心脏狂跳,可还要赔着笑走上前去:"好,好,这就帮你捏。"

手触碰到他的面皮,又冷又湿,不像人脸,像沾了水的泥团,很是恶心。阿芙扭正他的鼻子,手指移到他眯成缝的眼睛上,心一横,伸出两指猛地戳进去。张洛怀尖叫一声,阿芙用力把他推开,扭身就往外跑。

一阵飘忽的铃声在背后响了,腿忽然就失去了力气,阿芙惊讶地发现自己没法儿动了。摄魂铃连响了三声,她身体一滞,僵硬地转过身,一步步朝张洛怀走过去。那个人站在落地罩边上,脸上稀巴烂,一团模糊,阿芙心里大喊着不要过去,可仍旧控制不住自己,走到他跟前。

"扶岚小儿没有告诉过你吗?"张洛怀将脸凑到她面前,两个人之间不过一个巴掌的距离,阴冷的呼吸扑到阿芙脸上,"妖怪有神识,没有眼睛,也能'看'。乖乖在这里待着,到晚上,我们就能一家团圆了。"

天色渐渐暗了,黄昏的阳光如水般漫过菱花窗,爬上阿芙的膝头。阿芙听见外面有隐隐约约的人声,姑婆妯娌大声问好,小孩儿哭哭啼啼,侍女仆婢的人影闪过,脚步声嗒嗒。她想要求救,可是动不了,连微微弯曲手指也做不到。铜镜里照出她的影子,她面目模糊,像一个女鬼。

屋里除了她没有别人,花影在案几上摇曳。四下里静悄悄,忽然一个竹篾小球滚到她脚边。那球很破旧,仿佛用了很久,竹篾的边缘都发了毛。

哪来的筑球?阿芙心里泛起疑惑,转着眼睛张望。屋里空空荡荡,除了她没有别人。

可那筑球就在她脚下,总不可能是凭空出现的。她不能扭头,视野有限,只能看见眼前的梳妆台和斜前方的香几。她忽然灵机一动,朝铜镜里看过去。这一看她的心就凉了,床边的绡纱里探出半张模糊的人脸,正直勾勾地望着镜子里的她。

那半张脸五官模糊,只有隐隐约约的轮廓。阿芙觉得它有点诡异,看了半响才发现是因为那人非常矮,离地面很近,仿佛是趴在绡纱里面,露出脸偷偷看她。

饶是再坚强的心此刻也绷不住了,阿芙脊背发毛,心脏狂跳。那张脸一直不动,阿芙决定不看它了,越看越怕,不如不看。闭上眼,竭力平复呼吸,她只期盼扶岚快点发现不对劲,又担忧那妖道不知打了什么主意要诓狗崽入府——他一定是想分开狗崽和扶岚借机吃掉狗崽,才会这般处心积虑。

正胡思乱想,头顶忽然罩下一片阴影,眼前一黑,仿佛是有人站在了她的身前,阿芙浑身发冷,一点一点慢慢睁开眼,她不敢直接抬起眼来看,垂着眼皮看下面,果然看见脚踏前面站了一双脚。那双脚很小，像个孩子的。阿芙一愣，慢慢抬起眼，眼前站了一个脸色青白的小孩儿，七八岁的模样，睁着一双黑黝黝的眸子看她。

原来是因为他个子太矮了，隐在绡纱后面只露一张脸，她还以为是有个人趴在后面；面目模糊是因为那铜镜许久没有磨，她被吓破了胆，这才注意到她自己的脸也模模糊糊的。

这孩子的脸色很不好，面无表情，看着令人发怵。

阿芙心惊胆战。

孩子看了她半晌，忽然搬起阿芙的手臂，撩起袖子，张嘴咬了下去。他咬得极狠，一下牙就见了血。阿芙疼痛难当，奈何身子被定住，挣不开也喊不出话，只能硬生生忍着。她想这是完了，流年不利，先遇见秃头妖道，又遇见吃人的鬼娃娃。

门口响起脚步声，孩子一震，捡起球一转眼就消失了。阿芙的手落回膝盖，手臂上的伤口火辣辣的疼。张洛怀撩开珠帘进来，他的脸已经恢复原状了，进来却不说话，四下里嗅了嗅，转而一笑道："是他来看你了？"

阿芙冷着脸，不理他。

张洛怀撩起阿芙的衣袖，看见白皙的手臂上一排牙印。他笑道："这孩子顽皮，总是乱跑。他血肉极为纯净，和你的孩儿一样。你不用怕，不过咬了一口，没有毒的。"他放下阿芙的衣袖，摸着阿芙的头顶道，"好夫人，认命吧，老夫如今披了凡人的人皮，妖气尽敛，扶岚小儿不过是个乳臭未干的毛孩子，是觉不出老夫的妖气的。"

阿芙恨恨地瞪着他。

张洛怀没看到似的，犹自微笑："好了，好了，吉时到了，我们该成亲了。届时，你便是老夫名正言顺的妾室，狗崽是老夫名正言顺的儿子，我们一家人，好好处。"

扶岚牵着狗崽站在张府门口的石狮子底下，黑猫趴在须弥座上，阶上人来人往，村人下了田，携家带口跑这儿来喝喜酒。扶岚拉着狗崽，袖子撸到肘间，还系着襻膊，像一个怯生生的乡下少年。

狗崽吸着手指，仰头看扶岚："哥哥，咱娘去哪里了？"

黑猫懒洋洋地伸了个懒腰，道："呆瓜，咱们还是走吧。阿芙嫁了人也算有了个好去处，她和狗崽有新家了，咱们就该走了。"

扶岚垂下眼睫看狗崽，小小的孩童依偎在他身侧，清澈的黑眸有泫然的水光。他弯腰抱起狗崽，跨过门槛。天井底下摆了十多个席面，人已经坐满了。村人看见他们，纷纷掩着嘴儿笑，凑着脑袋嘀嘀咕咕。

有个婆子打着蒲扇过来，拉着扶岚入席："傻子，你怎么带着你家弟弟来这儿了？算了算了，来就来了，照顾好你弟弟，别给你干娘添乱。"

邻座的大娘笑道："狗崽，你娘不要你啦，跟大娘回家好不好？"

狗崽扭过头靠在扶岚身上："哥哥，娘不要我了？"

扶岚捂住他的耳朵，轻声道："狗崽，不要听，不要看。"

"哥哥会走吗？猫爷会走吗？"小小的孩童紧紧攥着扶岚的衣襟，问。

黑猫怜悯地舔舔他的脸儿，低低地道："好啦好啦，猫爷不走。"

唢呐声起了，天井里像开了锅，所有人都在笑闹。新郎牵着新娘从角门转出来，侍女仆婢亦步亦趋跟在身后。新娘子戴着金灿灿的头面，累累珠花底下眉目低垂，腮上粉白，乍一看像庙里供奉的神女娘娘。

狗崽眼睛一亮，大喊了一声："娘！"

阿芙心中一惊，抬头望过去，狗崽跳下扶岚的怀抱，跌跌撞撞地朝她跑过来。她想要大喊，别过来，回去，回扶岚身边去！然而有铜铃在沸腾的人声中轻轻一摇，她脱口而出的却是："狗崽，来，这是你的新爹爹，叫爹。"

狗崽愣了一下，站在原地呆呆地望着新郎官："爹爹？爹爹不是成仙了吗？"

"儿子，"张洛怀朝他张开怀抱，"爹爹在这里，过来，爹爹抱。"

"爹爹下凡了！"狗崽绽放出一个大大的笑脸，迈出一步，忽然一滞，又转身去拉扶岚，"哥哥，咱们一起找爹爹。"

"等等，"张洛怀叫住他，"狗崽，他不是你哥哥，他是一个来路不明的杂种，张府不欢迎这种人进门。你来，和爹爹娘亲一起。至于这个杂种，哪儿来的回哪儿去。"

狗崽愣了。

张洛怀道："放开他，你自己过来。"

后面的乡亲上前把扶岚往后拉，低声道："傻子，你先回家去，别在这儿添乱。你干娘好不容易寻到一门亲事，你别给人家搅黄了。"

扶岚站着没动，只垂眸摸着狗崽的头。小小的孩童立在地上，呆愣愣地望着人群里的娘亲和新爹。他娘亲的声音遥遥地传过来，催他快点过去，所有乡亲都在催他，让他放开扶岚的衣襟。

"快去啊，狗崽。"

"快去，你爹娘等你呢。"

狗崽犹疑着，问道："爹爹和哥哥只能选一个吗？"

"没错，"张洛怀笑道，"只能选一个。"

狗崽握着拳头，忽然动了，却没有奔向阿芙和张洛怀，而是扑进扶岚的怀抱。他紧紧搂着扶岚的脖子，长而翘的睫毛扑闪，每一眨就涌出一颗豆大的泪珠。

"我不要爹爹了，我要哥哥！"狗崽哭着说，"娘亲坏，要爹爹不要哥哥，我也不要娘亲了！"

扶岚静静地抱着他，小小的身子传递出的温度像一团温暖的炭火。这孩子天生胆大爱笑，被妖道捉住也敢胆大包天地敲人家脑壳。扶岚鲜少见他哭泣，还以为他天性陶然，不谙恐惧。

原来他会害怕，害怕失去扶岚。

黑猫蹲在扶岚肩膀上，凑过脸蹭干净狗崽的眼泪。

"不要哭，"扶岚从胸口撕下一块布，蒙在狗崽的眼睛上，"闭上眼，不要看，不要听。"

沉静的少年抚着狗崽的头顶，轻声道："哥哥带你和娘亲……回家！"

话音刚落，墨色的身影瞬间消失，一只苍白的手从张洛怀的背后伸出。扶岚出现在张洛怀的身后，抽出手，五指一划，张洛怀四分五裂。

黑猫跃到阿芙头顶，不知从哪儿摸出一道符拍向她的脑门，阿芙浑身一震，终于能动了。

阿芙如释重负地动了动手脚，忽然觉得哪里不对劲，天井不知道什么时候静了下来，鸦雀无声，似乎掉落一根针都能听见。所有村民眼也不眨地望着他们，不是因为被扶岚洞穿张洛怀的身体而吓呆，而是因为……他们已经被摄魂铃操控。

张洛怀的身体飘向空中重新拼合，破碎的脸庞狞笑着望向扶岚："扶岚小儿，你怎知老夫身份？"

黑猫轻蔑地道："死秃头，涂了脂粉也遮掩不住尸臭。你叫狗崽喊爹的时候，老夫便知道你是谁了！"

扶岚将狗崽交给阿芙，身形一闪，再次出现在张洛怀身前，将他一爪打得七零八碎。

"老夫说过，你杀不了老夫的。"张洛怀残破的右手掌心幻化出一个铜绿色铃铛，轻轻一摇，底下乡亲蓦然一振，扭着手脚疯了一般扑向扶岚。

村民张牙舞爪向扶岚嘶吼，还有的爬上树去攀扶岚的脚尖。眼看攀不上，村民堆成人梯将扶岚拖下来，转瞬之间扶岚便被人潮吞没，黑压压的人头像蠕动的蟑螂。村民前赴后继，不到一盏茶的工夫便堆成了一座人山。

与此同时，张洛怀的肢体聚拢，露出一个狞笑的轮廓。

阿芙躲在回廊下，焦急万分："这老鬼怎么死不了？！"

狗崽拍打的空洞头颅，空无一物的骷髅躯壳，砍柴人看见的拍球山童……阿芙忽然想起多年前那个背着三尺青锋的孤傲青年，微微侧头朝她道："妖魔诡诈，常分离心脏于体外以得不死之身。故杀妖，必诛心。"

"心脏！"阿芙拽了一把黑猫的尾巴，扭头朝后院跑去。

"废话，老夫当然知道心脏不在他身上，可鬼知道他把心脏藏在哪儿！"黑猫跟在她后面大吼，"你个弱不禁风的凡人，这里危险，别瞎跑！"

"我知道心脏在哪儿！"阿芙道，"你知不知道砍柴人遇见的拍球山童，在桥上冲人招手，人过去他却不见了。今天我遇见他了。张洛怀说他血肉纯净，咬人也没有毒。"

黑猫一愣："你是说心脏在山童身上？"

"没错。"阿芙咬着牙奔跑，"张洛怀用血肉纯净的孩童温养心脏，山童吓唬人是想要告诉大家心脏在他身上，可是每次都被张洛怀发现。"

"可那孩子为什么不直说？小心有诈！"

阿芙奔过穿堂，一个筑球滚到她的脚下。她停了步子，抬起头，那个孩子站在花厅下，静静地望着她。

阿芙放下狗崽，朝那孩子走过去。她蹲在男孩身前，轻声问："你之前咬我，是想要让我能动对不对？"

男孩点点头。

"不说话，是因为没法儿说，对吗？"

男孩拉开衣领，让阿芙看见他的脖子。那里横亘着一道狰狞的伤疤，像一条蜿蜒的蜈蚣。他被张洛怀割了喉，再也无法言语。

没有人知道他什么时候被迫远离父母远离家乡，也没有人知道他在妖怪身边的恐惧和悲伤。她想他在山林里拍球的时候一定孤单又绝望，那么多人从他身边走过，可没有人可以带他回家。他无法说话，甚至无法流泪，因为他已经死了，死人没有眼泪。

阿芙捂住嘴，流下泪来。

黑猫跃上屋顶看那边的战局，张洛怀操纵村民悬空撕咬扶岚，扶岚被村民拖到地上再次被人潮吞没。村民不能伤，扶岚一遍遍突出重围，又一遍遍被拖回去。他的身上已经鲜血淋漓，但他依旧面无表情，仿佛感觉不到痛楚。黑猫急道："别磨蹭了，快点！"

男孩拉起阿芙的手，放在自己的胸口。他的手很冰，胸口却很热，像有一团火，一个东西在他胸中跳动，一下一下。他从阿芙的发髻上取下一根金钗，放在阿芙的掌心，黑黝黝的眸子静静地望着她，仿佛是一种无言的鼓励。

他的胸口有结界，黑猫跃下来，在金钗上画符。细细密密的流光在金钗上闪过，阿芙握住金钗，男孩握住她的手，金钗穿破胸口，一声冰裂似的脆响，玻璃一样的结界破碎，锋利的钗尖捅进了心脏。

张洛怀复原的躯体一滞，惊恐地瞪大眼。村民们不动了，扶岚披着满身血从人潮中站起来，伸出食指，凌空画出一线。凛冽的流光闪过，那一线简简单单，却是最锋利的刀刃，斜切向下，贯穿张洛怀整个身躯。张洛怀哀号一声，身体炸开，一个斑驳的铃铛从空中掉下来。

阿芙流着泪抱紧冰冷的男孩，男孩的身体一寸寸地化成灰，飘散在空中。天光下，灰烬像点点萤火，在那片闪烁的微光里，她好像看见那个男孩儿安详的笑脸。

愿天风，送他魂归故里。

她捡起筑球让狗崽抱好，牵着狗崽回到天井。扶岚捡起摄魂铃一摇，横七竖八的村民眯瞪着眼睛醒来，各自从地上站起来，面面相觑。

"我怎么在这儿？这是哪儿？"

"这是怎么了……我怎么啥也记不清了。"

"阿芙？啊，对了，今儿是阿芙结亲的好日子，咱们是不是来喝喜酒来着？"

扶岚已经是个血人儿了，被村民撕咬得浑身上下没有一块好肉。可他仍是那副恬淡的神情，好像流的血都不是他自己的。阿芙看了心酸，他就是这样一个孩子，打起架来不要命，血肉是他唯一的盾牌。阿芙用衣袖擦干净他的脸儿，左手牵着扶岚，右手牵着狗崽走到一片狼藉的天井中央。

"诸位乡亲，你们听好了，扶岚以后就是我孟芙娘的亲儿子、狗崽的亲哥哥。我孟芙娘一家三口和一只猫，不会再有第四个人！"她笑意不减，目光却是一凛，"日后谁再给我瞎做媒，再让我听见谁乱嚼舌根，吓唬我两个儿子，老娘撕烂他的臭嘴！"

满座寂静，村民面面相觑。

扶岚有些呆，仰起头望阿芙，灿烂的天光照着她的脸，精致的眉眼舒展开，漾出一个温柔的笑。

"儿子，走，咱们回家！"

不知道阿芙怎么糊弄的，衙门官差上了几趟门就没影儿了。后来扶岚听来院里唠嗑的人说官差从张家后院挖出一具剥了皮的人尸，这事儿就被按下去了。涉及妖怪的事儿当朝都这样处置，除非仙山的仙人来了，要么就当没发生，以免谣言四起，人心动荡。

好在因着摄魂铃的缘故，大伙儿都忘记了张府里发生的事儿。有人见扶岚满身血污，阿芙便哭诉是那妖孽要捉扶岚当口粮，乡亲们也并未起疑，毕竟扶岚这白白嫩嫩的模样，看起来的确很好吃的样子。

扶岚身上伤痕累累，躺了几天才复原。扶岚伤好那一天，阿芙又是要大家一起跨火盆去晦气，又是拿红布包了一碗白米在两人一猫头顶上转来转去，最后还非拖着扶岚和黑猫一起去女娲庙里上香。

狗崽学着阿芙，像模像样地朝娘娘拜拜，口里喃喃有词："娘娘，我爹坏，你别让他下凡了，用天雷劈他脑壳。"

刚回到家天就下雪了，簌簌的雪花漫天落，像许许多多细小的羽毛。大家坐在宽宽的屋檐底下，狗崽在扶岚怀里闹腾，阿芙抓黑猫过来暖手。黑猫怒道："猫可杀，不可辱！"

"晚上再加一顿红烧肉。"阿芙说。

"脚冷不？猫爷也能给你暖。"

阿芙笑得直不起腰。

这个女人长了一副好容色，笑起来的时候眉眼弯弯。黑猫忽然问："无方山离这儿也不是非常远，要不要老夫和呆瓜带你去找他？要是他不认你，我和呆瓜一起揍他。"

阿芙一愣，笑了笑："不用啦。无方山悬在空中，咱们就算去了也上不去；况且你是妖，去那儿到底多有不便。"

"那你就这么等着他？"

"谁跟你说我等他了？"阿芙撇嘴。

"得了吧，"黑猫一副很懂的样子，"我又不是扶岚，岂会看不透？你若不等，又何必守到现在？你和那牛鼻子道士到底怎么回事儿？"

雪簌簌落，阿芙晃了晃腿，长长叹息："还能怎么回事儿？狗剑仙下山，斩一堆妖除一堆魔，外加俘获一个黄花大闺女。春风一度，红尘一梦，我就是那个笨笨的大闺女呗。"她仰起脸来，雪花落在脸上，冰冰凉凉，"可是我就是笨啊，猫爷。那个家伙和扶岚有些像，都不爱讲话，闷瓜似的，人也俊。活到如今，我也没见过这般俊俏的郎君。那句话怎么说来着？郎艳独绝，世无其二，简直就是为他写的。刚成亲的时候，我捧着他的脸说，郎君啊郎君，你怎么这么好看，让小娘子我白天看了不够，晚上还想看，晚上睡觉闭着眼看不着，只好去梦里看了。你猜他怎么说？"

阿芙抿嘴一笑，不等黑猫回话，自顾自答了："他说，平生无所幸事，唯幸皮囊尚可，娘子喜欢。"

"这可一点儿也不像不会说话的。"黑猫道，"呆瓜就说不出这么酸了吧唧的话儿来，是吧，呆瓜。"

扶岚呆了呆，道："我可以学。"

阿芙没再吭声。天地静静，只有廊上雪花簌簌的声音。扶岚仰起头，正瞧见阿芙白皙的侧脸。天光下，那双氤氲的眼里有他看不懂的情绪，很多年后他才知道，那是深深的思念，还有深深的悲哀。

狗崽爬进她怀里，抱紧她，道："娘亲不要难过，我们有哥哥，有猫爷，爹爹不下凡也没关系。"

"说得对！"阿芙深吸一口气，搂紧扶岚和狗崽，"哪那么多工夫想他，老娘还得挣钱养儿子喂猫呢。"

她忽然跳到雪地里，就那么光着白嫩的脚丫子，疯婆子一样跑起来。这个女人就是这样，表面上温柔和婉，其实疯起来不管不顾，妖魔鬼怪都怕她。她跑到发髻散了，黑亮的头发飞在苍茫的雪花里。她一边跑一边把手圈在嘴边，对着天空大喊，气势如虹，威风凛凛。

"狗男人，都给我滚！老娘自己活！"

第四章

说剑

石子路踩在脚下轧轧作响，扶岚背着戚隐穿越篱笆，头顶是参天大树，叶子扑棱翻飞，像藏了许多拍着翅子的鸽子。扶岚回了屋，把人放上床，食指一画，墙上的符咒暗淡了几分，余下一点点温煦的橘光。

　　这小子听故事听到一半就昏昏欲睡了，扶岚只好背他回来。蒙蒙的光晕软化了他的眉目，闭着眼，疲惫又安详。扶岚蹲在床边看戚隐，分开将近十三年的时光，凡人记性不好，年幼的记忆尤其难存，明明小时候拉着他的衣襟叫哥哥，还在他怀里流眼泪，现在却一点儿也不记得了。扶岚静静望着他，有些低落。

　　戚隐好像梦见了什么，微微皱了皱眉，口中很轻很轻地唤了声："哥哥……"

　　扶岚一愣。

　　黑猫跃到戚隐枕边，道："呆瓜，娃儿梦见你了。"

　　扶岚看着熟睡的戚隐，轻轻点头。

　　迟迟的钟声散入山林，惊起一行白鹤高唳而飞。

　　次日清晨，戚隐打着哈欠起了床，在院子里洗了脸漱了口，没有脸盆也没有巾栉，只好拿木桶将就一下，虽然这桶也破破烂烂，有一面缺了半片木板。除了他们这儿，其他瓦舍都空了，泥巴路两边静悄悄，有的师兄忘记关门，依稀能看见里面摆了一地锅碗瓢盆。戚隐蒙了一会儿才想起他们有早课，因为他俩刚来，要等过两天才开始跟着大家上课。

　　戚隐一面打哈欠一面下山去菜园吃早饭，扶岚扛着猫走在前头。那死猫懒得很，稍长点儿的路就不愿自己走了，要扶岚扛它。今天左肩扛，明天右肩扛，据这肥猫说是为了不让扶岚长成高低肩。

　　他们走了半个时辰终于到了菜园子，方方正正一个菜圃，种的一溜全是白白嫩嫩的大白菜。分明还没有到季节，大白菜却已经长得又白又大，露珠在白玉一样的茎片上滚来滚去，完全可以收获了。

　　说是膳房，里面空无一人，光有一个灶台并几张油腻腻的方桌，看来是得自己动手做菜。扶岚系上襻膊，拔出一颗大白菜抱向灶台，打水淘米，洗菜切菜，倒没戚隐什么事儿了。戚隐坐在条凳上，这是他这么多年来头一回被伺候。不用下厨，只要张嘴等饭吃，他竟然觉得有点儿不习惯。

第四章　说剑

昨天晚上扶岚说的那些往事，戚隐自己是一点都不记得。他那时候太小了，他连他娘都不记得了，更别说这两个妖怪。

自从到了小姨家，他就没再回过乌江，从前的乡亲压根儿没见过面，没人跟他说过他娘在乌江的时候的事儿，无从印证扶岚说的是真是假。看扶岚的神情语气不似作伪，可扶岚回南疆不久他母亲就四处搬家，还投奔小姨，给他戴上琉璃十八子掩盖气息，分明是在躲这两个妖。

他记得小姨说过几句他娘的事儿，多半是取笑他娘神神道道，说什么每晚睡觉前都要用箱笼桌子堵住大门，请鬼火道士画符贴满墙壁，去哪儿都领着戚隐，戚隐就是那时候跟着他娘东奔西跑四处做工晒黑的。

"新来的？"门口忽然转进一个人来，穿着一身打着补丁的淡青色道袍，头发乱得像蓬草，黝黑脸膛，脸上一条刀疤，从左眉横过鼻梁向右脸蜿蜒，这一斩若是再深一些，他整个脑壳便会碎成两半。

宿在菜园子的，想也知道就是那个戒律长老叶清明师叔。戚隐正要行礼，叶清明伸手一挡，道："别朝我行礼。我实话说了吧，前几日无方山刚给我发了封请柬挖我过去讲学，要不是你们掌门在我门口自挂东南枝要死要活，我早拍拍屁股走人了。"他揣着袖子在戚隐对面坐下来，"所以，等你们掌门升天，我立马去无方山。我没兴趣知道你们是谁，你们也别喊我师叔，当我是一路过的就成。"

他说完，转脸又朝扶岚道："白脸小子，给我也做一份，你就当孝敬老人了。"

扶岚乖乖应了，转身出去又拔了一颗大白菜回来。

叶清明拔了一根草逗黑猫："你们两个小子，是被骗上来的吧？好好的凡人不做，干吗想要修道？"

"呃，那句话怎么说来着，斩妖除魔，持剑卫道。"戚隐挠挠头，心虚得眼神发飘。

叶清明笑了一声，道："免了吧，凤还山之前出师弟子十人，当了江湖骗子坑蒙拐骗的五人，回家经商种地的三人，沦落街头乞讨为生的一人。"

"还有一人呢？"

"在斩妖除魔的时候被妖魔吃了。"

戚隐："……"

叶清明抓起戚隐的手臂，从肩膀开始揉捏，一溜摸到手指骨。戚隐吓了一大跳，心想这劳什子师叔要干吗？戚隐想要挣出手来，奈何这家伙力气极大，他的手指掐着戚隐的骨头，痛得戚隐龇牙咧嘴。

叶清明摸了半天，摇摇头，道："根骨平庸，经脉狭窄，就你这样，修道可能要修个百八十年才能小有所成。不过，也得你能熬到那个岁数才行。"

戚隐揉着手臂，郁闷道："你刚刚是在摸骨？"

叶清明点头。

"平庸就平庸呗，修着玩玩，要是真不行，我就招摇撞骗去。"戚隐淡淡地说着。

本来就没抱多大希望，想着有个屋顶遮风挡雨他就知足了。想来果然是天爷不作美，他那个狗剑仙老爹据说是无方山百年难得一见的剑道天才，五岁熟读经文七岁精通符箓十岁御剑飞天，看来那个狗剑仙的天赋半点儿也没传给他嘛。

叶清明探过脑袋看扶岚的锅，一皱眉，道："你煮米糊糊干什么？我们这儿又没有小孩儿。"

扶岚把糊糊盛到碗里，道："有的，小隐。"

"小隐是谁？"

戚隐扶着额举手："我。"

叶清明一脸稀奇，道："你这小孩儿真壮嘿！"

吃完早饭要去山顶向师父请安，这叫晨昏定省，每天早晚都得去一趟。戚隐估计其他师兄弟都当耳旁风，毕竟没见谁跑来向叶清明请安。不过他们刚来，还是守守规矩的好。

他们到的时候那胖子还没醒，在门口等了足足一个时辰才被叫进去。清式依旧端坐在藤椅上，满脸白肉，双颊一点红，像庙里的大肚佛。他照例喝了口茶，从椅背上撅一截藤片剔牙，椅背那块儿地方快让他撅秃了。

三个长得一模一样的道童站在他边上伺候，捧巾栉的捧巾栉，端茶碗的端茶碗，长得唇红齿白，像丧仪里的纸糊娃娃。戚隐觉得这三人怪怪的，不免多看了几眼。上回来看只有两个，他还以为是双胞胎，没想到是三胞胎。

扶岚和戚隐两人请了安，清式笑呵呵地道："有心了，有心了。你们那帮师兄师姐快三年没来请过安，"说着叹了口气，"孩子大了不由娘啊。"

戚隐默默地想，师父，你是男的。

云知打偏门进来，手里抱着一把扫帚和一根钉耙，分别发给戚隐和扶岚。戚隐拿着扫帚一脸蒙，这是让他去扫地让扶岚去耙菜园？

"你们两日后便要随师兄弟一块儿上课了，这是你们御剑课的工具。"清式道。

"呃，那个……"戚隐满心疑惑，"御剑不是该用剑吗？怎么用这玩意儿？"

"小徒儿此言差矣。"清式正襟危坐，忽然显出平日不常有的严肃来，"剑之一道，在于修剑心，得剑意。若得剑心剑意，则一草一木一砖一石皆可为剑，何必拘泥于三尺凡铁？"

真的不是因为没钱买剑吗？戚隐狐疑。

戚隐踌躇了一阵，又问："师父，御剑术多久才能学会？清明师叔说我根骨不怎么好，会不会要练很久？"

"根骨不佳？"清式胡子一翘，睁大眼道，"小徒儿莫要妄自菲薄，你天生根奇骨秀，是百年难出的罕世美质。御剑术不过入门，依你天赋，数月定有所成。"

"真的吗……"戚隐不大相信，"那何日才能道法大成？"

"小徒儿莫要心急嘛，"清式把帽子摘下来，露出自己锃亮的秃顶，"待你练到我这样，便是四方仙山首屈一指的人物了。"

云知拍着戚隐的肩膀道:"师父说得不错。前几年无方仙山大会我去看过一眼,一众长老全是秃顶,锃光瓦亮,会上连夜明珠都省了。看来想要登顶,必先绝顶啊!"

"我现在反悔回吴塘还来得及吗?"戚隐抽抽嘴角,"云知,你当初说过御剑送我。"

"当然可以,"云知笑嘻嘻,伸出戴着手套的手掌,"路费十两银,谢绝还价。"

"你爷爷的……"

"对了,"清式一挥手,一本书册从书架上飞出来,落在扶岚怀里,"小岚,你身为妖,改邪归正,难能可贵。这本《道德经》赠予你,每日早晚默诵三遍,与你修为有益。"

扶岚道了谢,两人一块出了门。

天光灿烂,戚隐站在院子里一脸郁闷。那胖子脑满肠肥,一脸横肉,怎么看怎么像个江湖骗子,说的话乱七八糟,也不知道哪句真哪句假。云知就是个小骗子,也不能信。戚隐低头看着怀里的破烂扫帚,更觉得前途灰暗。

扶岚修习妖道修了那么久,应该很有见识了,问他应当靠谱。戚隐问:"呆哥,你觉得师父让咱们用扫帚钉耙练剑靠谱吗?"

扶岚点头。

"那看来他说的还真不赖,一草一木皆可为剑,想想还挺有道理的。"戚隐挠挠头,道,"既然他没骗人,那看来我根骨还真不错?"

扶岚摇头,道:"平平之资。"

戚隐:"……"

黑猫打着哈欠开口:"那胖子约莫是怕你没自信,撒个小谎鼓鼓励励你。娃儿,剑术一途十分仰赖天分,勤能补拙是不大行的,你要不要考虑考虑修我们妖道?你只要吞杀几个妖魔,再吃几个孩儿,立马神功大成,哈哈哈。"

"打住,我死也不会修妖道。"

戚隐挣扎了会儿,明明心里有个声音让自己认命,却又有芽尖儿似的期盼冒出来,便又问:"要是吃点儿什么洗筋伐髓的丹药,能不能有所补益?"

黑猫摇头:"那种药很贵的,把你和呆瓜一起卖了都买不起。"

唉,戚隐一叹,归根结底还是差钱。

清式站在篱笆边上,揣着手看戚隐和扶岚的背影。杜鹃花开了,阳光洒在虾子红的花瓣儿上,像是要烧起来。远处的山是淡青色的,飞鸟抹过一片白影,经天结界上接连起了几个涟漪,一圈一圈,水波一样扩散出去。凤还山每一代掌门将死之时都会散尽毕生修为,汇入经天结界,所以这结界数千年来不仅不曾削弱,反而一代强于一代。这法子不知是从哪儿学来的,据说是效仿许多年前陨落南疆的一位大神。因为这样的背景,这一代不如一代的荒山门派竟多了几分悲壮的色彩。

一阵风吹过，黄苍苍的茅草在屋顶上摇，斑驳的光影也在摇，仿佛是阳光轻颤。阳光是老的，门派是老的，人间也是老的。

"师兄，你怎么还没死？"叶清明盘腿坐在剑上从他背后冒出来，怀里抱了一壶酒，是从清式的后院偷的。修道之人不得饮酒，但下梁不正上梁也歪，整个凤还山无人遵守。

清式眯着眼摇头，满脸白肉微颤："师弟啊，说话要委婉，你当问我身体近来可好。"

叶清明悬在他边上望远处渐行渐远的两人一猫："你想好了？就这么收下戚隐那娃儿了？"

"自然，"清式笑眯眯地捻着胡子，"毕竟受老友之托嘛。我凤还山虽日渐式微，让一个娃儿吃饱饭还是做得到的。"

叶清明扭头看了他一眼："师兄，你高估咱们门派了。"

清式："……"

"清和还没回来？"

"短时间是回不来了。"清式道，"清和师弟提出'为何妖魔发辫浓密，而凡人修道发辫逐日稀少'之疑，日前无方山已为师弟打开紫极藏经楼，所有典籍均可调用，供其一观。"

叶清明一口酒喷出去："这也行？"

清式笑容不改。

"罢罢罢，"叶清明道，"我还有一事不明，戚隐你收回来也就罢了，云岚此子非妖非人，甚为怪异，怎的也把他弄进来？"

"正因他三者皆非，才要收他入山嘛。"清式揣着袖子回屋，笑眯眯地关上门。

清晨，青山上挂一轮水红的日头，山坳子里还暗沉沉的，虚虚笼着一团雾。肥猫在屋里头睡觉，呼噜声震天响。

戚隐练剑练了两个月，还停留在站在地上胡乱扑腾的阶段。

清式那个老胖子说"数月必有所成"倒也不算骗他，毕竟这个"数"可以是一二三，也可以是千百万。为了练成御剑术，他每天清晨都去思过崖静坐，把这秃毛扫帚往崖上一放，盘腿坐下凝神聚气，一坐一个时辰，只期盼秃毛扫帚动上一动，结果憋了半天，除了屁什么也憋不出来。

道法一途，分剑法、咒术和符箓三样。咒术因为山里没有专攻的长老，凤还山的弟子都不通咒法。符箓简单，只要背诵符纹，学点儿画画的本事就行。剑法又分御剑术和剑技，剑技也容易，十八岁的青年人，扎马步练腰马都不在话下。只有御剑术让他犯了难，不会御剑术，就不能叫作剑仙。戚隐一开始把责任推到扫帚身上，一狠心花了老大一笔银两下山买了把铁剑，日日练习，可还是没什么用，白花了一两纹银。那铁匠还说这剑是著名剑仙佩剑的高等仿冒品，当今道士几乎人手一把。

第四章　说剑

戚隐意兴阑珊地坐在门槛上包手。他练得太狠，铁剑的把又粗糙，手上的茧子都磨破了，稍稍握握拳便疼得他龇牙咧嘴。听说无方山有那种往伤口上一涂就愈合的灵药，可惜他们凤还山穷，丹药师叔又不见人影儿，受了伤生了病都只好自己挨着。

戚隐抬头看前面，扶岚坐在四脚小方凳上搓衣裳，襻膊把袖子系到肘上，露出白皙的手臂。这小子一身细白，日头也晒不黑，山里的女娃娃都喜欢他。对面的红漆板门咿呀一响，钻出一个穿着梅子青小襦的姑娘来。

"岚哥哥，这么早就起来洗衣裳呀？"桑青托着两腮痴痴地看扶岚。

扶岚枯着眉头细细搓衣袖，衣裳好多，洗不完。

他人好，拜托他干啥他都干。门派里的人逮着他欺负，今儿让他扛着他的钉耙去耙菜园，明儿让他扫山阶。原先只是云知会拜托他洗两件衣裳，后来衣裳越堆越多，前日戚隐打眼一瞧，竟发现里面还混着叶清明那刀疤脸的臭袜子。

敢情全门派的脏衣服都在这儿了，戚隐看不过去，扛着盆儿把衣裳一件一件还回去，让他们自己洗，结果扶岚这个呆瓜以为戚隐把脏衣裳当成干净衣裳送回去了，又一家一家把衣裳讨了回来。

桑青七了戚隐一眼，哼道："你这小子就知道偷懒，怎么不帮帮岚哥哥？"

戚隐举起缠着绷带的双手："我手伤了，不能下水。你手好好的，你帮帮岚哥哥吧。"

桑青头一撇，不理戚隐，歪着头望了会儿扶岚，越看越觉得好看，白生生的脸黏着几缕头发，玉做的似的。

她手上沾几滴水，洒在扶岚脸上，笑道："岚哥哥，歇一会儿吧。"

扶岚抬起手来挡了一下。

"你也来浇我呀！"桑青从大盆里捧起水来浇他。

扶岚愣了下，问："我浇完你你就走吗？"

桑青噘着嘴："我玩高兴了我就走。哼，你就这么想让我走呀？"

"那我浇你了。"扶岚说。

戚隐忽然有种不祥的预感。

只见扶岚端起旁边的清水盆儿，兜头往桑青身上浇了下去。一大盆水通通浇完，桑青整个人成了水人儿，嘴巴一张，吐出一股水来。

戚隐惊在当场。

扶岚放下盆儿，问："都浇完了，你高兴吗？"

院子里静了一会儿，桑青一抹脸，哇哇哭了起来。

"云岚！你去死吧！"桑青站起来，啪的一声狠狠打了扶岚一巴掌。

扶岚被她打蒙了，捂着半边脸呆愣地看她跑回了屋。

"哥，你太牛了。"戚隐走到他边上看他的脸。这小子脸嫩，一打就是五个手指印。戚隐问他："疼不？"

扶岚枯着眉头垂下眼帘，满脸沮丧的样子："我是不是做错了？"

何止是错，简直是大错特错，这样下去打光棍一辈子没跑了。戚隐这么想，但看他可怜兮兮的，没忍心说出口，便道："没事儿啦，一会儿给人家道个歉就完了。"

扶岚重新坐下来洗衣裳，搓衣板支在大盆里，浇了水搓，皂角沫子浸没了手掌。他道："可能因为我太笨了，小时候在南疆，大家都不喜欢和我在一起。"

"这不有我嘛！"戚隐搭住他，"而且你哪里笨，你看你御那个钉耙御得多溜，嗖嗖满天飞。我这儿磨蹭俩月了，这破扫帚烂铁剑半点动静都没有。"说着他叹了口气，"肥猫说这玩意儿靠顿悟，这也太玄乎了吧，连条门径都找不到。该不会等到我一把胡子了，连个御剑术都学不会吧。"

扶岚低头想了会儿："我有办法可以帮你。"

扶岚把衣裳晒好，在清水里洗干净皂角沫子，用衣襟擦干净手，抬起眼，墙角的钉耙忽然振动起来，蜂子一样低鸣。戚隐扭头看，钉耙忽地立起来，飞到二人身前。扶岚上了钉耙，朝他伸出手。

戚隐抱着扫帚站上去，钉耙缓缓升高，载着他们飞向远山。底下的排排瓦房越来越小，人也像蚂蚁似的，山峦起伏，茅草屋子星子一样散落其间。戚隐看见山腰的菜园子，山顶胖掌门的茅屋，崖下成天趴在那儿打呼噜的塞外狼王。

他们越飞越高，白云盘旋在腰间，白鹤从身边扑着翅膀飞过，天风刀子一样刮脸。戚隐大声问他："呆哥，飞这么高干什么？你带我兜风吗？"

"记住，天地与我并生，万物与我为一，若万物在汝，则万物可御。"扶岚声音不大，却真真切切传进戚隐耳朵里，仿佛是耳畔低语。

"哦。"戚隐抱紧扫帚。

"那么，开始了。"扶岚道。

忽然后背被扶岚一推，整个人向前扑入天风，戚隐一惊，转过头来不可置信地望着扶岚。那家伙负着手站在风里，垂眸望着他，眼中似有神佛一般的漠然高远。

"扶——岚——"

戚隐伸手一抓，却什么也没有抓到，身子急速下坠，天风吹鼓着他的衣裳，像有无数鸽子钻入他的衣袂。他就不该信他，这个人不仅是个傻子，还是个疯子！

扶岚的身影忽然闪现在他的身旁，沉静的青年随着他一同下坠，白皙的面庞波澜不惊。

戚隐忙道："快拉我上去！"

"小隐，凝神。"

"快拉我上去！"

"小隐，快凝神，"扶岚道，"要不然，你会死的。"

话说完他就不见了，仿佛刚刚只是一片虚影。戚隐继续下落，连绵大山在底下，青碧色的山川湖海向远方绵延。他是一只渺小的蜉蝣，无助地扑向大地。戚隐心脏狂跳，整个人都快疯了，四下里都没有扶岚的影子，钉耙也不见踪影，只有天与地，风声如潮。

快想，快想，口诀是什么来着？戚隐紧紧抱着扫把，可什么也想不起来，心跳得太快，脑子里一片空白！

越落越快，嗓子里钻风，他脖颈上青筋暴突，呼吸不过来，好像快要死了。扶岚那个小浑蛋，这是玩真的！戚隐并拢双指，使劲儿朝扫帚戳："快动，快动！给老子动！"

扫帚依旧一点儿反应也没有，御剑要心剑一体，御扫帚就要心帚一体。天知道他这两个月对着这把秃毛扫帚参悟了多久，硬是感受不到半点儿扫帚呆若木鸡的内心。这玩意儿压根就没有心，感受个屁啊！

他一个没有抓稳，扫把脱手而出，远远飞出去，一下就不见影儿了。戚隐绝望了，张开双手任风裹着自己。大地离他越来越近，他几乎可以看见苍青色的岩石尖锐的棱角。

那一瞬间他忽然想起很多从前的事情：姚家阁楼潮湿的床铺，九头鸟从小姨的嘴里炸出来，张牙舞爪，面目狰狞；漆黑的夜色里凛冽的剑光从天而降，白衣剑仙翩翩而来……所有的记忆白蝶一样随风而来，在翻飞的蝶翅间他好像看见多年前吴塘河心，那个面目模糊的美丽女人朝他伸出手，笑容哀伤。

什么长生，什么斩妖除魔，他什么都不想要，他只想要在泼天大祸从天而降的时候，有一剑在手！

然而……已经来不及。

大地朝他张开怀抱，坚硬的岩地扑面而来。

谁都没有发现，戚隐的指尖有青色凝光冒出了尖儿，像微弱的萤火。然而，身体蓦然停住，凝光一闪即逝，消弭无踪。戚隐睁开眼，大地在他面前一寸之处，仿佛是一张黑洞洞的嘲笑的脸。他的身体缓缓降落，泥糊了脸，沾了满面风尘。戚隐埋着头苦笑，果然，被逼到这种程度都不行。

扶岚的皂靴停在他身前，戚隐慢吞吞地从地上爬起来，歪嘴笑了下，道："我说了嘛，没天赋，我不行的。"

扶岚蹙了蹙眉："小隐……"

戚隐拍了拍身上的灰，踅身扶着树离开，扶岚跟在他后面。戚隐忽然回过头来，道："呆哥，别跟着我了。"

扶岚一愣。

"呆哥，狗崽是狗崽，戚隐是戚隐，不一样的。人都是会变的，况且过了十多年，四岁的事情我早就忘光了。"戚隐看着他，轻声道，"所以，不要跟着我了。"

扶岚睁大眼望着他，戚隐拉扯嘴角笑了下，头也不回地走了。

第五章

天香

戚隐在外头瞎晃悠了一天。他每回心情郁闷的时候就喜欢遛弯，东看看西摸摸，拨个草戳个蚂蚁窝，遛着遛着心里就舒坦。日落的时候他遛到思过崖，顺着藤蔓爬下去。狼王趴在崖下晒太阳，斜阳照在它云浪一样的白毛上，染上一层橘黄色，像浑身披着卷腾的火烧云。

戚隐松了藤蔓，手枕着脑袋往下一仰，正落在狼王的背上。皮毛松软，躺在上面像被棉花裹着似的，戚隐长吁了一口气，闭着眼睛养神。

"臭小子，今儿怎么有空来看老子？"狼王闭着的眼睛睁开一条缝儿，"是不是修剑毫无进益，来找老子诉苦来了？"

"不戳人伤疤会死啊？"戚隐懒懒地说。

狼王笑了两声："不会死，但会少很多乐子。"

"唉，羡慕你啊老兄，啥也不用干，天天趴在这儿晒太阳。"戚隐叹了口气。

"羡慕个屁，老子的背毛上都要长蘑菇了。"狼王没好气哼了一声，"你有什么好羡慕的，日日打坐念念经，难不成没有女人没有美酒，心里痒痒了？"

"那我也不能一辈子在这儿打坐念经啊，将来总有一天要出师下山自己找活路。道法大成成为一派长老的梦我就不做了，那就当个游街串巷抓小妖伏小魔的道士吧，可我连御剑术都没学会。"戚隐望着天道，"狼兄，我们凡人跟你们妖不同，凡人要买宅子要娶媳妇儿，生了娃娃还得养，供他吃喝供他读书给他娶媳妇儿，不像你们风餐露宿随地结缘结了就跑啊。"

"你才随地结缘！"

"唉，总之处处都得花钱，可我全身上下只有三两半的银钱。将来要是出师下山，连个房子都赁不到，难啊！"戚隐长吁短叹。

"你们凡人真麻烦，天地这么大，干吗非得买个笼子把自己关起来，不关还不舒坦。"狼王摇头。

戚隐又叹了声，走到狼王头顶盘腿坐下。天边挂着一轮火红的日头，烧红半边天，连带着底下的烟树似乎也着起火来。戚隐托着腮帮子问："狼兄，你们妖怎么修炼啊，也打坐顿悟吗？"

"那是你们道家的名堂，小子。"狼王道，"妖类相食以壮大己身，杀戮、吞噬才是妖修炼的法子。南疆妖族丛聚，各分领地，常听闻一支妖族被另一支妖族厮杀

第五章 天香

殆尽，领地烧为旱土，相杀不止，若遇见九垓蹿出来的妖，又是一场死战。"

戚隐有些发愣，忽地想起呆哥来，便问道："那妖人呢？妖人也像你们一样修炼吗？"

狼王摇头："妖人不大一样。妖人大多是走了邪路的道士，大多不在南疆。你们正路的打坐念经参悟，他们食人精血吸人修为修炼。"

"可万一是打小就在南疆妖怪堆里长大的妖人呢？"

狼王拉直身体伸了个懒腰："凡人崽子天性孱弱，没有利爪没有尖牙，没有爹娘相护，活下来的机会微乎其微。不光是凡人崽子，妖以族聚，嘉陵水族、凉山雀族、岷林虫族……各有领地，在自家领地倒也无妨，小妖若不慎去了别家领地，也是九死一生。"

戚隐沉默了会儿，呆哥没见过爹娘，大约是个被遗弃在山林里的孩童。戚隐记得在来凤还山的路上云知问过呆哥有没有族人，除了戚隐，呆哥只说了肥猫。这两个家伙没有族群，没有仰赖，是失群独行相依为命的妖怪。戚隐问："若是没有族人，没有领地呢？"

狼王睁开眼，眸子里暗金色的光芒流淌："那便是处处杀机，步步炼狱。"

日落的时候戚隐回了屋，屋内空无一人，没点灯，黑洞洞的。黑猫大约去桑若她们那儿蹭饭了。桑若、桑芽每天都开小灶做好吃的，黑猫被她们养得肥了一圈。扶岚也没回来，这倒是有点反常。这家伙除了帮清明师叔耙菜园很少出门，且每天日落都照例要挑起灯来读师父给他的《道德经》。

戚隐点起灯来。轩窗前的红漆书案空空的，落了几瓣杜鹃花儿在上面。过了会儿黑猫回来了，跳到书案上晒月亮。戚隐也捡起书来，坐在床沿上背符咒，背到一半就犯困了，鬼画符在眼前打转。

不知道过了多久，戚隐迷迷糊糊间听见门板咿呀一响，仿佛是一个人进来了，带进一身月光。

黑猫睁开一条眼缝，问："呆瓜，死哪儿鬼混去了？怎么才回来？"

扶岚轻轻进到里屋，低声问："小隐睡了吗？"

黑猫朝戚隐那边抬抬下巴，青地白花的土布床帐半遮，戚隐一半身子歪在里头，脸上盖着书本。扶岚走过去帮他把书收起来，又帮他脱鞋，把腿搬上床。黑猫问："你去哪儿了？"

扶岚说："村口。"

"为什么不回家？"

"我今天惹小隐生气了，他不想看到我。"

"所以你就一直蹲在村口，等他睡了再回来？"

扶岚点头。

黑猫不知道说什么好了。

"那明天你怎么办？"黑猫问。

"我答应了帮清明师叔和面,明天一大早就去菜园。"扶岚轻声说。

黑猫幽幽地叹了口气,钻回自己的窝:"呆瓜,你是老夫见过最没骨气的皇帝。那你明早声音轻点儿,别把老夫吵醒了。"

扶岚低低"哦"了声。

扶岚扭头看戚隐,见他麦色的脸庞隐在帐子的阴影里,眉锋温和了许多。他还和小时候一样,睡觉的时候喜欢攥拳头,放在脸侧,很可爱的样子。扶岚帮他掖好被子,起身要走,衣襟忽然被扯住,回过头,正对上那双黑漆漆的眼睛。

扶岚吓了一跳,站在床边上发愣。戚隐慢吞吞地坐起来,挠挠头问道:"呆哥,你干吗总是对我这么好啊?今天我都对你发脾气了欸。"

"因为你是弟弟,"扶岚垂着眼睫蹲下来,"哥哥要照顾弟弟。"

弟弟吗……

戚隐望着他没吭声,他蹲在床边,地上映着他孤零零的影子。戚隐倒真有一个哥哥,那个家伙叫姚小山。可从小到大,姚小山不是对他颐指气使就是拉他背锅。这是他头一回听见"哥哥要照顾弟弟"。

唉,真是个一根筋的家伙。戚隐心里酸酸的,把手放在他的头顶揉了揉,手很粗糙,摸在他黑亮的发丝上嚓嚓作响。这个笨蛋,明明需要照顾的人是他啊,又傻又呆。扶岚一愣,抬起眼来。他大而黑的眸子映着微弱的符光,像在里头洒了千万灿烂的金。

不知怎的,望着他的眸子,戚隐忽然就相信了他说的那些当年的事情,即便没有印象,即便没有查证。

"小隐,"扶岚轻声问,"你还愿意当我的弟弟吗?"仿佛怕戚隐拒绝似的。

"当啊!"戚隐向他伸出手,粲然一笑,"以后要是拖你后腿,你不嫌弃我没用就行。"

扶岚用力地点点头,握住他的手。温热的掌心触碰在一起,仿佛是一个约定。

黑猫蜷在窝里,睁开眼看那边两个人,满意地哼哼了两声,闭上眼,放心地打起呼噜来。

第二天清晨没有早课,戚隐和扶岚并肩蹲在屋檐底下慢悠悠地刷牙。早上山里空气凉,吸进鼻子里酸溜溜发冷。天色是苍凉的白,乌沉沉的山影托着一轮扎眼的水红日头,像一幅文人案头的水墨画。戚隐掸掸牙枝,说:"咱们的牙枝该换了,今天下山去买。"

扶岚点点头,递给他一片薄荷叶,戚隐塞进嘴里嚼。云知不知从哪儿冒出来,问扶岚要了一片,笑道:"你俩起得真早。"

"起得早不好吗?"戚隐问他,"大清早的你来干吗?"

"我还以为你们早上起不来。"云知道,"来这儿看人,等会儿你就知道了。"

"你俩不是兄弟吗?当初安排村舍,我特地把你俩安排在一起的。"云知用手肘戳戳扶岚,"呆师弟,你得感谢我,今儿再帮我洗几件衣裳,都攒了好几天了。"

第五章 天香

扶岚点头说好。

戚隐把扶岚拉过来:"滚蛋,自己洗去。"

"挪个位儿,挪个位儿。"流白忽然出现,挤到戚隐边上。

"你又从哪儿冒出来的?"

"你家靠近村口视野好,一会儿有好景,兄弟一起看。"流白笑嘻嘻地拍戚隐的肩膀。

什么玩意儿?正疑惑着,山道那边出现一个人影儿,单薄的个子,背着一个大竹筐。流白激动起来,攥着戚隐的手臂不放手。那人儿越走越近,蹦蹦跳跳,天光映着她的脸,藕一样的白,那眉眼仿佛是用墨笔描出来的,清清淡淡,却有一种说不出的秀丽,像水里捞出来的水兰花。她渐渐靠近,天地似乎充盈了似有若无的香味儿,说不分明,藏匿在风里,欲语还休。

"她是谁?"戚隐问。

没人回答他,因为所有人都移不开眼了。女人渐行渐远,大家才回过神来。戚隐的心后知后觉地跳动起来,又问了一遍:"刚才那姑娘是谁?"

"长乐坊的小兰仙儿,从前日开始上山采药,一准经过我们这儿。"流白朝他挤挤眼睛,"怎么样,是不是特美,还有美人香?"

云知戳戳扶岚:"美不美,有没有和女人好的冲动?"

扶岚摇头。

流白惊叫一声:"呆师弟你不是吧,这么美的姑娘都没有打动你?!"

戚隐叹了口气,道:"他大概不知道姑娘的好处。"

云知教他道:"呆师弟,男人和女人是不同的,男人身板硬邦邦,还有腿毛,女人却是软的,柔得像水。"

扶岚愣了一会儿,扭头捏了捏戚隐的胳膊,评价道:"你也是软的。"

云知:"……"

戚隐:"……"

接下来几天戚隐和扶岚院舍门口聚的人越来越多,有的师兄甚至趴在屋顶看。肥猫更是胆大包天,昂首挺胸走过去用尾巴勾兰仙儿的脚,青布碎花儿的裤腿被撩起来,露出一截皎白的脚踝,看得一众人都愣愣怔怔的。兰仙儿淡淡笑着,蹲下来抚一会儿黑猫的背,抬起眼来看见戚隐家门口一众毛头小子,捂着嘴哧哧地笑,细白的手指拂拂鬓发,转身又走了。

"娘的,还不如当只猫儿呢。"有人说。

不知什么时候兰仙儿和桑若交了好,路过院舍的时候会上她们那儿喝盅茶歇歇脚。戚隐不敢上前,只敢在院子坐着假装念经,余光总往桑若家瞟。隔着几个篱笆,兰仙儿说着笑,侧腿坐着,并拢双膝,很温婉的姿势,一身白布青花的衫子,像一朵天边飘下来的白绒花。

略坐了会儿兰仙儿就走了,戚隐眼尖,正巧看见她落了一方帕子在篱笆边上。

趁没人发现，戚隐一个激灵站起来，扯过扶岚要他把帕子弄过来。扶岚正洗着衣裳，抬起满是皂角沫子的手，指尖一勾，那帕子就贴着地飞了过来。

"走，下山买牙枝去。"

扶岚发着愣："我衣裳还没洗完。"

"呆哥，到底是衣裳重要，还是你兄弟我的终身大事重要？"戚隐踅身回去披了件外衫，顺便把肥猫从窝里拎出来甩给扶岚。

黑猫龇着牙："我说你怎么净遇上名字带'仙'的。呆瓜，你改个名儿，叫呆仙。"

"猫爷别瞎说，做人要走正路，不能走歪门邪道。"戚隐勾着扶岚的脖子往外走，"呆哥，等我这边稳了，我就帮你寻摸一个好媳妇儿！"

他们到山下已是晌午，虽然学会了辟谷，总还免不了口腹之欲，买好牙枝又去买了两碗面条。扶岚依旧什么也不吃，都让黑猫呼噜呼噜吃干净了。戚隐让他俩在长乐坊口的苦楝树底下等，自己进坊去打听兰仙儿的住处。

戚隐临走时回头看，黑衣青年抱着黑猫站在瘦瘠伶仃的树底下，影子拉得老长，折上墙，像被他抛弃了似的，孤苦伶仃的模样。戚隐莫名其妙觉得愧疚起来，可又没办法，他总不能陪着扶岚打光棍吧。他挠挠头，踌躇了一阵，到底还是走了。

戚隐在后街的生药铺门口停了脚。乌漆柜台后面的胖大婶低头拨拉着算盘，头也不抬地道："什么兰仙儿，没听过，别处找去。"

"大婶你再想想。"戚隐磨着她。

"婶子我住这儿几十年了，坊里连只老鼠我都认得，确实没什么叫兰仙儿的。"胖大婶觑他一眼，"不过娼门子里的姑娘我就说不准了。你这孩子修道就好好修道，趁早回去念经去，小心我告诉你们掌门。"

"不可能，她是清白好人家的姑娘！"戚隐道。他泄气地出了门，怀里还揣着那方帕子。天阴沉沉的，好像要下雨。他蹲在街边的石墩子上叹气，要不明儿清早等她上山再还给她？可他那帮如狼似虎的师兄虎视眈眈，实在不好单独说话儿。

他正打算再去打听打听，眼前忽然停了一个人，白布碎绿花儿的裙子，裙脚底下露出尖尖的两个绣花鞋尖。戚隐仰起头，正瞧见兰仙儿皎白的脸儿。戚隐吓了一跳，差点没从石墩上翻下去。

"云隐师兄怎么在这儿？"兰仙儿微微弯下腰发了问，红艳艳的嘴张开，露出细白的牙。

她一靠近，那股淡淡的兰花香散开，戚隐迷迷糊糊，忽地一怔，问："你怎么知道我的道号？"

"我打听的呀。"兰仙儿歪头一笑，一扭腰，便往巷子里走了。

打听？戚隐心里慢慢翻腾起来。她为什么要打听他？难道她也喜欢他吗？他猛地想起来，兰仙儿总在桑若那儿歇脚，总是侧着坐，总是举起随身带的小镜儿来梳妆，那镜子对着她的脸，也对着他的篱笆小院。

心里好像有一簇火苗,嘭地一下烧红了脸,戚隐心里咚咚跳。兰仙儿走了几步,又回过头来,撩起眼皮,有一种清丽的媚色,歪歪缠缠地勾着他。见他满脸通红,她捂着嘴哧哧笑了几声,扭过身又走了。

戚隐跟着她进了巷子,追了几步,掏出怀里的帕子道:"你帕子之前落山上了,我是特地来送还给你的。"

兰仙儿停在两扇红漆板门前面,从他手里接过帕子,冰凉的指尖碰了碰他的,酥麻的感觉沿着他的手臂往上攀,戚隐不自觉打了个哆嗦。

兰仙儿开了门:"进来坐坐吧,我家有茶汤,我泡给你喝。"

"这样不好吧,"戚隐羞赧地挠头,"孤男寡女……"

兰仙儿站在门槛里冲他招手:"怕什么?你一个高高大大的汉子,还怕我吃了你不成?"

她一招手,袖笼里传出淡淡的兰花香气,朦朦胧胧,戚隐整个人似乎都在这香味里飘了起来。心里忽然有个声音催他进去,他盯着那一道门槛,一步之遥,就要迈过去,天边忽然蹿出白蛇一样扭曲的电光,紧接着轰隆滚过一道惊雷,仿佛就在头顶上碾过似的。

戚隐吓了一跳,回过神来,仰头看天,沉得好像要压下来。天心黑云翻腾,没过多久,竟扑簌簌落下雨来。戚隐忽然想起呆哥还在等他,忙道:"我还是不进去了,我哥们儿在等我,回见!"说完兜着脑袋缩着脖子跑了。

正巧胖大婶出门倒水,瞧见戚隐朝一面砖墙喊着什么,暗道现在的年轻人越来越不正经,对着墙都能自言自语。

夏雨来得急,跑到半路雨已像倾盆似的,哗啦啦灌下来。戚隐跑不下去了,躲在别人家屋檐底下。呆哥应该会自己躲雨的,倒不用着急,戚隐耐着性子,等雨停下来。豆大的雨点儿滴滴答答,在屋檐上落下密密麻麻的雨线。等许久也不见雨停,戚隐耐不住了,回身敲门问人家借了把伞,顶着风去坊口找扶岚。

戚隐刚走到坊口,便见苦楝树底下站着那个黑衣青年,雨太大,在树下也全身湿透,黑发黏在苍白的脸上;黑猫躲在他怀里,他用衣服帮它挡雨。戚隐怔住了,那个家伙一动不动地站在那里,一步也不曾挪。他抬起头,望见了戚隐,目光穿过层层雨幕,是蒙蒙的一片。

戚隐奔过去,把伞举到他头顶,喊道:"你们两个是傻子吗?怎么不去躲躲啊?"

黑猫哀号道:"老夫不是,他是!"

"我怕你找不到我。"扶岚说。

"你傻啊,我怎么会找不到你!"戚隐气得要命,道,"快使个避水诀,把衣服弄干。"

扶岚枯着眉头说:"我不会。"

"啊?"

"我会的法术很少。"扶岚道。

戚隐叹了口气，扶岚这家伙平常闷不吭声，不知道的人还以为他神神秘秘深藏不露，其实他就是个呆瓜小笨蛋。他既没有好使的脑子，也没有高强的术法，不知道走了什么好运道，在危机四伏的南疆长到这么大。往后还是多多照应他一点儿吧，戚隐这样想着，拍了拍他的手臂，道："借我点灵力啦。"

戚隐这时候还不知道，扶岚虽会的法术不多，却招招无人可敌。

扶岚传给他灵力，戚隐将手指点在扶岚胸前，一笔一画画出了一个避水诀。淡蓝色的微光细细密密地闪过，扶岚衣裳上的水珠一个个冒出来，蒸发在空气里。

滴滴答答的雨珠落在清圆的伞面，顺着伞哗啦啦浇出去。戚隐撑着伞，遮着扶岚一起上山。大半的伞都在扶岚那儿，戚隐的半身麻布衫子湿得透亮。扶岚小心翼翼落后了一步，飘进来的雨丝沾湿了肩背。他拉了拉戚隐的衣襟："衣服又湿了。"

"雨太大了，免不了的，回家再给你画诀。"戚隐说。

扶岚露出失落的神色，怪不高兴似的。

"小贼，你帕子送过去了？"黑猫从扶岚怀里冒出头来，没好气地问。

"送去了。"戚隐羞赧地挠挠头，"你猜怎么着？我跟人家姑娘互相看对眼了，真是缘分。"

雨哗啦啦地下，世界是浸在水里的朦胧一片。石板上映着扶岚的影子，扶岚低头望着自己模模糊糊的倒影开了口："小隐，你会娶她吗？"

"如果她愿意我就娶呗。"戚隐想象着以后的日子，一个宽宽的青瓦屋檐，一个穿着素布碎花袄儿的温婉女人，还有一个穿开裆裤的胖娃娃，多好！他甜丝丝地想，他没有爹娘，他要给他的孩子世上最好的爹娘。

扶岚蹙着眉心看他。

戚隐看着他，无奈地道："呆哥，你看什么呢？"

"阿芙说我们长大了要互相照顾。"扶岚停下步子望着他。他垂下眼帘，长而密的睫毛落在白皙的脸颊上，分外地好看，"洗衣裳，晾被单，做米糊糊，做炒青菜。"

那是做一辈子的老妈子啦。戚隐扶额，道："呆哥，妻子是你喜欢的人，是没见面的时候想见面，是见了面就想要拉小手，想要拥抱，心脏还会怦怦跳。懂了吗，呆哥？"

扶岚满脸迷茫地看着他。

戚隐拍拍他的肩膀，道："兄弟也能相互照应一辈子啊，不冲突，到时候咱俩买个挨在一块儿的房子……算了，你跟我一块儿住吧，你这么呆，还是我看着你比较好。"

黑猫不屑地嘟囔。

戚隐从怀里掏出一个馒头，堵住了黑猫的嘴。

扶岚微微皱起眉，很困惑的样子。

大雨滂沱，石板上映着他俩的影子。

第五章　天香

"诸位师兄，"戚隐正襟危坐，严肃道，"师弟有一事相求。"

天色渐黑，瓦房里窗门紧闭，漆案上点了一根蜡烛，暗淡的烛光沉淀下来，一众师兄弟脸上罩着金光和阴影，像庙里静坐的神像。云知率先开了口："黑师弟，不妨直说。"

"请不要叫我黑师弟。"戚隐一手拽过旁边跪坐的扶岚，把他按在烛光前，道，"云岚，我们的同门，得了重病，烦请诸位师兄想个法子。"

戚隐凉凉又道："不给我想出个招儿来，我天天烦你们。"

此言一出，大伙儿都打了个寒噤。流白被吓得不轻，忙站起身，到床底下搬出一个红木箱子来摆在漆案上。

流白得意地笑了笑："这里头都是我的镇宅之宝，黑师弟，这次便宜你了。"

他却不着急打开，先连哄带骗把年纪最小的师弟流朱支出去看门。自从戒律长老回门，晚上时不时来查个寝，凤还山从上到下没好货，倒是不怕他把一众师兄弟逐出门庭，就怕他假公济私把流白的宝贝缴了去自己收着。

流朱涨红了脸，死也不肯去。几个师兄把脸一虎，威胁他明日小灶没他的份儿。流朱气恨地跺跺脚，不情不愿地出了门，蹲在水檐底下望风。

流白卖足了关子，终于肯打开箱子。师兄弟们都埋首到蜡烛小小的光圈里，眼睛一眨不眨地望着箱子里头。流白把一卷卷轴拿出来，搁到案上，小心翼翼地打开，里面的图景一点点显露出来，入目是金山绿水一片好景，亭台楼阁里错落一个又一个小人儿，衣带半松，秋波暗送。

大家都长长"哦"了一声，挂上暧昧的笑用手指头点流白："你小子好哇，有宝贝竟藏着掖着，到现在才拿出来。"

"好看的还在后头呢，"流白勾着扶岚的肩膀，道，"呆师弟，看好了。"

他单手掐了一个法诀，画卷上金光一闪，亭台楼阁拔地而起，一座座山扑通扑通从纸上冒出头来，流水绕过山坳流往平地，淙淙潺潺，隐隐有声。小人儿也动了起来，渐渐竟听得见人语，咿咿呀呀的，似是女子的低吟。中间绿汪汪一池水上弯起一座小桥，一个身姿曼妙的女子在上面悄然起舞，每旋一个圈儿身上的裙袄便脱一件，蒙面的白纱随风飘出去像一朵芦花。有师兄痴痴地伸出手，却什么也没摸到。

一桌人看得眼也不眨，戚隐目瞪口呆，道："我总算知道学仙法的好处了。"

"《桃源春居图》，小爷我攒了三年的银钱才把这玩意儿弄到手，自己平日里都舍不得看。"流白得意扬扬，朝中间那舞女努努嘴，"这是我媳妇儿，我给她起名儿叫香香，怎么样，好看吧。"

"师弟果然好器量，媳妇儿都舍得拿出来给弟兄们一同欣赏。"云知由衷赞叹。

"过奖过奖，都是为了师弟，都是为了师弟。"流白拱拱手，扭头对扶岚道，"怎么样，呆师弟？"

扶岚摇头。

流白愕然道："这都没感觉？"

"算了算了，黑师弟。"流白搓搓手道，"香香还会唱歌，诸位弟兄，不妨同乐一番？"

大家嘿嘿笑了一阵，一同凑过了脑袋。

烛影摇曳，画轴上歌声融融，女子的嗓音春水一般细细柔柔，在淡黄色的光晕里散入黑暗。他们都在观图，戚隐心不在焉，莫名其妙地想起下午，茫茫的世界，漫天的雨点儿，清圆的青竹伞底下的两个人。

他看向扶岚，见一声不响的男人扭头望着窗外，透过细窗纱看外面蒙蒙的灯火。他知道扶岚又在发呆了，这家伙平日里一打坐就坐很久，别人以为他在修行，其实他在发呆。谁也不知道他发呆的时候想些什么，可能他什么也不想，心像烟水茫茫的一片，因为他那一双瞳子永远那样空茫，好像什么也没有，又好像倒映着整个世界。

这个家伙没有常人该有的情绪，像趴在叶尖上无思无觉的小小蜉蝣，像高天上漠然俯瞰众生的神明。戚隐忽然觉得，要是扶岚是女孩儿就好了，他长得那样好看，性子安静也像个女孩儿。

"戒律师叔在门口。"扶岚突然说。

众人一个激灵，纷纷掐了个诀，不过一眨眼的工夫，所有人都不见了。一张方方的漆案，只剩下戚隐和扶岚两个人。两个人正大眼瞪着小眼，门砰地一开，叶清明闯了进来。流朱打盹刚醒，迷瞪着眼仰起头，一见叶清明，倒吸了一口凉气，撒腿就跑没影儿了。

叶清明低头看了看案上的《桃源春居图》，又看了看发愣的戚隐和扶岚，摇头道："好啊你们俩，躲在这儿干这勾当。好你个云岚，我见你平日不声不响还以为是个老实头儿，没想到也这般……下流。"

扶岚呆呆地看着他。

戚隐欲哭无泪，扶岚没跑是因为反应慢，他没跑是因为他除了画几张符什么仙术都不会。

"虽然我平时不太管你们，偶尔查门也只是走个过场，不过规矩还是规矩，"叶清明把画轴卷起来收入乾坤袖，"这等腌臜的玩意儿我就替你们收了。你们俩今晚不许睡觉，去把山阶从上到下扫一遍。念你们初犯，这次轻饶，往后不可再犯！"

他说完一撩发带，趸身一闪就没影儿了。戚隐瞠目结舌，山阶足足有九百九十九级，从上到下全扫一遍，这不是要人命嘛！

流白现了身，抱着门柱哭号："我的香香啊……"

一众师兄接连解了隐身咒，劝流白节哀顺变，早日攒够钱再娶一个媳妇儿。

戚隐垂头丧气地带扶岚出了门，扛着扫帚去山阶。夹道落叶飞舞，一溜青石板山阶伸向茫茫夜色看不清尽头，戚隐立在上面头晕目眩，顿时觉得人生无望。

扶岚已经闷头闷脑扫起地来了，他向来是这样逆来顺受，乖巧听话。戚隐无奈，只好认命。山风冰凉，吹得人哆哆嗦嗦打了一个寒战。一件衣裳披上肩来，戚隐一怔，扶岚收回手，又捡起扫把。

戚隐耸动鼻尖，扶岚的衣裳有山的味道，让人想起寒山落叶，冬雪蒙蒙。为什么呢？明明是一个呆呆笨笨的青年人，竟然有这么凄清萧索的味道，总觉得很孤独，就好像……好像一片枯叶飘过千里万里，不知归处。

"喂，呆哥。"戚隐忽然喊他。

"嗯？"扶岚站在阶下，仰起头。

"你家乡在南疆对吗？你为什么要出来啊？"

扶岚愣了下，道："那里的妖不喜欢我，猫让我到凡间来，顺便去各地的神迹看看。凡间人多，也有一些妖，但是到了这边才知道，我这样的是不太招大家喜欢的。"

"不是，你是不是净找男的说话去了？"戚隐道，"你长这么俊，男的当然不喜欢你，你该找姑娘。"

扶岚看着他没吭声。

戚隐踌躇了一下，挠挠头道："那个……难不成，你真的不举吗？"

"小隐。"扶岚颓丧地低着头，"你别说话了。"

"怎么了？"

"我不想听。"扶岚道。

戚隐："……"

"黑师弟，呆师弟！"桑若在顶上喊他们。

戚隐无奈，"黑师弟"这个称号全门派都在喊了吗？

"正好你们要扫山阶，拜托帮忙找一下兰仙姑娘的丁香环子，她今早好像落在山阶上了。我找了一个黄昏都没找着，你们顺便看看可以吗？"

"好啊，包在我身上。"戚隐比了个放心的手势。

扶岚扫地，戚隐抓着明灯符摸遍了九百九十九级山阶，连犄角旮旯的石砖裂缝、藤蔓草丛都没有放过，终于在山阶底下找到了那枚丁香环子，指甲盖儿那么大，金灿灿的。戚隐把它擦干净，放在手心，这才想起来，自己都好久没想起过兰仙儿了。他忽然觉得自己轻浮得很，明明喜欢人家，却没把人家放心尖儿上惦记着。

戚隐道了一声罪过，小心翼翼地把丁香环子放进荷包。

一大早戚隐打扮得人模狗样，连头发丝儿都捋得齐齐整整，特地在山道上等着。兰仙儿迎面走过来，依然是一身素底碎花衫子，土布裙，身上带着兰花香味儿。戚隐站在她边上，觉得浑身都轻飘飘的。

"桑若说我的丁香环子在你这儿。"兰仙儿说。

"啊，对。"戚隐手忙脚乱地掏荷包，笨手笨脚地把丁香环子拿出来，两手捏着放进她的掌心。

"谢谢。"兰仙儿笑了笑。

她的笑浅淡，迎着清晨的阳光，仿佛是透明的。戚隐呆了呆，红了脸，低低说了声"不用"，跟在她身边沿着山道慢慢地走。石子路弯弯曲曲，两边栽着勾勾缠缠的杂草。戚隐回头看两个人并排的脚印子，恍恍惚惚觉得有些不真实。

"那边就是你们的禁地吗？"兰仙儿指着对面的山峦问。

"嗯。"戚隐说，"那个地方可不能去，里面有很多大妖怪。"

兰仙儿吐了吐舌头："妖怪一定很吓人吧？听说他们都长得可丑了，又专爱吃人，一个比一个坏。幸亏有你们剑仙，把他们都杀光，我们才好过日子呢。"

戚隐愣了下，想起扶岚、成天嚷着复兴妖魔却好吃懒做的死肥猫，还有那头趴在思过崖底下长蘑菇的大白狼，挠挠头道："也不能这么说吧。"

兰仙儿一愣，扭头看着他道："哦？"

"妖其实和人差不多，有的聪明有的笨，有的阴险有的……"扶岚呆呆的样子又浮现在眼前，戚隐笑道，"有的很呆。有的妖不吃人，就跟有的人吃素不吃肉似的。至于美不美丑不丑的，在他们眼里我们长得也不大好看吧。"他朝兰仙儿笑了笑，"要是你是一只猪，你肯定也喜欢跟你一样白白胖胖的猪。"

兰仙儿看了他一会儿，转过头去哼道："你才是猪。"

戚隐脸一红，忽然意识到自己说错话儿了，忙道："我不是那个意思。我是说，你就算是猪，也是最漂亮的猪。"

兰仙儿："……"

戚隐捂住脸，恨不得剪了自己的舌头，他到底在说些什么玩意儿？！

"可你们还不是要把他们关在这儿？！"兰仙儿踢了踢脚下的石头。

"这没办法，他们吃人，难不成还任由他们把人吃光？"戚隐道。

兰仙儿没再说话，两个人默默地往前走。戚隐觉得有些忐忑，他真是太不会说话了，连怎么逗姑娘笑都不知道。可家里没谁可以请教的，肥猫只知道吃，呆哥比他还愣。两个人走了一程子路，戚隐斟酌着和她搭话儿："生药铺的胖婶说不认识你，你是新搬来的吗？"

"嗯。"

"跟着爹娘吗？"

兰仙儿摇摇头："我爹中了状元，娶了有钱人家小姐，不要我和我娘了。"

戚隐一怔，想要安慰兰仙儿，想了半天想不出什么好话儿，急得满头大汗，最后道："娘俩过得可还好？平日若是有什么需要，可以来山上找我们帮忙。"

"我娘一气之下杀了我爹，被抓进官牢了。"兰仙儿仰着头瞧他，"关了好多年了，大约已经死了吧。"

她说这话儿的时候神色淡淡，仿佛这辛酸的往事都轻飘飘的没有分量。兰仙儿重新低下头，在戚隐前头蹦蹦跳跳地走，一边走一边摘路边的小野花，别在乌黑的鬓发间。

戚隐没再说什么，默默跟在她的后头。淡淡的兰花香飘过来，缠绕着他的衣袂。

"喂，云隐师兄，"兰仙儿忽然转过身，倒退着走路，"你是不是喜欢我？"

第五章 天香

一句话惊雷似的响在耳边，戚隐满身气血往脸上涌，愣愣地看着她，一句话儿也说不出口。

兰仙儿见他这模样，捂着嘴咔咔笑，又问："要是我是妖怪，你还会喜欢我吗？"

戚隐其实知道应该怎么答，女孩儿都喜欢这样问，要是我变丑了你还会喜欢我吗？要是我变胖了你还会喜欢我吗？她们就想听到：就算你丑到惨绝人寰，胖到压死十头大象，我依然会爱你如初。可问题是戚隐不喜欢妖怪，他喜欢和他一样的凡人，性别女，最好长得漂亮性子温柔会织布会做菜。戚隐挣扎了一会儿，怎么也撒不出谎，最后泄气地道："不会……"

兰仙儿"哦"了一声，道："我就知道。"

"可这就和我不会喜欢男人一样啊，"戚隐窘迫地说，"我可以和妖怪当朋友，可以和男人当兄弟，可是我不会喜欢他们。"

兰仙儿歪着头看了他一会儿，忽然笑起来，踮起脚尖，拍了拍他的头："云隐师兄，你是个好人欸。以前我这么问别人的时候，他们都说就算我吃人不吐骨头都愿意跟我在一块儿。"

戚隐被她拍蒙了。兰仙儿退了几步，背着手站在天光底下。有什么东西悄无声息地变了，女孩儿清浅的微笑好像在阳光下一点点明艳起来。

兰仙儿歪着头笑道："谢谢你帮我找回丁香环子，它对我来说可重要了。"

"不用谢，举手之劳。"戚隐赧赧地道。

"这是云知哥哥送我的，我可喜欢了，谁承想昨儿就落了，急死我了。"兰仙儿撩了下头发，冲他一笑，"幸好你帮我找到了。"

戚隐脑筋一下没转过弯儿来，愣在原地。

云知哥哥送的？什么意思？

"你看，云知哥哥来接我下山了。"兰仙儿手搭凉棚，望向远方。

她话音刚落，一道清寒的剑光瞬息即至，云知盘腿坐在剑上，笑吟吟地摸了摸兰仙儿的头顶。兰仙儿熟门熟路地侧身上了剑，把背筐放在腿上，冲戚隐挥了挥手："云隐师兄，我们先走啦！谢谢你喜欢我，不过我不喜欢黑仔。"

戚隐脑子里一片空白，愣愣地呆在原地。

两个人唰的一声就没了，消失在山路的尽头。戚隐呆呆的，恍惚间他好像又回到吴塘镇那天黄昏，他看见凤仙倚在老东家的怀里，心里面有什么东西寂静地、一点点地碎掉了。他塌下肩膀，低下头，一路踢着石头一路走，闷头闷脑，自己也不知道自己要去哪里，像一条失家的野狗。

什么嘛，原来都是要他玩儿的。这姑娘真坏，这样要他有意思吗？还是觉得他灰头土脸虎头虎脑，看起来比别人好玩儿一些？可也不能怨人家，毕竟是他自己撞上去的，人家又没让他巴巴地去捡丁香环子，人家又没让他喜欢她。

戚隐走到路的尽头抬起头，才发现自己一路瞎走竟走回了瓦屋。扶岚坐在宽宽的水檐底下编竹筐，阳光照在他白皙的侧脸上，一圈轮廓都是温柔的，氤氲在蒙蒙的光里。黑猫趴在他脚边摊着柔软的肚皮晒太阳，眼睛眯成一条缝儿。

戚隐垂头丧气地搬过一张杌子，坐在扶岚边上。鼻子里泛起一股辛酸，戚隐垂着头，想起在姚家的时候第一次炒菜，十二岁的年纪，个头比灶台高不了多少，大勺和手臂一样长。他好不容易炒出一盘菜小心翼翼捧上桌，小姨捏着筷子夹了块儿肉放进嘴里，嚼了两下吐出来，道："败家玩意儿，炒的这是什么，想毒死我吗？"

他想说他尽力了，翻锅的时候还不小心烫了手，燎出几个大大的水泡，可疼了呢。可他什么也没说，背着手低着头，一声不吭地用脚尖搓着地。算啦，他对自己说，无所谓的。

他现在也这样对自己说，算啦，无所谓的。

没人喜欢，无所谓的。

戚隐扭头看扶岚，这家伙正一心一意编着筐，一个小小的竹筐在他手里渐渐成形。戚隐耷拉着脑袋问："呆哥，你还会编篮子啊？"

扶岚点点头："阿芙教我的。"

戚隐沉默了一会儿，问道："呆哥，你是不是很喜欢我娘？"

"嗯，"扶岚道，"很喜欢。"

戚隐张了张口，想问扶岚知不知道为什么他娘要离开，侧过脸看，恬静的男人低着头编筐子，竹篾在苍白的指间缠绕，他的脸上没有悲欢喜怒，眸色淡而平静，那么纯澈，像茫茫烟水。

戚隐揪着草梗问："呆哥，我娘跟你们一块儿住的时候，有没有招惹什么仇家？或者那个妖道有没有什么亲戚来寻仇？"

扶岚迷茫地摇头。

黑猫打了个哈欠，道："张洛怀死了之后乌江太平得很。你怎么突然这么问？"

"没什么，瞎问问。"戚隐忽然什么也不想问了，他拍了拍扶岚的肩，道："呆哥，要是你也娶不到媳妇儿的话，干脆咱俩相依为命得了。咱苦命两兄弟都没人喜欢，打光棍也蛮好的。"

扶岚呆了呆，用力点了点头："好。"

第六章

惊回

"你们有谁看见云知师兄没有？"流白站在篱笆外面喊，"掌门师叔问他哪儿去了，现在都过了戌时了，怎么还没回来？"

扶岚摇摇头，跟戚隐一起把晾衣绳上的被单收起来。桑若抱着大木盆儿把水泼在泥巴路上，站在自家院里遥遥地道："我也没见着。"

"他是不是在外面过夜啊？"戚隐取了牙枝出来，蹲在屋檐底下漱口，"咱门规不是摆着玩儿的吗？还管他回不回门？"

流白枯着眉头说："云知师兄和咱们不一样，门规对咱们来说是摆着玩儿的，因为掌门说咱们能耍几个剑花儿学着乐就不错了，可云知师兄不行。"

"大师兄可是未来的掌门。"桑青在对面脆声道，"掌门师叔对他一向很严厉，他剑术学不好要去祖师爷面前罚跪的。你瞧他那把有悔剑，咱们的都是破烂铁皮子，只他那把是正经的仙剑，那是掌门师叔砸锅卖铁买灵矿亲手给他锻的。"

太惨了，锻把剑还得砸锅卖铁。戚隐吐出漱口水，拿巾栉揩揩脸，又道："你们白天见过他吗？我清晨碰见他送兰仙姑娘下山，不知道有没有回来过。"

大伙儿都说没，流白急了，道："师兄真是的，掌门师叔还在那边问呢。要是知道他夜不归宿，不知要怎么罚他。"

虽然戚隐觉得云知这厮就该罚跪，好好抻抻筋骨，免得总是去祸害姑娘，不过毕竟师兄弟一场，戚隐挠挠头道："算了，我大概知道他在哪儿，我去把他弄回来，我师父那边你帮忙搪塞一下。"

他换了身衣裳出来，扶岚已经蹲在钉耙上等他了。肥猫跃进戚隐怀里，跟着他一块儿上了钉耙。扶岚这厮御钉耙跟奔命似的，狂风扯着戚隐和肥猫的脸，一人一猫眼歪嘴斜。戚隐抱紧扶岚的腰要他慢点儿，话儿还没说出口已经到了山下，钉耙蓦地刹住，戚隐一头撞在扶岚的背上。

戚隐晕头转向地下了钉耙，捂着脑门往兰仙儿家走。两边屋檐下挂着一溜水红灯笼，马头墙上一轮黄澄澄的明月，飞檐翘角上蹲踞小小的脊兽。有些菱花窗亮着灯，别人家的人影在后面挪来挪去。戚隐走了半晌忽然发现不对劲，长乐坊又不是江南，哪来的马头墙？他定睛一看，街道压根不是长乐坊的模样，倒是像极了吴塘镇。

戚隐瞠目结舌地站在原地，道："这不是吴塘吗？呆哥，你钉耙御过了，把咱们送吴塘来了。"

街面静悄悄，无人回应，戚隐茫然回头，竟发现扶岚和黑猫都不见了，空荡荡的大街上只他一人儿孤零零站着。

戚隐蒙了一会儿，往回走。万籁俱寂，只有他的脚步声。走了好半晌也没见着长乐坊坊口的那棵苦楝树，他心里茫茫然不知所措，不知不觉竟走到了姚家。他在屋檐下站了一会儿，到底没进去，姚家只剩下一个老太太，见了面儿也不知道说什么好，还是算了。他刚转身，身后忽然传来一声唤："小隐，回来了怎么不进门儿？"

这声音熟悉极了，戚隐踅回身，正瞧见小姨立在灯笼底下。

他差点吓了个魂飞魄散，抖着嘴唇道："小……小……小……小姨！"

见鬼了，小姨诈尸了！

"你这孩子，一家人等你吃饭呢。"小姨走过来牵他，拽着他的腕子进屋。戚隐寒毛直竖，没敢撂开她的手，跟着她进了堂屋。姨爹、老太太都坐在桌前，小圆侍立一旁。小姨把他按在鼓凳上，姨爹慈眉善目地朝他微笑。戚隐瞪着他的嘴，想起数月前那九颗拳头大的干瘪头颅从他嘴里蹿出来。

鼓凳冰屁股，戚隐毛骨悚然地坐着，小姨执起筷子一样样给他夹菜："是不是又犯迷糊了？好好一个机灵孩子，被马车一撞，成这般傻不棱登的模样。"

"被马车撞？"戚隐问。

"你不会连这个都忘了吧？"小姨满脸忧色，抚了抚他的后脑勺。戚隐疼得一哆嗦，这才发现自己脑袋后面竟然有个伤口。

老太太愁眉苦脸："再给小隐寻个郎中来。小隐，你都忘了？三个月前你去给你姨抓药，脚下不看路，还没到药铺门口就让马车给撞了，脑袋上破了一个大口子，一躺就是仨月。"

姨爹也揣着袖子叹气。

戚隐愣愣怔怔，瞧着这一桌子人儿，姨爹、小姨、老太太，还有边上站着的小圆，一家人整整齐齐坐在烛火里，饭菜的香味儿萦绕鼻尖，外头街道传来笃笃的敲梆子响，月亮挂在当空，仿佛他记忆里的妖鸟食人只是一场噩梦。戚隐觉得自己肯定是魔障了，一发狠，甩了自己一巴掌，把大家吓了一大跳。

小姨睁圆眼睛，喃喃道："完了完了，这孩子真傻了。远道，你还不快去请大夫！"

"好好好，我就去。"姨爹慌忙离席。

戚隐脸上火辣辣的，疼得实实在在，面前的景象却没改变半分。大夫上了门，给戚隐搭了脉，又细细瞧脑袋，说他颅伤未愈，脑子里还有瘀血，得好好休养，等瘀血散去，人就好了。

戚隐撑着脑袋，觉得不可置信。难道这几个月来的经历都是他做梦不成？他记得凤仙嫁人了，可不记得自己被马车撞。他抬头看大伙儿，灯火罩着大家的脸，都是一副愁苦的表情，好像很是为他的病情担忧。戚隐讷讷开口："那个，我好像做了个很长的梦。"

"梦见咱家出了怪鸟，吃了好多人，是吧？"小姨道。

"小姨你知道？"戚隐一愣。

"你有时候半梦半醒，说好些胡话，我和你姨爹趴在你旁边听，净是些怪鸟、怪鸟的。"小姨推他去睡觉，"好啦，好啦，别想这么多了，越想人越傻。你快去歇着，明儿早上起来病就全好了！"

小姨推他到上房，戚隐有些惶恐，道："我不是睡阁楼吗？"

"谁让你睡阁楼了？"小姨埋怨地乜了他一眼，"你哥去做买卖，明早就回来了，昨儿捎信来说找到了上好的人参，给你用用，保管药到病除。"

"我哥？他不是上无方山修仙了吗？"

小姨掩唇一笑："那真是撞了大运了。怎么，你还梦见你哥去修仙了？好好好，借你的吉言。到时候你俩一块儿去，咱家一下出两个剑仙，皇上都要到咱家来沾沾福气。"

见惯了小姨横眉立目，从没被这么和风细雨般待过，戚隐不觉得舒坦，只觉得骨头缝里发毛。小姨走到门槛边上，正要掩门，戚隐坐在榻边，忽然道："小姨，我觉得你好像不大一样了。"

小姨回过头："哪不一样？"

灯火下，女人眉眼弯弯，笑意融融。戚隐望着她，突然说不出话儿。小姨倚在门槛边上，疑惑地瞧着他。戚隐最后笑了笑，道："变漂亮了。"

"去去去，甜嘴留着将来哄媳妇儿吧！"小姨斜了他一眼，掩上门出去了。

戚隐闩上门，坐到案前，对镜前后照，伤口在后脑勺，实在看不见，挣扎了一会儿就放弃了。他又坐了一会儿，听外头都没声儿了，小心翼翼爬出窗子，摸到厨房门口。里面窸窸窣窣一阵响，姨爹偷腥的毛病倒是没变。戚隐又摸上阁楼，悄悄开了门，里面堆满了箱笼，当真不像人住过的样子。

他下了楼，到堂屋里坐了会儿，拿起神台底下的茶碗看，碎了一角，是他小时候端茶送水，不小心摔坏的。

他从院墙翻出去，揣着袖子在青石板路上晃悠。店铺上了排门，灯下黑黝黝一片。月光越过马头墙，照在他脸上。小姨的手是温的，是活人，排除诈尸的可能性。吴塘没有变，家里一应陈设半点都没变，这里真的是他生活了十五年的吴塘小镇，真的是他待了十五年的姚家。

戚隐贴着墙蹲下来，脑子里一片乱麻。

扶岚御剑再快，也不可能一息之间从凤还山到达千里之外的吴塘。到底是什么样的妖法，才能让长乐坊变成吴塘镇，让死去的人再活过来？而且这些人……他总觉得哪里怪怪的，不对劲。

戚隐站起来继续走，镇子小，一个时辰就走完了，扶岚和黑猫不见半点儿影子。他累得直喘气儿，翻墙回了屋，静悄悄地歇了。

第六章 惊回

第二天起床，小姨风风火火地出来，说他哥回来了。戚隐一宿没睡好，懒洋洋地踅出门。那个死胖子回来，他又要和他睡一屋，他宁愿去睡阁楼。

跨过门槛，阶下立了一个黑衣青年，手上牵着一匹马。

戚隐揉揉眼睛，怀疑自己看错了。

小姨拍了他一把，道："小隐，你该不会把你哥都忘了吧？！"

青年上了台阶，大而黑的眸子映着他瞠目结舌的影子。戚隐叫道："扶岚？！"

他哥？

他哥分明是姚小山那个死胖子，招惹了街上的流氓拉他去干架，两个人一起鼻青脸肿，可总是他在天井底下被小姨罚跪，那家伙躺在床上哼唧哼唧喊疼。姚小山怎么就变成扶岚了？戚隐看着扶岚进了门，小姨和姨爹取他带回来的账册去瞧。那青年立在屋里，冷白的侧脸，沉默的神色，是扶岚没错。

一只黑猫绕到戚隐脚边，戚隐眼睛一亮，把它抱起来，低低喊了声："猫爷。"

黑猫没理他，兀自舔着身上的毛。

哐当一声，一盏茶砸在扶岚额角，茶水淋淋漓漓落了一脑袋。戚隐吓了一哆嗦，伸脑袋往屋里瞧，正见小姨指着扶岚，气得手指发颤："少了你的！家里就这么点儿钱，让你拿点儿出去做买卖，给我赔个精光！老娘是上辈子欠你的债，养出你这么个赔钱货，这辈子讨我的债来了！"

赔钱货这名头原本是他的专属，现在竟然变成他哥了。戚隐有些汗颜。

"算了算了，就当买个教训。"姨爹在一旁打圆场。

"三百两买个教训，敢情这教训是黄金打的！"小姨点着扶岚的脑门，骂道，"早知道是个傻的，就该一生下来就把你摔死！你瞧瞧人家小隐，又聪明又伶俐，多省心，多少媒婆来做媒，满街的姑娘都想嫁进咱家。再看看你！我看隔街那讨饭的傻姑婆和你挺配，你俩凑一对得了。"

满街的姑娘？戚隐不可置信，从前他蔫头耷脑，寄人篱下，在饭馆后厨洗碗的女使小妹都看不上他。

戚隐蹲在檐下叹息。有扶岚在戚隐心里就安稳了，好像有了根定海神针扎在心底，浪头翻天都不怕。

小姨被扶岚满脸无谓的表情气得两眼发黑："你是成心想气死我，是不是？去，给我跪那儿，没到晌午不许起来！"

姨爹扶着小姨进屋休息了，扶岚端端正正跪在天井底下，天光照着他高挑瘦削的影儿，像一株遗世独立的墨竹。他一直都是那模样，一个人的时候，好像独立在尘埃之外，红尘万象都与他无关。

戚隐伸头看，庭院里没人了，他悄没声儿地蹭到扶岚边上，一面帮扶岚擦脸，一面低声道："你昨晚哪儿去了？我一回头你就没影儿了，我还以为妖怪看上你，把你掳走了。现在咱们怎么办？咱们是在哪儿啊？你有辙没有？"

扶岚没言声，低头从怀里掏出一手帕糕点，放在戚隐掌心。

"这什么？"

"金陵的梅花糕。"扶岚说。

戚隐咬了口，还留着一点点的温度，清甜的口味，是他喜欢的。戚隐一边吃，一边说："其实我有点儿想法，我估计咱俩是在一个幻境里。这里的人都是我的故人，只不过奇怪得很，我原来的表哥是姚小山，现在变成你了；小姨原先看我不顺眼，现在对我好得跟亲儿子似的。除了这些，家里一应物事都和我记忆里一模一样。"

又喂了点儿糕碎子给黑猫吃，戚隐拍了拍手，道："幻由心生，我觉得这幻境破解的关键八成在我。你怎么看？"

扶岚看着他，黑眸子里茫茫然，仿佛不知道他在说些什么。

戚隐忽然觉得哪里不对劲，扶岚和他一块儿下的山，一转头就不见了；梅花糕金陵才有，从吴塘到金陵，御剑少说也得一个时辰。难不成这厮还莫名其妙专门跑去买梅花糕给他吃？戚隐心里忐忑，问道："哥，你是扶岚吧？"

扶岚点点头。

戚隐松了口气，道："那就好。昨晚你到底去哪儿了？"

"从金陵回家。"扶岚说，"娘传信说你醒了。"

娘？他竟然管小姨叫娘？！

戚隐不可置信地看着他："你大名是什么，连名儿带姓？"

扶岚答道："姚扶岚。"

完了。戚隐抓着脸，在心里哀号，原来这个扶岚也是假的，真扶岚不知去哪儿了，八成是被困在另一个幻境里了。戚隐忙抱起黑猫，使劲儿摇它："猫爷，你说句话，你不会也是假的吧？"

黑猫喵喵乱叫，爪子在空中乱挥。这是一只货真价实的大脸肥猫，不是妖。

原来这幻境里，当真只有他孤身一人。

戚隐有些泄气，抬头看扶岚，这家伙低头瞧着他，一副懵懂的样子。

"算了。"戚隐使劲儿抓了抓头发，耷拉着脑袋说，"哥，陪我去个地方。"

扶岚犹豫了一会儿，他还得罚跪。

"看见你我能安心点儿。"戚隐拉了拉他的袖子，"陪我一回啦，哥。"

扶岚低头看了看戚隐拉他袖子的手指，那一寸指尖栖落着天光，仿佛是透明的。扶岚点点头，道："好。"

阳光从马头墙上打下来，黄澄澄的落叶像枯蝶一样飘。戚隐站在街对面看凤仙，她还是原先的模样，乌黑的头发，劣玉簪子一点青黄，从鸦黑的发髻上透出来，像是发上开了一朵花儿。她们女人就是这样，要强，在尘埃里也要美得夺目。不像他，认了命，在泥巴里打滚也无所谓。

凤仙没嫁人，这点儿也变了。他故意到药铺里晃悠，凤仙抿着嘴儿笑，悄悄指了指后巷。戚隐暗暗咋舌，这幻境真带劲儿，凤仙真对他有意思了。

第六章　惊回

　　他出了门，转到后巷，让扶岚在巷口守着。凤仙立在那里，见他来，噘着嘴儿打他胸口："冤家，三个月不见，还以为你真死了。他们都说你忘了事儿，是不是把我抛之脑后了？"

　　戚隐有些不好意思，退后了几步，道："确实忘了挺多事儿，那个……"戚隐挠挠后脑勺，试探着道，"咱俩以前有交情吗？我好像也记不大清了。"

　　凤仙一瞪眼："咱们的山盟海誓你都忘了？"她眼眶红了，抬手揪戚隐手臂上的肉，"你敢忘！你敢忘！你知不知道，东家老爷透了口风要娶我做妾，我硬是没答应，日日熬着等你醒。我白日也盼，夜里也盼，又不敢上你家去瞧，只能去娘娘庙里求你平安。你……你……"

　　戚隐被她揪得疼痛难当，偏又不能叫出来。这姑娘看着温婉，没想到是属母夜叉的。戚隐缩着胳膊，忙道："不敢忘，不敢忘！你先松松手！"

　　凤仙咬着嘴唇，道："不给你来点儿狠的，你当我好欺负。我一个黄花大闺女，一片真心交了你。若咱俩的事儿捅出去，你就是不愿娶也得娶！"凤仙咬咬牙，忽然解了衣带，将衣裳一拉，直直朝戚隐怀里撞过来。

　　戚隐活了这么多年，头一回见这阵仗，当下傻了眼。有个人拉住他的后衣领，这人力气大得很，他整个人被往后一拽，雨后大山的味道包裹住了他。扶岚抬腿一踹，窝心便是一脚，把凤仙踹进了墙边堆积如山的竹筐子里。

　　扶岚抓着他的手腕，扭头夺路而逃。两人跑到河道边上，纵身一跳进了一条乌篷船。戚隐捡起竹竿一撑，船便荡进了波心。戚隐扭头看，已经看不着凤仙的影儿了。戚隐心有余悸，这世界铁定是疯魔了，凤仙为了嫁给他，竟连姑娘家的名节都不要了。

　　乌篷船过了桥洞，摇摇荡荡往前飘。夹岸是青瓦白墙，捣衣女蹲在临水阶上捶衣裳。牛皮纸红灯笼映在清冷的河水里，像水红的日头。忽然有一包东西扔进了戚隐的船，戚隐捡起来，是一网兜的菱角，抬头望过去，一个姑娘抿着嘴儿笑："戚小郎君，听说你病好了，有空来一起摘菱角！"

　　戚隐羞赧地挠挠头，应了一声好。

　　"戚公子，朝这儿看！"又有一些瓜果扔进乌篷船，河岸上的姑娘家扎了堆向他招手。船不过行了几步路，乌篷船便快要满了。戚隐头一回这么受欢迎，有些受宠若惊，扭头看扶岚站在船尾，透明人似的不吭声。

　　他一把拽过扶岚，冲岸上的姑娘们吆喝："嘿！各位姐妹，你们说我和这位小公子谁更俊？"

　　"当然是戚小郎君你啦！"姑娘们叫道，"剑眉星目，风流倜傥，我们呀，就喜欢你这样儿的！"

　　戚隐指着扶岚的脸："瞧这细皮嫩肉，你们当真不喜欢？"

　　"不喜欢！"姑娘们大声道，"我们就喜欢黑仔！"

　　戚隐无语，原先是白面后生当道，现在他们黑仔竟然咸鱼翻身了。

船出了河道，进了乌江。那帮姑娘满脸通红地目送他远去。戚隐倒抖落了一身鸡皮疙瘩。

戚隐扭头看，眼前是乌江水，在他们镇这一段叫吴江，一直往前，汇入颖河，又汇入长江，最后奔入茫茫大海。水灰蒙蒙的，浪花沫子发白，天与江心俱是一色。远处白墙黑瓦，错错落落，像被人随手扔下的石子儿，掉在山里头。

戚隐想起方才凤仙缠他那劲儿，又想起那些姑娘，略有些头疼地说："凤仙也变了。原先她是嫁给了她东家的。那老头儿，你见过没？他家有钱，镇上最大一条街有五个店铺都是他家的，每个月光收租子就收到手软。我以前以为凤仙喜欢我来着，其实人家跟我除了'三包药，一共一钱银子'这种话之外，没说过别的。"

扶岚满脸迷茫，一副没听懂的样子。

戚隐低头笑了笑，又道："现在想起来，凤仙大概连我叫什么名儿都不知道吧。呆哥，你知不知道为什么我知道这里是假的？明明大家说得很明白，我被马车撞坏了头，在家躺了三个月，九头怪鸟啊修仙啊什么的都是我梦里胡说的。可是为什么，我知道这里是幻境？"

"为什么？"扶岚问。

他蹲下身垂着头撩了撩冰凉的江水，水里那个男孩儿的脸上有分明的悲哀。他道："因为在这里，小姨喜欢我，姨爹喜欢我，祖母喜欢我，凤仙也喜欢我，所有人都喜欢我。"

东方有梦貘，织梦境，有异香。清式在捉妖课上教过，戚隐每堂课都学得很认真，记得很清楚。兰仙身上有迷离的兰花香，每回见了她他就跟着了魔似的，以前以为自己是见色起意，现在想来那香味儿有点儿邪性；再加上这似真似幻的梦境，戚隐现在才想明白，那个白绒花儿一般的姑娘原来是只妖。

神识才能看见妖气，扶岚这厮老实，因为总是看见非礼勿视的东西，平日里不外放神识。凤还山这帮道士又是半吊子，这妖怪竟就这样堂而皇之地在山上走来走去这么久。戚隐郁闷地想，还四大仙山之一呢，这贼山怕是连三流仙门也不如。

他记得清式老胖子说过，梦貘不好对付，道行深一点儿的能织几千亩的梦境，活在里面难辨真假。

他抬起眼，望着那灰茫茫的水，水面迢迢伸向天边，没有尽头。

可是他很清楚，在这里所有人都喜欢他，所以这一定是假的，是个梦，他的梦。

"你不喜欢这样吗？"扶岚轻声问。

"喜欢啊，"戚隐摇摇头，"我又不傻，大家都喜欢我，干吗不喜欢？我小时候经常想，我是大神转世，等哪天天雷劈我几下，我突然灵光一现，想起我是伏羲女娲的宝贝儿子。我来人间走一遭就是历个劫，这些苦啊难的，总有一天会终结，我还回天上过好日子。于是我头顶金光，脚踏祥云，飞天而去。

"但是这不是最重要的，最重要的是我小姨他们一见我原来是神仙，痛哭流涕在我面前道歉，说以前对我不好都是无心的，今后一定把我的画像挂在堂屋里供奉，每天上三炷香。然后我特别假地微笑，说算啦算啦，我从来都没放在心上，你们还是我姨还是我姨爹，我保管你们这一世富得流油长命百岁。于是我升仙而去，在人间留下一段佳话。"

"可是你没有梦见成仙。"扶岚说。

"是啊。"戚隐长长叹了口气，"后来我长大了，突然想明白了，成仙又有什么用，小姨他们拜神是因为有所求，谁会喜欢泥巴捏的玩意儿？我只是……"戚隐揣着袖子，风钻进衣裳，沁人心脾地凉，"我只是有时候，很偶尔的时候，会忍不住想一想，要是我是小姨和姨爹的儿子就好了，那样的话，他们就会喜欢我了吧。"

江风静谧地吹，两个人都沉默。

"小隐，"扶岚忽然开了口，"我很笨，很多你们想的事情我都不明白。你们的喜欢有条件，是儿子喜欢，不是儿子就不喜欢。你们的喜欢有时限，从前喜欢，现在不喜欢，或者从前不喜欢，现在喜欢。但我的喜欢没有条件，没有时限，我喜欢的人，无论那人是谁，无论是过去现在还是未来，我都喜欢。"

戚隐愣住了。

那一刻仿佛天光乍泄，灰蒙蒙的人间顿时有了颜色。

扶岚专注又认真地凝望着他，那双黑色的眼眸一如既往的恬静安然，好像万千风雨都惊扰不了他安静的眸光。戚隐忽然觉得这眼眸那么熟悉，似乎在记忆的深处，在江南的细雨中，在乡间的白雪中，有着同样一双眸子曾经凝望过他。

他第一次无法分清，这到底是一个虚幻的梦境，还是触手可碰的现实。

他耸耸鼻尖，遏制住酸楚，绽放出一个粲然的微笑："哥，我们回家吧。"

晌午摆饭，小姨说这是自戚隐醒了头一回一家团圆，定要好好置一桌席面。小姨撑着小圆忙前忙后，戚隐主动要求下厨，热上油，先爆葱姜蒜，然后下肉，热锅里雾气蒸腾，人的脸儿氤氲看不清楚。一盘肉出锅，小姨赞不绝口，亲自捧了盘儿搬上桌去。

其实原先在姚家的时候，他也负责炒菜，只是小姨从没有夸过他。

戚隐入了座，一家人围着八仙桌，脸上喜气洋洋。今日小姨高兴，连带着姨爹也沾光，少挨了不少骂。戚隐也笑。姨爹给他斟酒，戚隐一杯一杯地喝，喝得脸上红红的。最后一壶酒快要见底，戚隐倒了一杯酒，摇摇晃晃地站起身来，道："小姨，这杯敬你。"

"你这孩子，喝了多少了？"小姨埋怨地剜他一眼。

戚隐走到她面前，天光打窗纱外透进来，照在她的脸儿上，她的眉目好看，有种秀致的神气，她和他娘是姐妹，一定是长得极像的，只是平日里老发火，眼角添了细细密密的皱纹。戚隐碰了碰她的酒杯，声音发哑，道："小姨，我有些事儿要跟你坦白。小时候你胭脂盒里藏了只瓢虫，那会儿正巧表哥养了一大盒瓢虫，藏在屋子里。你以为是表哥放的，其实不是，是我放的。我捉了来，故意嫁祸给表哥。你用了沾了瓢虫的脂粉，脸上起了半月的疹子，表哥也被你打得下不来床。"

小姨愣了半晌，笑道："你这孩子，小时候顽皮，不懂事儿，我省得。罢了，都是陈年旧账，还翻出来做什么？"

戚隐低头看酒杯，冷冷的酒液里映着他苦笑的影儿。他们都不知道，他其实是个蛮小人的家伙，小姨他们都以为他唯唯诺诺，言听计从，没人知道他心底崎岖不平的心眼子。

他又道："其实你们待我已经很不错了，有吃有住，还有学上。家里没什么钱，我又不是你儿子。你是姚家媳妇儿，按理来说已经不算孟家人了，可你还是把我拉扯大。我现在特后悔当初换了你的养颜汤，如果不换，至少你不会带着对姨爹的恨死去。"

这一连串话儿没头没脑，把小姨惊得哑口无言。戚隐没等她反应过来，用力抱了抱她，哑声道："小姨，对不起。"

戚隐又转到姨爹跟前，将杯中酒斟满，一口饮下。喉咙里火辣辣的，像刀子在割，戚隐匀了口气，道："姨爹，你记不记得，你有回去甜水巷找娼门子，被小姨当场抓包，攥着耳朵当街走，一直被拽回家。满街人都瞧见了，你丢了老大的面子，一个月都没敢出门。"

姨爹又尴尬又觉得摸不着头脑，摸了摸戚隐脑门，道："你这孩子，好端端地说这些，莫不是发痴了？"

"那一次，是我告的密。你前脚刚出门，我就故意吵醒午睡的小姨，在她面前提起你。她找不见你人，问我你去了哪儿，我说不知道，但好像看见你揣了盒脂粉，小姨就猜到你可能是去甜水巷了。"戚隐吸了口气，道，"对不起，姨爹，对不起。其实你没什么得罪我的地方，有时候小姨骂我你还帮我说话。我只是恨你不疼我，对不起。"

姨爹不知道说什么好，愣愣怔怔地瞧他最后转到老太太跟前。老太太坐在杌子上，怔怔地瞧他。她已经很老了，脸颊暗黄，像沾了水又晒干的老旧硬纸，发着皱。她把手伸过来，拉住戚隐的，喃喃念了声："小隐……"

"祖母。"戚隐蹲下身来。

他这样的孩子似乎对老人家总是多点儿依赖，从小他就觉得，老太太是姚家人里最和蔼的。至少她会领他去二里地外的市集买菜，至少她会给他银子娶媳妇儿，不管她有什么目的，什么隐衷。他觉得自己可悲，从虚假的做戏里汲取温暖，但又无可奈何。

戚隐涩声道："你白发人送黑发人，亲孙子也去了仙山，一个人孤零零留在吴塘。我临走的时候，应该给你磕个头的。"

小姨、姨爹面面相觑，小姨惊惶地绞着帕子，道："这孩子是疯魔了？说什么胡话呢？"

"还有姚小山，"戚隐看向扶岚，沉静的青年坐在角落里，默不作声地望着他，"不知道为什么，表哥变成扶岚了。我也对不住表哥，他在学塾上课，看上了夫子的女儿张小姐，每天回家窝在屋里写情诗。我有一回收拾他屋子，看见了他的情诗，然后我就把那些诗偷偷夹进了他的策论。夫子批课业瞧见了，当堂训了他一顿。那件事之后，学塾同窗整整笑了表哥一年。"

"小隐！别说了，你是魔怔了，等会儿让你姨爹找大夫给你瞧瞧。你先进屋休息，快去。"小姨彻底坐不住了，过来拉戚隐。

戚隐摇摇头，挣开她，走出堂屋，在门槛外头跪下，忍了许久的泪终于滴了下来，心像一个破口袋，十数年的悲怨都在此刻咻咻钻出了口。他垂着头道："老太太说得对，我是养不熟的狼崽子，心肠硬，心肠狠，你们不该养我的。因为我在，家里才永无宁日，我对不住你们所有人。"

大伙儿愣愣地瞧着他，满堂寂静无声。戚隐在缄默中磕头，一磕一个响，额头流下蜿蜒的血滴。戚隐将头抵在门槛边上，闭上眼。

风声寂寂，乌桕树稀疏的叶影在他身上摇晃，小姨、姨爹、姚小山……一张张面庞在他眼前闪过。这是他第一次剖开心肠，面对他十数年来满腔无可诉说的怨愤与悲伤。

他就是这样一个蔫儿坏的德行，小姨一家没喜欢过他，他也不喜欢他们。他有一千种法子让他们一家难过，进行他幼稚可笑的报复。可他做梦也不会想到，一场妖鸟之祸，让小姨一家家破人亡，也带走了他在这人世间所剩无几的血亲。

从今往后，小姨再也不会讨厌他，也再也不可能喜欢他了。

逝者不可追，原来堵在他心中，他看得比天大的亲仇就如镜花水月中恍惚的一个影儿，像是玩笑一般，被命运搅浑，一下就没了。回过头去瞧，茫茫来路一片空，忽然之间，他在吴塘的过往与十数年的恩怨，就这么烟一样地散了。

"小姨，姨爹，"戚隐轻声道，"再见。"

恍惚间，他好像听见了谁的一声叹，像一缕烟散进风中，拨动了他的发丝。在他看不到的地方，小姨、姨爹、祖母和小圆像是蒸发了一般，渐渐变得模糊。他们仿佛是时光罅隙里偷跑出来的鬼魂，如今到了时间，又要回去了。

寂静像一片水，裹住了他。夏天的蝉声远去了，风吹落叶的簌簌声也消失了，小姨的咋咋呼呼，姨爹的唯唯诺诺，统统都远去了。万籁俱寂，眼下一片漆黑，他好像落入了一个无可名状的时空。

戚隐慢吞吞地直起身，抬起眼，所有人都不见了，连那个梦里的扶岚也消失了。记忆里的厅堂没有了，取而代之的是一个小小的茅屋，他看见一个熟悉的人坐在条凳上，右手戴着黑手套，怀里抱着剑。

"小师弟，你醒啦？"云知依旧是那讨打的笑，"干吗行那么大礼呢？师兄多不好意思。"

戚隐："……"

云知弯下身，拍拍他的肩膀："不错嘛，竟然靠自己从梦境里出来了。"

戚隐从地上起来，坐到他边上，没言声。

"我记得师父没跟你们说过破梦魇的法子，你怎么出来的？"

戚隐抬眼瞧了瞧他，这一眼颇有种看破生死的意味。

云知一怔，用力捏了捏他的脸，道："师弟你没事儿吧，千万别原地升天啊。"

戚隐拂开他的手，道："前头听桑芽说，师父帮你除梦魇是让他们挨个进你梦里，帮你斩妖怪。斩妖怪容易，为什么非得桑芽他们去？我猜测，梦魇困住人的法子在于执念，若破了执念便能破梦。你小时候遇见妖怪，妖怪当着你的面儿吃了你爹娘，你的执或许在于恐惧。师兄师姐他们一个比一个穷，没几个有剑的，铁定是扛着锄头钉耙进去帮你打妖怪，又是自己师兄弟师姐妹，你见了大伙儿挥锄斩妖怪，那场面着实轰轰烈烈，你自然就不怕了，梦魇也就破了。"

"聪明！"云知竖起大拇指，"但是说起别人的伤心事儿，你好歹表达一下同情嘛。"

这厮一副吊儿郎当的样子，压根就不需要同情。戚隐木着脸说："师兄你好可怜啊。"

云知笑嘻嘻地跷起二郎腿，道："你说得对，梦由心生，梦境即心境。梦貘织梦，要么逆着你的心意织，你越怕什么它就给你看什么；要么顺着你的心愿织，你想要什么它就给你什么。人陷进去，就出不来了。怎么样，你看到了什么？"

"几个故人。"戚隐敷衍道。

云知见他不欲多说，也没多问。戚隐四处望了望，这破屋家徒四壁，只有一张短了腿的方桌和两张条凳，立在泥巴地上。戚隐皱眉道："这是哪儿？你看见呆哥和猫爷了吗？他俩跟我一起来的，我们失散了。"

"没见着，约莫还在兰仙编的梦里折腾吧。"云知耸耸肩，"这是你师兄我的梦，小时候住的屋，我爹娘就是在外边儿的院里被吃的。你好不容易破了梦，竟又落进我的梦里。看这模样，兰仙是不打算放你我走了。"

他这话儿说得颇为辛酸，可面上又是那副玩世不恭的样子，也不知道是不是装的。戚隐心情很复杂，道："你还怕吗？"

"不要把你师兄想得这么没用好不好？"云知无奈地道，"这么跟你说吧，寻常梦境就像是一个盒子，你进了里头，醒了就出来。梦貘的梦境不同，她给咱上了把锁。你那把锁好开些，钥匙就藏在你自己身上，你找着了就能开。我的不行，我的没钥匙。"

戚隐觉得奇怪，道："你把人姑娘怎么了？你霸王硬上弓了？她这么针对你。"

"我什么也没干，我就送她下山。到了山下，我一转身，她人就不见了。长乐坊也没了，我一路走，进了这片林子和这间屋子。"云知想了想，道，"哦，她问了我几嘴关于你的事儿。"他摸着下巴笑，"她好像对你有意思啊，师弟。"

戚隐可没有人妖恋的爱好，现在想起来，兰仙一开始的目标应该是他，不知怎的倒又放过他选云知了。戚隐叹了口气，道："我出去看看。"

云知拉住他，道："别。"

第六章　惊回

"怎么了？"戚隐疑惑。

话音刚落，门忽然被敲了一声。这一声很是突兀，把戚隐吓了一跳。

"谁敲门？"戚隐问。

无人应答。

敲门声忽又起了，越敲越急，突然之间，整扇门各处都被敲响，笃笃声如急雨。门被敲得摇晃不止，灰尘簌簌地落。外面仿佛是有许多人铆足了劲儿同时敲门。

戚隐回头看了看云知，惊疑不定地靠向门边，透过门缝望外头。

没有人。

外头空空荡荡，除了一片林子，什么也没有。

"天知道，"云知懒洋洋地接了话，"反正不是人。"

若是知道是什么玩意儿还好，戚隐被怪鸟追过，又见识过凤还贼山，现在怎么说也是个见过世面的人了。若不是长得过于天怒人怨的东西，轻易吓不倒他。

可问题是，门外什么都没有。

"你是不是有辙？"戚隐问云知。

"没。"

"那你这么镇定？"

敲门声还在继续，戚隐听得心里发毛，搬着条凳坐得离门远了些。

云知一挥手，门上现出星星点点的潋滟流光："我画了符咒在上面，它们进不来的。放心吧师弟，咱俩在梦里熬一辈子也成嘛。就是这地儿方寸点儿大，要委屈师弟你日日对着你师兄这张脸了。"说着，他从乾坤袖里取出炭笼，打了个响指，黑炭冒出青色的火苗。他又从袖里取出几块生肉，串在有悔剑上，竟就这么优哉游哉地烤起肉来。

戚隐无语："你就这么对你的剑？"

"剑就是拿来用的嘛，斩妖除魔和烤肉，一样都是用。"

"怪不得你的剑叫有悔，"戚隐道，"当你的剑真后悔。"

正说着，敲门声逐渐停了。戚隐又起身窥门缝，外面还是什么也没有。他刚想退下来，忽地眸子一定，发现阶下泥地上有一条条的碾痕，像是被钉耙犁过似的。难不成是呆哥扛着钉耙来过了？也不对，他再不爱说话，也没道理光敲门不吭声。

云知递了块肉给戚隐，戚隐没心思吃，拒绝了。

"你若是对阵兰仙姑娘，有几分胜算？"戚隐问。

"这姑娘能连织四个梦境，呆师弟到现在都还没出来，可见有些道行。"云知撑着下巴沉吟，"不过除了织梦，梦貘并没旁的本事，可以一试。"

凤还山这帮人没几个靠谱的，云知虽能御剑，功力估摸也是个半吊子。可也不能就这么待着，难不成真对着云知这狗贼过一辈子。戚隐想想就浑身难受，还不如对着扶岚呢。戚隐最后道："总不能坐以待毙，不如我们出去瞧瞧。管他外面是什么，打就是了。"

云知十分爽快，立马熄了炭火收回乾坤袖。戚隐拿出自己的那把破铁剑，和他背靠背一同出门，以防门外有东西偷袭。他们走到阶下，什么事儿都没发生。戚隐松了口气，抱着剑四下打量。外面围着一圈破破烂烂的栅栏，栏下高高矮矮长了些狗尾巴草、接骨草什么的。泥地泥泞得很，一下脚满靴子的泥巴。方才隔着一条门缝没看清楚，出来才见满地都是犁痕，长长短短纵横交错，怪异得紧。

　　戚隐扭过头再去看门，门上布满了坑坑洼洼的眼子，虫蛀出来的似的；眼子还是新的，全是方才那不知来路的东西给敲出来的。

　　这到底什么玩意儿？戚隐摸不着头脑。难不成是许多妖怪在门口敲门，敲完门又拖着钉耙在门口耙地？

　　虽然不知道这妖怪是什么来头，但脑子一定有点儿问题。

　　正蹲着思考，有个东西啪嗒一下落在他脑袋上，他吓了一跳。那物事顺着他的脑后溜进了衣领，光溜溜凉丝丝的。戚隐打了个寒战，背着手把那玩意儿拽出来，打眼一瞧，登时三魂七魄都飞出了天外。

　　那是一条青白的蛇，他正好抓着蛇头，尾巴还不停地往他手臂上盘。戚隐一个激灵，用力把蛇抡了出去，跳到云知边上。

　　云知笑道："一条蛇而已。"他右手掐了御剑诀，有悔嗖地一下削了过去，把蛇劈成了两半。

　　戚隐忽然想到什么，问道："云知，当年吃你爹娘的是什么妖怪？"

　　"蛇妖。"

　　坏了。戚隐刚要说话，天上噼里啪啦下起东西来，打在地上一阵响。戚隐定睛一瞧，全是蛇，歪歪扭扭盘在地上，有的还扭在一块儿，打了个结似的。这些蛇有的青，有的白，有的是乡下常见的龟壳花。戚隐一下子浑身发毛，叫道："下蛇雨了！进屋！"

　　要进屋已经晚了，他们离屋有一截子路，都趴满了蛇。云知让他镇静，再次掐诀，有悔剑铮然一动，霎时间幻化成数把飞剑，飞剑寒芒一般在蛇雨中穿行，剑光如潮水一般四泄开来，顷刻间漫成一片血雾。

　　戚隐头一回见这剑术，顿时看呆了。原来这就是凤还御剑诀，剑随心动，锋芒过处无人可挡。

　　然而蛇雨没完没了不停地下，落在远处的蛇噼里啪啦地痉挛几下，嗖嗖吐着信子扑过来，转眼间他们被里三层外三层地包裹住。云知食指一划，剑招乍变，雪花片似的纷纷剑光织成一道绵密的巨网，竟不紧不慢围着他们清出一片空地，撑起一个结界来。

　　"刚才敲门的是这些蛇。"戚隐道。他早该想到的，怪不得他看不到敲门的玩意儿，这些蛇附着门用头敲击，他自然什么也看不见。泥地上的犁痕分明是蛇行的痕迹，只是他老惦记着扶岚，总是想到钉耙犁痕上头。

　　"歇会儿，歇会儿，等这阵雨过了再说。"云知道。

蛇雨慢慢歇了，戚隐突然道："还有肉吗？借我啃一口。"

云知递给他一块肉，戚隐道了声谢，道："别担心，咱再撑一会儿。来之前我跟师父说了，若是到天明我还没回去，就下山来找我们。现在算算时辰，应该快了。"

"师弟想得果然周到，若是师父来，定能救我们。"

"哎，你看，那是不是咱师父？"

戚隐一扬袖子，天空中果然出现了一个胖墩墩的身影，悬浮的灯笼似的飘飘摇摇地落下来。云知也眼睛一亮，他师父向来不靠谱，寻常时候都要睡到日上三竿，天崩地裂也叫不醒，想不到这次倒是赶来得及时。

戚隐和云知一同朝那身影招手，大声喊道："师父！师父！"

斜刺里蹿出一道黑影，一道弧光划过清式下落的身影，戚隐和云知眼睁睁地看着那影子被切成两半，羽毛似的随风飘荡。一只黑毛妖怪浮在空中，口中咬着清式破碎的上半身，漠然垂眸望着底下瞠目结舌的两个人。

我就说我不喜欢妖怪的嘛……戚隐心想，满脸复杂的表情。

那妖像是一只貘，四蹄踏空，通体黑毛，只面上一团白，眉眼细长，是女人脸庞的样子，隐隐约约看得出是兰仙的脸。那模样简直像一只黑毛大貘往头上贴了张女人的面皮，看着好生瘆人。

黑毛巨貘张口吐出清式，道："云隐，我本已经放了你，你为何要前来寻死？"

"为了我这个白痴师兄呗。"戚隐挠挠头，道，"兰仙姑娘，你说你娘被关在牢里，那个牢其实是经天结界吧。冤冤相报何时了？不如你下来，咱们谈谈。我们可以帮你跟师父求情，把你娘放出来。这样岂不好？"

"你师父已经没命了，还求什么情？！"兰仙冷笑，忽地一愣，地上清式的尸体光芒一闪，竟成了一块烤焦的猪肉，上面还贴着一道化形符。

底下的戚隐赔笑道："既然这个梦境没有钥匙，那我们只好把锁的主人——兰仙姑娘你诓出来了。"

云知揣着袖子叹气："可惜了一块好肉。"

"倒是有些谋算。"兰仙眸中尽是冷酷，"既然你不想活，那就和云知一起死！"

话音刚落，黑貘蓦然在云知和戚隐身前出现，那张巨大的苍白女人脸正对着戚隐。戚隐一惊，一个倒仰差点跌在地上。人脸张开黑黝黝的大嘴，戚隐看见她口中尖利的獠牙，上下各有两排，差互排列。这样的獠牙能咬碎一切钢铁，只需一口就能将戚隐腰斩！

眼看兰仙一口就要将戚隐吞下，一道寒光陡然横插进来。云知挡开戚隐，有悔剑卡在黑貘巨口中央。女人的脸直勾勾地看着云知，嘴角一弯，忽然勾出一抹冰寒的笑来。

戚隐心生不祥之感，果然黑貘蓦然一进，她竟不管不顾，任由有悔剑撕裂嘴角，獠牙寸寸切入云知的右手臂，再猛地一甩头，狠狠将云知的手臂给撕了下来。

"云知！"戚隐大叫。

兰仙将手臂吐出来，道："贱人果然骨头硬，崩我的牙。"与此同时，她嘴边的伤口慢慢愈合，不过眨眼的工夫，已经完好如初。

云知捂着右肩退后，道："这婆娘牙口真利。"

戚隐原本惊得魂飞魄散，但见这厮被咬断一条手臂竟然半点血也不流，还面色如常说话自如，一时目瞪口呆，说不出话来。

但他来不及多想，那边黑貘嘶声吼叫，蹄子摩擦地面，溅起灰尘滚滚，分明是要冲锋的模样。戚隐一惊，云知把有悔剑塞到他手里，道："我右臂没了，握不了剑。这下靠你了师弟，咱们门派的剑法还记得吧，舞起你的雄风，打她！"

"什么玩意儿！我从来没有实战过！"戚隐大吼。

"姚家九头怪都对付过，这个小意思！"云知一推他，"上！"

他怎么能行？！戚隐攥紧有悔剑的剑柄，紧张得双手冒汗。

黑貘悍然长嘶，猛地蹬踏地面，直直朝他们撞过来。霎时间灰尘滚滚，那一道凶猛的黑影越来越近！

剑法剑法！剑法是什么来着？戚隐急促地呼吸，脑子里一团乱麻。要冷静要冷静，戚隐不断警告自己，闭上眼放缓呼吸，回忆凤还山那些眼花缭乱的剑法。一个一个舞剑的墨色小人儿闪过脑海，一招一招虎虎生风。他该用哪一招？好像哪招都不对！

蹄声越来越近，仿佛是战鼓，每一下都敲得地动山摇。戚隐猛然睁开眼，那一瞬间仿佛是一把利剑拔出剑鞘，狰狞的光辉一闪而过。戚隐猛然进步，却在迈步的同时在地上一滑，几乎是仰躺着滑过黑貘的腹下，有悔剑插入黑貘的胸腔的位置，一直划到腹部。黑浊的血淋了戚隐满头满脸，仿佛脸庞都要烧起来。

凤还剑·破邪，这是凤还剑里最普通的一招，仙门剑法里总有一些"诛邪""破妄""降魔"之类的招数，和烂大街的"白鹤亮翅""黑虎掏心"没什么分别。但正因为普通，所以简单，这招戚隐最熟。

他和黑貘擦身而过，黑貘整个身躯几乎被戚隐切成了两半。戚隐抹着脸从地上爬起来，后知后觉地感到害怕。他回头看站在血泊里的兰仙，不知道有没有切中心脏。

"我小看你了，云隐。"兰仙慢吞吞地扭头，"你比我想象得要强。"

没中！

她的伤口缓慢地黏合在一起，戚隐哭丧着脸说："姑娘，咱别打了行吗？咱们坐下，好好聊一聊吧，兴许还能把你娘救出来。"

"你这个白痴，我娘已经死了。"兰仙直勾勾地盯着他，"我娘曾经为了救我爹，耗尽毕生修为，寿元大大折损。她在经天结界里关了数十年，早就死了。云隐，清式囚我娘亲，我囚他弟子，公平得很。凤还山上我放你一次，梦境里我放你一次。"

下一刻，她忽然出现在戚隐身后，阴森的嗓音像从地狱里传来的："可你偏要

第六章 惊回

自寻死路，那就别怪我无情！"

说完，戚隐的后背被猛地一撞，那一刻背部仿佛被闷雷击中，整个背部都要四分五裂。戚隐腾空而起，云知向前一扑，将将接住他，两个人一同摔在地上。戚隐嗓子一顿，吐出一口老血来。

被这么一撞，整个人仿佛都成了一团废铁了，站也站不起来。他趴在地上不着边际地想，他要是死了，扶岚和猫爷是不是就得上街要饭？

一个人断了手臂，一个人动弹不得。黑貘却没有乘胜追击，她突然停止了进攻，焦躁地喘着粗气。戚隐这才发现不对劲，地上的蛇统统不见了。他艰难地转动脑袋，发现蛇竟然都藏进了屋，畏畏缩缩，一副心惊胆战的样子。

头顶好像有一种巨大的压力，像是乌云罩顶，世界都暗了下来。

仿佛有什么可怕的东西即将降临。

很快他知道了答案。

一个黑色的影子从天而降，像一道闪电劈进人间。黑貘朝着那黑影嘶吼，很快戛然而止，因为黑影不偏不倚压在了她的头顶，轰的一声。那一撞仿佛地动山摇，地面陷下一个巨大的坑洞，尘埃腾空而起笼成浓雾。

半响，尘埃渐散，露出坑洞中央那个黑衣男人的身影。

沉静的男人跪压在黑貘的背上，眼睫低垂。

"小隐喜欢你，我不杀你，"扶岚道，"现在，解梦。"

不……戚隐有气无力地想，他不喜欢妖的。

兰仙明显地愣了一下，仰头看向戚隐："你还喜欢我吗？"

戚隐想要否认，云知暗暗扭了他一把，低低地道："师弟，美男计。"

戚隐做梦也想不到，他也有使美男计的这一天。

扶岚也瞧着他，那家伙眼眸静静的，像一面寂寂的古镜。不知道为什么，戚隐有点儿不愿意撒这个谎。

"我……"戚隐爬起来，迟疑地开口。

云知又扭了他一把："美，男，计。"

不这么说只怕这一根筋想着报仇的妖怪安分不下来，到时候又闹得你死我活。戚隐泄气地想要开口，话到了嘴边却无论如何也说不出来。所有人都等着他的回答，戚隐自暴自弃地道："喜欢。"

兰仙怔怔地望着他。

戚隐却又道："但是不是男女的那种喜欢！"他踯躅了下，"兰仙姑娘，抱歉，我还是没办法娶妖当媳妇儿，但是或许我们可以当朋友。"

云知恨铁不成钢地大叹一声。

这回兰仙沉默了很久，趴在那儿，轻轻地道："云隐师兄，你真笨，连谎话都不会说。"

戚隐垂头丧气，原本他不是这样的，撒谎装相手到擒来，旧日在姚家常常低

099

眉顺眼逆来顺受，谁也不知道他暗中当小鬼。但是今天不一样，他不想在扶岚面前撒谎。

兰仙继续道："但你真的是个好人，你知道吗？我给他们俩还有那只老猫的梦都是噩梦，独独给你的是美梦。我知道你是个好人，我不想杀你。"兰仙笑了笑，那苍白的人脸上咧开嘴来，戚隐竟然看出了柔和的味道，"我不杀你，云隐师兄。但这两个人的命，我要定了！"

黑貘忽然消失，扶岚狠狠跪在地上，溅起浓浓的灰尘。下一刻她的人形在扶岚身后出现，五指成爪，苍白的指甲暴涨一尺有余，探向扶岚的后心。

"不！"戚隐肝胆俱裂。

经脉忽然沸腾起陌生的热意，仿佛每一滴血都在燃烧，冥冥之中好像有什么东西变了，在身体的尽头，在骨血的深处。有悔剑铮然一动，蜂子一样振动低鸣，戚隐想也没想，踏上有悔，加速到极致，一阵风似的插入扶岚和兰仙的中间。

随后，利爪穿膛！

那一瞬间忽然变得很慢，戚隐眼睁睁地看着兰仙的爪子贯穿了他的胸膛，滚烫的鲜血喷涌而出，溅了兰仙满脸。那张素兰一样的脸庞登时呆了，愣愣地瞧着戚隐。扶岚转过身来，也愣了。

云知也惊呆了，谁也想不到戚隐会在这个关头领悟御剑诀，更想不到他领悟御剑诀的头一件事儿就是去送死！

可妖就是妖，它们在杀戮中长大，凶狠和暴虐写在它们的血液里。兰仙没有片刻犹疑，再进一步，利爪穿透戚隐的后心，像穿透一层脆弱的碎纸，没入了扶岚的胸膛。这一对自小孤弱的兄弟，就像葫芦串儿似的挂在兰仙儿的手臂上，鲜血淅淅沥沥地落了雨一般滴在泥地里，染红了一片土。

剧烈的疼痛席卷了戚隐整个身体，痛到极致的时候他忽然感觉不到痛了，时间变得缓缓的，脑子里一片空白。算上姚家那回，这是他人生中第二回见到这么多血，还是他自己的。

他听说人临死的时候会看见走马灯，可他什么也没看见，他只是突然想明白了一件事，一件入梦以来他疑惑了许久的事。

为什么会梦见扶岚呢？

他想起头一回遇见这个男人，在吴塘小巷的门前，灰蒙蒙的天落着淅淅沥沥的雨，他们被雨帘子笼着，他蹲着，扶岚站着，清冷的目光遇到一起，像是此生初见，又像是久别重逢。

在那样的生死一瞬的时刻，他忽然就想明白了——因为他想留住扶岚，即使是回到过去，他也不希望这个呆呆笨笨的家伙消失在他的生命里。

毕竟，扶岚是这世上唯一在意他的人啊。

兰仙抽出手，用怜悯的目光看着他。戚隐颓然倒了下去，一个同样血淋淋的双臂接住了他，铺天盖地的血腥味里他竟然捕捉到了一股雨后大山的气息，不知怎的，心忽然就静了。他躺倒下去，像找到了失散已久的家。

"小隐，"扶岚怔怔地望着破碎的戚隐，"我不会死的，碾碎我的头颅，斩断我的双手，毁掉我的所有，我都不会死。我不是妖，但也不是人。"

戚隐已经什么都听不见了，黑暗像水一样缓缓地裹住了他，他仿佛跌进了深海，头顶唯一有亮光的地方，是扶岚寂寂的眼眸。

也挺好的，他想，踽踽独行了十三年，至少现在，他可以在哥哥的身边安息了。

战局还在继续。云知蓦然发力，御剑击向兰仙。这个刚刚还说断了右臂不能握剑的家伙左手执剑，掌中剑光锋利得可以斩破山河。

扶岚垂下眼眸，细密的睫羽掩住了眸底的哀伤。

万籁俱寂。

看不见的力量静谧地展开，洒落满地渗入泥土的血滴嗡嗡震动，蜂子一般从地面升起来悬停在半空，随后一齐疯了一般汹涌地回流进戚隐的伤口。伤口中注入了一股冰凉的灵力，沿着他破碎的经脉极速流过百骸，流过九窍，流过六藏。

垂死的戚隐蓦然一震，睁大双眼，眸子几乎要缩成针尖。

那是一种可怕的感觉，血行在他身体中逆流，血液飞速流动，他的血管承受的压力太大，仿佛即刻就要爆开，可有种未知的力量加持了他的心脏血管骨骼，像被强劲的钢铁层层包裹，抵住了那几乎可以碾碎血管的高压。

他痛得想要立刻投胎，死死抓着扶岚的手臂，掐出深深的血痕。

凡人原本微弱的自愈能力瞬时加强了数百倍，虚弱的心脏被强行搏动，重新开始起跳，灵力伸出细微的游丝将经脉拉拢，断裂的肋骨像铁一样严丝合缝地焊接在一起。

一旁的云知在缠斗的空隙间回头，登时瞪大双眼。那就是扶岚的力量，他的强大竟足以逆转生死！没有人知道扶岚用的是什么咒法，云知从未听说过有什么咒术竟能让人起死回生；即便有，唤回来的也定是行尸走肉。

但扶岚就是做到了。戚隐重新开始呼吸，心跳在渐渐加强，趋于平稳。

大拿要上阵，云知自觉退下来，撑着剑笑道："姑娘，你摊上大事儿了。"

扶岚身上的伤口以肉眼可见的速度愈合，兰仙惊骇极了，她忽然意识到眼前的这个家伙根本不是凤还山的道士那么简单。她想要掐诀，可那个男人就那么抬起眼来，轻声道："禁。"

她的身体蓦然一沉，像是被压上了千钧重担。这个可怕的男人没有掐诀，也没有念咒，他仅仅说了一个字，就发动了一种未知的咒术。她的灵力顿时变得像糨糊一样浓稠，竟然无法运转！

可扶岚没有动，他微微蹙起眉，好像在迟疑要不要杀她。

"杀了她吧，"黑猫不知道从哪里踱出来，"这厮闹天闹地，阿芙不会喜欢这样的媳妇儿的。"

扶岚动了，像一只黑色的枭鸟，没有人看得清他的出招，也没有人抓得住他的速度。一道锋利的光划过兰仙的左胸，云知听见一个阴冷又黏腻的声音，那是兰仙的胸口正在撕裂，一道红痕渐渐扩大，血液洇湿了她的衣襟。谁也不知道扶岚是如何准确无误地找到了她的心脏，她连防御都来不及，就已经败了。

她的灵力开始涣散，像飘散的雨滴，一点点蒸发在空气里。梦境土崩瓦解，她倒了下去，灰蒙蒙的穹隆像琉璃一样一寸寸破碎，露出原本的天空。她忽然明白她根本不是这个沉默的男人的对手，手下留情的不是她，而是他。他迟迟不动手的原因只有一个——戚隐喜欢她。

黑猫舔了舔爪子道："跟了呆瓜这么久，老夫头一回见他生气，这只貘倒是有些本事。"

"呆师弟生气了？"云知不知什么时候凑过来，朝扶岚那儿看去。那家伙抱起昏迷的戚隐，默不作声地走出梦境，明明和平日没什么差别。

黑猫刚想开口，忽然觉得哪里不对劲，仰头看云知。

那厮笑嘻嘻地用仅存的左手握了黑猫的爪子，道："会说话的小狸猫，我是云知，叫我大师兄就成。"

黑猫木着脸抽回爪子，道："滚开，老夫和你不熟。"

第七章

白鹿

黄苍苍的阳光照在思过崖上，青石板小路上爬满青苔，空气里有一种隐隐约约的腐朽味道，像是越过悠久的时光，从几千年前飘过来的。

戚隐扎着满身的绷带，歪在秃皮藤椅上。另一个伤患云知裸着上半身躺在美人靠上。这厮也是个俊俏后生，细白的身条儿，肌肉紧实，美中不足的是，缺了条胳膊。

清式令道童从屋里搬出许多箱柜，四个一模一样的道童将抽屉一格格拉开，有的放满了木头眼珠子，有的放满了木头耳朵，一溜拉下来，口眼鼻舌全都有。

他是今日才知道这胖子还精通此等绝技——机关偃术，不传之秘术。难怪清式这儿的道童没过几天就多一个，还长得和之前的一模一样。它们都是偃人，拆开腿脚，里头是机关齿轮；颅上装罗盘辨方向，心口安放灵石供给全身动力。一个扫地，一个端茶，一个梳头，一个唱小曲儿。戚隐原先以为自己来的次数少，没把人认全，敢情是清式新做出来的。

叶清明在一旁小声道："他这胳膊十多年前就废了的，小时候被那绑他做口粮的蛇妖卸来吃了。有些妖怪凶恶得很，不像你家猫爷，更不像你那傻哥哥。它们四处掳人作口粮，孩童肉嫩，最招喜欢，饿得狠了一口一个，不饿的时候便养起来，将胳膊腿儿慢慢卸下来当下酒菜。你师兄可怜得很，那蛇妖当着他的面儿把他的胳膊吃了。"

戚隐只是沉默，他仍是无法相信平日里御剑如飞的凤还山第一流氓大师兄竟然是个残废，毕竟这小子那么嚣张。戚隐想起他舞剑的样子，骗扶岚帮他洗衣裳的样子，怎么看都像是个坑蒙拐骗的衣冠禽兽，而不是缺了条胳膊的可怜蛋。

"不过还好啦，你师父削的木胳膊水火不侵，比常人的胳膊还要好使些。"叶清明道，"就是样子难看，没法儿伪装成常人的肤色，所以你师兄平日里都戴着个手套。"

清式拿着一条木胳膊比对云知的左手，削去长了的一截，再在手臂上刻上繁复的符纹。那符纹像是花藤，攀着木臂往上长，有一种奇异的瑰丽。清式将木臂安在云知的肩上，接缝处以桑白皮为线缝合。云知疼得青筋暴突："师父，你就不能给我灌点儿麻沸散？"

清式笑眯眯地说："既知痛，便要更加勤勉练剑，不要下次被妖怪断了胳膊，又找为师帮你收拾残局。"

　　好不容易缝合完毕，云知抓了抓拳，臂上符纹有细密的金光潋滟一闪，整条手臂灵活起来。云知穿好衣裳，看戚隐脸上一片愁云惨雾，笑道："小师弟，将来遇见妖魔不要怕，就算你只剩下脑袋，咱师父也能给你做个木头身子把你救回来。"

　　他这般玩世不恭的模样，任谁也瞧不出他身有残疾。戚隐头一回对这流氓师兄有了敬意，跟他对了对拳头，道："免了吧，若真有那时候，请让我原地升天。"

　　叶清明搀着云知离开，清式坐在板凳上收拾箱笼，四个道童打下手，挨个把箱笼搬回屋。阳光底下暖烘烘的，青石板路潋滟有光，远山是一抹水色，横亘在天地之间。戚隐动了动手指，问道："你早知道兰仙姑娘是妖？"

　　"确切地说，她是一只半妖。"清式一面捡东西，一面慢悠悠地道，"她的母亲与一书生相爱，委身于他，生有一女。有一日那书生路遇妖邪，身受重伤，她母亲挺身相救，又散尽修为救书生性命，可惜妖失了修为，便再也无法化作人形。书生见其母显露原形，大骇不止，连夜逃走。后来他在京城考上状元，声名鹊起，这梦貘便上了京，在他打马游街的时候将他一口咬死。那时的皇帝请老夫出山捉妖，老夫便把她抓进了经天结界，十年前她老死于思过崖下。平常的梦貘通体黑毛，只有这兰仙姑娘面生人脸，那是她父亲留给她的血脉。"

　　戚隐低下头，想起那个白绒花儿一样的姑娘，用脚尖蹭了蹭地，道："我觉得……这姑娘还挺可怜的。"

　　"天生万物，除天之外，万物皆卑，谁不可怜？"清式笑眯眯地摇头，"这女娃娃一个月前入的长乐坊，一进来便打听老夫，一个月来夜夜想要入老夫梦境。老夫胖是胖了些，秃也秃了些，但毕竟是一派掌门嘛。现在的年轻人，还是太高看自己了。"

　　"那你还让我自己去找云知。"

　　"非也非也。"清式道，"这不是云岚小徒儿在吗？你瞧，有他在，你就算胸口破了个大洞，他也给你补好了嘛。"

　　戚隐一愣，道："你知道我哥……"

　　一直以来，戚隐都以为扶岚是人，只不过因为在妖堆里混久了，就像狼群里长大的野人，辨不清自己的族类了。直到扶岚生死人，肉白骨，把他从鬼门关边上拉回来，更和妖魔一样，不诛心便不死，戚隐才知道，这家伙可能真的不是人。

　　可是，不是人又怎样？

　　戚隐撑起身子，道："师父，我哥虽然不是人，但是他是个好人。他小时候还跟我娘一块儿住过，我娘认他当干儿子来着。你看，他和我娘还有我待了这么久，在凤还山待了这么久，他从来没害过人。"

　　"世人皆以为扶岚是一只猪妖，其实那不过是一个借了妖族之主的名头四处耀武扬威的冒牌货罢了。"清式揣着袖子笑道，"渊山魔龙盘踞九垓千年之久，如何能被一只几百年道行的猪妖杀了？不过，传闻中的扶岚不嗜杀不残暴，平日里只爱洗衣做饭养弟弟，老夫也始料未及啊。"

"你误会了，我哥不是什么妖族之主，恰巧同名儿罢了。他又穷又笨，连护卫都没有，算哪门子的皇帝，肯定是个误会。"戚隐赔笑道。

清式笑容不改，像没听见他说话儿似的："小徒儿，你当真了解你这个哥哥吗？"

"当然了解！他为人老实，待人诚恳，尊敬师长，关爱同门，是个不可多得的大好青年。"戚隐竖起大拇指。

"老夫年岁四十有余，自问遍观群书，然而从不曾见过什么咒术可以修复心脉，把一个肠穿肚烂的人从鬼门关拉回来。你难道就不想知道，你哥哥用的到底是什么法子？"清式问。

"我不想，"戚隐飞快地答道，"我只要知道他是我哥就行了。"

清式有片刻的愣怔，随后摇头苦笑："你这娃娃……也罢，你就当听个故事吧。在南疆，关于你哥哥的传说有很多。要说他，老夫要先说一个地方。小隐，你有没有听过巴山神殿？"

戚隐摇头。

"那是位于巴山腹地的一座神殿。据《海内南疆志》记载，几千年前，大神行走大地之时，众巫建神殿以供奉，以祭祀，以通天，以求告。巴山神殿是南疆最大的神殿，供奉南疆大神白鹿。它是护佑妖魔的大神，我们中原称它为邪神、野神。传说这个大神喜食小孩儿心肝，南疆妖魔每逢月圆以活童祭祀，月圆之后，孩童皆剖心而亡。"

戚隐听了打寒战，问道："你确定这是神不是妖？"

清式摇摇头，接着道："近百年间，道法渐衰，许多术法接连失效，道人寿元一代短于一代。远古巫者可活数百年，乃至千年之久。而如今就算是最为德高望重的道人，也不过百来多岁而已。后来，有人提出，道术源自上古巫术，不妨从源头寻求扶微之法。于是，他们想到了巴山神殿。然而《海内南疆志》记载，三千年前，最后一位大巫溘然长逝，巴山忽然被浓雾封住，从那以后没有人能够穿越白雾，到达巴山神殿。"

"白雾？"

"没错，那是一片会吃人的白雾。"清式垂眸看着戚隐，目光意味深长，"五十年前，无方山召集仙门志士，组成十二人的队伍深入南疆，探寻神殿。他们每个人都留了一缕神识在无方晓世镜之中。十二面镜子，十二缕神识，如此，神识与他们的本体连通，无方长老便能通过晓世镜得知他们所见所闻。那一次由无方戒律长老宗澜带队，十二人掩藏气息，一路赶往巴山。他们进了浓雾之中，却发现，他们什么也看不见了。"

"因为雾太大了？他们这么厉害，总有神识吧，眼睛看不见，就用神识啊。"戚隐问。

第七章　白鹿

"他们和你想的一样,一入浓雾,他们便释放神识,但他们依然什么也看不到,就算把手掌放在眼前,也看不见。若非视野是白色,他们简直以为自己已经瞎了。情急之下,他们只好用绳子固定彼此,以免走散。但好在镜子还能传出他们的声音,虽然看不见东西,但并不妨碍他们同无方山沟通。

"因为神识找不到神殿所在,他们只好徒步搜寻。又惧怕山中有妖,所有人收敛声息,不举火不出声,偶尔才会低声交谈。到了夜晚,那里就一片漆黑,天明的时候慢慢转亮,但还是什么都看不见。他们规定方向,一路西行,然而奇怪的事情发生了,每过一天,晓世镜中便失去一个人的神识。只有一种情况能让神识消失,便是此人已经身亡。无方山询问他们,他们却答人数并没有少。宗澜长老为了证实人全都在,让所有人挨个报数。"

戚隐听得心里发毛,问道:"都在吗?"

"都在。"清式道,"无方山推测,或许巴山中有什么遗留的大巫法阵,有些人的神识不够强,遭到了隔绝。搜寻了四天,消失的神识接近半数,他们依旧一无所获。一旦神识完全消失,他们便无法和无方山取得联系。保险起见,无方山决定返程。既然不用搜寻,宗澜长老令大家御剑。但他们发现,御剑诀也失效了。在那座山里,所有法术都施展不开。"

"是不是有什么禁制?"

"无方山也这么猜测,但他们找了很久,都没有找到破解的办法。无奈之下,他们只好徒步回去。所幸罗盘指针转动的时候有声音,他们凭借触摸和指针转动的声音判断方向。队伍越来越沉默,大家都明白,进去这么久,又接连碰见怪事,心情一定很不好。每天除了报数,宗澜还想办法鼓舞士气,甚至在休息的时候说些闲话,但都没法鼓励到大家。到了最后一天,晓世镜中只剩下宗澜的神识。根据来路的推测,他们这个时候已经接近巴山的边缘。但是,变故发生了。"

"什么变故?"

"此前,他们都以绳索相连,彼此之间有距离。修道之人不食不饮,大多性子孤僻,索然独立,不喜触摸,无方山之人尤为如此。所以一同潜行十数日,他们鲜少触碰彼此。直到那日,宗澜以神识传信晓世镜,言他乾坤袋掉在地上,低头去摸时,不小心碰到了身边的同伴。他说,那个人的身体又硬又冰,已经僵硬了。他以言语试探,他的同伴要么沉默,要么简短地回答几句。宗澜最后说,他认为他身边已经没有活人了。"

戚隐瞠目结舌,道:"不是吧,这些天一直跟着他的全是死人?死人怎么会说话?"

清式摇头:"不知道。谁也不知道在他们身上发生了什么,或许是什么妖怪占据了他们的身体,模仿他们说话;或许连他们自己都不知道自己已经死了。宗澜自觉危机已至,命不久矣,交代了遗言,割断绳子重新上路。那些东西没有再跟着他,然而直到他的神识消失,镜子也没有看见他出了巴山,我们也再没等到他返归无方山。"

"直到现在，你们还是不知道那里面是什么？"

清式摇头。

这事儿听着玄乎，而且疑点甚多，戚隐怎么听怎么觉得不像是真的，抬头看清式，他还是那副老神在在的样子。他该不会编个故事哄自己玩儿吧？戚隐问道："你刚刚说这么多，奇怪的地方太多了。那地方白天白，晚上黑的，又是山，山里没树？他们睁眼瞎似的走路，就不会撞上？人死了不发臭么，他们就闻不见味儿？"

清式笑道："问题便在这个地方。那之后无方山的前辈回忆那件事，处处蹊跷，处处奇怪。山中有林，怎的一路畅行无阻？山中有风，怎不闻风打落叶？山中有雨，怎不见夜雨滂沱？可当是之时，无论是那十二个人还是无方山，竟无人察觉奇怪之处，任由他们深入巴山。"

戚隐听得一愣一愣的，还是不大能接受。说实话，什么神仙什么伏羲女娲，谁见过？保不齐那里头就是有个神通广大的大妖怪在暗地里捣鬼，没准儿就是那个食人心肝的白鹿。只是这帮道士修为低，打不过人家，还编出一堆理由遮瞒。

戚隐挠了挠头，问道："那这些跟我哥有什么关系？"

清式望着他，道："巴山诡秘，入者无还，多年来，没有妖敢靠近。是以有一些受了伤或者失群的小妖会在巴山之外歇脚，妖类少，天敌也少，多少能得到一些喘息的机会。十八年前，有一只受伤的水蛇妖栖在巴山下，白雾的边沿。它看见一个小孩儿从白雾里走出来，那是南疆妖族第一次看见白雾里有东西出来。"

戚隐道："你别告诉我那孩子是我哥。"

清式笑得意味深长，道："不巧，就是他。这是关于扶岚的第一个传说。当然，只是传说而已，没人知道是真是假。"

"师父，你多想了。"戚隐搜肠刮肚为扶岚说话，"此扶岚非彼扶岚。我哥是一个单纯的人，恰巧跟猪大王同名儿罢了。至于他的品种问题，天下之大无奇不有，咱没见过的东西多了去了。没准我哥是神仙呢，你说是不是？"

清式掖了掖袖子，望向崖外青山，水红的日头像一面暗淡的剪纸，悬在青苍苍的穹窿上。他笑道："你说得对，他是个好孩子。老夫活了四十余年，还是头一回见到这样的孩子。"他想起扶岚的眸子，大而黑，像一面静谧的古镜，"即便是元微，也没有这样的眼神。"

听见戚慎微的道号，戚隐动作一滞。

"云岚徒儿用的那个苏生咒法，大约便是来自巴山吧。说实话，老夫并不好奇南疆腹地到底有什么东西。天地广大，凡人何能穷尽？可惜这个道理很少人知道。"清式转过头来，逆着光望向戚隐，"小隐，这世上有两种话最不可信——一个是传说，一个是谣言。遗憾的是，恰恰是这两种话儿最多人信。他是不是扶岚不在于你，而在于天下。"清式温暾地笑道，"小徒儿切记，云岚徒儿的身份你知我知凤还知，不足为外人道也。"

第七章　白鹿

阳光照在清式的脸上，不知怎的，戚隐在这个破烂掌门绿豆大的眯缝眼里，竟然看出一束和蔼温善的光来。

戚隐沉默了半晌，扶着椅子艰难地站起来，端端正正作揖道："徒儿谨记。"

月亮像一朵圆圆的窗花，糊上了树梢。戚隐捂着伤口慢吞吞地往回走，上了泥巴土路，好像想到什么，脚下一拐，又折回茅屋，走到背面隔着小窗问云知："喂，云知。"

云知从里头探出头来："怎么了？"

"你没把我哥和猫爷的事儿告诉别的师兄师姐吧？"

"放心吧，我没说。"

戚隐点了点头，又踌躇了一阵，问道："师父和我爹的关系是不是挺好的？"

云知明显愣了下，手臂撑在窗台上笑道："没错，他们是挚友。二十年前一同斩妖除魔，被誉为'仙门二君子'。可惜岁月不养人，咱师父越长越胖，很少人知道他当年也是个美男子来着。"

水檐底下一片静默。云知望着戚隐，那个男孩儿站在月光里，黑发遮了眸，看不出脸上是什么神色。等了半晌，男孩儿笑了笑，道："行，我知道了。"

戚隐踅身走了，瘦削的背影沿着青石板阶梯下去，消失在茫茫的夜色里。叶清明抱着手臂靠在百宝架边上，道："你干吗告诉他？要是他跑了可怎么办？"

云知点了点窗棂，道："他问的不是'师父和我爹关系怎么样'，而是'师父和我爹关系是不是挺好的'。人家早就猜到了，瞒着又有什么意思？况且……"云知笑起来，"我觉得他挺在意戚师叔的。"

"年底无方罗天论道，被那小妖怪一逼，这小子顿悟了灵感，倒是勉强过了无方的门槛，但说到底还是个半吊子，"叶清明挠挠耳朵，"你师父真的要让他去无方？"

"当然要去。"云知望着窗外，闲闲笑起来。他想起兰仙要杀扶岚的时候戚隐御剑狂奔的眼神，道："师叔，别小看我这小师弟。他虽平日里蔫头巴脑，像条流浪狗似的，但若是动了他的家人，流浪狗也会亮出獠牙啊。"

瓦房的水檐底下挂了红灯笼，长长的一溜，师兄师姐蹲在阶上漱口洗脸，见了戚隐高声问好。戚隐一一答了，踅过泥巴土路，回了他和扶岚的小屋。他阖上门，上了门闩。扶岚贴上符，把符划亮，屋子荧荧然橘黄一片，像一块透明的胶黄色琥珀。他们是琥珀里的昆虫，小小的，瘦瘦的。

扶岚见戚隐回来了，搬着药箱过来帮戚隐换绷带，换药。

他的灵力修复了戚隐大部分的伤，却不能让伤口完全愈合，胸口还是一个大口子，像是心的壳子破了，可以钻进点儿东西去。扶岚低垂着眉眼，微凉的指尖触碰到他的伤口，冰冰的，微微疼。戚隐想起清式口中那个从茫茫白雾里走出来的孩子，挠了挠头，道："哥，师父跟我说了些你的事儿。"

扶岚抬起眼瞧他。

"那些道士说的话，"黑猫慢悠悠踱过来，一下跃上了床，"你左耳朵听，右耳朵出就行。他是不是说呆瓜滥杀无辜，横行霸道，欺男虐女？"

"那倒没有，"戚隐说，"他说我哥打一个吃人的地方来，叫巴山神殿。"

扶岚点点头，问："你想去吗？等回南疆，我带你去玩儿。"

这厮神情淡淡的，好像巴山神殿是街坊里的菜市场，提个篮子就能进去晃悠。戚隐有些不可置信，试探着问："不是吧，你真从那儿来？而且你确定……我能去？"

扶岚迷茫地道："不能吗？"

两个人大眼瞪小眼，戚隐忽然觉得这厮不甚可靠，万一他领着自己进去，走着走着，自己没了，这厮还没发现。戚隐有些无语，道："巴山是不是有白雾，还会吃人？五十年前有一队仙长去探险，全折在那儿了。我一个半吊子，连鬼火道士都算不上，你确定我能安然无恙地进去？"

扶岚摸摸戚隐的脑袋，道："小隐很可爱，它们会喜欢你的。"

"它们？"戚隐一愣。

"就是你说的白雾啦，其实不能算是雾。"黑猫想了一会儿，理不出个明白话儿来，最后道，"跟你说也说不清，以后你自己去看就知道了。咱们只要跟着呆瓜进去，白雾就不会吃我们。"

戚隐想不明白："它们到底是什么东西？雾还能吃人？怎么吃的？"

"小隐，"扶岚静静望着他，道，"他们在进入那片白雾的时候就已经死了。"

戚隐一愣，问道："什么意思？"

"你有没有想过，要怎么才能确认一个人的存在？"

这小子竟然能问出这么高深莫测的问题，戚隐回答不上来，只能摇头。

扶岚指指他的眼睛："一个人如果存在，一定能被看见。所以被看见，就能确认存在。巴山白雾，不见彼此，不见己身。神杀人，不诛心，不割喉，神抹去他们的存在。"

他这话儿说得玄乎，戚隐还是理解不了。照这么说，瞎子都不存在吗？这叫什么话儿？戚隐又追问了半天，奈何扶岚原本就不怎么会说话，遇到这么复杂的问题更是解释不清楚。黑猫比他还蒙，因为它也和那群道士一样进了里头就是睁眼瞎，只不过托扶岚的福才没有丢了性命。戚隐只能放弃，想着以后有机会自己去瞧一瞧。

黑猫抱着爪子道："你哥从记事起就在那地儿待着，八岁破雾而出，在外面混了两年，遇见老夫。巴山除了你哥没有能动弹的活物，但景色很不错。神殿后有个不老泉，等你去了，让呆瓜带你泡热汤。春天有山茶花，夏天有芍药，月圆的时候还能听见风里的笛声。传说远古时候有个大巫每到月圆之夜就给白鹿大神吹骨笛，后来那个大巫没了，笛声却留在了风里。你小时候夜里闹腾不肯睡觉，呆瓜就哼那个调子给你当摇篮曲。"

第七章 白鹿

"白鹿神？"戚隐道，"师父说它是个邪神，爱吃孩童心肝。"

黑猫一下怒了，道："胡说什么玩意儿！还吃心肝，亏那老胖子说得出口。老夫听闻你们仙门道法除了剑法咒术，还要修习道派传承、源流历史。凤还清和、无方元尹，学贯古今，著述尤多，怎么连大神诞于天地灵气，不饮不食都不知道？"

两个家伙两套说辞，戚隐也不知道信谁好，只能干笑道："他说是传说，传说而已。"

扶岚拿出一个小鹿木雕，放在戚隐手心。小鹿站在手掌上，四腿修长，脊背光滑得像细瓷，身上刻了繁复瑰丽的花纹，一对角尤其长，还有星星点点的花骨朵儿缀在上头，像是把春天簪在了角上。这样美丽的鹿，谁见了都无法相信它食人心肝。

戚隐万分稀罕地摸了摸，道："这是白鹿神？"

黑猫说："它是我们南疆的守护神，南疆的妖怪窝在姆妈的怀里听它的故事长大。它喜欢小孩儿，有的幼崽迷了路，或者误入别族的领地，它就会现身，领孩子回家。很久以前妖族发生战争，一旦听见鹿的蹄音就会停下兵戈，因为大家害怕白鹿大神看见大伙儿打架流血会伤心难过。不过现在世道不一样了，就算天王老子来了，妖族也照样打得你死我活。"黑猫舔舔嘴，继续道，"白鹿之于南疆，就如同伏羲女娲之于中原。之前我们在乌江找不到你，也是白鹿大神指引我们去的吴塘。"

戚隐有片刻的愣怔，一时以为自己听错了。他还以为白鹿大神和伏羲老爷、女娲娘娘一样，是活在传说故事里的神了。没想到它还真显灵过？它怎么指引？难不成它一下从一阵白烟儿里走出来，对扶岚说"嘿，傻小子，你的宝贝弟弟在吴塘呢，快去找他吧！"然后再一下消失，只留下浅浅的蹄音？

戚隐正奇怪着，扶岚从乾坤袋里拿出一个签筒，对着小鹿木雕摇了摇，问道："白鹿大神，我可以带小隐回家看你吗？"

一根红签儿掉出来，是上上大吉，扶岚道："它说好。"

戚隐扶额，道："你们就是这么掷签问的我在哪儿？"

"是啊。"黑猫扒拉出一根签子立起来，道，"就像这样，我们问该往哪儿走才能找到你，"黑猫松了爪，签子落在地上，指出一个方向，"白鹿大神说北面。乌江往北是吴塘，果然我们就在那儿找着你了。"

"你们再掷一回，白鹿大神兴许就告诉你们该往南走了。"

"不行，掷签头一次才灵，再掷就不灵了。"黑猫郑重其事地说。

太傻了，戚隐觉得，可他又感到快乐。满室荧光里，扶岚捧着木雕，黑猫摇着签筒问明天桑若会不会给它送红烧肉。戚隐盘腿坐在床铺上，觉得心里暖烘烘的。小时候去女娲庙，他常听见来来往往的人为心中挂念的人许愿，他有时候想，这世上会不会也有一个人为他许愿。他偷听小姨的愿望，又偷听姨爹的愿望，可惜他们的愿望里都只有姚小山，没有他。

现在戚隐知道了，有一个少年和一只猫曾万分虔诚地在南疆大神面前为他许愿。这大概是他记事以来最快乐的时候，因为他有一个哥哥，还有一只肥猫。

黑猫叼着白鹿放进他手心，道："娃儿，虽然你们凡人不信白鹿，但你是老夫的娃娃，是扶岚的弟弟，白鹿大神一定也会保佑你的。这只鹿是你哥雕的，送你了，它会保佑你平平安安，长命百岁。"

　　戚隐摩挲着小鹿的纹理，笑道："等我学会了御剑诀，我就跟你们去南疆好不好？"

　　黑猫眼睛一亮："你真的愿意？"

　　扶岚也呆呆地瞧着他。

　　"愿意啊，"戚隐把手背在脑后，往后一躺，"南疆我还没去过呢！嘉陵江的落日，巫峡的夜雨，九垓永夜天，渊山魔龙骨……"困意袭来，戚隐的声音低得像呓语，"我都能去看吗？"

　　戚隐的侧颜安详，深邃的眉眼融在橘黄色的光里。

　　巴山日复一日的夕阳，年复一年的夜雨，还有九垓经年不变的永夜天，扶岚亲手甩在渊山峻谷中发黑发灰的魔龙骨，平常得像他古井一般的岁月。

　　可在这个时候，他忽然有了憧憬，想要再去一次，和戚隐一起。

　　他用力点了点头，轻声道："嗯，我们一起去。"

第八章

无方

高天上挂着亮堂堂的一团红日头，迟迟的晨钟声散入山林，清式执起一卷经书，开始每日的诵经。茅寮子里一众师兄师姐都蔫头耷脑，一个个东倒西歪。不怪他们昏昏欲睡，全因清式读得过于催眠。诵经还没到一炷香的时间，底下人已经倒了一大片。云知倒是个例外。那个狗贼伤好了，又开始活蹦乱跳，笑嘻嘻地执着毛笔在打瞌睡的桑芽脸上画胡须。

戚隐一般不诵经，晨诵最为无聊，他觉得浪费时间，不如干点儿别的。昨天他读完了记载道门源流的《海内中州志》，今天对着《傻瓜符箓大全》画符。他现在是有灵力的人了，修为上了一个台阶。有了灵力就能御剑，就能凌空画符，他信心满满，翻出个化形符，屏息静气，凝力于指尖。

微微的荧光冒出了芽，他压抑住心里的兴奋，一笔一画地画起来，灵力在虚空中勾连出淡青色的轨迹，闪着幽微的光。初时灵力充沛，越往后越来越吃力，轨迹慢慢变细，他的手臂开始发麻，经脉像流干了水的河道。他咬着牙坚持，经脉开始发疼，一寸寸蔓延到指尖，到最后手指都像要断掉似的。

"臭师兄！你又欺负我！"

那边桑芽一声尖叫，戚隐的笔触猛然中断，化形符不过画了一半不到，青光褪色，消弭无踪。戚隐捂着脸长叹一声，趴到桌子上，扭过头，正瞧见扶岚坐在茅寮子的边上，和平常一样，望着远山发呆，侧脸隐在天光里。

戚隐撑着下巴发了半天呆，收拾思绪正想重整旗鼓再次画符，清式拍响了惊堂木。底下人眯瞪着眼从桌子上爬起来，清式笑眯眯地道："猴儿们，今日老夫的催眠经念得如何？"

"甚好！甚好！"大家一致点头称赞。

清式无奈地摇摇头，道："猴崽子们，不好好用功，丢脸的是你们。眼看丢脸的机会便来了，年底无方罗天论道，有灵力者即可参会。腊月十二一过，你们便随云知御剑南去。"

罗天论道？戚隐一个激灵坐起来，这玩意儿他听过，是三千仙门五年一度的盛事。无方作为宗门之首，每五年会开一次坛，广邀仙门长老弟子论道听学。论道其实就是打擂，是想要崭露头角的仙门子弟一举成名的好机会，戚慎微那个狗剑仙就是在数十年前的罗天论道上成的名。听说那次他从白天打到天黑，在拭剑台上屹立不倒，归眛剑一夜之间名扬四海。

再来就是传经。无方山自诩道派首宗，开坛授学，广邀仙门子弟齐聚听学。每届学生写出来的优秀道论都会被集成册子，名为《道苑萃华》，收入无方紫极藏经楼之中。

小时候的戚隐总是做白日梦，梦见自己在拭剑台上剑挑八方，打败天下无敌手，拭剑台下写出长篇巨著，一时之间大街小巷争相传阅他的道法大论。旧有祖师爷《道德经》被奉为圭臬，今有他戚隐《叽里呱啦经》首屈一指。

但好在戚隐已经长大成人，早就不做白日梦了，他这般半桶水的修为就别去丢人现眼了。更何况是无方山，他一点儿也不想去。他举起手，道："师父，大伙儿都得去吗？"

清式望向他，目光颇有点儿意味深长："为师从不强求，去不去全在你自己。"

"放心啦师弟，"云知过来拍了拍他的肩，"就你这水平，打擂也不过就是玩一玩。听学也不难，课业就是写几篇八百字的小文章啦。"

戚隐一口老血吐出来："我说梦话都说不出八百字。"

"写那玩意儿有诀窍，到时候师兄教你。"流白冲他扬了扬眉，"一起去呗，就当游山玩水咯。"

一众师兄弟都来劝他，戚隐被烦得没办法，抓抓头道："我再想想。"

散了课，大家都走了，扶岚慢吞吞地收拾书箱。戚隐长叹了一声，头抵在他背上闷声道："哥，我是不是特笨？入门三个月才有灵力，御剑诀时灵时不灵，到现在只在兰仙那成功使出过一次；画符也画不出来，画一半我膀子都要断了。"

扶岚回过身来，摸了摸他的狗头表示安慰。

戚隐垂头丧气地道："这玩意儿到底怎么学？我起早贪黑，又是练剑又是背符的。现在连桑芽那丫头都能御着小铲子给猫爷铲屎了，我连个勺子都御不动。"

扶岚想了想，道："跟我来。"

戚隐一愣，跟着他往外走："去哪儿？你别又把我从钉耙上扔下去。"

扶岚这次没乱来，把他带到思过崖上。墨黑的山团在青苍苍的天穹底下，日头还不算老，在漫山遍野里泼出一片潋滟。扶岚当着风，发丝在微风中扬出去。他侧过脸，对戚隐说："小隐，闭眼。"

"啊？"戚隐摸不着头脑，但是照做。

扶岚转到戚隐身后。

"仔细听——"

无数淡青色的飞鱼从扶岚身上游出来，穿过戚隐的身躯，飞向遥遥远天。戚隐还发着蒙，不知道扶岚在干什么。

"听到了吗？"扶岚问他。

戚隐问："听到什么？"

扶岚呆呆地看他。

戚隐随即睁开双眼，小鱼在他们周围浮动盘旋，两个人大眼瞪小眼，戚隐竟然从这个神情寡淡的人眼里看出了一点点无奈。

"你不专心。"扶岚说。

戚隐像是被抓了现形一般涨红了脸，干咳了几声，道："抱歉，再来，再来。"

戚隐深呼吸，默念静心诀，摒除杂念，重新闭了眼。小鱼一条条游向远山，扶岚的灵力缓缓地浸透他，他像泡进了清凉的水。恍惚之中，他的灵力好像和扶岚的合二为一，有什么东西悄无声息地变了。戚隐睁开了眼。

高天近在咫尺，青苍苍的山脉在下方绵延。他忽然发现自己仿佛是透明的，鸟可以飞过他，风可以吹过他。他恍然间发现自己变成了扶岚的小鱼，换句话说是扶岚将小鱼借给了他。只不过这一次和上回在瓦房里不一样，他们灵力达到了更紧密的融合，所有的鱼都听从他的号令，随他一同飞向高天远山。

"听见了吗？"扶岚的声音响在耳畔，"你们凡人常说天地无声，但其实天地有心跳，天地有声音。你听——"

扶岚的听觉对他开放。

霎时间，天地万物声如潮水一般朝他涌来，千里之外乌云汇集的风风雨雨，近在咫尺的松涛万顷此起彼伏；还有那心跳，不绝如缕，初时小，然后越来越大，仿佛是沉雄的战鼓。天地杂沓，万物齐嘶，辨不清是谁的心跳，是山是浪潮还是遥远高天雄阔大地，那心跳如万马蹄声，纷乱着汹涌而来。

他茫茫然在风雪中游梭，像一只小小的蜉蝣。他被喧嚷的心跳包围，层层叠叠纷纷扰扰，嘈杂中忽然万籁俱寂，他听见了自己的心脏在一下一下地搏动。

你听见了吗？戚隐，那便是浩然天地。

恍惚间有谁同他说话，他猛然回头，莽莽山川中响起窃窃私语，仿佛是穿越了千年万年，从时光的罅隙里飞出来飘到他的耳边。时间两头，前不见古人后不见来者，生死两端，碧落黄泉两处茫茫。

原来人寄天地，不过蜉蝣而已。然而蜉蝣有心，亦可与天地相通。

不知过了多久，游鱼摆尾回笼，扶岚停下来，戚隐还愣着神，没回过魂来。

"小隐。"扶岚戳了戳他。

"哥，"戚隐回过神来，道，"你太神了。"

扶岚道："天地有声，万物有灵，当你能听见剑的心跳，你就能御剑了。"

"啊？"戚隐苦了脸，"那得等到猴年马月。"

两个人在山崖上坐下，并肩看远山。戚隐扭头看扶岚，这个家伙静静的，又不知道在发什么呆。戚隐忽然知道了，或许他在发呆的时候就像刚刚那样，在谛听天地的心跳。

戚隐用胳膊肘戳了戳他："你觉得我该去无方吗？"

扶岚扭头看他："你想去吗？"

戚隐低头晃着腿，道："我也不知道，我挺矛盾的。我要是去了无方，肯定要去我爹的墓前拜一拜。我不知道我要不要去见见他。我挺不想见他的，死的活的都不想见。但是有时候一觉醒来，我好像又有点儿想……"戚隐郁闷地抓抓头，"唉，我不知道。"

"老夫觉得你该去。"黑猫不知道从哪儿冒出来，蹲在戚隐旁边。

戚隐吓了一跳，道："你从哪儿冒出来的？"

"老夫出来遛遛弯儿。这山头就这么点儿大，老夫还能去哪儿？"黑猫舔舔爪子，道，"想去就去，一个无方罢了。你若不去，兴许还会惦念一辈子。将来咱们回了南疆，可没那么容易去无方了。"

戚隐枯着眉头，没言声儿。

"去了姓戚的墓前，可以撒泡尿报复一下。"黑猫说。

算了，想得他脑袋痛，先不想了。戚隐转向扶岚，聊起闲天来："哥，你觉得我俩谁比较俊？"

"你。"

"嘿嘿，眼光不错。"戚隐很满意，又问，"你的原形就是你现在这样儿？"

"嗯。"

"是不是只要不碰你的心脏，你断胳膊断腿都能再长出来？"

"嗯。"

"我不去无方。"戚隐说。

他坐在藤椅上，手里端着一杯热腾腾的苦茶。叶清明和云知倚在门边上，听了戚隐的话扭头望过来，眼睛里有显然的惊讶。清式坐在上首，脸上仍是笑眯眯的。这胖子一直都是这样，笑得眼睛眯缝儿，让人捉摸不透他心里想什么。

清式笑道："原以为你会去的，看来是我失算了。可否问问为何？"

戚隐耸耸肩，道："主要是觉得尴尬。我表哥姚小山假冒我的身份在无方修仙呢，我要去了，和他打了照面多尴尬。而且无方山那帮人……"戚隐用脚尖蹭地，"每回说起戚慎微，总是要提我娘，不阴不阳的，我不喜欢。"

"哦……"清式略带深思地点点头，"确实是我欠考虑了。"

"怕什么！"云知凑过来，"咱们画个符改改你的容貌，就算去了，姚小山也认不出你。至于无方那帮家伙，谁要是敢说你娘的坏话，你师兄我第一个揍他。"

戚隐斜了他一眼："无事献殷勤，非奸即盗。你想干吗？"

"哎呀，"云知笑起来，露出一口白牙，"你师兄我一直都很关心你的。"

戚隐：信你就有鬼了。

"无方乃是人间第一大派，原以为小徒儿就算厌憎元微，也会想要去见见世面。现在看来，小徒儿心如止水，波澜不惊，倒是出乎老夫的意料。"清式摇头笑道，"不过，小徒儿不妨听完老夫的话儿再做决断。"清式一抬袖子，"童一，取命灯来。"

一个童子低头应诺，转进里屋；其他几个童子关窗闭户，放下竹帘子，屋里顿时暗了下来。戚隐看得莫名其妙,不知道他们在搞什么名堂。过了会儿,里屋的那个童子抱着一盏琉璃灯走出来,放在清式身边的茶几上。

那灯阴沉沉的,很是奇怪,它的火苗竟然是幽蓝色的,像是阴间来的鬼火。灯看起来很老了,铜座上覆了层霉绿的锈蚀。

清式道:"小徒儿可知这是谁的命灯?"

戚隐望着清式,这厮神色是前所未有的凝重,戚隐心里忽然升起一个猜想。不会吧,那家伙不是死了吗?死在除水鬼的时候。戚隐嘴唇有些发干,试探着道:"是我爹吗?"

"是他。"

"他还活着?"

"不知道。"清式摇头,"灯火幽明,不生不死,是为不祥。我与你父亲年轻时曾经结伴深入妖穴斩妖除魔。妖穴险奇,打斗之中我们时有失散。为了探知对方情形,我二人滴血入灯中,点燃命灯。如此,即使相隔千里,亦知彼此性命是否无忧。"他低头看那灯,"今年四月初八,我于山中静坐,忽见灯火转阴。不多时,无方传来元微死讯。与此同时,还有一样东西深夜造访。"

"什么东西?"

"一张阅之即焚的飞帖,"清式道,"上书:勿让吾儿入无方!"

云知接话道:"飞帖没有署名,但师父的朋友里,又有孩子的,除了你爹没别人了。所以师父命我连夜前往无方,我假装半途偶遇,跟着下山寻你的昭冉,想半路把你劫走。幸好那家伙没认出你来,所以我就光明正大地把你带走了。"

"无方说你老爹是除水鬼受了重伤,不治而亡,"叶清明在一旁道,"但你老爹是百年难得一见的剑术天才,能同时驾驭千把飞剑,塞北狼王都败在他的剑下,颍河水鬼能有多大能耐?而且你爹前往颍河是年初的事儿,今年四月才传出死讯。无方说你爹什么旧伤复发,什么伤能拖四个月,还让灯火转阴,这不明摆着诓人吗?"

"所以你们觉得,我爹不是因为除水鬼遭的难?"戚隐问。

仨人一齐点头。

"不生不死又是何意?"

叶清明挠了挠下巴,道:"这我们也不知道。命灯现出这个色儿,我们也是第一次看到。"

"为了调查此事,"清式捋着胡子道,"我们派你清和师叔借入阁观书的名义深入无方,暗中调查。"

"可查出什么来了?"

清式轻轻摇头,道:"没有。不过,他查看无方入室弟子名册,发现有五个人失踪了,且这几人都在同一日失踪,就在灯火转阴前不久,四月初五。"

"你怀疑他们失踪和我爹有关系?"

清式点头。

第八章　无方

戚隐心情很复杂，道："那你们找我又有什么用？我和他虽然是父子，但又没有什么心灵感应、心有灵犀之类的。我就算去了，我也找不着他。"

"你能。"清式拍拍他的肩膀，"小隐，这世上能找到他的，只有你了。"

他一伸手，不知从哪儿摸出一块罗盘，指针却是锈住的，定着不动。叶清明拉起戚隐的腕子，在戚隐的掌心一划，顿时划出一道手指长的血痕。戚隐痛得大叫："你干吗？！"

戚隐的血水沿着指缝往下流，清式用罗盘接住他的血，上面的铁锈竟被溶了，一点一点消解，指针缓慢地旋转，指向南方。

"这是……"戚隐瞪着那罗盘。

"血罗盘。"叶清明道，"若有离开体外不超过一个时辰的活血入盘，它便指给你父母儿女的方向，民间一般拿它来寻亲。可贵了，五十两纹银才能买到一个零件儿。"

"那你们怎么买得起？"

"我们没买，这是你师父自己做的。"叶清明道，"这不是重点，重点是你娘已经仙逝，你小子应该也没搞出什么私生子吧？所以它指的一定是……"

沿着指针的方向望出去，天光透过素色窗纱打在地上，云影在里面晃动。戚隐喃喃道："戚慎微。"

他心里很不是滋味儿，早前知道这个他应该叫作爹的人死了，他心里茫茫的，倒也不觉得很悲伤；现在知道他爹可能还活着，他心里还是茫茫的，并不觉得很快乐。

他小时候为戚慎微找借口，猜戚慎微不来寻他是有什么隐衷。可是即便是天大的隐衷，他也无法原谅戚慎微十八年来不闻不问。这个狗剑仙又不是不知道……他还有一个孩子。戚慎微临死前托孤又算什么呢？戚隐想，死前幡然悔悟？赎罪？

他想起昭冉说戚慎微曾在师门前自述己过，自罚静坐。这说明什么呢？戚隐垂着眼睫想，大概他和他娘对于戚慎微来说，是戚慎微洁白无瑕的人生上唯一的污渍，刺目又难堪。

"小隐哪……"清式拉起他的手，眯着绿豆大的眼睛，竟有老泪纵横之意，"说到底也是一条性命，你再想想？"

戚隐于心不忍，唉，这胖子说得对，总不能让那个狗剑仙莫名其妙死在无方吧。戚隐闷声道："行，我去！"

临出门的时候，清式取出一把长剑递给戚隐："这是元微的归昧剑，是时候交给你了。"

那是一把三尺长的轻剑，戚隐听过这把剑，好像是什么上古灵剑，是戚慎微在一个大妖的肚子里得的。自从戚慎微扬名八方，吴塘镇的铁匠铺里打的剑十把有九把叫"归昧"，许多少年郎攒足银子买来佩在腰间装相，把戚慎微当作毕生的榜样。街上乱跑的小孩儿手里拿的桃木剑，十把里也有九把写着"归昧"。他小时候也有一把来着，他自己削的剑自己刻的字，后来被姚小山抢走了。

没想到现在，他竟然拿到了真的。

戚隐接过剑，拔出剑鞘，却没看到预想中的光芒四射，凛冽如雪。他看到剑身布满铁锈，斑斑驳驳，像是老人家的脸膛，日薄西山。

对了，他听说厉害的仙剑都是认主的，归昧不解锈，大约是不认他吧。戚隐耸耸肩，爽快收了剑，起身要走，跨出门槛的时候忽又收了步子，扭头问道："你们早打定主意要我去的吧？要是我非不去呢？"

"那就只好将你打晕，让云知带去无方了。"清式笑眯眯地答道。

戚隐：说好的不强求呢？

目送戚隐下了山阶，消失在淡淡的雾气里，云知抱着手臂道："归昧乃上古灵剑，若未认主，执剑者手臂会被霜气冰封。我当初不过握了握剑柄，霜花一直结到手肘，差点儿没把我冻死。小师弟明明安稳握了剑，怎的解不了锈？"

清式苦笑道："不是归昧不让他解，而是因为这孩子灵力太低微了，解不开。他毕竟是元微的孩儿，归昧怎么会不认他呢？年轻人，还是得多修炼。"

出发前一天，戚隐去了思过崖。夜色浓稠，像化不开的墨。他爬到崖上喊了声"狼兄"，然后纵身一跳。底下一个白影蹿过来，他将手枕在脑后，躺进了狼王软蓬蓬的毛里。

"臭小子，你也太嚣张了，把老子当什么了？坐骑吗？"狼王骂骂咧咧，"要是老子不过来，你非得摔成肉酱不可。"

"那你这不是过来了吗？"戚隐懒洋洋地望着天，"狼兄，年底无方罗天论道，我明儿就得走了。"

"就你还论道，得了吧。无方那帮牛鼻子道士，虽日日臭着个脸儿，但能耐是真能耐。你们凤还这帮崽子除了云知勉强够看，其他的给人提鞋都不配。啊，对了，"狼王道，"让你哥哥去，你哥哥是天生的煞星，让他去，无方那帮老不死的也得让道儿。"

"我就是去长长见识，转一圈儿我就回来了。"戚隐坐起来，道，"狼兄，我这次去无方，说不准会见到我那个死鬼爹，不定是死的还是活的，你有没有什么话儿要我转达？"

狼王沉默了一阵，金色的眸子明明灭灭。过了半晌，戚隐听它道："老子与你那个死鬼爹一别，算算也有二十年了。二十年前老子座下一头癞皮狼抓了一个姑娘。那姑娘长得瘦不拉几，身上没有半两肉，做饭倒是挺好吃。你爹受托而来，与老子大战。那一战，战得昏天暗地，老子惜败两招，身上挂了彩。但最后关头，老子奔行云上，打眼一瞥，正好瞧见那姑娘在山涧里洗澡。老子一脚把你爹踹到那山涧里。哈哈哈，老子打不过他，那姑娘倒是可以，把你爹打得头破血流。"

"你这也太阴了。"戚隐无语。

第八章 无方

"你们凡人怎么说来着？兵不厌诈。谁让你爹脸皮薄，若是老子掉进去，老子才不慌。那娘们儿光溜溜的，哪敢和老子废话？"狼王哼了一声。

"你们在哪儿打的？"戚隐问。

"乌江。"

戚隐呆了，这厮说的那姑娘不会是他娘吧？

"阔别十八年，老子活了这许久，寿元估摸着也快到头了。"狼王站起身来，风拂过耳，一身雪白皮毛浪潮一般翻卷，"小子，若见着你爹，跟他说，他日黄泉相逢，吾定要再与他一战！"

戚隐坐在竹筏上，撑着脑袋看云海汹涌后退。

扶岚抱着猫爷和破铁剑坐在他身前，他的身后堆了一堆行李箱笼，摞在一起足有他半人高，里面放了他和他哥的被褥枕头、衣裳鞋子，还有黑猫的绒垫小窝。东西太多，箱笼都塞不下，扶岚为了到了无方还能做饭，让他背了一口锅。扶岚自己背了个竹篓子，猫爷在凤还山待了几个月，胖得令人发指，扶岚已经彻底扛不动它了，只好编了一个竹篓背它。

他们两兄弟，一个背锅一个背篓，活像山坳子里走出来的乡下汉子，还是脑子不太好使的那种。

今天腊月十二，他们准时出发。叶清明带队，凤还山一众弟子随行前往。清式站在思过崖上朝他们挥帕子，絮絮叨叨叮嘱他们到了无方山别惹事儿，不要踩坏花草，毁坏物件，因为凤还穷，赔不起；更不要殴打同门，气坏师长，因为凤还地位卑微，撑不起这个腰。临走的时候，清式还顺便在戚隐脸上画了个符，修饰了一番他的容颜，免得他这张酷似戚慎微的脸被认出来。

戚隐一开始见有竹筏坐，还倍感欣慰，毕竟箱笼这么多，乾坤袋压根放不下。直到一个时辰前他看见数艘白帆大船从后方赶上，破云而去，船尾围了一群男女，指着云海里的他们大笑："快看，是凤还山那帮穷鬼！他们坐的是什么？竹筏子！哈哈哈哈！"

流白划着他那艘竹筏子靠过来，道："真是世风日下，现在这帮仙门一个比一个奢侈，尤其是无方山那帮人，日日穿白衣，披白袍。你算算，光这白绸子就得花多少钱？"

其实说实话，若是有条件，戚隐宁愿和这帮媚俗之辈同流合污。

流白又道："这次罗天论道各大仙门皆会遣弟子前来，届时有不少漂亮仙子，师弟可有什么想法？"

扶岚和戚隐一齐乖巧摇头。扶岚摇头是因为这厮生了颗和尚心，在他眼里世人只有弟弟和不是弟弟的差别；而戚隐摇头则是因为受的情殇太多，早已心如死灰，打定主意心怀苍生不入红尘。

"哎呀，别急着拒绝。"流白一副很懂的样子，"师兄先给你俩提个醒，届时若

121

是要搭讪心仪的姑娘,千万打听好她的来历,钟鼓山的绝对别碰。"

"为什么?"戚隐问。

流白朝云知那儿抬了抬下巴:"都是因为大师兄,害咱们和钟鼓山结了仇。上次罗天论道,大师兄勾搭了他们钟鼓山的小师妹,领着人家御剑兜风,还在无方思过崖放孔明灯。就是灯放得偏了点儿,落下来的时候差点烧着学舍,为这事儿大师兄挨了戒堂一百根戒鞭。"

"戒鞭打的哪儿?"

"师兄的右手手掌心。"

戚隐扶额。

"那小姑娘不知道猫腻,感动死了。"流白说,"论道结束,咱们回山的时候,她追上来,死活要和咱们一块儿回凤还。我说凤还穷,山里清苦。她说,愿同大师兄啃一根鸭脖子。"

戚隐无语。

"你猜咱大师兄怎么说?"流白一抹脸,端出一副正人君子的模样,"大师兄说,你误会了,我一直把你当亲妹妹的。"

无耻!戚隐佩服得五体投地。

云知那个狗贼,剑术不知水平如何,反正坑骗良家妇女是一流。流白划着竹筏子走了,戚隐转过脸看他哥,见扶岚望着云海,一看就知道不在听。这家伙对清式念的经文不感兴趣,对流白的八卦也不感兴趣,好像这天地间,就没有什么东西能进到他烟水般的心里去。

戚隐戳戳扶岚,道:"哥,你有没有想过你的身世?"

扶岚愣了下,道:"想过。"

"呆瓜不记得是谁把他放在巴山的,他有记忆起便一直在神殿生活。"黑猫窝在扶岚怀里开口,"后来老夫想,或许呆瓜的身世和神殿有联系。初出南疆的时候,我们去了各地的神迹调查,去过云梦遗迹,也去找过九嶷山……但都没什么收获。"

那都是别的地方的神迹,自然查不出什么。戚隐道:"我有个想法,你们听听。哥,我觉得你是白鹿大神的私生子。你们想,你打小就在巴山长大,但是巴山这地方被吃人的白雾包围,外面的人压根儿进不去。那就只有一种可能,你是在里头被生出来的。巴山神殿里头除了你还有谁?那自然就是白鹿大神了。"

扶岚默默地听着。

"神殿里不是有神巫供奉大神吗?没准儿是白鹿大神下凡,看上了自己的大神巫,俩人你侬我侬珠胎暗结。神巫毕竟肉体凡胎,会老的嘛,后来神巫没了,大神独自在巴山生下了你。又因为一些我们不知道的变故,你娘没法儿陪着你,只好自己走了,留你一个人在神殿待着。你不是人不是妖不是魔,狼兄说你的气息奇怪得很。那当然了,你是半神嘛,他们当然没有闻过神的气息。"戚隐叽里呱啦说了一大堆,最后道,"是不是很有道理?"

扶岚想也没想，摇头说："没有。"

戚隐："……"

傍晚的时候他们到了无方山下的锦溪镇。这镇子不大，统共就两条长街，从高空往下看，夹在崇山峻岭之间，像是一两块彩色积木落在了山坳子里。往南望，无方灭度峰悬在空中。那峰峦呈倒三角状，云海相拥，飞鹤盘旋，隐隐约约可见穹隆上有结界的潋滟光波。

灭度峰四方皆有锁链通往地面，流白说那锁链通向无方山的四方镇妖禁地，灭度峰正下方，四方禁地包围之所是冰海天渊，四季结冰，掉进去有死无生。

"他们说，冰海天渊又叫剑冢。"流白道。

"为什么？无方前辈死了都葬在那儿吗？"戚隐问。

"非也。"流白道，"据说无方弟子修习御剑术时常常不慎坠入天渊，剑毁人亡，故号'剑冢'。"

戚隐不寒而栗："骗人的吧。"

"开玩笑啦，你还当真了。"流白哈哈大笑。

叶清明说先在锦溪镇歇脚，明日再上无方山。各大仙门都派了弟子前来，镇子近日尤为热闹。也不知道是谁开创的风气，剑仙就得穿白衣，佩白剑。一迈进牌坊，大街上四处白衣飘飘，剑光闪闪。凤还山这帮浑身打着补丁的乞丐进了人群，活像仙鹤堆里扑进一群野鸡。

夜幕降临，长街两边挂起水红的灯笼，水檐底下长长的两溜，闪着光。今年人多，街上喧喧嚷嚷。他们说无方山戒律森严，弟子清心寡欲不饮不食，锦溪镇很少这么热闹。路边栽了梨花树，树底下是买卖的摊子，捞金鱼的，捏面人儿的，吹糖猴儿的，卖蝌蚪粉儿的……黑猫那厮跟着桑若她们去蹭吃蹭喝了，戚隐和扶岚一块儿闲逛。

戚隐一手拎着酒，一手被扶岚拉着。这家伙攥得紧，戚隐动了动手，道："哥，别拉这么紧。"

扶岚道："你会迷路。"

戚隐无奈，大约是小时候留下的习惯，这家伙还把他当小孩儿呢，一到人多的地方就攥着不松手。

戚隐一转头，打眼瞧见赌坊，花灯下悬着金字招牌，门口站着两个凶神恶煞的打手。戚隐长这么大，还没进过这三教九流的地方，登时动了歪心思。戚隐朝赌坊扬了扬下巴："好不容易出来一趟，要不咱们去赌坊见见世面？"

扶岚抬头看了看招牌，道："不行。"

"为什么啊？"

"阿芙说过，不能让你学坏。你若进赌场，便要废你的手。你若进勾栏，便要废你的腿。"扶岚说着，皱了皱眉。

戚隐无语，道："我要是偏要进，你还真废我啊？"

扶岚呆了。

这傻子……戚隐摇头笑。扶岚这厮平日没什么表情，偶尔流露出一点儿呆性儿，看着挺可爱的。夜市的灯火照着他的脸儿，戚隐望着他的模样，陷入了沉思。

扶岚也不吭声地望着他。

这家伙应该不会在想废掉我的方法吧？戚隐想，挠了挠头，打算说点儿什么打破尴尬。扶岚抬起手，拳头重重捶向戚隐的胳膊。

世界仿佛寂静了一瞬间，戚隐蓦然睁大眼，迅速抱着胳膊往后一退，道："你干吗？！"

扶岚歪着头看他，黑而大的眸子映着璀璨灯火。

戚隐默了半晌，无奈地道："哥，以后不许打我了。你再打我，我会……"

扶岚疑惑地望着他。

戚隐叹了口气，接着道："我会生气的。"

扶岚失落地点点头，垂下眼睛，怪不高兴似的。

前面响起一阵嘈杂声，人群忽然沸腾起来，乌压压的人往两边儿靠，戚隐和扶岚被往后挤，紧紧贴在梨树上。不知道发生了什么事儿，戚隐一脸蒙，慌乱间只能抓紧扶岚，以免这小子被人群挤走。

穹隆上闪过一道凄冷的剑光，简直像刀子割在眼皮上。踏剑人飞得太快，戚隐只看见一个瞬息即逝的背影，白衣凛冽，像是梅上霜、山上雪。人群着了魔似的尖叫，戚隐听见有人大声喊："小戚道长！"

戚隐一愣，小戚道长？不会是姚小山吧？那厮竟然这么厉害，进无方才多久，就有这么高的声望了？

不多时，长街上一辆囚车轧轧驶来，人群再次大喊："猪妖扶岚来了！快看，猪妖扶岚来了！"

"猪妖扶岚？"戚隐和扶岚面面相觑。

很快他们知道了答案，囚车越来越近，两边皆有白衣负剑人骑马随车而行。囚车里关了一只魁梧的妖怪，人身猪首，蓬头垢面，粗粝的獠牙从嘴巴缝儿里伸出来，隐隐还看得见沾了血。囚车终于驶到了戚隐的眼前，猪妖嘶嘶喘着气，鹰隼一般的眼睛在蓬草似的头发底下抬起来，正好和底下的扶岚打了个照面。

猪妖蓦然一震，忽地发起狂来，嘶吼着撼动囚车。人群一惊，惶然退后，马上的白衣人不慌不忙地掐诀，囚车上刻的符咒一闪，猪妖痛呼一声，登时偃旗息鼓，不动弹了。

"哥，你认识它？"戚隐拽着扶岚的袖子问。

扶岚点点头："它是猪妖一族的族长，朱明藏。"

"它干吗要冒充你？"

扶岚只是皱眉，没说话。

"那……"戚隐挠挠头，"那咱们要救它吗？毕竟是你那儿的族长来着，算不

第八章 无方

算你的下属？"

扶岚锁着眉头,道:"不算,很麻烦,不救。"

戚隐被他这果断的态度惊呆了。扶岚面不改色,神情寡淡得像白开水,似乎他不出手是理所应当。这家伙真的是妖族之主吗？戚隐至今无法相信他哥的身份,那妖得多瞎才能认他当头儿。

"终于抓着这个魔头了。"有人义愤填膺道,"这个魔头领着妖兵烧杀抢掠,无恶不作。它前几日去到衡州城外的刘家村,把一村子全屠干净了,还放跑了人家圈养的猪,害得猪价上涨,如今我是连猪肉也吃不起了！"

"谁说不是呢！"有人恨道,"多亏小戚道长。听说他在衡州城外布下剑阵,生擒扶岚。问雪剑一出,果然无妖不伏,无魔不诛！"

"废话！小戚道长可是得了元微长老的真传,举手投足皆有其师风范。如今天下谁不认他是人间道标,我辈楷模？！"

戚隐凑过头去,道:"敢问这位小戚道长可是元微长老的儿子,戚隐？"

那人翻了个白眼,道:"什么戚隐？戚隐那个废物怎么能和小戚道长相提并论！"

戚隐一愣。

"你是个不修道的村夫吧,连这个也不知道？"那人上下打量了戚隐一会儿,道,"戚隐那个废物受不了无方苦修,上个月就夹着尾巴逃了。"

逃山？！戚隐瞪大眼。

"我们说的小戚道长乃是大名鼎鼎的无方首徒,元微长老唯一的亲传弟子,"那人道,"戚灵枢！"

戚灵枢,继戚慎微之后,无方山又一个百年难得一遇的剑道天才。戚隐想无方山一定笑得合不拢嘴,毕竟百年难得一遇的东西让他们一遇就遇了两回。

这个人简直称得上第二个戚慎微,别人还在流着口水咿呀学语的时候他已经能通篇背诵《道德经》,别人还在一笔一画写大字画鬼画符的时候他已经精通符箓,别人走路还摔跤的时候他已经御剑飞天了。他几乎步步按着戚慎微的路子走,若非他是戚慎微的亲传弟子,人们简直要怀疑他是戚慎微的转世投胎。更令人感到悲伤的是,这些资质平庸、平平无奇的别人里也包括戚隐,而且他还是处在中等水平以下的那一个。

就像没人见过戚慎微,同样没什么人见过戚灵枢,这种人永远活在传说里。像他们这样的剑仙,能飞绝不用走的,高高在上远在天边,给凡夫俗子仰望的机会已是格外施恩。但仍是有人有幸得到惊鸿一瞥,听西昆仑的同门说,上次无方罗天论道曾远远瞅了一眼,戚灵枢打无方大殿的汉白玉月台上过,一袭素衣白裳,烟雪蒙蒙中,他站在无方三千弟子的最前方,薄而瘦削的背影,像是冰雪砌成的人儿。

听说有仙山的姑娘为了他打架,只为争谁将莲子排骨汤端进他静修的石室。两个妙龄少女互相抓咬,头发撕扯得像杂草。他远远瞧见,只说了一句话:"同门私斗，犯禁饮食，送去戒堂。"偶尔也会有感情好的姐妹互相谦让，一个说"你当小戚道长的正室，我做小妾，你我二人以姐妹相称"，另一个羞答答地说"那怎么好意思？还是姐姐当正室，妹妹做小妾"，二人谦来让去，但其实戚灵枢压根儿没见过这俩人。

但戚隐对这个并不在意，他蔫巴惯了，和谁比都是野草一株，大家别来踩他他就谢天谢地了。大街上听人说了那么多，他只记得一句话——戚灵枢是戚慎微一手带大的。

"抱歉啊小师弟，没跟你提这茬儿，"客栈里，云知拍拍戚隐的肩膀，"主要是怕你自惭形秽，一时冲动就不来了。"

戚隐怨怼地看了他一眼："我和他不会在山上碰面吧？"

"不会不会，"云知打包票，"那小子忙得很，成天到处斩妖除魔，飞来飞去。这次他估计也就打个擂，碰不上的。再说你什么？这不是有呆师弟在吗？你是妖族之主的宝贝弟弟，你要是看那小子不顺眼，找你哥做了他。"

扶岚茫然拔剑，问："要去打架吗？"

戚隐抓着脸长叹了一声，把扶岚的破铁剑摁回剑鞘，拉着他回房了。

次日清晨，他们一行人御剑上无方，凌空往下瞧，峰上积了雪，铺陈满山，白皑皑一片，亭台殿阁错落山间，飞瀑急流，直直落入无垠深渊。到了山门便不可再御剑了，他们在狭窄的山道上排队入山，前面走几步就是陡崖。戚隐扶着灌木探脑袋往底下瞧，偶有风来满山，崖脚松涛翻腾，哗啦啦一片响，树梢上堆了雪，烟雪蒙蒙，辨不清是云海，还是白雪。

往天穹上看，空中灵阵围绕着暗淡的北极星缓慢旋转，闪着荧光的细线划过穹隆，星星点点的符光潋滟生辉，像是一颗颗错落的星子眨着瞳子。那是无方护山大阵，据说在外敌入侵的时候可以转换成杀阵，以整个无方山为阵眼诛杀敌人。

这才是仙山啊！戚隐张目四望，不禁感叹非常。凤还山和无方山比，简直就像路边抠脚的乞丐大叔和隐居深山的仙女——一个又穷又猥琐，一个仙气飘飘超然脱俗。

他爹待在这种地方能有啥事儿？不死不生，保不齐是人家仙山用什么千年人参续着命。这地方又不似凤还，满地野草烂梗子，定然遍地都是灵草仙药。凤还和无方比在一块儿，怎么看也是凤还山这帮坑货比较有坏心眼子。

但这并不是重点，重点是眼前的场景比较尴尬。昨儿在镇子里还不大明显，现在上了山，凤还山这帮人挤在白衣飘飘的仙门弟子之中尤为显眼。

尤其是戚隐还背了一口大铁锅在背后，扶岚背着等身长的背篓。他们前面几个师兄，有的脖颈后面插个痒痒挠，有的衣领上插个破了洞的大蒲扇，就差当众坐下来抠脚了。

"你瞧那个背锅的，那是什么装扮？"其他仙门在背后哧哧发笑，"哦，我知道了，是他们凤还特制的乌龟背甲，妖魔来了就往里一钻。哈哈哈！"

第八章 无方

"那个背背篓的长得好俊俏，"有姑娘窃窃私语，"就是有点儿土，是山坳子里出来的吗？"

"你懂什么，这叫土俊！这是他们凤还的特色。"

丢脸丢到姥姥家了！戚隐简直想找条地缝儿钻进去。但他又不好意思跟扶岚说要不咱这锅扔了吧，毕竟人家带锅做饭都是为了喂他和猫爷。

无方弟子前来接待引路，几个白嫩嫩的小生，一袭白衣，背负长剑，见了戚隐和扶岚这副德行竟然没笑出来，还保持着一脸严肃恭恭敬敬地行礼："几位师叔舟车劳顿，这边请。"

无方山人多，师父收徒弟，徒弟又收徒，隔的代也多。他们凤还人少，全都认在清式几个老儿手下当徒弟，倒是占了辈分的便宜。其实大家年龄相仿，叫声"师叔"只是客气，戚隐刚想回礼，扶岚在他身边作揖："谢谢侄子。"

几个小生笑容僵了一下，戚隐忙把扶岚拉到身后，客客气气地赔礼道："我哥不懂事，几位勿怪，勿怪。"又侧过脸小声跟扶岚说，"不能管人家叫'侄儿'，得叫'师兄'。"

扶岚困惑地看着他，指了指云知那边。

戚隐望过去，云知那边站着的竟是在姚家碰见的昭冉。昭冉敛袖长揖，云知就这么吊儿郎当地站在那儿，生生受了他的礼，待他直起身来，又拍了拍他白皙的脸蛋儿，笑道："大侄儿，好久不见哪，近来可好？"

叶清明那为老不尊的就站在旁边剔牙，也不管管自己师侄这副流氓德行，虽然他自己的德行也够流氓的……昭冉微笑不改，点头道好。云知负手而过，流白又拍拍昭冉的肩膀，笑眯眯喊了声"大侄儿"，紧接着是桑若抱着桑芽经过。桑芽捏了捏昭冉的笑脸，脆生生地道："大侄儿！"

凤还山这一溜人过去，每个人都叫了昭冉一声"大侄儿"。后边人群议论纷纷，戚隐听见有人说"不要脸""无耻"。扶岚不知脸面为何方圣物，一声不吭，神情恬淡。戚隐已经麻木了，在凤还山剑术没学好，脸皮练得厚如城墙。他的师兄师姐们更是浑不在意，大摇大摆地进了山门。戚隐和扶岚经过昭冉，昭冉与他们也见了礼。戚隐变了点儿容貌，也就罢了，这货竟没认出扶岚来，大约是隔得太久，已然忘了。

戚隐踌躇几下，与昭冉作了个揖，道："这位师兄，在下新近修道，甚为仰慕无方元微长老。原本来此，是想与元微长老之子戚隐道长结交一番，然而昨儿听闻他已逃了，可确有此事？"

昭冉笑容一滞，点头道："不错。"

"在下唐突，可否多问一嘴他为何要逃？"

昭冉眼里的笑意疏淡了几分，手往里头一送，道："大约是不耐山中苦修吧。师叔初来乍到，昭冉为师叔引路。"

这厮讳莫如深，戚隐也不好多问，提步准备走，昭冉又欣欣然一笑，道："无方禁饮食，还请小友遵守戒律。"

戚隐愣了一下，想起背后的锅，也笑道："你是说这锅？误会了误会了，这是我们凤还特制的乌龟背甲。妖怪来了往里一钻，非常好使。"

昭冉的笑容彻底僵住了，戚隐拍拍他的肩膀，颤身跟着大伙儿往里头走。过了垂花门，四下里回廊曲折，雪落满庭。弯弯绕绕走了许久才到了下处，仰头一瞧，檐下阴刻着"空谷"二字，正是他们凤还山落脚的小院了。

无方山人多，虽然有钱，但也耐不住地方就这点儿大，房屋紧张。在凤还好歹还能俩人一屋，一人一张床，在无方就得挤大通铺了。叶清明辈分高，单独一屋，其他人男的一间，女的一间，戚隐和一众师兄进了屋洒扫庭除，收拾床褥。大家分了位置，扶岚靠墙睡，戚隐睡在扶岚边上，这么分的原因是除了戚隐大家都不愿意和扶岚挨着。

昭冉领着弟子送来衣物，清一色的白绸衣，又细又滑，大伙儿道了谢。云知从床铺上跳下来，勾着昭冉的脖子道："大侄儿，问你个事儿。上回跟你回山的那个戚隐怎么回事儿，怎么说逃就逃了？"

戚隐一愣，云知侧脸望过来，笑嘻嘻地做了个"不用谢"的口型。

昭冉露出为难的神色，云知摆了摆手，道："别想蒙我山中苦修之类的，那小子父母双亡，修仙是最好的出路。说说嘛，你们无方山素来光明磊落，有什么事儿见不得人？"

"我们自然光明磊落，见不得人的是戚隐那个混账玩意儿。"昭冉后头有人耐不住，终于开了口，那人行了礼，道，"在下昭明。昭冉师兄，你就说了吧，反正丢脸的也不是咱们。"

昭冉叹了声，道："戚隐小友趁小师叔在静泉沐浴，偷了小师叔的衣物。"

"小师叔？"凤还山一众人一起傻眼，云知道，"不会是戚灵枢吧？"

"正是。"

戚隐眼前一黑。这算什么事儿？！不对头啊，他记得姚小山一大男人，偷戚灵枢的衣服干吗？

昭明愤愤不平，道："戚隐那小子也不撒泡尿照照自己的臭德行，一副猪样，也敢做出这等事情！事情败露，他连夜就逃了。我们去他寝居抓他去戒堂，却发现早已人去楼空！"

昭冉皱眉："师弟，休得无礼。"

"本来就是！"昭明气道。

戚隐什么话儿也没说，只是沉默。身后有一双温热的手伸过来，捂住了他的耳朵，他听见扶岚轻轻道："小隐，不要听。"

昭明说了个过瘾，忽然发现四下里都静默，凤还山的几个乞丐师兄脚也不抖了，缓缓拔出剑来擦拭，剑身在掌中翻转，剑光在屋顶地面一闪一闪地徘徊。昭明感到无形中似乎有股杀气，不安地扭过头，正看见茶几上不知道什么时候蹲了只黑猫，滚绿的眸子鬼火似的飘忽，不怀好意地瞧着他。他不知道自己触犯到凤还山哪

第八章 无方

片逆鳞，这野鸡山向来以产出疯子流氓著称，以前听别人说元微长老和凤还山掌门是好友，他把那当笑话听。

昭冉自觉昭明言行失状，歉笑着拉他行礼告退。门严丝合缝地阖上，师兄们收了剑，拍拍戚隐的肩膀表示安慰。戚隐勉强扯出个微笑，说了声"没事儿"，倒了杯茶喝。

流白在后头道："戚灵枢是仙山俏郎君金榜头牌，你这表哥做事真是很有水平。"

这什么野鸡排行榜。戚隐无语。

"没事儿，很快头牌就要换成呆师弟了。看着吧，就凭咱们呆师弟这姿容，定然把戚灵枢那个小儿斩于马下！"有师兄道。

戚隐看了看没什么反应的扶岚，道："你们这么有信心？"

"废话，"流白冲他眨了眨眼，"因为这排行榜就是你师兄我写的。"

绝了，这帮不要脸的。戚隐扶额。

"行了行了，"云知闲闲地开嗓，"赶紧试试衣裳，不合适我拿去给昭冉大侄儿让他们改。"

大伙儿听了话儿，爬起来换衣裳。戚隐和扶岚脱了苎麻外裤，露出里头的红绸裤头。云知打眼瞧见，有些惊异地问道："你俩为什么穿红裤头？"

"我俩这么背，穿红的转转运。"戚隐说。

"不是，"云知道，"我是问，你俩为什么穿一模一样的裤头？"

"我们用一块布裁的啊。"戚隐莫名其妙地看着他，"谁家裁裤头费两块布？"

扶岚也提溜着衣裤愣愣地瞧着他。

大家寂静了一会儿，狂笑出声。云知笑得直不起腰，道："不好意思，我先笑为敬！"

戚隐气得眼前发黑，扔了手中衣裤赤着膀子跑过去揍他。其他师兄一拥而上，把戚隐按在床铺上。扶岚愣愣地拿着中单衣带，不知道是先换衣裳还是先过去帮忙。那儿打得热火朝天，戚隐被压在最底下吱哇乱叫。扶岚呆了会儿，放弃了帮忙的打算。他们闹腾得像一窝公鸡，扶岚在那片喧腾里转过头望向菱花轩窗。外头雪正大，簌簌地下，像是天地絮语。

第九章 秘殿

正闹着，叶清明忽然推开门。天光倾泻进来，直照在只穿了条裤头被压在最底下的戚隐脸上。叶清明片刻愣怔："你们干什么？"

师兄们纷纷退避，道："误会误会，师叔误会。我们闹着玩儿呢。"

"玩儿什么也别在无方玩儿，这里不是咱们那个野山头，到时候被逮去戒堂打板子，别怪我不救你们。"叶清明抬了抬下巴，道，"云知云岚云隐出来，跟我走。"

戚隐连忙穿好衣裳，跟着叶清明出门。走到阴蒙蒙的天穹下，叶清明道："无方逮了那只猪妖，现在在秘殿审讯，邀我们去旁听。一会儿少说话，无方那帮老贼精得很。云岚，那只猪见过你没，它不知道你的模样吧？"

扶岚说"知道"。

叶清明暗道一声"坏了"："早知道让死胖子也帮你改改容貌了。算了，先去瞧瞧，见机行事。"

戚隐疑惑，不让那只猪看见不就得了？到了秘殿门口，戚隐自觉噤了声，跟着叶清明进殿，到里头才知道为什么不担心被猪妖瞧见。秘殿是一座巨大的殿堂，里头漆黑一片，伸手不见五指，只有一束白惨惨的亮光从高耸的穹顶打在殿堂的中央，猪妖扶岚盘腿坐在光束下方，双手双脚皆被玄铁镣铐锁住，乱蓬蓬的头发下露出一双凶狠的眼睛。

刚进门，戚隐趔趄了一下，扶岚扶稳他。待适应了里头的黑暗，戚隐才看见四周都是纯黑色的大理石阶梯，阶上刻了深深浅浅的符纹，偶尔流过微不可察的银光。戚隐摸了摸，认出那是禁放神识的符咒。中央地势最低，四周一级一级递增上去，每一级上都围坐了漆黑的人影。如此一来，他们不管坐在哪个方位，都能看见最下方的猪妖，但猪妖却看不见他们。

他们坐在最高阶，身边陆陆续续有人坐下，但都隔得很远，看不清容貌。云知凑过脑袋，指了指最下方一阶，那儿有一个人独自坐在那里，背对所有人。

"那是戚灵枢。"

"你怎么知道？"戚隐问。

云知耸了耸肩："他就这德行，到哪儿都爱独自一人，以后你要想耍帅就学他。"

隔得太远，戚隐连背影看得都很模糊，依稀瞧得见挺拔的脊背和他手边的长剑，剑鞘也隐在黑影里，偶尔闪过凄冷的流光。那个家伙和所有人离得都很远，像是一棵遗世独立的雪松。

审讯开始了，前方高台响起一个苍老的声音："扶岚，你可知错？"

熟悉的开场白，戚隐觉得有些无聊，一般审讯大魔头都是这句话，而大魔头永远都会回答："我何错之有？！"

但这只猪妖有些特别，它抬起头，阴冷地道："老子要杀你爷娘，杀你全家，杀你十八辈祖宗！"猪妖伸出手，挨个点高台上的黑影，"老子还要杀你，杀你，杀你，你，你，你！还有你！"

这一下子好像往殿堂里头扔了个炮仗，满座都沸腾起来。有人拍案而起，喝道："口出狂言！"

更有人大骂："孽畜敢尔！无耻之尤！"

后面也有人站起来怒吼："我们才不会被你杀！被你杀我们就是猪！"

这帮仙门的人骂功实在太差，叶清明、云知和戚隐三个人没忍住，窝在后头笑得直不起腰，笑了半天才发现全场不知什么时候静了，只有他们在笑。笑声在寂静的大殿里尤其突兀，除了最前面的戚灵枢，黑暗里所有人都回过了脸，冷冷地望着他们，三人默默捂住了嘴。

高台上的人再次开口："我且问你，永州城郊八里村，阖村遭戮，可是你所为？"

"你算个什么东西？戚灵枢呢？那小子来了没？让他问话！"猪妖冷笑。

"我乃无方十二长老元尹，我之所问，你必须照实答来！"元尹厉声道。

原来是元尹，戚隐听过他，据说这老头儿博览群书，韦编三绝，长于注经校书，考据源流。现在市面上卖的经文注释基本是他写的，日后戚隐论道听学的经文课也是他教。

他最有名的道论是《原神》，里面提出著名的神祇无有论，他认为伏羲女娲都是上古百姓遭遇天灾走投无路捏造的泥雕塑像，大巫的所谓降神是一种通过食用曼陀罗和毒蘑菇等致幻植物达到的癫狂状态，上古百姓将这种癫狂视为通灵。南疆的确盛产此类毒物，很多人认为他说得很有道理。毕竟几千年来，谁也没见过古籍里记载的神祇，偶尔有地方说有大神显灵，最后也证实是故弄玄虚。像九嶷山、云梦古泽这些古迹，根本找不到任何神活动过的痕迹。至于巴山神殿，没人能进去，暂且不做讨论。

"好啊，"猪妖挠挠耳朵，"你叫声爹来给老子听听，老子疼儿子，说不定就答了。"

"你这孽畜！"元尹气得拍桌子。

这猪妖摆明了不对付，这么审何日是个头？戚隐无语。云知小声告诉他，无方就这德行，先责问，实在问不出再上刑，彰显自己正人君子，不会苛待俘虏。戚隐觉得无聊，不想听了，蹭到扶岚那儿。扶岚低垂着眉目，额发挡住了眼睛，显然也不在听。这家伙一声不吭的时候即使置身在熙熙攘攘的人群里也像是透明的，仿佛这世上压根儿没这个人。

戚隐拉过他的手，在他掌心写字：你在干啥？

扶岚愣了下，戚隐的手指划在他的掌心，痒痒的。他忍住没缩回去，等戚隐写完，在戚隐的掌心写下：冥想。

戚隐又写：想啥？

扶岚写道：发呆。

戚隐学到了，以后发呆，他也跟别人说他在冥想。

"孽畜，气杀老夫！"那边猪妖还是不对付，元尹捂着胸直咳嗽。

四座都叹气，有人道直接上刑。议论纷纷中，最下方那个离群索居的影子忽然站起来，走到猪妖对面的位置，向元尹长揖："灵枢愿代为问审。"

元尹好不容易顺了口气，挥挥手表示应许。戚灵枢坐在猪妖对面。戚隐仍是看不清他的正脸，只瞧得见一个瘦削的影子，袍袖垂在地上，有一角漏在天光之下，洁白素朴，像是一尺白雪。黑暗中他开了口，嗓音冷漠又高寒："永州城外八里村，阖村遭戮，可是你所为？"

"没错，就是老子。"猪妖终于老实了，冷笑着答道。

"湘水岸边下坊村阖村遭戮，家禽尽失，可是你所为？"

"是我。"

"衡州城外灭村惨祸，亦是你所为？"

"是我。"

"今年三月初九，钟鼓山白决明长老座下两名弟子规心、规善失踪；三月十一，自在门三十名弟子失踪；三月廿一，逍遥门四十七名弟子失踪；四月初八，无方山五名弟子失踪，可是你所为？"

戚隐一愣，下意识看向云知和叶清明。这俩叔侄难得严肃起来，抱着手臂盯着下面。

猪妖笑了一声："老子见人就杀，见道士就砍，我怎么知道我杀了谁，又是哪家哪户的？你总不能让我杀一个人就查个户籍，贴个横幅——'此尸名某某某，为吾扶岚所杀'吧！"

"不是你还有谁？！"有人站起来怒喊，很快又被旁边的人按下。

戚灵枢一挥袖，一幅幅宣纸自他的广袖中飞出，在猪妖面前徐徐展开，上面皆是道士的画像，有男有女，有的行走御剑，有的观书作文。座中传来压抑的哭泣，约莫是失踪道士的同门。戚灵枢问道："可有认得之人？"

"你们人都长得一样，老子哪儿能记住？"猪妖道，"不过，戚灵枢，你的模样老子倒是记得很分明。"

有人终于忍不住，高声道："何必和它废话那么多？直接用'点魄术'看它的记忆不就好了？是不是它所为，届时自然水落石出。"

戚隐一惊，这点魄术他听过，施术者可以读取受术者的记忆，但若稍有不慎，灵力冲击神魂，受术者就会变成傻子。这下坏了，那猪头认得扶岚，俩人肯定在南疆照过面。若是施了点魄术，扶岚定然暴露。

附和用点魄术的人越来越多，戚隐心惊胆战，转头看扶岚，见他一动不动，长而密的睫毛低垂着，像一个木头人。

"哥。"戚隐戳了戳他。

扶岚抬起眼来，目光淡淡。他摸摸戚隐的发顶，轻声道："不怕。"

他的嗓音轻而淡，没什么起伏，像树梢上拂过的一缕风。可不知怎的，戚隐的心就那么安了下来，似乎只要扶岚在，什么难题都能迎刃而解。

但他不知道，扶岚的办法从来最简单最直接，这办法就是杀戮。

恬静的男人重新垂下眼睑，将呼吸调整到最佳状态，全身肌肉紧绷，像是一把即将出鞘的刀。他闭上眼，谛听秘殿中所有人的心跳。他有着绝强的耳力，不需要释放神识就能捕捉所有人的呼吸和心跳。喧喧嚷嚷的骂声之下，每一个心跳都像一面小鼓，各自有力地搏动。最危险的是第五级阶上那个枯瘦如焦炭的老人，他藏在深重的暗影里，呼吸如同冰蛇吐信；然后是最下层的戚灵枢，那个白衣年轻人，他的心跳沉稳平和，像经文里的铙钹。

点魄术一旦发动，扶岚将会瞬间出现在那个黑衣老人的身后，掐碎他的心脏；然后闪现在戚灵枢的身前，割断他的咽喉。这两个动作的完成，只需要花费两次眨眼的时间；然后他会带走戚隐，找到黑猫，离开无方。

越来越多人同意使用点魄术。幽秘的黑暗里扶岚睁开了眼，漆黑的瞳子中潜藏着沉静的杀意。秘殿中嘈杂一片，像煮沸的热水汩汩冒泡，没有人发现这个安静的男人远比那只猪妖危险一万倍。

杀机，一触即发。

"不可。"

第五级台阶上响起一个沙哑的声音。

扶岚默默望过去，眸中杀意徐徐消散。

那里坐了一个佝偻的人影，众人听见他慢条斯理地道："此妖身上下了咒术，若强行点魄，它将会爆体而亡。此妖少说也有两百年的道行，一旦爆体，我等皆会被殃及。"

有人大惊："怪不得它不肯回话，原来打的是与我们同归于尽的主意！"

"好生歹毒！"

元尹朝那人影儿轻轻颔首："多亏枯残长老识破奸计，否则后果不堪设想。"

"枯残长老是谁？"戚隐小声问云知，"他的道号怎么和旁人不一样？"

"他原先不是无方山的，好像是哪座荒山的野道士，去年年底被无方山挖过来，当了这儿的咒法长老。"云知说，"这老头儿厉害得紧，无方十二长老分为上四座和下八座，这老头儿一来就是四座之一。他自创了一套枯残秘咒，据说威力了得，搬山举岳不在话下。咱们听学的咒法课是他教，我问了问无方山的，他们说他的课业松泛得很，只考一些结冰喷火之类的小咒术，不用怕。"

那边猪妖冷笑一声："想不到你们无方山竟多了个咒法大拿，还以为今儿能在无方点个大炮仗，让大伙儿一同赏赏血肉烟花。"

元尹摇头道："孽畜顽劣。罢了，今日时辰已晚，择日再审。"

什么也没问出来，无方山的弟子进来把猪妖押走了。大家散了，各自出了秘殿。刚从黑暗出来乍见天光，直晃眼睛，戚隐眯了一会儿眼，禁不住回头看了看秘殿里头，无方山几个长老聚首在阶上，大约在商量怎么处置那只猪妖。戚灵枢一个人跪坐一旁，孤零零的背影，白衣罩上阴影变成灰色，像一只离群的孤雁。

叶清明他们说，戚隐继承了戚慎微的貌，而戚灵枢承其骨。戚隐总是禁不住想，他那个未曾谋面的狗剑仙老爹是不是也是这般模样？离群索居，茕茕孑立，妻子儿女什么的，对他们来说是一种累赘。一把剑上只能坐一个人，哪能坐一家子呢？

"无方山失踪的那几个到底怎么回事儿？各大仙门皆有失踪道士，究竟和无方山有没有联系？"叶清明揣着袖子沉吟。

云知摇摇头："不知道。总之血罗盘指的方向是在无方山附近，昨儿定了定方位，应当在南禁林，那是戚师叔坟墓的位置。"

"无方怎么把我爹埋在禁林？"戚隐问。

云知道："无方山的规矩是这样，死了之后都埋在禁地，意思是死了以后也要镇妖伏魔。"

叶清明摸了摸下巴，道："会不会无方也不知道元微还活着，稀里糊涂就把他葬了？"

"我们现在掌握的信息太少，说什么都是瞎猜。"云知道，"师叔，你留了神识在师父的晓世镜里吧，让他托人去吴塘看看姚小山有没有回家。"

戚隐一怔，道："你怀疑我表哥也失踪了？"

云知耸耸肩："别太担心，我只是怀疑而已。"

"知道了。"叶清明拍了下戚隐的肩头，"我去找你们清和师叔商量商量，看什么时候去禁林探探。无方山的禁地和经天结界不同，咱那儿的妖怪长蘑菇的长蘑菇，唱曲儿的唱曲儿，过得比咱们还舒坦。无方山这儿的可不一定，得从长计议。不过也不担心，元微不死不活这么久了，也不差这么一时半会儿。"

话说完，他自个儿提袍过了垂花门，往藏经阁去了，嘴里还哼着"叮咯咙咚呛"，一副二百五的模样。戚隐看了很郁闷，这副德行当真能指望吗？改日去藏经阁拜会拜会那位医断弟子好腿的丹药师叔，他倒要瞧瞧凤还节操的底线到底有多低。

三人肩并肩往回走，云知在扶岚肩头拍了拍，道："明儿就是打擂，咱们都要上场。黑师弟就不说了，师兄先给你提个醒儿，打擂千万别露真招儿，过个两三招也就得了。现在道法日衰，很多仙门乱七八糟，不像咱凤还门风严谨。"

戚隐无语，这脸皮当真是厚得没边儿了。

扶岚懵懂地点头。云知还是不放心,叮嘱道:"知道自己对手是谁之后,记得打听打听他什么来历。比方说若是姑娘,你得打听打听她有没有干爹。"

"干爹?"扶岚问。

云知道:"遇见这种人,千万不能打赢,咱凤还惹不起。"

戚隐惊呆了:"现在还兴这风气?"

"是不是大吃一惊,仙家之地竟如此藏污纳垢?"云知挠了挠脸颊,颇为无奈地道,"别对仙门抱太大期望,欺世盗名的人很多的,虽则顶了个仙人的名头,说到底还是要吃喝拉撒嘛。剥了仙家的冠冕,这三千仙门与人间并无什么分别。"

"不,有了凤还的前车之鉴,我已经什么都不惊奇了。"戚隐木着脸道。

云知一脸笑嘻嘻,戚隐气得想打他,他一退步,踩着有悔剑徐徐滑走了,还一面挥了挥手:"师弟回见!"

回到空山小院,却不进门,戚隐拉着扶岚到梅花树下的僻静处,道:"那只猪妖你当真不救?"

扶岚还没说话,黑猫冷不丁地从墙顶跳下来:"那只猪妖不能救。"

戚隐吓了一大跳,道:"猫爷,你下次现身能不能先打声招呼?"

扶岚弯腰把猫抱起来,黑猫抱着两只爪子道:"小隐,你知不知道它为何要冒充扶岚到人间捣乱?"

这他哪里知道?戚隐刚想回答,又想起那只妖怪死猪不怕开水烫的德行,讷讷答道:"它该不会是想挑起人妖战事吧?"

"答对了一半儿,确切地说,它是想逼你哥出手。"黑猫叹了声儿,道,"九垓一战以来,妖族式微,人间得势。其中有一半的原因是妖族内耗,元气大伤,另一半的原因就是呆瓜。"

扶岚默默瞧着他,戚隐看了看这家伙淡淡的神色,道:"因为我哥不理政事吗?"

黑猫点头,道:"南疆二十八个妖族,有主战派也有主和派。主战派看中呆瓜法力高强,力主呆瓜征战人间,朱明藏就是其中一个。主和派质疑呆瓜非妖非魔,宁愿把你哥当成镇守南疆的吉祥物——有你哥在,有魔刀在,妖族就不会内战内耗。"

"魔刀?"戚隐皱眉。

"用魔龙脊骨锻成的刀,"扶岚解释道,"我把它镇在九垓入口了。"

"魔刀有结界,这样魔物就进不了南疆。"黑猫道。

难怪从未见过扶岚拔刀。戚隐恍然:"所以那只猪妖盗用我哥的名头四处烧杀掳掠,就是想要激化人妖矛盾。若仙山忍无可忍,攻打南疆,我哥不想出手也得出手。"

"没错,所以它最好死在这儿,它死了,猪妖一族就算想要复仇,也无法说服主和派,南疆和人间至少还能维持和平的局面。"黑猫语带忧愁,"不过你哥见死不救这事儿千万不能被南疆知道，要不然会被它们的唾沫星子淹死。唉，好歹戴着妖族之主的帽子，非到万不得已不能杀妖，要不然我们早把那只专会添乱的死猪杀了。"

戚隐低低地嗟叹，他不了解南疆，但也能够料想这个皇帝不是好当的。他原先见扶岚闲云野鹤，还以为只是挂个名头罢了，没想到还有这么多糟心事。其实问题的关键根本不在主战还是主和，而是在于扶岚压根儿不适合当皇帝。

这个呆瓜……戚隐抬头看他黑蒙蒙的眼睛，想起他系着襻膊炒菜煮饭洗衣服的模样，他挨家挨户把师兄师姐的衣裳送回去的模样，这样乖巧恬静的大男孩儿，适合当勤勤恳恳的煮饭夫，当戚隐的小哥哥，偏偏不适合当妖魔的君主，南疆的帝王。

"就不能禅让吗？让给别的大妖怪总行了吧，反正它们不是还疑神疑鬼，觉得'非我族类，其心必异'吗？"

黑猫一愣，滚绿的眸子忽然变得深寂起来，像是笼上了一层惨雾。

"没有了，"黑猫低低地道，"南疆没有超过三百年道行的大妖怪了，它们都死在了那场打了十二年的妖族内战里，尸骨躺在九垓的墨水泽、流黄野……再也回不了家。"

扶岚也垂下眼睫。那是他和黑猫共同的记忆，是他们生命中最为残酷和激烈的岁月。魔族悍然入侵南疆，一拨又一拨的生力军投入前线，妖族花费整整两年的时间将战线压回九垓。

他们有时休战，但更多的时间是战斗。战役持续得太久，很多妖自愈能力失效，于是它们开始啃噬新死同伴的尸体，吮吸泥土里的鲜血以加速自愈。他还记得充盈口腔令人作呕的血腥味，也记得没过脚踝的血河，记得妖魔巨大又苍白的骸骨遍布流黄野，堆满在漆黑的渊山脚下。

"小隐，"扶岚轻声道，"战争很残酷，会死很多很多生灵。我希望，你一辈子平平安安，永远不要经历战争。"

这是戚隐头一回看见他们脸上这样哀伤。戚隐心里有淡淡的酸楚，轻声问："魔很强吗？"

"很强。"扶岚缓缓道，"它们的寿命比你们和妖族都要长，凡人数十年，妖类数百年，而魔的寿命可达千年。有的魔会夺取你们的肉身，有的魔会吸食脑髓，还有的魔会蛊惑人心，让你们自相残杀……"扶岚抬起眸子，"如果将来有一天你遇见魔物，我却不在你身边，你要做的第一件事是告诉它，你是我的弟弟。如果它依然要杀你……"

"怎么办？"戚隐讷讷地问。

扶岚凝视着他，道："我会给你报仇。"

到晚上，打擂抽签的结果出来了，戚隐和扶岚这种刚入门的最先开始打，分到的对手也是刚入门不久的青瓜蛋子。戚隐淡定得很，反正他连御剑诀都不会，上去走两招直接认输。凤还山本来就没皮没脸，他不怕给门派丢面子。扶岚自然更不用怕了，他的对手名叫方辛萧，一看就知道是个姑娘，届时随意切磋切磋，说不定还能凭借一张俊俏的脸蛋俘获对方的芳心。

夜深人静，该安歇了。星子低垂，月洞窗外的蜡梅开得正好，横斜着映在素白窗纱上，是疏疏淡淡的几枝影儿。后来不知从哪里传来一阵曲曲折折的琴声，弹得婉约悠长，犹如晚风拂过，化开一池江波。

一众师兄洗漱完上床。头一回睡大通铺，戚隐躺在被窝里有些不自在。他翻过身面向云知的方向，过了会儿，扶岚也爬上来了，在他身后躺下。

过了好半晌，大家都睡熟了，平稳的呼吸声此起彼伏，偶尔听得见有人在梦里哼哼和猫爷的呼噜，还有窗外琴声仍悠悠荡荡。身后也没动静，戚隐慢吞吞转过身，朝向扶岚。月光打窗纱照进来，映着扶岚恬淡的轮廓。

这样的家伙当南疆皇帝，不知道那些妖魔是不是痛心疾首。听黑猫说，刚打完仗回到南疆那会儿，百废待兴，各族原有结盟共商大事的打算，然而扶岚三天两头闹失踪不见人影儿，事务根本无法推进。后来为了不让扶岚乱跑，各族进献妖姬充盈后宫，九垓那边也献了两个魔女。妖姬魔女什么的，一定有晶莹得能掐出水儿的肌肤，笔直白净的长腿，他哥真是得了大造化。可惜桃花飘到这厮身上只能白瞎，一众女姬追着扶岚，扶岚一路狂奔，跳进了汹涌奔腾的嘉陵江。

戚隐撑着脑袋无声地发笑。

大呆瓜。

正打算翻身睡觉，清亮亮的月光下，扶岚睁开了眼。

戚隐沉默了一会儿，道："你竟然装睡。"

"我睡着了，"扶岚很诚实，"你把我吵醒了。"

"是吗？"戚隐故作镇定。

"这里不安全，不能睡熟。"扶岚小声地辩驳。

"哪儿不安全，你发现什么蛛丝马迹了？"戚隐问。

扶岚摇头，道："直觉。"

戚隐没再回话，两个人陷入沉默。

第十章

经藏

夜，无方殿。

戚灵枢跪坐在蒲团上，低垂着眼，素白的袍袖上落了点点星光，是从穹顶照下来的。如果抬头看，可以看到玄银色的二十八星宿，还有一轮周天满月，它们四周环绕着按照比例缩小的护山大阵，银色繁复的阵法线条经纬纵横，却又共同围绕着北极中心缓慢地转动。这里是无方的中心，掌门人和十二长老可以通过操控穹顶操纵整个无方大阵，只需要往周天满月注入灵力，便可以在一瞬之间将护山大阵转换成太上杀阵，任何侵入无方的外敌都会在顷刻之间被绞杀。

"为何不杀扶岚？！"有人愤怒地问道。戚灵枢静静垂眸，没有反应。说话的是戒律长老温元苦，一个须发皆白的老人，怒而瞠目须发四张之时像犷悍的狮子，他素来以脾气暴烈闻名，很少有人敢触他的霉头。

"摘下那厮的头，血祭我无方大旗。南疆大妖早在九垓一战中死伤殆尽，杀了扶岚，它们群妖无首，我们攻入南疆，它们自当望风而降，从此我人间再无忧患！"

满月下方的中年人自冥想之中睁开了眼。那是一个宽袍大袖的男人，瘦而高，看起来只有三十岁出头，但他的实际年龄必定远远高于这个数字。男人微笑道："师弟何必如此着急？人间承平已久，掀起战火并无必要。况且若对南疆妖魔赶尽杀绝，他日它们山穷水尽少不了拼死一搏，届时闹个鱼死网破我们又当如何是好？这并不是个好法子。"

温元苦哼笑："怕你就直说，何必叨叨这么多？"

"况且，"中年人垂眸叹息，"人间道法日衰，若非枯残道长助无方修改禁林阵法，禁林阵法早已崩溃，群妖逃窜，如何能有我们在此安然而谈？"

"掌门客气，举手之劳，不足挂齿。"角落里响起叶枯残喑哑的声音。

温元苦冷冷道："那你到底打算如何处置扶岚？"

"活命，自然是不会让它活的。"中年人颔首微笑，"我自有成算。先把它关押在天诛崖，给孩子们饱饱眼福吧。"

众人皆退，只留下戚灵枢一个人待在殿下。风声寂寂，绡纱像蛾的翅子扑腾，掌门元籍从高台上缓缓踱步而下，道："过几日你便要去打擂了？"

"是。"戚灵枢垂眸颔首。

"对手为谁？"

"凤还云知。"

"是那个孩子啊。上次罗天论道，差点儿烧了学舍的就是他吧？"元籍摇头微笑，嘴唇上面淡淡的一抹胡须微微一动，"清式的徒儿不可小觑，我听闻这孩子自小跟在清式身旁，清式的为人、剑术，甚至偃术绝技他都学了个遍。凤还山下任掌门，不出意外就是这孩子吧。但是灵枢，你是我无方首徒，这次论剑只可胜不许败。"

"是。"戚灵枢答道。

男人在戚灵枢的肩头拍了拍："你师父在天之灵，一定会保佑你的。"

戚灵枢目光一滞，眸中有隐隐的悲伤。

他闭了闭眼，开了口，声如玉石相击："弟子必定不负师门厚望！"

第二日卯时刚过戚隐便起来去打擂。无方真不是人待的地方，个个起得比鸡早。凤还山几个压根没把打擂当回事，犹自在屋里睡着黑甜觉。只有他比较倒霉，号排得前，必须早起。扶岚陪着他起早，俩人一齐去拭剑台。戚隐准备上去走个过场，再等扶岚打完，回去睡个回笼觉。

事情果然没有任何悬念，他剑还没拔出来就被人打飞了，还是以十分难看的狗啃屎的姿势结束比剑。众人纷纷退让出一个圆形空地，他若无其事地拍拍屁股站起来。周围有人嗤笑道："凤还果然盛产废物，一招就败了。"

"等会儿还要上一个，咱们赌赌他几招落败？"

"我赌两招。"

"我赌半招，哈哈！"

戚隐丢脸丢习惯了，反正他和门派脸皮都很厚，禁得住丢。扶岚更是无所谓，他压根儿不知道脸皮是什么。在台下蹲了半晌，终于轮到扶岚上场，戚隐叮嘱道："过两招就完事儿，别真打。"

扶岚用力点头，拎着戚隐给他的破铁剑上场了。和他对阵的是钟鼓山的一个小师妹，眼睛大大，粉腮红唇，看起来很是讨人喜欢。她显然没料到对手长得这般俊俏，一上来就红了脸儿，揣着剑作了个揖，蚊子似的叫了声："辛萧见过师兄。"

扶岚也回礼，问道："你有干爹吗？"

戚隐站在台下，忽然有一种不祥的预感。

小师妹一时没听懂，问道："什么？什么干爹？"

"专门欺负女儿的爹。"扶岚道。

此话一出，台上台下一片寂静。

戚隐痛苦地捂住了脸，苍天啊！

"你！"小师妹羞愤欲死，登时红了眼睛，"我与你无冤无仇，你怎可如此羞辱我？！"

扶岚的脸上写着疑惑，他显然没弄懂他什么时候羞辱了她。

小师妹拔出剑，断喝一声："臭贼，看招！"

刹那间剑光乍起，方辛萧一手舞剑一手捻诀，拭剑台上剑影徘徊，雪白的剑光织成一张巨网，将扶岚牢牢地笼罩其中。扶岚一脸懵懂，她还没有回答他的问题，怎么就开打了呢？

剑招忽变！一道剑光穿破数道虚幻剑影，朝扶岚而去。扶岚却站在那里没有动，像一具发愣的白衣人偶。

"又是个废物。这回我又要赢了，记得给钱。"有人在台下哄笑。

剑光逼近到扶岚近前三步远时，扶岚拔剑了。

那把从长乐坊铁匠铺里买来的破铁剑出了鞘，分明是一把破烂铁皮子，在这个时候却有了一种森严的压力。暗淡的剑光泻出剑鞘，扶岚进前一步，对方的剑将将错过他的脸侧，扶岚眼也不眨，一剑挥出。

台上剑影顿歇，簌簌凉风里两个人背对而立，像是两座海里的礁石。大家满脸迷茫，不知道到底是谁输了谁赢了。一息之后，女孩儿的腰间漫出淅淅沥沥的血，越漫越多，渐渐竟有了泉涌之势。在众目睽睽之下，女孩儿的脸色一寸寸变得苍白，最后腿一软，倒在了地上。扶岚回过头，收剑入鞘，雪白的剑刃上有醒目的红。

戚隐呆了。

寂静之中，有谁惊惶大叫："杀人了！"

有人吼道："比剑点到为止，凤还云岚竟然当众杀人！"

拭剑台登时乱成一锅粥，无方师长提着药箱奋力拨开众人前去医治，无数人爬上拭剑台，里三层外三层地围住昏迷的少女。扶岚怔怔地站在台边，指责声怒斥声潮水一般向他涌来。他不知所措，惶然间有谁握住了他的手，他回过头，看见戚隐担忧的脸。

"没事儿吧，哥？"戚隐问他。

扶岚摇摇头，枯着眉头问道："我又闯祸了吗？"

戚隐拍拍他的肩。

"我想过两招……"扶岚低声说，"可是她一招就败了。"

戚隐让他等会儿，自己钻进人群里看了看，过了半晌回来道："没事儿没事儿，人没大碍。咱们回去凑点儿医药费，改天登门赔礼道歉。"

扶岚垂下头，闷闷不乐的样子。

戚隐拉着他往回走："这事儿怪我，没跟你说清楚点到为止。算了，已经这样了，咱们好好解决就好了。"扭过头，看他还锁着眉头，戚隐道，"不要紧的，放心，有我呢。"

回去把事儿一说，大伙儿纷纷嗟叹，大家把银钱凑了凑，戚隐送到钟鼓山的小院，被乱棍打了一通回来。后来清明师叔觍着脸上门赔笑，戚隐领着扶岚在月洞门外负荆请罪，站了一下午，生生站成两个雪人才得了原谅。无方戒堂也传来消息，说云岚当众侮辱同门，下手不知轻重，判处榜上除名、清扫雪阶三千级的责罚。

榜上除名，也就是说扶岚不用再去比剑了。戚隐不以为忧，反以为喜。就是扫

第十章 经藏

阶三千级有点头疼,这是得把无方山里里外外都扫一遍。扶岚倒是淡定,除了杀戮,家务是他最擅长的活儿,并不觉得难办。

晚上扶岚乖乖拎着扫把出去了,戚隐去紫极藏经楼拜会孟清和。紫极藏经楼严格地说是个塔,九层上下统统打通,墙面镶嵌书架,密密麻麻的古籍书册和碑文拓片一直绵延到瑰丽繁复的宝塔藻井;壁上镶了夜明珠,长长一溜,散发着幽幽荧光。戚隐咋舌,这随便敲一颗拿出去卖都足够他养活他哥和猫爷一辈子了。

梯子只能达到第十格书架,再上去的话就得御剑。戚隐望着巨大的书架感慨,原来修不会御剑诀,连读书的资格都没有。

走了半天没见着人儿,戚隐随便抽书看。这里的书很旧了,书页泛黄,顶上落了灰。很多书册的字儿奇奇怪怪,看起来不像是汉文。犄角旮旯里堆了几卷古画,戚隐把灰吹掉,坐在地上翻出来瞧。看角上的章子,画画儿的是无方三代以前的一位长老,画的都是无方山的景致——空庭雪落、秘殿天光、紫极日出……

戚隐一直往下翻,最后一张画的是一座山崖,崖下冰海天渊苍茫一片,云天皆是茫然雪色;山崖上站了一个黑衣男人,男人背着一把黑鞘横刀,墨色的身影像一棵孤生的枯竹。这个身影很熟悉,戚隐将画儿放到夜明珠下仔细看。男人低头望着冰海,白皙的面容,淡然的双眸。戚隐一惊,觉得不可思议,这不是扶岚吗?

戚隐脑袋有点发蒙,这画儿起码得有二百来年了,他哥今年才二十六岁,怎么被画进去的?戚隐又翻来覆去仔细瞧,水墨画写意,其实画上的男人面孔不是特别清楚,只是那茫茫的眼神像极了扶岚。这眸子,这身条,这种"我与世俗格格不入"的单身汉气质,和扶岚简直一模一样。

不对啊。扶岚八岁离开巴山,十岁捡到黑猫,十二岁到了乌江,十三岁参与妖魔内战,二十六岁才重返人间,这画上的怎么也不可能是他。戚隐又四处翻了翻,没有第二幅画着他哥的画。正思索着,前面传来人声儿,戚隐抬起头,正瞧见叶清明鬼鬼祟祟地站在书架后面,和一个男人低头说着什么,一副贼头贼脑的样子。

戚隐站得偏,他们没瞧见他。他俩交头接耳,声音又压得低,怕是在密谋什么见不得人的事儿。戚隐不自觉收敛了声息,附耳静听。

"一百两,不能再多。"那男人斩钉截铁地道。

"我云知师侄好歹是凤还首徒,就值这个价?不行,你得给我再高一些。"叶清明摇头。

"清明师叔,"那男人道,"你行行好,再多侄儿的老本儿都赔进去了。今晚亥时开赌盘,你到时候押灵枢师弟大胜,你也能赚着一大笔啊。"

叶清明摸着下巴上的胡茬,贱兮兮地笑道:"大侄儿,我们凤还山能耐着呢。你看,我们不光能打输,还能按你的要求,想怎么输就怎么输。是过五招再输,还是十招?最后云知以狗啃泥式结束,还是平沙落雁式?哎,总之,你想要什么输法儿尽管说,只要钱到手,我们都给你弄出来。"

那男人估计也没想到叶清明的脸皮厚到如此境界,话儿卡在喉咙里半天才道:

"不要什么花样儿，保管输擂就行。"

叶清明露出了失望的表情，将一百两银票纳入袖中，道："行，包在我身上。等我上头那个死胖子升天，我就来无方混饭吃。将来咱们都是同僚，放心，我是不会坑你的。"

男人连声道好，末了两个人道别，男人整整衣冠，左右瞧了瞧，揣着袖子走了。他前脚刚走，云知打阴影里转出来，手一摊："你二我八。"

叶清明斜了他一眼，在他手心放了一个银锭，道："尊师重道，我四你六。"

云知靠着桃木书架吊儿郎当地微笑："到底是你打还是我打？二八，没得商量。"

叶清明不情不愿地在他掌心又加了一锭银，云知满意地收下，抱着手臂闲闲笑道："黑师弟，墙角待得可舒服？"

"你们可真行，"戚隐走出来，道，"打假擂要是被发现可是要榜上除名的，你是凤还大弟子，到时候可真的丢老大的脸儿了。"

"脸面重要还是钱财重要？"云知勾住戚隐的脖儿，笑道，"当然是脸面……"

戚隐以为这小子良心发现幡然悔悟，谁知他话儿一转，道："更不重要啦。"

戚隐："……"

"你来这儿做什么？"叶清明问。

戚隐摸了摸袖子里的画轴，话儿刚想出口，又咽了回去，笑道："我是来拜会清和师叔的，这不没见着人，就瞎翻了几本书。"

正在此时，风中传来幽幽的琴声，断断续续，像是琴弦被谁漫不经心地拨动，可又仿佛是个连贯的调子。叶清明朝外头努努嘴："你师叔每晚都弹琴，你顺着琴声找过去就能见着他了。"

戚隐点点头，顺着琴声走。外面下起了大雪，琴声在满天满地的雪花片儿里曲曲折折地游弋，像是谁的呜咽。他踩着满阶的雪登上楼外高台，上面跪坐了一个瘦削的人影儿，白得近乎透明的指尖拨动细细的琴弦，寂寂琴声便在天地间游荡开。

戚隐在他对面坐下。楼台的角灯被风吹得动了动，暗淡的金色映在他的脸上，轮廓精致得像一幅画。这个男人有着瓷白的脸庞，极漂亮的眉目，只是那片薄薄的唇生得凉薄了些，似乎被风吹得冷了，抿成淡淡的红，可唇角微勾的时候，又仿佛有一种悲天悯人的味道。

他生得太漂亮了，漂亮到戚隐觉得似曾相识。男人听见了声响，抬起了眼。戚隐怔住了，那双眼灰蒙蒙的，空空茫茫，好像笼了一层薄薄的雾气。

他是瞎的。

"云隐师侄？"他和煦地开了口。

戚隐一愣，道："师叔如何知道是我？"

"我虽目盲，却有神识。"孟清和微微笑道，"云知师侄常提起一个'黑师弟'，观你肤色，自当是你了。"

戚隐干笑了下，道："师叔通身一股仙气儿，倒不像是凤还山的人儿。"

"哦？"孟清和弯了弯眉眼，"是觉得阴沟里长出了朵好花儿，甚为稀奇？大约因为我是半路出家的道士，未曾整日和师兄混在一起，才没有沾染我派独特的习性。"他垂眸淡笑，"来找我，是为了你父亲？猪妖尚在天诛崖示众，待无方押送其入禁林，你们尾随无方弟子便可入林，只不过尚须等待些时日。"

戚隐纠结了下，道："我只是有点怕他等不了这么久，呃，只有一点儿。"

孟清和笑道："无方禁林在地上，御剑过去很快就会被发现，尾随猪妖，通过无方弟子令符打开法阵入林是最好的办法。"

戚隐点头，道："师叔心中有数就行。弟子还有一事，听说清和师叔博览群书，学识可称仙门之最。我想请教师叔，"戚隐望着他雾蒙蒙的盲眼，"您觉得这世上真的有神吗？"

"有。"孟清和答得出人意料地快。

戚隐问："为什么？"

孟清和浅笑道："云隐师侄，你可曾听过'金错书'？各地神迹刀剑钟鼎，常常刻着上古神巫的文字，称作'金错书'。这种文字和古墓发掘出来的文书籍册上的文字很是不同，且多用以祭祀参拜。旧时人认为，金错书是神的文字，是上天旨谕。也有人认为，金错书是一种密文，就像加密了的讯息，凡人与上天沟通，必得通过密文才能实现。元尹在《原神》中写，金错书乃是上古大巫自创的文字，在巫的内部通行，以杜绝普通人掌握祭祀权力的可能。其中蕴含的法力，也应是巫法，而非神法。"

戚隐听得头大，道："好像说得都挺有道理的。"

孟清和摇头："金错书的意义失传已久，没人知道这些文字到底是什么意思。是凡人求告上天，还是上天降旨于人？未曾究其义，便大发议论，何其可笑。譬如白鹿，未曾进入巴山神殿，听几个口耳相传的传说，又如何知道白鹿何许神也？时间过得太久，或许只有最开始的说法才是最可信的。《海内南疆志》记载，神抟土造人，传法与巫，巫传法与人，代代相续，才有如今三千道法。可惜绝地天通之后，大神绝迹，所以我们如今再也看不见神了。"

"绝地天通？"戚隐问。

"根据《尚书》的记载，在一场大战之后，'帝命重黎，绝地天通，罔有降格'，意为神令重和黎隔绝天地沟通，从那以后，神再也没有降临人世。"

"打了什么仗？谁和谁打？不会是人和神吧？这么严重？"

"不知道。"孟清和摇头，"那场战役没有任何记载，是一个谜。关于这个，你或许可以去问问庚桑先生，他旧日曾与云岚师侄遍寻神迹，广拓碑文，或许对于金错书和上古传说比我们要更加了解。"

先生？这个称呼真是稀奇，戚隐想起肥猫日日好吃懒做，摊着肚皮晒太阳的模样，实在不像个先生。

"好吧。"戚隐耸耸肩。

"不过，"孟清和淡淡地微笑，"我相信世上有神，并不仅仅因为这些。"

"还因为什么？"

"因为……"孟清和垂眸抚弦，笑意温煦，"若这世上没有神，岂非太过无趣？"

在孟清和那儿喝茶喝到撑戚隐才出来。他这师叔长得貌美如花，仙气飘飘，简直拉高了整个凤还的水平。戚隐觉得不可思议，云知说的医断别人腿的真是这位师叔？

看左右无人，他把之前发现的那一幅画儿揣袖子里带了出去，一路去找扶岚。他出了腰子门，青石阶上落满雪，左右长长一溜的大理石灯座，萤黄的羊角灯隐在蒙蒙的风雪里。戚隐刚走到阶上，便见扶岚系着襻膊，在下面仔仔细细地扫雪；黑猫蹲踞在灯座上懒懒打着哈欠，白雾从嘴里哈出来，晕出一个飘忽的圆。

扶岚这家伙路痴，扫雪得带着黑猫认路，要不然扫着扫着就不知道怎么回院子了。

戚隐在阶梯上坐下来："我好像找着我哥身世的线索了。"

"哈？"黑猫蹦了过来，刚好落在戚隐怀里。这厮看似肥胖，毛球似的，但轻盈得很，也不知道怎么做到的。

戚隐在他俩面前展开画卷，黑猫圆溜溜的眼眸睁得大大的。戚隐问扶岚："你看这像不像你？他会不会是你爷爷？你们爷孙简直一个模子刻出来的，连眼神儿都一样。你这呆性儿是祖传的吗？"

扶岚迷茫地摇头。

"我去问了清和师叔这个画画的长老什么来历，他说那人叫慕容长疏，是个闲云野鹤的散人，喜欢到处游历，后来不知去了哪儿，失踪了。"戚隐摸着下巴，道，"说不准他失踪和你的先辈也有关系。"

扶岚望着那幅画，眸子静静的，若有所思的模样。

想了半天没什么头绪，黑猫也给不出什么有用的意见，戚隐拍拍屁股站起来，道："先这样儿吧，你的先辈来过无方，说不定还会留下什么足迹，我们再找找。"

第十一章

兰训

第三日，云知和戚灵枢打擂，果然输得一败涂地。戚灵枢晋升论剑榜首，无人能直面其锋芒所向。戚隐远远地瞧了会儿，拭剑台上漫天剑光，恍若漫天雪落，那个男人静立于剑光之中，一袭白衣霜雪一般凛然。

看这家伙的时候戚隐心里总是很复杂，说不清楚是羡慕还是别的什么。所有人都告诉他，戚灵枢继承戚慎微的衣钵，无论是剑术还是为人都神似戚慎微。他是戚慎微唯一的弟子，师如父，徒若子。戚隐低下头，踢了踢脚边的石子儿，转眼瞧见大理石影壁上自己的影儿，同样是穿白衣，人家通身仙气儿，只他吊儿郎当的，怎么看怎么像个流氓。

有人在身边啧啧赞叹："果然是戚长老的亲传弟子，如此风范，简直是青出于蓝而胜于蓝！"

"就是。你说小师叔怎么就不是戚长老的亲儿呢？那个戚隐一副市井俗样儿，和小师叔一比，简直一个天上一个地下！"

人影纷纷乱乱从身边过去，戚隐望着台上那个身姿挺拔的侧影，忽然觉得自己像一个质量低劣的赝品，被踩在脚底，碎得稀烂。纷纷雪落中，台上那个男人突然动了动，微微转过脸来，望向了戚隐的方向。两个人差点对视，戚隐像是被火烧了一下，慌慌张张移开目光，转过身揣着袖子走了。

戚隐一边走一边唾弃自己，但他又不敢回头。不知道是自作多情还是什么，他总觉得那个雪一样冷的家伙正注视着他的背影。

第二日雪停，无方开堂授课。晌午是元尹的道论课，凤还山一众弟子纷纷揣着书本进传道堂，占据最后排的位子。其他仙门弟子求知若渴，统统往前坐，前后排寰时间泾渭分明。戚隐眼尖，在前排首座还看见了昭冉他们。

凤还山一众不学无术的弟子里，独戚隐是个清流，站在中央踌躇了一会儿，硬着头皮往前挤。说实话，他还是想学点儿东西的。

扶岚照例找了个最靠后最靠窗的位子，大概是因为那里比较好发呆。黑猫竟也来了，大摇大摆地踱到扶岚怀里。姑娘们顿时围了过去，伸出手去摸黑猫亮滑的皮毛，摸着摸着和扶岚越靠越近。扶岚坐在姑娘堆里有些茫然，不自觉往戚隐那儿望。

姑娘们细声问道："小郎君，这是你的猫儿？"

扶岚愣愣地点头。

第十一章 兰训

拥有猫的后生走哪儿都受姑娘欢迎，即使这厮前天刚把一个娇俏可爱的小师妹揍晕。长得俊的人是不会有错的，有错也是别人的错。果然很快戚隐听见有人为他解释："都是凤还山那帮子人教他的，我们岚哥哥这么单纯，怎么可能有意欺辱小师妹？"

连方辛萧也红着脸道："那日岚哥哥为了赔礼道歉在我屋前站了一下午，生生立成一个雪人儿。我一推门，看见他那模样都吓呆了。"

有姑娘笑着推搡她："你说岚哥哥是不是喜欢你？"

"师姐！别胡说！"

戚隐无语，明明立成雪人儿的还有他。

但他很显然被大家忽视了，姑娘们很快还原了扶岚在凤还山邪恶师兄的教唆下误伤可爱小师妹，后来幡然醒悟在师妹门前苦苦守候的故事。扶岚被团团围住，后排的位子被姑娘占领，云知他们几个被迫来到前排。与此同时，扶岚还收获了其他仙门师兄或是嫉恨或是艳羡的目光。很多人暗暗下了决心，这次回去一定也要养一只肥猫。

元尹姗姗来迟。他是个瘦弱的小老头儿，脑袋秃了大半儿，所剩无几的白发将将扎成一个小髻，脸上皱纹经纬纵横，鼻梁上架着一副金丝琉璃镜，一身棉布白裳，右手上拎了一个沉甸甸的白玉匣子，放在乌漆案上磕出沉闷的一声响。

元尹扫了眼堂下，清了清嗓子，道："老夫知道，你们这帮崽子一听经就瞌睡。经书你们在自己山头念得也够多了，老夫不招你们嫌，免得你们不远万里跑来无方睡大觉。今日，老夫就说一些你们想听的。"

大家面面相觑。元尹屈起手指，叩了叩那玉函，问道："可有人识得此为何物？"

"八宝白玉匣。"有人道。

"有何用处？"

"封存灵物。"流白抢先答道。

"不错。"元尹拎起玉函，走到堂下，"猴崽子们让开。"

大家纷纷让道儿，元尹将玉函放在中央的小案上，数十双眼睛一眨也不眨地盯着那闭得严丝合缝的玉函。元尹画了一个繁复的符咒，青光乍现，玉函四面向外徐徐打开，乳白色的雾气从里面散出来。戚隐偷偷摸了摸那雾，是温的，和他的手指一般。

白雾散尽，所有人终于看清里面的东西。那是一颗血淋淋的心脏，光滑油亮，有两个成年男人的拳头那么大。它甚至还在跳动，一息一下，搏动声沉沉如鼓。大家目瞪口呆，元尹示意弟子挨个凑近观看。他们离得那么近，戚隐甚至看得清心脏上细细密密的褶皱纹路，还有被斩断的粗壮血管。

"这是一只九头鸟的心脏，我们也叫它姑获鸟。你们看，它的心脏比它的脑袋还大。"元尹道。

151

戚隐震惊得无以复加，下意识扭头看扶岚和黑猫。扶岚坐在空旷的座位中央，神情淡淡。黑猫滚绿的眸子里也没有表情，看不出是什么神色。

"先生，这……这是从妖的身体里活剖出来的吗？"戚隐问。

"老夫知道你想说什么，"元尹抚着白须笑道，"出家人当以慈悲为怀，为何竟剖妖取心？但是孩子，妖是我们的天敌。我们要打败它们，就必须了解它们。这只姑获鸟三十年前横行湘水岸边，剖了十余个孩童的胸脯肚肠。孩子，我们和妖毕竟是敌人。"

戚隐没再说什么。元尹继续道："你们仔细看，虽然不同妖类的心脏略有区别，但总体而言，它们的心脏远大于我们的心脏。你们都应该知道，妖魔不诛心则不死，其生死命脉，皆在心脏。妖的心脏不只给予它们强大的自愈能力，更给予它们绵长的寿命。据我们观察，凡妖寿命可达五百年之久；若是潜心修炼的大妖，寿命最长可达八百年。如今活得最久的妖怪，当属凤还山经天结界中的塞北狼王。"

"那扶岚呢？它活了多久了？"有人问。

元尹想到那厮就生气，哼道："那孽畜油盐不进，问什么话儿都不肯答。不过据老夫推测，它起码有两百年的道行。"他顿了顿，又道，"比妖活得更久的是九垓魔族，然而魔物难猎，扶岚封印九垓之后，魔物更是失去了潜入南疆和人间的通道，是以我们至今没有得到魔物的心脏。但它们的心脏，一定比妖更加强大。"

大家议论纷纷，都点头赞同。元尹望着那玉函，叹息道："或许人间道法振兴，凡人长生的奥秘就孕育其中。"

"先生。"昭明举手。

戚隐看他眼熟，过了会儿才记起是那个骂他娘的无方山弟子。

元尹向他颔首。

昭明道："都说女娲抟土造人，我等虽为凡人，却是神祇之后，为何我们的寿命竟远远不如妖魔？"

元尹嘀嘀笑了两声，道："昭明，你既然说'都说'，请问是何人所说？"

昭明一愣，道："古籍旧典……"

"你是灵犀座下的弟子吧？可否读过老夫的道论《原神》？"元尹合起玉函，返回堂上，"古籍旧典皆是上古凡人所写，你又如何得知他们所言乃为事实？旧时臆想，流传千年，倒成了真理。捏几个泥像摆在庙里，过个千把年，就成了神迹。孩子，这世间根本没有神。"

大家纷纷点头，《原神》一文流传甚广，昭明觉得自己不用功当众出丑，霎时间红了脸。

黄苍苍的阳光穿透茜纱窗照进来，元尹看时间差不多了，道："今日课上到这里，大伙儿回去写一篇道论，题为《人妖考辨》，明日呈上。虽然老夫知道让你们写无异于浪费纸张，不过多思多学总是好的。"

大家顿时怨声载道。戚隐还蒙着，凤还从没让他们写过道论，他连格式都不知道。下堂课是叶枯残的咒法课，在沧浪亭，要穿过假山，过两间院子才能到。来不及问，纷纷收拾书本，戚隐拉上扶岚抱上黑猫跟着云知匆匆往外走。

黑猫愤愤不平："你们凡人真恶心，把人家的心剖出来摆那儿。赶明儿老夫去把那颗心给吃个精光。"

"猫爷你别乱来。"戚隐说，"云知，你快跟我说说道论怎么写，不是说有诀窍吗？"

云知踩着剑在前头飘，闻言挑眉一笑，道："秘诀分为三点，第一，寻章摘句。你去藏经楼，找有关的古籍文献，譬如《妖典》《南疆志》《群妖传论》，找里头的话儿记下来。第二，改头换面。你把有用的话儿改改，用自己的话儿说一遍写上去。第三，署名。"云知摊摊手，"万事大吉。"

戚隐简直要吐血："这不就是抄吗？"

"放心啦，那老头儿觉得咱们写的都是垃圾，压根儿不看咱们的文章，"云知道，"你看你哥多淡定。"

戚隐问扶岚："哥，你有思路吗，打算怎么写？"

"很无聊，不写。"扶岚说。

戚隐无语，扶岚这厮死猪不怕开水烫，反正要罚他扫地他就扫，他还挺乐意的。人妖考辨，他看了眼黑猫，俩眼睛一鼻子一嘴巴，会说话会吃饭，和他们人有什么不同？

戚隐一边走一边抓头，道："先生不看咱们的文章，那谁批？"

云知冲他一笑，道："戚灵枢。"

戚隐还来不及震惊，说话间已经到了沧浪亭。大家纷纷落座，戚隐本想往前坐，打眼一瞧，最前面坐着一个白衣男人，肩背挺拔，像一棵宁折不弯的松。那厮往那儿一坐，活像一座冰山，方圆几尺温度急降。所有人十分有默契地远离他，四周空出一片空地。但仍不乏姑娘胸中小鹿乱撞，不住偷瞄戚灵枢，心中升起忧虑，到底是选岚哥哥还是小师叔好？

戚隐脚下一转，回到扶岚边上。

"他怎么来了？他不是无方山小师叔吗，怎么还要听学？"戚隐小声问。

前面的流白往后靠了靠，道："咒法是叶枯残授课，枯残秘咒他也没学过。"

叶枯残准时到了，将一个关了兔子的笼子放在案上，慢吞吞地入了座。他是无方山唯一一个穿黑袍的男人。他将兜帽放下来，所有人都倒吸了一口凉气。他的脸干枯瘦瘪，焦黄色的皮肤紧紧贴着骨头，像具干瘦的骷髅；深邃的眼眶里，眼睛像两簇幽幽的鬼火。倘若不是大白天，戚隐简直以为是诈了尸。

"怎么这个模样儿？"戚隐小声问。

云知掩住嘴低声道："听说是因为苦修，他的枯残秘咒须极端苦修才能练成。他在玄冰里打坐了三十年，又在真火里炙烤了三十年，才功法大成。"

戚隐咋舌惊叹，人比人气死人，这老头儿要是知道他哥不用挨冻不用烤火就天

153

下无敌，还长得这么俊，是不是会当场晕过去？

"我是你们的咒法夫子。"叶枯残开了嗓，他的声音喑哑得可怕，像蛇信的咝咝声，"我知道你们来，一定很想学我的枯残秘咒。但很抱歉，我的秘咒只授予我的入室弟子，若要修习，必先拜我为师。"

大家早已有了师父，改换门庭是道中大忌，座下一片丧气的声音。

"不过，"叶枯残微微一笑，皱皱巴巴的脸像要皱裂开来，"我可以给你们演示一番，让你们过过眼瘾。"

叶枯残打开铁笼，干枯的手爪抓住兔子的耳朵，将那只兔子拎了出来。他抚了抚兔子雪亮的皮毛，那兔儿在他掌下眨巴着红通通的眼睛。忽然，鲜血迸溅，所有人大惊失色，叶枯残竟用一把匕首洞穿了兔子，兔子倒在血泊中。

有姑娘捂住了双眼，大哭失声，座中一片混乱，只有前方的戚灵枢依旧不动如山。

叶枯残抬起眼来，深邃的眼眶中鬼火双瞳微微闪动。他开了口，声音缓慢又清晰："看好了，孩子们，这个咒法，名曰苏生。"

他话音刚落，鲜血汹涌地朝将死的兔子回流。兔子抖如筛糠，叶枯残按着它，垂着蟾蜍一样厚重的眼皮一动不动。所有人眼睁睁地看着那只兔子的创口越来越细，最后变成指节那么小。叶枯残取来纱布，仔细帮兔子包扎，将它放回笼中。

座中一片赞叹之声，只有戚隐和云知几个惊疑不定。

这个咒术不就是扶岚用在戚隐身上的吗？！鲜血回流，伤口缩小，每一处咒法表现都一模一样。云知偏头看扶岚，他这师弟不声不响，脸上没什么表情。这家伙有的时候呆呆的，有的时候又仿佛深不可测，他觉得自己有点儿摸不透这家伙了。后来他才知道，这货只是单纯的少话没表情……

戚隐也很震惊，云知说过叶枯残是不知出处的深山野道，难不成这老头儿去过巴山？

冰海天渊深处，元籍与元尹负着手缓缓下沉。

这里实际上是一片巨大的湖泊，不知为什么湖水常年深冻。按照《海内中州志》的记载，冰海天渊几千年前便是这般的模样了。元籍垂目下望，无边无际的墨蓝色包裹住了他。冰海天渊极深，他们以几近御剑的速度下沉了一炷香的时间，却依旧没有到达湖底。耳畔是绝对的寂静，巨大的压力笼罩在肩头，若非元尹在侧，他几乎以为自己已经到了死亡的国度。

冰冷的水波忽然有了细微的温度，他们的脚终于踏到实处，仰头望去，隐隐约约看得见苍白的天光透过冰面，照进无垠的墨蓝湖水。

"师弟，你要我看的东西在哪儿？"元尹问。

元籍微微一笑："就在你的脚下。"

元尹一愣，忽然发现脚底的触感不太对。若是湖底，应当有细软的淤泥，可他的脚底坚硬如铁。他惊疑不定地蹲下身，伸手触摸那硬邦邦的"地面"，手上是生铁一般的冰冷坚硬，光滑得像细腻的白瓷。

是鳞片。

"你没有发现这里不像上面那么冷了吗？"元籍道。

没错，元尹捻了捻手指。冰海天渊的温度极低，若非有灵力护体，任何一个掉进天渊的人都会在顷刻间结霜冻毙。按照常理，越往深处应当越冷，可是这底下的温度像放凉了的水。

元尹看了看元籍，释放神识。

神识笼罩湖底，他终于看见了脚下的东西。

龙。这是一条龙。

它的身体盘踞了几乎半个冰海底部，虬结的身躯布满细细密密的黑色鳞片，在墨蓝色的水波中反射着冰冷的光辉。元尹回过身，灼热悠长的吐息迎面而来，气泡蒸腾，他的衣袂被吐息带动的激荡水波卷起，猎猎而动。元籍点起灯符，黑暗消退，他看见那张狰狞的巨大龙脸上双目紧闭，两支长长的龙角指着黑暗穹隆，枪戟一般锋利致命。

"这是……"元尹喃喃道，"九垓魔龙。"

"不错。"元籍赞叹地道，"是不是很美？除了阵法和枯残秘咒之外，这是枯残长老赠予无方的第三件礼物。它的名字叫微生澜，还很年轻，不过五百年的道行，不到它父亲的一半。扶岚杀死了它的父亲，九垓被封之前它逃出了南疆，躲藏在南海深处。若非它身受重伤，奄奄一息，我们也不能将它带到此处。"

元尹注视着它紧闭的双眼："你们对它用了镇魂咒？"

"当然，保险起见，还用玄铁大锁锁住了它的尾巴。"

元尹颤抖着抚摸魔龙崎岖不平的面骨，这是他生平第一次见到如此壮美的生物。世人皆道凡人是女娲后代，天之骄子。若他们见到这条魔龙，便会知道凡人不过是渺小的虫蚁，在这些所谓蛮妖荒魔的脚下如同灰尘一样轻。

元尹道："那只猪妖到底使了什么手段，竟能屠杀魔龙？"

元籍低低笑起来，橘黄的灯火笼着他的脸，半明半暗间他的笑容无端的嘲讽。

"师兄，你也信是那只猪妖杀了微生原吗？"元籍自袖中取出佩剑，凄冷的剑光一闪，锋利的剑尖直指魔龙身躯，悍然刺了过去。

元尹一惊，方要喊"不要"，却见剑尖与龙鳞碰撞，清脆的一声响，溅出星星点点的火花；长剑再一击，黑铁一般的龙鳞仍旧毫发无损。

元籍收了剑，道："师兄，你可知道扶岚是如何杀的魔龙？他在渊山上生生将魔龙的脊骨抽出来锻成魔刀，再用魔刀剥下龙鳞，炼成龙鳞甲，最后在魔龙伤口未愈之时命中它的心脏，斩下它的胸骨铸成龙骨王座。多么残忍的杀法！我听闻那天魔龙的鲜血像熔岩一样流下渊山，它在永夜天里惨叫，吼声一直传到人间，湘水岸边的百姓以为是打雷。我的'潮生'是昆仑玄铁锻造的灵剑，尚且拿这魔龙没办法。

那只满口污言秽语的猪妖不过两百年的道行，灵枢单单布下一个剑阵就将其缉拿，它哪儿来的本事抽骨削鳞，屠戮魔龙？"

"你是说，它并非真正的扶岚？"

"一个冒牌货罢了。"元籍摇头道，"我们应该庆幸我们未曾遇见真正的扶岚，他是妖中之妖，魔中之魔，是天生地养的怪物。世人误以为这只猪妖是扶岚也罢，为我无方博些声名也是好的，更有助于灵枢立威扬名。他日他晋升剑法长老，便不会有太多阻力。"

元尹点头，道："你的潮生也破不开龙鳞，我们要如何取它的心脏？"

"不急，"元籍道，"那个姓戚的孩子我们还没有找到，便是取了心脏又能如何？你暂且将它的经络图绘出来，探探它的灵力走向，经脉分布。"他抄起手，缓缓上浮，"我再去寻枯残长老重新起卦，看看能不能多占卜出来什么。戚氏子，丁酉年生人，年方弱冠，单单凭这些便去寻，无异于大海捞针哪……"

"这个咒法的术理是注入灵力，强行提升受术者的自愈能力，修复身体。故而，它只能在将死未死之人身上使用，若对方已无生息，则便是此咒也回天乏术。"叶枯残娓娓道来，"但这个法子用起来并不简单，施术者必须对受术者的经脉九窍六藏了如指掌，若灵力走岔，则受术者经脉寸断；若灵力注入过多，受术者会因承受不住灵力的压力而六藏爆裂；若灵力过少，又无法令咒术生效。"

想不到这个咒法竟然这么复杂，戚隐还以为他哥天下无敌，逆转生死手到擒来，看来当初在梦境里他哥也是孤注一掷，他是结结实实地在鬼门关前走了一遭。戚隐心有余悸，在纸上写字道："哥，这咒术这么难，我是不是差点儿就歇菜了？"

扶岚愣了一下，用神识道："难吗？我以为很简单。"

戚隐："……"

"灵力的流动很容易控制，你的经脉我进入过很多次，并不陌生。"扶岚的声音轻轻的，"小隐，我了解你的身体，像了解我自己的，不会出错。"

戚隐这才想起来，扶岚的确已经用灵力进入过他的经脉很多次了，每回他和扶岚的小鱼融合，扶岚都要将灵力注入他的奇经八脉。他记得那种感觉，像身体里流淌着冰凉缓慢的溪流，魂魄在烟水里飘飘荡荡。

"只此一个咒术，老夫便练习过上万次，否则无以达到灵力的精准控制。孩子们，修炼贵在勤，无论哪家咒法都须勤学苦练。"叶枯残道。

扶岚忽然传来话儿："小隐，想办法让他攻击你。"

"啊？"这家伙没头没脑地忽然来一句，戚隐以为自己听错了。

云知在一旁道："你哥是想和他交交手，看看他的功法是不是确实和你哥的一样。"

这要怎么搞？总不能当堂打他吧？戚隐感到头疼。眼看就要下学，戚隐举起手来喊道："夫子，弟子有一事不明。"

第十一章 兰训

叶枯残向他抬了抬手,示意他发问。戚隐迟疑着站起来,踌躇了下,道:"那个,夫子,你刚刚说苏生咒施用的难度很大,稍有不慎受术者就一命呜呼。你又说你练习过不下万遍,敢问你都是像今天一样,拿这可怜的小兔练习的吗?那你岂不是已经杀了不下万只小兔子?"

叶枯残显然没料到戚隐会问出这种问题来,一下子愣住了,沉默半晌才道:"修炼术法,必有牺牲……"

"修行之人慈悲为怀,"戚隐做出一副痛心疾首的模样,"兔子虽小,亦是生灵,夫子乃是无方长老,道门高标,怎么能做出如此惨无人道之事?"

座中议论纷纷,有姑娘抽泣着点头:"小兔子这么可爱,夫子怎么能杀小兔子?"

"夫子!"戚隐控诉道,"闻你自创秘咒,弟子本十分仰慕,今日一见,原来你是如此铁石心肠之辈。今日杀的是小兔,明日你就说不定会杀害小猫,再明日便是猪牛狗羊,往后说不定便要拿人练习,何其残忍!"

叶枯残眸子一凛,拍案喝道:"一派胡言!"

"你生气了!"戚隐颤抖着指他,"生气了生气了!若非踩到痛脚,你为何勃然大怒?莫非……你真杀过人?"

叶枯残紧紧攥着拳头,鬼火一般的眸子死死盯着戚隐。戚隐仍在喋喋不休,满座姑娘被他煽动得心慌意乱,惊吓连连。叶枯残胸中一怒,喝道:"竖子放肆!"

暮然间杀机毕现,尖锐的冰刺生于枯瘦的指尖,叶枯残朝戚隐张开手,空气瞬时冰凝,整个沧浪亭如坠冰窟,浓白的烟气咔嚓着凝结。冰刺脱离叶枯残的指尖划出凌厉线条,飞旋的过程中不断凝结周围的寒气,到达戚隐眼前之时竟每个都有碗口大小。

与此同时,扶岚的右手抚上戚隐的后心,冰凉的灵力注入戚隐的经脉。他低声道:"挡。"

冰冷的寒气扑面而来,戚隐满身汗毛直竖,想也没想双手交叉蒙住头脸。面前一道波光倏忽一动,一面结界在他身前展开,所有冰刺轰然撞上结界,碎成千片万片,簌簌落在乌漆案上。

沧浪亭中所有人都吓得呆若木鸡。冰碴儿噼里啪啦落在地上,四周依然冷得沁骨。戚隐心有余悸地抬起头,正撞上前排首座戚灵枢的目光。那是他第一次看见这个男人的正脸,也是第一次与戚灵枢对视。

那是个冰雪砌成的男人,他冷冷望着戚隐,眸子中有冰冷的厌恶。

戚隐愣愣地放下手,戚灵枢却已经转过头去了。

叶枯残显然意识到自己反应过头了,见戚隐没有大碍,冷哼一声,提着铁笼拂袖而去。戚隐差点儿没被吓死,捂着胸口坐回座位。

叶枯残一走,四座顿时嘈杂起来,有姑娘泪水涟涟,道:"真没想到枯残长老是这种人!"

"就是就是！说不过就打人，方才真是吓死我了。"

前排的方辛萧跑过来问扶岚："岚哥哥，你吓到没？没事吧？"

怎么没人来关心关心他？戚隐无语，他才是被吓得最惨的好吧。这里不是说话的地方，没法儿问扶岚试的结果怎么样。戚隐闷头收拾书本，刚拾掇好，抬头一瞧，戚灵枢站在他跟前。

戚隐吓了一大跳，跌回凳子上。

这厮不是来安慰他的吧？

戚灵枢垂下眸。他的眸子颜色浅淡，像蒙蒙光晕里的琉璃珠。他道："拭剑台论剑首日首场首败，是你打的？"

这厮的脸仿佛是千年寒冰雕出来的，没有一点儿表情。单单坐在他跟前儿，戚隐便浑身冻得慌。扶岚不知道发生了什么事儿，抱着黑猫呆呆望着他。

虽然很丢脸，但还是不得不承认。戚隐抓抓头，道："是我。"

"你打假擂。"戚灵枢道。

"啊？"

"榜上除名，送往戒堂。"

立时有几个白衣弟子上前架起戚隐，戚隐一脸蒙，嚷嚷道："怎么回事儿？我怎么打假擂了？"

戚灵枢也不解释，头也不回地在前面走。扶岚不知所措，只能跟在边上。云知倒是一瞧就明白了，满脸复杂地道："方才你挡了叶枯残一击，灵力深厚，不像是能败在入门弟子手里的，这家伙以为你打假擂呢。"

戚隐简直要吐血，一路被架到戒堂。过了腰子门，转过琉璃影壁，戒堂外雪落满庭，几棵劲松栽在边上，针叶上积着一髻儿雪；阶下一个大荷叶鱼缸，缸缘画了符咒，保持里头的水常温不冻，几尾金红小鱼在里头游来游去。

里头一个男人畏畏缩缩地走出来，戚隐打眼一瞧，不就是那日在藏经阁和叶清明进行交易的那货吗？戚灵枢望着庭下的戚隐，嗓音冰凉："灵琢师弟，你挪用派中公账收买的凤还弟子，可是此人？"

灵琢看见戚隐，显然有些吃惊，一时摸不着头脑，又鬼鬼祟祟地朝云知那儿望，云知默默拿袖遮住了脸。

敢情是这傻帽挪用公账东窗事发，约莫是硬扛着没供出叶清明和云知来，戚灵枢这厮只知道他收买人打假擂。戚隐满心无奈，罢了，他的名次是末榜末位，有没有都没有区别；要是被罚扫地，他就去和他哥做伴儿。戚隐破罐子破摔，道："是我没错。怎么的，要怎么罚？我奉陪。"

云知悄悄向他眨了眨眼表示感激，戚隐瞪了他一眼，用眼神骂他狗贼。

戚灵枢道："初犯，罚跪两个时辰。"

戚隐眼前一黑，这冰天雪地的，要他跪到黄昏吗？！

"灵琢明知故犯，逐出内门。"

第十一章 兰训

那个叫灵琢的垂头丧气地走了。云知拱手道："小师叔，我这师弟自小身子骨弱，你大人有大量，给他通融通融吧。"

戚灵枢冷冷瞧了他一眼，道："加跪半个时辰。"

戚隐："……"

"小师叔，你不用这么绝情吧！"云知冲他眨眨眼，"你还记不记得你小时候戚师叔带你来凤还，你追在我屁股后面喊云知哥哥？好歹是一块儿穿过开裆裤的情谊，你行行好呗。"

戚灵枢脸色一变，这还是戚隐头一回瞧见他脸上有表情。他几乎是咬牙切齿地道："再加跪半个时辰！"说罢拂袖而去。

戚隐："……"

这算什么事儿！戚隐哭丧着脸，不情不愿地跪在雪地里，膝盖冰凉，冻得发疼。

云知蹲在他身前，汗颜道："对不住啊，师弟。"

戚隐愁苦地说："你是不是和人家有什么过节？"

"唉，没想到这小子这样记仇。"云知揣着袖子，道，"他喜洁，你知道吧？"

戚灵枢的衣裳鞋袜从来纤尘不染，戚隐点点头。

"上次论道，钟鼓山小师妹邀我月下饮酒，谁承想碰见除妖归山的戚灵枢。你师兄我向来怜香惜玉，当然让小师妹先逃，自己留下来挡人。戚灵枢二话不说，要抓我去戒堂。"

"你反抗了？"戚隐问。

"没有。"云知颇有些不好意思地笑了一声，"我喝得多了些，一下没忍住，吐在了他身上，最后还劳他把我送回了小院。"

这梁子真是结大发了，云知这小子还自不量力，要为他求情！戚隐气得吐血，道："狗贼，你知道你的特长是什么吗？"

"招蜂引蝶？"

"是坑我！"戚隐怒吼。

云知被他骂走了，最后只有扶岚留下来，乖乖盘腿坐在他身边。

"哥，你回去歇着吧，我不用陪。"戚隐道。

扶岚呆了半晌，点点头，站起身走了。

这厮走得太果断了些，戚隐一时竟没有反应过来，愣愣地望着他的背影。

怎么让他走还真走了？

天光渐收，又变得灰蒙蒙的，粒粒冰冰凉凉的东西落在头顶，戚隐抬起头，漫天白雪从天心一点飘落下来，整个灰色穹隆倒映在他漆黑的眸中。他忽然有种错觉，好像世界只剩下他一个人了。

戚隐心里不由自主升起点儿埋怨的情绪来。扶岚那个家伙，说走就走，自己不是他的宝贝弟弟吗？哼。戚隐捡起一根枯树枝，百无聊赖地戳地上的雪粒子。雪地里冷得很，他没跪多久鼻子里就酸溜溜的。戚隐正无聊着，怀里落进一只胖墩墩的黑玩意儿，头顶罩下一床蓝地碎花棉被。戚隐一怔，扶岚在他身侧盘腿坐下，手臂绕过他的身后，将被子的一角拉过来，两人一猫一起被团团裹住。

这个家伙……戚隐愣愣地瞧着他，原来他没走，他只是回去拿被子了。

被窝里暖洋洋的，黑猫找了个舒服的位置窝着，扶岚搓了搓戚隐的手，放到嘴边哈气。戚隐心里舒坦了，挨得离扶岚近了点儿，忽又想起叶枯残的事儿来，小声问道："你们试得怎么样？那老头儿用的到底是什么术法？"

黑猫吸了吸鼻子，道："那个老小子真会往自己脸上贴金，还自创的枯残秘咒，真是笑掉老夫大牙。"

"那到底是什么咒法啊？"戚隐问。

"那是上古大巫的咒术，名曰'巫罗秘法'。五十年前宗瀚那帮道士挤破脑袋想要进入神殿寻的东西就是这个。一招尚且存疑，两招就能坐实了。"黑猫道，"那招苏生咒，还有那冰凌杀招，确是巫罗秘法没错。这咒术你哥天生就会，小鱼就是其中一种，神殿典籍也有记载。我们已经很久没有回过神殿了，叶枯残或许是使了什么法子，通过白雾进入了神殿。"

"这咒法这么厉害，"戚隐跃跃欲试，"我能学吗？"

"不能。"扶岚道。

"为什么？"戚隐苦了脸。不厉害的他学不会，厉害的他又不能学。

扶岚小声道："你会像他一样变骷髅的。"

戚隐一愣，黑猫解释道："巫罗秘法凡人没法儿修。他们说叶枯残是常年苦修才变成那个不人不鬼的模样，骗你们这帮傻蛋的啦，那是巫罗秘法的反噬。"

"他快要死了。"扶岚道。

这咒法这么凶险，那老头儿知道吗？戚隐觉得那老头儿有点儿可怜，又问道："哥，难不成你真是神巫的娃娃，所以你能修这玩意儿？巫到底是个啥，不是人吗？"

黑猫道："巫是一种身份，上古时期将毕生奉献给神，且得到了神的认可的人、妖、魔都能成为巫。成为巫有特定的仪式，这种仪式现在已经不可考了，巴山神殿里也没有记载。'郑有神巫曰季咸，知人之死生存亡、祸福寿夭'，季咸是古籍里能找到的第一个神巫。神授巫法，厉害的大巫通晓死生存亡、祸福寿夭，是天下最接近神的存在。"黑猫看了看扶岚，道，"你哥没有经历过成巫的仪式，老夫也不能判定你哥到底算不算巫。"

"仪式这么重要？不就走个过场吗？"

"非也。"黑猫摇头，"仪式是传承力量的一种形态，上古大巫通过巫仪接受神法，又通过巫仪与神沟通。现在的仪式沦为过场，多半是因为关键步骤已经失传。画符、念咒都是仪式。小子，在巴山神殿，倘若你不进行沐浴焚香的仪式就踏进神殿，是会受到巫诅的。"

敢情白鹿大神还是个洁癖。戚隐扶额。

"那老头儿擅闯神殿，你们不管管吗？"

扶岚摇头："白雾让他进去，说明神让他进去。"

"不管他啦，"黑猫一副老神在在的样子，"反正都快死了。凡人哪，就是爱自寻死路。娃儿，老夫教你一个道理——不能去的地方别去，不能修的道法不要修。生在天地之间，心怀崇敬是本分，逾越雷池就是自取灭亡。"

秘殿，天光直射进来，落在乌沉沉的小案上和隔着桌对坐的两个人的肩头。尘埃在天光里飞舞，像无数小小的蠓虫战栗盘旋。元籍闭目静坐，他的对面，黑衣老人枯瘦的指尖拂过一根根灰白色的耆草，呵出一口白烟："六爻大课已毕。"

元籍睁开眼，道："还是一样的结果吗？"

"不错。"叶枯残道，"再找找吧，掌门，你应该让上四座的弟子倾巢出动。"

元籍道："我知道了。"

"今日有个孩子说我杀人修炼，虽然是胡乱猜测，但竟侥幸中的。"叶枯残阴沉地道，"你该杀了他。"

"杀了他才是承认你杀人修炼，枯残长老。"元籍笑了，黑暗天光下，他的笑容有些刺眼，"长老为何不授枯残秘咒予以灵枢？他是个聪明的孩子，是最合适的人选。我记得我们的约定是无方定期为你提供活血续命，而你须对无方倾囊相授，可你至今有所保留。若是如此，我不如派弟子去寻那位大人。"

"你寻不到他的，掌门。自从授予我巫罗秘法，大人就不见踪影，即便是我也寻不到他。"叶枯残冷冷道，"至于戚灵枢，这个孩子和他的师父一样，眼睛里不揉沙子，说好听点品行高洁，说难听点就是茅坑里的臭石头，不知变通，断不可能杀人修炼。"

"那你就教他不用杀人便可修得的术法。"元籍道，"他是和元微一样的天才，是无方的希望，他的术法决不能落于人后。"

"若你愿意他变成我这般模样，那我现在便去寻他。"叶枯残道。

元籍垂下眸，瘦削的脸上露出悲苦的意味。如今道法衰竭，三千仙门倒的倒散的散，连昔日鼎盛一时的凤还山都变得这般不三不四，一众弟子没一个能入得了眼。古籍上记载上古大巫通天彻地，无所不能，便是中古道人亦能御风而行，一日千里。而现在道法断代日益加剧，新一代弟子中竟无一人修出神识。

难道任由无方沦落成凤还那个野鸡模样吗？要重振道法，怎么能没有牺牲？他闭上眼，叹道："明日再去吧，现在这个时辰，他应当在静泉沐浴吧。"

第十二章

灵枢

黄昏的时候，罚跪终于结束了，戚隐腿软得站都站不起来，扶岚搀着他往温泉去泡澡。无方的温泉叫静泉，就是姚小山顶着他的名头偷了戚灵枢衣裳的地方。往南一直走，通过一排白皑皑的小院和一溜铺满雪的夹道就到了。

猫爷怕水，自己回去了，只剩下扶岚和戚隐，远远地就瞧见乳白色的水雾，进去捻捻手指，湿湿的。温泉大得很，夹岸种了蜡梅，里头立了怪石巉岩让人能够倚靠，中间坐落一座假山，是天然的男女分隔。可惜没有鸡蛋，要不然能煮个蛋吃。

戚隐兴冲冲地跳了进去。正值黄昏，里头竟然没啥人，戚隐乐得清静。戚隐转头瞧扶岚，他正慢慢悠悠地下水。

水雾笼着两个人。

扶岚看着戚隐，皱起眉："小隐？"

戚隐正贴着石头往边上走，闻声转头："怎么？"

扶岚问道："你的膝盖如何？"

"没事，不碍！"戚隐往边上走了好大一截，找了个地方坐下来。

听到这个回答，扶岚有些愣。他想起小时候的日子，那时候他一手包办狗崽的所有事宜，刷牙洗脸洗屁屁哼摇篮曲，还有隔天一次的洗澡。狗崽调皮，一开始洗澡总是在澡盆里拍水玩儿，浇得他和猫爷一身全湿。后来扶岚学乖了，脱了衣裳和他一块儿洗。扶岚记得那时候，外面茫茫雪落，屋子里炭火烧得正旺，他在狗崽的背上打胰子，磨出细腻的白沫子；狗崽坐在他怀里吹沫沫，笑得眉眼弯弯，是天底下最快乐的小孩儿。

然而现在，狗崽独自承担着一切，似乎不再需要他的照顾。扶岚低落地垂下眉眼，乖乖待在石头的一边儿。水雾在他们之间蒸腾，彼此陷入了漫长的沉默。

戚隐觉得尴尬，挖空心思想该说点儿什么好。想了半天，他才开口："那个，今天天气真好，雾真大，哈哈哈！"

说完戚隐简直想扇自己一巴掌，这说的什么玩意儿，还不如别开口。

那边没回应，戚隐忍不住扭头望过去，扶岚闭着眼睛靠在壁上，寂静得像一尊雕像，又像一个不能靠近的神祇。这个男人不吭声的时候，总觉得下一刻就要蒸发在人间。戚隐忽然有一种想要朝他走过去的冲动，好像这样就能把他拉入喧嚣人间。

第十二章　灵枢

戚隐想到什么似的，道："仙山俏郎君的大榜快要出来了，你这几天少在戚灵枢面前晃悠。"

"为什么？"扶岚疑惑地道。

戚隐沉沉叹了口气，道："凭你的样貌，大榜一出，你肯定会挤掉他当头牌啊。再说了，这大榜还没换，那些姑娘就成天围着你，到时候换了，原先围着他的都围着你了，他说不定会看不惯你的。"他一副很懂的样子，"这都是人之常情。"

扶岚懵懂地点点头。戚隐拍拍他的肩头，然后转向一旁假装看风景。温泉这么大，里头怪石嶙峋，戚隐起了玩兴，四处乱摸乱看。他转过大石头走到背面，忽见前面水雾里一个模模糊糊的人影儿，孤零零地待在那儿，仿佛要消融在乳白色的烟水里。

不是吧！戚隐石化当场。男人转过了身，露出冰雪一般的脸颊和漠然的眼神。

刚刚说人家坏话就被抓了个现行，戚隐恨不得找条地缝儿钻进去。

"好巧啊，哈哈哈！"戚隐干笑，"小师叔你也来这儿泡澡呢。"

这家伙不必打卤簿，所过之处人畜回避。怪不得这个时辰这儿没人，戚隐后知后觉地发现，原来是因为他在。

"本名。"戚灵枢冷冷开口。

这家伙说话儿跟棒槌似的，兜头就是一下，戚隐没反应过来："啊？"

"不是问你。"戚灵枢道。

戚隐扭过脑袋，正瞧见和他一样发愣的扶岚。

戚灵枢道："这位师弟，你刚刚叫他'小隐'，借问他的本名是什么？"

戚隐心里一惊，这厮定是起疑了。单凭一个小名儿，这厮怎么猜到他是戚隐的？戚隐心里焦急，干笑着道："我的本名问我不就好了吗？我的名儿叫……"

"噤声。"戚灵枢打断他，盯着扶岚道，"师弟，烦劳你如实回答。"

完了，戚隐着了慌，扶岚这家伙压根儿不会撒谎，一定露馅！

"狗崽。"扶岚平静地回答，"他是我弟弟，叫狗崽。"

戚灵枢沉默了。戚隐松了一口气，悬着的心放下来，暗暗给扶岚比了个大拇指。

"我们哥俩打乡下来，乡下人讲究浑名好养活，没个正经名儿。"戚隐搓着手赔笑。

戚灵枢没理他，三个人大眼瞪小眼，默默相对。

不知道沉默了多久，戚灵枢终于开口道："烦请二位转过去。"

戚隐和扶岚乖乖照做，面向巨大的石壁。身后水声哗哗作响，大约是戚灵枢上了岸，正在那儿穿衣。过了一会儿，那道了声"多谢"，便听见脚步声渐行渐远。再转回身的时候，戚灵枢已经不见了。

第二日开堂，戚隐递呈了熬了一宿写就的课业，因着罚跪，只好晚上用功，在经楼里爬上爬下翻了一晚上的古籍。他找了个位子坐，低着头把书本一摞摞放上书案，再拿出笔墨纸砚。他身旁坐下一个人，素白的衣角落在他跪坐的膝盖边，像一寸清冷的月光。身边顿时呼啦啦空出一大片座位，其他同窗都像见了鬼似的逃离。戚隐木木地抬起头，瞧见戚灵枢冷清的侧脸。

他将众人的课业整在一起，拿出朱砂笔一张一张批阅，半点目光没有分给戚隐。

戚隐动作僵硬地将书本收回书箱，蹑手蹑脚地准备逃离。肩膀上忽然按了一只手，力气很大，他竟然动弹不得。他慢吞吞地回头，目光越过肩头，望见了戚灵枢。

"坐在这儿。"戚灵枢头也不抬地说。

后座的云知他们惊呆了，眼也不眨地望着戚灵枢和戚隐。扶岚还犹自发着呆，流白扯扯他的衣袖，道："小师弟什么时候惹着戚灵枢了？"

扶岚转过眼，迷茫地摇摇头。

戚隐扯了扯嘴角："小师叔，你怎么有空大驾光临？"

"我与你同辈，你该叫我师兄。"

"我哪儿敢？"戚隐艰难地说，"我还是叫你'小师叔'吧。"

戚灵枢沉默了一会儿，扭过头望着他。那双眸子里仿佛落了一万年的雪，冷得化不开。

他缓慢又清晰地说："叫我师兄。"

戚隐哭丧着脸，答道："好的师兄。"

黑猫狠狠拍了下扶岚，小声道："快去娃儿身边坐。"

扶岚摇头，道："太前了。"

他们坐在前头，离先生那么近，他不好打瞌睡。黑猫听了气个半死，恨铁不成钢地道："你这个呆瓜！"

黑猫看着前头那两人挨坐在一起，睁着滚绿的眸子幽幽瞪着扶岚。扶岚呆了半晌，最终还是收拾好书本，乖乖去戚隐边上坐了下来。

元尹姗姗来迟，执起经书开始滔滔不绝地讲经。毕竟是老人家，声气儿缓，念起经来像唱曲儿，一声拉着一声，声声延挨，像死了君父亡了国的那种气若游丝的调子。因着戚灵枢，戚隐起先如坐针毡，到后头也渐渐耐不住，打起瞌睡来，头一点一点，眼看就要撅下去，忽然落入了一个冰凉的手掌。戚隐迷迷糊糊地睁开眼，是一只骨节分明的手接住了他的脑门。戚隐转过头，正看见戚灵枢垂眸瞧着他。

"听课。"他说。

顿时三魂七魄惊出了九霄云外，戚隐猛地坐起来，肩背挺直，不敢动弹。戚灵枢又道："把你边上那个也叫起来。"

戚隐往边上一瞧，扶岚已经埋在手臂里睡熟了。戚隐戳了戳他，扶岚揉着眼睛坐起来，发了半天呆，又靠在戚隐肩膀上睡着了。

戚隐："……"

元尹瞧得真真的，在上面默默摇头，凤还山是出了名儿的不思进取，烂泥扶不上墙，任谁也没法子。他敲了敲惊堂木，把一众打瞌睡的都惊醒，手指头点点舌尖，捻着纸角翻到下一页，又继续念起他的经文来。

这些叽里呱啦的经文戚灵枢是都学过的，他不必听课，在下头批课业，一张一张批过去，终于翻到戚隐那一份儿。戚隐心里发虚，他真的不会写这玩意儿，挑灯读了一晚上书，本本高谈阔论，轮到他，半个屁都放不出。最后他好不容易凑出一篇文章，回头一看，只觉得都是他脑子里溢出来的水。

戚灵枢执着朱砂笔，越往下看眉头锁得越紧。戚隐只不过念了会儿经文，再瞥眼偷看时发现他的课帖已经血红一片，简直是一塌糊涂，惨不忍睹。戚隐内心忐忑，心想该不会要重写吧。戚灵枢已经翻过他的课帖，看下一份儿了。

下一份儿是扶岚的，戚灵枢的眉头锁得更深了，一开始还以为自己翻错了，往后翻了翻。扶岚的是最后一份儿，后头已经没有了。这家伙的课帖一个字儿没写，单单署了个娟秀的大名儿在上面。

戚隐看在眼里，默默扶额，这还不如不交呢。

好不容易挨到下学，咒法课三天一回，今天没课。戚隐像出了笼的鸟儿似的，急哄哄地收书本要回院子。他拉着扶岚刚打算走，戚灵枢挡在他们前面，道："随我来。"

"去哪儿？"戚隐问。

"石室。"

"为什么？"

戚灵枢抽出两张课帖，发到他们手里："重写道论。"

扶岚呆了："我也要重写吗？"

"不用你看着写吧……"戚隐苦着脸道，"你看要不然这样，我俩自己写好了给你送过去？"

戚灵枢站在门槛边上，逆着天光微微回过脸来，清冷的目光落在戚隐身上，冥冥之中仿佛有种无形的压力。他再次重复："随，我，来。"

话儿已经说到这个份儿上，戚隐哪敢不从。凤还几个师兄师姐摇头叹息，不知道戚隐这傻货是触犯了戚灵枢哪片逆鳞，惹得人家这样针对他。师兄师姐们临走时挨个拍了拍他和扶岚的肩膀，让他们好生照料自己，定要平平安安归来。

扶岚皱着眉问戚隐："他嫉妒我们吗？"

前头戚灵枢脸色一黑，隐隐有风雨欲来之势。戚隐毛骨悚然，连忙捂住扶岚的嘴，道："哎哟，我的祖宗啊，求你别说话了。你说一句话，我短命十年哪！"

两人随着戚灵枢一路走。因着下雪，晌午时分天还是蒙蒙的，遍地白皑皑的雪堆，天地昏昏沉沉。戚灵枢背着问雪剑走在前头，挺拔的背影一根刺儿似的，矗立在凄迷世界里无端的显眼，却又更显得形单影只。走了许久，得有一盏茶的工夫了，穿过弯弯绕绕的回廊小院，过了不知几道垂花门腰子门，一路上阶爬坡，才远远瞧见那叫作"石室"的地方。

它在灭度峰的最高处，在思过崖的顶端，离群索居，和谁都隔得很远。说是石室，不如说是山洞，四壁是厚厚的石墙，拍在上面啪啪响。这里冷得出奇，一进里头如坠冰窟，手指尖儿都发颤。青岩地上伶仃立了一方石桌，旁边放几张石凳，屁股挨上去，立马像是要冻成冰块儿似的。一张石床贴着壁角，另一面石壁靠着几个书架，上头密密麻麻放了许多书册。再往里还有一个石室，隐隐约约看得见也有一张床。

戚隐踌躇着踏进去。这儿就是戚慎微原本的住处。当戚隐在吴塘跌跌绊绊地长大的时候，他在这儿修炼，在这儿读书，在这儿思过，在这儿教导他的小徒弟。书架上放了他的笔记，他的道论，戚隐抽了一本出来。那个家伙的字儿清隽刚锐，笔锋利得像一把剑，有种说不出的风骨。他到底是个怎么样的人呢？戚隐想。小时候期盼，长大了厌恶，十八年了，他终于还是到了这个男人的世界里来，仿佛是命中注定。

戚隐慢慢呼出一口气来，把书册放回去，坐到石桌边上，低着眉目拿出笔墨。戚灵枢静静瞧了他一会儿，扭头问扶岚："为何交白纸？"

扶岚默了会儿，没吭声。

这厮大概学乖了，知道实话实说定然挨打，戚隐不由得感到欣慰。

他不愿意答，戚灵枢也没办法，缓了口声气儿，道："作道论，首要在于发疑，尔后探颐索隐，发微阐幽。若要言之有物，不可无阅历积累。你们刚入门，未曾除过妖，自当自书本前人旧例寻求答案。云隐，你的论点太多，每一点都未曾深入，未免有大而无当之嫌。我建议你撷取一点，深而探之，或许可行。"

戚隐点点头。

"这里是我自己抄录的古籍抄本，你们若要通读恐怕要费些时日，其中重点我已有标注，你们自寻重点便是。若有不明之处，尽管来问我。"戚灵枢将书册推到他们眼前，话语间颇有些苦口婆心的味道，"云隐，你之前打假擂我不再追究，可若你连道法都不肯好好修习，那你来无方又有何意义？多说无益，你且好自为之。"

这小子什么时候变得这么啰唆了？戚隐心里憋屈，但又没法儿说，抓抓脑袋，蔫头巴脑地"哦"了声。

扶岚枯着眉头道："可以不写吗？"

戚灵枢沉默地看着他，眸子里仿佛有寒冰一点一点地凝结。

扶岚默默拿起了笔。

时间一点一滴过去，外面雪停了，阳光透出云层，打在地上像老虎的斑纹。戚灵枢在石床上闭目打坐，戚隐和扶岚两个望着白纸发呆。两个人大眼瞪小眼，都不知道写啥好。戚灵枢在那边叹了口气，道："人与妖不同之处甚多，习性、九窍、六藏、经脉，何至于不知如何下笔？"

习性好像更好写些。戚隐确定了方向，哗啦啦翻起书来。

过了会儿，有个弟子登上崖，在洞口细声道："小师叔，枯残长老喊你过去。"

戚灵枢起身离去。眼瞅着戚灵枢走了，戚隐蓦地垮下身子来，趴在桌子上叹气。那厮在这儿的时候仿佛连空气都是冰的，逼得人正襟危坐不敢造次。戚隐跷起二郎腿，噘起嘴巴将毛笔放在鼻下夹住，翻起戚灵枢的抄本来。这厮的字也像戚慎微，估计是一笔一画照着戚慎微学的。戚隐摸了摸那神似的笔锋，也可能是戚慎微握着他的手一笔一画教的。

"小隐，"扶岚搁下笔，道，"你闻到了吗？"

"啊？闻到什么？"戚隐疑惑地抬起头，忽地眼睛一亮，"那小正经该不会藏了吃的吧？"

扶岚摇摇头，坐到戚隐身边，将灵力注入戚隐的后心。冰冰凉的灵力细流再一次在戚隐的经脉里流淌，五感顿时变得细腻锋利，连照进来的天光都能看出七彩的颜色来。扶岚放出小鱼，青色的小鱼无声地游弋，戚隐的视野渐渐变了一种色调。

血。满室的血。

在小鱼的眼中，戚隐惊恐地发现原本一尘不染的四壁沾满了暗红色的污渍，石床上、石桌上、岩石的缝隙，全都是。这些血迹被清洗过，但依然逃不过小鱼的眼睛。

石壁上的血渍呈飞溅状，青岩地上有好几个血手印儿，还有一条长长的血迹，很明显有个受了重伤的人被生拉硬拽地拖了进来。

"五种血腥味，五个人，"扶岚道，"无方山失踪的五个人，是在这里死的。"

"为什么……"戚隐不敢相信自己的眼睛，"为什么他们会死在这里？"

扶岚望着壁上的血迹，道："凡人修炼巫罗秘法，要杀人取血续命。"

戚隐瞪目结舌："你是说我爹也修了巫罗秘法？"

扶岚想了想，摇摇头："不对，不需要这么多血，而且血溅得到处都是，很浪费。"

一种无名的恐惧袭上心来，藤蔓一样爬满戚隐的心。他觉得头疼，这到底怎么回事儿？无方山看起来洁白无瑕，却处处透着古怪。戚慎微不死不活，又到底是怎么回事？

戚灵枢那个家伙又知道多少？戚慎微死的时候这小子在无方吗？他……能不能信戚灵枢？

过了一个时辰戚灵枢才回来，他们的道论已经写好了。戚灵枢检查戚隐的，皱着眉看了半晌，又修改了几遭，直把戚隐逼得薅头发，才勉勉强强让他过了。戚灵枢又拿起扶岚的，只是打眼一瞧，那白皙的脸上显露出明显的愣怔神态来。戚隐凑过去看，也愣在当场。

纸上依然什么字儿都没写，扶岚只是画了两幅图：一幅是人体，他将六藏九窍一一标注，还画出了完整的经脉走向，繁复的经脉线条交杂在一起，有一种恐怖的瑰丽；另一幅是动物的经络图，看起来像是猫的，同样标注六藏九窍、奇经八脉，连灵力的流向都画得一清二楚。

"你画的是谁的经络图？"戚灵枢问他。

扶岚道："小隐和猫的。"

戚隐的心情一言难尽。

"你为何这样了解云隐？"戚灵枢略有些迟疑地问。

扶岚语气平淡地道："我探过他的经脉。"

戚灵枢的表情变得复杂："探过？"

戚隐赶紧道："你别问了，跟你没关系！"

戚隐说完，将书本一股脑塞进书箱，转身钻出山洞。外面风烟茫茫，雾凇沉砀，崖下是冰海天渊，白茫茫的烟水像一卷铺陈的宣纸，边缘的黛色山峦是缀在上面的墨迹。

"云隐。"戚灵枢在后面叫住他。

戚隐停住脚步，听见他寒凉的声音："你……好自为之。"

戚隐眼皮一跳，自己碍着他们无方山什么了？一股无名火冲上心头，他握着拳回过头去想要说些什么，却在看到戚灵枢的时候停住了。他站在阶上，眉头深锁，戚隐站在阶下，与他隔着烟雪默默对视。

戚隐深吸了几口凉气，道："小师叔，你有没有发现你们无方山的人都特爱管闲事儿？你们一心向道，那是你们的事儿。我这个人天资平平，当个鬼火道士赚口饭吃就心满意足了。至于我和我哥，我们俩怎么着没碍着你什么吧？今儿谢谢你了，以后我的事儿跟你没关系，再也不见。"

他说完就走了，戚灵枢怔怔站在原地，许久没吭声。

扶岚在后面把书箱挎起来，道："你在修枯残秘咒吗？"

戚灵枢折过身："是。怎么？"

"别修了，那个术法很危险。"扶岚淡淡地道。

戚灵枢眸光一滞，冷冷地瞥向他："什么意思？"

扶岚没有回答，只道："你是那个人的弟子，小隐不希望你有事。"

没等戚灵枢发问，扶岚转身下崖，瘦削的身影一步一步消失在雪阶深处，山崖尽头。

第十三章

禁垣

戚隐一下崖，直奔藏经楼。孟清和、叶清明和云知正隔着小案对坐，叶清明和云知两个流氓从不讲什么礼节，一人箕踞一人斜靠，坐得七扭八歪。只有孟清和端端正正地跪坐在蒲团上，慢条斯理地煮茶。白瓷莲瓣茶盏袅袅散着淡淡白烟，那个男人的指尖放在杯沿，越发显得透明。

无方禁饮食，茶水也在内，凤还山的师叔带头犯禁，无方不像凤还没脸没皮，不好拉下脸责罚，只好佯装不知。戚隐打起帘幔跑进来，盘腿趺坐在孟清和对面："有件事儿我要告诉你们。"

"正好，我也有事儿要告诉你，"云知坐起来，拉过他的肩膀道，"你表哥没回家，他失踪了。"

"真失踪了！"戚隐心里有些慌。姚小山可是姚家的独苗儿，他要是有个万一，小姨、姨爹死不瞑目；再说，吴塘还有一个老太太，这可如何是好？戚隐皱着眉，道："我和我哥在思过崖石室发现了许多血，血被清洗过，但还是有残留的味道被我哥闻见了。五种血腥味，刚好五个人。"

他哥的小鱼术法他没说，他哥嘴上说是神识化形，可那小鱼能听能看能闻，有时候还能施术，能做的事儿远比道家神识多得多，又是巴山神殿里的巫罗秘法，知道的人还是越少越好。

叶清明抓了把花生米嘎嘣嘎嘣嚼，道："无方这个鬼地方果然有猫腻。"

"如此看来，近日仙门弟子失踪恐与无方有关。"孟清和低眉沉吟，"明日猪妖移囚，二十名弟子押送，皆是上四座长老手下弟子。他们会在天诛崖以令符开启移遁法阵，直通南面禁林。你二人与云岚师侄今晚回去准备，明日潜在天诛崖下。我为你们三人易容为元尹座下的灵犀、灵穆与灵均，你们寻个借口加入押送小队，潜入禁林。"

"我们莫名其妙不见了，会不会被发现？"戚隐有些忧心。

"不会，"叶清明摆摆手，"咱们凤还的人逃个课不稀奇。若是查起来，我在锦溪镇的群芳万萼楼用你们的名义买通了三个姘头，给你们当掩护。只是万一真查到群芳万萼楼，你们三个恐怕要被赶出无方。"

戚隐心里郁闷，师兄带着师弟狎妓，这可是天大的丑闻，若是传到戚灵枢那个家伙耳里，大概又要低看他一等了。

第十三章 禁垣

孟清和取出乾坤袋,倒出三面镶银琉璃镜:"你二人没有神识,我们便以琉璃镜传信。这是我派晓世镜的子镜,天涯海角皆可传信,你们必须随身携带。我还做了些驱妖香囊,里面是苦艾。妖魔厌恶这种香气,它们可保你们在禁林畅通无阻。禁林有御剑禁制,你们只能徒步前往。从禁林入口到元微长老的坟墓预计要一个半时辰左右,掘墓开棺再还原墓地预计需要半个时辰,一来一回加在一起便是三个半时辰。每过半个时辰你们须传信一次,向我们报告你们的方位。"

戚隐好奇地翻了翻琉璃镜,点头说好。

"这次潜入,你们唯一的任务便是带出元微长老,无论他是死是活。一旦找到他便立刻回返,片刻不许耽搁。"孟清和慢慢说道,"不过也不必太过紧张,你们可能面对的敌手除了禁林降妖,便是有所察觉后从后方追来的无方弟子,这二者都不难对付。"

有他哥在,的确没啥好怕的。戚隐很有底气。

孟清和端起茶盏,颔首微笑:"二位师侄,一路顺风。"

雪又下起来了,漆黑天幕下,雪片儿像白绒花儿那样轻。扶岚在认真地扫雪。他是个实诚的人,无方说扫三千阶,他就当真默默在心里数,在心里记,每一阶非扫得看不见雪也看不见灰然后才扫下一阶。他挺喜欢扫雪的,雪下的声音很静,好像天地向他絮絮低语,说那些神祇才能听懂的话儿。

黑猫亦步亦趋跟着他,偶尔钻进雪堆里打滚。他们慢慢扫,不知不觉上了天诛崖。朱明藏正躺在玄铁囚笼里百无聊赖地数星星,脖子上套了把大锁,上面连接两根手臂那么粗的锁链,纯黑色的锁链从玄铁栅栏里伸出去,铐在崖上两根大理石柱上。

他打眼瞧见扶岚,一个激灵坐起来,道:"扶……不,陛下,我就知道你会来救我!"

扶岚头也不抬,依旧默默地扫雪。黑猫慢条斯理地踱过来,哼了声,道:"少自作多情,谁要救你这头笨猪?"

朱明藏一见它就咬牙切齿:"肥猫,你说什么?!你们不救我,你们来这儿干什么?"

黑猫朝扶岚那儿抬抬下巴:"有眼睛不会看?"

"扫雪……"朱明藏气得眼前一黑,道,"扶岚,你是妖族之主,却在这里为凡人扫地!你还要不要脸?!四月初你跳入嘉陵江不辞而别,老子为了找你整整瘦了十斤肉,你却在这里扫雪!"

"找个屁,"黑猫冷笑,"你自己想挑起人妖大战,休要拿呆瓜当幌子。"

"死肥猫,"朱明藏也冷笑,"我还当你们来无方是有所图谋,费尽心机为你们掩藏行踪,那帮牛鼻子道士在我身上加了五雷之刑,我硬是扛着没开口。谁知你们……"朱明藏瞧着扶岚那扫大街的小媳妇样儿,差点儿没气得立地升天,"扶岚,你脑子是不是被驴踢了,你千里迢迢跑来无方扫地?!"

扶岚仍是不理他。这人儿向来这样，闷葫芦似的撬不开嘴。朱明藏气得呼呼直喘气，他早说过非我族类，其心必异。扶岚这厮非妖非魔，甚不可靠。可是南疆那帮短视之徒震撼于他的力量，生生将他推上帝位，期盼他保卫南疆，从此南疆不受内乱之苦、外侵之忧。

罢了，扶岚好歹屠了魔龙，他忍气吞声，随了大流。这是南疆开天辟地头一回有了共同的皇帝。以往各族划地为王，划山称国，纷争不断，眼看就要一统南疆，效仿人间封邦建国，开朝立廷，可谁知这厮长得俊俏，却是个实实在在的草包。

他还记得九垓初平，南疆二十八族族长在横山召开第一次朝议，扶岚坐在龙骨王座上听政。他提出对内立妖官魔侍，设三公九卿；对外蓄养妖魔联军，伺机占领人间，南疆从此安享太平，不惧外敌。然而凉山那帮鼠目寸光的麻雀只想休养生息，偏安一隅。双方陷入争执，待要扶岚拿主意，却发现他已经埋在案上睡着了。

睡，睡，一天天只知道睡，朝议开了三天，这个草包也整整睡了三天。于是大政不了了之，连邦盟都没有结成。各族松散如初，各自关起门来当土皇帝，只把扶岚这个妖族之主当灶台上的泥神仙供着。

"扶岚！"朱明藏咬牙切齿地道，"你身为妖族之主，难道不应当将振兴南疆作为毕生夙愿吗？！"

那个恬静的男人终于有了反应，他回过身来，目光淡淡："那不是我的愿望。"

"那你的愿望是什么？难道是妖姬绕庭，魔女盈室，酒池肉林，夜夜笙歌？"

扶岚轻轻摇头，抬起眼望着漫漫雪花，鼻腔里酸溜溜的。他想起很多年前在乌江小村，他常常抱着狗崽裹着大棉被坐在宽宽的屋檐下，狗崽搂着黑猫，他们三个一起等下工的阿芙回家。那时候也是这样大的雪，满世界白皑皑。每当想起狗崽，他的目光总是变得温软恬淡。他轻声道："我的愿望是把我弟弟养得白白胖胖，开开心心。"

"弟弟？"朱明藏满脸困惑，"你不是石头缝儿里蹦出的怪胎吗？哪来的弟弟？"

黑猫斜了它一眼。扶岚扫完了这里的雪，抱着扫帚朝外去。朱明藏眼见他要走，顿时着了慌，道："你个龟儿，你回来！无方禁林关押了那么多妖，你难道见死不救？！"

扶岚充耳不闻。风雪茫茫，那白衣背影眼看要消失，朱明藏忽然想到什么，拍着栏杆低声吼道："龟儿，你不是一直在找神迹吗？冰海天渊底下有个神迹，你去看！看看这个消息，够不够换禁林群妖的性命！"

雪仍在飘，扶岚却停了步子。朱明藏刚松了一口气，那白影蓦然消失，下一刻，扶岚没有表情的脸出现在朱明藏面前。朱明藏吓了一大跳，脖子忽然一痛，是扶岚将它紧紧掐住。这个男人看着瘦削，力气却极大，掐得它几乎喘不过气儿来。扶岚望着它，黑而大的眸子里没有感情："你在骗我吗？"

"禁林降妖的命握在你手里，我怎么敢骗你？"朱明藏死死攥着扶岚的手腕，艰难地说，"当初叶枯残初到无方，修改禁地阵法，换阵时禁地结界出现空隙，我有几个兄弟从里面逃了出来。是它们告诉我，冰海天渊流出来的河水常常发现一些刻着怪字儿的破石头，那些石头和巴水里流出来的极为相似。扶岚，你不是一直想知道你到底是个什么玩意儿吗？你只消得下到冰海天渊瞧一瞧，若是没有，你回来便是；但若是有，你最好想办法把我们妖族的兄弟救出来！"

扶岚看了它半晌，最后什么也没说，抱着黑猫走了。朱明藏捂着喉咙，恨恨地捶了下地："龟儿，迟早有一天老子要修炼得比你强，把你那颗草包脑袋塞进你的裤裆！"它躺在地上幻想了一下把扶岚脑袋摘下来塞裤裆的样子，胸口里憋的气儿顿时顺了不少。

远处又响起寂寂的琴声，扶岚步上悬空阶，低头望着茫茫黑夜。

"你真的要去？"黑猫蹲在他身边道。

"要去。"他说。

"不带上娃儿吗？"

"小隐太弱了，很麻烦。"扶岚道。

"也是，神迹危险，你还得破禁地法阵。"黑猫挠挠鼻子，道，"那你写张字条儿留给他，说咱们很快就回来。"

扶岚从乾坤袋里取出纸笔，写了张条子，卷成小卷儿放进竹筒递给黑猫。黑猫咬着竹筒离开，过了一会儿才回来。扶岚搁下扫帚，抱起黑猫，轻声道："要跳了。"

他身体后仰，墨发烟一样散开，头朝下，像一颗孤独又灿烂的流星，落入了漫漫长夜。

戚隐抓着扶岚留下的字条儿，半晌没反应过来。

师兄师姐几个围在灯下瞧那字条儿，字条裁得细心，裁边一点儿毛也没有，上面的字儿很清秀，一笔一画，丝毫不拖泥带水，是他哥一贯的风格。

但是上面仅仅只有四个字——"去去就回"。

流白最后下了结论："呆师弟没被绑架，这是他自个儿留的。"

一张没头没脑的字条儿放在他枕头边上，戚隐一开始还没明白，直到更鼓敲了三更他哥还没个人影儿，他才知道这字条是什么意思。

"这个浑蛋……"戚隐抓着脑袋，气得脑袋冒烟，道，"怎么一声不吭就走了？也不说说去哪儿了！"

"别冤枉人家，人家明明吭了四个字儿。"云知拍拍戚隐的后背。

"他不如说他死外面了！"戚隐气道。

这厮究竟能去哪儿？无方他头一回来，谁都不认识，总不能去暗杀无方掌门吧？这也不像是他能干出来的事儿。最气人的是，他竟然不带上自己！戚隐气得胸口疼，坐在那儿生闷气，一心想着等那浑蛋回来怎么惩治他，好让他知道知道家里的规矩。是让他跪搓衣板，还是打一顿？戚隐想了半天觉得都不妥。

大伙儿正要商量着去告诉两位师叔，门忽然被敲响，桑若开了门，正是昭冉站在外头。他朝大家拱了拱手，问道："请问云岚师叔可曾回来？"

大家面面相觑，云知清了下嗓子道："师弟为了早日完成罚扫，日日都扫到深夜，这会儿约莫还在扫雪吧。"

"这便是了。"昭冉忧心道，"还请诸位师叔随我来，云岚师叔怕是遭遇不测了。"

大伙儿都愣了，一同到悬空阶，那里早已围满了人。戚灵枢正蹲在那儿察看脚印，阶上放了把扫帚，正是扶岚常使唤的。戚隐急急挤进去，问道："我哥怎么了？"

戚灵枢沉吟了一阵，回过头来看他，目光凝重，道："云岚师弟的脚印到这里中断，也没有回返的脚印。如果我没有猜错，他可能不慎失足掉下去了。看脚印上的落雪厚度，他掉下去起码有小半个时辰。"

戚隐愣怔了片刻，忽然明白过来。扶岚那厮下盘比公鸡脑袋都稳，怎么可能失足？十有八九是他自个儿跳了下去。戚隐扒着雪阶伸脑袋瞧，底下蒙蒙一片，满目漆黑。下面应当是禁林，明儿才是出发去找戚慎微的日子，扶岚吃饱了没事儿干，往禁林跳做什么？

戚灵枢拽着他的后领把他拉回来，道："事不宜迟，救人要紧。你们派个人去通知掌门师叔和凤还二位师叔，再派一人同我下去救人。"

昭明在后面讷讷道："还需要救吗？咱们这悬空阶每年都有几个人摔下去，每回下去找，要么找到摔得稀巴烂的骨头渣，要么已经被妖怪拖走吃了，连渣都找不到。"

他这话儿一出，大家都静默。桑芽不知就里，还以为扶岚真的没了，哇的一声哭了出来。戚灵枢在前面回过身，凝目看昭明，目光冷如冬日霜雪。

"同为仙山弟子，生要见人，死要见尸。"

他向来这样，说话硬得像棒槌，也不管人家面子上下不下得来。昭明打了个寒噤，低着头不敢再多言。戚灵枢拿出禁林令符，打开移遁法阵。他是无方首徒，又是内定的下八座剑法长老，也掌了一份禁地令符。灿烂的金光在地上展开，围成绚烂繁复的巨大图案。围观的众人纷纷退开，昭明自告奋勇，踏进法阵。

这可是个入禁林的好机会，远比尾随猪妖安全多了。云知一把抓起戚隐，将他拽入法阵："小师叔，捎上我和云隐！"

金光倏忽一闪，里面的人儿混成数道虚影。再一眨眼时，阶上已是空白一片，人都不见了。

昭冉得了戚灵枢的令，趋步去无方殿禀告元籍。走到半路，忽然遇见孟清和抱着琴缓步而来，昭冉低头行礼。孟清和微笑颔首，问他去做什么。昭冉细声答了话儿，孟清和长长"唔"了一声，笑道："正好我要去与元籍掌门下棋，便由我替你代呈此事吧。"

昭冉略一迟疑，最后还是拱手行礼："有劳师叔。"

第十三章 禁垣

　　一瞬间天旋地转，五脏六腑翻江倒海，一眨眼的时间仿佛有一年那么长，他好不容易脚落了实地，戚隐一下没站住，趴在地上干呕。云知蹲下来轻拍他的后心，好半天才缓过劲儿来，却发现队伍里头不对劲，竟多了一个姑娘。

　　方辛萧伶仃立在那儿，嗫嚅着捏衣角，道："我也想帮忙找岚哥哥。"

　　戚灵枢严肃得像一块冰，眼也不眨，重新打开令符，冷冷地道："回去。"

　　方辛萧站在那儿都快哭了，四下张望，盼谁来帮她说说情，最后目光落到戚隐身上。戚隐做了个无可奈何的手势，没吭声。

　　戚灵枢感到厌烦，他不是很明白，为什么这些人一定要他把话重复再重复才能听懂。他按了按额角，耐着性子又说了一遍："回去。"

　　方辛萧红着眼睛，偏是没动弹。她擦了擦眼角，哽咽着道："小师叔，你知道为什么大家都不敢靠近你吗？"

　　戚灵枢一愣。

　　"你总是这样，别人好心好意待你，你偏不给人家好脸色。上次论道，我两个师姐看你日日清晨练剑，熬了一早上的排骨汤想帮你补身子。你倒好，一转眼就让她们被打了二十下手心。"方辛萧眼角通红，道，"不要就罢了，你拒绝便是，何必这样糟蹋人家心意？岚哥哥从不会这样，我熬汤给他，他会说'谢谢'，还把碗洗干净了还回来。"

　　熬汤？戚隐纳闷，扶岚餐风饮露不吃不喝，怎么会收人家的汤？等等，他忽然想起来，这几日晚上扶岚总会端汤回来给他和猫爷。戚隐没细想，只当是扶岚自己熬的，敢情这小子把人家送给他的汤拿来借花献佛。

　　扶岚不通人情，大约没想这么多。可若这姑娘知道自己辛辛苦苦熬给他的排骨汤，统统都进了别人的肚肠，一定会伤心欲绝心如死灰。戚隐默默捂住脸，云知也猜到了内情，毕竟那汤他也喝过几口，按着戚隐的肩头，憋笑憋得肚子疼。

　　大家看云知一脸痛苦的神情，昭明疑惑道："你怎么了？"

　　戚隐木着脸捂住他的嘴，道："没事，他有病，打一顿就好了。"

　　戚灵枢站在树影下，白净的面庞绷得像一块硬邦邦的大理石。他抿着唇，什么也没说。

　　云知好不容易忍住了笑，扒开戚隐的手，走出来道："小师妹此言差矣。谁说大伙儿都不愿意靠近小师叔？我就挺乐意的，"他笑嘻嘻地拍了拍戚灵枢的肩膀，"毕竟咱俩是打小一块儿穿开裆裤的情谊不是？"

　　昭明见状气得两眼发黑，道："你……你快把你的脏手拿开！我小师叔仙风道骨，岂是你这等腌臜玩意儿能碰的？！"

　　"噤声。"戚灵枢道。

　　昭明不情不愿地闭了嘴，恨恨地瞪了一眼云知。

　　戚灵枢撂开云知的手，缓了口气，问方辛萧："论剑榜排名。"

　　方辛萧小声道："刚好一百名，身上带着伤，原本能打得更好些。"

论剑诸弟子起码有三百个，这姑娘和戚隐一样刚入门不久就能打到一百名，是非常了不得的成绩了。戚隐老脸一红。

戚灵枢没再说什么，收了令符，转身开道。方辛萧见他默许了，终于展颜一笑。大家都佩上驱妖香囊，手执灯符，用剑斩藤开路，往林子深处走。

一路疾行，月光无声地在黑暗的林间流淌。野草茂盛，长得足有人那么高，锋利的茎叶刮得脸皮生疼。地上有残雪，土壤十分泥泞。戚灵枢不许大家说话，禁林沉寂得像一潭死水，连鸟叫都听不见，黑暗中仿佛有无数双眼睛窥视着他们。

无方禁林和凤还的差太远了，戚隐记得凤还禁地，夜晚流风和缓，远处鲛人的歌声轻飘飘地传来，温温软软，像女人细腻的手掌拂过脸颊。眼下却是黑漆漆一片，树木和灌木丛笼成一片深重的黑影，里面仿佛藏了无数利爪獠牙。

戚隐很想知道他哥到底去了哪里，禁林里到底有什么东西吸引着他？他又为何走得这样突然？一切一无所知，只有等那个浑蛋回来才能得到解答。苦艾草的味道混合林子里的腐败气味缠绕鼻尖，他们路过一个大妖苍白的尸骸，绕过一片盐水沼泽，终于到了扶岚降落的地方。

那里有一个十丈的大坑，大坑周围灌木丛伏倒一片，还有合抱粗的树木断在一旁。这准是扶岚的降落点没错了，高处下降的冲力和灵力冲击破坏了周围的草木，和他在梦境里撞出的大坑一个样儿。

昭明目瞪口呆，道："云岚的身子骨真硬朗……"

戚灵枢一声不吭，执着灯符细细察看坑中和周围。巨坑中有一串脚印，从中心一直绵延到外面，却在灌木丛里消失不见。

昭明喃喃道："从那么高的地方摔下来，他竟然还能直立行走？"

常人摔下来早成肉酱了，只有扶岚有这种神力能够毫发无损。眼看要暴露，云知忙走过来说："怎么可能是我师弟？应当是有妖把他扛走了。我师弟细皮嫩肉，妖最好这口。"

戚隐也蹲下装模作样地看了会儿脚印，搭腔道："没错，这不是我哥的脚印。我哥的脚七寸八，这尺寸不对。"

"那咱们得快些，"方辛萧忧心忡忡地道，"若是他被妖拖回巢穴吃了，只怕女娲娘娘显灵也救不回来。"

众人即刻启程，朝脚印延伸的方向而去。黑暗中云知走到戚隐身边，低声说了一句："戚灵枢有古怪。"

他不说戚隐也发觉了，他们的谎话其实破绽百出。按这脚印的深度，绝无可能是扶岚和一只妖加在一起的重量，更何况也根本没有进坑的脚印。别人也就算了，戚灵枢打小跟着戚慎微降妖除魔，没道理发现不了，然而他始终不发一语。戚隐望了望前头那个白衣男人，他的脸笼在月光和树影下，半明半暗，看不出是什么神色，只觉得别样的肃杀。

事情越来越奇怪了，戚隐深深锁起眉头，这个小正经到底知道多少？

第十三章 禁垣

　　走了不知多久，东面天穹蒙蒙亮了起来，牡荆草的枝叶浸在天光里，像敷上了一层薄薄的水银。淡淡的雾气在林间流淌，戚灵枢不断蹲下身察看脚印，拨开野草梗子，地上有许多马妖的月牙形的脚印，还有骡子的半圆形蹄印，以及蛇类爬行的拖痕。大伙儿都累得虚脱，戚灵枢回头看了看，道："休整半炷香的时间。"

　　只有戚隐和云知知道方向完全走错了，戚灵枢一直在察看脚印，可是扶岚是在树上奔跳着走的，因为一个时辰以前戚隐在几棵柏树的树杈上发现了扶岚的鞋印。云知走过去和戚灵枢商量，道："我们或许应该去无方先辈的墓地瞧瞧。"

　　戚灵枢看着他，等他的下文。

　　"如果云岚被妖怪分食，按照妖怪的习性，一定会留下血迹、断肢残骸什么的。我们这么久都没看到云岚的残骸，说明他很有可能中途恢复了意识，想办法逃了出来。"云知睁眼说瞎话，说得头头是道，"禁地里哪里最安全？当然是先辈坟墓，妖类一般不敢靠近那里。"

　　戚灵枢不咸不淡地"嗯"了声，道："继续。"

　　云知展开地图，指着上面的一个红圈，道："最近的坟墓是戚师叔的坟墓，大约再走一炷香的时间就到了。"他扬眉一笑，"要不要过去瞧瞧？"

　　戚隐坐在一个树墩上揉腿，戚灵枢简直是个铁人，跑这么久都不带喘的。他从乾坤袋里掏出水囊喝了口水，又拿手帕擦汗。手帕角有他哥给他绣的小青鱼，有的摆尾，还有的咕噜咕噜吐泡泡，一个个呆头呆脑的，活像那个闷不吭声的大男孩儿。

　　攥着这手帕，戚隐又想起那个不声不响的男人来。说什么心疼他保护他，出门都不把他捎上！戚隐越想越怨，气得用手指用力戳了戳帕子角的笨鱼。

　　哼，呆瓜。

　　大家休整了一番重新上路。天彻底亮了，天穹上的结界在阳光中显露出来。那结界也和凤还的不同，像艳丽的霞光，在穹隆中波浪一样起起伏伏。细细审视叶隙里漏下来的光，竟隐隐能看出瑰丽的色彩。地上残雪融化，他们踩着水洼一路前行，不到一炷香的时间就到了戚慎微的墓地。

　　然而走到近前，所有人都惊呆了。

　　戚慎微的墓破了一个大洞。

　　汉白玉墓碑倒在一旁，地上坑坑洼洼，一抬脚满脚都是泥巴。从洞口上方望下去，洞很深，底下黑沉沉的，偶尔看得见水波反射的亮光，左边连着一条墓道，大约通往墓室。一种难以言喻的腐朽阴馊味漫上来，仿佛在洞里面冰了千百年，今日一股脑地放了出来。

　　这里地势低，看样子应该是雪水融化，汇成水流，把墓给冲坏了。戚隐头朝下探进去看了看墓道，黑漆漆一片，望不见头。这无方真是大手笔，竟然把他爹的墓修得这样宽敞。

　　戚灵枢的脸色很难看，戚隐还以为是因为戚慎微的墓被冲垮了，他心里头不舒坦。但他在洞前蹲下来，道："这不是师尊的墓。"

"不对啊，"云知低头翻地图，"没走错啊。"

戚灵枢道："师尊过身得突然，墓穴只是草草挖了个半人高的深坑，甚至没有垒砌砖石。"

戚隐低头看，这洞起码有一人多高。

昭明疑惑地道："戚长老的墓还会七十二变？"

方辛萧也惊疑不定地探头看。黑水映着众人的脸，个个阴沉沉的，死人似的，有种说不出的阴森。

"不是变了，"云知道，"是被水冲塌了。"

他指了指洞壁，中间有一段突出来的地方，能看出明显的泥土分层，还有水流冲刷过的痕迹。显然上半部分是戚慎微入土的墓穴，下半部分是现在他们所看见的墓道。敢情无方把他爹的墓压在了别人的墓顶上，这真是缺了大德了。戚隐颇有些埋怨地道："你们无方挑墓地也太不用心了，怎么不先看看是不是已经有前辈占了位子？这样压人脑袋顶，不怕断子绝孙吗？"

云知耸耸肩："大约是怕戚师叔一个人孤苦伶仃的，给他找个伴儿聊聊天。"

戚灵枢看了他一眼，道："大水冲墓，恐怕棺椁受损，我下去看看。"

说完他就跳了下去，那黑水足足没到了脚踝。云知扬眉一笑，道："我陪你！"

云知正要跳下去，墓道深处忽然有模模糊糊的声儿顺着一阵飕飕的阴风飘过来。那怪声儿听着像是人声，影影绰绰，听不分明。莫名其妙传出人声，大家面面相觑，谁都是一副见了鬼的表情，戚灵枢也站在原地半晌没动弹。但很快大家又想明白了，水已退下大半，这洞肯定冲出来好些时日了，说不定是什么妖怪进去了。

那声儿呢呢喃喃，好像在不停地重复着什么。戚隐凝神静听，他灵力微浅，耳力远远不如其他人，听得很吃力。

忽然只见戚灵枢脸色一白，蓦然睁大眼，道："是师尊！"

他这话儿一出，所有人俱是一愣。戚隐也心头一震，前头他那个胖子师父说他爹不死不活，难不成真的还有命在？戚灵枢话也没撂一句，提步就冲了进去。云知忙跳进坑追了过去，还不忘喊了声："黑仔，跟上！"

黑你大爷！戚隐暗骂了一声，没奈何，也跟着跳了下去。

墓道阴冷得很，甫一下去迎面便是阵阵阴风，吹得戚隐骨头缝里似乎都生出了霜。水浸着脚踝，戚隐奋力往前赶，戚灵枢那小子跟耗子似的，早已跑得没影儿了。

大伙儿一起跑了不知多久，眼前终于豁然开朗。一条长长的地下河横亘前方，两头皆茫茫，看不清源头和终点。西北处架了一座孤零零的石拱桥，河对岸黑洞洞的，影影绰绰现出一个地宫的形状。戚灵枢举着灯符站在河岸边上，低头望着下方黑沉沉的河流。河心漂了一个豁了口的桃木大棺材，棺材里空空如也。

这么一瞧事情明白得很了，戚慎微没死，他是被活埋了。后来大约是大水冲墓毁坏了棺椁，他才终于破棺而出。戚隐心里松了一口气。祸害遗千年，他就知道这狗剑仙没那么容易死。

第十三章 禁垣

"兵分两路，"戚灵枢当机立断，"我去找师尊，你们上去，继续找云岚。"

"不行，"云知道，"我们怎么能让你一人儿去找你师父？"

昭明和方辛萧纷纷点头，云知继续道："我和我师弟跟你一块儿，"他点了点方辛萧二人，"你们俩上去。"

他这么一点，昭明愣在当场。说到底云岚是凤还弟子，怎么算也应当是凤还山的找凤还山的，无方山的找无方山的。谁知戚灵枢竟然点头赞成："我把令符给你们，你们若是未在周围看见云岚，便直接回灭度峰禀报长老再作商议。"

昭明结结巴巴地道："小师叔，这……"

"听令行事。"戚灵枢道。

小师叔已然发话，昭明只好诺诺答应，接了令符，领着方辛萧一步三回头地走了。

目送他们消失在甬道深处，三人沿着河堤向小桥出发。云知一面走一面笑道："小师叔，既然接下来要同行，咱们这回就坦诚相见呗。没猜错的话，你一开始就是冲戚师叔的墓穴来的吧？"

他这话儿说得不错，一路走来，戚灵枢目标明确，压根就不是寻扶岚来的。戚灵枢却没回答，只道："你先说。"

"我师父那儿有戚师叔的一盏命灯，命灯至今未熄，无方却已然传出死讯。师父担忧戚师叔，所以派我们来一探究竟。"云知道。

"我们还在你的石室里发现了血迹。"戚隐补充道，"对了，问你个事儿，你师尊修过巫罗秘法吗？"

戚灵枢摇头："不曾，师尊专修剑道，咒术一途从不曾涉及。"

这就怪了……那五个人到底怎么死的？戚隐凝眉沉思。

戚灵枢从乾坤袋中取出一个竹筒，递给云知："四月初八我在北地接到噩耗，返回无方时师尊已经装殓完毕，停灵于无方大殿。我摔瓦捧灵，送师尊入土，回到石室，却在石阶缝里发现此物。"

云知打开竹筒，戚隐也凑过脑袋瞧，登时悚然一惊，里面赫然装了一小截苍白的指骨。

"这并非师尊的手指，但我亦知师尊突然暴毙定有蹊跷。"戚灵枢闭了闭眼，掩住眸底深沉的哀恸，"我离开无方之时，他明明伤势见好，已能下地行走。四月初八，却突然传来噩耗。自那以后我便暗中查探，却一无所获，直到你们来无方。"

"你怎么知道我们要找戚师叔？"云知疑惑地问。

"云岚失踪，不就是你们要混入禁林的计策吗？"戚灵枢淡淡道，"恕我直言，你与云隐戏做得太假，云岚失踪，你二人竟丝毫不见慌张。"他看了眼戚隐，咳了声道，"尤其是你，云岚与你交谊深厚，你不当如此。"

戚隐无语，他算是知道了，这小子的正经都是装的。

云知抱着手臂笑了声："说实话，你还真猜错了，呆师弟失踪不在我们的计划之内。我那师弟是个神人，他行事我们管不了。"

他说得含糊，明显不愿多说云岚的事儿。戚灵枢也不多问，只点点头道："不过，真正让我确定你们的目的的原因是，你们带来了真正的戚隐。"

戚隐一愣，纳闷道："你怎么发现我的？呃……难道是在静泉那次？"

"我不知道你有没有发现……"戚灵枢说了一半忽然沉默下来，似乎在斟酌用词，又好像在犹豫要不要说。戚隐疑惑地看着他，他顿了顿，才继续道："你每次看我的时候眼神总是很难过。或许是我看错了，但我总觉得你的眼神里有一种……被抛弃的感觉。"

空气里陷入尴尬的沉默，戚隐干笑着，结结巴巴地道："哎呀，我就是有点儿羡慕你嘛。这不挺正常的，你多俊一人儿啊，是人都羡慕啊。现在没事儿了，我早就不在乎了。哈哈哈！"

"黑仔，"云知目光里有怜悯，"你笑得比哭还难看。"

戚隐一哽，没好气地朝他翻了个白眼。

戚灵枢道："我很早就知道你了，在我很小的时候。他们都说师尊在外面有个孩子，我曾经疑惑过师尊为何不去寻你，至今我也不知道答案。但是我知道，他心里一直挂念你。"

戚隐只是沉默，当真挂念吗？寻他又不费事儿，御个剑，一夜的工夫就到了。就算不能认回来当儿子，难道就不能偶尔来看看他过得怎么样，好歹捎几个钱给小姨，这样说不定他日子就能好过点儿。戚隐没滋没味儿地笑了笑，换上一个嘲讽的声调，仿佛是攻击，又仿佛是自卫，道："哦，是吗？怎么个挂念法儿？"

"你不是想知道我是怎么发现你的吗？"戚灵枢停了步子，低声道，"因为云岚说你叫狗崽。三月份，我接到钟鼓山的邀请帮他们除妖，临走之时留了一面琉璃镜在石室。四月初八，师尊临死之际，对着琉璃镜不停地喊'狗崽'。"

戚隐愣了。

"我那时不知其意，直到那日在静泉我才明白，他是想要见你最后一面。"戚灵枢缓缓道，"方才墓穴里传来的声音，一遍一遍，喊的也是'狗崽'。"

戚隐垂下眼，心头好像闷了一口锅，说不出的难过。搞什么啊，他怨怼地想，要不要这样？他恨了那个男人十多年，这会儿突然跑来告诉他，孩子我是有苦衷的，其实我还是很爱你的。好像只要这家伙爱他，这十多年的抛妻弃子就可以被原谅。十多年的时光，迢迢流水一般一去不复返，他娘没了，他也长大了，一句"狗崽"，就指望他原谅吗？！

可是戚隐心里的坚硬好像簌簌落下灰来，不知不觉松动了那么一块小小的裂缝。他慢慢蹲下来，黑沉沉的河水映着他的脸颊，他对着自己的影儿悲惨地笑了笑。

戚灵枢和云知站在边上默默望着他的背影，他垂着脑袋，活像一只丧家之犬。戚灵枢低下眉眼，想起戚隐站在拭剑台下遥遥望他的时候。等他扭过头，戚隐却慌张转过身，假装什么也没发生。那个时候戚隐低着头，耸着肩膀，两手揣在袖里，明明穿行在人流里，背影却出奇的孤单。

每次看到他，戚灵枢总会觉得，大概是自己抢了他的位置。或许是命运在哪里出了差错，无方首徒本应该是戚隐，受人敬仰的小师叔也本该是戚隐，却阴差阳错被另一个流浪的野孩子抢了先。有点像戏折子里的真假千金，真正的主角流离失所，假冒的荣华富贵。戚灵枢默默地想，他欠戚隐的。

半晌，戚隐站起来了，说："走吧，我们去找他。我要好好问问他，当初为什么抛弃我和我娘一走了之，为什么十八年来没有音讯对我不闻不问。"他回过脸来，那双深邃的眼眸出乎意料的平静又坚定，"十八年了，是时候了，今天我就要和他做个了结。"

戚灵枢刚要点头，身后忽然响起方辛萧他们的喊声："小师叔！"

这俩怎么还没走？戚隐望过去，正见他们惊慌失措的脸庞。昭明惊恐地道："小师叔，洞口不见了。"

"什么意思？"戚灵枢皱起眉。

"洞口没了！"方辛萧叫道，"洞口消失了！"

戚灵枢和云知、戚隐面面相觑，返身进了甬道，蹚过水走了好一截子路，终于走到了顶。原本是洞口的地方变成了粗糙的岩壁，戚灵枢举着灯符细细察看。那岩壁与周围的岩石浑然一体，没有丝毫人工斧凿的痕迹，绝不可能是旁人趁他们不注意搬了石头堵上。

"见鬼了。"云知伸手摸了摸石壁。

"令符试了没有？"戚灵枢问。

"试了，"昭明不安地道，"没有用。"

戚灵枢又试了一回，果然打不开法阵。大家都大眼瞪小眼，昭明嗫嚅着道："该不会是有鬼吧？"

方辛萧打了个寒战，抱着手臂道："师兄，你莫要吓我，我最害怕鬼了。小时候兄姐说鬼故事，我一晚上睡不着。"

不知哪儿来的怪风阵阵吹过来，凉飕飕地阴着人，戚隐也觉得这地儿有点邪门。

戚灵枢拧紧眉道："莫要自己吓自己，或许是机关幻术。"

昭明想要用剑冲出一个口子，云知拦住他，摇头说不可。这儿的岩石结构完整一体，只怕口子没有冲出来，墓道倒是先塌了。说罢忽然想起什么，云知忙拿出凤还琉璃镜，细细擦亮，里面影影绰绰现出孟清和的影子。

孟清和摇头笑道："云知师侄，我同你说每半个时辰开一次镜，如今已过了两个时辰有余，你终于想起我了。"

"师叔，你大人大量，莫与小侄计较。"

云知把情况一说，戚灵枢做补充。孟清和沉吟了一会儿，要求去看看戚慎微的棺材。大家返回地下河边，孟清和隔着镜面细细端详了半晌，语气蓦地沉重了起来：

"孩子们，此墓不可久留，你们须尽快寻找出路。"

"为何？"戚灵枢拿过琉璃镜，道，"师叔，师尊还在墓里。"

孟清和叹道："自从你们进入禁林，你们所遇到的事情都不符合常理。不符合常理意味着无法预料，你们可知无法预料意味着什么？"他顿了顿，道，"意味着危险。"

戚灵枢沉吟片刻，道："师叔，劳你去请元籍师叔派人救援。我先入墓寻我师父，"他看向戚隐几个，"你们在这里等我。"

"好歹是一同穿过开裆裤的情谊，"云知笑嘻嘻地勾住戚灵枢的脖子，"我怎么可能丢下你？"

明明是关心的话，让云知这家伙说出来却分外地欠扁。戚灵枢对他的无耻颇有些抵抗力了，冷冷地撂下他的手，站得离他远了些。

戚隐也举手："我也去。"

再浑蛋说到底也是他爹，他还是得去瞧瞧。

第十四章

神迹

昭明一向追随小师叔，小师叔去哪儿他去哪儿，也说要同行。方辛萧还挂念着生死未卜的岚哥哥，可一时半会儿根本出不去，大水冲墓，说不定也冲出了旁的缺口，便也说要去。

这样一来，便是大伙儿都去了。大家商定一面寻戚慎微一面寻找出口，同时必须结伴同行，不可单独行动。他们于是决定到前面去探一探，沿着河堤往前走。地下河不是顺直线流，而是有明显的拐点，无声地流入寂静的黑暗。他们过了桥，到了河对岸。

灯符盈盈照亮一方天地，戚隐登时睁大了双眼。这里简直不能称作墓室，而应该叫作殿堂。地上铺了冰裂缠枝花纹地砖，上面刻的花纹形态繁复，有种古老庄严的意味。四面的岩壁被磨得很平整，上面刻了彩色岩画，不少已经脱了色。中间放了个青铜大鼎，鼎上刻满了符纹，鼎口冒着淡淡的光，上方悬浮着十二把黄金柄小刀。刀锷是黄金十字，每柄小刀只比手掌长一些，刀刃尖锐，凝着星子一样的寒光。

"这么气派，是不是你们无方祖师爷的墓？"戚隐咋舌。

没人理他，大家都好奇地围着那十二把黄金短刀，它们在光芒中旋转。

戚灵枢皱着眉道："十字护手刀？"

"啥？"戚隐问道。

戚灵枢拧着眉头没吭声，云知替他解释道："十字护手刀是传说中的神器，是只有神祇能御使的刀，一旦刺进血肉，如果没有主人的意愿就拔不出来，生生世世留在那儿。上古以黄金、玄银和青铜为三大金属。十字护手刀以黄金为柄，玄银为刃，十分厉害。你再看这个十字刀锷，咱们中原没有这样的刀锷，清和师叔曾经推测这是南疆神明的刀。"他摸了摸下巴，"不过这刀只在古籍里有记载，有没有神还另说呢，这个保不准是墓主人按照记载仿造的。"

孟清和感叹道："云知师侄竟没有在我的课上睡觉，当予以褒奖。"

云知笑嘻嘻地道："哪里哪里。"

孟清和又压低声音道："猪妖卯时一刻移闪，届时我让清明易容跟随，进入禁林之后伺机前往元微墓地寻你们。你若寻得元微，便回到河对岸等候清明。"

"还是师叔你靠谱，"云知感叹道，"要是我师父的话，这会儿已经在给我烧纸了。"

看完刀，大家又四散在殿中寻找有没有缺口。黑暗的大殿寂静得有点儿可怕，灯符暗淡的金光映在大家脸上，仿佛罩上了一张金面具。戚隐摸了摸发冷的手，总觉得黑暗之中有谁窥伺着他。他不自觉走到岩画边上，古老的色彩映入眼帘。

岩画的色彩很单薄，无非以黑岩做底，再饰以朱白二色。第一幅画的是月圆之夜，岩石的纯黑色代表夜晚，一团白漆代表月亮；地上跪了一群简笔勾勒的人，还有些人长了角，他们面前放了堆成山的祭品瓜果，正虔诚地向月亮跪拜。第二幅中，天上的月亮向地面伸出一条曲折的光梯，所有人兴高采烈地跳起舞来。戚隐转过另一面墙，看第三幅画儿，打眼一瞧，登时睁大了眼。

月亮前方，光梯的顶点，有一个挺拔的影子，鹿角生花，蹄绕春风。它俯视着地上芸芸生灵，仿佛君临世间。

是白鹿。

"你们看穹顶！"方辛萧突然喊道。

大家都抬起头，方辛萧放出灯符，灯符幽幽飘上去，照亮黑暗的穹顶。在那天穹一般的殿顶上画了一幅巨大的彩画，深刻又流畅的线条勾勒出一只身姿矫健的白鹿，白鹿奔跑在曲曲折折的光梯之上，向大得几乎占满半个夜空的月亮而去。无数蚂蚁一般的生灵匍匐在岩画的一角，跪送着白鹿的离去。

"这不是无方祖师爷的墓，"孟清和发出轻轻的喟叹，"这是一座巫墓。"

冰海天渊。

扶岚无声地下潜，寂静的水波将他笼罩。这里冰得刺骨，即便张开结界也冷得像要即刻被冻僵，黑猫扒在他怀里瑟瑟发抖。水里是绝对的黑暗，这里太深了，天刚蒙蒙亮，上面的光不够强，无法穿透海水。

他垂眸望着底下深不可测的渊海，放出了小鱼。无数淡青色的飞鱼从他身上涌出，摆尾游入寂静的深渊，浅浅的荧光照亮了海域，他看到脚下矗立的青铜巨柱。那是无数根成方阵排列的青铜柱，底部淹没在冰海的淤泥下，仅仅暴露在海水中的部分就已经高可摩天。

通天柱。

上古凡人妖魔认为屋子建得越高距离神明越近，他们建造了这些青铜柱，想要靠近神明。若有亵渎神明之徒，巫祝会摘下他们的头颅，在浇铸青铜柱之时嵌入其中，铜水浇头，和铜柱融为一体。目光所及之处，可以见到不少暗青色的头颅，如同森严的雕像。

扶岚缓缓下潜，脚尖落在青铜柱的上方，俯瞰整座神迹废墟。

前方横亘了巨大的重檐残骸，还有海藻缠绕的梁柱顶枋，殿宇的主体早已埋在了淤泥之下。黑猫靠近一根青铜巨柱，小鱼盘旋着为它照明。它看见上面阴刻了密密麻麻的金错书，金漆早已暗淡失色，成为阴沉的蜡黄色。

黑猫缓缓读出了那上面的文字："磲磲白鹿，违命于天。既反既耽，天命是怨。

帝有八方，威仪反反。钟鼓煌煌，神其是征。磬管将将，白鹿既崩。天地归明，诸神共还。"

"这里大概是古战场，"黑猫解释道，"其他青铜柱上都没有金错书，大约是战后刻上去的。'帝'指的是伏羲，他们敲响了战鼓，伏羲率领中原的神祇伐白鹿。当磬筦响起的时候，他们赢得了胜利。"黑猫用猫爪摸着那暗淡的文字，"我们的神死了，呆瓜。大神乃天地灵气所化，死后化归天地，既无形体，也无转世，原来我们南疆早就没有神了。"

"很糟糕吗？"扶岚低声问。

"很糟糕啊，"黑猫低落地说，"这说明咱们祭拜大神许愿的时候，愿望都白说了。没有神听你的愿望，也没有神实现你的愿望。小隐说得没错，我们找到他靠的是运气。"

扶岚没有回答，黑猫扭过头，这个安静的男人望着黑暗的深渊，不知在想什么，一副心不在焉的样子。片刻之后，更多青鱼从他身上涌了出来。黑猫看得出，他将这个术法发挥到了极致。

小鱼无声地扩散到整片冰海，扶岚的瞳孔蓦然一缩。

心跳，整片海都响彻着心跳。

在冰海的底部，传来无数刚劲的心跳声，它们深埋在淤泥之下，心跳神秘又庄严，如同钟鼓煌煌。在冰海的东面，又有无数微弱的心跳闷闷奏响，仿佛是被布匹裹住的铙钹，微弱得几乎听不见。他看见一张张结着霜花，冰冷又苍白的脸。它们阖着双目，低温抑制了它们的血行和心跳，让它们陷入安静的长眠。这些东西形态诡异，上身为人，下身畸形，有的竟生出了锋利的脚爪，辨不清是人是妖。

小鱼没有停留，继续潜行，在冰海的北面，又有一颗闷雷一般的巨大心脏，它属于一条年轻的魔龙，上一颗这样的心脏静止在他的刀下。

三种心跳，恍若不同乐器的合奏，冥冥水波微微荡漾，仿佛与它们一同振动。蓦然，在所有心跳之中，有一个心跳的声音突出重围，被小鱼捕捉。在冰冷的淤泥之下，万千心跳之中只有它与扶岚的心跳共振，仿佛是一个多年未见的老友。

它在呼唤着扶岚。

扶岚垂下眸，伸出手。

浩瀚的水波和渊底的淤泥倏忽一震，一柄黑漆漆的东西破出海底，升入了水波之中。它以均匀的速度朝扶岚而来，最终停在了扶岚的身前。

那是一柄黑鞘横刀，它有着奇异的十字刀锷，漆黑的刀鞘没有半分装饰，黑得仿佛会吸走一切光亮。扶岚握住了它的刀柄，沉雄的心跳声从刀身中传出，在扶岚的掌心搏动。片刻之后，刀鞘自动脱落，凄冷的流光水银一样泻出来。

黑猫凝望着那把刀，惊奇地道："这柄刀是玄银锻造的，玄银尘泥不染，你看它埋在地底这么多年，出来之后一点儿泥巴都没有。这必定不是凡器，不知是什么来历。十字刀锷，是咱们南疆的刀吗？"

第十四章 神迹

扶岚低声叫出了它的名字："十字斩骨。"

黑猫瞪大眼睛："你怎么认得它？"

扶岚轻轻摇头。他也不知道，他就是认得这把刀，握住刀柄的那一刻，像故友重逢。

"岚儿……"

幽魂般的呼唤从记忆的深处而来，扶岚怔了怔，迷茫地蹙起眉心。

"怎么了？"黑猫问他。

"我记起了一个人的声音。"扶岚说，"他叫我岚儿。"

"男的女的？"

"男的。"

扶岚将斩骨刀背在身后，折过身，朝冰海的边缘游去。

"你去哪儿？"黑猫问。

他们到达了冰海岩壁，面前有无数孔洞，看起来像一个巨大的蜂巢，每一个洞都深不见底。无数小鱼穿过水波荡漾的隔水结界，游入洞窟，繁复的地图在扶岚脑海中呈现：洞窟连着洞窟，岩穴与岩穴相连，地水山道经纬交错，恍若一个巨大的蛛网。无数无方弟子在蛛网上走动，洁白护领上绣着折枝梅花，昭示着他们隶属四座之一的身份。蛛网的正中间有一个巨大的金光法阵，八个男人围坐着入定。

这里是天渊蛛网，无方的秘密所在。

"去打架。"扶岚说。

"罢了罢了，此事老夫帮你瞒着小隐，你最好别把那人给想起来。"黑猫满脸愁容，"老夫真是为你这个呆瓜崽子操碎了心。"

它一面嘟嘟囔囔，一面扒住扶岚的肩膀，一人一猫一同没入了洞穴。

"巫墓？"方辛萧问道，"人间怎么会有巫墓？"

"你有所不知，"孟清和道，"远古时期南疆的地域远比今天大得多。根据《海内南疆志》的描述，今日的无方所在乃是当时南疆的最北端。这里埋藏了上古巫祝的坟墓，也不足为奇。"

戚隐想起猫爷说过的南疆巫诅，心里有些不安，道："师叔，咱们擅闯人家的坟墓，人家会不会记恨咱们，给咱们弄个巫诅什么的？"

孟清和低低笑道："只要你们不要乱动东西，比方说那十字护手刀，想必前辈不会计较。"

"放心，听说白鹿神专吃小孩儿心肝，"昭明晒笑，"你这么高的个子，就算你要当祭品人家也看不上你。"

戚隐微不可察地皱了皱眉："白鹿不吃小孩儿心肝，那些都是谣传。相反，在妖魔本土的传说中它特别喜欢孩童，若有小孩儿迷了路，它还会牵引他们回家。"

昭明颇不服气地道："你又是从哪儿知道的？妖魔信仰的邪神，你竟还要替它说话？"

和无方这帮傻子说不通，戚隐翻了白眼，转过头不再理他。昭明见他这模样，一股无名火冒上头来，还要再说些什么。戚灵枢皱了皱眉，道："噤声。"

昭明不情不愿地住了口，云知却闲闲笑道："妖魔信仰的邪神？恐怕不见得吧。"他朝穹顶努努嘴，"你瞧，长了角的代表妖魔，没长角的应该就是人吧？"

"不错，"孟清和温声道，"在上古，人和妖魔的隔阂并不像今日这般深重。南疆亦有不少人族居住，与妖魔一同祭拜白鹿大神。"

"清和长老，白鹿住在月亮上吗？"方辛萧好奇地睁大眼。

"准确地说是月轮天，那是白鹿大神的居所。"孟清和道，"《海内南疆志》记载，每到月圆之夜，大巫和信徒就会摆上祭品恭候白鹿大神的降临。你们看第二幅岩画，角落的人在跳舞。那不是简单的舞蹈，那是大巫才能跳的迎神舞。只有迎神舞能迎请大神，降下月光天梯。我听闻迎神舞庄重妙丽，穆然韶雅，可惜舞步已经失传，我们都没有这个眼福了。"

"等等，"戚灵枢指着穹顶，忽然道，"那是什么？"

顺着他指的方向看过去，戚隐发现彩画上有数道细细的抓痕，长短不一，五条为一组，像是人手抓出来的。云知打了个响指，更多灯符飘上去，整个穹顶荧荧亮起。所有人都愣住了，那顶上布满了抓痕。

"是什么东西在这里爬过？"昭明讷讷问道，"妖？"

准是有旁的妖也在这儿被困住了。戚隐锁起眉，不知道那个狗剑仙怎么样了，清式说他半死半活，该不会碰上妖怪被伤着了吧？

正在这时，大殿尽头忽然传来窸窸窣窣的声儿，在寂静的黑暗里显得尤其突兀。大家悚然一惊，戚隐忙拿出归昧剑，虽然是把锈的，但好歹是一把剑，姑且能拿来防防身。

戚灵枢燃起灯符，灯符悠悠飘向声音的方向。幽明的灯火徐徐驱散黑暗，他们看见一个瘦巴巴的干瘪人影儿躲在一根红漆柱子的后面，似乎盯着他们。

大家都面面相觑，不敢轻举妄动。那影子瘦得像根柴火棒子，细杆脖儿支着一个大脑袋，歪过红漆柱子瞧着他们，那歪斜的身形怎么看怎么诡异。在一座墓里看见这玩意儿实在让人心惊胆战，但戚隐只是惊了一下就立刻冷静下来了。毕竟有戚灵枢在，这厮虽肯定不如扶岚厉害，但说到底是无方首徒，和云知那种混日子的不一样，必定能镇住场面。

果然，只听戚灵枢开了口，嗓音一如既往的高寒冷漠："何人？"

黑影儿没答话，一动不动地歪站在那里。昭明小声说："是不是戚长老？"

"戚长老不会不说话吧……"方辛萧悄悄道。

"管它什么玩意儿，"云知在背后轻轻拔出了剑，"戳一下不就知道了？"说完，长剑唰的一声出鞘。

凄迷的光芒闪了那黑影儿一下，众人看见黑影抬手遮了下眼睛，以极快的速度往后跑去。戚灵枢下意识地也出了剑，问雪化作一道细光，朝那黑影射了过去。黑影儿迅速猫下身，问雪在岩壁上撞出点点清光，再折回的时候，黑影已经闪到门后面了。

"这里竟然可以御剑！"云知眼睛一亮。

为了限制妖魔，无方禁林设了禁制不能御剑，没想到这墓却跳出禁制之外。云知立刻收起琉璃镜，捏了御剑诀，有悔嗡嗡一振，化作一道流光追了过去，所有人紧随其后。墓道曲曲折折，又黑又窄，那黑影儿跑得奇快，似乎很熟悉地形。不知追了多久，连拐了好几个弯，戚隐落在后头，正要赶上去，身后忽然伸出一双瘦骨嶙峋的手，捂住他的嘴，一把把他拖入了黑暗。

这鬼竟然这么机灵，绕到他们的身后！戚隐头皮一炸，也不管三七二十一，曲起手肘猛击身后，那鬼吃痛，双手一松，戚隐迅速抓住它的右手，转身用力一拗，黑暗里响起骨节断裂的清脆响声。戚隐听见那鬼咝咝吸着凉气儿，哭着道："小隐，是我。"

这声音甚为熟悉，戚隐蒙了片刻才想起来，是姚小山！

慌慌张张点起灯符，橘黄色的光芒一跳，黑暗里姚小山的脸现出来，戚隐几乎吓得背过气儿去。这厮简直变了副模样，脸色惨白，像涂了一层蜡，浑身瘦得只剩一把骨头，因为瘦脱了形的缘故，那颗脑袋和一双乌黑露光的眼睛显得尤其大，有一种说不出的诡异。

"你……"戚隐好半天才掩饰住自己的惊恐，"你怎么变成这副模样了？"

"你也变了样子了，"姚小山眼巴巴地瞧着他，龇牙咧嘴地把断手接回去，"若不是你的声音和身形，我都没认出你来呢。"

"我在脸上画了易容符咒。"戚隐道，"你是不是也被困在这儿了？怪不得你没回家。幸好遇见了，走，我们去找戚灵枢他们。"

姚小山脸色一变，眼睛瞪大，牙齿咬紧，脸上的神情几乎可以称作扭曲。他死死抓住戚隐的手臂，道："不能去找他们，不能去！小隐，你听我说，他们都是坏人，是坏人！"

他这般模样着实可怕，戚隐瞧他状态不大对，像是受了什么刺激，忙安抚他道："别着急，别着急，我们就在这儿待着。你别急，告诉我怎么了？"

"无方山的人都不是好东西，小隐，"姚小山眼泪汪汪地道，"你知不知道我这些日子都是怎么过来的。我坐过的凳子他们不坐，说我是市井来的俗货，身上有虱子。我把鞋放在寝居门口晒，他们说臭气熏天，把我的鞋袜扔下悬空阶。我读书读不明白，被夫子训斥，他们背着我说我是猪脑袋猪命，合该去猪圈吃潲水。"

"怎么……会这样……"戚隐惊讶得说不出话儿。

"就是这样。"姚小山声泪俱下，"我学御剑诀，总学不会。他们就说我这么笨，压根儿就不是戚元微的孩子，说你娘在外面这么多年，谁知有过多少男人，没准儿我是你娘同别的野男人生下的野种。也罢，我又不是真的你，我只是后悔，来修什么狗屁的仙！"

戚隐默默无语，说实在的，这种话儿他打小听到大。他小时候还会恶狠狠地同别人打架，大声喊等我爹来接我弄死你们，后来没了想头，也就由他们去了。姚小山从小被小姨放在蜜罐子里泡大的，哪受得了这样的欺凌？

戚隐叹了一声，又听他哭哭啼啼地道："我想回家，我不想修仙了。可是无方不许我走，他们……"姚小山想到了什么，脸上的表情立时变得惊恐起来，死死攥着戚隐的衣袖，道，"小隐，咱们千万不能回无方！那是个鬼地方，鬼地方！他们把我带到一个山洞，他们想要杀我！不、不，他们想要杀你！"

"啊？"戚隐莫名其妙，"杀我干吗？看我皮薄肉嫩，拿我做人肉包子？"

"不是做包子！"姚小山叫道，"他们把我带到一个山洞，不知道是什么地方，好像叫什么……天渊蛛网，对，蛛网！就在冰海天渊。那里简直是地狱，他们挖妖的心，也挖人的心，好多人好多妖都死了，还有些不死不活，变得怪怪的。他们还要对我动手，我趁他们不注意，从那里逃出来了！我游过冰海天渊，在这里上了岸。"

他举起灯符走到墓室的里侧，里面有一个大池子，阴冷的寒气从里面冒出来，手不过悬在上头，竟细细密密地结起霜花来。他把手收回来，道："就是这儿。"

他的话儿语焉不详，戚隐听得云里雾里。天渊蛛网是什么玩意儿？冰海天渊底下还有东西？昏昏灯火下，只见他的眼睛睁得老大，幽幽的像两撮鬼火。戚隐看他脑袋发汗，还不时打寒噤，心想他准是有些魔怔。

"表哥，"戚隐抚了抚他的肩膀，道，"放心，既然我找着你了，我肯定带你回家。我现在在凤还山，我师兄师父他们都是好人，我们护着你，无方不敢再拿你怎么样。走，我们出去找我师兄。"

"你师兄？"姚小山直勾勾地瞧着他，"他是不是和戚灵枢在一起？"

戚隐挠挠头，道："你别怕戚灵枢，他还挺好的，和无方那帮人不一样。"

"你被他骗了！"姚小山忽然露出一个咬牙切齿的表情，整张脸变得狰狞恐怖，"那个戚灵枢，他就是个浑蛋，成日一副高高在上的样子。我呸，老子见多了这种人。他比无方山那帮人更恶心，表面上头黑面白，谁知底下是什么猪狗心肠！"他又笑起来，道，"小隐，你别见大伙儿都敬重他，说他坏话儿的可多了。你去锦溪镇的黑市，那里头还有卖他的画儿呢！哈哈哈哈！"

戚隐简直震惊，果然人怕出名猪怕壮，想想也觉得正常，像他哥，虽然长得俊，奈何天生缺心眼，旁人见了还能安慰自己比他聪明。像云知，虽然人模狗样，但人品着实下流，为人所不齿。但戚灵枢这厮，不仅长得俊俏，人品更是无可指摘，道法又是同辈弟子中最高的，哪儿都挑不出毛病来。这样百里挑一的人物，谁比了都自惭形秽，可不遭人恨吗？

无语了半晌，戚隐问道："所以，戚灵枢的衣物真的是你偷的？"

"是我，"姚小山嘿嘿直笑，"他喜欢独自沐浴，定是怕人看见。他想当高洁修士，老子偏要让他没了廉耻，谁让他不将我放在眼里？我入门这么久，他何曾正眼看过我一下？！旁人都道他得了戚元微的真传，比我更像戚元微的儿子。放屁，他也不过是戚元微从野地里捡来的孤儿，是个来历不明的野种！"

这家伙已然疯魔了，戚隐心里很不是滋味。从前姚小山虽然混账，但至多是被人骗几两银子，买几窝符咒癞蛤蟆来祸害家里；现在灯影里审视他，他面孔扭曲，早已失了人形。戚隐无奈地道："可是凭我带不出你的，我也只是个半吊子，说到底还得仰仗人家。你要不先忍忍，姑且做个表面功夫，待咱们出去，我带你走，咱和他老死不相往来。"

姚小山哧哧地笑，却不答应，只问："你来这儿是不是找你爹的？"

戚隐眼皮一跳，道："你看见他了？他在哪儿？"

"别找了，"姚小山幽幽摇着头，"你爹他没法儿出去了，永远也出不去了。"

戚隐心里升起不安的情绪，问道："什么意思？你说明白点儿，他是不是伤了？伤很重？"

姚小山喃喃着说："别管他了，不如我给你看样东西吧，看我的宝贝。你是我弟弟，在这里我只能信你，我只给你一个人看我的宝贝。"

什么宝贝，戚隐半点儿兴趣也没有，一心只想着他说戚慎微出不去的话到底是什么意思。他模样怪怪的，戚隐又怕刺激他，只得慢慢和他说："表哥，到底怎么回事儿？你带我去见见他吧，咱不找戚灵枢了，就咱还有我爹，咱仨一起走。"

姚小山却不理他，径自转过身去脱裤子。戚隐霎时间愣了，觉得尴尬，忙道："咱……咱要不改天再看？"

"不行，"姚小山把裤子褪下来，"一定得现在看。"

他转过身，露出两条满布伤痕坑坑洼洼的腿，左腿膝盖处赫然有一张人面。那是一张老人家的脸。戚隐骇然望着他，结结巴巴地道："那……那是什么玩意儿？"

"我的宝贝呀！"姚小山痴痴地笑，爱怜地抚摸那张人面，"在这地底下的日子，若不是它陪着我，我真不知如何熬过去。我教它唱曲儿，还教它骂人。可惜就是难养了些。"

姚小山一张脸覆在阴影里，只露出一口细细的白牙。戚隐浑身起鸡皮疙瘩，莫名预感事情不妙，不着痕迹地退后了几步，悄悄往墓室门口瞟。

戚隐扭头就跑，一点儿都不敢耽搁。身后姚小山跟着扑过来，戚隐一个错位避开他抓来的手，奔出墓室。刚出门就见前面几星灯火，戚隐扯起嗓子大喊救命，一柄飞剑应声而至，擦着戚隐的手肘狠狠扎入姚小山的臂膀。

戚灵枢他们匆忙赶到，一见姚小山先是愣了一下，又见他两条腿光溜溜，方辛萧尖叫了一声，捂住眼背过身。昭明脸色很难看，道："戚隐，原来是你这个小贼！"

戚隐听了直想骂娘，他无奈地道："老弟，劳你长长眼，看他左腿膝盖。"

昭明定睛一瞧，登时吓了一跳，道："那是什么？他膝盖上怎么有张脸？"

问雪剑在姚小山的肩头颤抖，鲜血汩汩出来，姚小山倒在地上哭着道："小隐，你怎么能帮着他们来害我？"

戚灵枢走过去查看他的膝盖，姚小山一见他就目露凶光。云知贴了一张定身符在姚小山脑门上，他立时就不动弹了，只瞪着一双铜铃大的眼睛，恶狠狠地注视墓室里的每个人。戚灵枢掏出一把匕首戳了戳那张人面，怎么看怎么惊悚，戚灵枢竟然半点反应也没，只拧着眉头道："他被人面妖寄生了。"

"人面妖？"戚隐问。

"捉妖课没有认真听吗？"戚灵枢责备地看了他一眼，"一种要寄居在其他动物身上才能活的妖，有时候甚至会有许多人面妖同时寄居在一个人或妖身上。被这种妖缠上很难办，它会在宿主身上扎根，根系连通经脉，靠吸食宿主的灵力为生。"

不是他没认真听，是清式讲课太慢，压根儿没讲到这儿。戚隐也不辩解，只问："现在怎么办？可有什么办法分离他们？"

"有，"云知也拿出一把小刀，"直接把它割下来。"他冲戚灵枢挑挑眉，"你割我割？"

"我来。"戚灵枢道。

"不要碰我的宝贝，戚灵枢你这个浑蛋！"姚小山忽然死命挣扎起来，"宝贝，杀了这个浑蛋！杀了这个浑蛋！"

定身符几乎定不住他，金光在他脑门上闪烁，随时要熄灭似的。云知骂了声，灵力画符，两指一凝，亲自维持住定身符。就在这时，那老人脸蓦然张大嘴，戚灵枢神色不变，画符将它压了下去。他和云知都要维持定身符，一时半会儿腾不开手。戚灵枢凝眸望向昭明，道："你来，把它割下来。"

昭明握了匕首，对着那张阴森森的老人脸犹犹豫豫，半晌下不去手。

戚隐看不下去，接过他的匕首，道："算了，我来吧。"

其实戚隐自己心里也瘆得慌，这玩意儿太吓人，可毕竟这是他表哥，合该是他来干这活儿。

戚隐忍住想吐的冲动，开始割。

人面发出婴儿哭号一般的尖叫。姚小山也在叫唤："戚隐你这个浑蛋，你帮他不帮我！"

方辛萧蹲在一旁，疑惑地问昭明："他刚刚叫云隐师叔'戚隐'？"

昭明气得咬牙切齿，道："他骂小师叔'浑蛋'。"

戚灵枢的涵养可谓一绝，自始至终脸色不改，对姚小山的叫骂充耳不闻。戚隐有些汗颜，抱歉地道："对不住啊，他脑子有问题，我代他跟你道歉。"

戚灵枢头也不抬，只道："割。"

戚隐缓了口气，凝神往下割。戚隐割了不知道多久，终于把整张人面揭下来，两指捏着甩在地上。昭明忙拿出金疮药，全数倒在姚小山膝盖上血淋淋的大口子上。

姚小山躺在地上，瘦骨嶙峋，两眼无神，像是死了。戚隐从衣裳上扯了块布下来，帮他包扎。正在这时，地上的人皮抖了抖，薄得几乎透明的皮肉翻了个面儿，竟然蛾子一样飞了起来。

方辛萧吓得厉声尖叫，连剑也忘了拿，手脚并用往墙边爬："它怎么还没死！"

惨白的人面直直朝人群飞了过来。戚灵枢喝道："别被它沾上，它在寻宿主！"

大家四散在墓室里，人面在空中飞了一圈，似乎瞧中了方辛萧，冲过去。方辛萧吓得手脚冰凉，竟然忘记了躲。眼看方辛萧的脸就要被贴上，戚隐冲过去踹了她一脚，正好躲开人面。人面瞄准方辛萧不依不饶，还要再扑。云知忙猫着腰过去，把方辛萧拖远了。

问雪剑铮然一动，将人面钉在了墙上。云知松开方辛萧，迅速画符，真火从符纹里腾起，须臾间烧着了。

"疼！疼！"人面嘶声号哭，"是谁割了我，我要诅咒你！是谁？"

"千万别答他！"戚灵枢大喊，"诅咒需要问名！"

"是戚隐，"姚小山却有气无力地喊出声来，"是戚隐！这个小浑蛋，养不熟的白眼狼！"

人面空张着嘴，没来得及说话，火苗蔓延了整张皮肉，薄薄的人皮在火焰里烧为灰烬，蝴蝶一样飘散在黑暗里。方辛萧捂着腰坐起来，心有余悸地道："应该没事儿吧，它还没来得及说诅咒就死了。"

戚隐心惊胆战，低头检查了一下自己，全须全尾，手脚俱全，应当没中那玩意儿的诅咒。

云知上前照脸揍了姚小山一拳："姚小山，人家好心救你，你却恩将仇报！"

"恩将仇报？"姚小山趔趄了一下，捂着脸嘿嘿直笑，"是谁恩将仇报？我家养他十多年，他却帮着外人害我！戚隐，我要是有个三长两短，你记住，我就是为你死的！是为你死的！"

"你别发疯了，"戚隐心力交瘁，"消停点儿好不好？安分待着，我们找出口带你出去。"

"出去？"姚小山阴惨惨地笑，"你们进来了还想出去？实话告诉你们吧，这座墓是吃人墓，谁也出不去。老子进来了这么久，除了你爹什么活物都没见着。对了，"他眼睛一亮，"你不是要找你爹吗？我叫他来！我叫他来！"

他说着，从腰袋里掏出了个什么东西来，用力摇了摇。一声清脆的铃铛响，戚隐蓦然发现自己像是被鬼压了身，一根手指也动弹不得，转着眼珠瞧别人，竟然连戚灵枢也是这样。大家面面相觑，方辛萧喊道："你干了什么？"

"送你们师徒相聚，父子团圆！"姚小山尖声大笑。他看了眼地上的血，似乎不放心，又解开包扎的破布，挤了挤膝盖上的伤口，添了点儿进去，然后重新包扎好膝盖，不顾众人呼喊，一瘸一拐地消失在黑暗里。

黑暗阴沉沉地压下来，只有方才慌乱间落在地上的两个灯符亮着。戚隐眉心紧锁，觉得刚刚姚小山摇的铃铛有点熟悉，猛地眼皮一跳，他哥跟他说乌江旧事的时候,不是也提到过一个能让人定住的铃铛吗?那个铃铛是张洛怀的,怎么会在姚小山手里?

云知咬牙想动弹,十分艰难地扭着腰,想把带扣上挂的镜子弄出来。早知道应当时时刻刻开着镜,他师叔博闻强识,铁定有法子解这个莫名其妙的定身铃。

忽然,墓室外面传来幽幽的一声:"狗崽——"

这次声音很清晰,所有人都听见了,可那声音像是从地穴里传出来的似的,让人听了汗毛倒竖。

戚灵枢猛然抬起眼,念了声:"师尊!"

云知低声道:"别应!我总觉得怪怪的。"

大家都惊疑不定,尤其是戚隐,不知道他爹到底怎么了,姚小山说到他的时候怎么那副模样。鬼魅一样的喊声越来越近,保险起见,云知让所有人念了敛息咒。妖魔以气息识人,这咒语可以收敛全身声息,让人在道行不高智力低下的妖魔眼里和木头没什么分别。

只是有个前提,不能流血。

呼喊声终于到了墓室门口,戚隐听见什么坚硬的东西划过冰裂缠枝花纹的地砖,发出令人牙酸的声音。身后有凉丝丝的气息袭来,他背对着门口,看不见门口是什么景象,只看到戚灵枢和云知都瞪大了眼睛,一副见了鬼的样子。

昭明脸色惨白,方辛萧拼命朝戚隐做着口型:"别出声!"

两只苍白的手一左一右搭在了戚隐肩头,戚隐知道戚慎微就在他身后。他到底怎么了?戚隐十分费劲儿地往左肩看,搭在他肩头的手骨节分明,十指修长,就是指甲长了点儿,一看就很长时间没剪过了。

这是他爹的手吗?看着没什么奇怪的,戚隐满心狐疑。下一刻,另外两只一模一样的手握住了他的手臂,戚隐的血液霎时间冻住了,这狗剑仙竟然有四只手!什么样的人有四只手?听说戚慎微能同时御使百把飞剑,竟是因为他手长得比旁人多吗?

正在这时,一个硕大的头颅伸过他的肩头,探到他的眼前。他看见一张悲惨的苍白脸庞,八只大小不等的黑眼睛乱转了半晌,然后一同定住,直勾勾地望向他。

那八颗眼珠里映着戚隐骇然惊怖的影子,怪物的喉咙里发出咯咯的怪声,然后张开嘴巴,清晰地发出一个男人的声音:"狗崽——"

清晨,卯正一刻,天诛崖。

晨光熹微,太阳在云天的尽头,万千光线像金箭一样射破云层。无方山的天还是暗的,蟹壳青的颜色,像褪了色的陈年墨迹。无方弟子推着囚笼上了天诛崖,他们都穿云水纹白袍,白纱护领上绣着折枝梅花,脸色瓷白,一眼望过去像一列面无表情的瓷偶。

他们打开玄铁大笼子,拉着猪妖脖子上的锁链把它拽出来。猪妖一见无方山的人就冷笑:"无方山的小浑蛋,移囚可当心着点儿,老子的肚子已经给你们安排位置了。"

无方弟子充耳不闻,给它戴上口嚼子,将它推进了笼子。刚打开令符,元尹的弟子灵玺从阶下上来,拱手道:"这猪妖顽劣得很,我正好得空,师父命我同各位师弟一同押送。"

大家都拱手见礼:"师兄除妖刚回?倒是比平日早了些。"

灵玺笑意盈盈,在移遁法阵里站定,看见阶下雪松后面立了一个颀长的人影儿,那是孟清和朝他颔首微笑。金光一闪,天诛崖上的人儿霎时间都不见了。

一阵天旋地转,叶清明脚落了实地。下意识摸了摸脸,面皮都已与往常不一样了,他扮成了上四座道法长老元尹的弟子灵玺的模样。他那个目盲的师兄孟清和常常和元尹论道,顺便把元尹气个半死。元尹的弟子孟清和比较熟悉。刚巧灵玺除妖在外还没有回来,正好借用一下他的身份。叶清明抬眼一瞧,心里却吃了一惊,眼前不是预想中的禁林景象,而是一处幽深的山洞。曲曲折折的甬道延伸出去,两边岩壁上都插了烛火,照见无方弟子瓷偶一样的面庞。

这是哪儿?叶清明摸不着头脑,又不敢多问,只默默跟随在押送小队的末尾。

"判断一下你在哪儿。"脑子里忽然蹦出孟清和的声音。

他在孟清和的晓世镜里留了神识,他的所见所闻孟清和也能知晓。叶清明不是很喜欢晓世镜,总觉得自己的脑子在孟清和那儿一览无余。

叶清明摸了摸冰凉的岩壁,有的地方还淌着水,他摸了摸,手指头差点儿冻掉。他用神识道:"岩壁很冰,感觉像进了一个冰窖,岩壁后面有轻微的水流声。周围很湿,鞋袜都湿乎乎的。这么冷,这么湿,外面大约是冰海天渊。岩壁是玄武岩,我们大概处在地下三十丈。顺便说一下,这里没有禁制,可以御剑。我想释放神识,可以吗?"

"可以。"

叶清明释放神识,他的神识覆盖范围只能达到方圆十丈,他看见数十个圆形洞穴交错排开,中间有黑暗甬道连接。他处在洞穴群的边缘,冰海天渊冷寂的海水在岩壁外无声地翻涌。

"很多洞穴,排列没有规则,应当是天然形成的。岗哨很密集,每走十步必有两名无方弟子,领口绣梅花,都是无方上四座灵字辈弟子。拐角岗哨加倍。师兄,看来咱们误打误撞,正巧进到无方见不得人的地方来了。"

"很好,想办法寻找通往冰海天渊的路。冰海天渊距离元微墓并不远,进入冰海后在南岸上岸,向南疾行半个时辰可以到达元微墓地。"孟清和道,"师弟,很抱歉容我再重申一遍,你脸上的易容符咒里还有一道明火符,如果你的身份暴露逃离无望,希望你立刻发动这个符咒自毁容颜。我们将不会承认你的身份,你记录在案的死因将是除妖被杀。"

叶清明无所谓地笑了笑,道:"放心吧师兄,我要是被发现,一定会向无方投降的，顺便把你和那个死胖子供出来。"

孟清和浅浅笑了声，并未回答。

叶清明知道这厮在他身上留了咒术，如果他没有自尽，清和也会送他上路。孟清和这个家伙一向是他们三个里面最狠的一个，清式偷偷跟他说大约是因为早年丧妻，心理有点变态。没错，这小子半路出家以前有个娇妻，后来得病死了，他受了老大的情伤，心灰意冷才遁入空门。

谁也想不到这个笑面虎是个情种，直到上回有个弟子御剑摔断腿，找他医治，等他磨药的时候看到他墙上挂的画像。那弟子估摸是脑壳也连带着摔坏了，说了嘴："师叔，听说你以前眼睛没瞎，怎么眼神也不大好的样子。你这媳妇儿我看也就一般，你竟然念这么久？"

因为这句话，孟清和把他的好腿医折了。那弟子后来气愤地质问他缘由，孟清和微笑着道："因为在下眼神不济。"

叶清明跟着前面的人一路往前，通过一道一道关卡。这里的守卫十分严格，每个关卡都有四人巡守，四人值守。叶清明数不清过了多少个山洞，似乎一直贴着冰海天渊行进，因为岩壁始终是湿的。笨重的石门升起，他们进入一条长长的甬道，甬道左边是纯黑色的玄武岩岩壁，右边却是半透明的琉璃壁。

叶清明不自觉放慢了脚步，目瞪口呆地望着琉璃壁外面的情景。

那是冰海天渊，墨绿色的水中悬浮着许多"人"，他们形态各异。所有"人"都紧闭着双眼，似乎在睡觉，神识探过去，能听见他们绵长的呼吸。叶清明不由自主放轻了呼吸，用神识传信："师兄，你看到了吧？那是妖还是人？"

孟清和"啧"了一声："闻所未闻，见所未见。"

正说着，其中一个蓦然睁开猩红的双目，嘶吼着朝琉璃壁撞过来，暗青色的爪子在壁上抓出五道深痕。叶清明一时惊呆了，下意识想要御剑。一只手搭在他肩上，叶清明心里一惊，硬生生按住肘击的冲动。元籍从他身侧走出来，掖着袖子笑道："灵玺，你的胆子越发小了。它大概是做了一个噩梦，惊醒了而已。你看，它又睡回去了。"

果然，那"人"缓缓闭上眼，额头抵着琉璃壁睡着了。元籍又道："不过，镇魂调确实要再加强，它们若同时苏醒，麻烦就大了。"

叶清明毕恭毕敬道："是，掌门。"

这灵玺和元籍关系好像不错，元籍虚扶了扶他的手，引着他进入移遁法阵。叶清明有些头疼，打算到了下个地点再想办法找路出去。叶清明站在法阵中，回头望向那个撞击琉璃壁的东西，总觉得它的脸在哪里见过。眼前金光一闪，叶清明发现自己到了另一个巨大的洞穴。漆黑的岩壁上插着烛火，那不是普通的蜡烛，那是用人鱼油膏做出来的，烛火不因风摇雨动。洞穴中央并排放了两张白玉床，一个黄铜长颈烛台立在当中，为两张床照亮。

一张床上已经睡了一个人形的东西，白布盖过头脸，不知道是什么。猪妖被抬

第十四章 神迹

到另外一张床上，额上贴了定身符，胸腹和腿上各锁了两根玄铁大锁，牢牢将它捆住。叶枯残佝偻着立在它身边，伸手按了按它的胸口。

"你猜他们要干什么？"孟清和问。

叶清明看见叶枯残开始脱猪妖的衣物，小声道："不知道。"

元籍对掖着袖子立在一侧，忽然偏过头，笑道："灵玺师侄，你过来。"

叶清明一愣，硬着头皮走过去："掌门。"

"师侄，你最近修炼进益如何？"元籍和煦地问道。

来自长辈的关心吗？叶清明随口答道："马马虎虎，偶遇瓶颈。"

"果然还是没有修出神识吗？"元籍叹息道，"道法断代越来越严重了，我们这一代的人尚且能修出神识，到你这一代，神识之术都要失传了。五代以前，御风诀失效。三代以前，分身术失效。在我的上一代，我们失去了摄魂术。道法断代一代更甚一代，剑术亦然。元微在时，可御百把飞剑。到你这一代，最出色的弟子灵枢也不过二十五把。"

确实有些惨，叶清明暗自咋舌，他们都说戚灵枢是仙山道标，其实他连戚元微一根手指头都比不上。但他不好意思说人家，毕竟凤还山这帮不学无术的猴崽子，别说戚元微的手指头了，就算是戚灵枢的一根脚指头也比不上。

"道人一代一代衰朽，道法衰减，寿命减少，如今我们与凡人又有何区别？只不过多了一把剑罢了。"元籍取出柳叶小刀，刺进猪妖的胸膛。口子被他拉大，叶清明看见猪妖的心脏在里面跳动。

元籍继续道："所以，我们需要妖魔的心脏，探寻它们强大力量和悠久寿命的来由。数年来，我们一直这样探寻，我们绘制妖魔的经脉分布、灵力走向，剖出它们的心脏，观察它们的搏动和停止。直到枯残长老来无方，我们开始尝试将人和妖的心脏置换。"

叶清明一惊：置换？

"妖魔力量的根本全在心脏，倘若我们也有这样强大的心脏，我们自然也能长生！"元籍顿了顿，露出悲凉的表情，"可惜，所有的置换都失败了，我们换上妖心的同伴虽然身体痊愈了，却变成了人不人妖不妖的怪物。正如你在琉璃壁中所见，他们有妖的力量，却丧失了神志，遇血则狂。它们已经不是人了，我们称它们为'妖灵'。"

"妖灵？"叶清明喃喃道。

"不错，"元籍掖手叹道，"不过，幸好有冰海天渊，我们将它们冰封在冰海之中，让它们陷入长眠，等待将来有一天我们寻得解救之法。"

叶清明觉得要么是自己在做梦，要么就是元籍在做梦。

他回想琉璃壁里面那个半人半妖的家伙，忽然想起来他在哪儿见过他了。那日秘殿审讯猪妖，戚灵枢袖里飞出的画像，有一个人是他。

叶清明的血都凉了，他以为凤还山这帮人就够疯了，潜入别家仙山，偷宝物听墙脚，打探掌门干爹们收了几个干女儿，没想到还是比不过无方。原来他们请叶枯残加固阵法不是防止禁地降妖逃窜，而是惧怕禁地底下这些玩意儿苏醒乱跑。

"但上天厚待，我们并非全无出路，这世上有一个人可以容纳妖心。根据枯残长老的卜筮，那个男孩儿姓戚，丁酉年生人，今年方及弱冠。当今世上，只有他能容纳妖心。虽不知这个孩子为何有这样神奇的体质，但只要找到他，用其血炼制血丹，给每个人服下，我们就能得到他的血脉，洗筋伐髓，从容地驾驭妖心。"

"这就是他们要找云隐师侄的缘由。"孟清和叹了一声，道。

"灵玺，"元籍望向他，"你今年几岁？"

叶清明心里咯噔一下，这小子该不会年方弱冠吧？

"据我所知，你的本姓也是'戚'。"元籍道。

叶清明搓着手赔笑道："掌门，这……咱都是自家人，不好向自家人下手吧……"

"我们当然不对自家人下手，除非他已经快死了。"

元籍低头掀开白玉床上那人脸上的白布，叶清明一看就愣了，白布掀开，露出和他现在一模一样的脸。那是灵玺。

"灵玺除妖失利，妖爪入心，早已在此，"元籍眼眸冰冷，像在看一个死人，"那么，你又是谁呢？"

与此同时，天渊蛛网，冰海蛛巢。

滴答——滴答——

寂静之中，水滴声响起，听得久了会以为是寺庙里庄严的铙钹。洞穴里湿气太重，岩壁上满是水珠，沿着蜿蜒的岩石裂缝流下去，落在岩地上，岩地上敷了薄薄一层冰。正中央的玄武岩高台之上，八个白衣男人围着洞穴中央的金光法阵，正襟危坐。这里是冰海蛛巢，禁林阵法的核心。他们是叶枯残的弟子，与其他同门轮班，日日夜夜守护这个法阵。

法阵无声地转动，它的转动方向对应着天穹众星辰围绕天极的转动方向。灿烂的金光映着男人们苍白的脸颊，每个弟子都闭着眼入定，犹如无悲无怒的傀儡。白色衣袂交叠在一起，在那金黄色光芒里仿佛要燃烧起来。

"有人来了。"弟子们睁开眼，眉睫在金光中几近透明。

洞穴尽头，厚重的石门轰隆隆升起，黑暗中显露出一个高挑的男人影子。

"何人？"弟子冷声问。

男人沉默不语，径直步入洞穴，皂靴的白底没在浅浅的水中，洇出淡墨一样的渍痕。

"擅入者杀！"

所有弟子振衣而起，右手掐诀，剑风乍起，袍袖飞扬，露出霜一样冷的剑鞘。流光从剑鞘中射出，汇聚成森冷的剑雨，急速袭向门口那个沉默的影子。影子不躲不避，径自前行。剑雨落在他的身上，戳出密密麻麻的孔洞。

然而他没有停。

剑雨的攻势没有阻挡住他的脚步，他一步步向前，距离高台越来越近。弟子们终于露出惊愕的神情，眼睁睁看着男人身上的伤口修复如初。所有人继续掐诀，长剑成阵，啸然下落。

没用。

第二次成阵，依然没用。

男人终于走到了高台下，所有弟子拔剑迎战。与此同时，烛火霎时间熄灭，整个洞穴沉入黑暗，只剩下高台中间的灿烂金光。

男人就像是消失了踪迹，无声无息。所有弟子严阵以待，警惕着每一个方向。蓦然，眼前落下一个高挑的黑影，一个弟子来不及反应，胸前被重重一击，骨骼断裂的清脆响声在黑暗中突兀地响起。其余弟子立刻回身出剑，剑光袭向男人的面门。两个弟子当先，距离黑影三寸远时手腕被握住，那人力气极大，弟子仿佛是被铁钳死死咬住，剑光竟然无法再推进分毫。那只苍白的手一扭，手腕被不可思议地拧转了一个巨大的角度，弟子眼睁睁地看着剑锋斩向自己的手臂。

鲜血迸溅，惨叫声响彻洞穴。与此同时，黑暗中不断响起闷哼声、骨骼断裂声，还有更多的惨叫。黑猫蹲踞在台下，闲闲地舔舐猫爪。它听见高台上散乱的脚步声，衣带当风，剑刃发出呼啸。所有人都在怒吼着突进，青筋暴突，除了扶岚。

那个男人站在高台前迎接所有攻击，可他甚至没有拔刀。

兵戈止息，人鱼烛一个接一个重新点亮，洞穴内再次灯火通明。高台上弟子横七竖八地躺在法阵周围，但他们并没有死，扶岚只是让他们丧失了行动能力。寂静中他们沉重的呼吸像是呼呼风声。

扶岚用剑压住了为首那个弟子的肩头，他伤得最重，脸被扶岚打肿了一半。扶岚压着他跪下，问："法阵何解？"

那弟子阴冷地说道："无解。"

扶岚偏头看了会儿阵法，忽然愣了一下，道："巫阵？"

"哈？"黑猫一惊。它跳上高台，金光法阵繁复的阵纹映入眼帘，边缘盘绕着一圈缠枝花儿，藤蔓延伸，勾成一个瑰丽的形状。那是神殿特有的图案，在巴山神殿几乎走两步就能遇到一个。可巫阵失传多年，就连神殿典籍都没有记载，叶枯残怎么会画巫阵？

难不成那个丑八怪和扶岚的身世有联系？

黑猫抬起头看扶岚，他也是一副深思的样子。黑猫磨了磨牙道："何必同这些人废话？点他的魄便知法阵阵图，届时依照阵图逆行灵力，他们这个劳什子破法阵就废了。等破了阵，再去抓他们那个丑八怪师父，好好盘问一番，一切水落石出。"

弟子看了它一眼，冷笑道："原来是只猫妖，你们果然是来我无方作祟的南疆妖孽！孽畜，我等身上都有护魄咒，一旦点魄，瞬间自爆，你们若不怕，大可一试。"

扶岚看了他一会儿，忽然蹲下身，从乾坤袋里取出一捆麻绳绑住他的手脚，把他放在法阵边缘坐好。那弟子冷声道："想要绑架我们要挟掌门吗？休想，我们立刻咬舌自尽！"

扶岚呆了一下，低头从乾坤袋掏出一个油纸包，里面装了黑猫的红烧肉。他把红烧肉取出来，塞满那弟子的嘴巴。弟子呜呜反抗，扶岚确定他没法儿咬舌之后，把其余的弟子也依次绑好，塞红烧肉，让他们围着法阵坐在一块儿，最后在每个人额头上贴了一个符咒。

"嗯嗯——"他们在那儿蚯蚓似的狂扭。

做好一切，扶岚站起身，步下玄武岩高台，单手拎起黑猫，蹚过冰冷的水洼，离开洞穴。石门在他身后轰然降落，他步上黑而长的甬路，往南徐行。甬路两侧，躺满了歪歪斜斜的无方弟子，他们睁着漆黑无神的双眼，脖子上一道细而长的裂口，鲜血已经凝固。

扶岚走出五丈远，指尖凝出一点青光。

点魄术，发动。

守阵弟子额上的符咒霎时间滚烫起来，仿佛要在额上燃烧。金光烫过符纸，那弟子意识到什么，喃喃说了一句："糟了。"

石室中顿时响起山崩地裂的一声巨响，火焰从八名弟子的内府中升腾，吞噬中央法阵，破碎石门，岩洞摇晃，碎石粉屑簌簌而落。火舌摧枯拉朽地湮灭一切，很快席卷了南北两边的甬道，所有躺在岩壁两侧的无方弟子在眨眼间灰飞烟灭。这个疯狂的男人，他不需要什么法阵阵图，也不用逆行灵力关停法阵，他直接炸了它！

与此同时，禁林天穹上的潋滟霞光倏忽一闪，像阳光下的水洼一般慢慢蒸发。松涛掀腾，像掀起了万顷波浪，那是妖魔在里面嘶吼狂奔，逃出无方禁林。群鸦嘶叫着惊散，在蟹壳青的天穹中飞舞盘旋。

火焰继续狂吼着向前，恍若发怒的狂龙，顷刻间吞噬了扶岚瘦削的白影。

但下一刻，那个男人拎着猫走出烈焰。如果有人看见他，绝对无法想象他就是那个日日扫阶的凤还弟子。火光映着他白皙的脸庞，这个男人的身影狰狞又锋利，恍如地狱修罗，又如神祇降临。

墓室里，戚隐艰难地收敛声息。这是道门的龟息术，躲避妖魔的时候常用。妖魔以气息识人，用了龟息术，凡人在它们眼里与草木砖石无异。妖怪掰着他的脸，在他脸侧和脖颈上咻咻直嗅。湿热的呼吸喷到他脸颊上，他满头冷汗，差点没背过气儿去。

姚小山准是疯了，这妖怪怎么可能是他爹？学人说话的妖处处是，没准儿是这死妖怪在哪儿遇见过他爹，学了一句"狗崽"便念着不放了。妖怪掰着戚隐的脑袋上下巡睃，忽然张开嘴，露出满嘴的獠牙，在戚隐的肩膀上磨了磨。戚隐寒毛直竖，这龟孙莫不是要拿他磨牙吧？

第十四章 神迹

戚灵枢咬紧牙关，调动灵力强行冲击定身咒。灵力一遍一遍冲刷经脉，咒术硬是解不开。眼看那妖怪要咬下去，墓穴忽然一震，恍若地动天摇一般，灰尘和碎石块雪花片一样落了满头满脸。方辛萧没有站稳，往后一仰就倒了下去。

那声音惊动了妖怪，它蓦然转过头，绕过戚隐，拖着硕大的身体爬了过去。戚隐这才看清它的全貌，顿时头皮发麻。那是一只巨大的蜘蛛妖，上身是苍白的胸膛，下身是蜘蛛的身体。它的身体满布伤疤，颜色很淡，约莫是有些年月了。

妖怪攀上方辛萧的手臂，方辛萧流着眼泪，满脸绝望。昭明离他们只有几步远，吓得浑身哆嗦，死死闭住了眼睛。妖怪凑到方辛萧头顶，喉咙里发出咯哧咯哧的声音，仿佛是一种阴森的冷笑。方辛萧瑟瑟发着抖，几乎要撑不住龟息术。妖怪逡巡了半晌，手指一用力，尖利的指甲没入了方辛萧的肩膀。

戚隐心里咯噔一下，完了。

血腥味幽幽地传了出来，妖怪耸动鼻尖，嘶声大吼，张开大口。方辛萧瞳孔简直要缩成一根针，正在这时，云知笑了一声，道："俗话说'人老成精，物老成怪'，我说你还没老，怎么就变妖精了？"

妖怪猛地抬起头来，大吼一声，炮仗似的冲向云知，把他整个人撞进岩壁，直直撞出一个大坑来。戚隐整个人都蒙了，好半天才反应过来，云知那个狗贼，竟然开口说话把妖怪引了过去。

墓穴里黑，只依稀瞧得见妖怪凶猛地撕咬云知。它好像咬住什么，猛地一甩头，一条手臂凌空飞出来，落在戚灵枢的脚边。戚灵枢脑子轰然一声，灵力利剑一般冲刺经脉，胸中血气翻涌，蓦地喷出一口血来。

咒术解了。

一剑飞来！

数道雪白的剑光幻成虚影，唰唰刺向妖怪。妖怪脊背一耸，手臂一伸竟然攀上了壁顶。剑光掉转方向，死死咬着妖怪跟了过去。戚灵枢迅速画符解开众人的定身咒，把云知扶了起来。这厮满脸都是血，竟然还笑得出来："小师叔威武。"

戚隐扑过去，抓住云知那条木头胳膊，就地一滚到了云知身边，道："狗贼，你没事吧？"

云知摇摇头："死不了。"

他身上伤口虽然多，但都不深，原本最重的伤应当是断臂，可这小贼命大，刚好被撕咬掉的是他那条木头胳膊。戚隐心有余悸，道："你看你，你说你这条胳膊是不是和妖怪有仇，怎么都净盯着你这条胳膊咬？"

"下次我要往胳膊上涂点毒药，谁咬谁死！"云知说。

昭明拉着方辛萧惊惶地爬过来，方辛萧哭着道："方才是怎么了？是地震吗？"

转头看，那妖怪已经上了顶，悬挂在黑沉沉的房梁顶上，上半身探下来，骨碌碌转动着八颗眼珠子，倒吊着望着他们。戚隐忙拿出归昧，拔了剑鞘，用锈迹斑斑的剑身对着那只大蜘蛛。谁知归昧一振，蜂子一般低鸣，戚隐狐疑地握了握剑柄，手掌心滚烫，有什么怦怦跳动，他好像感受到了归昧的心跳。

大蜘蛛嘶声大吼着在顶上滴溜溜乱转，戚隐看得眼晕，却见戚灵枢迟迟不动，只一瞬不瞬地盯着那只发狂的蜘蛛，眼眸中有震惊和迟疑。

怎么……怎么回事？戚隐好像发觉了什么，惶然不安起来。

"我来吧，"云知拍了拍戚灵枢的肩膀，"你退后。"

"你伤成这样，还逞什么能？！"戚灵枢咬牙把他往后推。

云知按住他，戚灵枢竟然起不来身。云知冲他一笑，眼梢上挑："歇着，让你看看哥哥的能耐。"

戚隐真服了他，这狗贼不臭显摆会死，伤成这样还非要在戚灵枢面前耍帅。

他在众目睽睽之下接过戚隐手里的胳膊，往断臂处一接，臂上瑰丽的符纹亮起来。清式改良了偎木手臂，在接口安装了活动机栝，不再需要缝合。除了戚隐，所有人目瞪口呆，昭明怔怔地道："云知，你……你也是蜘蛛精变的？"

云知没理他，抬起头望向顶上的蜘蛛，平日里吊儿郎当胡天胡地，此刻却变得剑锋一般凌厉。

"见教了！"

云知微微下蹲，而后整个人化作一道森冷的剑光，破碎的白袖纷扬向后，恍如飞蛾的碎翅。剑光逼近蜘蛛三步远，忽然幻化出数十道锋利剑影，剑影相叠，交叉洞穿蜘蛛胸口。紧接着凄冷剑光一闪，脓腥的血从蜘蛛苍白的胸膛里迸溅出来。不过一个呼吸过去，它的胸口多了一个碗口大的窟窿，里面有一颗破碎的心脏。

白影回归，云知收剑入鞘，低头整了整自己乱七八糟的衣裳。

戚隐目瞪口呆："狗贼，你深藏不露啊。"

"早跟你说别小看师兄，"云知抱着手臂，"你自己不信我。"

戚灵枢站起身来，盯了他那条断臂一会儿，问："你的手臂？"

云知无所谓地笑了笑："小时候遭遇蛇祸，运气背，胳膊被吃了一条。怎么样，可怜我？"他笑嘻嘻地拍了拍戚灵枢，"以后抓到我和小师妹月下饮酒，别送我去戒堂就行。"

这厮受了伤还能贱成这样，戚灵枢艰难地平复了一下心气，问道："你断臂之事，为何我从来不知？"

这话儿把云知问住了，他奇怪地看了看戚灵枢："你为何要知道？"

戚灵枢似乎哽了一下，没回答，看了他半晌，道："二十七道剑影，你剑术分明不在我之下，打假擂的是你。"

云知断没有想到都这种时候了，这厮还有闲情追究他打假擂的事儿，脸上一垮，低头拉了拉戚灵枢的衣角，哀怨道："小师叔，我都这样了，你可怜可怜呗。"

戚隐别开眼，不想看这厮矫揉造作的贱样儿。这一转眼，正瞧见那蜘蛛抖了抖手脚，从地上爬起来，戚隐大惊失色，死命拍云知："活了，活了，它又活了！"

云知差点被他拍得吐血。大家一齐回头，蜘蛛破碎的胸膛正以肉眼可见的速度复原。戚隐眼尖，看见窟窿中央，碎裂的心脏伤痕消失，瞬间完好如初，重新开始搏动。

这怪物的心脏竟然能复原！

戚隐震惊道："诛心还不死？现在怎么办？"

云知一把抓过他的领子，吼道："什么怎么办？跑啊！"

第十五章

茫茫

所有人夺路狂奔！蜘蛛在后面穷追不舍，戚隐没忍住回头看了一眼，魂儿差点儿没被吓飞。那玩意儿攀着墓道顶追击，速度奇快，八颗眼珠子滴溜溜转个不停，刚硬的指甲划过地砖，发出令人牙酸的响声。敢情白鹿奔月彩画上的抓痕是它弄出来的！

"狗崽——"它又在呼唤，声音幽幽，恍若鬼魅。

戚隐腿一软，差点儿跪下去，戚灵枢拉了他一把他才跟上队伍。云知一边跑一边掏琉璃镜，大声喊："师叔，这里有个妖诛心还不死，怎么回事啊？"叫了半天琉璃镜没有反应，他低头一看，发现镜面已经碎了，大约是方才蜘蛛撞他的时候撞碎的。

云知骂了一声，把镜子往后一扔，喊道："黑仔，开你的镜！"

戚隐手忙脚乱地摸乾坤袋。乾坤袋挂在后腰，戚隐一面跑一面把它捞过来，右手伸进去探。

"你快点儿啊！"昭明大叫。

"我不是在拿嘛！"一面跑一面掏东西着实费劲儿，特别是他这乾坤袋被他哥塞了好多吃的进去。他哥真是的，简直把他当猪养！他掏出两个大馒头，一袋糖笋豆子，一大包蜂糖糕，最后还摸出一本砖头似的《南疆妖史注疏》，统统扔后边儿砸在蜘蛛脑门上。

云知吼道："带吃的就算了，你出来找爹还带书！"

戚隐回吼："老子发愤读书不行啊？！元尹那个老浑蛋布置的《妖史考论》我还没写！我还以为有空能翻几页。"

"写个屁，不是教过你直接抄吗？！专挑无方前代弟子写的抄，元尹每回论道布置的课业都一样！"

前头的戚灵枢："……"

"摸到了，摸到了！"终于探到琉璃镜，戚隐大喜过望，提溜着镜柄拿出来。前面一个拐弯儿，昭明奔过他身边，胳膊肘不小心碰着他的，琉璃镜一下子飞了出去。

戚隐眸子一缩，下意识伸出手要去捞。镜子旋出一条弧线，哐当一声落在后面的青铜砖地上，正好被那大蜘蛛捡到手里。

所有人都愣了，云知赔着笑道："蜘蛛大爷，你看你长成这样，就别照镜子了吧，照了也伤心啊！"

蜘蛛喉咙里咕叽了几声，钢铁般的指甲一戳，镜面咔嚓一声，碎了。

云知："……"

所有人继续拔足狂奔。他们几乎慌不择路，跑过了不知多少个墓室，下了不知多少个台阶。大蜘蛛在背后咬得死死的，再多点儿的距离都拉不开。灯符飘在前面打头开路，漆黑的墓道在晦暗的符光里向前延伸，有一种死也跑不到底的错觉。

"前面有道门！"戚灵枢大喊。

所有人通过门道，戚灵枢放下闸门，厚重的石门隆隆降下，砰的一声关闭。戚隐歪在地上，半晌爬不起来，咻咻地喘气儿。跑了足足有一炷香的时间，腿都快跑断了。这地宫贼大，也不知道是哪个大巫的墓，都快赶上皇帝陵寝了。撑着地坐起来，戚隐点亮灯符，一抬头，正瞧见面前一张冷若冰霜的大脸。

"啊——"戚隐惊叫了一声。

"叫什么，叫什么？！"云知把那张脸搬开，原来是个雕像。云知打了个响指，几个灯符同时点亮，沿着狭窄的墓道飘出去。黑暗驱散，他们看见墓道两边站满了拱手静立的雕像。雕像都戴着白鹿面具，披发文身，乌摆银裙，裸露的胸口上刺着绛色的缠枝花儿。

"这是什么？"方辛萧问。

"看穿着，大约是那个大巫的臣子吧。你看他们胸前刺绛花，这是代表赤心奉神。"云知说，"他们排在这儿，应该是在迎接他们的老大。我们前头经过了放大鼎的大殿，放祭祀牲畜的膳房，陈列兵器的军器库，他们老大在大殿见客，在膳房吃饭，在军器库把玩兵器，接下来就应该睡觉了，我们大约离那个大巫的寝室不远了。"

昭明愣愣地道："方才跑得那么急，你竟然还记得我们经过了哪里。"

云知头疼地道："我们一路过来一直在往下走，现在肯定离地面很远了。走这么久也没看见水，地上的器物也没什么损坏，我估计大水冲墓只冲了外围，往里走肯定是死路。"他看了眼石门，外面传来嗞嗞嘎嘎的声音，门上有道裂缝，可以瞧见蜘蛛在外头挪来挪去，"大家都别出声儿，一会儿等它走了，我们就回前面去，等师叔他们来救我们。"

方辛萧细声问："不找戚长老了吗？"

四下里忽然沉默了，方辛萧觉得气氛哪里不对劲，扭头四望，这才发现小师叔一直没吭声。他虽平日就是不大吭气儿的，可现在别样沉闷。

昭明也睁圆了眼睛，一副不明所以的样子。

云知咳了声，道："你们应该猜到了黑仔其实就是戚隐吧，刚刚那个人叫姚小山，是黑仔的表哥，他冒充了黑仔的身份上无方。"

方辛萧和昭明对看了一眼，点了点头。

"具体的我也不说了,有另外一件事,我得告诉你们一声。"云知少见地严肃起来。

那种不祥的预感又来了,戚隐心里咯噔一下,像是大祸临头,巨大的阴影就罩在他头顶上,他只要抬眼看看,就会被压成肉酱。他预料到什么,是他没法儿接受的。外面那只大蜘蛛仍旧在锲而不舍地挠壁门,刺刺的响声,搅得人心烦意乱。

石门中间裂了一道小小的缝隙,勉勉强强能挤出几根手指。他看见那妖怪探进了两根苍白的指节,纤瘦修长,如果不看外面那张长着八颗眼珠子的脸,会以为这是哪个俏郎君的手。

不知怎的,戚隐盯着那两根指节挪不开眼,它们抠着洞隙,尖利的指甲抓出两道细细的抓痕。

云知掏出血罗盘,放在众人中间,那罗盘指针一动不动,指着门的方向。他道:"这是滴了黑仔活血的血罗盘。血罗盘的功用你们都知道吧,滴血入盘,它会指出骨肉至亲的方向。在禁林外面的时候,它一直指的是戚师叔墓地的方向。现在,它指的是外面这个挠门的方向。"他略顿了一下,道,"我觉得,这个大蜘蛛……很可能就是戚师叔。"

方辛萧和昭明一时间都瞪大眼睛,道:"怎么可能?会不会……会不会是你的罗盘坏了?"

戚灵枢哑声道:"云知,真是他?"

云知半晌没吭声,道:"其实这话应该问你,小师叔。"

的确是这样,最了解戚慎微的人只有戚灵枢,戚灵枢跟了戚慎微十三年,怎会认不出他?戚灵枢这回沉默了很久,长廊里静静的,谁也不敢说话。等了半晌,戚灵枢沙哑地说道:"他身上的伤疤,和师尊身上的伤疤一模一样。师尊四年前清剿秦岭山妖,群妖伏击,留下胸前那一道疤;十年前千里追杀千手妖女,留下背后那一道疤。"他抬起眼来,那双眸子笼着深重的阴影,"吾师平生,斩妖除魔,不问寒暑,不识朝暮,逢妖必出,逢魔必至。纵观仙门百家,没有谁如他这般,遍体鳞伤。"

万籁俱寂。

墓道里陷入了死一般的沉默,寂静之中只能听见那个妖怪刺啦刺啦挠门。

骗人的吧,戚隐默默地想,不然就是在做梦。这怎么可能呢?好好一个人,竟然变成了吃人的妖怪。可脑海中有蒙蒙的迷雾被揭开,他忽然明白那五个人怎么死的了。为什么会有满室的血,为什么会有断指,很简单,戚慎微吃了他们。

现在方知为何云知偏要逞强负伤上阵,是不愿戚灵枢犯下弑师之罪。

戚隐脑子里嗡的一声,忽然什么也听不见了。

很久以前,他曾经想象过和戚慎微见面的场景。有时候他觉得他们一辈子也见不了了,或许某一天戚慎微死了,讣告发满天下,各地争先恐后地给他立祠堂。没人知道戚隐是这个剑仙的儿子,他就跟在吊丧的人堆里,远远地瞧那白绡纱,那御剑飞天的雕像,拜一拜,他们父子俩这一辈子的缘分,就这么了了。

第十五章　茕茕

有时候他觉得他们还是能见到面的,或许有一天,戚慎微老了,变成一个干瘪的糟老头儿,再也御不了剑斩不了妖。于是他会从高高的天上下来,像所有浪荡半生回家养老的浪子一样,回到儿子的身边。戚隐还是会养他,每天清晨起来听见他在堂屋后面咔咔地咳嗽,去收拾他的尿壶屎盆坐在门槛上刷洗;过年过节的时候,炕桌上热一壶酒,父子两人一如既往地没什么无聊;然后终于有一天,老人阖目躺进了棺材,撒上最后一抔土。至此,他和他的恩,他和他的仇,一切怨怼和曾经说过未曾说过的悔恨,尘埃落定。

他只是做梦也没想到,他们父子会以这样的方式见面。

那两根苍白的指节落在他眼前,像想要摸索什么。没有神志的怪物爬来爬去,暗淡的符光透过裂隙,照见那八颗眼珠转动。

戚隐颤抖着手,缓缓抬起,握住那两根冰冷的手指。指节冰凉,覆着薄薄的细茧,是常年握剑握出来的。十八年,他从吴塘走到凤还,再来到无方,终于见到了这个男人,握住了他的手。他没有感受到父亲的温度,只有满心的悲哀,像扬起的灰烬,塞满了冰冷的心房。

"戚慎微,"戚隐头抵在石门上,咬牙切齿地大吼,"你怎么搞成这样?你回答我!你个浑蛋,负心汉,狗剑仙,你话都不说一句,你叫我怎么原谅你?!"

众人被他的突然大吼吓了一跳,纷纷围上来拉他。戚慎微的指甲刺入了他的掌心,鲜血淅淅沥沥流下来,滴在冰裂缠枝花纹的地砖上。戚灵枢用力将他往后拉,大声喊他镇静。云知去掰他血淋淋的手指,一根根离开戚慎微的指节。

"你说句话啊,"戚隐用力捶门,"戚慎微,你给老子说句话!"

半晌,门外传来妖怪幽幽的一声唤:"狗崽——"

声如鬼魅,鹦鹉学舌一般,没有起伏。

他喉头一哽,终于泪如雨下。

手上松了劲儿,大家慢慢退开,有的人拍他背,有的人安慰他。他浑浑噩噩,什么话也听不见。

他心里空空落落,像有块地方被挖空了。他原本准备好了和解,准备好了面对戚慎微要说的话儿。他不是一个记仇的人,他不会和这个男人有多亲近,但也不会对他太残酷。该奉养他会奉养,该送终他会送终。现在他觉得自己是上天玩弄的小丑,兜兜转转走不出凄惨的结局。他突然万分想念一个人,想念那个人的声音,那个人的怀抱。

"哥,"他靠在岩壁上,流着泪轻声道,"你在哪儿……"

冰海天渊,天渊蛛网。

地动山摇,顶上簌簌落下灰来,岩壁蜿蜒出巨大的裂痕。有弟子慌张来报:"掌门,蛛巢被毁!有强贼进犯,已有数十人死伤。"

"原来你还有同党,"元籍不见慌张,竟然淡淡地笑了笑,"说出你的身份,或许我可以留你全尸，送归你的门派。"

"虽然你肯定不信，但是那个炸你们蛛巢的和我真不是一伙儿的，我纯粹是走错了道儿。"叶清明吊儿郎当地撑着剑，"多谢掌门好意，在下无门无派，乡下人无知，头一回开眼界，初到你们无方甚为好奇，斗胆进来逛逛。"

"哦？无门无派？"元籍眯起眼睛。

"好吧，"叶清明道，"其实我是钟鼓山的，我们掌门好奇你有没有相好，派我来打探打探。"

元籍脸上的线条逐渐变得冷硬，脸上的笑容一点点剥去。这个落拓的中年人一旦失去了笑容，竟如恶鬼一般阴冷。他看着元玺的尸体，道："这位道友，你可知我最厌恶的门派是哪家？"

"我又不是你肚里的虫，我哪知道？"叶清明剔着牙道。

"是凤还。"元籍负手而立，娓娓而道，"道法传承几千年，凤还曾一枝独秀千年之久。昔日万门朝拜，仙家齐贺，何等风光。奈何一帮不肖子孙接掌门派，眼见浩浩仙山，如今竟然颓败至此。掌门大腹便便，长老嗜酒好色，弟子吃喝嫖赌，从上至下，满门不思进取。"

"不至于这么差劲儿吧，我打包票，凤还长老绝对没有钟鼓山的那么好色。"叶清明汗颜。

"也罢，毕竟是别人家关起门来的事儿，我不好多加置喙。"元籍淡淡地扫了他一眼，那是看死人的眼神，"可惜，凤还山还有一个致命的缺点。"

"哦？"

"那就是，"他冷冷道，"多管闲事。"

一道森冷的剑光狠狠闪过叶清明的眼睛，仿佛直直割在眼皮上。元籍蓦然出剑，剑光犹如大浪滔天，浩然压顶。他道："你是清式，还是清明？"

叶清明轻飘飘地后退一步，那浪潮一样的剑光打了个空。他笑道："你怎么不猜清和？"

"你们虽然师出一脉，但你这同门倒是朵出淤泥而不染的好花，身上没有你们的酒肉臭气。"元籍道，"清式说到底是掌门之尊，没道理亲自前来。你是清明吧。你下次混进别人的地盘，出门前该洗洗澡熏熏香。三千仙门，只有你们带着一身臭皮囊进我仙山，玷污我的门庭！"

叶清明委屈地叫道："不用这么损我们吧！怪伤心的。"

元籍一个手势，无方弟子纷纷围上前。叶清明捏指掐诀，墨色剑影一分为四，一阵风似的穿梭在人群之间。他的剑名洗墨，这样文气的名儿配了他这么一个粗鲁的人，清式每回见到他的剑都要说配错了人。弟子们旋身躲避，那剑光没砍着人，却并不停歇，径直到了叶枯残跟前。叶枯残一惊，画出结界，剑光猛然一拐弯，斩断了猪妖的锁链。

猪妖一把扯下口嚼子，蹲踞在石床上嘶吼，吼声震天。它化回豪猪的原形，从石床上蹦下来，一口咬断了一个弟子的脖子。

"枯残长老，"元籍掖着袖子转身，"这里交给你了。收拾干净之后，以传音符知会我一声。"

"你别跑！老子一蹄子蹶死你！"朱明藏大吼，炮弹似的撞过去。元籍打开令符，身影一闪原地消失，朱明藏一头撞在岩壁上。顿时山洞一摇，石碎子雪粒子似的簌簌落在头顶。

"你们玩儿，在下先走一步！"

叶清明趁乱脚底抹油想溜，叶枯残的身影蓦地闪现在前面，抬起枯瘦的指尖："我闻凤还剑法奥义精深，今日斗胆请教。"

他食指一划，数个在他身前的无方弟子脖子被同时割断，淅淅沥沥的鲜血凝成许多条血线，蜿蜒着朝他的七窍流过去。叶枯残吸足了血，灰败的脸色红润了些许。那几个无方弟子身子一软，烂泥似的瘫倒在地。叶清明和猪妖都看得目瞪口呆，猪妖喃喃道："这是人吗，怎么比老子还邪？"

叶枯残在空中画出符纹，青光在符纹上曲曲折折地流动。叶清明听见咔嚓咔嚓细碎的响声，那是冰层从叶枯残的脚下长出来，朝四周蔓延。不到一个呼吸的时间，倒在他身前的无方弟子便被冻成了冰人。霜花凝结，地面光滑如镜，冰层一点点逼近叶清明和朱明藏。

猪妖大吼一声，就要冲过去，叶清明一把拽住它，道："你找死啊！"

"要不然怎么办，老子可不想被变成冻猪肉！"

叶清明御剑攻击，叶枯残面前现出结界，磐石一般纹丝不动。叶清明只好把洗墨剑插在身前，张开结界挡御冰封。繁复瑰丽的霜花也在结界上凝结，眨眼间整个山洞已经成了冰窟，冰凌在岩洞的顶上生长，像一棵棵倒吊的冰笋。叶清明的手指冻得发疼，他的身后，猪妖化成人形，使劲儿缩着肚子，叫道："你把结界撑大点儿！老子的肚子结冰了！"

"谁让你长这么胖！"

朱明藏大吼："你家的猪瘦？！"

叶清明青筋暴突，喊道："娘娘腔，救命啊！你不是博闻强识吗，这个见鬼的术法怎么解？！"

孟清和坐在藏经楼里摇头苦笑："我为你预备了炭炉。"

"炭炉的火才多大？能行吗？！"

"能为你烧纸。"

连孟清和都没法子，今天恐怕真是要交代在这儿了。叶清明犹豫着要不要发动符咒毁容，这样他们就没有证据指证凤还。他惨兮兮地道："猪兄，想不到我叶清明竟然和你死在一块儿，抓紧时间摆个姿势吧。"

"摆姿势干吗？"

"能死得好看点儿。"

猪妖："……"

正在这时，移遁法阵金光一闪，一个白衣人影儿从里面蹚出来。扶岚踏上冰层，冰面在他脚下发出咔嚓咔嚓的声音。扭头看见叶清明，这家伙明显愣了一下，呆呆地瞧着他们。

叶清明眼睛一亮，几乎热泪盈眶："乖师侄啊！没想到在这儿遇见你！"

猪妖目瞪口呆："这个龟儿怎么没被冻住？"

叶枯残眉目一凛，鬼火一般的眸子里掠过惊讶之色。他好像认得这个男人，在哪儿见过。他忽然想起来了，这个人是他课上的学生，总是发呆，心不在焉地望窗外，要不然就是打瞌睡。听说他因为打擂误伤了人，被罚扫地，经过悬空阶的时候，总能看见他闷着头扫雪。

一个脑子笨又不上进，但是胜在乖巧的学生，这是叶枯残对他的印象。

"乖师侄！"叶清明大叫，"把这个老不死的宰了！"

叶枯残脸色一肃，望见那个男人拎着肥猫朝他走过来。男人的眸子黑黝黝的，恬静得像四月的烟水。一般拥有这种眼睛的人脾气都很好，很讨人喜欢。他没什么特别的表情，可叶枯残见他走过来，竟感到一种刻骨的恐惧，如同霜毛，密密麻麻地顺着骨头缝儿长出来。叶枯残迅速掉转方向，右手画符，霜气沿着地面蛇一般蹿过去。叶清明那边压力顿减，登时松了口气。扶岚停下脚步，抬起手，画出一个一模一样的符咒。叶枯残不可置信地瞪大眼睛，这并非道符，而是巫符，这个人怎么可能会画？！

淡青色的灵力在瑰丽的符纹中流转，更加深厚阴寒的冰层从扶岚脚下延展开，叶枯残的结界瞬间溃散，眼睁睁看着森冷的冰霜爬上自己的身躯。只不过片刻之间，他的半身就被冻住。

黑猫跳到叶枯残的肩头，毛茸茸的尾巴围住他的颈脖子，道："柴火棒子，借问你这枯残秘咒还有那禁地法阵究竟是从何处而来？"

"自然是老夫自创。"叶枯残冷笑，"你们到底是何人？"

"老夫没问完你，你倒来问我？"黑猫森森冷笑，"自创？也亏你有这样大的脸。巴山神殿的巫罗秘法，你这瘪瓜脑子想三辈子也想不出来。"

听见巫罗秘法，叶枯残一惊，道："你们到底是何人？"

"是你祖宗！"黑猫阴森地磨牙，"快说，你这些东西都是打哪儿来的？"

叶枯残只是冷笑，黑猫"啧"了一声，道："不给你点儿颜色看看，你以为老猫真的老，呆瓜真的呆。"

它朝扶岚使了一个眼色，扶岚默默拔出背后的刀。凄冷的弧光一闪，叶枯残失声痛叫，右臂断在地上，鲜血犹如泉水一般喷涌。

黑猫拍拍他光秃秃的脑袋，道："撒一次谎，断一肢。你可以一直撒谎，这样你就会四肢俱断。但我们不会杀你，无方山将会救活你。从此以后，你不能施咒，不能行走，你会躺在一个大缸子里，作为一只人彘活着。"

第十五章　茕茕

叶枯残痛得满头冷汗，咬牙说道："你们如何知晓我有没有撒谎？！"

"这由我们判断。"黑猫道，"现在，告诉老夫，你这巫罗秘法和大巫法阵，是如何得来的？"

叶枯残抖如筛糠，喘着粗气道："我不能说，我真的不能说！"

"好吧，那就看看你是更怕死，还是更怕生不如死。"

扶岚再次挥刀，弧光压向叶枯残的左臂，叶枯残崩溃地大喊："我说！"

黑猫爪子一挥，刀光离他的胳膊将将只有一寸，扶岚收了刀。

"巴山！我是在巴山脚下得来的。"叶枯残喘道，左手悄悄背在身后，指尖光芒一闪，"我本只是个光脚道士，一辈子碌碌无为。大家都说巴山神殿是神的居所，有无上秘法，有大巫秘宝！我原想进巴山一搏，说不定可以安然无恙进到神殿。但那位大人出现了，是他授予我巫罗秘法，还有法阵图谱。可是他没有告诉我，修了秘法，久而久之竟会血肉萎缩，若不吸食活血，就会血肉尽脱而亡！我想找他，可是我找不到。从那以后，我再也没见过他。"

黑猫疑道："大人？长什么样儿，是男是女？"

"他披黑袍，戴兜帽，看不清模样；声音是男的，身边总是跟着许多紫色的蝴蝶。"叶枯残艰难地道，"他说他叫……"

叶枯残抖着嘴唇，脸色青紫。

"叫什么？"黑猫厉声问。

叶枯残忽然浑身一震，干瘪的脸颊一寸寸皱缩，火焰啃噬着他的脸颊，像是老旧的纸张被火烧着，飘出簌簌的灰烬。黑猫吓了一大跳，慌忙跳开。紧接着，叶枯残浑身上下都冒出了火焰，成了一个火人。叶枯残惨叫着，大喊道："大人，我错了！我错了！饶了我，我没有说出你的名字！我不该心存侥幸，你真的无处不在！求你饶了我！"

只见他整个人迅速变成焦骨，疯了一般四处乱撞。

无方大殿。

传音符悬在空中，金光闪烁，里面传出叶枯残疯了一般的惨叫。穹顶星辰散下细密的流光，无方弟子瓷偶一般沉默地立在元籍身后，洁白的衣袂冰冷如月。元尹脑门上露出冷汗，道："凤还山到底请了什么样的高人，竟连枯残长老都胜不过他们吗？"

一个弟子趋步步入殿中，低声道："师尊，八座长老已在修复禁林结界，各派长老弟子也安抚住了。我们只说是有妖贼入侵禁林，并无人起疑。只是元苦长老非闹着要下禁地，亲自捉拿妖贼。"

"他要去，便随他去。"元籍听见元苦的名字，头疼地按了按额角。这位戒律长老素来刚直，嫉妖如仇，与他十分不对盘。早前建立天渊蛛网，他刻意向下八座隐瞒，除了掌门、枯残、元尹，以及那位在后山休养的丹药长老及四座灵字辈弟子，

215

无人知道天渊蛛网的存在，如今看来这的确是明智之举。

"对了，昭冉前来，说昨夜凤还一弟子失足坠下悬空阶，灵枢师弟率众搜寻，至今未还。"

"凤还弟子？"元籍眯起眼睛，问道，"唤作何名？"

"云岚。"

"云岚……"元籍低低沉吟，"我听闻凤还数月前新收了两个弟子，一个叫云隐，一个叫云岚。他们入门之时，正好是戚隐小侄入我无方的时候。"元籍了然地笑了笑，"清式乃元微挚友，我还曾奇怪戚隐小侄入门他竟不来探望一番。难怪清和要叩我藏经楼，原来打的是这个主意。若我没有猜错，与灵枢同去禁地的还有凤还弟子吧？"

"不错，正是云知、云隐二人。"

元尹蹙眉问道："师弟，他二人有何玄机吗？"

"玄机大得很哪，只怕这位云隐师侄才是真正的戚隐。清式着实心狠，既知我无方乃龙潭虎穴，竟也甘愿把元微唯一的孩子送过来。"元籍抬头望望穹顶大阵，负起手道，"世上姓戚的孩子千千万，他的父亲纳不了妖心，想必他并无这样的血脉。罢了，不做理会，他们进了那个地方就永远也出不来了。传吾掌门令，天渊蛛网关闭冰封法阵，所有弟子开启令符，速速返回灭度峰，再着人张开冰面结界，无论是妖灵还是人，都休想从冰海天渊出来。徒儿，你亲自去看着清和长老。"元籍落拓地笑了笑，"凤还山既然铆足了劲儿想要知道我们到底在做什么，那便让他们亲眼看看吧。"

弟子拱手，道："是。"

"那……灵枢呢？"元尹迟疑着道。

"是啊，这个孩子该拿他如何是好？"元籍的眼眸中露出悲伤，"无方的秘密决不能暴露于人前，做出牺牲是难免的。也罢，他与他师尊同在一处，也是了了他一桩心愿。我会亲自为他写下悼词，为他择风水佳地，立衣冠剑冢。"他闭上眼，沉沉叹了一口气，"只是可惜了一个好苗子，可惜，可惜。"

与此同时，黑猫在山洞里大叫："小心，别挨到他！"

大家纷纷避开，叶枯残趔趄了几步，大声求饶。火焰不受控制地烧遍全身，终于将他烧成了一捧灰，消失得无影无踪，地上只有一片冰雪融化的水渍。

叶清明瞠目结舌："他这是怎么了？内火太旺，把自己给烧了？"

"是巫诅。"扶岚轻声道。

"巫诅？"猪妖问。

"上古大巫的诅咒，不可逆转，无药可救。"黑猫心胆生寒，"这怎么可能？难道这个柴火棒子说的'大人'是上古大巫？"

"大巫不是几千年前就死绝了吗？"叶清明惊讶道，"他要真是大巫，得活了多久？"

　　猪妖插嘴道："这千年老怪定是个千年老妖，蝴蝶都围着他，身上熏的香不说一斤也有八两。"

　　"你个猪脑子，不懂别瞎说。"黑猫骂道。那蝴蝶不是真蝴蝶，而是像扶岚的小鱼一样的分身，是巫罗秘法里的分身术。想不到这世上竟还有活的巫，黑猫不觉得高兴，反倒觉得不安。俗话说，物老成怪，人老成精，谁知这活了几千年的大巫会不会活着活着就成了变态。

　　更让黑猫忐忐的是，巫诅有二：一为留存在器物上的巫诅，触物即中，中之即死；二为咒术巫诅，形同咒法，需要在场者当场发动。叶枯残刚要说出名字巫诅就生效了，看来是第二类巫诅。想到这，黑猫倒吸了一口凉气，道："没猜错的话，这位'大人'就藏在我们之中。"

　　大家面面相觑，叶清明忽然跳开，躲到扶岚背后，露出一个脑袋问朱明藏："猪妖，该不会是你吧？！"

　　猪妖大怒："是你个头。若老子有这般能耐，第一先斩了元籍龟孙的狗头，第二再灭了扶岚这个龟儿！"

　　扶岚摇头："不在这里了。"

　　"什么意思？"朱明藏问。

　　黑猫道："呆瓜的意思是，即使他在这里也早就走了，你们都太弱了，不可能是那位大人。"

　　扶岚掉过头，问叶清明："你怎么来了？"

　　这家伙没头没脑突然发问，叶清明差点儿没反应过来。晦暗的烛光照在扶岚白皙的脸上，那双黑而大的眼眸像一潭静水，虽然恬静，却透着淡淡的疏离。叶清明忽然发现，这家伙或许从来没把他们凤还山当自己人，好在他有自知之明，不敢真以师叔的身份自居。

　　谁敢当妖族之主的师叔？叶清明搓着手道："师侄，你还不知道吧，昨晚你家黑娃儿跟着云知和灵枢下禁地找他爹去了。谁知他们的运气着实背了点儿，误入了一处巫墓，如今困在里头出不来了。正好我找着你了，咱俩快去救他们吧。"他喊孟清和，"师兄，师兄！他们现在情况怎么样？"

　　无人应答，叶清明蓦然想起来，孟清和从叶枯残发狂到现在，一点声儿也没出。出什么事儿了吗？

　　扶岚明显愣了一下，随即蹙起眉心，道："那不是巫墓。"

　　叶清明正想问不是巫墓是什么，扶岚已经折过身，身影一闪，出现在了移遁法阵里。叶清明忙蹿到他身边："师侄捎上我！"

　　"还有我！"猪妖也挤了进去。

　　金光闪烁，一瞬间移天换地。扶岚拎着黑猫走出去，猪妖跟在后面问道："龟儿，你不是打巴山神殿出来的吗？那个老怪是不是和你有关系？他安的什么心，是敌是友？他为何要教叶枯残这等凶残的术法？他难不成是心血来潮，积德行善？"

"他若是积德行善，叶枯残就不会死成这般模样了。"叶清明一面拐入方才来过的琉璃壁长廊，一面道，"我倒有个想法，这家伙其实好懂得很，就跟小孩儿恶作剧似的。我给你一颗糖丸子，你感恩戴德地接了，吃进嘴儿才发现是屎团子。已经糊了满嘴粪，你吐都吐不出来。这时候我捧着肚子笑话你，哈哈，傻了吧，你个白痴。我估计他这会儿就在哪儿笑话叶枯残呢。"

朱明藏觉得他在放屁，道："人家活了几千年，怎么可能这么无聊？"

叶清明摇头晃脑："就是因为活了几千年才无聊嘛。"

前面的扶岚忽然停住脚，叶清明差点儿撞在他身上。叶清明疑惑地探过头，问："怎么不走了？"

扶岚望着琉璃壁，没吭声。

叶清明扭头一看，也怔住了。

之前待在那儿的妖都不见了，琉璃壁后空空如也，只有一望无际的墨绿色海水。

叶清明结结巴巴地道："它们去哪儿了？"

猪妖不知道不对劲，已经走到了前面，伸手推开石门。

扶岚回头道："别动！"

然而终究慢了一步，石门洞开，露出后方黑暗的洞穴。猪妖摸不着头脑，骂道："嚷什么嚷，平日不声不响，这会儿倒是怪凶的。"

黑暗中，角落的位置忽地亮起两点森森红光，不知道是什么，看起来像两簇幽幽的火苗。叶清明瞪大眼，想瞧清楚那是什么。紧接着，更多火苗亮起来，他慢慢地瞧清楚了，洞穴里蛰伏了无数畸形的妖，地上趴着的，顶上倒吊的，岩壁上挂着的，挤得满满当当。它们听见声响，在黑暗里回过头，猩红的双目凶光毕露，如同野火烧成一片。

扶岚迅速画符，细细密密的冰晶在地上凝结，唰唰延伸出去。石门边上的猪妖惊叫了一声，凌空一跳蹿到叶清明身边。岩壁很快被冻住，所有妖灵都冻在了冰层里。叶清明正要松一口气，冰封住的妖灵被后方大力撞破，四分五裂的碎片弹子一样射出去，更多妖灵从后面赶上来，嘶吼着扑向他们。

扶岚立刻放弃画符，拎起黑猫的后颈皮，转头就跑。

墓道。

云知用衣裳堵住石门上的缝隙，阻断戚慎微的视线，要不然他的眼珠子总在那儿转，看着让人心慌。戚灵枢四处察看了一下地形。这里是一处长廊，尽头是同样的巨门，拉闸，将门升起一条缝儿望出去；那边是一模一样的长廊，尽头也是巨门；两边墙下都站满了石头巫俑，灯符晃悠悠飘过去，影沉沉的黑暗里两溜滚滚头颅倏忽隐现，像一群沉默的幽灵。

第十五章 茕茕

这样的长廊不知有多少条，大概在长廊的尽处便是主人大巫的墓室。大家盘腿坐在地上休息，等戚慎微自行离去。昭明听着那令人牙酸的抓挠声，冒着冷汗问："戚长老为什么会变成这样？他修炼了什么邪术吗？"

"不可能。"戚灵枢冷声道。

大家都沉默，其实大伙儿都明白，戚灵枢对他师尊甚为敬重，事师如事父，要他承认自己师尊修炼邪术，倒不如直接杀了他。符光照着所有人的脸，眼窝和鼻梁阴影深深，个个都神情凝重，像一尊尊金面雕像。云知忽然道："我也觉得不可能。戚师叔何许人也，他能御使百把飞剑，剑术独步天下，仙门一绝。若他资质平庸，碌碌无为，说他修邪术，想要变强，倒有些道理。可他都这么厉害了，还修什么邪术，邪术能比他的剑术更厉害吗？"

方辛萧觉得有理，道："那他怎么会变成这样？"

云知看了眼戚隐，那家伙抱着膝盖蹲在角落里，脸罩着一层阴影。想想也是，盼了这么久好不容易见着爹，结果爹变成了这副鬼模样，还不如不见呢。云知揉了揉脸，道："不如从头来梳理一番。小师叔，你是他唯一的弟子，他怎么会变成这样恐怕只有你有线索。我们把整件事儿捋一遍。"

戚灵枢抿着唇点头。

"一开始？"昭明道，"就是戚长老重伤的时候。"

云知摇摇头："其实依我看，应该是叶枯残入无方。这家伙怪异得紧。有个高人告诉我，他的枯残秘咒其实是上古大巫留下的咒法。他长一副骷髅样儿不是因为苦修，而是咒法反噬。"

"所以云岚阻止我修习枯残秘咒？"戚灵枢锁起眉心。

云知点点头："没错。"他抱起双臂，"不过我们可以把事情弄简单一点儿，就从戚师叔下山除水鬼开始吧。有谁清楚这事儿吗？"

"我。"昭明举手，"那次除水鬼我正好就在。头一回同师叔祖除妖，我高兴了好几天睡不着觉，到颍河那天清晨还打瞌睡来着。师叔祖比小师叔还难亲近些，我不敢靠近，只敢远远跟着。"

"别说废话，说重点。"方辛萧道。

"哦哦。"昭明挠挠头皮，"颍河本来挺太平的，据说是下游水鬼游荡到了上游，三天翻了四条船。那四条船的人也跟着成了水鬼，就多了起来。师叔祖释放神识探查，说水鬼道行不高，让我们下水除妖。原本按照往常的经验，水鬼这种妖没什么神智，很好对付。但是颍河的水鬼很奇怪，它们……"

"它们什么？"云知问。

"它们好像懂得战术似的，"昭明道，"竟然引诱我们深入，包抄我们。若非师叔祖及时赶到，我们只怕已经没命了。师叔祖说它们行动统一，定是有个首领居中指挥，让我们御剑出水，自己追了过去。我们从清晨等到晌午，也不见师叔祖回来。师兄说，师叔祖肯定是出事了。我们沿着水去寻，在河岸发现了师叔祖。那个时候，他已经奄奄一息了。"

昭明说着，红了眼眶："他浑身都是血，师兄给他吃了护心丸，急匆匆回到无方。幸好丹药长老妙手回春，把人给抢回来了。肯定是那个首领把师叔祖弄成这样的。道行越高的妖越聪明，没准是几百年道行的大水鬼，师叔祖小瞧了对手，遭了暗算。"

"那次之后，我曾去过颍河查探，河里已经太平了，想必师尊那次已经杀了那水鬼首领。"戚灵枢道。

"好，"云知说道，"目前看来，戚师叔除妖失利这段没什么古怪。那么这之后就是你们无方的丹药长老妙手回春，把戚师叔给救回来了。小师叔之前说过，三月初，戚师叔伤势见好，已能下地行走。然而四月初五，五个弟子失踪，现在看来应该是戚师叔把他们吃了。四月初八，你们无方说戚师叔暴毙身亡，事实应该是戚师叔化妖，你们无方遇了和我们相同的问题——戚师叔根本杀不死。所以只能选择禁锢戚师叔，尽早装殓入土。"

辈分在云知嘴里颠三倒四乱七八糟，大家也没空在意。方辛萧讷讷道："所以关键在于，小师叔离开无方那段日子，戚长老到底发生了什么？"

"错了，"角落里的戚隐忽然出声，"那不是关键，关键是你们无方到底用了什么法子救活他？"

"还能有什么法子？"昭明道，"仙丹灵药……"

"我且问你，他伤势重到何种地步？"戚隐低声问。

昭明愣了一下，说："丹药长老说伤及心脉，幸好有一寸偏差，要不然大罗神仙也回天乏术。"

"我查看过药案，"戚灵枢道，"确实都是养护心脉的丹药。"

戚隐抹了把脸，朝亮光处挪了挪，道："你们那个丹药师叔只说了一半真话。他的确伤及心脉，但想必正中心窍，一寸偏差也没有。你们可还记得元尹说的话儿，妖族长生和力量的奥秘，全在心脏。他好好一个人，莫名其妙变成蜘蛛，还杀不死。之前姚小山同我说，冰海天渊那儿有个地方，叫天渊蛛网，你们无方的人在那儿挖心，挖人的，也挖妖的。我斗胆猜一猜，会不会是你们那帮师叔为了救他，将妖心挪进了他的身体？"

所有人都吓呆了，脊背上蹿出冰凉的冷汗来，再一深想，更是无法呼吸。戚灵枢三月初离开无方时，戚慎微还有神志，他当如何眼睁睁看着自己变成八只眼睛、八条肢体的怪物？

戚隐垂着眼眸道："至于他为何诛心不死……"

戚灵枢的脸色唰地惨白如纸，梦呓一般接了话儿："因为师尊伤势已沉，植入一颗无用，他们便植进去更多。"

方辛萧满脸惊恐："天哪……"

戚隐又问："小师叔、昭明，你们知不知道天渊蛛网？"

第十五章　茕茕

戚灵枢和昭明都沉默地摇头。

"那些失踪的仙门弟子恐怕现在就待在那儿吧，没准和我爹一个模样。"戚隐撑着额头，道，"你们无方真是……"

昭明白着脸接了话："丧心病狂。"

"难道无方寻黑仔入门，也是为了挖心？"云知问道。

"姚小山是这么说的，他是打那儿逃出来的。"戚隐道。

"那些失踪的仙门弟子，同黑仔有什么关联吗？"

"戚！"方辛萧叫道，"他们都姓戚。本门失踪的二位师兄规心、规善都姓戚，他们是要寻本姓为戚的人换心。"

"我们姓戚的真是倒了血霉了。"戚隐哀戚地道。

"遇上无方，你全家都倒了血霉。"云知揣着袖子，跟着叹了一声。

戚隐闭着眼睛不想说话。大家讨论了半天，依旧没有想出无方为什么要抓姓戚的人。若说抓姓戚的，戚灵枢却半点儿事儿也没有，不知道是不是因为他并非戚氏血脉，只是冠了个戚姓的缘故。

灯符只点了一个，墓道里黑沉沉的，大家都累了，渐渐收了声儿。昭明和方辛萧相互倚靠着打起盹来。只有戚灵枢抱着剑，低着眉眼，显露出人前不曾看见的哀戚来。师尊遇难，下毒手的还是自己师门，这小子的世界一定天翻地覆。

但戚隐暂时没心思安慰他，只撑着脑袋，望着黑暗发呆。他知道云知方才没说真话儿，或者没把话儿说全。那家伙一直都没有提凤还是如何得到的归昧剑，凤还山的人一定去过颍河，而且发现了什么。

可他什么都不想知道，他心里倦倦的，只想见哥哥，想哥哥做的糖霜米糊糊，想哥哥缝的小青鱼白手帕。只要想到哥哥静静的眸光，他的心也就静静的，一切的伤痛仿佛都可以挺过去。

石门后面不知什么时候不再挠了，他想说是时候走了，抬眼一瞧，大伙儿都睡着了。他咽了声儿，打算一会儿再叫他们。他忽然听见咔嗒咔嗒的声音，低头一瞧，是血罗盘发出来的。他拾起罗盘打开瞧，活血还没有用尽，里面的指针在血渍里疯狂地转动。

清式那个老胖子太不靠谱了，这罗盘才用了多久就坏了。戚隐摇摇头，正想扔回去。头顶砰的一声巨响，石块劈头盖脸地砸下来，将他砸得满头是血。所有人都被惊醒，没闹明白发生了什么。戚隐被砸得晕乎，手上一摸，满手血污。他扶着身边的巫俑，摇摇晃晃想要站起来。脖子忽然被什么细细的东西缠住，戚隐仰头瞧，鲜血模糊的视线里望见头顶的大洞，戚慎微苍白的脸从那里伸出来。

戚隐脑子里嗡的一声，喉间倏地剧痛。戚慎微手一缩，戚隐整个人被蜘蛛丝拽了上去。

临去时，只听见戚灵枢惊惶地大喊："戚隐！"

第十六章

降临

戚隐整个人被拖入阴森的黑暗中，脖子被勒得死死的，喘不过气儿，整张脸憋得紫红。戚慎微拖着他跑得飞快，他的脊背在地砖上摩擦，硌得生疼，仿佛要擦掉一层皮，头脸在两边岩壁上撞来撞去，磕得头破血流，血迹绵延了一路。戚隐双手乱抓，抠岩壁抠得指甲翻起来，依旧止不住势头。黑暗里撞到陶罐瓦盆，噼里啪啦一路响。

要死人了，要死人了。戚隐心慌意乱，憋着一口气掐御剑诀，连掐几次都不灵。又是一个拐角，戚隐一头撞在岩壁上，额头上的血流下来，糊了满脸。戚隐头昏眼花，连声音都不大听得见了。他咬紧牙关，拼了死命再试一次，归昧终于有了反应，从乾坤袋里唰地飞出来，秋霜一样的剑光一闪，割断勒住他的蜘蛛丝。戚隐一翻身，抱头滚下台阶。

这一下他也不知道滚到哪里，眼前漆黑一片，什么也看不清。戚隐爬起来便跑，很快他又听见蜘蛛指甲摩擦地面的声音，就在身后不远！戚隐简直要疯了，跟跟跄跄地逃。那声儿追着他，阴森森，怎么也甩不掉。戚隐脑子里一片空白，只想着逃命。四周似乎很多石头巫俑，他摸着路跑，慌乱中一脚踩空，掉进了一个洞，忙爬起来，手上一推，便开了一扇石门。

戚隐心中一喜，忙反手关上石门，抹了把脸上的血污，这才看清楚眼前的景象，一时间竟呆了。这不知是什么地方，他站在地上，再往前走几步便是断崖。无数青铜柱立在崖下，每根柱子都有三个男人合抱那么粗，排成整整齐齐的方阵。那崖不知有多深，所有青铜柱的下端都淹没在莫测的黑暗里。抬起头看，头顶竟是一片璀璨星辰，银河在那边静谧地流淌，纤巧的星星像瞳子一般，星光水银一样涌出来，照亮底下绵延无尽的青铜柱。

他看不见星辰的尽头，也看不见青铜柱的尽头，这里仿佛是一片无限大的空间，沉寂无声，只能听见他慢慢平缓下来的呼吸。这是出墓了？不可能，现在这会儿外面该是大白天才对，哪来的星空？他大喊了一声，回声传回来，他蒙了，难不成真的没有尽头？

身后吱嘎一响，他猛然回过头，正瞧见戚慎微从门后探进来的妖怪脸。戚隐头皮一炸，扭头跳上青铜巨柱。一路跳房子似的，他在前面跳跃奔逃，戚慎微在后面追。青铜柱无尽地延展，不知道有没有个头，戚隐苦着脸想，这该不会跳到天荒地老吧？

底下不知道有多深，戚隐和戚慎微拉开一段距离，摘下发冠扔下去，等了许久也没听见发冠落地的响声。这深渊难道没有个底吗？戚隐冒了一脑门子冷汗，眼看戚慎微又要追上来，忙站起来继续逃。

戚慎微在身后幽幽地喊"狗崽"，戚隐回头便能瞧见他八只眼睛的怪脸和苍白的身体。戚隐几乎要绝望，等体力耗尽他就完蛋了。他一面撕下衣裳包住流血的头，一面强迫自己冷静思考。御剑能跑得快些，但是他不大敢，万一剑御得不稳掉下去，那便是死路一条。这地方是个无尽深渊，没准他掉到老掉到死也到不了底。

和戚慎微拼一把？云知杀他的时候，虽然杀不死，但这浑蛋复原身体需要时间，兴许能趁机藏起来。但举头一望，离进来的门已经老远了，前面空空荡荡，只有圆圆的青铜柱顶，连个遮挡都没有，能去哪儿躲？

戚隐深吸一口气让自己冷静，正跳得满头大汗的时候，脚下忽然刺痛，落地的时候没有站稳，脚下一崴，便掉了下去。这一下真是吓得三魂七魄都移了位，戚隐伸手乱抓，后颈忽然一紧，像被人提溜住后领似的，整个人悬在半空中。

戚隐心惊胆战地回头，一张巨大的骷髅脸显露在眼前，两个黑洞洞的眼窝一动不动瞧着他。戚隐心脏几乎要炸了，眼对眼望了它许久，它也不动弹。戚隐呆了一下才回过神儿来，这是一个镶嵌在青铜柱里的骷髅头颅，是它伸出来的獠牙钩住了他的衣裳。戚隐小心翼翼地回过身，一手握住它的獠牙，一手攀上巨大的青铜柱。戚隐四下里一望，才发现许多柱子都嵌了头颅，无数头颅彼此相望，消失在黑暗里。

想不到这墓主还有收藏头颅的习惯，这什么见鬼的喜好？戚隐心里发寒。

刚想要爬上去，上面传来指甲划过青铜的声音，他一抬头，正瞧见戚慎微探着身子摸索着朝他爬过来。

戚隐暗骂一句，忙往下爬。幸好这柱子上都是骷髅，坑坑洼洼，方便攀爬。可现在局面更是被动了，这样悬在中间不上不下，体力耗尽他就只能摔下去。

戚慎微咄咄紧逼，戚隐快要疯了，哭丧着脸大喊道："爹，我求你了！你放过我吧！我错了，我不该来打扰你！我真欠，好好在凤还山上待着，干吗要跑来找你！我错了，咱们桥归桥路归路，行不行？你继续在这里当一只快乐的大蜘蛛，我回去念我的经打我的坐。我求你，放过我吧！"

戚慎微喊了一句："狗崽——"

他的声音鬼魂一样幽深，戚隐心里又是一抖，往下缩了缩，哭着道："要不这样，你让我走，我去给你找个又肥又大的母蜘蛛当续弦。你在这儿快快乐乐地繁衍后代，给我生一大堆弟弟妹妹。"

戚慎微充耳不闻，八颗眼珠乱转，锋利的手爪伸下来，几乎就要够着戚隐。完了完了，戚隐想，他要是在这儿被吃了，他哥就永远也找不着他了。他又想起那个一声不吭就走了的家伙，他要是死了，他哥会不会哭？那样呆的人，他不曾见他笑过，也不曾见他怒过，他会哭吗？

"爹，我给你磕一百零八个响头，我给你去道观立长生牌位，行不行？我错了，我再也不骂你'狗剑仙'了。"戚隐咬着牙，腾出一只手来掐诀，"归昧归昧，你醒醒，出来劝劝你主子。"乾坤袋里传来归昧低振之声，哀婉低回，仿佛有魂灵在里面哀哀地悲泣。戚隐心里酸酸的，名剑有灵，他知道这是归昧的悲鸣。

指尖几乎要掐破，归昧只顾着哭，死也不肯出来。戚隐绝望了，大喊道："天爷，谁来救救我？！救命啊！"

无人应答。

戚慎微继续窸窸窣窣往下探，眼看不用多久戚慎微就要到近前。戚隐苦着脸儿，又往下爬了点儿。忽然间，戚慎微暮然一定，耸起脊背，竟然倒退着往上爬了几寸。这是怎么了？鲜嫩的儿子肉不吃了？戚隐疑惑地望他，不经意低头一瞧，底下不知道什么时候变得灰蒙蒙的，有白色的雾气悄无声息地攀上来，不过几个眨眼的工夫，已经几乎爬到戚隐的脚边。

戚隐的心顿时凉了，那是白雾，清式说过的白雾。

巴山的白雾，竟然在这里也有！

扶岚说过，进入白雾就会被抹去存在。一开始戚隐觉得白雾里可能有什么妖物，后来又觉得可能这雾气本身就有毒，比方说让人陷入幻境什么的，总而言之，进去就是死。戚慎微似乎知道危险，急速往上爬。戚隐也慌了，咬紧牙关爬上去。但白雾蔓延得极快，不一会儿就到了腰间，仰头看戚慎微，已经没影儿了。乳白色的雾气汹涌着，慢慢没过了他的眼前。

世界尽白。

戚隐眨了眨眼，虽然视野大大受限，但面前一小块地方和双手还是能瞧见，远远达不到无方派去探险那些人伸手不见五指的地步。想必这个地方的白雾没有巴山的凶，他是不是不用死了？细细听，茫茫白雾里什么声音也没有，连戚慎微爬行的声音也消失了。世界像是死了，静寂得可怕。

戚隐把脸贴着冰凉的青铜柱，喃喃道："大巫老爷，我哥是巴山神殿出来的娃娃，没准是你的小辈亲戚，我家猫爷也是南疆的妖。算起来，我得喊你一声'老祖宗'，你千万别误伤自家人。"吸了口气，戚隐开始往上爬，快要爬到顶的时候，往上一瞧，顿时一惊。

青铜柱顶上站满了人。全是人。

戚隐僵在下面不敢动，费劲儿地望过去。那上面站满了戴着白鹿面具的家伙，服饰奇特，披着兽皮袍子，身上挂着叮叮当当的银饰。有的人敞着胸口，露出墨线勾勒的文身和右胸上刺的花儿，和方才那条长廊上的雕像身上的一模一样。他们都将手对插在宽大的衣袖里，浑身净白没有颜色，像深渊里走出来的幽魂。

只有他实实在在有血有肉有颜色，这么躲着也不是办法。戚隐心一横，爬到顶，往地上一跪，朝四周叩拜道："各位老祖宗，在下戚隐，误闯此地，无意惊扰各位祖宗安眠，还请诸位大人有大量，饶恕则个，在下即刻就走！"

第十六章　降临

　　没人理他。戚隐头抵着青铜地等了许久，迟疑着抬起头，见他们都对掖着衣袖，沉默不语。每根青铜柱上都站了一个人，只有他的前方空空荡荡，让出了一条路，像是邀请他往前走。戚隐挠了挠头，问道："我该往前走吗？"

　　仍旧无人说话。戚隐站起身，右脚又是一阵刺痛，像有几千根针扎着脚底。戚隐脱了鞋袜瞧，右脚上不知何时长满了脓疮，一按就冒血。戚隐的心凉了半截，他知道这是什么，这是那个人面妖精的诅咒，诅咒什么样儿的都有，其中有一种就是浑身溃烂。这诅咒会沿着他的脚往上蔓延，直到他在痛苦中死去。

　　完了，他真的要死了。戚隐原地发了一会儿愣，穿好鞋袜，强忍着疼，一瘸一跳地前行。不知道走了多久，前方影影绰绰地现出一个挺拔的影子，足足有一层楼那么高，长着花儿的鹿角斜着伸出去，半个身体淹没在蒙蒙的白雾里。

　　它凝望着戚隐，静谧地立在那里，仿佛已经站了千万年。

　　戚隐震惊了，那是……白鹿神吗？

　　他一瘸一拐地过去，走上了一个巨大的平坦的黑色玄武岩石台。他仰起头，伸出手，触摸那冰冷的白鹿雕像。这雕像不知用什么做的，冰冷洁白，宛如玉石，又如细瓷。他站在神像的面前，像一个迷途的小孩儿。

　　他顿时明白了，这里不是什么巫墓，而是神墓；长廊里的巫俑迎接的不是大巫，而是神祇，是大神白鹿。

　　他回头看，蒙蒙白雾中，所有人沉默地俯首作揖，然后悄然散去。白雾消逝，他又看见茫茫暗夜，寂静星空，绵延无尽的青铜柱。

　　神回应了他的求救，神救了他。

　　他鼻子一酸，几乎要掉下泪来。猫爷说得没错，他是扶岚的弟弟，是猫爷的娃娃，白鹿大神真的会保佑他。这个地方万籁俱寂，可戚隐竟然一点儿也不觉得害怕。沉默高大的白鹿神像矗立在他面前，他抬头望着它，莫名的，有一种回家的感觉。

　　戚隐吸了吸鼻子，撩袍跪下来，对着白鹿神像虔诚地叩拜。

　　"谢谢你，白鹿大神。"

　　他实实在在磕了三个响头，再直起身来，坐下来休息。不知道云知他们怎么样了，戚隐想了想，画了个传音符。不知道他们的方位，戚隐只能往先前那条长廊送，又往入口的大殿送了一个，期望他们可以看到。

　　一路绷着神经，这一松懈下来，简直什么也不想干了，只想躺在地上，睡他个昏天暗地。但戚隐不敢真睡，强拖着伤腿，四处走了走，绕到白鹿神像侧面，忽见那边有个黑影儿靠在雕像边上。看影儿是人的模样，戚隐心里一喜，难道是云知他们，先他一步到了？他走过去打眼一瞧，登时愣了。这是一具苍白的尸骸，看样子已经去世很久了，脑袋耷拉着，两个深邃的眼窝空空荡荡。

　　怎么会有人死在这儿？这事情极为不祥，戚隐的心慢慢悬起来，这意味着这个地方，白鹿神像脚下，也并非全然安全。他盘腿坐下来，查看这尸骨。这人穿着苎麻布的黑衣，衣裳保存得还很好，竟然没有落灰。这地方竟连灰尘也没有，戚隐翻了翻他的乾坤袋，都是些随身用品，白手帕，还有几根用红绸子绑着的断发，放在光下瞧，竟还是白色的；就是没钱，看来没什么身家，很穷困的样子。

看衣着和发髻像是个男的，枯瘦的指尖上有烧灼的痕迹，戚隐翻了翻他的衣裳，看有没有内袋。摸了几下，忽然觉得这衣裳的针脚非常熟悉，他低下头，扯出自己的亵衣，对比那针脚，一下呆了。

这是扶岚的针线活儿。

他再细细审视这苎麻黑衣，是了，这是扶岚打南疆来穿的那身，一模一样。

戚隐抖着手，感到一阵天旋地转。扶岚打灭度峰上跳下来，死在这儿了吗？刚这么一想，又立马否决了自己，这尸骨一瞧就是死了很久的，骨头这么脆，起码得有好几十年，怎么可能是扶岚？再说了，猫爷呢？他四下寻黑猫，一根毛都没有瞧见。他一寸寸摸这人的衣裳，一根毛也没有。猫爷总是掉毛，衣裳床褥上到处都是。戚隐一度怀疑扶岚爱穿黑衣，是因为这样就看不出猫爷掉在身上的毛。

这不是扶岚，戚隐明白了，这是那幅古画上的和扶岚长得一模一样的那个人。

那个家伙，他来了无方，最终死在了这里。

戚隐深呼吸了好几下才冷静下来。这事情实在诡异得很，缝补一事，从针迹到针距，落针习惯稍有不一，针脚细密便各有不同，就像手掌纹路似的，很少有人能做到一模一样，更何况是隔了几百年的两个人。这是扶岚他爷爷吗？扶岚他家的人也太奇怪了，长得一样不说，连习惯都一样。戚隐想象了一下扶岚的祖宗十八代排在一起，大伙儿长得一模一样，都一副呆愣的样子，顿时打了个寒战。

他俯下身，细细去摸玄武石台，地上有不少坑坑洼洼的痕迹，石台边缘还有几块破损。这里明显经历过一场打斗，这个疑似是扶岚他爷爷的家伙大概和某个人在这里打架，结果被人家弄死了。

这个家伙有没有可能就是扶岚？他心里忽然冒出这个念头。但这怎么可能呢？若这家伙是扶岚，那他遇见的扶岚是谁？戚隐凝视那白骨，那白骨眼窝深陷，似乎也在凝望着他。不知道怎的，分明是一具苍白的骨骸，戚隐竟然从它那没有血肉的脸上看出恬淡的味道，就像扶岚。

盯了半天，戚隐忽然想到什么，爬到白鹿神像前面，从乾坤袋里拿出色子。凤还山这帮人夜夜不务正业，点一盏羊角灯，聚在灯下玩儿。上回他们强拉戚隐陪玩儿，戚隐差点儿没把红裤头赔出去。之前打扫屋子，他刚好在桌子底下捡到这三个色子，忘记还回去了，现在正好有用。

戚隐将色子盖在筒里，念念有词道："白鹿大神，您是神仙大老爷，必定无所不知无所不晓。这儿躺的这位前辈，恐怕与我兄长扶岚有些关系。我兄长自幼孤苦，飘零一身，平生所愿就是寻得父母亲族。若大神替我解答此人身份，小人定当不胜感激。接下来，小人会问您几个问题。若答案为是，还请大神稍动法力，让我的色子掷出三个六；若答案为否，则掷出三个一。"戚隐再次叩首，道，"多谢大神。"

其实他也不知道这样行不行得通，没准儿人家大神只是打个盹儿醒来，顺手捞了他这条小命。对于他这些鸡毛蒜皮杂七杂八的问题，人家不屑一顾，懒得理他。不过试一试总是好的，戚隐深吸了一口气，问道："敢问大神，这位前辈可是扶岚亲族？"

戚隐用力摇了摇色子，盖在地上，色子在里头滴溜溜乱撞，等声音停了，戚隐揭开杉木筒子，里头三个色子整齐划一，三个赤艳艳的红点儿朝上。

三个一。否。

神真的在回答他，戚隐有些不敢相信，抬起头望了望白鹿神像。神像目视远方，那目光仿佛穿越千万年的岁月，悠远绵长。也不知道是不是巧合，毕竟他平日手气就很背。戚隐犹疑着，重新拿起杉木筒子，又问道："大神，请问……请问这位前辈，是否就是扶岚？"

摇响色子，停住，揭开。

三个六。神回答：是。

"不对不对，"万一同名同姓呢？戚隐换了个问法，"大神，这具白骨可是我的兄长？"

三个六。神回答：是。

这怎么可能？戚隐抓着头，百思不得其解。一个人怎么可能既活着又死了？

戚隐跪在地上，发了很久的呆。蓦然间，一个大胆的想法升入脑中。若是能当面问神，这些问题不都迎刃而解了吗？戚隐的手轻轻颤抖起来，心在腔子里扑扑跳动。他一咬牙，猛地叩下头去，一字一句地问道："戚隐斗胆，可否请白鹿大神，显灵一见！"

重新掷色子！

这一次色子转了许久，仿佛是神的迟疑。戚隐瞪大眼睛等着，色子小旋风一般滴溜溜地转动。已有两个停了，定格在"六"的点数。最后一个，犹犹豫豫似乎要定在"五"，最后关头，那色子蓦然翻了个面儿，成了"六"。

神曰：可。

下一刻，万古的寂静忽然被打破，一个心跳声毫无预兆地响起，一声大过一声，像殿宇高堂里的庄严的编钟，穿越遥遥洪荒而来。整个无垠的空间回荡着那孤独的心跳声，恍若一首从上古便流传下来的哀曲，有一种莫名的悲凉。

他吓了一跳，悬着心抬起头，恍然间发现，这心跳就来自他的前方，神像的内部。

神像……活过来了吗？

穹顶万星倏明倏灭，围绕天极转动，这个静谧的无涯殿宇仿佛醒了过来。白色的雾气从巨大的白鹿神像里涌出来，水流一般向上汇聚，一个纤瘦的白色影子在白鹿头顶渐渐明晰。戚隐仰起头，看见一只半透明的白皙脚尖点在白鹿神像的天灵盖上。

那是一个少年人，十二岁的模样，一袭宽松的素白深衣，两袖兜着凉凉的风，像飞蛾苍白的翅子，扑棱地振动。细碎的星光洒在那个少年人的肩头，他有着白得近乎透明的脸庞，微尖的下巴，一头白发在黑暗中灿烂如银。少年低下头，漠然望着戚隐，银色的眸子剔透又美丽，璀璨的星辰碾碎在他眼眸中。

直到很多年后，戚隐都无法忘记这一幕。

他身中诅咒，命近绝路，在这冰冷阴森的神墓里，他遇见了一个少年神明。

"喂。"

少年开口了，声音清亮，是极年轻的嗓音。他伸出手，戚隐眉间凝出一颗圆圆的血滴，缓缓上升，落在他的掌心。他凝眸审视那血滴，问："凡人，你为何会有吾之血脉？"

"什么？"戚隐没反应过来。

"啧，"少年露出颇为嫌弃的眼神，"吓傻了吗？不是你要我出来的吗？"

戚隐回过神儿来，慌忙见礼，道："见过白鹿大神。"

"免了，"白鹿挥挥手，道，"你还没回答我的问题呢。"

戚隐摸不着头脑，道："什么血脉？我只是个普通的凡人，如何会有你的血脉？"

"是啊，"白鹿摸着下巴，从上面飘下来打量他，"我也觉得奇怪，难不成在我活着的时候有人趁我睡觉夺了我的元阳？不对啊，神没法儿繁育，不可能有后代。而且……"白鹿瞧了他半天，最终嫌弃地说道，"我的后代怎么会长这么黑？"

戚隐：这个神和想象中有点儿不大一样。

"说吧，请小爷出来干什么？"白鹿转过身，勾起小手指掏了掏耳朵，"要腰缠万贯还是美女如云？或者长生不老？今儿小爷心情好，挑一个吧。"

这些竟都能实现吗？不愧是大神。戚隐肃然起敬，腰缠万贯好说，美女他早没了心思，至于长生，他暂且不想活成个千年老怪物。不过当前要紧一宗儿是问那白骨何许人也，戚隐躬身忙问道："小人是想问问这具白骨前辈的身份。您方才说他是我兄长扶岚，可是我兄长此刻尚在人间，如何会是这具白骨？"

"哦，你说他啊。"白鹿长长唔了声，道，"方才闲着无聊，逗你玩儿呢，我也不知道他是谁。"

像被一道雷劈中似的，戚隐愣在当场。

这个家伙……真的是神吗？

白鹿飘到白骨跟前，垂头打量他："我醒来的时候他就躺在这儿了，两侧肋骨有巫罗秘法的痕迹，看样子是被巫罗秘法杀死的。骨骼形态像个凡人，不过这气息甚为古怪，又不像是人。指尖有烧灼的痕迹，大约是临死前耗尽全身灵力聚于指尖，施了个咒术，符咒的痕迹已经没了，不知道是什么咒。"

"巫罗秘法？"戚隐一愣。

"看着像，猜的，我也不知道。"白鹿道。

这小子是个骗子吧？戚隐一脸复杂地瞧他，那自称神明的家伙侧躺着飘在空中，一手撑着头，大袖沿着臂膀溜下来，露出一截白生生的手臂。他打了个哈欠，一副恹恹的样子，若非白发银眸，贵气十足，他这做派像市井坊间好吃懒做不务正业的少年。

会不会是哪儿来的孤魂野鬼？看他半透明的身子，倒真像一个鬼魂。

"那你到底知道些什么？"戚隐无语。

白鹿掀起眼皮瞧了他一眼，翻了个身，背对戚隐，不咸不淡地道："我知道我不该活。"

少年的嗓音没有起伏，像是随口说的一句玩笑似的，可不知道是不是错觉，戚隐似乎听出了一种刻骨的悲哀。

"什么……意思？"

白鹿似乎受不了他的愚蠢，烦躁地抓了抓头发："你真是我的后代吗？怎么这么笨？用你的脑子好好想想，这是小爷的墓。谁才会睡在墓里？当然是死了的玩意儿。小爷死在这儿不知多少年了，最近突然活了，暂时还没有肉身，但神魂已经成形。"他颇不乐意地哼了一声，"不知是哪个浑蛋从中作梗，若小爷抓到他，定要将他碎尸万段！"

这个大神也太不好伺候了，戚隐无奈地说："人家复活你，你还不高兴。"

"活着多累，一大堆烦心事不说，还有一大堆糟心的家伙对着你。还不如死了，万事不知。"白鹿满脸悲凉，"再说，小爷复活这事儿要是被伏羲老儿知道，非得亲自过来再让我死一回。我一点儿也不想见到他那张老脸。昔年，他在泰山之巅起卦，卜了七七四十九天，卦象得：大神隐，人族兴，妖魔盛。自那以后，他三令五申，要吾等不得插手凡间之事。我看照他的意思，我们最好各自寻个土坟，自己把自己埋了。小爷混在凡鹿堆里打几个滚，他都要千里迢迢从中原赶过来指着我的鼻头骂：'白鹿顽劣！白鹿放肆！禁足月轮天！'"

戚隐困惑地道："'大神隐，人族兴，妖魔盛'？你没记错吗？这卦象解得不大对，如今人间道法衰微，许多法术都失了效力，妖魔寿命可达千年，可凡人不过百年。若非之前妖族内讧，指不定哪天人间就要玩完。你看外面那个蜘蛛，他是我爹来着，本来好好一个俊俏风流的狗剑仙，无方山为了扶大厦于将倾，把他弄成了一只大蜘蛛。"

白鹿坐起来，抚着下巴若有所思："道法衰微……原来如此，小爷明白了。"

冰海天渊，天渊蛛网。

叶清明靠在剖妖地的岩壁上喘气，移遁法阵已经被他毁了，方才他甫一落地，立刻灌注灵力于移遁法阵之中，逆行灵力，法阵立碎。猪妖被追得浑身臭汗，想想方才长廊里此起彼伏的嘶吼和阴森森的红眼睛就汗毛倒竖，擦了擦汗，道："那些玩意儿怎么醒了？"

"必定是元籍搞的鬼。"叶清明也心有余悸。

移遁法阵碎了，他们就被困在了这冰窟里，必须寻找新的出路。叶清明抬眼瞧扶岚，那家伙爬到岩壁上方，已经待了好一会儿了。他用刀柄敲碎一根根倒挂的冰凌。这地方被扶岚和叶枯残搞得像冰窟似的，寒气一阵阵袭上来，地上空荡荡一片白，敷了一层水银似的，几个无方弟子都冻在冰层里。叶枯残烧成了灰，什么都没有剩下。

　　叶清明哈了几口气在手心，走过去问要不要帮忙。扶岚只是摇头，又敲碎几块冰，身子向岩壁的方向一缩，竟挤进了一个空隙里。黑猫紧随其后，还不忘从缝隙里探出脑袋道："跟上。"

　　猪妖先行，叶清明殿后。那死猪长得太胖，死活进不去，只好施了个术法，变成黑猫那么大的个儿，终于顺顺当当进到缝隙里。这缝隙应当是山体生长的裂隙，里头一片墨黑，十分狭窄。他们爬了不知多久，到达一处缺口，地方稍稍宽大了些。缺口往前再走一截子路，底下有条黑漆漆的甬路，连接两个山洞，妖灵在那儿爬来爬去。

　　扶岚探出头看了看，又缩回来，示意他们低声，抬手放出了小青鱼查探周围。

　　朱明藏很不屑地撇撇嘴，道："还以为你这龟儿有多厉害，怎么，这帮道行低微，连神志都没有的怪玩意儿你也打不过吗？"

　　叶清明十分忧心，连扶岚都要躲着，那就更别说他们这帮小鱼小虾了。

　　黑猫磨着牙道："你以为是为了谁？这些东西数目不少，呆瓜独自一个人应付还好，却顾不上你们。若生生打出去，你俩早没命了。"

　　朱明藏气道："你还有脸说话？这儿就你一点儿用都没。被微生原封了妖气，到现在还没法儿解封，你怎么没羞愧死？"

　　那边嘶吼声近了一点儿，所有人一惊，叶清明忙拍拍猪妖，让它小声点儿。

　　猪妖天生话多，憋了一会儿难受得要命，扭头瞧扶岚那厮，他待在最边上，垂眸望着缝隙边缘下的黑暗。这家伙真的在探路？朱明藏觉得他更像在发呆，壮着胆子试探着伸手在他眼前晃了晃，这厮石像一般，一点儿反应都没有。

　　猪妖对黑猫道："他真的在发呆。"

　　叶清明道："他在探路，不是发呆。"

　　"老弟，一看你就不了解这厮，靠他不如掷签问路，他若靠谱母猪都能上树。他成天只知道睡觉，你看他眼睛要闭不闭的，一准儿在打瞌睡。"猪妖扭过头，又望过去，扶岚正闭着眼捂着耳朵。猪妖把叶清明拽过来："你看，是不是？他睡着了。"

　　黑猫在一旁嘀嘀冷笑："他是嫌你吵，白痴。"

　　天渊蛛网的边缘，小鱼游出蜂巢一般的洞窟，墨绿色的海水无声无息，淤泥下仍有刚硬的心跳，像一群孤独又无言的幽魂。鱼群向上，海面的结界阻挡了它们。鱼群只好重新下潜，去往南岸。渐渐游得远了，无数小鱼掉了队，最后只剩下一只，孤独地穿越整片寂静的冰海。

第十六章 降临

淡青色的光晕越来越微弱，几乎要支撑不住，它置身在黑暗的海域，只觉得这片海无比寥廓，万籁俱灭，而它是唯一一盏残灭的孤灯。它强撑着将熄的光晕，吃力地往黑暗里游去。不知过了多久，它终于到了南面的尽头，却定住了。眼前是同样巨大的蜂巢一般的洞窟，阴森森地矗立在眼前，每个洞都通往不同的方向，像一只只黑黝黝的眼睛，一声不吭地望着它。

扶岚闭着眼，眉心紧蹙，脸色苍白，血丝从嘴角渗出来。

"喂，肥猫，你看这是什么？"猪妖忽然道。

黑猫凑过去，猪妖扒了扒岩壁，灰土簌簌落下来，在岩石的缝隙里，溢出点点青金色的光芒。叶清明也瞪大眼，掏出匕首用力把岩土撬出来。光芒渐渐明晰，他们惊讶地发现，岩壁内部经纬交叉分布着血管似的脉络，细如蛛丝，里面流淌着青金色的光，恍如血液一般。所有光芒向下输送，不知去往哪里。

猪妖摸了摸那金光："好像是……是灵力经脉？"

"别吓我，"叶清明道，"这山是活的？我们在山的肚子里？"

"笨蛋，"黑猫道，"这是灵气，是无方山的灵气。"

叶清明把下方的岩土也撬出来，脉络渐渐明晰，所有灵气都以均匀的速度向下流。

"无方山的灵气为什么会聚在一块儿往下走？"朱明藏问。

黑猫睁着滚绿的眸子思索了片刻，忽然道："笨猪，帮个忙，把这四周的土都削一削。"

朱明藏操起猪蹄，把四周岩壁上的土都削下一层。他们熄灭灯符，这方寸大点儿的地方顿时暗了下来，所有人仰望四壁和岩顶，霎时间都愣了。

无数荧光汇聚成纵横交错的青金色脉络，分布在他们周围，像发光的蛛网，又像一个人的奇经八脉。他们坐在那发光的网中，眼见黑暗被那光晕点亮，有一种说不出的瑰丽。

"这什么玩意儿？"朱明藏问。

"是上古引灵阵。"扶岚忽然出声。大家点起灯符，看见他苍白的脸。

"这小子怎么像刚大战了三百回合似的？"猪妖嘟囔道。

扶岚继续道："有人将整个无方山做成了法阵，所有灵气引向地底，不知去往哪里。"

"灵气被引走了，那无方山不就没有灵气了？"叶清明道，"是谁干的，他为什么要这么干？"

"是巫。"扶岚道。

"那位……大人？"叶清明瞪大眼。

"能把整座山布置成法阵，放眼世间，只有他有这样的能耐。"黑猫揣着爪子，满面忧色，"只是不知那位大人想干什么。无方山那帮家伙，拼死拼活剖妖心，竟不知道自己家地底有这玩意儿。"

"管他想干吗，反正是和无方山作对，和这帮龟孙作对，那他就是老子的朋友。"猪妖哈哈大笑，朝扶岚扬了扬下巴，"龟儿，那位大人是不是你爹？你不是巴山神殿里蹦出来的石头胎吗？没准他就是你爹。"

扶岚迷茫地摇头。

"不是你爹？"朱明藏没懂他什么意思。

"他说他不知道。"黑猫没好气地解释。

"你刚刚探到路了吗？"叶清明问他。

扶岚垂下眸子，眼底露出细碎的哀伤。他轻声道："我把小隐弄丢了。"

黑猫一愣："你刚刚把小鱼放出去找娃儿了吗？"

扶岚轻轻点头："太远了，路太多，小鱼过不去。"

"小隐是谁？"猪妖问道，"这龟儿怎么像死了婆娘似的？"

没人理他。扶岚问："我可以暂时不管你们吗？等我找到弟弟，就回来救你们。"

黑猫跃进扶岚怀里："'你们'不包括老夫。"

叶清明一下子苦了脸。这鬼地方到处都是妖灵，这种东西嗅觉灵敏，不定什么时候就闻着味儿摸过来了。那座墓又不是个好地方，扶岚去了也不知几时能回来。但他没吭声，小隐毕竟是他师侄，长辈自然要让着晚辈些。

"唉，"叶清明叹了一声，"去吧，贤侄，别把我忘了就行。"

"去个屁，"朱明藏大怒，"你是妖族之主，是我们南疆的皇帝，你怎么能抛下老子不管？！"

扶岚默默瞧着它。

朱明藏心里忐忑，说道："好吧，老子以后叫你'陛下'，不叫你'龟儿'了。"

扶岚转过身，跳下甬路，白影闪电一般穿过黑暗，底下三只逡巡的妖灵瞬间被洞穿心脏。

"他什么意思？他抛下我们了？"朱明藏慌忙问。

黑猫叹了声，道："他的意思是算了。走吧，跟紧点儿，虽然我们很希望你这个麻烦的家伙死在这儿，但也不会在这种时候抛弃同伴的。"

另一头，星辰闪烁的神墓中殿，少年样貌的神明高高坐在神像上，问道："我且问你，道法衰微自何日而始？"

戚隐读过《海内中州志》，这个他知道："大约五六百年前，御风诀忽然失效。"

"这便是了，御风诀失效并非偶然。"白鹿摇摇头，"万象法术，皆不过导引天地灵气入体，运于经脉，加以淬炼。若无灵气，何能修炼？你们法术失效、阳寿减少，多半是因为灵气衰竭。我看是有人设法把你们人间的灵气牵引到了别处，凡间灵气枯竭，道法衰微。天地大运，此消彼长，循环不绝。人间道运衰微，神运重振，小爷才得以重生。"

"天哪，这得费多大工夫……"戚隐惊叹。

白鹿双手枕在脑后，长长叹了一声："不过南疆妖魔能活那么久有别的因由。当年伏羲伐南，小爷战死的时候，将血肉化为需泽，施于南疆山海，可保南疆灵气充裕千万年。所以南疆的灵气，总是比你们人间富裕那么几分。"

戚隐万没有想到，这个不着四六的神明也有这样壮烈的过往。伏羲伐南？难道就是清和师叔口中所说，绝地天通之前的那场大战吗？戚隐迟疑着道："可是你死了啊……"

"死就死了，"白鹿嗓音淡淡，"万物皆有终程，山海可移，天地尚不能久，况乎吾哉？"

他说出这话，像看破红尘的道士似的，那清亮的少年人嗓音中，竟也有一种落叶枯霜般的萧索。戚隐望着他孤零零的白色身影，沉默了会儿，又问："那个设法牵引人间灵气的家伙到底是谁？妖魔那边最强的是我哥，可我哥这人，你不知道，他成天想着做饭扫地，妖族之主这活儿都想撂挑子，根本没这么大的野心。人间更别说了，这世上真有这么厉害的家伙吗？"

"这我怎么知道？我醒来也不过是最近的事儿。"白鹿撇撇嘴，一脸不屑，"这厮颠倒乾坤，变移天运，图谋不小啊。复活大神，八成是有什么了不得的愿望。长生不老？腰缠万贯？美女如云？你们许愿无非是这些。"

他望着穹顶万星，目光悠远，想起以前来。

他的神像端坐于巴山神殿的祭坛之上近千年，眼见尘灵来往，匍匐于他的脚下许下一个又一个心愿，叽叽呱呱，林林总总，总逃不脱"名利"二字。但他也记得，有一天夜晚，一个小孩儿赤着脚，蹚着水洼跌跌撞撞地跑来。她是奴隶的女儿，没有面见大神的资格。她的母亲为她吸引了守夜神巫的注意，让她得以进入神殿，匍匐在他的脚下。

青绿色的古铜烛台下，幽幽的灯火照着她巴掌大的苍白脸庞，那一双枯黑的眼深深凹陷了下去。他看出她心脏衰竭，已经病入膏肓，他想她的心愿一定是身体康健，长寿平安。

"白鹿大神，"她探出瘦如蒿草的小手，触摸他冰冷的神像，"我快要死了。娘亲说白鹿大神是天底下最慈悲的大神，就算是奴隶的心愿也会认真倾听。"她睁着水澈的大眼睛，粲然一笑，"白鹿大神，我想在你背上飞高高。"

神巫们赶到，判定她亵渎神像，要将她关入囚牢，充作来年祭祀的人牲。她死死抱着神像的脖子不肯撒手，温热的眼泪滴在神像的颈窝。那是他第一次打破伏羲的禁令，踏着月光降临。在所有神巫惊讶又崇敬的目光中，他走向那个蓬草一般瘦弱的女孩儿，跪下前蹄，向她低下了生花的鹿角和洁白的脊背。

他驮着她飞向漆黑天穹，奔向灯笼一般的满月。在那蒙蒙如水的月光中，她抱住他的脖子，开心地大叫。清晨，朝阳在嘉陵江的尽头升起，江水波光点点，宛如碎金粼粼，几行飞鸟唧的一声，扑棱棱地飞上天穹。黄苍苍的茅草丛里，她伏在他的身边，安详地阖上了双目。

白鹿没来由地生气，翻身坐起来，哼道："做他的春秋大梦去吧，痴心妄想的凡灵，他若敢来寻小爷许愿，小爷先一蹄子踹飞他的脑壳！"

戚隐："……"

"白鹿，伏羲老爷为什么要伐你？"戚隐问。

星空静默，黑暗温柔地覆在戚隐身上，他躺在石台上，仰望头顶璀璨的银河，看它们水银一般静谧地流淌。等了许久也没有得到回应，戚隐疑惑地偏了偏脑袋，只瞧见白鹿坐在神像上瘦削的白色背影。他两手笼在袖子里，袍袖蛾翅一样翻飞，有一种难言的萧条况味。

"唉，"他长长嗟叹了一声，"那时候年轻气盛，违背了伏羲老儿的禁令，掺和了凡世的破事儿。不说了，说了伤心。"

戚隐虽然心里好奇，但也不是个打破砂锅问到底的主，便没多问。他扭头望见那具斜坐的白骨，又想起他哥来。不知道他哥现在在做什么，有没有想他。戚隐惆怅地叹了一声，忽然想到什么，一个激灵坐起来，问道："对了，白鹿大神，我兄长扶岚是巴山神殿出来的孩子，你手下有没有哪个大巫有后代？没准我哥就是他的后代呢。"

"巴山神殿出来的孩子？"白鹿疑惑地回过身来，"巫祝终身侍奉神明，不婚配不生子不封荫不得财，若无罪过，死后跳出轮回，成为神的神侍，永伴神明左右，怎么会有孩子？"他一挥袖，白雾腾腾而起，那些白色的魂灵又出现在了青铜柱上，"喏，这就是小爷的神侍。"

戚隐愣怔怔地瞧着他们，魂灵们沉默静立，白鹿面具下，露出一角苍白的下巴。他们挺拔静默的身姿，透出一种古老的庄严。戚隐结结巴巴地问："他们就这样，永生永世住在白雾里？"

白鹿点点头，朝戚隐抬了抬下巴颏儿："你说你哥哥叫什么来着？"

"扶岚。"戚隐道。

"扶疏的扶，晴岚的岚？"

戚隐点头。

"这名儿挺奇怪的。"

"怎么奇怪？"戚隐道，"多有意境，不像我的名字。我小姨说我的名字是我娘在女娲像前掷千字筒，瞎掷出来的。"

白鹿道："你在墓里是不是看见许多缠枝花儿？那个叫作扶岚花，也是我神殿的图腾。这花儿十分奇特，茎须相连，根系相通，所有扶岚花都由一块大根生发而出。更有趣的是，这花儿遇风则逝，风一吹，就统统化成灰，飘得无影无踪。因为这种特殊的习性，它一般不在有风的地方生长，只在与世隔绝的神境有。"

他说着，抬起手，掌心里雾气凝结，化出一朵花儿的幻象来。他手一挥，那花儿晃晃悠悠地朝戚隐飘过来。戚隐伸出手掌，小心翼翼将它接住。那是一朵小小的白花儿，乍一看像个毛茸茸的小球，花瓣儿像一圈棉絮似的，依附在根茎上。戚隐

第十六章　降临

一吹，花瓣儿飞向空中，像吹落了一片星光，一晃眼，便不见了。

戚隐望着那随风飘逝的花瓣，不知不觉发起呆来。用这样的神花儿做名字，人也像一朵清静的小白花儿，他哥难道是个花仙子吗？他撑着下巴，思绪漫无目的地飘。那个家伙怎么就不是个女娃儿呢？呆呆的，傻傻的，要是个姑娘家多好。

他想起扶岚晚上在灯下做针线的模样，低着头，脖颈后面的领子矮下去，露出一截白生生的后颈。戚隐心里怅然，支起身来，无意间牵动伤脚，一阵钻心的疼。他脱了鞋袜瞧，那毒疮已经蔓延到了脚背，青青紫紫，起了一层痧似的。

白鹿瞧见，嫌弃地"啧"了一声，道："好恶心。"

戚隐没好气地白了他一眼。

白鹿落叶一样慢悠悠飘下来，掌心凝起白光。他手掌拂过戚隐的右脚，那咒痧漆壳子一般层层剥落，一下便没了。戚隐惊喜地掰着脚丫子翻来覆去地瞧，那诅咒真的消失了。神果然是神，虽然瞧着不着四六，但还是有两把刷子的。

抬头想要道谢，却见白鹿的魂体淡了好几分，像是烟一样，快要散了似的。

戚隐怔怔地道："白鹿，你……你的神魂……"

"哦，"白鹿低头看了看自己，恹恹地打了个哈欠，"毕竟刚活过来嘛，太虚弱了，耗费丁点儿灵力就成这模样了。无妨，就算神魂散了，过几天又会重聚的。"

戚隐略略安了心。

白鹿又道："看在你身上有小爷血脉的分上，提醒你一句，侍奉我的那帮巫祝向来……"他白得几乎透明的脸上，露出无奈又厌烦的神色，"反正一言难尽。神墓是他们建的，贸然闯入在他们眼里是犯了渎神大罪。所以墓穴一旦有人闯入便会自动封锁，让入侵者充作我的活殉。不过我已经将入口打开了，你要去要留，自己看着办吧。"他对掖着手往神像飘，身影越来越淡，忽然想起什么似的，扭过头道，"对了，不要碰……"

话儿还没说完，便不见了。

碰什么？戚隐不解，喊了好几声白鹿，没人答应，只好作罢。

从进来到现在，起码得有一炷香的时间了，云知他们仍是没有出现，该不会出什么事儿了吧？贸然出去他又不敢，没准他爹就候在门口。戚隐挠了挠头，又画了好几张传音符送出去，期盼他们能快点儿瞧见。

戚隐决定再过一盏茶的时间，若没个信儿他就出去。他等着等着，上下眼皮子打架，一个没撑住，打起盹儿来。梦里头瞧见扶岚，就坐在他边上，低头瞧着他，黑而大的眸子，依旧是那样专注的神情，像纯澈的琉璃珠，清清楚楚倒映着他的影子。戚隐望见他鼻子就是一酸，也不知怎的，像分别了半辈子后的久别重逢，几乎要掉下泪来。

身后响起一个人的声音："黑仔！"

戚隐一下子惊醒了，眼皮子一抬，正瞧见戚灵枢冷得掉渣的死人脸，手还按在戚隐的脑门上，戚隐吓了一大跳，忙往后一缩。

戚隐抬头四望，戚灵枢在一旁整袖子，昭明站在边上仰头看白鹿神像，嘴里啧啧惊叹，就是不见方辛萧，便问："辛萧师妹呢？"

云知露出头疼的表情，道："我们走散了。"

他们几个盘腿坐下来，慢慢跟戚隐说他被掳走之后的事儿。戚隐刚被戚慎微拽上去，大伙儿慌忙要追，却在这个时候，长廊里的石像簌簌震动，一个接一个地开始龟裂。符光下，那些石像蜿蜒出裂缝，石壳子碎裂，露出里面干瘪的人来。那些人通体深褐，带着一股刺鼻的药味儿，从石像里面走出来。每个人脸上都是痛苦扭曲的表情，那五官像披了一层沥青，又像被高温熔化了似的，狰狞恐怖。它们伸出干巴巴的双手，摸索着走向云知众人，凄惨地哀号。

所有人大惊失色，戚灵枢一面后退，一面御剑。凄冷的剑光织成一片蒙蒙剑雨，落在那些怪物身上。怪物捂着头脸惊恐地嘶吼，却一个也没有倒下，依旧一面哀号一面摸索着往戚灵枢的方向来。方辛萧和昭明先顺着方才戚慎微弄出的洞爬出去，紧接着是云知，戚灵枢殿后，所有人逃脱而出。然而那些怪物也争先恐后地从洞里爬出来，口齿不清，凄惨地大喊着什么。

昭明心惊胆战地问："它们在喊什么？肾？他们要我们的肾？怎么的，都干成那样儿了，还想着壮阳吗？！"

云知大吼："什么肾，它们喊的是神！"

"神？哪有神？"昭明一面跑一面哭着道，"这到底是什么鬼地方，怎么这么邪门儿啊！"

云知扭头瞧了一眼，差点儿没背过气儿去。那些怪物伸着干枯的手臂，张着大口，一面穷追不舍，一面尖叫着："神，宽恕我们！宽恕我们！"

好不容易找到个拐角，所有人攀上房梁，屏气等它们过去。所幸那些东西不知为何眼神不太好，四处摸索乱嗅，终于一个接一个地走远了。等确定安全了，戚灵枢却低声道："方辛萧不见了。"

一下少了两个人，到底是先去找戚隐还是找方辛萧，大伙儿都沉默了。戚隐不知被拖到何处，路上都是怪物，不好查探地上的血痕，但方辛萧极有可能就在附近。纠结了一会儿，他们最后决定先去找方辛萧。

他们推测方辛萧是刚才逃命的时候跑丢了，沿着道儿回去寻，却也没有找到。于是又找可能的岔路口，不是已经被怪物堵了，就是没有人影。他们又猜测方辛萧会不会回到石门那儿了，便熄了灯符，摸黑走回去。

路上有几个落单的干瘪怪。这里顶上没有房梁，他们不能上去。但这东西眼神不济，他们便决定屏住声息绕过它们。

昭明胆子最小，心脏狂跳，几乎要爆炸，眼睁睁看着戚灵枢蹑手蹑脚静悄悄地钻过一个怪物的手臂，到了过道的另一头。云知让他先走，他苦着脸，一点一点挪过去。一个怪物像察觉到什么，耸起鼻尖，朝他的方向探脑袋。他的腿一下就软了，不敢动弹。那怪物佝偻着，离他越来越近，即使走道里一片漆黑，他也能看清它深深凹陷进去的眼窝子。它的躯体十分怪异，肉质干瘪，像风干了的腊肉，喉咙的地方有裂隙，隐隐瞧得见里面有植物茎叶模样的东西。

昭明很快想明白这些东西身上怎么有那么强的药味儿了，那是因为它们的身体里填满了草药。

怪物在他身侧嗅了嗅，没发现什么，终于转过头去。昭明松了口气，小心翼翼再次挪动步子，好不容易到了戚灵枢身边。云知也过来了，他们回到长廊里，却发现石门阖得好好的，没有半点儿开启过的痕迹。就在这时，他们收到了戚隐的传音符。

"所以我们就先到这儿来了。"云知摊摊手。

大伙儿相对着叹气，戚隐把自己的遭遇叙述了一遍，大伙儿都瞪圆了眼睛，不敢相信。昭明愣愣地望着白鹿神像道："竟然……竟然真的有神？戚隐，你是不是在做梦？"

戚隐没好气地说："我脑子清醒得很，是不是做梦我还分得清。"

"如果这是神墓的话，那外面那些干尸我想我知道是什么了。"云知说道。

"是什么？"戚隐问。

"是罪徒。"云知道，"上古部落的大巫祝其实相当于部族的首领，只有掌握文字和礼仪的贵族才能成为巫。他们制定了严格的等级，地位最高的是虚无缥缈的神祇，神祇之下是巫祝，再往下，是贵族、平民、奴隶，而罪徒比奴隶的地位还低。这些罪徒封印在石像里，一方面是严惩，一方面让他们拱卫地宫。"

"你如何知晓？"戚灵枢锁着眉心问，"此物连元尹师叔也从未提过。"

云知道："我那美人师叔告诉我的呗。古籍记载过一种'蜜人'，'死前绝不饮食，唯澡身啖蜜。经月，便溺皆蜜，既死，国人殓以石棺'。意思是这种人被封印之前，不让吃喝，只吃蜜汁儿，还用蜜汁洗澡，过了个把月，他们连拉的屎尿都是蜜汁了。等他们死了，就把他们封进石棺里。我师叔说，这种封印的法子就是从上古巫祝那儿流传下来的。不过外面那群家伙身上一股药味儿，看来上古巫祝不灌蜜，灌药汁儿。"

"这么严厉的惩罚，"昭明咋舌道，"这得是多大的罪过。"

"没猜错的话，应该是渎神罪。"戚灵枢淡淡地道。

戚隐好奇地问道："怎么渎神？在神像面前撒尿吗？"

"其实也不一定真是渎神，"云知说，"有时候叛国、叛教，或者淫乱什么的，也会被看作是渎神。"

戚隐叹息着摇了摇头。说实话，按照白鹿的性子，叛国叛教恐怕他都无所谓，倒是吵他睡觉的家伙很可能被治个渎神罪。说不清楚这些刑罚是愚夫愚妇的迷信，还是根植在万千凡灵心底的残忍。

云知取出匕首，在地上划来划去，按照记忆复原地宫的部分地图。按照白鹿的说法，这里是中殿，那他们应该走到了地宫的中间，后面应该还有后殿什么的。如果方辛萧没有遇见怪物，按理来说应该会往入口的方向走。他们决定一会儿再返回一次长廊，看方辛萧有没有送传音符过去。

昭明十分好奇白鹿神，绕着神像打转。戚隐托着下巴，想起白鹿临消失的时候，回头说的那一句"不要碰……"，总觉得哪里怪怪的。那时候白鹿的魂体已经十分稀薄，面容有些模糊，他使劲儿回忆白鹿的表情，仿佛是严肃的，似乎有点警告的意味。

戚隐慢慢锁起眉头，到底不能碰什么？

戚隐抬起头，正见昭明朝神像伸出手，那一寸指尖，即将碰上白鹿冰凉的身躯。

有什么东西电光石火般闪过脑海，戚隐大声喊道："别碰！"

昭明正好在神像边上，被戚隐吓了一跳，慌忙收回手，道："怎么了？我好奇，就摸了一下。"

四下里静寂，什么事儿也没发生，大家都莫名其妙地瞧着戚隐。戚隐尴尬地摸了摸头，道："没什么……没什么……"

就在这时，昭明的手指毫无预兆地燃烧了起来，熊熊的火焰顺着手臂攀延，一寸寸烧将上他的躯体。所有人大惊失色，昭明惊恐地尖叫，眼中喷火，整个人烧成一个火人，血肉水汽一般蒸发，不一会儿便变成焦骨。他哀号着救命，想朝戚隐他们走过来，脚下却打了一个趔趄，一下子滚落石台，掉进了无尽深渊。

戚灵枢冲到石台边缘，嘶声大喊："昭明——"

底下一片昏黑，无声无息。

第十七章

罪徒

"白鹿！白鹿你醒醒！"戚隐惶然地拍神像。他惊惶的声音遥遥传出去，可无人应答。活生生一个人在他眼前烧成了灰，他简直要疯魔了，用力踹了一脚白鹿神像，嘶声大吼："白鹿，你给我出来！"

死寂。黑暗的空间里只有寂静。

戚隐回过头，见戚灵枢撑着膝盖从石台边缘站起来，脸色惨白得像涂了一层蜡。云知搀扶着他，生怕他一个没站稳也掉下去。戚隐慢慢蹲下来，抓着头发道："对不起，我不知道白鹿最后说的话是句警告。我……"他喉头一哽，双眼通红地触摸神像，"明明我摸了没事儿，我没有想到……"

"不是你的错，黑仔。"云知掰过戚隐的脸，盯着他的眼睛，重复道，"不是你的错。"

戚灵枢望着深渊发愣。云知把他也拉过来，硬按着他蹲下："你也别在那儿给自己找不自在了，这什么劳什子白鹿神说话儿说一半，谁能想到神像上有巫诅？你们俩看着我的眼睛。"

戚隐抹了把脸，抬起眼瞧他，这个平日里吊儿郎当的家伙少见地严肃起来。戚灵枢也抿着唇望他，脸色白得几乎透明。

"这儿我年纪最大，按辈分，你俩都得喊我声'师兄'，你们得听我的。"云知一字一句道，"昭明的死，不怪咱们任何一个人。不要把莫须有的责任往自己肩上扛，不要怪罪自己，昭明也不会怪我们。我们现在首要的任务是去把辛萧师妹找回来，然后我们几个一定要全须全尾离开这里，知道了吗？"

戚隐和戚灵枢一齐点头。

戚隐低头看着自己的手，问道："为什么我摸神像就没事儿？"

"因为你有白鹿神的血脉，"戚灵枢锁着眉心，道，"器物巫诅触发是有条件的，如果你不符合它的条件便无法触发。或许因为你的大神血脉，巫诅将你认成了白鹿本尊。就像那些罪徒，我们一开始以为是我们的闯入惊醒了他们，现在想想并非如此。我们在石门后面待了那么久，罪徒一直没有醒来，但师尊将你拽上去之后，他们就醒了。或许是因为那时候你流了大量的血，血腥味散开，你的血让他们以为神来了。"

"神不插手凡间事，这也可以解释为什么没什么人见过神了。"云知说道，"真正统领部落生民的是巫祝不是神。远古生民野蛮，用活人活妖祭祀的比比皆是，有这样霸道的巫诅并不稀奇。"

"大神不饮不食，他们拿活物祭祀做什么？"戚隐问。

"祭品并不一定是拿来吃的，还有赎罪的意思。但凡遇见什么天灾人祸，他们觉得是神祇降罪，便要揪个替罪羔羊出来替大伙儿赎罪。这个替罪羊，通常都是奴隶、俘虏什么的。"云知叉着手道，"上古生民是个什么模样，清和师叔说，你只消看看如今的南疆便是。南疆变化不如人间大，如今仍旧部落林立，和上古差不多。"

戚灵枢猜测道："远古等级森严，或许只有巫才有资格触碰神像，就像只有贵族才能习文字礼乐一样，这是一种身份和权力的象征。"

云知点头："怕只怕这座墓里还有其他地方有巫诅。从现在开始，黑仔一点儿血也不能流，免得又唤醒什么奇怪的玩意儿。墓里的东西，若非必要，一个也不能碰，要碰黑仔来碰。"

戚灵枢从身上撕下布条缠在手上，道："这样。"

"还是小师叔聪明。"云知也撕了布条缠住没戴手套的左手。

"走吧。"戚灵枢站起身。

出了中殿，幽深的甬路里传来阵阵鬼哭狼嚎似的悲鸣，那是罪徒在哀号。戚隐听得头皮发麻，那悲鸣和着阴风袭来，吹在他的脊背上，激出一身冷汗来。戚灵枢打头，云知殿后，三个人慢慢在甬路里行进，四处搜寻方辛萧的踪迹。前头的戚灵枢忽然蹲下，拈起地上一片叶子。

"罪徒身上的？"戚隐低声问。

"不是，"戚灵枢嗅了嗅，"是艾草，驱妖香囊里的。"

他们小心翼翼地把灯符放出去，艾草叶子落在地砖上，隔几步发现一点儿，曲曲折折，像是引路似的。戚隐顿时明白了，一定是方辛萧留下的路标。大家喜上心头，留一个灯符看路，悄无声息地沿着艾草走。不远处响起罪徒的哀号，戚灵枢忙收起灯符。几个人一齐探出拐角，黑暗里只见几十个黝黑的头颅游游荡荡，无主的孤魂一般哀哭号叫。戚隐默默瞧着他们，竟然不觉得恐怖，只觉得可怜。

还用老法子，三人一同屏息，蹑手蹑脚地摸过去。戚隐踮起脚尖，将将踏入甬路，所有罪徒蓦然回首，焦黑枯瘦的脸齐齐对准戚隐的方向。云知心头一跳，连忙抓住前面两个家伙的领子，把他们拽了回来。三人忙躲回前一个拐角，悬着心探出头，只见他们佝偻着身躯，拖着干瘪的腿走出甬路，四处搜寻戚隐的气味。

戚灵枢点了一张灯符，用手笼住光晕，点儿大的暗淡光芒照亮三人吓得苍白的脸颊。戚隐做着口型道："我没流血。"

云知头疼地比画："你几天没洗澡了，味儿这么大？他们这都闻得着？"

"滚，老子天天洗澡。"戚隐没好气地做口型。

戚灵枢拿出一张黄澄澄的符纸，在戚隐指尖一划。戚隐痛得差点叫出来，压低声音问道："你干吗？"

血滴落在符纸上，戚隐吮了吮手指，疑惑地瞧着他。戚灵枢放出血符，符咒散着金光，晃晃悠悠地飘向那些罪徒。甫一靠近，所有罪徒疯了似的哀号起来，伸着手追向那血符。霎时间所有罪徒都从甬路走出来，黝黑的头颅潮水一般滚滚而动。血符继续往前飘，罪徒都号叫着追了过去。

"聪明。"云知赞了一声。

三人迅速转移，跑进了那甬路，前方豁然开朗，竟又是一处殿宇。脚下黏黏腻腻，不知道踩到了什么。没时间深究，四下里寂静无声，一片昏黑。戚隐点起灯符，幽幽的光芒照亮方寸天地，大伙儿顿时愣住了。

殿宇里布满银色发亮的蜘蛛丝，结成厚厚的蛛网，又黏又腻，十分恶心。中间悬下好几个白色网茧，有的奇形怪状，有的却现出一个人形来，统统头朝下，在空中晃荡。地上也有好几个巨茧，却是破的。灯符飘过去，几个血淋淋的妖类断肢露出一角，冲天的血腥味袭来，令人作呕。

云知一瞧就明白这是什么地方了，道："黑仔，我们到了你爹的粮仓。你看这些妖，估计是从禁地误入进来的，全被你爹逮到这儿了。"

戚隐脸色苍白，梦呓一般道："他食量真大，我们几个细皮嫩肉，加起来不够他塞牙缝。"

"快找方辛萧，"戚灵枢冷着脸走进去，"既然是师尊的……粮仓，那他必定很快就回来了。"

戚灵枢和云知去把梁上悬的人茧放下来，戚隐找地面的残尸看有没有方辛萧。那残尸一具比一具恶心，戚隐几乎看不下去。捂着鼻子寻了一圈，都是妖类的尸体，没有凡人的，戚隐略略放了心，到云知他们那儿去。他们将将把人茧放下来，用匕首割开口子，一张苍白的人脸露出来，一睁眼便露出满嘴獠牙，直直冲向戚隐的脖子。云知迅速落剑，扎进他的心脏。"人"圆睁着眼，幽绿的光倏一闪，化作一条花花绿绿的大蟒蛇。

"当心点儿，"云知拍了拍戚隐的肩头，"困在这儿的妖一定很久没吃饭了。"

戚隐吓得心脏差点从嗓子眼儿里跳出来，揉了揉胸口，又跟着割下一个人茧。这回他学乖了，没往脑袋那儿靠。连割了三个，三人都累得满头大汗。放下第四个，割开蛛丝一瞧，正是方辛萧，她紧闭着双眼，一张巴掌大的脸蛋白得像个女鬼。戚隐拍了拍她脸颊，方辛萧幽幽转醒，看见戚隐，嘴一瘪，几乎要哭出来。

"没事儿了，没事儿了。"戚隐安慰她。

怕她身上有伤，大家没敢直接拽，先把茧割坏，再一层层剥开。她身上满是擦伤，最严重的是右侧大腿上的大口子，血肉外翻，几乎能瞧见骨头。幸好蜘蛛丝缚住了伤口，才让她没有流血至死，算是因祸得福了。大家把身上的驱妖香囊取出来，把艾草敷上去止血。这破香囊没驱走戚慎微，倒是在这儿派上了用场。

没见着昭明，方辛萧心里大概知道发生了什么了，眼泪在眼眶里打转，憋着没敢多问。

第十七章　罪徒

找到了方辛萧，即刻就走，免得和戚慎微狭路相逢。云知背起方辛萧，大家刚要动身，戚隐仰头望了望梁上剩下的几个人茧，迟疑着道："你们说，那里面会不会有姚小山？"

大家都停住了，一路上没见着那个疯子，确实很有可能被抓到这儿来了。姚小山是姚家仅存的独苗，戚隐没法儿放任他在这儿。戚隐咬了咬牙，道："若你们同意救他，咱们就把他打晕带走；若你们不同意，我不强求，即刻就走。"

戚灵枢道："我同意。"

云知耸耸肩："我没意见。"

"我也没意见。"方辛萧小声道，"不过你们最好快点儿，过了这么久……戚长老该饿了……"

云知把方辛萧放到门口，让她趴在地上听动静。戚隐他们不敢耽搁，把剩下四个人茧放下来，一个一个割开面上的蜘蛛丝。这破丝儿坚韧得很，戚灵枢那把匕首竟然卷了刃。云知直接抽出有悔来，四个全部割过，统统不是。

"走！"云知迅速收剑，回去背方辛萧。

正在这时，甬路深处传来鬼魂一般的呼喊："狗崽——"

所有人浑身一震，血液像是霎时间被冻住了。云知猫腰过去探出脑袋一瞧，戚慎微在甬路尽头，爬得飞快，一眨眼就快到了。他立即关了门，背起方辛萧，低声道："快，快，找地方藏起来！"

那喊声简直催命，戚隐腿脚发软，往殿宇深处跑，前方有一扇石门。所有人踮着脚尖屏息入内，戚隐迅速关门，刚阖上门，便从门缝儿里望见那边戚慎微的森然巨影冲进了殿中。

云知放下方辛萧，和戚灵枢一起画符布结界。画着画着，戚灵枢一抬手，低声道："不用画了。"

"啊？"

戚灵枢一寸寸摸索石门，忽然点起灯符。戚隐头皮一炸，想说当心灯光透出门缝吸引戚慎微，却忽然见石门上密密麻麻刻满了符咒。戚灵枢注入灵力，潋滟金光倏忽一闪，符咒结界豁然展开。

"有人在这里布下过结界？"云知细细端详那符咒，压低声音道，"连笔流畅，一丝不顿，每笔的深浅都一样。这画法十分娴熟，有个高人同我们一样被困在这里过？"

"墙上也有。"方辛萧小声喊道。

大家执着灯符过去瞧，岩壁上也刻满了符纹，刻痕很旧，已经失效了，不过符纹样式奇怪，看起来不像是道门的符咒。

"不一样，"戚隐道，"门上的是道符，墙上的……好像是巫符。"

"为何？"戚灵枢问。

戚隐指着一块小小的缠枝花纹样道："这是巴山神殿的图腾，白鹿告诉我的。"

"黑仔，你没流血吧？"那边云知忽然问。

"没。干吗？"

云知朝斗室正中央努努嘴，戚隐扭头望去，中央有一根合抱粗的石柱，石柱下边儿立了一个人那么高的黄金雕像，身上缠着几匝手腕粗细的玄银锁链，广袖长衣，脸上戴着白鹿面具，耳下悬着大金环子，在符光下发着亮。

"这是罪徒？"戚隐怕里面的玩意儿被他的血脉唤醒，没敢靠近，只敢遥遥地打量，"一个贼有钱的罪徒？"

"有没有钱不敢说，但一定是个罪大恶极的罪徒。"云知笑了笑，道，"上古以黄金、玄银、青铜为三大金属，是因为这三样东西贮存灵力最不易散失。我们的法器多为琉璃所造也是因为这一缘故，虽然不比金银铜，但胜在价钱便宜。旁的罪徒都封在石俑里，只这哥们儿待遇甚高，用黄金作俑，玄银缚锁。如果我没有猜错，四壁刻的符纹也应该是禁锢之用，只是年月久远，失效了。"

"渎神罪就够大了，这老兄还能犯什么罪？"戚隐道，"难不成他在'神案底下叙恩情'？"

戚灵枢不解，问道："什么叙恩情？"

云知暧昧地笑了笑："小师叔是个正经人，一瞧就没听过戏。这是《苏三起解》里的一出，我给你唱一段。"他说着便摇头晃脑，曼声哼起来。

戚灵枢不必听词儿，光听这甜腻的声调就知道是何等艳词浪语。他皱着眉别过脸，不再搭理那厮。

"云知师叔，你确定这位前辈当真是罪大恶极吗？"方辛萧忽然颤着声问，"罪大恶极，是不是特别凶？"

"怎么了？"云知抬眼望过去，只见方辛萧不知何时拖着腿到石俑后边儿去了。

方辛萧指着黄金俑的背面道："你们瞧，这俑是空的。"

众人一惊，转到后面去看，那黄金俑后面竟然破了个大洞，里面已经空空如也。

里面的东西没了，那他会在哪儿？

所有人迅速退到方辛萧的位置，云知、戚灵枢二人挡在戚隐和方辛萧的身前，戚隐也拔出归昧剑，将方辛萧护在身后。戚灵枢释放灯符，灯符幽幽飘起来，这不大的斗室顿时荧荧亮起来。

戚隐提心吊胆，生怕一仰头，就见什么奇怪的东西藏在角落里，或者趴在房梁上。有了足够的光，斗室里一览无余，除了他们四个喘气儿的，什么也没有。大伙儿松了一口气，大概这黄金俑里的玩意儿早就出去，正在外头哪晃晃悠悠呢。

斗室一亮堂，许多之前没发现的东西都露了出来。那中央石柱上刻了好些符书样的东西，凑近一瞧，才发现是金错书。猫爷破译了不少金错书，都记在一本小册子里，戚隐正好带着，忙从乾坤袋里掏出来。

戚隐对照着看了两眼，这上面说的大概是制作罪徒的流程，和蜜人的做法差不离，只不过多了几步：巫祝要先把罪徒的眼睛熏瞎，然后日日喂他喝紫曼陀罗花泡的汁，同时日日用曼陀罗花汁沐浴，连续七七四十九天。待其死后，破其肚腹，塞满紫色曼陀罗，缝合完毕后，施以诅咒，封入俑中。

真残忍，戚隐毛骨悚然。难怪外边儿那些罪徒眼神不好，原来眼睛早被熏瞎了。这诅咒又是什么？上面刻着两个符号，大约是一个词儿。戚隐查了好几页，终于把词儿给拼出来——不死。

罪徒受的诅咒，是不死。

冷汗蹿上戚隐的脊背。这些罪徒目不能视，困在俑中无法动弹，可他们也死不了，他们会一直活下去，困守在这暗沉沉悄无声息的墓中，日日月月年年，直到永远。

难怪罪徒杀不死，因为他们已经中了不死的诅咒。

他又忽然想起来，白鹿之前说可以让他长生不老，该不会就是在他身上下这个诅咒吧？戚隐汗毛倒竖，幸好没答应，要不然他说不定就跟这帮罪徒一样了。

戚隐收起册子，刚站起来，就听见云知那边倒吸了一口凉气儿。戚隐走过去，他们正对着斗室最深处的岩壁，不知在看些什么。戚隐挤到戚灵枢身边，看见岩壁上被磨过，所有巫符符纹都被磨掉了，凹凸不平的岩壁上，新刻了一幅地宫地图和一幅巨大的动物经络九藏图。地图极为细致，每间墓室作何用处都一一标明，还将他们的所在以朱点标注，一条红线曲曲折折，直通向入口，指引他们出去。

经络图更为复杂，经脉纵横交错，如同一幅复杂的地图，好些地方还用朱色标明，似乎是什么重要的结点；每一处朱点皆有细细的朱线延出来，下有蝇头小楷，注解位于皮下几寸，大小几何。

"地图？这也太贴心了！这经络图又是谁的？"戚隐有些惊喜，问。

戚灵枢发着怔，脸色惨白，一声不吭。

戚隐心里升起不祥的预感，云知拉了拉他，道："你往后站点儿，就知道了。"

戚隐往后退了几步，整张图收入眼底。线条汇聚在一起，勾勒出一个蜘蛛的外形，戚隐也呆住了，喃喃道："是我爹的……"他心生疑窦，扭头看云知，"这怎么可能？这儿怎么会画一张他的经络九藏图……对了，高人，你说之前这儿困了一个高人，是不是他画的？"

"戚隐，"戚灵枢伸出手，抚摸那张经络图，哑声道，"你还记不记得，我给你看过师尊的笔记，上面也画了许多图，还有这些笔记，你不觉得熟悉吗？"

"什么意思……"戚隐没听懂。

"没有什么高人，"戚灵枢目光悲哀，面容惨淡，"困在这里的还有谁？只有师尊。符咒是师尊刻的，经络图也是师尊画的，是他神志未完全丧尽之时，亲手刻下的。这朱色标注之处，便是师尊心脏所在。"

"开什么玩笑？"戚隐无法相信，"经脉九藏的分布也就罢了，他能用灵力流探出来。可是心脏位于皮下几寸，大小几何，他又怎么能知道？"

戚灵枢一字一句，字字泣血，道："自然是……自剖内腑！"

像是平地里炸响一声雷,大家被震得目瞪口呆。斗室外面传来窸窸窣窣的声音,那是戚慎微在外头爬来爬去。没人敢往外看。谁能想象那个狗剑仙竟然对自己这么狠,他剖了自己。他一定很想自尽,可是他没有办法,没有剑,所有心脏若不在同一时间毁掉就会不停自愈,他连杀了自己都做不到。

所以他寄希望于后来者,他为后来者建了安全的巢穴,他在岩壁上刻下自己的经络图。他告诉他们:杀了我。

沉重的悲伤终于压垮了戚灵枢,他闭上眼,头抵着岩壁,削瘦的肩头簌簌颤抖。

"这里有个符咒。"云知矮下身,在角落里捡起一张落了灰的符纸。他吹了吹,灰尘散落,露出暗红色的符纹。那样暗的红色,谁都看得出来,那是用鲜血写就的。他低头辨别了一下,道:"是留音符。"

他把符咒递给戚灵枢,戚灵枢颤着手,在符咒里注入灵力。

金光倏地烫过符纸,暗红色的符纹霎时间变得鲜艳无比。暗沉沉的斗室里一片寂静,直到他们听见一个男人的声音响起。

"灵枢吾徒,你终于……还是来了。"

干干净净的嗓音,辨不出岁月的痕迹,这个男人的声音很好听,让人想起一钩冷月,青石板路上清凌凌一地横斜月影,水白冰凉,一片皎洁。

十八年来,除了门外那只大蜘蛛幽幽地喊"狗崽",这是戚隐头一次听见这个男人说话儿。戚隐动作迟缓地蹲下,愣愣地瞧着那张符咒。他像是做梦一样,忽然间意识到,那是他父亲在说话,真正地说着话。

"吾知你必来此地,汝见此符之时,吾已神志尽丧,沦为妖魔。"男人的声音很平静,听不出半点波澜,"不必为为师伤怀,天行有常,宿命有定,吾未尝有怨,吾徒亦不必有恨。灵枢,汝必已见壁上经络九藏,朱红之处乃吾心窍。吾妖心入体,初时五枚,心又生心,三十天后,凡三十三枚。汝须分剑影三十有三,同戳吾心,剑影齐落,片刻不得有差,否则前功尽弃。"

戚灵枢攥着拳,哑声唤道:"师尊……"

"吾徒灵枢……汝必定忧结于心,莫能转也。"男人的声音无奈了几分,他沉默了一会儿,仿佛是在思索如何安慰戚灵枢,过了好一会儿才道,"灵枢,吾妻阿芙,汝知之否?若有余暇,不妨听吾一言。"

戚隐一愣,心揪起来,喃喃地道:"我娘……"

"吾妻阿芙,聚天地英雄之气于其胸怀,若为男子,必为一方豪杰。昔年,吾壮游人间,逢彼于乌江,遂结连理。一日吾外出除妖,二小妖夜潜吾家,阿芙手持火钳,绕行梁柱之间,毙二妖于房中。阿芙并无道法奇术,亦能杀妖自卫。吾家去时,阿芙一手持钳,一手把蛇,傲然睥睨,口:'戚剑仙,比你何如?'"男人的声音里有浅淡的笑意,"何如何如?弗如远甚。每忆及二妖死状,吾惊惧甚矣。"

戚灵枢听得怔怔的,忘记了流泪。戚隐挠挠头,道:"我跟我娘待一块儿的时候太小了,已经不大记得了。但我哥说,我娘是挺凶的。"

第十七章 罪徒

"吾妻阿芙,不畏妖邪魔怪,不畏世俗逸讥,吾弗如也。幽居地底,每忆阿芙音容笑貌,虽形貌畸异,常致癫狂,曾无所惧。灵枢,吾亦期盼,汝不惧也。"男人顿了顿,道,"还有一事,须汝代师为之。吾飘零一身,死而无怨,唯有一子,名狗崽,旧随母居乌江,如今不知流落何处,亦不知生死安康。吾以险衅,负妻儿十八载,深愧于心。待汝脱身此处,勿返师门,往江南,寻弱弟,归隐人世,终身不可再入无方。切切谨记,万不可再入无方。"

男人轻轻一叹,仿佛吐尽了半生忧思:"世故多虞,人生如寄。吾心所系,唯此一事。得寻弱弟,家祭告吾,吾……可瞑目也。"

符纸金光倏忽一闪,敛去光亮,符纹暗淡了下去。

云知一愣,道:"没了?"他拿过符纸,翻来覆去地瞧,"他怎么……他怎么没说如何遭的难?究竟是谁害的他?险衅,什么样的险衅?关键的地方一样都没说明白。"

"因为他不想让我复仇。"戚灵枢抬起眸,云知看见他悲切的眼睛,哀伤如灰烬。他道:"若我不知谁为仇,便无法复仇。"

戚隐怔怔地,心像破了个口子,呼呼冒风。那个狗剑仙,他到底遭遇了什么?戚隐回忆他诉说时缓缓的语调,那样平静,那样温柔。他爱着他的妻子,也爱着他的孩子。戚隐拖着脚步到石门边上,膝头一软,蹲了下去,隔着缝隙望着暗沉沉的殿宇。布满蜘蛛丝的黏腻的地上,一道森然巨影窸窸窣窣耸动,挪来挪去。

"爹……"戚隐喃喃地唤。

"狗崽——"

他又在呼号,凄厉异常,好像有一个受苦的魂灵,在那躯壳中难耐地煎熬。

第十八章

如寄

冰海天渊，天渊蛛网。

扶岚一行人艰难地在山体裂缝中前进，裂缝太窄，只能侧着身行动，湿润又粗糙的岩体磨着脸颊，一个没注意就擦出一条血印子来，只有黑猫行动方便。这肥猫虽一身肉，却都是软肉，便是巴掌大的裂缝它都能挤进去，没骨头似的，朱明藏看了直瞪眼。

裂缝呈南北向，从之前到现在，他们这样走已经有小半个时辰了，朱明藏低声问扶岚："你是不是带错路了？咱们离冰海天渊越来越远了，而且一直在往下走。"

扶岚没搭理它，在前面停了步子，在岩壁上上下敲动。叶清明递灯符给朱明藏，朱明藏为他照亮，昏黄的符光下，这小子的脸色白得像涂了一层薄蜡。朱明藏纳闷儿地问："你怎么回事？哪儿受伤了？"

黑猫没好气地道："他一直放着小鱼分身。"又朝扶岚道，"呆瓜，你不能这样不间断地释放小鱼，这里灵气被牵引走了，灵气稀薄，你光是耗损，没有补益，身子会垮的。"

扶岚摇摇头，道："要找弟弟。"

又是那个弟弟，朱明藏问："你弟弟到底是谁？你不是石头缝里蹦出来的怪胎吗，怎么会有弟弟？"

叶清明道："干的，干的。"

"干的？"朱明藏不甚高兴地道，"你为何认个凡人当弟弟？咱们妖魔千千万，我族就有不少年轻力壮的俊杰，健猛豪强，个个是一等一的后生。你若觉得孤家寡人，想要个弟弟，任你怎么选择，总比凡人强。"它又露出怀疑的神情，"你脑子这样，连个整话儿都说不明白，能当人家哥哥吗？我看你当弟弟还差不多。"

扶岚忽然转过头来，很认真地说："我是哥哥。"

"啊？"

扶岚不再搭理它，上下一通敲，任朱明藏说什么都没反应了。

黑猫道："呆瓜生你气了，谁让你说他不像哥哥。"

说着，扶岚摸中一个地方，攥紧拳头，骤然发力，猛地拳击岩壁，连击了四下，岩壁被他撞出一个口子来。这岩壁起码有两个拳头那么厚，叶清明见了直咂嘴。扶岚把碎石头扒拉开，开出一个容一人通过的洞来。那洞一开，光便透了进来，还传

第十八章 如寄

来潺潺的水声。有水就有路，朱明藏心里一喜，挤开扶岚伸脖儿往下一瞧，底下满是黑压压的人头，人头缝隙中依稀瞧得见狭窄的河道，水流湍急，里面躺满了阴惨惨的白肉身躯，胸前都有一个碗大的洞。那些妖灵拖着巨大的身躯在岸上逡巡，在壁上人鱼灯烛阴惨惨的光下，鬼影幢幢，窸窸窣窣耸动不停。

朱明藏心胆生寒，压低声音问："这是什么鬼地方？"

"想必是无方挖心的抛尸地。"黑猫道，"这些尸体会沿着地下河直接流入冰海天渊，所以呆瓜带我们来这儿。我们跳进去，顺着水流漂，就能进入冰海，然后离开这里。"

叶清明也凑过来，道："可是底下这么多妖灵，咱们怎么下去？"

扶岚道："给你们十息的时间。"

话音刚落，他就跳了下去。霎时间像石子投入了浪花儿，陌生的气息利剑一般插进下方，黑压压的人头沸腾起来，所有妖灵蓦然嘶吼，汇成汹涌的黑潮，向扶岚拥过去。扶岚往对面的岩壁攀爬，所有妖灵死死咬在后面，眼窝子里两粒火红，一眼望去仿佛无数鬼火飘飘摇摇，追着扶岚的脖子烧。

叶清明看了心头发颤，赞了声"真英雄"，跟着朱明藏出洞，悄没声儿地进入地下河。河水里满是黏腻的血污，臭气熏天。叶清明频频作呕，费了老大劲儿才忍住，顺便扒拉了一具空心尸体抱在身前。那尸体被水泡得发胀，十分恶心。

水流推着他们向前，脚踝处什么东西动了动。什么玩意儿？叶清明心尖一抖，沉进水下，见扶岚静悄悄地游上来，也不知道他怎么脱的身。他一不见，妖灵那边登时乱了，无头苍蝇似的从岩壁爬下来，有的似乎捕捉到气息，沿着河岸嗅寻。

气息入水难寻，妖灵最终还是失了目标。刚松一口气，水流忽地越来越慢，叶清明疑惑地往前看，只见前方妖尸横陈，兴许是尸体太多，不知哪具尸被绊住，于是堆在一起，堵塞了水流。

这下该如何是好？叶清明提心吊胆地往后面瞄，妖灵又佝偻着背，阴森森地过来了。河道狭窄，它们有好几次几乎够到他。他憋了一口气，沉入水下，用劲儿去推尸堆，朱明藏也使劲儿用脚去踹。尸体吃水，沉得像石头，他们推了半天才松动一点儿。每回有妖灵涉水下来，所有人就扒着尸堆不敢动弹，静悄悄等妖灵过去。

扶岚抽出斩骨刀，在尸堆中央撬出一条通路来。果然还是师侄靠谱，叶清明游过去，屏着呼吸通过关口。周围全是妖和人的尸体，叶清明忍着恶心往前游。小腿处忽然一阵剧痛，他低下头，只见一具妖尸残破的利爪钩住了他。他脑子里嗡的一声，血水外冒，胭脂一样飘出去，青黑的水顿时红了一片。

他祈祷流水隔绝血腥味，但事与愿违，河岸上嘶吼声霎时间高了一个调，吼声震天，众皆喧哗，无数妖灵跳入水中，水顿时澎湃起来，亮起数不清的幽幽鬼火，都炯炯地瞪着叶清明。扶岚只回头看了一下，拽着叶清明的领子，将他拖出关口，然后立刻抱住黑猫，迅速前游。

妖灵疯了一般朝他们游过来，噼里啪啦撞在尸堆上。叶清明头也不敢回，跟在

253

扶岚的后头。后面一声巨响,像是尸堆塌了,水流迅速涌动起来,叶清明知道它们快要追上来了。扶岚把黑猫扔给叶清明,让开道让他和猪妖先走,拔出斩骨刀一挥,将游在前头的妖灵断成两截,扶岚紧接着画出瑰丽的符纹,冰雪凝结,流水化冰。

扶岚收刀回身。不过片刻,那边冰墙蔓延出裂纹,砰然碎裂,獠牙毕现的妖灵从后面撞出来。但这么一会儿也足够他们拉开距离了,叶清明拼了死命逃跑,前方水流猛然加速,水声咆哮如猛兽怒吼,有什么东西吸住了他,拽着他往那边去,心肝六藏都要被吸得挪了位。叶清明用力睁眼一瞧,心顿时凉了——那儿有一个暗不见底的漩涡,所有尸体被卷入其中,随着漩涡疯了一般旋转。

朱明藏没来得及把住岩石,挣出水面大吼了一声,就被吸了进去。

扶岚游过叶清明的身侧,对着漩涡比了一个手势。叶清明双目圆睁,意识到他的意思是进去。这漩涡不知多深,磕磕碰碰,岂还有命在?!还没等叶清明反应过来,他拎走黑猫,身影一闪,已经不见了。后面妖灵眼看着就要过来,水里四处是狰狞恐怖的面容。叶清明心里涌起被落下的恐惧,一咬牙,抱住头脸膝盖,松开岩石,不管三七二十一,一头扎了进去。

神墓。

斗室里暗沉沉,大伙儿默默对坐,都不言语。戚慎微的留音给大家的打击太大了,尤其是戚灵枢,从刚刚到现在,一句话儿也没说。从昨晚下禁地开始,大伙儿就一直没睡觉,戚灵枢吐过血,戚隐和云知都受了些伤,就算当真要杀戚慎微,也必须先休整一番。

方辛萧睡着了,戚隐躺在地上,闭着眼也想眯一会儿,可听着外头妖怪挪来挪去的声响,一丁点儿也睡不着。

他心里钝钝地疼。以前在姚家遭了委屈,心里难过的时候他就爱遛弯,从东街走到西街,一路的铺子看过去,一路的摊子晃过去。他看别人家的招子,看垂髫小童追打流浪狗,杏花飞过高高低低的马头墙,巷口人家卖馄饨,烟火烧着大锅炉。喧嚣人间,熙熙攘攘,他揣着袖子,默默地旁观。他一路走,蹭蹬着晃悠到河沿,两三艘乌篷船钻出桥洞。他喜欢蹲在河边的青砖石上,一个接一个打水漂。一个人待到夕阳西下,殷红的晚霞落满吴塘,他心情好了,回家烧饭做菜。

胡思乱想了半天,戚隐睁开眼,一歪头,正瞧见戚灵枢。

他侧对着戚隐,眼睫低垂,金光映着他细瓷般的脸颊,戚隐看见一行泪沿着他的脸庞慢慢流下来,从下巴滴落。

戚隐着实惊了一下,好半天才相信自己的眼睛。

那个家伙正对着黑暗,默默地流泪。

说起来,这哥们儿只比戚隐大一岁罢了。他总是摆着一副冷脸,又总被别人叫"小师叔",戚隐总下意识觉得他是长辈。戚隐有些不知所措,不知道应该装作没看见还是去安慰安慰人家。戚隐想了半天,瞧见闭目养神的云知,悄没声儿地挪过去,

第十八章 如寄

用力踹了他一脚。

云知抬头看他，他朝戚灵枢那边抬了抬下巴颏儿。

云知也瞧见戚灵枢在流泪了，露出头疼的表情，推了推戚隐，小声道："你去，安慰安慰你师哥。"

"我不会。你不是惯会哄人吗？你去。"戚隐推他。

"我只会哄姑娘。"云知说。

"那你就把他当姑娘哄！"

戚隐又用劲儿踹了一脚云知，这次用了十分力气，直把他蹬了过去。

云知一头撞在戚灵枢身上，心里暗骂戚隐，捂着头抬起眼来，正对上戚灵枢冷若冰霜的眼睛，还有眼角那一点儿未干的泪痕。这家伙，成日什么话儿直往心里憋，迟早得憋出病来。也罢，谁让他云知最年长，是不折不扣的大哥哥呢。云知盘腿坐在他身边，换上一副笑脸，道："一个人待着怪闷的，小师叔，陪我聊会儿天唄。"

云知已经做好了被他拒绝的打算，要是被拒绝，他就只好死皮赖脸往上凑了，反正要把人哄舒坦才行。谁知戚灵枢默了默，轻声问道："云知，为何你总是这般……"

他顿了许久没说出词儿来，云知很有自知之明地接了话儿："欠扁吗？"

戚灵枢看了云知一眼，道："平静。"他迟疑着问，"你好像……从来不会不高兴。"

"哦，"云知笑了，道，"跟我说话不必客气，你是想说我没心没肺对不对？"

戚灵枢沉默了，静静瞧着他。云知一哽，他开个玩笑罢了，这厮竟然还默认了。

"好吧，"云知揣起袖子，"其实很简单，我长你们几岁，加上命不大好，经历的事情比你们多那么一些，所以自然看得比较开咯。人生嘛，不是正在吃苦，就是将要吃苦。你碰见的坎，无论是跳着过，还是躺着过，总得过去。过的时候难，等将来回过头一瞧，也就这样，没什么大不了的。"

云知和戚灵枢一样，都是孤儿，自小在仙山长大。戚灵枢知道清式掌门待他视若己出，悉心栽培，虽然长成了一株不着四六的歪苗儿，但若论经历，他俩差不了多少，无非练剑念经罢了。他口中多经历的事情，只有他进凤还以前的那一件了。戚灵枢锁着眉心，犹豫着要不要问出口。云知却好像知道他在想什么似的，展眉一笑，道："那件事是我的悲伤往事，我平日可不跟人提，看在咱俩同穿一条开裆裤的份儿上，今日便说与你听听。"他朝那边竖着耳朵的戚隐挑眉，"黑仔，要不要听个热闹？"

戚隐坐过来，道："说实话，打入门我就好奇来着。你这事儿桑芽跟我说过一嘴，说你被蛇妖当存粮，是真的吗？"

云知耸耸肩："没错，是这么回事儿。在妖的眼里，咱们凡人就是粮食。像狼王那样和凡人亲近的妖很少见，换位思考的话，估计和咱们喜欢狗差不多。偶尔有和人处一块儿生娃娃的妖，就像兰仙她娘的那种，那都是缺心眼。这种缺心眼的更少了，简直不敢想。"

他露出回忆的神色，摸着下巴道："我遇蛇祸那会儿，大概六七岁吧。阖村遭屠，被吃的被吃，被抓的被抓。我爹娘都被吞了，我和其他乡亲一起，被当作储备口粮，绕绳儿牵脖儿押去妖穴。我运气算好的，那会儿妖族内讧，有很多人直接被送往南疆战场当妖军口粮。出了人间，仙山剑仙便是想救也很难了。我被关在一个地窖里，跟我一起的有五个大人、两个小孩儿。大伙儿都被剥了衣裳，光溜溜的，像牲畜似的养在里面。他们每天架一个人出去，直到把人吃光为止。"

戚隐和戚灵枢都听呆了，云知却还笑着，道："二位弟弟，你们知道我那会儿想些什么吗？我想，啊，原来我家猪圈里的猪的心情是这样儿的。人一天比一天少，就我走运点儿，还没轮到我呢。最后大伙儿全被吃了，就剩下我了。到蛇妖来抓我那天，我在地窖里已经待了小半个月。我只记得出去的时候被光迷了眼，是个黄昏，天边泼血似的红。它们在野地里架油锅。后来我就什么也不知道了，醒来的时候，右边胳膊已经没了。"

戚隐心口窝着什么似的，闷闷的难受，符光下看云知，这家伙眼波平静，嘴角挂着惯有的笑，好像这些悲惨往事都已是过往云烟，在心头没有分量。戚隐问道："你怕吗？"

"当然怕，不过到后来，我倒羡慕那些先走的人了。"云知说道，"等死的人才最难受。好在老天保佑，我师父和戚师叔从天而降，大杀四方，把我这个小可怜蛋儿救了出来。我没爹没娘，亲戚也被吃光了，没有安置，师叔和师父商量着收我为徒。可惜我那会儿鬼迷心窍，觉得我师父笑眯眯的，再加上他那会儿不秃也不胖，长得一副招人样儿，就拜了他为师。"云知捧心而叹，"哎呀，我那个悔啊！你们说，若是我拜了戚师叔当父，今儿的无方首徒，姑娘心目中的如意郎君，可不就是我了吗？"

戚灵枢和戚隐不知道说什么好，原本心头积的凄凄伤感，都被这厮的贱样儿冲散了。云知用力拍了拍二位小弟的肩头，道："弟弟们，听了哥哥的悲伤往事，是不是突然发现，戚师叔这个天字第一号大惨蛋也没这么惨了！没事儿，日后待哥哥好点儿，有酒分哥一半，有漂亮小师妹，记得介绍给哥认识认识。"

"你！"戚灵枢气结。

"谨听小师叔教诲。"云知立马做出一副低眉顺眼的样儿来。

戚灵枢瞪了他半天，恨道："拈花惹草，无耻之尤，多说无益。"说完别过脸不再睬他，任云知怎么逗都没反应了。

戚隐很无奈。云知这个家伙，吊儿郎当，满口不正经，说话向来七分假，三分真，也不知道是不是他为了安慰戚灵枢，故意编出来的谎话儿。可就算是谎话儿，在那样的情形下，他所遭受的也只可能比他口中的惨千万倍。

戚隐心里有种悲切的平静，凡人于命运，如同蜉蝣于天地，无力抗争，便只有艰难行进。他深深吐出一口浊气，黑黝黝的眸子抬起来，露出坚毅勇敢的神色。

第十八章 如寄

十八岁的少年郎，仿佛就这样在顷刻间长大。

他道："走吧。我爹一共嘱托了两件事儿——一个是找我，一个是找死。现在我已经在这儿了，就剩下找死了。走吧，小师叔，咱们一块儿，送他安息。"

戚隐他们叫醒方辛萧，同她交代了一番。方辛萧一听他们要去杀戚慎微，眼泪在眼眶里打转，道："就不能不去吗？咱们先回灭度峰，让师叔他们下来处置，岂不好吗？"

这事儿还真不一定，他们在地底下待了这么久都不见人来救。原先说好叶清明师叔下来，到现在没个影儿，八成是上面出了什么棘手的岔子，给耽搁了。最坏的结果是凤还两个长老都被囚住了，他们全被放弃了，很有可能一出去就被无方灭口，这暗无天日的地底反倒最是安全。

小姑娘虚弱，受不得惊吓，他们没把这番计较同她说。云知安慰她："你别担心，经络图戚师叔都给咱画出来了，一共也就三十三颗心脏。我和小师叔通力合作，一准马到成功。我们速战速决，你在这儿打个盹儿，我们就回来了。"

"对啊，"戚隐也道，"你不相信我这个狗贼师兄，还不相信小师叔吗？"

方辛萧红着眼睛看了看戚灵枢，点了点头。

说是他们三个一块儿，其实戚隐基本上只负责摇旗助威，毕竟他连剑都御不利索。他们猫着腰从斗室悄没声儿地溜出去。殿宇里暗沉沉的，妖尸横七竖八躺在黏腻的蜘蛛丝茧里。他们猫了半天没发现戚慎微，还以为他离开了，正松一口气的时候，还是戚隐眼尖，瞧见了窝在蜘蛛丝帐幔里打盹的戚慎微。

他们屏息凝神，在殿宇中央布下锁步阵。这阵法可以束缚敌人行动，让对手动弹不得。接下来就是引戚慎微入阵，云知和戚灵枢二人埋伏两侧同时出剑，便可大功告成。至于当诱饵吸引戚慎微的差事，自然落到了废物戚隐的头上。

云知笑嘻嘻地拍戚隐的肩膀，道："黑仔，莫怕，我们一定不会让你成为你爹的盘中餐的。"

戚隐没好气地白了他一眼，拿着归昧剑，走上大殿。云知和戚灵枢分别就位，埋伏在残破的石阶之下。狰狞的妖怪在白惨惨的帐幔下酣睡，八只眼睛眯成缝儿，苍白硕大的身躯横亘殿中，恐怖又悲惨。

戚隐默默瞧了他一会儿，深吸了一口气，用剑敲地，大声喊道："老爹，鲜嫩可口的儿子肉，吃不吃？！"

蜘蛛紧闭的八只眼睛蓦然睁开，八只白惨惨的肢体立起来，支起庞大的身躯。他耸起脊背，朝戚隐嘶声大吼。音浪掀起飓风，呼呼刮着戚隐的面庞。戚隐被刮得眯起眼睛，眼前那大妖怪嘶叫着摆动手脚，速度奇快，眼看就要到跟前！

戚隐倒吸一口凉气，转身就跑。身后声浪呼啸，他滑过锁步阵，大喊："开阵！"

金光倏忽闪烁，密密麻麻的符咒霎时间启动，无形的压力压在妖怪的肩头，将他硬生生锁在当中。妖怪张开大口，獠牙毕现，尖声嘶吼。云知和戚灵枢同时翻身跃出，十指一捻，掐出御剑诀。凄冷的剑光在空中交织，有悔和问雪两剑同时幻化

257

出无数把寒光凛冽的森然剑影。妖怪猛烈挣扎,地面符咒巨震,有的竟然蔓延出数道细微的裂纹。

戚隐心里发急,喊道:"快点,阵要裂了!"

戚灵枢厉声断喝:"杀!"

三十三把剑影同时下落!

妖怪的身上爆裂出殷红的血花,凄冷的剑网整个将他笼罩。妖怪浑身浴血,原本苍白的身躯布满森森血洞,鲜血淋漓。他咆哮怒吼,不堪重负的法阵终于碎裂。他精疲力竭地拖着伤痕累累的身躯爬出来,却一下瘫倒在地。

戚隐怔怔地,好半天才回过神来。那个妖怪满身鲜血,像一个被献祭的祭品,终于失去了声息。

结束了。戚隐回过神来,真的结束了。他期盼了这个狗剑仙十八年,现在,他终于亲眼看着他的父亲死去。从今往后,他再也不用期盼云中走下一个男人,对他说"儿子,我来接你了"。他心里忽然间空荡荡的,不知道下一步该干些什么。他转过身,疲惫地蹲下来,像一条走了很多路,筋疲力尽,却依然找不到家的野狗。

身后忽然传来窸窸窣窣的声音,戚隐疑惑地回过身,惊恐地看见戚慎微身上的伤口正在消失。

他没死!

妖怪蓦地睁开眼,八只阴森森的眼睛正对着云知的方向。那小子刚收回剑,蹲在地上看着什么东西,正看得入神。

戚隐肝胆俱裂,嘶声大喊:"狗贼!当心身后!"

云知没来得及回头,妖怪已经冲到了他的身后,咬住他的肩膀,将他整个人生生甩了出去。云知的右臂在甩动中断了,狠狠飞了出去。云知身子一扭,竟然凌空翻了一个圈,鹞子一样落在房梁上。他右肩几乎被咬穿了,鲜血染了半边身子。他捂着自己的右肩,骂了一声:"我下回一定往右臂涂毒!"

戚隐见他还活着,松了口气,退向戚灵枢,问道:"他怎么还没死?你们是打漏了心脏还是怎么?"

"不可能。"戚灵枢脸色惨白。

云知单手吊着房梁,从上面翻下来,道:"戚师叔的经络图有误,他不止三十三颗心。此事得从长计议,先走再说!"他撤身想走,忽然发现什么,道,"等等,我剑呢?"

一抬头,正见对面戚慎微抬起眼珠子乱转的怪脸,苍白的手探出去,捡起了地上的有悔剑。

戚隐喃喃问道:"你们说,他变成这个模样了,还会御剑诀吗?"

灿烂的剑光在刹那间铺开,恍若孔雀绝艳的尾羽铺满穹顶。戚隐从未见过如此磅礴的剑光,仿佛聚集了万星的光辉。所有的剑纵列成阵,齐齐掉转方向,对准戚隐三人,剑尖的光芒璀璨如星子。云知和戚隐皆目瞪口呆,梦呓一般道:

"天爷……"

"跑！"戚灵枢厉声大喊。

戚隐转身就跑，迅速扑倒，身侧剑雨瞬间落下，仿佛泼天大水骤降人间。耳畔轰然巨响，恍若惊雷，那是剑雨破碎立柱，无数石雕木柱轰然倒塌，烟尘滚滚，霎时间席卷整个殿宇。妖怪在剑雨中厉声咆哮，仿佛嘲笑他们的弱小无知。

戚隐扑得太靠前，戚灵枢拽着他的衣领把他拖过来，两个人一齐猫着腰躲到一根倒塌的立柱后面。戚隐四下找云知，找了半天才见那家伙缩在一个五步远的妖将石雕后面。

戚隐擦擦额头上的冷汗，道："我爹怎么这么强？"

"他是天下剑道第一人！"戚灵枢咬着牙道。

"现在怎么办？！"戚隐捂住头脸，那边剑雨再次落下，又是一阵天塌地裂的巨响，灰尘簌簌而落，盖得满头满脸都是。再这样下去，这殿宇非得让他弄塌了不可。妖怪四处逡巡，攀上房梁穹顶，眼珠子乱转，搜寻他们的身影。

"戚隐！"戚灵枢忽然握住戚隐的腕子，凝视着他。

"干吗？"这厮一副要表明心迹的样子，戚隐被他吓了一跳。

"我很抱歉，师尊要我看顾你，可我却总让你陷入险境。"戚灵枢飞快地说，"戚隐，你是师尊的孩子，是他一心的牵挂，你一定要好好活下去。"

"你到底要干吗？"戚隐开始慌了。

"我知道你看重云岚师弟。"戚灵枢忽然说，"我知云岚必定不是常人，但他心性至纯，与人为善，值得托付。你年及弱冠，已明事理，将来种种，都需你独自应对。切记持身端正，则问心无愧。"

戚隐吓得说不出话儿来。

戚灵枢没管他，自顾自地往下说："你一定觉得我很烦，总是多管闲事教训你。我知道，很多人都讨厌我，说我眼高于顶，藐视同侪。你的表哥……常埋怨我不将他放在眼中，说我认为他不配做我的师弟。事实并非如此，我不愿与他过从甚密，是因为他每日都将春宫图册悄悄塞进我的石室。有一次他上思过崖，恰巧被我看见了。"戚灵枢凝视着他的眼睛，飞快又清晰地说道，"我希望你明白，不管我对你造成什么样的困扰，都绝非我的本意。师弟，以后我不会再管你了，你……自己顾好自己。"

不是，这都什么跟什么？这小子怎么突然这么多话儿？他这辈子说过的话儿加在一起都没现在说得多。戚隐愣了一会儿才想起来，戚灵枢抓他回石室写道论的时候，他好像是对这家伙说过"我的事儿跟你没关系"之类的话。其实他那时候就是一时窝火，脱口而出，谁知道这家伙一直记着。现在回头看，这家伙一定是那时候就发现他是戚隐了，所以把他当自家师弟，教诲他要走正道。虽然他挺不乐意的……

戚隐憋了半天，没想出来该怎么说让他宽心。却见戚灵枢忽然大喊："云知，我有办法，帮我锁住师尊！"

剑雨纷纷，石块炮弹似的乱飞，云知捂着头哀号："小师叔，我这个可怜蛋现在只有一只手！"

戚灵枢一探身，竟然将云知的断手捡回来了。他用力给云知扔过去，喊道："现在是两只了！"

戚灵枢调整呼吸，从石柱后面走出来，云知到他边上，道："你对我真不客气，为啥有啥坏事儿都找我？"

戚灵枢扭头看了他一眼，淡淡地道："无他，因为你是我唯一的朋友。"

云知一愣，眼眸里有显然的惊讶。

戚隐探出头，道："我能不能帮上什么忙？"

戚灵枢没回头，只道："你躲好，不要动。"

云知挑眉一笑，那一双上挑的桃花眼霎时间盈满剑光。

"既然是朋友，自当以命相陪！"

话音刚落，他就冲了出去，戚灵枢紧随其后！两个人一左一右，奔向戚慎微。

妖怪看见那两个不要命的家伙，从梁上翻下来，有悔剑凄厉一闪，剑雨在空中下落，一眼望过去，仿佛撒下了无数根细细的锋利的针。那两个男人身如鬼魅，残破的白影闪电般闪过，竟然避过所有剑光，到了妖怪的跟前。戚灵枢凌空翻身跃起，苍白如霜的剑光划过妖怪的脊背，一条血淋淋的口子霎时间裂开。妖怪疯狂地嘶吼，磅礴剑雨立时改变方向，朝云知和戚灵枢而去。

云知在妖怪身侧，左右手同时画符，两个繁复的、却完全不同的符纹在身前展开。戚隐瞪大眼睛，这个平日里吊儿郎当的男人，竟然能够同时画出完全不同的符咒！薄膜一般的结界在他和戚灵枢周围出现，剑雨落在上头，撞出一圈一圈的涟漪。与此同时，锁步咒在他左手指尖完成，无形的压力悍然压顶，妖怪再次惊怒地咆哮。

云知大吼："快点，我坚持不了多久！"

他肩头血肉模糊一片，整个人几乎成为血人，看得戚隐心肝发颤。

无方·御剑诀！十柄飞剑在戚灵枢面前阵列展开，剑光交织成一片霜华，围绕着戚灵枢飞速旋转，叠加。飞剑增加到二十柄，但还不够，他仍在继续叠加。

三十柄，四十柄……叠加，叠加，叠加！

云知瞳孔紧缩，头一次露出严厉的神色，吼道："你疯了！"

"我没疯。"戚灵枢望着他，竟然笑了笑。认识他这么久，这是云知头一回看他笑。那笑容淡得像一抹微茫的月光，苍白又秀丽，云知竟然看愣了。目光中，那个白雪似的男人轻声道："只有这一个办法了，不是吗？"

戚隐终于明白戚灵枢为什么同他说那些话儿了，他知道这家伙在做什么。戚灵枢原本最多只能御使二十五把飞剑，可现在他强行拓展经脉，运转灵力。现在他的奇经八脉就像汛期的河道，滚滚潮水狂涌而入，河道对它们来说太过狭窄，这样做的后果是大水决堤，河道崩溃。他就算侥幸不死，也会走火入魔。

他对戚隐的那些叮嘱，是他最后的遗言。

他的经脉扩张到极限，仿佛下一刻就要爆裂，灵力运转到极致，渐渐干涸，如同枯竭的水流，露出板结龟裂的经脉河道。戚灵枢的意识羽毛一样飘起来，妖怪的咆哮、云知的吼声、戚隐的呐喊声像隔了三千重门，离他很远很远。恍惚间，他想起很多年前，十二岁的他爬上白玉悬空阶，师尊将问雪剑递到他的掌心。

"灵枢，"师尊的手摸着他的发顶，掌心温热又粗糙，"此剑名唤问雪，冰雪皎洁，无拘无束。愿吾徒冰心雪魄，自在人间。"

他吐出血来，经脉寸寸碎裂，血丝从他破碎的皮肉中渗出来，染红了身上的白衣，像开了一朵朵艳丽的花儿。他强忍全身经脉破碎的剧痛，艰难地张开手掌，一百道剑影粲然展开。这是他耗尽生命绽放的光辉，像天尽头浩瀚的星辰，璀璨无垠。剑雨轰然下落，那一刻如同无数飞星坠落，他自己也在下坠、下坠，是无数星子里最灿烂的一颗。

最后的孤注一掷，赌上他所有的筹码，包括他的性命。

同一刻，云知的结界轰然破碎，他咳出一大口血，膝头一软，像一个残破的纸人，倒在地上。

扶岚抱着黑猫，被水流推着，如同一颗脆弱的小石子儿，裹在漩涡急流里跌出岩壁窟窿，落入浩瀚冰海。他的身后，猪妖和叶清明挨个儿被冲出来。大家用尽全力稳住身子，接连支起隔水结界。无数妖灵也被冲出，却并不追上来，而是疯了一般往回游，藏入其他黑洞洞的窟窿。

叶清明靠近扶岚，感觉到不对劲，低头捻了捻手指，道："水好像没那么冷了。"

扶岚再次放出小鱼，细小的青鱼摆尾，穿越无垠冰海。鱼群分头进入南面岩洞，岩洞黑森森的，它们仿佛游进了妖魔的眼。洞穴曲折，四通八达，黑暗深邃。小鱼穿过蛛网般的地下河道，落入一个巨大的水池。神墓在它眼前，光线迷离，石门立柱古奥森严，青铜锈蚀，像老人斑驳的皮肤。它摆尾游入漆黑的墓道，经过石门紧闭的中殿，穿过过道里摸索哭号的罪徒，摆尾而去，进入蛛网裹住的后方殿宇。

他看见了他的弟弟，头破血流，浑身血污。

戚隐背着浑身是血的戚灵枢，手里拖着失血过多昏迷的云知，吃力地走向内侧的斗室。大殿之上，苍白的蜘蛛浑身都是窟窿，乍一眼看像一个巨大的蜂巢。他身上贴满了戚隐刚刚贴上去的定身符，每道符咒的金光都疯狂地闪烁。他嘶哑地吼叫，勉力站起来，符咒震动，有的开始破裂。戚慎微还没死，戚隐惨淡又恐惧地想，他还没死。

这个由人化妖的家伙，简直像一只怨毒的厉鬼，怎么打也打不死。

戚灵枢伏在戚隐肩上，鲜血浸透白衣，又浸透了戚隐脏污不堪的白衣。戚隐无助地喊道："小师叔，别死，求你了！"

"叫师兄……"戚灵枢皱着眉，声音细不可闻。

"师兄师兄，我叫你师兄！"戚隐大喊。

"别管我了，带上其他人，快逃吧。"戚灵枢道。

"你这说的是什么话！"戚隐咬着牙拖云知，"小师叔，只要你别死，别说'师兄'，你让我叫你'爹'都行！从今以后，你什么教训我都听！我好好练剑，我好好念经，我心向大道！"

"不……不用……"戚灵枢咳着血，断断续续地说。

戚隐死命喊了半天，身上的人彻底没反应了。戚隐转过脸，瞧见戚灵枢已然昏死过去。

有没有搞错，戚隐既悲哀又恐惧，两个首徒倒了，一个是无方的未来长老，一个是凤还的未来掌门，他们都倒了，却剩下他这个连剑也御不利索的废物。他像个孤立无援的孩子，站在荒芜的世界中心，手足无措。他还没有准备好去死，他没有戚灵枢和云知这样高的觉悟，也没他们这样不要命，他还想见见他哥。

他低头看云知白得像纸一样的脸，这个狗贼断臂的时候尚且有说有笑，他从来没有见过云知这般模样，就像是快要死了。

可戚隐还没有准备好看他们死。

戚隐气喘吁吁地将人拖入了斗室，阖上了门，重新启动符咒结界。方辛萧睡在地上，额头冒虚汗。戚隐走过去探她的额，烫得像口热锅，她发烧了。顾不上她，戚隐先撕下上衣，去处理云知的伤口，翻开他的乾坤袋，里面有不少药丸，打眼一看都不是毒药，不管三七二十一，全喂进他嘴里。石门轰然巨响，符咒结界金光闪烁，倏明倏灭。那是戚慎微终于挣脱了符咒束缚在撞门。

冷静冷静，他提醒自己，去看戚灵枢的伤口。他的伤口虽然细小，但全身都是。戚隐把外衣撕完了，才包扎完他的伤口。同样扯开他的乾坤袋，倒出丹药，管他补气血的还是滋灵力的，全部灌下去。

做完一切，他盘腿坐在地上，开始想怎么办。戚慎微疯了似的撞门，门上的符咒摇摇晃晃，半边明半边亮，不知道能撑多久。怎么办？他的心脏怦怦直跳，呼吸急促，脑子里一团乱麻，他抓着头发，催促自己冷静思考。

就在这时，他听见了哥哥的声音。

"小隐。"

冷静冷静，他慌得都有幻觉了。

"小隐。"

他猛然睁开眼，这不是幻觉！仿佛阳光照进乌云，他浑身一震，从地上爬起来，大喊："哥！哥！"他四下寻，却不见扶岚的身影。一条小青鱼摆着尾，闯入他茫然的视线中。

他怔怔地伸出手，捧住那团微弱的荧光，像一个孩子捧住了一颗星星。

"哥，你去哪儿了？"一瞬间，心里什么坚强的念头都垮了，他眼眶发热，"快来救命，我们要完蛋了。"

"抱歉，我过不来了。"扶岚轻声说。

钟鼓般的心跳响彻冰海，扶岚抬起头，眺望深邃的冰海。这回连叶清明和朱明藏也听到了那沉雄的心跳声，一双灯笼般的巨眼在冰海的深处睁开，血色红光在里面变幻流淌。那是魔龙，冰海不再寒冷，魔龙从沉睡中苏醒。原来那些妖灵不是发疯，它们在躲避魔龙。

扶岚悬在墨绿色的海上，与那妖异的血色巨眼对视。

他平静地开口，恬淡的声音穿越茫茫冰海和重重洞窟，透过小鱼，响在戚隐耳畔。

"小隐，这一仗，你必须自己打。"

不是，自己打？戚隐呆住了："哥，我……我打不过。"

"我知道。"扶岚道，"你的对手很强，凭你的实力与他战斗，你有七成的概率会死。"

戚隐冷汗直下，道："哥，我觉得你高估我了，我死的概率应该是十成十。"

"所以接下来，我的每一句话，你都必须认真听好。"

戚隐慌忙点头。

"第一，你们无法杀死他的原因是他还剩下最后一颗心脏，那是他的凡人之心。妖心呈环状护住了那颗心脏，复杂的胸骨结构抵挡了你们的每道剑影。但是戚灵枢为你创造了机会，戚灵枢的剑雨已经摧毁了他所有的妖心和护心骨，你只需要破坏他最后的心脏，他便必死无疑。"

"凡人之心……"戚隐怔怔地重复。

"不错，那是他原本的心。"扶岚道，"凡人之心不具备强大的自愈能力，所以他现在已经无法自愈。"

"可是，"戚隐望着摇摇欲坠的石门，咽了口口水，"我要怎么命中那颗心？"

"用归昧剑，小隐。"扶岚说，"归昧剑很强，一旦它命中敌人，伤口周围三寸的血肉都会被冰霜破坏。也就是说，你无须命中他的心脏，只需要对准他的胸口，便可以杀死他。但这对你来说依然不够，因为你无法解开归昧剑的锈蚀封印。所以，我将会在你身上施一个咒术。"

"咒术？"

淡青色的小鱼从戚隐的掌心飞起来，在他的额心落下一个轻轻的吻。冥冥之中仿佛有什么东西改变了，戚隐低头看自己的身子，却瞧不出变化。

"从现在开始，一炷香的时间之内，你受的一切伤都会在一息之内自愈。"

戚隐眸子一亮，惊喜道："真的？"

"真的。"扶岚轻声道，"从现在开始，你拥有无数条命。你可以不断尝试，不断重来，刺穿他，击杀他。但是你要记住，一定要保护好你的心脏。因为你的心脏一旦被刺穿，我们两个，会一起死。"

"啊？……这个，这个到底是什么咒术？是巫罗秘法吗？"戚隐心里惴惴不安起来，总觉得这个咒术不像扶岚口中说得这么简单。

扶岚没有回答，却忽然问："弟弟，你害怕吗？"

戚隐想骗他说不怕，扯了好半天嘴角也扯不出一个笑，垂头丧气地道："哥，我怕。"

"这很好，"扶岚的声音平静又恬淡，"你的祖先在妖魔的侵袭、猛兽的威胁下艰难生存，繁衍至今，是恐惧让他们躲避危险，离开死亡。小隐，不要害怕，它会帮助你逃离致命的袭击，让你活下来。"

扶岚垂下眼眸望过去，那一双妖异的血眼离他越来越近，魔龙在深渊里抬起了盘曲的身子，坚硬的鳞甲摩擦岩壁，黑色玄武石化为齑粉。

魔龙耸起铁甲一般的脊背，呼出灼热的气息。它阴森地注视着扶岚，低声咆哮，嗓音低沉，回荡在冰海之间。

"扶岚，你这个天地不容的怪物！我们终于……又见面了。"

蓦然间，魔龙长嘶，冰海卷起大浪，湍急的水流包围了扶岚。那条狰狞的巨龙被锁住了尾巴，却依然能够翻江倒海。叶清明、黑猫和猪妖缩在洞窟里，巨大的漩涡卷着白花花的浪潮车轮一般滚过岩壁，蛮横的吸力拉扯着他们，仿佛要将他们撕成碎片。

扶岚悬浮在那暴烈的漩涡中心，漠然望着咆哮的魔龙。他隔着浩瀚冰海，对戚隐说道："最后一句话。弟弟，无论如何，你都不会孤单一人，因为我们兄弟二人同生，共死。"

他话音刚落，小鱼就消失了，淡青色的光晕，像一盏风中的枯灯，闪了一下，就熄灭了。黑暗再次笼罩了戚隐，戚隐连喊了几声"哥"，无人回应。在这个冰冷阴森的神墓里，他三个同伴半死不活，只剩下他一个人面对那个可怕的妖怪。戚隐吸了吸鼻子，摸了摸额头，小鱼在那里留下了一个吻，仿佛还残留着他哥哥的温度。

符咒结界塌了半边，剩下一半也快到头了。戚隐把云知三人挪到斗室最里头，把黄金俑推倒，用足了吃奶的劲儿，把它滚到云知三人边上，遮挡了他们三个人的身影，然后插上问雪剑，支起一个灵剑结界，若是他失败了，至少能抵挡一小会儿。

他蹲下来看戚灵枢和云知，把戚灵枢的手搭在云知腰间，又把云知的手搭在戚灵枢腰间，让他俩看起来像相亲相爱的好兄弟。

"二位老哥，神墓底下承蒙照顾，要是我死了，会在天上保佑你们俩的。"

他又转眼看方辛萧，这姑娘躺在他俩身边。戚隐让她面对岩壁，背对云知和戚灵枢，道："对不住了，辛萧师妹，本来应该听你的话儿不去招惹我爹的，结果连累你了。唉，以后不要和我们扯上关系了，我哥那傻蛋不是你的良配，忘了他吧。"

正在这时，石门轰然倒塌，暴怒的妖怪浑身浴血，在门口咆哮呼号。

戚隐站起身来，拔出归昧剑，抬起眼的那一刻，满布血污的脸杀气毕现，恍如一柄利剑拔出剑鞘！

第十八章 如寄

他跨步向前，妖怪亦嘶吼着冲过来，父子二人同时对冲。戚隐在临近妖怪三步远的地方身子一矮，整个人后仰着躺下，归昧剑锈蚀的剑刃从妖怪的下颚一直划到尾部，滚烫黏腻的鲜血瓢泼大雨一般淋遍戚隐全身。

妖怪痛极怒吼，摆动八肢，转过身来。

划偏了，没命中心脏！

戚隐手脚并用爬起来，跑出斗室。

"爹，出来！儿子陪你打！"

妖怪被他彻底激怒，狂吼着再次冲了过来。

戚隐跑上大殿，磅礴剑雨紧紧追在他身后，几乎贴着他的脚后跟扎进地面。大殿的地砖已经满是窟窿，虫蛀似的，惨不忍睹。戚隐回头看，妖怪距离斗室已有一段距离。戚隐咬紧牙关，猛然转身，朝妖怪奔了过去。

他必须靠近他的父亲，才能挥出致命的一剑！

剑雨癫狂，数不清的利剑蒙头扎下来。他用尽全力御剑，十指掐出鲜血。这一次他超常发挥，归昧一御即动，呼啸着在身侧盘旋，凄冷的剑光抖出青白的线条，砰砰隔开数道剑影。但仍然有剑影躲开归昧，生生扎进戚隐的后背。他没有云知和戚灵枢的敏捷身法，纯粹凭着直觉躲避，凭着扶岚给他的强大自愈能力硬扛！

他一路躲，从地上堆积的巨大妖骨嘴里爬进去；剑雨追在他身后，将苍白的骸骨碾成齑粉，他又从妖骨胸腔里连滚带爬地出来，后头的妖骨已经整个碎成粉末。这一路简直是他平生走过最长的路。无数次，他像一只耗子一样被钉在地面，身后他的血痕蜿蜒绵延，触目惊心。剑影在身上消失，剧痛之后，所有伤口迅速消失，他抬头看，还有三丈的距离，妖怪在殿宇中央怒吼咆哮。

有悔剑铮然一啸，朝他袭来。归昧正面迎上，两把剑相撞，碎光迸溅。归昧被打了出去，哐当一声落在地上，所有飞剑重新排阵，齐齐转向戚隐。

戚隐没有停！他咬着牙，忍着浑身的痛楚画符，张出一个摇摇欲坠的结界护住自己的心脏。

很多年前，他在吴塘上学塾的时候，也经常像这样被打成猪头。他蜷缩在深巷的墙角，像一只快要死掉的耗子。他无数次幻想他的剑仙爹从天而降，拯救他于水火。到那时，他就可以乘着他爹寒光凛冽的宝剑，在众人艳羡的目光中化为一道虚影，消失在天际。可爹从未出现，他像一只灰头土脸的老鼠，磕磕绊绊地长大。后来他想明白了，自古以来，凡成大事者都有一个悲惨的童年。伏羲、女娲，巫山里施云布雨的神女，撞倒不周山的共工，这些诞生于虚无的远古诸神，没听说过哪个有爹有娘的。说不定他这个可怜虫，终有一天也能变成人人敬仰的大英雄。

但每当夜深人静，小小的他趴在阁楼的窗台眺望月光下的吴塘，便听见心里的声音。

他不想当大英雄，他只想要个疼他的爹。

他知道那个男人在一个叫无方的地方，那里仙气缭绕，灵剑徘徊。他想他总有一天要去看看，至少他得瞧瞧这个爹长什么模样，是高是矮，是俊是丑。他总得知道，他的血脉，来自何方。

现在，他来了。

戚隐披着满身的血，终于穿越了磅礴剑雨，来到了他爹的跟前。他张开双手，拥抱这个丑陋的妖怪。

灵力近乎枯竭，这是他锁住他爹唯一的办法。

他的爹暴怒狂躁，八只血红的眼睛倒映着他同样血红的身影。他用尽全身的力气拥抱这个变成妖怪的男人，轻声道："爹，我原谅你了。"

不管你是浑蛋还是好人，不管你为什么离开我和娘，我都不怪你了。

凤还·御剑诀。

他全身的灵力在顷刻间耗尽，一瞬间身体里有什么东西被抽走，整个人干涸了下来。归眛铮然一动，发出凄厉的悲鸣，肮脏的铁锈漆皮子一样剥落，露出冰冷如霜的剑身。鲜血漫过视野，戚隐在意识渐渐消散的时刻，听见了剑的心跳。一瞬间他好像又回到凤还山思过崖，扶岚捂着他的眼睛，带他去听天地的心跳。

咚——咚——咚——

归眛的心跳犹如铜鼓，和他的心脏共振共鸣。

他嘶声大吼："剑来！"

霜雪般的光华在剑上流转，归眛长鸣一声，冷月般的寒光一转。那一点剑尖，凝着星子般的寒芒，划出流利的曲线，刺入戚慎微的后心，紧接着刺穿戚隐的右胸。归眛的冲力像冰山压面而来，戚隐没有站稳，归眛穿过他的身体，将他和戚慎微两个人，铁签子串肉一般钉在了地上。

右胸剧痛，半边身体结上细细密密的冰霜，戚隐的右手失去了知觉。

结束了，这次真的结束了。

他和戚慎微的父子亲缘，像琴上的最后一根弦，终于断了。

"狗崽……"忽然间，一声轻叹响起在耳畔。

这一声呼唤，不同于他之前鬼魅般的语调，而是沙哑悲哀，藏着深深的思念。

他怔怔地转过头，望向右肩上那张苍白悲惨的脸庞。戚慎微的眼睛已经失去了焦距，空茫无神。

悲哀和伤痛后知后觉地漫上心头，神墓冰冷，他的心在下雪。

"哥，"戚隐闭上眼，眼泪流进鬓发，"我爹没了，我没爹了。"

第十九章

舍身

"扶岚！"

魔龙嘶吼着。它的体温在回升，黑色鳞甲的缝隙间闪过滚烫的红，冰凉的海水触碰到它的身体，竟然沸腾起来，这说明它的身体如同烙铁一般滚烫。巨龙盘曲在那汹涌的海水之中，从黑色的深渊中升起。没有人看到这个景象不会畏惧到发抖，它看起来仿佛是一个远古的修罗，从地狱中上升。

它来了！

铁甲一般的脊背耸起，鳞甲相扣，纯黑色的龙脊像一柄利剑。魔龙怒吼着仰起头颅，撞向远处悬浮在海水中央的扶岚。肉眼几乎无法捕捉到它的速度，极致的速度在海底掀起飓风，巨大又汹涌的漩涡包裹住它和扶岚。雷鸣般的浪声中，它像一柄利刃斩开海水，冲到扶岚的面前。

"魔龙不是被扶岚杀了吗？怎么又来一条？！"叶清明大吼。

"这是它儿子！流亡的龙子，微生澜！"黑猫吼道。

"放心！扶岚连它爹都杀过，这条长虫根本不是扶岚的对手！"朱明藏信心满满。

话音刚落，魔龙正面撞击扶岚，他们看见汹涌的海浪中心，扶岚抱着魔龙的头颅，白衣上不断出现一道一道狭长的裂口，殷红的血从中汹涌而出，洇在墨绿色的海水中，流淌出胭脂一样的水雾。

"怎么回事？！"所有人都感到不对劲，扶岚那个家伙好像和往常不太一样。

巨龙顶着扶岚撞进岩壁，天崩地裂的一声巨响，岩壁纷纷碎裂，曲折的裂缝蔓延整个深渊。扶岚像一个被压扁的纸人嵌在岩壁之中，他的衣裳已经完全破碎，浑身的骨头仿佛被碾碎一般，右侧胸口慢慢出现了一个狰狞的血窟窿。冰霜在伤口周围凝结蔓延，很快覆盖了他半边上身。方才就是这个伤口的出现，中断了他的技能，被魔龙正面击中。

巫罗秘法·舍身。这是他对戚隐施下的咒术，一炷香之内，戚隐受到的所有伤，无论大小，全部都会如数反馈在他的身体上，并且无法像往常一样迅速自愈。他把自己自愈的能力给了戚隐，替他的弟弟承受所有伤痛，以此换取弟弟的一线生机。

他还没有开始战斗，就已经遍体鳞伤。

但他还没有输。

第十九章 舍身

他从背后拔出斩骨刀，插入魔龙的右眼。魔龙吃痛，仰头怒吼。扶岚没有松手，斩骨刀直入眼眶，破碎魔龙的颅骨。那铁面具一般的鳞峋龙头蜿蜒出阴森的裂缝。龙头痛苦地嘶叫，用力一甩，扶岚脱手，重新悬浮在海水中。他张开五指，魔龙滚烫的血从眼眶里流出来，犹如曲折迤逦的血潮，汇入扶岚的七窍。

"竖子扶岚，凭尔微贱之躯，竟敢吸食吾的精血！"

伤口转瞬消失，妖异的龙眼重新生长，回到巨龙空洞的眼眶。魔龙怒吼，鳞甲怒张，黑色巉岩一般的龙首骨缝中闪过脉络游丝一般的金红光芒。它整个漆黑的身躯都游走着殷红的光，那漆黑如铁的鳞甲下方仿佛沸腾着汹涌的岩浆。

魔龙嘶吼着张开黑洞洞的巨口，那中心金红光芒大作，火焰犹如潮水一般，汹涌而出！

"结界！"黑猫大吼。

叶清明迅速将洗墨剑插入岩壁，结界豁然展开，将将好包裹住这三个灰头土脸的家伙。炫目的火焰摧枯拉朽地烧过海水，烫过岩壁，冰海喧腾，气泡汹涌，天渊成了一个沸腾的巨大锅炉。即使隔着结界，那温度依然令人窒息，叶清明和猪妖的皮肤慢慢变红，黑猫头顶冒出烟儿来，几乎要熟了。

火焰渐渐消逝，金红的中心显露出一个瘦削的人影，血色的龙眸映照出那个男人浴血的身影。

那是扶岚。

龙焰对他几乎毫无作用，漠然的男人悬在沸腾的海水中央，犹如高天之上无悲无喜的神祇。

扶岚垂着眸子，轻声道："御。"

看不见的力量以他为中心蓦地展开，冰海天渊之中形成一个巨大的场域，在这个场域中他是绝对的皇帝，所有嗜血的杀器都听从他的命令。海底在震动，什么东西在淤泥之下蜂鸣。刚劲的心跳声响起，如同磬钟齐鸣，又如远古的巨人奋力击响铜鼓。心跳声此起彼伏，那是它们在回应扶岚的召唤。无数把锈蚀的刀剑从海底披沙而出，淅淅沥沥的泥沙滚落，露出铁器上繁复瑰丽又无端狰狞的缠枝花图腾。它们是几千年前追随白鹿迎战伏羲的南疆武士的刀剑，几千年来，它们深埋在这远古的战场之下，此刻终于重现世间。

扶岚闭上眼，冰海之中，无垠虚空响起凄厉的呼喊，一声叠着一声，仿佛是远古武士战死的幽魂在呼号咆哮。他感受到刀剑的记忆：悠远的战鼓在千重水外鸣响，妖魔奋发，凡人突进，天边大神巍然屹立，临云而望，焦土万里，穹隆泼血似的红，炫目的天火滚滚而来。他张开手，所有刀剑随着他缓缓抬起的手臂盘旋上升，呼啸着聚集在一起，在冰海上方汇成一把惊天巨剑，剑指魔龙！

黑猫幽绿的眸子怔怔地望着那把巨剑，梦呓一般道："这是……"

"凤还山的御剑诀……"叶清明的声音也恍若呓语，"可这也太多了！这里有多少把刀剑？一千？两千？他竟然可以同时御这么多剑！"

魔龙仰望巨剑，嘶声怒吼。音浪席卷海水，汹涌着扑向巨剑。最后一把就位，巫刀斩骨，悬在巨剑下端，成为巨剑的剑尖。

扶岚抬起眸，目光平静，面无表情。

他道："剑来。"

巨剑落下！

所有龙蛇般的浪潮被它破开，分出银白色的裂隙，直指正下方的魔龙。魔龙再次吐出火焰，金红色的烈焰沿着潮水攀上，却再次被压制、刺开。海水沸腾，巨剑周围生成了一个巨大的漩涡，浪声犹如巨雷滚滚。

魔龙的身躯太大，它无从躲闪！在那血红的魔眼中，它眼睁睁地看着巨剑落向它的脊背。

它还存在幻想，它的鳞甲坚硬如铁，乃是世间最坚硬之物，即便是几千把刀剑加在一起，也对它无可奈何！

斩骨刀抵达龙鳞！剧痛瞬间顺着神经传递到大脑，裂缝蜿蜒而出，那坚硬无匹的龙鳞竟然犹如瓷片一般轰然碎裂。

这就是斩骨刀，它诞生于上古，了解它的凡人妖魔都早已死去，没人知道它是大神白鹿亲自锻造的刀。那个战死沙场的罪神曾斩断鹿角做它的炉薪，滴进神血淬炼它的锋刃，它可以斩一切骨，碎一切甲！

巨剑持续下落，穿过魔龙巨大的身躯。魔龙的龙骨破碎，皮肉绽开，像太阳一般强壮的心脏在巨剑的斩击中爆裂，滚烫的鲜血犹如岩浆一般涌出来。魔龙身躯痉挛，在深渊中挣扎着乱撞，巨大的头颅撞向岩壁，地动山摇，恍若几千年前共工怒触不周山，天柱裂，天穹塌。

魔龙灯笼般的巨眸终于熄灭，它已经走到了生命的尽头，岩浆一般的血液流淌全身，逐渐冷却。那巨大的黑色龙骨被巨剑钉在深渊地底。海水逐渐平息，旧日称霸一方的妖魔，如今与千万南疆先灵一起，永远沉睡在海底。

巨剑分崩离析，斩骨刀从深渊地底中飞回来，回到扶岚背后的刀鞘中。凄冷的流光收回，如同水银流进刀鞘。叶清明抱着黑猫，身后跟着朱明藏，小心翼翼地游出来。叶清明正想去扶岚边上，却见他身子一软，漂在水中，缓缓下落。他的上衣已经完全破碎，露出上身。那个男人阖着双目漂游水中，破碎的白衣围着他，如同一只破了翅膀的白蝶。

叶清明忙托住他，惶然道："这是怎么了？！"

扶岚没有回应，他身上的伤还没有好，道道狭长的伤口皮肉外翻，被水泡得发白，最严重的是胸口那个窟窿，还在流血。这个疯子，竟然顶着这样重的伤战斗到最后。

"这看起来像是剑伤，怎么回事？我只瞧见那长虫用脑袋撞，用火烧，没用剑啊！"朱明藏道。

"呆瓜好像无法自愈了。"黑猫也很惊慌。

第十九章 舍身

叶清明手忙脚乱地掏丹药，一股脑儿塞进扶岚嘴里。止血丹勉强把血止住，叶清明撕下衣裳，绑住扶岚右胸的伤口。

底下一片嘈杂，气泡升上来，所有人心里一惊，低头看，岩壁蜂巢一般的洞窟中，数不清的妖灵龇着獠牙游出来，四下里一望，正巧瞧见他们四个。

魔龙死了，那些王八不怕事儿了！叶清明心凉了半截，托着扶岚喊道："师侄，你先把这些玩意儿解决了再晕啊！"

扶岚半点儿反应都没有。朱明藏急道："上面有结界，后面有妖灵，咱们该往哪儿逃？"

黑猫忽然道："小鱼！"

大伙儿凝眸一瞧，只见淡青色的小鱼从扶岚身上涌出来，只不过光亮比平日微弱了许多，仿佛点点萤火，倏忽间就会灭似的。

"跟着小鱼走！"黑猫大吼。

叶清明忙把扶岚背上，跟随小鱼，穿越冰海，进入南面岩壁的洞窟。

戚隐手脚并用，爬回斗室。归昧剑太强了，他的伤口虽然自愈了，但是半边身子发麻，手指都不利索。方才地底地震，好些地方塌方，幸好斗室没有被堵上，要不然他真没力气去搬石头。一进门，正瞧见云知捂着肩膀坐起来，他几乎喜极而泣："狗贼，你活了！"

幸好凤还山虽然穷，但不在丹药上省钱。他爬过去看了看云知的伤口，看起来没刚刚那么恐怖了。他喘了几口气，道："我爹死了，咱们快逃吧。"

云知满脸惊奇："你弄死的？行啊，黑仔，真人不露相。"

"不算是我，我哥帮的忙，一时半会儿说不清，回去再聊。"戚隐爬起来，探了探戚灵枢的鼻息，又摸了摸辛萧的额头，"不行，咱们得赶紧走。辛萧师妹一直发烧，小师叔的情况也很糟糕。"

云知摸了摸戚灵枢的脉搏，脸色一沉，道："快，我背小师叔，你背方辛萧。"

"这小子个儿高，还挺沉的，你行吗？"戚隐问。

云知把戚灵枢背起来，用力一颠，道："男人怎么能说不行？！"

两个人记下戚慎微给的路线，一齐往外跑。临走时戚隐最后望了眼戚慎微，妖怪浴血的尸体委顿在大殿中央，像一座肮脏的坟茔。戚隐深吸了一口气，回过头，跟上云知的步伐。墓道又黑又长，望不到头似的，奔跑在石砖上，脚步咚咚响。云知一路祈祷千万别遇见罪徒，迎头又碰上一片断垣，方才地震塌方，正巧把路都封上了。云知脑子里过着地图，勾连出新的路线，可曲曲折折，比方才的路线更长许多。云知领着戚隐，转身往边上的墓道跑。

戚灵枢气息微弱，脑袋软软枕在他肩头。云知紧了紧手臂，把戚灵枢往上颠了颠，絮絮叨叨地道："小师叔，你可千万别死啊。你要是死了，我就把你小时候干过的那些坏事儿都告诉黑仔，让你清誉不保。"

"说，现在就说！"戚隐在后头道，"老子刚死了爹，说出来让我高兴高兴！"

云知一笑，爽快地道："小师叔，你还记不记得你五岁那年，我师父接你来凤还做客。我把你骗到树上，你胆儿小，不敢跳下来。我逗你玩儿，晾你在上头晾了许久。结果你这家伙，看着多有灵气一个娃娃，心眼竟然那么小，趁我睡觉，偷偷把我的裤子的裤裆全剪碎了。我们凤还穷啊，师父连做补丁的布料都买不起，害得我陪着你穿了一个夏天的开裆裤。我那时候都八岁了，你说丢不丢人？"

"不是吧，他还干过这事儿？"戚隐愕然。云知总说他和戚灵枢有穿开裆裤的情谊，敢情说的是这个。这厮也太欠揍了，难怪戚灵枢总不爱睬他。

"可不是，他小时候也冷冷冰冰不爱搭理人，但是十分记仇，而且憋着坏！"云知扭头看了看戚灵枢，这小子脸色惨白，没什么动静，"可是他万万没想到，我俩那时候同睡一屋，他临走的时候落了条开裆裤在我那儿！"

前面路口拐弯，戚隐往右，云知叫道："走错了！"

戚隐迅速弓步回头，跟上云知的步子，问："你不会留到现在吧？"

"那可不？无方小师叔戚灵枢的开裆裤，这可是宝贝！"云知越说越来劲儿，"小师叔，你听着，你要敢噶屁，我就把你的开裆裤挑在竹竿上，号召四方仙山，仙门百家过来瞻仰。看一次五两银子，摸一下二十两银子。哈哈哈哈！"

"云……知……"戚灵枢忽然出声儿了，断断续续，气若游丝，"你可恶！"

终于醒了。云知心里松了一口气。被骂了，他还乐得像朵花儿似的，贱兮兮地道："我不光可恶，我还浑蛋，有本事你起来一剑戳死我。"

戚灵枢艰难地睁开一条眼缝儿："我这辈子、下辈子，都……都不想再看到你！"

云知一咧嘴，刚想回话，左肩蓦然一痛，偏头一瞧，正是戚灵枢这小子一口咬在了他肩膀上。戚灵枢简直把浑身的力气都用在牙上了，颇有一种男儿到死心如铁，宁可粉身碎骨也不松口的架势。云知疼得龇牙咧嘴，哀号道："我错了我错了，小师叔，嘴下留情啊！"

戚隐也高兴，差点儿以为这小子不行了。戚灵枢的伤实在太重了，倘若不靠意志强撑，这道鬼门关他很可能过不去。但戚隐明白，经脉寸断，就算他侥幸得生，下半辈子也只能卧床度日。他再也御不了剑，再也走不了路，从今往后，他只能作为一个废人活着。

那个皎如明月、剑若飞雪的无方首徒戚灵枢，他们再也见不到了。

有惊无险，一路跑到之前碰到姚小山的那个墓室，俩人都累得不行了，瘫在地上一摊烂泥似的。戚隐摆手说歇会儿，放下方辛萧，歪在墙边喘气儿。云知腿肚子抽筋儿，膝头发软，直接往地上一趴，戚灵枢压在他身上。

"救命啊，黑仔，帮个忙！"云知干号。

这人真是绝了。戚隐无语，爬过去帮他把戚灵枢挪开，俩人并着肩膀躺在地上大口大口喘气。墓室黑沉沉的，满屋一股沉寂的死气，中央一个巨大的水池，水面阴沉，看不清底。

"有古怪。"戚隐忽然道。

云知一下苦了脸："要不要命？"

"不清楚。"戚隐伸手在水面上晃了晃，温温的，"这水连接着冰海天渊，原本冰得很，手放在上面就要结霜，现在温度好像升高了不少。"

"不管了，休息十息，立马走人。"云知说。

戚隐赞同，连忙躺回去，两人一面数数一面抓紧时间喘气儿，数到第五息，水面起了好几道涟漪。

云知叫道："有东西在水下，快跑！"

戚隐手脚并用往方辛萧那儿跑，刚要背起她，忽然见池心冒出一个黑黝黝的人头来，水花四溅。两人心一沉，墓室里光线暗，瞧不清来者何人，只觉得甚为可怖。

"救命啊！"那人身子一耸，背后又一个人从水里冒出来，他背上竟还背了一个。

"声音有点儿耳熟。"云知小声道。

"我也觉得。"戚隐使劲儿想，"是谁来着？"

"两个小畜生，还蹲！老子看见你们了，快来搭把手！"叶清明大吼。

两人俱是一怔，齐声道："清明师叔！"

他俩忙奔过去拉人，一个黑不溜秋的毛球跃出水面，凌空蹿进戚隐怀里。

"小隐！"

不必瞧，一掂量这沉甸甸的分量便知是猫爷，戚隐心里一喜，问道："猫爷，我哥呢？"

"在老子背上呢！"叶清明有气无力地道。

戚隐一愣，爬过去拉人，和云知一块儿，先把扶岚拖上来。扶岚双眼紧闭，脸色惨白，像涂了一层蜡似的，半点血色也无。低头瞧他身上，遍体鳞伤，浑身瞧不见一块儿好肉；伤口狭长，一道一道，像什么人拿刀子划过似的，都泡得发白了。

扶岚一声不吭，像是死了。戚隐脑子里嗡的一声，一片空白，六神无主地摸扶岚的脸颊，冰冰凉凉，一点儿温度也感受不到。他顿时慌了，颤着手去摸扶岚的脉搏，摸了半天没摸到心跳。顷刻间天旋地转，他连东西都看不清楚了。恍惚了一会儿他才发现摸错了位置，强自镇定下来，又俯下身听心跳，不甚明显。

幸好，还有心跳，他哥还活着。戚隐把人半抱起来，问道："我哥怎么回事？"

"你就是他弟弟！"一个满脸横肉的猪头从水里冒出来，没人拉它，它自己艰难地上了岸，"他神功都没了，伤口没法儿自愈，失血过多，晕了。"

没法儿自愈？好端端的，怎么会没法儿自愈？戚隐低下头再看扶岚身上的伤，右胸的伤口最深，直接穿了背，周边有冻伤的痕迹。他一下明白了，这不是他哥的伤，是他的伤，是他哥未曾言明的那个咒术，扶岚把他身上的伤转移到了自己身上！

像被谁掏了心窝子，戚隐胸口发疼。他哥学坏了，这个傻呆呆的家伙，竟然学会瞒人了。酸楚盈胸，戚隐紧紧搂住怀里的人，搓他的手，搓他的脸，让他暖起来，可他依旧脸色苍白，长长的眼睫垂下，在眼下覆出一片阴影。戚隐几乎要哭出来，他爹死的时候他都没这么慌乱，扶岚这样奄奄一息，他只觉得天都要塌了。

对了，喝血有用，他哥不是说过在九垓战场的时候，自愈失效就喝血吗？戚隐忙掏出匕首，割破自己的手掌，把血滴进扶岚的嘴巴，直把扶岚的嘴唇染得殷红。

"不能歇！"那边叶清明摆着手，死命爬起来，"快，快起来。追兵要来了！"

"对！后面有好多妖灵，"黑猫趴在戚隐肩膀上大叫，"小隐，快背上呆瓜，我们快逃！"

话音刚落，一个狰狞的黑影蹿出水面，扑向众人。猪妖猛然一跃，一口咬住那玩意儿的脖颈子，霎时间鲜血迸溅如泉，那玩意儿身首分离，断成两半。啪的一声，那黑影的身子落回池子，脑袋却掉在砖地上。它还没死，脑袋骨碌碌乱滚，兀自咔嗒咔嗒张着嘴乱咬。猪妖一脚把它踢进池子，大吼一声："跑！"

那张苍白可怖的脸，人不人妖不妖，两粒鬼火阴森嗜血。戚隐心头发寒，忙背起扶岚，叶清明背起方辛萧，云知也背起戚灵枢。这一队人伤的伤残的残，互相扶着逃命，猪妖在后面断后，所有人没命地往前冲。

路又黑又窄，长得望不到头，身后渐渐响起嘶吼声，那是妖灵进入了神墓。戚隐凝神留意着扶岚的呼吸，他吐息在耳畔，戚隐感受不到多少热气儿。戚隐心里茫茫的，像一个小孩儿迷了路，眼眶发热，哀声乞求他："哥，你别睡，你理理我。你不能抛下我，我没爹了，你不能让我没哥。"

云知在一旁叫道："黑仔，想想你哥讨厌什么，气他！"

戚隐眼睛一亮，可想了半天，扶岚这小子从来无悲无怒，不哀不喜，七情六欲淡薄，整个人像一片白纸，好像没什么讨厌的东西。等等，没有讨厌的，但是有喜欢的。戚隐心里忽然冒出一个法子，微微偏过头，小声道："哥，你醒醒，你活过来，只要你说，让我怎么样都行。"

黑暗里，扶岚耷拉的手指动了动。黑猫飞檐走壁，眼尖地瞧见，惊喜地道："呆瓜！"

戚隐高兴得掉眼泪，道："哥，你说过咱们同生共死的。我活着，你也得活。你是乖孩子，不能骗人。"

扶岚闭着眼，终于缓缓出了声儿，咬字艰难。

他说："不……骗人……"

戚隐略略定了心，吸了吸鼻子，用力狂奔。身后嘶吼声不停，他们奔过一个墓室，又转入一个墓道。叶清明和朱明藏手忙脚乱地落闸门，把路封死。渐渐听不见那些妖灵的吼声了，所有人都松了一口气。云知燃起灯符，幽幽荧光亮起来，照亮前方。黑洞洞的墓道里，无数罪徒佝偻着脊背站在前方，那黑黝黝的头颅同时掉转过来，一张张枯槁瘦削的脸庞和漆黑下陷的眼窝望向戚隐。

第十九章 舍身

"神！"罪徒们同时哀号。

所有人贴着墙壁，心凉到了底。

罪徒们伸出枯枝般的双臂，探向戚隐的方向，步履蹒跚地走过来。

戚隐大吼："前有狼后有虎，现在怎么办？！"

云知和叶清明御剑几次，罪徒毫发无损，执着地向前。

"这玩意儿打不死！我怎么知道！"云知回吼。

眼看罪徒渐渐逼近，戚隐恨不得把自己压扁，嵌进石头里去。然而那些罪徒走到近前，离戚隐将将几步远，却忽然脸色大变，纷纷退后。金黄色的符光照见他们因恐惧而扭曲的脸颊，焦褐色的面庞沥青一样融化一般，五官都变了形。所有罪徒见了鬼似的，争先恐后跟跄着往后挤。

"怎……怎么回事？"戚隐把着归昧剑，结结巴巴地问。

"恶鬼！黄金俑里的恶鬼！"罪徒们恐惧地号叫。

"啊？"戚隐没听明白。

罪徒们哭号着道："神，他就在你的身后！"

戚隐脸色一变，一下明白过来，这些家伙是在恐惧他爹粮仓斗室里的那个罪徒，那玩意儿逃出了黄金俑的封印，不知去了哪里，现在看来，他竟然一直跟在他们后头！戚隐心脏狂跳，连忙回头。云知脑子素来转得快，立马反应过来，也迅速转身。归昧和有悔唰唰指向后头，对着一脸懵懂的朱明藏。

"什么玩意儿？你们凡人脑子是不是有病，在搞什么东西？"朱明藏骂道。

叶清明也满脸迷茫，贴着墙壁不敢动弹。戚隐解释了一遍黄金俑的事儿，道："按照这些罪徒的话……那个逃出来的恶鬼，就是你。"

"放屁！"朱明藏拍自己脸上的横肉，"你看老子细皮嫩肉的，和这些干尸长得像吗？"

戚隐打量了它一番，猪头猪脸，确实不太像。

朱明藏愠怒地补充："老子有爹有娘，打小长在南疆巫山野猪林，我爹是铁猪王朱烈，我爷爷是钢猪王朱霸天。老子父祖先辈皆说得出名头，怎么可能是什么封印了几千年的罪徒？不信你问这只死肥猫，老子和它认识很久了，它的话你总不会不信吧？"

黑猫点头道："确实如此。老夫与这只肥猪的父亲认识，和它一样蠢一样肥，一样没头脑。"

奇了怪了。戚隐满心疑窦，又趔身看那帮罪徒，他们仍旧见了鬼似的，缩在墓道的前边一动也不敢动，看这等吓得几乎尿裤子的模样，又不像是在作伪。

"那个罪人到底是我们中的哪个？"戚隐问那帮罪徒。

罪徒们筛糠似的抖抖索索，方才号得起劲儿，一个个破锣样，现在声儿都不敢吭。

戚隐什么也问不出，想起罪徒刚刚说那个玩意儿在他身后，之前站在他身后的，除了猪妖，还有叶清明。戚隐狐疑地转向叶清明，道："师叔……"

"喂喂喂，小师侄，"叶清明忙摆手，道，"我的来历可也是一清二楚的。我打小就在凤还待着了，当了一辈子的道士，连姑娘的手都没有摸过，云知大师侄可以为我做证！"

云知点头："摸没摸过姑娘的手不知道，其他的是真的。"

戚隐搞不懂了，大家都不是那玩意儿，那这帮罪徒害怕什么？等等，戚隐忽然反应过来，满屋子人和妖，说不清来历的，只有一个，就是扶岚。

扶岚的来历，连他自己都不知道。

这猜测一冒出头就按不下去了。戚隐犹豫了一会儿，让大伙儿都贴着对面的墙站，他自己背着扶岚站在另一面，然后再次询问罪徒："现在呢，那个罪徒在哪儿？不用说话，指个方向就行。"

罪徒们伸出干瘦的手臂，齐刷刷指向戚隐的方向。

他们认为戚隐是神，不可能是戚隐。他们指的，真的是扶岚。

肩膀上的人儿又动了一动，戚隐回过脸，正瞧见扶岚睁开了眼睛。他喘了几口气，在戚隐耳边道："问他们，吾唤何名，所犯何罪？"

戚隐依言询问他们，罪徒们打着寒战，抖着嘴唇道："恶鬼之名，吾等不敢唤。恶鬼之罪，吾等不敢言。"

戚隐几乎气得吐血："你们刚才追我的时候不挺能耐的吗？现在怎么这副德行了？"这地儿就该扶岚下来，他们这么怕他哥，他跟着他哥，岂不是能横着走？戚隐瞧他们当真吓得不行，将扶岚放在地上，循循善诱道："你们不是说我是你们的神吗？别怕，我制着这个恶鬼呢，他已经逃脱不了我的手掌心了，你们不必惧怕，尽管一一道来。"他把扶岚扶稳，道，"看，制得死死的，他动不了了。"

"此人并非那只恶鬼……"罪徒后面响起一个苍老的声音，戚隐定睛望过去，挤在一块儿的罪徒们从中间让开一条道儿来，一个枯槁的干瘪老人从后面爬出来。他的肢体焦黑瘦弱，犹如老树盘曲的烂根，一丛花白的硬发，杂乱地蓬在头顶。他的四肢好像都是断的，不能走动，只能撑着手肘爬行。慢慢爬到戚隐跟前，他道："大人，此人并非罪徒，正如你也并非我们的神祇。"

"老爷子，你倒是不糊涂。"云知走过来，在老人面前蹲下。

老人黑洞洞的眼眶对着戚隐，叹道："吾等困守神墓千年，不得超脱，忽然闻得大神气息，难免神志狂乱。大人，大神无法繁育，并无子嗣，虽不知你身上血脉从何而来，但必定与白鹿大神有渊源。至于这个孩子，气息与那恶鬼相似，但若细细分辨，却又有所不同。"

这老爷子同其他哭哭啼啼的罪徒都不同，他两手放在膝上，端端正正跪坐于地，有种庄重的从容。虽然人家犯了罪，但也毕竟是活了几千年的老祖宗了，戚隐当不起他的跪，忙单膝跪下来，恭敬地拜了拜，问道："烦请老人家为我等解惑，方才你们说黄金俑里的恶鬼，究竟是怎么回事？"

第十九章 舍身

"他是南疆的罪人，渎神的恶徒。是他挑起中原与南疆的大战，引来伏羲神怒，天火滔滔。是他牵累白鹿大神战死疆场，血肉化雨，归散凡间。我还记得那天，天穹赤红，我们的神化为鹿灵奔行云上，清啼响彻天地。那一天，大旱了三年的南疆终于下了雨，所有战死的妖魔凡人的魂灵都得到安息，走向幽冥的彼岸。伏羲罢战，诸神鸣响天尽头的铜鼓，哀悼吾神的陨落。从那以后，我南疆，再无神祇。"

墓道里的罪徒掩面恸哭，哭声此起彼伏，响成一片。戚隐看他们一副死了亲爹的模样，犹豫着要不要告诉他们那只鹿已经活了。

"大战之后，神巫治罪恶鬼，熏其目，诅其身，将他封印在后殿，永生永世陪殉大神，不得超脱。"老人缓缓道，"可禁锢符咒失效，那只恶鬼终于还是逃了出来。"老人抬起手指，指尖凝聚一点微光，"大人，我可以让你进入我的记忆，去看看那只恶鬼。"

戚隐有些迟疑，这些罪徒封在神墓里这么久，刚醒过来一个比一个疯，谁知道这老头子会不会耍什么诡计？他回头看了看扶岚，扶岚将手按在他的肩膀上，点了点头。

他哥说行就行，戚隐同意了。

"大人，你将会看见吾所见，听见吾所闻，那只恶鬼所经之地，所做之事，你都会知晓。"他说完，枯瘦的指尖点上戚隐眉间。白色的微光一闪，戚隐眼前顿时黑了下去。

戚隐落入了不可名状的黑暗，愣了一会儿才回过神来，发现自己正靠着墙站着。他动不了了，像被茧子束缚住，浑身憋得难受。眼前一片黑，什么也看不清，他想起来，他应该是在那老人家的记忆里，他只能见到那个老人所见，听见那个老人所闻。老人的双目被熏瞎，所以他也是瞎的。

他心里隐隐觉得不安，仿佛有危险正向他逼近。就在这时，他听见了哭声。

听起来像一个男人的啜泣，断断续续，悲哀呜咽，仿佛死了亲爹亲娘亲儿。那声儿从墓道深处传出来，像一阵阴森森的风，飘到他的耳畔，围绕在他脖颈子上。即使已经听过这些罪徒哭泣，戚隐还是浑身起鸡皮疙瘩。哭声越来越近，在他的右后方，他很想转身看看，可他无法回头，更不能动。

他的身体终于动了，戚隐大松了一口气。他感觉自己抬起了右手，有什么东西从手心里飘出来，他的视野顿时亮了些许。他能看见了，他所在的地方是一个狭窄的墓室，墙角青铜鸟喙灯里燃着长明火，阴惨惨的幽绿色光芒笼罩着整片墓室。墓室里飘着许多苍白的小蝴蝶，翅膀扑扇，带出光晕点点。他意识到这是那个老人家的分身，老人使用了巫罗秘法，去窥探那个从黄金俑里逃出来的罪徒。

哭声越来越近，他蹲了下来，或者说是老人蹲了下来，白蝶落在地上。透过细细的门缝，他看见外面投下一个瘦削的影儿，一股浓郁的紫曼陀罗香味儿飘到鼻尖，紧接着，一只干枯焦黑的脚落在眼前。那双脚经过他的眼前，然后消失在黑暗里。

恶鬼看起来和其他罪徒没什么两样儿，戚隐有些不以为然。恶鬼，到底有多恶？恶鬼吃人吗？他轻轻推开石门，静悄悄跟在后面。戚隐很想看看那个家伙，但白蝶绕在身侧，一直飞着，不敢靠太近。这老人儿胆儿挺小的，一眼都不敢看。

那人不再移动，他也停了步子，躬身躲在拐角。那哭声一直在白鹿中殿门口徘徊，戚隐等得心里不耐烦，简直想硬拗出脑袋，看看那个恶鬼到底长什么样儿。身体忽然动了，他的白蝶扑扇翅膀，飞出拐角，他终于看到了那个家伙。长明火下，恶鬼跪在中殿门口，额头抵着粗糙的大门，正悲伤地恸哭，血泪从他空洞的眼眶流出，滑过干枯的脸颊，滴滴答答落在地上。他孤单瘦弱的影儿投在墓道里，戚隐莫名觉得这个罪徒有点可怜。

老人没敢多看，白蝶只飘出去一瞬，立马折了回来。戚隐很想再仔细看两眼，偏生老人不敢动弹。哭声忽然停了，也没有听见脚步声，戚隐心里起了疑惑，身子又悄悄探了出去。白蝶栖在他的肩头，透过白蝶的眼睛，他望向深深的墓道。长明火不知什么时候熄灭了，眼前一片漆黑，什么也看不着，戚隐用力眨了眨眼，忽然感觉哪里不对劲。

眼睛逐渐适应了黑暗，面前显露出枯瘦的轮廓。他惊悚地发现，那只恶鬼就蹲在他的身前，他们离得极近，两张脸几乎只有一个巴掌的距离。他看见恶鬼脸颊上殷红的泪痕，还有那两只空洞的眼眶，正一动不动地盯着他。

恶鬼勾起嘴角，弯出一抹淡淡的微笑。他开口了，一字一句，声音低沉。

"我看见你了。"

不知怎的，戚隐总觉得他这话儿不是冲那老人说，而是冲他说。他想逃，可身子就这样僵住了，仿佛压了重担在肩上，半分也动弹不得。

他眼睁睁地看着恶鬼向他伸出干枯的手掌，耳畔忽然响起老人的声音，急切又惊恐。

"大人，快闭眼！快闭眼！"

恶鬼的手掌离他越来越近，他想要闭眼，可是眼皮不听使唤似的，怎么也阖不上。

一双温热的手覆在眼前，视野里顿时一片漆黑，身上的重担忽然间就解脱了，他大汗淋漓地醒过神来。手放下，眼前又是那帮哭哭啼啼的罪徒，他心有余悸地回过头，扶岚靠在墙边，闭着眼休息。方才遮他的眼的，正是扶岚。

他浑身都是汗，像刚刚经历了一场梦魇。戚隐压住颤抖的手，道："老人家，你在记忆里是能走的？"

"不错，我犯了一个致命的错误，我不该直视他。直视他，就会被他察觉，他将我的手脚都折断了。"老人道。

"看一眼就会被发现？"

"就像倘若有人在背后骂你，你会打喷嚏。声音和目光都是有力量的，神祇能够通过呼唤和目光感应到对方的存在。大人，他很强，他曾是天下最接近神的人。

第十九章 舍身

绝不能唤他的名字，风会把你的声音带到他的耳边，他将会听见你的声音，绝不能直视他的容颜，视线会暴露你的方向，他将会察觉到你的目光。"老人道，"大人，你可以前往巴山神殿，典籍中被抹去的是他，被删除的是他，被消隐的是他。你将在字里行间发现他的踪迹，得知他的过往。"

朱明藏小声对黑猫道："肥猫，你说这个人是不是就是那千年老怪？难怪那老怪要遮脸，长这么丑，出门得吓死一条街的人。"

黑猫一爪子拍在它的猪脸上："你闭嘴吧，小心他听见你说他坏话，一把火把你烧成烤乳猪。"

"老人家，我看你们追黑仔追了半天，定是有所求。"云知笑道，"我们大家都赶时间，你们等了几千年，一定也急得慌，不如大家明明白白说出来，如何？"

老人淡笑："不错，大人，我等身中神巫诅咒，肉体不腐，灵魂不灭。我们已经在这神墓里待了太久了。大人，你身上有白鹿的血脉，恳求你赐予我们血液，让我们走向幽冥的彼岸。"

"要多少？不会要吸干黑仔吧？"云知问。

"不会不会，一滴即可。这里统共三十名罪徒，只劳烦大人破一点皮肉。"老人忙道。

戚隐解开掌心的布条，左手指尖一凝，三十颗血滴子晃晃悠悠地从掌心的伤口里冒出来，飞向墓道里的罪徒。所有罪徒跪在地上，掌心向上接住那殷红的血滴。

罪徒们齐声道："大人，我等叩谢你的恩德。愿白鹿大神降福于你，护佑你福寿安康。"

血滴悬浮在空中，滴落在他们的眉心。每个罪徒身上都亮起白花花的光芒，焦黑色的外壳皲裂，露出他们原本的模样。他们的发上结着小辫，垂在圆润的肩头。大多数人赤着半身，胸背文着妖魔魑魅，还有的文着奔月白鹿。往下看，腰上系着银色裙裳，缠了一圈叮叮当当的骨饰。他们再次向戚隐稽首，耳下大银环子晃晃悠悠，闪着光。

"大人，请切记，既出神墓，绝不可说出他的姓名。他是恶鬼，他总有一天会回来，向你们，向诸天神祇，向整个世间复仇。"老人叩首道，"他的名字，是巫郁离。"

说完，所有的白色魂灵开始消散，像山坳子里的云烟，风流云散。

"老人家，敢问你的罪过是什么？"戚隐问。

"我养大了他，"老人空洞的眼眶流出晶莹的眼泪，"我养大了那只恶鬼……我亲眼看着他的掌心第一次飞出紫萤蝶，也亲眼看着他躺入玄银锁黄金俑。那只恶鬼，那个孩子啊……"

魂灵消散，墓道重新安静下来，只剩下一声浅浅的叹息，随风而去。

第二十章　雪融

跑出墓道，一行人终于回到了前殿。十二把十字护手刀仍悬浮在青铜鼎上，白鹿奔月的彩画横亘穹顶。这回大伙儿没心思观摩了，连滚带爬跑出殿宇。戚隐刚刚停下来给扶岚喂了点儿血，落在后头。大伙儿都上了拱桥，戚隐也背着扶岚正要过桥，后头忽然传来一阵幽幽的铃响。

所有人定在当场。

朱明藏咬着牙大骂："哪个龟孙装神弄鬼？出来，跟老子面对面单挑！"

黑猫脸色一变，道："这是摄魂铃？"

一张枯槁的怪脸从戚隐身后转出来，深邃枯黑的眼窝，蟾蜍一样厚重的眼皮。戚隐被他吓了半死，半响没认出这到底是谁来。只见那人嘻嘻一笑，满脸纹路展开，像一个皲裂的大核桃："小隐，我就说了，你是个丧门星、克亲鬼。你看，你先把你娘克死，然后克死我爹我娘，最后，你又亲手把你亲爹给杀了。"

这是姚小山的声音。戚隐震惊地瞪大双眼，这厮怎么长成这样了？

这张脸莫名熟悉，戚隐认了半天，猛地发现这是他膝盖上那张人面的脸。

那人面妖也太邪性了，姚小山……怎么长成这副模样了？

戚隐竭力镇定，道："表哥，你冷静点儿。我跟你说，前面入口已经打开了，咱们可以出去了，没事儿了，咱们一起出去吧。"

"出去？"姚小山怪笑，"你还想出去？你这个小浑蛋，胳膊肘往外拐，和戚灵枢那个贱玩意儿合起伙来害我。我告诉你们，你们一个也别想逃。"

"小兔崽子，你过来，你这摄魂铃打哪儿来的？"黑猫大叫，"扶岚杀了张洛怀那个妖道，摄魂铃早就失落在乌江了，怎么会到你手上？"

"小隐，你别怕，"姚小山没理黑猫，两手搭在戚隐脖子上，慢慢收紧，"我先送你下去，然后再把你这些好朋友送下去陪你。你不要怨表哥，这是你欠我们家的，我们早该把你扔了。你八岁那年，本来是要把你扔在菜市口的，谁知你还能被过路人给送回来！也不知道那人跟娘说了什么，娘竟然再没有提过要把你送走的事儿。你怎么不被狗叼去，怎么不被人贩子拐去？要是那时候你没了就好了，"姚小山呜呜直哭，"没了你，就不会有后面这些事儿了！"

"姚小山……"

脖子上两只手爪铁钳似的，越收越紧，戚隐渐渐无法呼吸。前面的人背对着他

第二十章 雪融

们，看不到后面的景象，但听后边儿没声儿了，知道坏事，接连大骂。姚小山又哭又笑，形似癫狂，手上劲儿缓缓收紧。正在这时，扶岚忽然抬起手，两指并拢，直直插进了姚小山的额心。

血从那血窟窿里涌出来，沿着姚小山的鼻侧汩汩往下淌。戚隐整个人愣住了，姚小山也木偶似的呆住，双眼圆睁，满脸不可置信。扶岚指尖亮着一点荧光，姚小山的脸庞上爬出细密的发光脉络，连向扶岚的两指。戚隐这才反应过来，扶岚是在点姚小山的魄。

过了半晌，扶岚抽出血淋淋的指头，姚小山没了支撑，往边上一栽，带着他的摄魂铃，一同掉进了地下河。那瘦得皮包骨头的影儿一沉一浮，霎时间就被水冲了个没影儿。扶岚这招太狠了，食指插颅，一面点魄，一面杀了他。

摄魂铃一去，所有人都恢复了正常，朱明藏朝河里狠狠唾了一口。

扶岚手一松，软软地耷拉在戚隐肩头。戚隐心里发急，忙偏头看他，他闭着眼，脸色苍白了好几分，纸糊的似的，瞧不出半点儿血色。戚隐连喊了好几声"哥"，他也没反应。没办法，戚隐只好狠下心不管，先出去再说。

他们蹚水进了窄道，走了不知多久，前面终于瞧见亮光。白鹿没骗人，他真的把入口打开了。大家都喜形于色，踩着水过去。上面传下人声，似乎有人在喊。大家都被吓出阴影来了，不自觉全都停了步子，细细听是什么人在喊。若是无方的，恐怕又是一顿恶战。

"云隐！云知！"

云知眼睛一亮，道："是我家那个老不死的！"

说着，他忙背起戚灵柩，噔噔噔跑了过去。到底下一瞧，果然看见清式老头儿那张白白胖胖的脸。

清式一见他们，眉眼弯弯笑起来："哎呀，就说嘛，祸害遗千年，我这徒儿哪那么容易死？"

戚隐跟在后头，眼泪都要出来了。他现在看见这胖老头儿，简直比亲娘还亲。

清式忙招来人拉他们，前面的人先上，轮到戚隐，戚隐先把扶岚托起来，让上面的人把他拉上去。他哥上去了，戚隐心里松泛些许，正准备爬上去，手刚抓住岩石，眼前一黑，霎时间天旋地转，脚底下一挫，晕了过去。

后面怎么出去的戚隐就完全不知道了，再醒过来的时候已是三日之后。清式没再隐瞒他的戚氏子的身份，一串的仙门长辈来探望他，坐在他床前掉眼泪。钟鼓山掌门走了，昆仑山的长老又来，唠叨来唠叨去，无非是骂元籍浑蛋，他爹倒霉什么的，最后再假模假样邀他去钟鼓山、昆仑山，还承诺给他掌门入室弟子的名分。

其实戚隐心里知道，这帮人顶看不起他。钟鼓山掌门白明均来看他，涕泪横流，唠了一盏茶的话，转头就跟自家长老评论他"庸常之辈，不似元微子，盖肖母也"。那会儿他恰巧出门出恭，在花丛后面听到了。

戚隐实在不想伺候了，索性装起病来，要么去他哥那儿躺着。他哥伤势很重，

283

一直昏迷，他去了好几回，扶岚都没醒。他就坐在他哥床榻前发呆，一会儿摸摸扶岚的额头，一会儿又摸摸扶岚的手。感受到温度和心跳，他才安心。烛火高照，晕黄的光照着扶岚苍白的脸儿，他莫名其妙想起白鹿口中那随风而逝的扶岚花来。他忽然感到害怕，怕他哥就像那神秘的花儿，风一吹就消失得无影无踪。

黑猫安慰他说不妨事，扶岚睡觉就是在自愈。换了两回药，他瞧着扶岚的伤口确确实实结痂了，才放下心来。

猪妖一出墓就跑了，大约回南疆去了。他们这一行人，伤的伤，废的废，最棘手的是戚灵枢，他经脉寸断，被紧急送回灭度峰，四大仙山丹药长老闭关会诊，三日三夜没出门，好歹把人从鬼门关抢回来了，但情况依然不乐观。若扶岚醒着还好，巫罗秘法里的苏生术说不定能用，但扶岚自己都灵力枯竭，昏迷不醒，这事儿实在难办。

无方山杀妖换心这事儿彻底兜不住了，三大仙山掌门长老齐聚无方。无方掌门元籍被软禁，戒律长老元苦暂代掌门。元籍那个丧心病狂的，听说他们在神墓底下的时候，他把孟清和给绑了，想营造孟清和下禁林寻找同门失踪的假象。好在美人师叔靠谱，他被囚之前，拼死送了封帖子回凤还。清式赶到无方山的时候，在元籍的私牢里找着了他。

四大仙山遣了一支小队下冰海天渊查探。三天前冰海魔龙翻江倒海，震动了整个无方山，连灭度峰也晃了许久，大伙儿差点儿以为无方山要塌了。小队进入冰海，发现了魔龙尸骸，还有在水里逡巡的妖灵。有几个弟子点儿背，受了伤，还死了一个人。四大仙山决定派遣长老带领弟子下冰海入神墓，清剿妖灵。

云知跟他们说中殿不能随便进，白鹿大神复活，里面有守卫的白雾神侍。没人相信，只说云知受伤，脑子坏了，连大神复活这种话儿都能编出来。两天前第一队人马由各大仙山弟子组成，进入了白鹿中殿，一个也没回来。

戚隐靠在凭几上无奈地道："他们怎么什么也不信？这可是人命关天的事儿。那些神巫凶残得很，白鹿睡着的时候，神墓万不可乱进。"

"不能怪他们，你口中的白鹿大神那般模样，我在那儿说的时候，当时就有人问我，这白鹿大神是不是打咱们凤还山出来的。"云知摊摊手，"况且清明师叔说冰海天渊山体里有大巫布下的上古引灵阵，他们派人去看了，掘了数十桶岩块泥巴，挖了十多丈深，都没看见引灵阵。所以他们不信咱们说的神啊巫的，也是人之常情。"

黑猫蹲在乌木炕桌上，闻言两耳一竖："引灵阵没了？"

"可不？"云知撑着下巴叹气，"就一堆破石头，什么灵气脉络，啥也没有。你们该不会出现幻觉了吧？"

"就算老夫和叶清明，还有那只死猪妖同时出现幻觉，呆瓜也不可能出现幻觉。"黑猫道，"那么大一个引灵阵，怎么可能平白无故就没了？"

"因为神已经复活了。"

第二十章 雪融

声音从后面传过来，戚隐一个激灵，转过头，正瞧见扶岚靠在床柱上，神色淡淡。

"哥，你醒了！"

戚隐惊喜万分，放下茶碗靠过去。他的脸色依旧苍白，恹恹的样子，像被雨打过的栀子花，但比之前是大好了，脸颊上多了几分血色。终于又见他好端端坐在自个儿身边，戚隐眼泪都要掉下来。神墓里他奄奄一息的模样，满身的伤口，冰冷的体温，戚隐想想就后怕。

天光从纱窗外打进来，照在扶岚身上，他依旧是漆黑的瞳子，低垂的眉睫，素来的沉默模样，像个文文静静的女孩子。戚隐心里热烘烘的。

瞧着他没有血气的脸儿，戚隐问道："要不要喝点我的血？白鹿大神说我有他的血脉，可能比一般的血管用呢。"

扶岚摇头说不要。戚隐不依，道："喝两口吧。喝点儿，好得快。"

拗不过戚隐百般劝，扶岚沉默了半响，低下头，拉开戚隐的衣袖，露出他的手腕。手腕上微微一疼，那是扶岚咬破了他的皮肉。

过了半响，扶岚挪开了唇，道："好了。"

戚隐道："就这么点儿？血味儿都没有尝着吧？"

"尝到了。"扶岚说。

云知问："呆师弟，你方才的意思是，神复活了，所以那个大巫自己把法阵给撤了？"

扶岚点头。

"依老夫猜测，恐怕这法阵不止无方一处。"黑猫躺在炕桌上伸懒腰。

确是如此，整个人间道法衰微，必定四方皆有引灵阵。但布阵这活儿十分费事，一个巴掌大的阵法戚隐就得画半天，多了一画少了一画阵法就完蛋，更别说这么大个引灵阵。戚隐正想着，便听云知问："他是怎么做到在大家眼皮子底下布阵的？除了我们凤还，其他三山戒备森严，里里外外全是结界，日日夜夜都有人御剑巡逻。就拿无方来说，天渊蛛网岗哨那么多，这么大一个法阵，遍布整座山，他每天画一点儿，起码得花好几年的工夫吧。"

"因为他无处不在。"扶岚淡淡地道。

戚隐一愣，没懂他是什么意思。这家伙说话向来不明不白，很费解，主要原因是他嘴实在太笨。戚隐抱着两臂，蹙着眉心沉思。现在综合神墓和冰海天渊两边的信息看来，在冰海天渊里布下大阵的千年老怪，极有可能就是逃出神墓的黄金罪徒巫郁离。

那老怪好不容易出了黄金俑，重返凡间，不好好享受生活，却开始四处画阵，复活大神。目前为止，他的目的显然已经达到了，白鹿大神在神墓中殿抠脚骂娘，还和戚隐唠了一会子嗑。只是不知巫郁离为何要费心费神复活死了这么久的大神，这神还有点儿缺心眼。或许真如白鹿猜测，巫郁离有只有神才能够帮他实现的愿望。

"从今天开始，小隐不可以离开我的视线。"扶岚摸了摸戚隐的发顶。

"啊？为什么？"戚隐挠了挠头，"那出恭怎么办？洗澡睡觉，全都得在一块儿？"

扶岚很认真地点头："他想把你拐跑，小隐笨笨的，会被他骗走。"

"拐我？拐我干吗？"戚隐无语。他这么废，干啥啥不会，让他去端茶送水倒夜壶吗？

"娃儿，你忘了，你可是有大神血脉的人，虽然这个血脉除了帮你招惹一堆仇家没别的用处。"黑猫揣着爪子叹气道，"没猜错的话，想必十三年前寻找你和阿芙的妖族就是那位大巫。呆瓜，出神墓前你点了姚小山的魂魄，一定是看到了什么吧？"

"嗯，"扶岚道，"摄魂铃来自叶枯残，姚小山趁他不注意偷的。"

摄魂铃来自叶枯残，叶枯残和巫郁离有渊源。虽然这三者之间没有必然关联，但鉴于戚隐的特殊血脉，扶岚猜测寻他和他娘的妖是巫郁离，是很有道理的。

但戚隐仍是想不明白，白鹿曾说大神无法繁育，没有子嗣，他这血脉又是从何而来？就算白鹿那缺心眼的家伙真的乱来，在几千年前诞下子嗣，子传孙，孙传曾孙，曾孙再传，几千年的时间，得传几百代的人。这血脉越传越稀薄，传到戚隐这儿，有也相当于没了。可看那些罪徒的样子，他的气息似乎与白鹿极为接近，可见这血脉浓郁得很。

戚隐抓着脑袋，百思不得其解。巫郁离的目的也让人难以琢磨，目前为止，各种事背后都有他的影子。十三年前他和他娘被妖追，叶枯残的巫罗秘法，无方山的引灵阵，神墓里的黄金俑，还有扶岚的身世，都和巫郁离有关。这个神秘的男人比白鹿更像一个藏身冥冥之中琢磨不透的神祇。

"关于那个千年老怪，其实老夫和呆瓜已经有了一个猜测，"黑猫看着云知，说道，"不知当讲不当讲。"

黑猫绿油油的眸子盯着云知，直把他看得发毛。云知道："看着我干吗？他和我有关系？"

"准确地说，是和你们凤还有关系。"黑猫绕室走了一圈，确定外头没人，门窗紧闭，才道，"你这个小贼和娃儿算是生死之交了，老夫和呆瓜信任你，才同你说这些。我们都认为，你们凤还有问题。"

凤还有问题？戚隐有些惊愕，但转念一想，这门派可不就有问题吗？掌门肥秃，长老流氓，弟子混账，整个门派都是个问题。

"你们还记不记得，叶枯残是因巫诅而死。那个时候，在剖妖地的只有老夫、呆瓜、那只死肥猪还有叶清明。剔除老夫和呆瓜，发动巫诅的只可能是猪妖和叶清明。但此二人的来历清楚，道行也就那样，不像是能发动巫诅的。"黑猫缓缓道，"但我们都忘了，当时还有第五个人，就是透过晓世镜看见一切的孟清和。"

第二十章 雪融

"不可能。"云知直摇头,"且不说你先前说叶枯残中的巫诅要在场才能发动,就说这来历,我清和师叔可是清白得很。他和黑仔一样,是江南人,有家乡有郡望,就在常州府。孟家在当地是大户,爷娘有钱得很,但不幸早逝,留下一个目盲多病的儿子。他叔叔不是好人,强占了他的田地,把他赶出大宅。恶人自有恶报,不到一年,他叔叔父子就病死了,这家产又落回我师叔手里。师叔将田庄大宅全捐给了宗祠的族学,供那些孤苦伶仃的孩子上学。自己孑然一身,来了凤还出家。"

"的确,孟家在常州府是大族,我们那儿好多姓孟的,我娘可不就是吗?"戚隐道,"那师叔被赶出去那一年都去哪儿了?他一个人,又看不见,多不容易。"

"听说他去当行脚大夫,在江南一带四处行医。那会儿你刚出生吧,没准还路过你们乌江呢。我师叔这么好的人,真是打着灯笼都找不着。人标致吧,心又善。他特喜欢小孩儿,荷包里总是放着糖。这也就罢了,关键人家又精通音律,又学富五车,就是身子娇弱了一点,在地牢才关了多久,就躺床上起不来了。"

"他眼睛怎么瞎的?"戚隐问。

"这我不清楚,听说挺伤心一事儿,我也不敢问。"云知说。

这样看来,还真不是他。人家在常州府长大,巫郁离的黄金俑那么老高,和戚隐差不多的个子,怎么也不可能是个小孩儿。戚隐扭头看黑猫,它也陷入了沉思。线索又断了,巫郁离真是跟个鬼魂似的,捉摸不透。

那边扶岚看着是累了,半靠着引枕闭上了眼。云知想说些什么,瞧他这虚弱的模样,便没开口。屋里正静默着,门背后面笃笃两声,开了一条缝儿,方辛萧探进头来,道:"云隐师兄,秘殿会审元籍掌门,叫咱们过去。"

门打开,昭冉也站在外头,彬彬有礼行了一揖。他眼下一片青黑,大约是因为昭明遇难的缘故。打眼瞥见扶岚也醒了,他拱手道:"正好,云岚师叔也醒了,便一道走一遭吧。"

戚隐皱了眉,道:"我哥刚醒呢,还需要静养。"

昭冉并不多言,只执意要请扶岚过去。

看他那态度挺坚决的,戚隐察觉到这小子肯定有事儿,但人家不肯说,也不好强问他。转眼瞧扶岚,他已经坐起来穿衣裳了。

他伤还没好全,行动不便,戚隐背他起来。他们走出门,外面晴光正好,最凛冽的寒冬过去了,眼看就要开春,星子一样的小野花儿在路边冒出脑袋,在风里晃晃悠悠。冰雪消融,青石板能照见清晰的人影儿。他偏偏头,碰了碰扶岚的脑袋。他们像两只小小的蜗牛,探过脑袋,碰了碰触角。

他小声和扶岚道悄悄话儿:"哥,太阳好,下午我再背你出来散散步。"

扶岚闭着眼"嗯"了声。听见他的声音,戚隐慢慢确信扶岚在好起来,一切都在好起来。只要他哥在,无数好日子就等在前头。戚隐满心说不出的感激和庆幸,眼眶一热,又要掉下泪来。

戚隐泪眼蒙眬,笑道:"哥,你不知道,我背着你,心里别提有多高兴。"

他听见扶岚轻轻地说:"小隐开心,我也开心。"

路不长,不一会儿就到了秘殿。依旧是记忆里那个黑漆漆的殿宇,中央一束白光从穹顶上打下来,元籍一袭素服,拢着两袖,跪坐在光下。他的罪行昭揭四海,无人不知他杀人换心,妄求长生大道。戚元微被他所害,一代剑仙,竟化妖而死。可他端坐在阶下,双目低垂,有一种说不出的淡然,像一只从容赴死的白鹤。

戚隐进殿,那个男人像是有感应似的抬起眸,目光穿越黑暗,落在戚隐的身上。

"你来了,"元籍淡淡一笑,唇上的胡须轻轻一动,"我早该认出你的,你的眼睛与元微很像。可惜,你和你的父亲一样,误入歧途。"

戚隐没搭理他,弯下腰,小心翼翼地把扶岚放下来。

北面高阶上坐了四方仙山掌门,戚隐眼尖,一下就看到清式那个老胖子。一众仙气飘飘的白衣道人里,他捧着个大肚腩,那油光满面、肥头大耳的模样实在是很扎眼,戚隐到现在也想象不出他没秃没胖之前是怎么个俊俏模样。

他边上那个高冠博带的是钟鼓山掌门白明均,听云知说他收徒第一看性别,男的不收女的收,第二看脸,貌丑不收貌美收。去了钟鼓山,就跟进了大花园子似的,弟子们一个赛一个的漂亮。青袍大袖,妆容精致的是昆仑山的女掌门聂重华。云知说清式没秃也没胖的时候聂重华常常来凤还串门,还会给他带糖吃,后来清式谢了顶发了福,她就再也没来过了。

正中间是原先的戒律长老,现如今的无方代掌门,元苦,俗家姓氏是"温",因着脾气暴躁的缘故,凤还弟子私下里都喊他温阎王。那老头儿一头白发,胡须肆意得很,枪戟似的四射。一眼望过去,这须发皆白的老头儿像一头愠怒的雄狮。

众人坐定,温元苦开始审问。高阶之上,那老头儿须发怒张:"元籍,你残害元微,致他化妖,多少仙门同道,命丧你手!冰海天渊,至今还有妖灵逡巡。云隐师侄若非命大,虎口脱生,只怕也要受你残害。证据确凿,你可认罪?"

元籍淡笑:"人间道法衰微,危在旦夕。妖魔强大、长寿的根源全在心脏,若不取心予人,何能重振我人间道法?"他面露悲怆,"'夫有高人之行者,固见负于世;有独知之虑者,必见骜于民'。尔等碌碌庸人,何能明白我的苦心?也罢,一人之力,难挽大厦将倾。尔等加我之罪,我认便是。唯有一事,我必要言明。"

"你还有什么话要说?"温元苦问道。

"元苦师兄,你向来嫉妖如仇,如今就有一个妖魔坐在阶上,你竟容他安然自在,胡作非为吗?"

戚隐心里咯噔一下,抓住了扶岚的手。扶岚没什么表情,低垂着眉眼,很是疲惫的样子。他伤还没好,正是需要多休息的时候,却被拉来这里听别人磨嘴皮子。

"困吗?"戚隐心疼地摸摸他的脸,"要不要在我身上靠会儿?"

扶岚点点头,靠在他肩头,闭起了眼睛。

"你这是何意?座中皆仙门长老子弟,哪来什么妖魔?"

元籍肃起脸色,一字一句道:"凤还云岚,便是妖族之主,扶岚!"

第二十章 雪融

四座议论纷纷，温元苦拍案而起："胡言乱语！那只猪妖早已不见影踪。当初我便告诉你，既然抓到它，便即刻处死。你居心叵测，想要挖它的妖心才让它侥幸逃走。如今，你竟然攀诬一个刚刚入门的弟子，岂非笑掉仙门同道的大牙？罢了，师弟，你勿要多再言语。我无方已经颜面扫地，你再失言，连我都无颜面见诸方同道！"

"就是，就是。"座下窃窃私语，"这元籍掌门是不是疯了？他连挖人心的事儿都干得出，定是已经走火入魔了。"

元籍摇头笑道："你们这些人，资质平庸也就罢了，偏生脑子也愚钝至极。烦请诸位想想，凤还叶清明言，冰海魔龙乃是猪妖所杀。魔龙乃九垓大魔，道行何等高深。猪妖能杀它，又岂能被灵枢生擒？灵枢纵使惊才绝艳，也到不了这般地步！云岚此人，来历不明。据我派昭冉回忆，他在吴塘遇见此子之时，此子是个妖人！数日前，我派弟子回报，此子掉下悬空阶，下落不明。叶清明潜入天渊，释放猪妖，与叶枯残和我对峙之时，还有一人炸了天渊阵眼。今次想来，定是此子无疑。"

他这话儿说得很有道理，四座议论纷纷。

清式叹了一声，道："元籍师兄，你素来看我们凤还山不顺眼。此番若非我师弟清明误打误撞进了你的冰海天渊，也不能发现你这些勾当。你若有怨气，尽管冲我们这些老不死的来，又何必去构陷一个孩子？"他说着，面露悲苦，"诸位有所不知，云岚、云隐自小相依为命。乌江冬日天寒，岚儿为了从地主家的看门狗嘴里抢肉，喂饱他挨饿的弟弟，被打手围殴，伤了脑子，从此成了个痴儿。他在无方待了这么些天，心智如何，大家有目共睹。试问这样一个善良可怜、一心记挂着弟弟的痴儿，怎么可能是妖族之主？"

甭管真相如何，上来先卖个惨。这招屡试不爽，自古以来总是弱者招人同情。果然，清式话一出，四座皆潸然泪下。修道之人，大多出身孤苦，大伙儿很能感同身受。高阶之上，聂重华和白明均都掩面叹息。反正没人知道扶岚的来历，他们一口咬定元籍血口喷人，再给他扣一个仗势欺人的帽子。真相如何不谈，先在大伙儿心中把这人给否定了，他说的话儿自然不足取信。

这招真黑，戚隐暗暗咋舌，他们凤还不愧是天字第一号不要脸门派。

清式涕泪横流，一脸被欺负的可怜相："也正因心智残缺，他言行不似常人，常被看作杀人异类之流，更无人愿意下嫁，所以这孩子才出家修道，孤独终老。什么妖人，你们看看这命苦的娃娃，他身上可有半分妖气？"

温元苦手一挥，撤了神识禁制。仙山长老释放神识，扫视那个眉目低垂的孩子，确实没有半分妖气。这一下，连元籍都蹙起了眉心。

戚隐心里安稳了下来，元籍那个老浑蛋做梦都不会想到，他哥非妖非魔，却也不是人。

只听得清式在高阶之上悲叹一声，道："这可怜的娃儿呀！"

四座都露出怜惜的神色，纷纷摇头哀叹："可怜的孩子。"

白明均叹息道："元籍掌门，我看，你安安分分伏法认罪，莫再难为一个痴儿了吧。"

"清式掌门，素来见你温厚和善，却不知你生了一张铁嘴。"元籍冷笑，"莫要顾左右而言他，云岚此人如何，与他是谁又有何关联？"他转向云岚的方向："云岚，数日前我派弟子回报，你扫雪之时失足落下悬空阶，此后杳无音讯。我且问你，你失踪之后，究竟去了哪里？魔龙大闹冰海之时，你又在何处？可有人证，可有物证？"

这元籍果真不是吃素的，一下就看穿凤还的伎俩，切中问题的要害。戚隐定了定心神，站起来朝元籍拱了拱手，道，"我兄长心智不足，难以应对师叔的责难，便由我这个当弟弟的替他回话。我哥失踪当夜，我们下墓搜寻，是在神墓后殿寻得我哥，当时他被……"戚隐顿了顿，道："化妖的家父裹成人茧，昏迷多时。可见，他是误入神墓，被家父逮住，此事我与云知师兄皆可为证。"

云知在后头举起手，道："没错儿，就是这么回事儿。"

"你们自家人说自家话，又何足为证？"元籍道，"与你们一同前往的还有我派灵枢、钟鼓山方辛萧。灵枢伤重，尚在昏迷，方辛萧却正好就在此处。辛萧小友，你们究竟有没有在墓中遇见云岚，你须得从实说来。"

方辛萧脸色苍白，不敢应声儿。云知吊儿郎当地站起来，道："辛萧师妹那会儿已经昏迷了，出了墓才醒过来，当然不知道云岚的事儿。"他看向方辛萧，挑了挑眉，"师妹，你说是也不是？"

"是，我昏迷了许久，什么都记不清了。"方辛萧咬着唇道。

"那便是既无人证，也无物证了。"元籍淡淡笑起来。

"师叔好没道理，依你这话，我们凤还山和妖族同流合污，沆瀣一气？"云知也笑，"我们凤还虽然蓬门荜户，当不得你们无方钟灵毓秀，人才辈出，可也断不会与妖族为伍，更不会任由你平白欺侮凤还小辈。我派清和长老已经被你折磨得不成人形，你又来构陷我这心智残缺的师弟。不知我们凤还与你有何深仇大恨，竟累得你如此咄咄逼人？"

四下里议论纷纷，冰冷的目光落在那中央的元籍身上，都在指责他胡言乱语，攀诬好人。现下两方都没有证据，元籍又是板上钉钉的疯子大坏蛋，大家自然更相信凤还山的说辞。戚隐略略安了心，想安慰扶岚说别担心，转过眼，却见他低垂着眼，神色寂寂。

元籍揿手跪坐在当中，丝毫不见慌乱，神色自如。他扭头望向方辛萧，道："辛萧小友，个中真相，只有你知道。你有没有昏迷，何时昏迷，也只有你明白。"他略顿了顿，复笑起来，"我听闻白掌门座下首徒方师侄天资聪颖，甚得白掌门欢喜，还收她做义女。不知她若来了，能否让你说出实话？"

闻言，方辛萧和白明均同时脸色大变。

白明均抖着手指着元籍："你这疯狗，休要猖狂乱吠！"

第二十章 雪融

"这龟孙真毒,"云知暗道不好,凑在戚隐边上说道,"你还记不记得我跟你说过的干爹?"

"你不是随口胡说的吗?"戚隐愕然。

"我什么时候胡说过?我说的话向来有根有据!"云知说,"这钟鼓山首徒,就是方辛萧她堂姐!"

头顶像降下一道焦雷,直直劈在戚隐头顶。他素知凤还堕落,想不到还有比凤还更堕落的门派。这事儿他听云知说过几嘴,凤还山这帮人屁股长牙,从来坐不住,去了一处地儿就爱乱跑。前几年叶清明带着云知去别处仙山做客,俩人晚上勾肩搭背偷偷摸乱逛,刚巧碰见有男女在雪洞里卿卿我我。云知这小子从来满嘴跑马,当不得真,戚隐只当香艳的话本子听,谁知这竟然是真的。

元籍目光冷然:"辛萧小友,你在神墓后殿,到底有没有见过云岚?"

"我……我……"方辛萧看向戚隐,眼泪汪汪,做了个对不起的口型,道,"没有,我没有看见。后殿很多人茧,可是没有一个是岚哥哥。"

元籍冷笑:"凤还满门上下满嘴谎言,根本不足为信!"

四座絮絮低语,怀疑来怀疑去,没个定论。白明均擦着汗道:"清式老弟,你这徒儿究竟是何来历,你就照实说了吧!"

元籍冷然微笑:"或者,你们还有什么人证吗?"

隔着一片黑暗,元籍和扶岚的目光相交,相接之处仿佛有粲然电光。戚隐敏锐地察觉,森冷的杀气在扶岚周围凝聚,他漆黑的眼眸中杀机渐起。他身上有伤,必须夺得先机。只要座中有人拔剑,他就会开始杀戮。

"还有我。"

秘殿大门忽然洞开,一个瘦削的人影儿出现在门口。所有人回头,一个弟子搀扶着戚灵枢步入秘殿。

云知一怔:"小师叔!"

那小子伤得这么重,怎么起来了?戚隐也愣住了。戚灵枢艰难地步下几级高阶,每走一步都颤抖得像霜风中的枯叶,那双腿仿佛顷刻间就要折断似的。许多人站起来,为他让出道儿。戚隐眼睛利,透过人头攒动的缝隙,正瞧见纯黑色的玄武台阶上,他的脚印竟都浸着血。

"我可以做证,我、云知、云隐,在神墓后殿发现云岚。他身受重伤,业已昏迷。彼时方辛萧已经发烧昏睡,故而不知。诸位师叔伯,不信凤还山的话儿,还不信灵枢的话吗?"戚灵枢额头上冷汗密密麻麻,一字一句地道,"灵枢别无所求,唯求将此人正法,还我师尊……公道!"

戚灵枢此话一出,满座哗然。戚灵枢乃是戚元微唯一的弟子、无方山的首徒,他的品行天下皆知,就算天下人都撒谎,他也不可能撒谎。戚灵枢话儿说完,身子一晃,一下子倒了下去。云知白影一闪,立时出现在戚灵枢身边将他扶住。云知目眦欲裂,道:"谁告诉他这里在审讯云岚的,你们疯了?!他伤成这样,还让他过来？！"

那扶他来的弟子嗫嚅着道："小师叔非要来，我们……我们……"

云知恶狠狠剜了他一眼，吼道："让开让开，谁挡路老子踹死谁！"钟鼓、昆仑的丹药长老都聚过来，拥着云知一块儿出去了。

"巫罗秘法的苏生术能给小师叔用吗？"戚隐小声问扶岚。

扶岚摇头："我不了解他的经脉。"

心里凉了一截，戚隐记得叶枯残说过，苏生术需要施术者十分了解受术者的经脉分布走向，否则一旦灵力走岔，受术者也会经脉断裂而亡。

"画出他的经络图需要时间，可他快死了，他撑不过今晚。"扶岚轻声道。

当真没救了吗？戚隐耷拉着脑袋，心里涌起凄楚的味道。那个总爱冷冰冰板着个脸教训人的家伙，就要这么没了吗？他心里有一种无力回天的凄凉，总觉得人命就像草芥似的，风一吹，倏忽间就没有了。

戚灵枢出来做证，事情就板上钉钉了。四大仙山子弟押着元籍走上高阶。这个男人恶贯满盈，他即将在天诛崖接受五雷轰顶之刑，他会被劈成焦炭，坠入冰海。上四座其他长老也将得到审判，放逐远山荒野，永生不可再回无方。

经过扶岚和戚隐的时候，元籍停了步子，转身和身后的弟子说了些什么，弟子们退了几步。元籍蹲下身来，望着他俩。这个男人是个落拓的中年人，眉间有一道深痕，这让他不皱眉的时候也像皱眉，眉宇间总有一种孤独悲怆的况味。他苦笑道："阁下为何要来人间呢？是刺探仙山情报，将我们一网打尽？看看我们这帮人，妖魔在侧，一无所知，在你眼里是不是可笑至极？"

扶岚摇了摇头："因为阿芙和小隐在这里，我想回家。"

"阿芙？"元籍露出讶异的神色。

"阿芙是我娘。"戚隐道，"很多年前我们一起住在乌江小村的一个小木屋里，我娘收养了我哥，教我哥洗衣做饭炒菜带娃娃。后来因为一些事，我们失散了很久。我哥没别的想头，只想和我娘还有我待在一块儿。可惜我们重逢的时候，我娘已经没了。"

元籍这回缄默了很久，神色说不出的复杂，戚隐看不透。清式抱着肚腩站在他们身后，幽幽叹了声，道："元籍，莫再多说了，上你的路吧。"

"云岚，怪不得他们说你是个怪物。"元籍的目光意味深长，"这世上只有人、妖、魔，没有既是人又是妖又是魔的东西，更没有非人非妖也非魔的东西。不过，既然你对人间没有图谋，此事便与我无关了。"他又看向戚隐，道："我给你父亲植妖心，是想救他，不是害他。杀妖取心，杀人换心，求取巫罗秘法，凡此种种，皆是为了人间道法，我样样不悔。唯有给元微植妖心一事，我悔。"

他站起身，对披着两袖，款步走进了殿外的灿烂天光。

戚隐望着他的背影，默默无言。

说什么为了挽救苍生，其实每回戚隐路过茶馆，听说书的说剑仙大战妖魔鬼怪，拯救苍生的故事的时候，就觉得他们特别无聊。苍生为什么需要拯救？他小时候被街上霸王揍得鼻青脸肿，一瘸一拐往家里走时，心里就想苍生还是毁灭了的好。最好降下一波天火，把大家都烧光，烧光了，他就不用天天被骂赔钱货还要憋着气炒菜做饭；烧光了，他爹那个惨蛋就不用化妖，也不用自剖内腑了。

女娲大神俯视人间，看见这帮傻蛋自相残杀，挖妖心挖人心的时候，是不是特别后悔捏出了这么些贼心眼儿的玩意儿？

不过他只是想想而已，他大部分时候还是希望人间兴盛繁荣，大家都安居乐业的。

戚隐心里空茫茫的，回身背起扶岚，道："走，回去休息。"

第二十一章

香冷

戚隐把扶岚背回屋，猫爷不知道去哪儿溜达了，屋子里空荡荡的。戚隐帮他脱了夹袄，裹上棉被。扶岚倦倦的，仰在引枕上合上了眼。戚隐料他是累得狠了，转身放下了绡纱帘幕，暗暗的天光透进来，满屋子铺了一层严霜似的。戚隐轻声道："你先歇着，我去看看小师叔。"

扶岚侧躺着，枯着眉。两个人都不说话。一切朦朦胧胧，树影在膝盖上颤抖。

正在这时候，门臼传来转动的响声，云知火急火燎赶进来。这厮不是去守戚灵柩了吗，怎么又来这儿了？正疑惑着，只见他按了按眉心，道："现在清和师叔十成十能洗脱嫌疑了。"

"怎么了？"戚隐看他脸色不太好。

云知坐在杌子上，脸埋入手心。他素来玩世不恭，现下却少见地露出疲惫的样子。他道："师叔没了。"

"没了？"戚隐没听明白。

"就是死了，黑仔，"云知道，"清和师叔仙逝了。"

戚隐揣着袖子出了院子，往孟清和的居所走。扶岚原本想跟着，戚隐看他困得眼皮子都掀不开了，硬把他按回去。反正大伙儿都在，巫郁离要来拐人也不会挑这时候。孟清和原本住在紫极藏经楼里，受了伤，挪到了边上的明月小筑。一进门便听得呜呜的哭声，戚隐踏过门槛，凤还山桑字号弟子都跪在地上，愁云惨淡哭成一片。孟清和披着大氅，盘腿坐在红漆小案后面，低垂着头，仿佛是睡着了。桌上堆满了经卷，一卷书摊开在面前，上面的批注还是新墨。

云知走过去，跪在席子上，把案上的卷轴一样样摞在一起，收进书箱。

"桑若头一个发现的，她来送早饭，敲门没人应，一进来，发现师叔已经没了。"云知把毛笔从孟清和手里拿出来，"他身子一直很虚，从牢里出来越发不好，总是咳血。看这样子，他是在看书打盹儿的时候登仙的，走得挺安详。"

戚隐沉默了一会儿，不知道说什么好。这关头，说什么安慰的话儿都是徒劳。

云知也缄默，过了好半晌才开声："黑仔，你说这是怎么了？一下子是戚师叔走了，一下子又是清和师叔，我披麻戴孝都忙不过来。小师叔眼看也要没了，钟鼓、昆仑的师叔都说他撑不过今晚。我素知天爷不开眼，谁知他压根就没长过眼。清和师叔人这么好，从来不说重话。我长这么大，就没见他发过火。"

第二十一章 香冷

凤还山弟子都跪在地下哭。天光阴沉，乌木高几上点了木樨香，阴凉的味道沉淀下来，屋子里一片迷蒙。戚隐和云知一同把孟清和放到床榻上，他的关节已经僵硬，皮肤苍白得像蜡。戚隐用劲儿把他拗平，让他平躺，白布拉过头顶，覆住他安详的脸庞。

这是个干净得像美人蕉一样的男人，即便睡着了，嘴角仿佛还带着温和的笑。人命有如朝露，眨眼的工夫，不经意间，说没就没了。

"节哀顺变。"戚隐拍拍云知的肩膀，道，"师父和清明师叔呢？"

"他们下山买棺材了。"云知叹了口气，"他们说必须得买个金丝楠木的，倾家荡产也得买。等棺材运上来，咱们就回凤还。"

戚隐用力点点头，道："回凤还。"

他们俩一起去另一个小筑看戚灵枢，他还在昏迷，气息越发微弱。云知留下，坐在床榻边上守着他。戚灵枢师父没了，又没亲师兄亲师弟，独自一人，也只有云知能送送他。戚隐心里闷得慌，扣了口锅似的。他不忍看平日里御剑飞天的戚灵枢苟延残喘的模样，回去拾掇孟清和的遗物。他这师叔的物件简单得很，一把瑶琴，几箱书本，一箱衣裳，就没了。还剩下几盒香料，他师叔日子过得精细，衣裳熏香之后才穿。戚隐拿起来看了看，都是上好的木樨香，贵重得很，清和师叔大概是凤还山最有钱的主儿了。

天渐渐暗了，绡纱低垂，屋子里幕影重重。他拾掇到孟清和的书画，打开瞧，这画儿写意得很，苍茫山水，烟墨竹林里面有个白色人影。戚隐没什么书画上的修养，只觉得那白影儿像鬼似的，飘飘忽忽。他看了好几张，画的都是一个影儿。清和师叔这爱好奇特得很，喜欢画白影，不过白影出现的地点都不同：有的在墨色的巍峨高山，银色瀑布层层叠叠，飞流直下；有的在幽绿的竹林，雾霭迷蒙，影影绰绰看得见高脚竹楼，错落立在远处。

戚隐看得眼睛酸，抬起头，师兄姐们在外头院子里清扫。戚隐低下头继续翻，这次背景又换了，是座巍峨的古庙：巨大的大理石方柱，支撑高耸的檐宇；墨色的藤蔓缠绕庙宇斑驳的石墙，一直攀上最高端的圆盘石像；那硕大无比的圆盘笼在一层迷蒙的雾气里，仿佛天边一轮满月；有一个小小的影子屹立在圆盘的顶端。戚隐瞪大眼睛仔细瞧，隐隐约约辨认出一个熟悉的轮廓。

一只鹿。

脑袋里嗡的一声，戚隐忽然明白过来，这该不会是白鹿吧？

白鹿的家在月轮天，神墓里的岩画中神巫迎神下降，白鹿都是从月亮上下来的。南疆的巫祝崇拜白鹿，一定也崇拜月亮。这庙堂顶端的圆盘，莫非象征的就是月亮？那么这庙宇……莫非就是巴山神殿？

他又往回翻看那些白影，那些不是鬼，那是白鹿，是人形的白鹿！

心颤抖起来，戚隐的背后泛起一阵寒凉。为什么清和师叔的画里会有巴山神殿，会有白鹿？他想起黑猫的猜测，可是这不可能啊，孟清和在常州府长大，他怎么可能是巫郁离？这画也不一定是师叔画的，师叔博闻强识，说不定是从哪儿发现的古画呢。戚隐安慰自己，忽然间，一阵幽幽的香味儿飘过来，温柔缱绻，让人想起美人的眼波，临去一转，潋滟无声。

戚隐咽了口唾沫，他记得这个香味儿，紫色曼陀罗，罪徒身上的香。

戚隐慢吞吞转过脸，余光瞥见乌木高几上的木樨香已经燃尽了。难怪要熏香，原来是为了掩盖紫色曼陀罗的味道。戚隐欲哭无泪，他想自己真是倒霉透顶，越不想来什么越来什么。

他没敢回头，只望向前面立柜上的铜镜。黄澄澄的镜中有个模糊的虚影，那个男人的尸体不知道什么时候起来了，坐在戚隐身后不远处，笼在层层帘幕的后面。

美人师叔诈尸了。

和一个诈尸的男巫共处一室，戚隐的心凉到了底，脖子后面发冷，像有毒蛇在颈后吐信。那尸体耷拉着脑袋，可能还没发现他。他轻悄悄放下画卷，弯下身，一步步倒退，想要退出这个屋子。这地方不对劲，四下里静悄悄，外面人声儿都没了，他只听得见自己细微的喘息。

看不见，看不见，看不见就没有鬼。戚隐催眠自己。

余光看得见门槛了，戚隐蹑手蹑脚地转过山水木雕画屏。

一声低低的轻笑忽然响起，戚隐脚步一顿，打了一个激灵。

他听见一个低沉的嗓音贴着耳畔响起，仿佛有个人在他耳朵边上悄声细语。

"我看见你了，孩子。"

"归昧！"戚隐嘶声大吼，归昧剑应声而出，贴着他的脑袋瓜子扎向身后。后面噼里啪啦一阵乱响，好像是博物架被打碎了。余光里瞧见那具尸体抬起了头，苍白漂亮的脸庞笼在一层深重的阴影里。戚隐头皮发麻，头也不回，撒腿就跑。

戚隐撞门而出，跌出阶下，手脚并用爬起来跑出去，没跑几步，整个人都呆了。

眼前不再是明月小筑的庭院，而是一片广漠的荒野，焦土千里，枪戟刀剑插满干裂的地面，苍茫的天空红云笼罩，泼血似的红，整个天穹仿佛在燃烧，滔滔天火在云上汹涌。

远处的大地上，人面鸟身的巨鸟落在山巅，墨黑色的巨龙披着熔岩似的血在云中嘶吼。戚隐看见一只银白色的鹿灵从战火中奔出，沿着魔龙的脊背向天穹奔跃，最后踏过魔龙的铁面头颅，一直跃上天穹的顶端。刹那间一道白光乍现，它的头顶仿佛升起一轮满月，天地间响起一声清啼，白鹿的身影化为霈泽。天穹的赤红在消退，地表不再灼烧，清冷的雨滴簌簌落下，赤红的世界被滂沱的大雨笼罩。

妖族悲鸣，凡人恸哭。天边响起沉雄的铜鼓，一个太阳似的男人屹立云端，披手而望。黑甲的妖族止戈，阵列于野，以刀剑敲击厚重的铁盾。雷鸣般的敲击声伴着铜鼓，响彻战场，古奥庄严，恍若天地恸哭。

戚隐霎时间明白了，这是白鹿战死的那一天，诸神敲响铜鼓，哀悼白鹿大神的陨落。

"'昔者三苗大乱，天命殛之，日妖宵出，雨血三朝，龙生于庙，犬哭于市。'"一把胭脂色的伞罩在戚隐头顶，温雅的男人一袭素白深衣，走到他的身边，"即使过了几千年，我也无法忘记这一天。我的神战死于天穆之野，血肉化为薷泽，大旱了三年的南疆终于下起了雨。南疆的神巫称这场战役为天殛之战。再后来，绝地天通，神明逐渐淡出凡间，凡灵忘记了神的存在，也忘记了这场残酷的战役。"

"你是我师叔，还是巫郁离？"戚隐忐忑地问。

男人淡笑："两个都是。不要怕，你可以继续叫我'师叔'。"

戚隐咽了口唾沫，眼前的男人温和素雅，是一如既往的孟清和那般仙风道骨的模样。只是他浅淡的笑容中仿佛有一种刻骨的悲哀，让戚隐看见了那个在神墓前恸哭的罪徒的影子。

"我……我们这是到了几千年前吗？"戚隐问。

"一个幻境罢了。"巫郁离摇摇头。

"长得跟个太阳似的那个，就是伏羲老爷？"戚隐问。

"不错。这是神与巫的世界，是一个大神行走大地，巫祝燃起篝火赞颂神明的瑰丽时代。但这也是个野蛮的时代，部族的首领用活牲的鲜血涂抹干羽，巫者在狂欢中跳舞迎神。"巫郁离娓娓道来。

"这……这么疯狂？"戚隐愕然。

"现在不同了，神祇消隐，道法代替了巫法，无方教授弟子信任自己，而不是信仰神祇。神庙荒废，中原早已失去祭奠大神的传统。许多远古的大神已经在凡世的遗忘中真正地死去。"巫郁离的笑容哀伤，"包括我的神，白鹿。"

巫郁离站在他的身侧，灰蒙蒙的眼睛空茫无神。他给戚隐的感觉很难形容，戚隐明明就站在他的身边，却仿佛与他遥隔万里。这个男人似乎生活在遥远的岁月，身上有一种充满哀伤的平静。

孤独又平静。

"他活了，虽然好像挺不乐意的，"戚隐挠挠头，道，"他还说他要一蹄子踹死你。"

巫郁离苦笑，他温婉的笑容里多少有些无奈的味道。

"抱歉，让你见笑了，"他道，"我的神还是个孩子。"

戚隐望着他的笑容，总觉得不真实。身边这个男人温婉恬静，和平日里的孟清和没什么两样。戚隐无论如何都无法把他与那个烧死叶枯残，折断老人手脚的罪徒大巫联系在一起，仿佛是矛盾的两极，可他们都属于巫郁离。

他说起他的神的时候那样温柔，就好像那是他漫长的人生里最幸福的所在。这样的人怎么会挑起天殛之战，害死他的神明？

"师叔……"戚隐迟疑着问，"白鹿真的是你害死的吗？"

巫郁离沉默了，掉过头，望向莽莽荒野，鲜血流遍大地。

"是我的错，拚今生，难能补之。"他轻声道。

戚隐迟疑着问道："你到底犯了什么罪啊……"

"陈年旧事，不足为外人道也。"巫郁离竖起食指在唇边，笑容温煦，"问些别的吧，小隐，你一定有很多问题要问我。"

那可太多了，多到戚隐不知道先问哪个。他想了想，道："十三年前追我娘和我的真的是你吗？"

"没错，是我。"巫郁离颔首，"我给你糖，邀你同我走。你拿了我的糖果，却转脸就喊你的母亲，说有个怪叔叔要拐你。"

敢情这厮备着糖是拐小孩儿用的，幸好他打小就机灵。戚隐无语，道："你拐我，是为了我身上的白鹿血脉？"

"不错。"

"我这血脉也不知打哪儿来的，"戚隐很郁闷，"给我招来一堆祸事。"

巫郁离抱歉地说："是我给你的，孩子。"

"啊？"戚隐愕然。

"十八年前，我在乌江一带行医，正好碰见你即将生产的母亲。你的父亲不在身边，她住得偏僻，若非我刚路过，只怕母子皆亡。我帮她接生，但她胎位不正，生产艰难。所幸她最后将你诞下，然而，你却是个死胎。"巫郁离道。

"死胎？"戚隐瞪大眼。

"我给你用了滴血莲花。"巫郁离伸出手，掌心化出一朵小小的红莲，"那是这世间最后一滴白鹿的血液。巫罗秘法的苏生术只能救将死之人，但纯净的大神血液生死人，肉白骨，起死回生亦易如反掌。也正因此，你得到了白鹿的血脉。"

戚隐吃了一惊，做梦也想不到巫郁离是他的救命恩人。巫郁离不等他说话，只摇头道："不必对我感激，救你有我的私心。"

"可是凭你的道行，那时候要把我带走易如反掌，为什么没把我带走？"

"你太小了，我不会照顾婴儿。"巫郁离苦笑着，他笑起来总是温暾，十分无害的模样，"至于你五岁那年，又是另外一个原因。小隐，对于即将发生的事情，命运常常会安排给你征兆，只是愚者不察。而神巫的感知比常人更加敏锐，所以才能预言祸福吉凶。那天你的母亲带着你逃离，我看见火红的莲花在盛夏的池塘中枯萎，我从这不祥的征兆中预见到你母亲的死亡。"他转过脸，悲悯地叹了一声，"多么残忍的命运，对于一个母亲来说，最大的噩耗不是上天将她唯一的孩子夺走，而是把她带离她唯一的小孩。她的孩子将踽踽独行，独自面对将来的灾难，而她将袖手旁观，无能为力。"

戚隐心里也苦涩，他娘也是傻，苦苦守着他，还是大好青春的时候，就这样没了。她就应该改嫁，给他寻个又俊俏又有钱的后爹，不挺好的。

巫郁离慨然而叹："死亡为何会降临，一个无辜的母亲为何会死去？连神祇也无法回答这样的问题。带走你并不是我必须要做的事，只要你平安长大，在哪里都无所谓。我决定将你留下，陪伴她最后的岁月。你们过得好吗？"

那时候戚隐太小，已经不大记得了，印象里只剩下几幅画面：吴塘青石板路上迷离的阳光，他娘枣红色的裙摆在风里飞。他总是跟在她身后，她去哪儿浣衣，就把他带去哪儿，寸步不离。他还记得家里门板上斑驳的符咒，他娘每晚都要重新贴一遍，还要用箱笼堵住大门。

戚隐叹了口气："带走我又能怎样啊？我这人儿除了吃喝拉撒，啥也不会。你看我御剑诀，学了这么久，只会点儿皮毛。"

"你对我来说很重要，小隐。"巫郁离没有直接回答，只是掖手远目，望着雨帘子外苍茫的淡红色高天，"为何要妄自菲薄呢？我在黄金俑里待了两千年，在黄金俑外面待了一千年。可事实上，黄金俑里面和外面的世界没什么两样。生民如虫蚁，吸血吮骨，贪得无厌。你给予他们饭稻羹鱼，让他们免遭饥饿，他们却向你求索琼浆玉饮，佳果珍肴；你给予他们山洞巢穴，让他们免遭风吹雨打，他们却向你求索高屋广厦，亭台楼阁。凡心无厌，凡欲无穷。当你满足不了他们的祈愿，他们就刮除你的名字，将你逐出史册。"他回头看戚隐，"可你不同，你是个善良的孩子。你与姚家和解，还要救他们的孩子；你与你的父亲和解，十数年的抛弃，你顷刻间放下，犹如过眼云烟。面对你的杀父仇人元籍，你没有刻骨的怨怼，甚至没有杀他的渴望。为什么呢？小隐，"巫郁离轻声问，"你为什么不恨他们呢？"

戚隐愣了下，垂下脑袋看自己的脚尖："我没不恨，我这人儿其实挺小心眼的。姚小山那个倒霉样儿，我也不想搭理他来着。可他不是姚家独苗儿吗？我不管不行。但最后也没救成，他被我哥弄死了。"戚隐辛酸地叹了口气，"恨又能怎么样？你还是得这么活。恨啊恨的，白给自己添堵。我从小到大，是个人都来踩我一脚，在家被小姨骂赔钱货，在学堂被夫子训斥榆木脑袋，上街还要被小流氓取笑我是私生子，好不容易修个仙吧，看见我的人都说我平庸，没哪儿像我爹。我要是啥事儿都往心里搁，那我早气死三百回了。算了，就这样吧，管他呢。我现在有我哥有猫爷，我已经很高兴了。"

"真是容易满足的孩子。"巫郁离淡笑，他微微笑起来的时候，眉目间总有一种悲天悯人的况味，"我很喜欢你，这也是我不把你带走的原因。你在我身边长大，我会舍不得你的。"

他这话说得怪怪的，戚隐浑身起鸡皮疙瘩。

一阵风拂过，淡红色的天穹飞下一只五彩斑斓的蛾子，栖落在巫郁离的指尖。那蛾子只有拇指那么大，看起来邪性得很。戚隐问道："这是什么？几千年前的扑棱蛾子？"

巫郁离摇头，道："这不是幻象，它叫'飞廉'，是我的妖宠，养了许久，才乖乖听我的话。"

把蛾子当宠物，这厮的爱好委实独特了点儿。戚隐忽然想起一件事，问道："神墓里的罪徒说，我哥的气息和你很像。你说实话，我哥是不是你的种？"

第二十二章

难追

巫郁离哑然失笑，过了会儿方道："不是，你的哥哥没有父母。"

没有父母？他哥难不成真是从石头缝儿里蹦出来的？那神墓里那具尸体又是谁？戚隐还想再问，巫郁离却摇摇头，道："我的时间不多了，小隐，最后一件事，我可以完成你的一个愿望。你有什么想做的事情吗？"

"愿望？"

"不错，随便什么愿望。我可以给你金银珠宝，让你成为天下巨富；也可以教授你巫罗秘法，让你比扶岚还要强大。"巫郁离道，"当然，你不会像叶枯残一样血肉枯干，吸血为生。"

比扶岚还强大？戚隐有些受宠若惊："可以问问为什么吗？对我这么好。"

"这是我对你的补偿。"

补偿？他又没做什么对不起他的事，为什么要补偿？戚隐忽然想起他说的私心，想起他在白鹿中殿门前的恸哭，他说起白鹿时脸上的温柔，仿佛那是他一生中最值得回忆和期待的人。戚隐心里明白了什么，结结巴巴地道："你是不是要对我做什么事？"

"聪明的孩子。"巫郁离歪着头瞧他，"何必多问呢？问多了徒添伤悲罢了。也罢，告诉你也无妨。你应该猜到了我的目的，很简单，就是复活我的神。我在四大仙山布下引灵阵，引走人间的灵气，变移天地的运势。我送你们下墓，便是想看看吾神是否苏醒。现在事情已经成功了一半，但还差一半——一具适宜吾神的肉身。"

"我就是那具肉身吗？"戚隐声音颤抖。

巫郁离颔首道是："等时机成熟，我会来取走你的肉身。你不必太过害怕，我会采取一些手段，让你没有痛苦地离开人世。"

"师叔，你能不能不要一边笑眯眯，一边说这么可怕的事情？"戚隐毛骨悚然。

巫郁离的脸上带上歉意："抱歉，我应该表现得更凶恶一些吗？"

这个可怕的男人，戚隐心里发凉，他有着这世上最温暖的笑容，却也有着这世上最坚硬的心。

"如果我许一个变强的愿望，那你干这事儿岂不是更难了吗？"戚隐问道。

"事实上，不管你变得多么强，对于我来说，最多也只是从一只蝼蚁变成一只猫儿而已。"

第二十二章　难追

戚隐欲哭无泪。他上辈子造了什么孽，怎么尽摊上这种要命的事儿？！

巫郁离要怎么来取他的肉身？或许他们会一人站一个山头，持剑而立，打他个日月无光，天昏地暗。好吧，凭他这副德行，给巫郁离塞牙缝儿都不够。到时候也许是他哥持刀而立，和巫郁离打个昏天暗地。

戚隐虚弱地说："所以这是我用命换来的愿望。"

巫郁离"嗯"了声："想好了吗？"

"那你救救戚灵枢吧，"戚隐道，"他就快死了，我哥了解不了他的经脉，救不了。但你这么牛，几千年的老祖宗了，你肯定有辙。"

"真是个善良的孩子啊，你本应该多为自己想想。不过，也罢，如你所愿。"巫郁离摊开手掌，一只紫色的萤蝶扑着翅子飞出来，悠悠飞向了天边。他揣着衣袖望着那只萤蝶，道："为了一个无关紧要的人浪费自己的心愿，你会后悔的，小隐。"

"这样就好了？"戚隐问。

巫郁离颔首道是，戚隐忽然掏出匕首，割破手指，指尖一弹，一滴晶莹的血滴子飞向巫郁离的眉心。戚隐迅速后撤，一连退出两丈远，躲在一块大石头后面探头看。巫郁离眉心点着那滴血，殷红得像个花钿，在他漂亮的脸庞上无端添了几分艳丽。过了好半晌，这厮也没有要魂飞魄散的样子。他摇头道："这样是杀不了我的。"

尴尬。戚隐慢吞吞地站起来，搓着手赔笑："误会，误会，手滑了一下。师叔，我给你擦擦。"

忽然间，斜刺里闪过一道凛冽的刀光，斩骨刀贴着戚隐的手臂飞过去，径直穿过巫郁离的心脏。梦境轰然破碎，赤色天地刹那间消融，露出夜幕下的暮冬庭院。戚隐回头，看见扶岚站在小径深处。他脸色淡淡，没有表情，戚隐却能感受到森冷的杀气。

"滚。"扶岚道。

巫郁离的身影顷刻间四分五裂，化为丛丛紫蝶，随着梦境消散。

"小隐，去做你想做的事，见你想见的人吧，"他低声轻笑，"你的时间不多了。"

那边扶岚单膝跪地，暮地吐出一口血来。戚隐惊得魂飞魄散，跑到他身边探他的脉。原本好不容易平稳的脉象又紊乱起来，戚隐红着眼睛，要背他回去。扶岚手一松，昏了过去。

空谷小筑。

云知盘腿坐在席子上，靠着戚灵枢的床榻，望着黑沉沉的屋子发呆。

昆仑和钟鼓的长老都聚在明间，低声争论该用什么药，一会儿说用酢浆草并金银花，梳理经脉；一会儿又说该用天山雪莲和老人参，先把命吊住再说，咕咕嘟嘟了半天，没个定论出来。其实大伙儿心里都明白，这孩子是救不回来了。

云知撩开素白床帐，看里头的人。戚灵枢躺在白帐里头，孤单瘦弱的模样，眉目好似是透明的，看不出颜色来。云知看了会儿，觉得心酸，絮叨着："小师叔，我怎么这么命苦，送走了师叔，又来送你。下辈子我投胎，一定当最小的弟弟，换你们来照顾我。到时候我往这儿一躺，什么事儿都不管了，让你们守着我，为我难过。"

床上的人依旧没个声儿，他泄了气，垂下头窝在臂弯里。他没有看见，一只紫蝶飞入屋子，栖落在戚灵枢的眉心。紫蝶落下轻轻的一吻，又扑着翅子飞起，点点紫色荧光洒入黑暗，身体慢慢变淡，逐渐消失了踪迹。

戚灵枢精致的眉心锁成深壑。暗沉沉的小屋里，没有人察觉，他的血行在加快，灵力在他体内高速流转，数不清的经脉伸出触须般的游丝，连接在一起，最后复原成完整的经络。他微弱的呼吸逐渐加强，心跳也趋于稳定。

云知撑着脑袋，那帮没用的长老还在咕咕哝哝。他听了心烦，想去赶走他们，一抬头，正对上一双睁开的眼睛。

"女娲娘娘显灵了，"云知不敢相信，喃喃道，"我在做梦吗？"

戚灵枢转过脸，刚醒来，还迷糊着，一脸迷惘地看着他。

云知高兴得差点跳起来，颤着手摸他的脉，注入灵力探他的经脉。他全好了，就好像没有受过伤一样。云知掐自己，疼得要命，真不是在做梦！云知高兴得眼眶发热，高声喊外面的长老。长老们赶进来，一见戚灵枢醒了，高兴得晕头转向，上来翻眼皮、切脉，最后又开始争论到底给他用梅花鹿茸补气养身，还是用白芍调理经脉。戚灵枢渐渐回过神来，想起自己好像去了秘殿，然后陷入了昏迷，抬起眼，正瞧见人群外面的云知，那小子正往脸上戴猪头面具。

戚灵枢艰难地开口："你做什么？"

"你不是说这辈子、下辈子都不想见我吗？我戴上面具遮住脸，免得又把你气病了。"云知钻进来。

戚灵枢望着眼前这个傻二缺的猪头面具，沉默了半晌，靠回引枕上，淡淡地道："有何分别，不都是你吗？"

"说得也对。"云知悻悻地摘下面具。

戚灵枢闭上眼，凉凉地补了一句："都是猪头。"

云知："……"

戚隐站在孟清和的灵枢前面，一脸难以置信。安静的男人穿着敛衣，睡在那一方小天地里，四周用细竹竿搭起了芦帐，阴影覆在他素白的脸颊上。戚隐揉了揉眼睛，简直怀疑自己在做梦。他明明记得巫郁离诈尸，后来被扶岚一刀穿胸，变成许多蝴蝶飞走了，可他的尸体又明明白白地摆在眼前。

清式和云知肩并肩站在边上，揣着袖子一脸愁苦的模样如出一辙。

"这是怎么回事？"叶清明问戚隐，"小侄儿，你不是说他是个蝴蝶精吗？你是不是糊涂了？我这师兄虽然长得俊朗，但我们师兄弟朝夕相处十几年，他身上一点儿妖气都没有啊！"

"我没说他是蝴蝶精！我是说他变成蝴蝶飞走了！"戚隐气结，想了半天，灵光一闪,道,"我懂了,是幻境!我以为幻境从我推门出去,看见天殛之战开始,其实不是,幻境是从我看见他诈尸开始。"

"所以你的意思是,那老怪编了个幻境,同你交谈?"叶清明问。

戚隐迟疑着,说道:"那个,我觉得……清和师叔真的就是他。他们俩说话的方式、举手投足一模一样,不像是两个不同的人。"

"那尸体是怎么回事儿?你看,他都尸僵了!"叶清明拍了拍灵柩。

戚隐没说话,只是望着灵柩里的尸体发愣。孟清和在凤还待了这么多年,凤还山着实不能接受他是那个杀人不眨眼的大巫。叶清明还想说什么,清式拦住他,把他拉了出去。屋子里静默下来,光影停滞在孟清和漂亮的眉眼上。

尸体在这里躺着,可巫郁离明明就还活着。

这种情况,戚隐不是第一回遇见。

扶岚……也是这样,白鹿神像前那具骷髅,好似现在的巫郁离。

戚隐手指发冷,脑子里一团乱麻,巫郁离和扶岚,到底有着什么样的联系?那个千年老怪,明明知道他哥的来历,为何不告诉他?

巫郁离的事儿他们没外传,毕竟说了也不会有人信。外头陆陆续续有人来吊唁,仙山掌门长老都低垂着嘴角耷拉着眉眼,一副死了亲爷娘的模样。掌门长老上完香,各大仙山弟子也来凭吊,有的烧纸钱,有的送纸扎屋子仆役过来,在天井底下烧。这是仙山的丧仪,停灵几日,身为丹药大弟子的桑若要执白绋打头,运送孟清和的尸体回凤还山。到时候各大仙门御剑沿途设帐路祭,纷纷如雪的纸钱会飞满青天。底下的百姓看见纸钱飘满天空,便知道又有一个剑仙殁了。

钟鼓山的弟子前来吊唁,方辛萧跟在队伍里,嘴唇发白,十分虚弱的模样。方辛萧迟疑了一会儿,绞着衣袖走过来,垂着头道:"隐师兄,对不起,你们救了我,我却出卖你们。"

这事儿戚隐根本没放在心上,再说也不能怨她。戚隐让她宽心,瞧见她惨淡的脸色,道:"身子不舒服吗?早些回去歇着吧。"

方辛萧点点头,捂着后脖子道:"我不当心,让虫子给咬了。"

她撩起后面的发丝儿,戚隐看见她脖子后面一个血块,边缘发黑,看起来很吓人。戚隐忙道:"你这不行啊,快去找人看看。"

方辛萧懵懵懂懂的,梦游似的。戚隐找了她师姐来,她才浑浑噩噩地跟着离开了。戚隐拧眉,总觉得不对劲,回想方辛萧脖子后面的伤,皮肉稍稍外翻,边缘发黑,似乎不像是被虫咬了一口,换句话说,不像虫子在外头叮咬的伤,倒像是什么玩意儿从里头出来弄的伤。

"小隐。"清式在背后喊他,他转过身,瞧见这个老胖子揣着袖子,愁眉苦脸的模样。他从袖囊里掏出一串琉璃十八子,递到戚隐的手心。

"这是?"戚隐惊讶地问。他的十八子早在吴塘就碎了,怎么又在这儿?他低头看,十八子上刻着密密麻麻的金色符纹,繁复瑰丽。他蹙起眉心,这符纹好像和之前不一样。

"这是云知在神墓后殿里捡到的，上面的符纹是封印咒，这意味着这串十八子里封印着什么东西。老夫认为，里面的东西很可能和元微有关。"清式缓缓道，"我考虑了很久要不要把它给你，孩子，有时候知道太多并不是一件好事。"

戚隐记起来了，神墓里与戚慎微决战，云知曾经蹲在地上查看什么东西，还看得特别入迷，甚至没发现戚慎微在他身后复活。戚隐沉默了一会儿，问："师父，你们捡到归昧剑的时候，是不是发现了什么？"

清式深深叹了一口气："老夫知道的也不多，大部分只是猜测。你且看看这串琉璃子吧，如果你没有从里面得到答案，那么我就会告诉你。"

戚隐攥着琉璃子，回到扶岚的小筑。扶岚还没醒，他靠在床柱上看了看他哥，又走到外面，坐在青石台阶上发呆。

远天迷蒙，云色若雪。他低下头，摸了摸手心里冰凉的琉璃子。算了，管它有什么，他总得瞄一眼。他千年老怪都见识过，还怕这个？戚隐深吸了一口气，注入灵力，蓦然间，琉璃子出现一股强大的吸力，瞬间将他吸了进去。一下子天旋地转，他仿佛进了一个滚筒，整个人滚得头脚不分。

脚终于挨到实地，戚隐睁开眼，却发现天地都变了，四周是望也望不尽的绿柳林子，围着中间一汪清潭。风起了，柳林子细细地响，哗啦哗啦。此起彼伏的绿浪一直荡到天边，那里横亘着一溜眉黛似的青山。戚隐怔了怔，不远处传来人声，是个女人的厉喝："哪来的登徒子，吃了熊心豹子胆，敢偷看老娘洗澡，老娘先废了你的下三路！"

紧接着是一声闷响，似乎是拳头打进肉里。戚隐忙转进小径，瞧见潭水边，一个白衣男人捂着脸倒在地上，一个只穿着单衫的女人踩在他的右腿上。女人横眉竖目，一副凶悍的模样。饶是这般的凶相，也挡不住她清丽的颜色。那细而淡的眉宇，正像天边的远山。她似乎刚从水里出来，未施粉黛，素白的清水脸子，出水芙蓉一般秀丽。

戚隐发着愣，不明白自己好端端的，怎么就到了这儿？这又是什么幻境吗？还是巫郁离耍的花招？那家伙总是神出鬼没。

正想着上前询问，背后传来大吼，他回头，看见几只狼妖迎面奔来。他吓了一大跳，刚想躲闪，那几只狼妖竟然直直穿过了他的身体。为首的癞皮狼大声喊："阿芙大姐头，你打错人了！他是你们镇子派来救你的，你打错人了！"

戚隐打了一个激灵，阿芙？它刚刚叫那个女人阿芙？

正在这时，头顶一个巨大的白影掠过，狼王在云上大笑："戚元微，老子收拾不了你，自有人收拾你！"

地上的那个男人终于抬起头来，他的发冠被打掉了，乌黑的头发掩住了半边被打肿的脸，只露出完好的那边。清俊的面庞，深邃的眉眼，眸底像铺陈了一片秋霜，坚忍又冰冷，他抿着唇，一声不吭，盯着云顶的那只嚣张的白狼。

第二十二章 难追

戚隐一下想起来了，狼王曾告诉他，它在徽州府把戚慎微踹下深潭，让他被正巧在那儿洗澡的阿芙揍了一顿。

这是……他爹娘？！

戚隐心里翻起惊涛骇浪，那串琉璃十八子封印的不是别的，正是他爹的记忆吗？他怔怔地蹲在戚慎微的身前，他倒霉的爹没有化妖的时候，原来生得这般模样——清冷皎洁，犹如天边皓月，只是现在被打得有点惨，像个遭罪的小媳妇。这俩人相遇，分不清到底谁比较倒霉。他娘在不远的未来年纪轻轻守了活寡，而他爹，披头散发，半边脸红肿，腿被打断了一条。

戚隐伸出手，触向他白皙的脸颊，却只触碰到一片虚无。

他喑哑地喊了一声："爹。"

戚隐的娘，孟家阿芙，十八岁那年被流窜到乌江的狼妖掳走，也是在那时，她结识了改变她一生的狗剑仙戚慎微。他娘是个奇女子，她被狼妖掳去，原本是当作口粮，像她这般的弱女子最后的结局一般是命丧妖口，运气好一点儿，就应该像云知那样缺胳膊少腿。但他娘，那个以凶悍的形象深深扎在扶岚和他爹心中的女人，竟然仰仗着一手好厨艺和豪迈的气魄，混成了狼群里的大姐头。

戚隐坐在戚慎微边上，父子二人一起望着哭哭啼啼抱着阿芙告别的狼群。戚隐目光移向他爹，他爹委实有点倒霉，右腿用树枝固定住，估计没有四五个月是好不了了。

阿芙告别狼群，紧了紧包袱，朝他们走来。天地清明，秀丽的女人走在路上，走在无边无际的烟墨山水里，像文人画里走出来的人儿。戚隐望着她，百感交集。他的娘就这样一步步走向了戚慎微，走向了她埋骨江心的结局。

只不过，这个时候，他爹娘的关系似乎不太好。归昧剑悬在半空，他娘很自觉地往上一坐。他爹的脸色很明显冷了一分，但他娘没注意，两手压着膝上的包袱，乖巧地等着他爹御剑。

戚慎微没动静，只默默看着她。阿芙终于察觉到不对头了，毕竟刚刚打断戚慎微的腿，她心里还有些忐忑，怯怯地问："怎么了？"

事实上，从戚隐来到这儿开始，他就没有听见他爹开过口。现在，他爹终于开口了，嗓音和神墓里听见的差不多，但更冷，像冰碴子。

戚慎微只说了两个字："下去。"

"你莫不是还记恨着小女子的错？"阿芙赔笑道，"戚道长，小女子确实鲁莽了些，可那会儿那情景，谁都得误会啊。你看，要不咱俩重归于好吧！"

戚慎微嘴角微沉："男女授受不亲。"

原来不是记恨，是惦记着男女大妨，阿芙莞尔一笑，道："我都不在意，你在意什么？没事儿，上来吧！"阿芙大大方方拍拍边上的空当，戚慎微依旧没动弹。阿芙渐渐露出愕然的神色："从这儿到乌江足足要走三天，你该不会要我走着回去吧！你看看我这细胳膊细腿儿，我一个弱女子，你忍心吗？！"

戚慎微平静地点了点头，道："忍心。"

这是单身了多久才能说出这样的光棍话？戚隐扶额。

那时候是江南的四月天，刚下过雨，空气里弥漫着一股清新的草腥味儿，山壁淌着水，山路湿软，他娘拔脚迟缓，深一脚浅一脚，泥巴点子一直溅到后腿肚上。得亏他娘腿脚麻利，一直没掉队，而他那狠心的爹，平心静气，连头也不回。

"戚道长，多无聊啊，咱俩说会子话吧！你们仙山的郎君，是不是个个都像你这般俊俏？"阿芙一路走，乌黑油亮的大辫子在背后甩，"是不是个个都像你这般无情？"

"戚道长，你今年贵庚？你有没有心上人？"

"戚道长，你缺不缺丫鬟婢女？梳头端茶倒水倒夜壶，我都行的！"

戚慎微终于给了反应，道："聒噪，闭嘴。"

阿芙撇撇嘴，停住步子："戚道长，我走得好累。"

戚慎微也停了剑，下到地上，道："换你，上剑。"

阿芙气闷地把包袱甩在肩后："算了，还是你老自个儿在剑上待着吧。"

江南四月，天还冷着。晚上山里起雾，浓白的雾气像水银一般在月下流淌。他们宿在露水晶莹的树叶底下，宿在剪破的月影下，宿在哗啦啦的小溪边。戚隐跟着他们一路走，错位的时空，在他爹娘不知道的时候，他们一家子有了团聚的时刻。他娘睡在他爹的剑下，她睡觉不老实，翻来覆去，抓住了他爹的袍角。他爹冷着脸，一点一点，把衣角从他娘手里扯出来。

第二日晌午，行至山坳，前头一个小村若隐若现。他娘去讨水喝，他爹坐在树下等。天蓝得像缎子，乌桕树密密匝匝，遮下一片斑驳的影儿。戚隐本想跟着他娘去来着，但他不能离他爹超过十步远，只好坐在他爹身边干等。

没过多久，前头有个人影儿从山坡下爬上来。戚隐望过去，看起来是个砍柴人，走路的姿势有点怪异，一拐一拐的。戚隐莫名觉得不对劲，他爹也站起来了，深深皱起了眉头。那人扭过头，看见他爹，蓦然怪叫一声，手脚并用，野兽似的跑过来。

戚隐吓了一大跳，躲在他爹后头瞧。他爹不慌不乱，捡起两个石子儿，不偏不倚打在那人膝盖上。那人往前一扑，滚下山坡。他爹立刻上剑，御剑前往山村，还没走出多远，便见他娘手里握着一根钉耙，狠狠打在一个缺了半边脸的汉子身上。那汉子皮开肉绽，溅了他娘满身血。

阿芙见了戚慎微，跟见了亲爹似的，扛着钉耙哭丧着脸跑过来："戚道长，我怕！"

那汉子血肉模糊，在地上抽搐。戚慎微沉默了半晌，语气里有疑惑："你怕？"

"是啊，吓死我了。"阿芙抚着心口，"我一个风吹就倒的弱女子，哪见得了这般景象？差点晕过去。"

正说着，四面茅屋土墙后面现出影影绰绰的人影儿，全是一般狰狞的模样。阿芙扛着钉耙转身："咱们误入了一个妖怪村？"

随着阿芙转身，钉耙呼地挥向戚慎微和戚隐的脑袋。戚隐没反应过来，钉耙穿过他的脑袋，往他爹的脑袋呼过去。他爹反应极快，迅速下蹲，躲过那呼啸而过的凶器。

"不是妖怪，是人。"戚慎微黑着脸，道。

阿芙又一转身，钉耙呼地往后一转，指向前面，惶然道："那边也有！"

身后没声儿，阿芙转过身，见戚慎微站得远远的。阿芙问："你怎么跑那儿去了？"

戚慎微脸色很阴沉，道："保命。"

蓦然间，嘶吼声大起。有人发现他们了，纷纷跑过来。人汇成潮水，密密麻麻的一片，看了让人心惊胆战。戚慎微掐御剑诀，归昧铮然一动，阿芙扔了钉耙，迅速上剑，紧紧拽着戚慎微的衣袖，道："你休想让我用脚跑！"

戚慎微拽了两下，这女人的力气大得吓人，他竟然没能把衣袖拽出来。

底下人头攒动，所有村民像狗见到肉似的，疯狂地嘶吼，干瘦的手臂伸出来，密密麻麻一片。戚隐蹲在他娘边上低头看，头皮发麻。这些人怎么回事？中邪了？

"孟姑娘，"戚慎微头一回称呼阿芙，"你会设陷阱抓野猪吗？"

阿芙道："我一个弱女子，平日大门不出，二门不迈，在家里只干点儿、纺纱织布的活儿……"

戚慎微打断她："你会吗？"

"会。"阿芙问道，"你想干吗？"

"抓一个，看看怎么回事。"戚慎微道。

戚隐爹娘俩人，简直是猛男配猛女，一个人设陷阱，一个人当诱饵，三两下就把外面那个落单的砍柴人给绑了。那人儿挺着个大肚腩，龇着一口黄牙，嗬嗬直叫唤。他爹摸他的脉搏，又试他的呼吸，锁着眉心道："活人。"

"我……"阿芙捂着嘴，"我刚刚杀了人！"

"正当自卫，非汝之过。"戚慎微道。

"是瘟疫吗？"阿芙打量这个砍柴人，"我知道有种瘟疫，得了会让人变成疯狗似的。"

戚慎微摇头："不对劲。"他斟酌着道，"他有点儿胖。"

的确，戚隐也发现了，这村子一水儿的茅寮子土坯墙，村民穿得破破烂烂，全都瘦巴巴的，只这个砍柴人胖鼓鼓。他不过一个砍柴的，哪来这么多油水？

"戚道长，"阿芙忽然问，"男人会怀孕吗？"

戚慎微扯了扯嘴角："你觉得呢？"

阿芙皱着眉头。

戚慎微本不想再理会她，但看她若有所思，便硬着头皮问："为何作此问？"

阿芙指了指砍柴人的肚子，道："我刚刚看到他肚子动了下。"

戚慎微脸色一肃，道："退后！"

阿芙十分听话，一退就是三丈远，躲进一块大石头后面，道："我躲好了！"

戚慎微："……"

砍柴人的肚子又是一动，似乎有个什么东西在他肚子里扑腾。片刻后，一只大蛾子咬破他的肚皮，从里面飞出来。那蛾子五彩斑斓，足有一个人头那么大。戚隐目瞪口呆，这蛾子和巫郁离的蛾子长得很像，只不过翅膀纹样不大一样。

戚慎微面无表情，掐诀唤醒归昧。凛冽的寒光一闪，归昧剑直接把蛾子钉在树上，冰霜结满它毛茸茸的翅子。紧接着，他画出一个繁复的符咒，金色符咒倏忽扩大，幻出一个巨大的结界，罩在山村上方。这样一来，里面的怪人出不去，外面的人也进不了。戚慎微御起归昧，飞到阿芙身边，道："上剑。"

"不是不让我上吗？"阿芙瞪着大眼睛瞧他。

"上剑。"戚慎微冷冰冰地重复。

阿芙爬上剑，放下包袱，乐滋滋地坐在后头。

归昧剑化为一道寒光，径直朝乌江而去。风声呼啸，阿芙在风里问："戚道长，我是不是第一个乘你剑的姑娘？"

戚慎微不回头，也不说话。

阿芙不依不饶："是不是啊，戚道长？"

戚慎微终于开了口，声音顺着风，凉凉地传过来："聒噪，闭嘴。"

他娘那时候跟着他外公外婆住在镇子上，家里是卖布匹的，他娘是镇上有名的"布匹西施"。他娘的家临着大街，前面是店铺，后面住人。上下两层楼，统共四间屋子，干干净净一方院落，中间一口天井，绿汪汪的青苔爬满石砖。他爹救他娘回去那天，整个镇子的人都来了他娘家，天井里坐满了人，人头攒动，坐不下的就蹲在门槛上，站在屋外头，还有的爬上墙头。江南偏僻小镇，几百年也出不了一个剑仙，好不容易来了个仙人，这全是来看他爹的。

他爹被孟氏族长按在首座，他外婆和小姨抱着他娘涕泪横流。戚隐很小的时候见过他外公外婆，他是个私生子，外公不待见他，从没正眼看过他。外婆见了他就抹眼泪，背着外公，偷偷塞银钱给他当零花，他总是赤着脚出门，到巷口买个热烘烘的汤饼。这个时候他外公还是个中年汉子，四肢粗壮，面容黝黑；他外婆生得秀气，细手细脚，典型的江南女人。

"戚仙师，你这腿……"老族长打量戚慎微被打断的腿。

"都是那天杀的狼妖！"阿芙泣涕涟涟，盈盈下拜，"戚道长为了救奴，同那狼王大战三百回合，直打得天昏地暗，日月无光，狼王身披数创，狼狈而去，而戚道长……"阿芙哽咽了一下，拿帕子掩着脸，"也被打断了腿啊！"

四座皆怆然太息，怒骂狼妖。

戚慎微面无表情，没有揭穿阿芙的谎话。

从那天起，他爹就宿在他娘家养腿伤。外婆收拾了处干净屋子给他爹，和他娘的屋只隔了一面墙。他外公这人儿挺一言难尽的,一天天净在他爹跟前晃悠,念叨今年布不好卖,家里揭不开锅。他爹识趣,摘了块儿玉佩给他外公,从此他外公眉开眼笑,看他爹跟看亲儿子似的。

那一年,外公家最大的事儿除了他娘被掳,就是他娘的婚嫁。他娘家门口总是围着人,一半是来领略他爹的仙风道骨的,一半是来看他娘的。就算太阳落山,月光洒满静悄悄的小镇,也总有喝醉酒的流氓敞着汗衫,站在楼底下大喊:"姑娘,出来说会儿体己话!"

每当这个时候,他外公就对绣红布绷子的外婆说:"姑娘大了留不得,阿玉都嫁出去了,她这个当姐姐的反倒留在家,让人说笑话!你明儿去寻个人家,要紧一宗是有身家的,当妻做妾都使得。"

屋外喧腾,他爹充耳不闻,坐在一豆青灯下写信。他爹安静得近乎冷漠,除了关于妖魔的事儿,他一概不理。他写了封飞帖交代山中怪人的事,凤还离江南最近,他封上信,发往凤还。戚隐觉得无聊,坐在床榻上打哈欠。

"阿芙,你都十八了,"他小姨的声音透过薄薄的板壁传过来,"赶紧寻个好人家嫁了吧。你在家就是活招牌,招人惦记。"

"我才不嫁。"他娘道。

他小姨道:"你该不会看上戚仙师了吧?告诉你啊,别瞎想,这种男的,赶明儿剑一飞,人没了,看你着不着急。咱们这等俗人,找个在地上走的就得了。"

"谁让他长这么俊?"他娘竟然没反驳,"你瞧这长相,这通身的气度,搁谁都会惦记他。"

"那他也瞧不上你。"他小姨道。

"瞧不上就瞧不上,就不兴我想想?想想又不犯法。"阿芙豪迈地宣布,"老娘不光想,还要做梦,在梦里见他。"

两个女人咔咔发笑。她们不知道修道之人耳聪目明,一面板壁,在戚慎微面前如若无物。戚隐看见他爹的脸色一寸寸阴沉下来,执着毛笔的手指发青。

他小姨骂道:"你个不害臊的丫头,小点儿声,他就在隔壁!"

"哎呀,"阿芙拉长声调,怅惘地道,"要是我是个会仙术的女土匪就好了,我就把他给掳回来当压寨郎君,从此土匪不打劫,窝在山寨,夜夜笙歌。"

戚慎微终于忍不住了,屈指叩了叩板壁,道:"我听得见,别再说了。"

隔壁一下安静了,月光洒进窗台,黑夜里万籁俱寂。

过了半晌,阿芙的声音怯怯地响起来:"戚道长,我只是想想,没想真那么干。"

"够了,闭嘴。"戚慎微阴郁地道。

这真是糗大了,戚隐都替他娘尴尬。隔天他小姨就回吴塘了,可能是没脸见他爹了。他爹娘两个同住一个屋檐底下,抬头不见低头见,得亏他娘脸皮厚如城墙,硬生生装得跟没事人似的,每天捧着红木大盆儿,上他爹的屋收衣裳。家里的床单衣裳都是他娘洗,有时候他娘也兜揽别人的衣裳来洗,补贴家用。衣物堆在一块儿,山一样高，但他娘专门给他爹单独放一个盆儿，单独搓。她就蹲在那白花花的天井底下，系着襻膊，露出一双青白色的手臂。她一面哼江南的小调，那柔婉缱绻的调子，郎啊妹的，哩哩啦啦，一直飘到他爹的屋里来。

凤还的人很快就来了，是一个笑眯眯的青年，天生一双桃花眼，身上一袭补丁破布袍子，盘腿坐在剑上，在门槛边上叫人。他爹艰难地下楼，见了他，喊了声："清式。"

这竟然是他那个又胖又秃的师父！戚隐震惊。

他俩一面交谈，戚隐一面在边上蹦跶，想看看他师父的头顶有没有秃的迹象。

"这几天我在江南转悠了几圈，那样的村子一共发现了五处，都藏在深山土坳子里头，相隔也很远，彼此没什么联系。有意思的是，那几个都是只有十几户人家居住的小山村，去外面通常要走许久的山路。"清式揣着手，道，"你怎么想？"

"深山老林，人迹罕至，"戚慎微凝眉，"像是有人故意圈地放蛾，但并不想扩大妖患。"

话儿听到这里，戚隐终于知道巫郁离那个家伙行的什么医了。

他不是行医，他在养蛾子。

"同感。我将这妖蛾子带回去仔细看看，你安心在这儿养伤。"幽幽的歌声从里头传出来，清式耳朵一竖，伸长脖子往里看。

戚慎微用手挡住他的视线，清式又往边上瞧，戚慎微再挡，连续几下，清式埋怨道："老戚，你这不仗义。只许你同人家一块儿住，就不许我看几眼？"

"事情办完，你可以走了。"戚慎微冷冰冰地关上门。

日子一天天过，他爹娘渐渐能说上几句话了。即使养伤，他爹也保持着严格的作息。他爹每天鸡叫就起，响午被他外公拉出来讨论人妖大势、天下大局，虽然他爹一般一声不吭；下午被他外婆拉出来，一群婆婆妈妈姨妈婶婶围着他坐，慈爱地点头微笑。临走的时候，有人拍了下他，笑道："身板儿真结实！"

戚慎微不善言辞，不懂拒绝，更不知道怎么表达不满，僵着脸等这些老姑婆走了，扭过头，便见他娘倚在门框上忍笑。

"戚道长，爱美之心人皆有之，别见怪嘛。"阿芙揶揄地道。

戚慎微不想理她，冷着脸走了。不过从那次以后，每回姑婶婆姨来喝茶，阿芙就带他躲到后街巷子里。乌江的雨潇潇地下，他们坐在门墩子上，一人一边，一起看瓦檐上淅淅沥沥落下来的雨滴。他们有时候能有一搭没一搭地说几句话儿。他娘话出奇得多，从小时候在乡下骑大鹅，说到十七岁拿热油浇流氓的脚，又说到在徽州府帮那只脾气贼臭的狼王刷毛。他爹默默地听，忽然问："孟姑娘，你不怕吗？"

"谁说我不怕啦？"阿芙两手托着下巴，"刚进狼妖堆的时候，我简直怕死了，它们当着我的面，把一个人开膛剖腹呢！但是我跟自己说，孟阿芙，振作一点儿，你还这么年轻，连男人的手都没有牵过，怎么能这么死了呢！"

戚慎微一哽，道："你……"

"知道啦,注意言行,我是姑娘家嘛。"阿芙笑道,"我呀,天天就盼着有人来救我。可是我们这个小地方,谁有这个能耐?想不到我走运,戚道长你就来了,"阿芙转过脸,眉眼弯弯瞧着他,"戚道长,你是我的福星啊!"

那时节的江南,灿烂好天光,阿芙望着他,笑意荡漾在明丽的眼眸。

戚隐蹲在对面,默默地凝望她。他的娘亲,有着这样美丽的笑容。

戚慎微也望着她,有片刻的愣怔,末了咳了一声,道:"举手之劳,不足挂齿。"

假正经,看,还不是动心了?戚隐撇撇嘴,从他的角度,刚好可以看见他爹红透的耳朵。

晚上照旧有人来楼下叫唤。他爹终于出了手,唤起归昧来赶人,于是每天又多了"狗剑仙杀人啦"的惨叫。他娘教他爹用竹篾编蚂蚱、编小蝉,他爹给这些小玩意儿贴上符,它们就发光,在星夜的天井里飘。他爹的腿伤渐渐痊愈,能多走几步路了,便跟着他娘上街,买面粉,买麻油,买菱角。他们坐在绿水塘子的堤上,他爹学会了剥莲蓬,他娘负责吃。

有时候,他爹会到前面店堂里坐坐,他娘站在柜台拨算盘。外面人群来来往往,摩肩接踵,汤饼摊的烟火满街飘。对门是一家茶楼,茶果的香味飘过街,传到他们这儿来。客稀的时候,他娘就哼歌,仍旧是江南小调,依旧讲郎啊妹的,配上几句乌江的枫叶和乌篷船,缱绻的调子,像岁月一样悠长。

"喂,戚道长,"阿芙问,"你喜欢什么样的女人?"

"不喜欢。"

"喜欢男人?"

戚慎微:"……"

"开个玩笑嘛!"阿芙撑着下巴笑,朝对门的茶楼努努嘴,"我爹娘不留我了,要我嫁人。对门跑堂的小来旺,人机灵,也勤快,你觉得行吗?"

戚慎微凝起眉,没吭声。小来旺,他见过几回,同那群流氓走得很近,流里流气,每回见了阿芙,眼睛就往她胸脯上溜。戚慎微很不喜欢这个人,只要这人儿往店里串,他就插上归昧剑,把店堂弄得凉飕飕的,那人儿就缩着脖子出去了。

"还有隔街那个屠户,卖猪肉的老胡,比我大八岁,乡下有几亩田,似乎也不错。"阿芙掰着手指头数,"三山弄有个冯秀才,很有学问,在我们族学坐馆,明年就要上京赶考了,也挺好的。戚道长,你觉得我嫁给哪个好?"

老胡大腹便便,常常勾着娼门子经过阿芙的店堂。那个冯秀才虽然老实,但不是个能仰赖的,坐馆的束脩才多少,自己都养不活。戚隐靠在他娘边上望着他爹,他爹抿着唇,看不出是什么想法。

戚慎微沉默了一会儿,道:"你该问你自己喜欢谁。"

"我喜欢你啊,戚道长。"阿芙歪着头笑。

"你喜欢的是皮相。"

阿芙站在那儿,长长叹了一口气:"你说我怎么就不是个男人呢?我娘常说,我投错了胎，我该是个男胎才对。要是我是男人，我就不用嫁人了，我什么都能干，还能继承家里的铺子。我爹那个老顽固，非要把铺子给我堂弟，就不给我，就因为我是个女孩儿。我谁都不想嫁，戚道长，我想当个男人。"

两个人相对无言了半晌，阿芙仰头望帘外青天："天爷，你怎么不多给我二两肉呢？"

戚慎微一哽，咳嗽起来。他无奈地叹了口气："孟姑娘，注意言行。"

"其实我爹娘已经给我寻好亲事了。"阿芙忽然说。

戚慎微一愣。

阿芙撩了下发丝，把它抿到耳后："前两天来了个周家婶婶，你记得吗？我娘请她到楼上喝茶，临走的时候她看了我的手，又看了我的脚。相看女人就是这么看的，看你白不白，身上有没有病，脚大不大，是不是断掌，断掌女人不吉利。她好像挺满意的，还塞给我一个红包。"

"她家……如何？"戚慎微迟疑着问。

"她家主人是我们镇的财主，今年五十有一了，新丧了媳妇儿，约莫是娶我做续弦吧。可我家门第低，是小妾也说不准。"阿芙望向他，扯了下嘴角笑起来，眼睛蒙蒙眬眬的，一滴眼泪滑过眼角。傍晚的阳光照进竹帘子，打在她婉约秀丽的眉眼上，她的脸儿在那光下几乎透明。

戚慎微怔怔地看着她，不言不语。

阿芙笑着流泪，道："戚道长，我要嫁人啦，你恭喜我呀！"

枫叶红透的时候，戚慎微的伤终于好了，他告别了孟家，全镇的人都出来送他，阿芙也在。戚慎微站在剑上看，那个放肆又张扬的女人站在乌江水边，乌黑油亮的大辫子上绑着红头绳，一袭枣红色衫裙在风里飘扬，像一抹浓烈的火焰。她在人群里不停挥手，大声道别。分明有那么多人都在挥手，那么多人都在喊"道长慢走"，可他只看见她的脸庞，只听见她的声音。

他闭了闭眼，背过身，那个女人的声音越来越远，最终散在风里。

戚慎微在江南徘徊了些时日，主要是接着调查妖蛾山村的事儿。清式那个不靠谱的，查到一半儿就下山游历去了。他们这些修道的，修为一遇上瓶颈便要去游历一番，所谓观天下才能闻大道，虽然结果往往是结下一段孽缘，留下一个私生子和一个痛哭的女人。清式出海寻仙，他爹只能自己查。可那妖蛾子销声匿迹了一般，竟再也没个踪迹了。

在江南待得够久了，戚慎微决定北上。临去时狼王嗅到他的踪迹，跑来和他缠斗了三天三夜，最后被他丢进了凤还禁地。

"难不成这天下，只有那个臭丫头能打败你？"狼王怒道。

戚慎微面无表情地望着它。

"只可惜老子听说她明天要嫁人，大约是没空来收拾你。"狼王哼道，"小牛鼻子，日后再来寻我一战，老子迟早会胜过你！"

第二十二章　难追

狼王走了，他爹却愣在原地。他爹在乌江边上发了一宿的呆，戚隐也蹲在这傻子的边上吹了一夜的风。第二天，他爹戴上幂篱，回了乌江镇。那财主果然有钱，让镇子里头家家户户檐头底下都挂上了红灯笼。流水席一直摆到街面上，全镇的老百姓都来吃。孟家门口放炮仗，红纸撒满地。他爹一袭白衣，负着剑，幂篱的白纱笼住了脸，站在人头攒动的人堆里。大家挨挨挤挤，踮着脚，看那个老财主挺着大肚皮，大红圆领广袖袍子绷得像鼓面似的，停在孟家门前下了马。

戚隐还以为他爹要抢亲，其实戚慎微没想这么干。世事繁杂，仙山子弟从来只管除妖魔凶患，从不插手凡人争端。他是无方弟子，不可能娶阿芙，也无法救阿芙脱离苦海。

他只是回来看一看，看完就走。

门开了，女人跨过门槛，立在阶上，睥睨底下的人。乌黑油亮的大辫子，枣红色的夹袄和裙摆，明艳得像一簇火焰。若非她不曾手握刀剑，戚隐几乎要以为她是战火里走出来的神女，无畏无惧。

"大姑娘，你怎么没穿吉服？"老财主问。

"早跟你说了，我不嫁，"阿芙耸耸肩，"收你钱的是我爹，你让他嫁给你吧。"

"胡闹！"她爹从里面赶出来，向周财主赔笑，"新姑爷，这孩子一向爱胡言乱语，你且等等，且等等。"

"等个屁！"周财主骂道，"孟阿芙，你以为今日由着你胡来？你不听话，大爷就让人来押你拜堂！"

"拜堂？"阿芙阴森森地冷笑，不知从哪儿摸出一把铁钎子，在手里一拧，那拇指粗的铁钎，硬生生让她拗成麻花。她道："老娘先把你拧个个儿！你信不信？"

戚隐冷汗下来了，他知道他娘力气大，没想到他娘力气这么大，扭头看他爹，他爹眸子里也有明显的震惊。

周财主指着她："你你你你……"

"不过，"阿芙把铁钎一扔，"杀人是犯法的，我不能杀你。"

周财主连连点头："对对对对……"

"但你也不能娶我，除非……"阿芙道，"你愿意娶一只破鞋。"

"你什么意思？"

"老娘有相好的，私相授受，夜半跳墙，红被翻浪，什么都干过了。"阿芙挑衅地看他，"周员外，你还要娶我吗？"

霎时间，四下里像烧开的锅，一下子沸腾起来。失节的女人，恍若一朵被摘了的娇花儿，从此不是宝贝，而是尘泥。戚慎微万万没有想到，她为了不嫁不惜自毁名节。所有人都在喝骂她，唾弃她的失节，往日流连于她门口的男人，也加入讨伐的大军。她仰着下巴，站在石阶上面，像一块顽固的石头，那清潋潋的眸光，倔强又坚忍。

"相好的？"周财主冷笑，"既敢和你私通，为何不敢出来相见？恐怕只是你为了不嫁,胡说罢了。无妨,今儿我们回去,入了洞房,不就一清二楚了?阿芙,你再厉害,也打不过我这帮好手!"说完,他的家仆卸了轿绳站出来,一个个五大三粗,铁塔似的。

阿芙脸色白了几分,她娘在后面抹泪,劝她道:"阿芙,咱们算了吧。"

"说啊,你的那相好的到底是谁?"周财主笑道,"还是说,根本没有?"

"是我。"

冰冷沉静的声音响在后头,所有人纷纷回过头。

白衣男人负剑而出,一步一步走到阶下,摘下白纱幂篱,露出那张白皙的冷漠脸庞。

戚慎微说:"是我。"

像是一道焦雷打在所有人头顶,阿芙愣住了,乌江镇的百姓也愣住了。孟父震惊地问:"私相授受的是你?"

"是我。"

"夜半跳墙的是你?"

"是我。"

"红被翻浪的也是你?"

戚慎微这回沉默了,可他只停顿了一会儿,道:"是我。"

"戚仙师,你怎么……你是修道之人啊!"孟家族长敲着拐杖,痛心疾首。

四下哗然,举座震惊。戚慎微向阿芙伸出手,淡淡地问:"走吗?"他的语气那么平常,像是邀请她去绿水塘子边上散步。可谁都知道,此去,便再没有回头之路。

阿芙怔了许久,忽然回过神,提起裙子,向他奔了过去。两只手牵在一起,彼此都感受到对方的温度,像被火苗舔舐手心,心脏在胸腔里颤抖。可是谁也没有放开手,戚慎微牵着阿芙,步入山海般的人群,乌泱泱的人头恍若潮水分流,让开一条道儿。那两个人艰难地前行,渐渐有人高声叫骂,渐渐有人扔出烂菜臭蛋。

"狗剑仙""淫道士"……骂声此起彼伏,不堪入耳。鸡蛋砸在戚慎微脸上,污黄黏腻的蛋液沿着棱角分明的脸颊流淌,戚慎微眼也不眨,一步步,带着阿芙,离开了这里。

冬天的林子秃了叶子,枯褐色的树干有种说不出的肃然。他爹这个人,身上沾一点儿脏能要他的命。他爹把他娘带到水塘子边上,让她背过身,不许回头,然后脱了衣裳,下水洗澡。身上全是臭蛋烂菜的味道,他爹的脸色很差劲。

"戚道长,"阿芙捂着眼睛道,"你又救我一次。放心,我知道你是情急之下才说是我姘头,我不会赖着你的,我们就在这儿分别吧!"

那边安静了很久,才传来男人清冷的嗓音:"你不害怕吗,孟姑娘?"

"你怎么又问我这个问题?"阿芙道,"怕啊,当然怕。"

"那为何还要自毁名节拒婚?"

阿芙叹了口气，道："你刚刚也看到了，那个满脸横肉、猪头猪脸的周老爷。你想象一下，他一脸淫笑地脱掉你的衣裳，喊你'娘子'，你还要同他同床共枕，给他生娃娃……算了，你不用想象他碰你，你只要想象一下被我轻薄了，你觉得如何？"

戚慎微："……"

"有些事情不做的话，将来一定会后悔的。"阿芙说。

那边又不吭声儿了，阿芙试探着喊了几声，戚慎微终于回了话："孟姑娘，你说过我是你的福星。"

"是啊，我说过。"

"嗯，"戚慎微道，"我是。"

"是是是，"阿芙莞尔，"你是我的大恩人！"

"孟姑娘，你说过你要娶我做压寨郎君。"

"这事儿你还记得啊，"阿芙尴尬地笑，"我只是那么想想，我还想上天摘月亮呢。"

"嗯，"戚慎微的声音平静又清晰，"我嫁。"

阿芙猛地回过了头，眼睛透过指缝儿，望见水塘之中那个上身赤裸的男人。他背对着她，乌黑的发丝泼墨一样披在肩后，雪白的肩背墨黑的发，恍若一幅信笔勾勒的山水画。

"戚道长，你……你说笑吧？为什么……"阿芙结结巴巴地问。

戚慎微回过头，淡然的眼光落在阿芙身上："因为有些事情不做的话，将来一定会后悔的。还有，"他最后补充了一句，"闭眼，回头，不许看。"

阿芙合拢手指："戚道长，你是不是早就喜欢上我了？我貌美如花，沉鱼落雁，让你动凡心了？"

塘里的男人显然哽了一下，道："不是。"

"那就是因为我心地良善，知书达礼，你被我折服了？"

"不是。"

"那是为什么？"

戚慎微阴沉地道："因为我瞎。"

阿芙："……"

那天，江南落了第一场雪，戚隐的爹娘成亲了。没有笙歌，没有炮仗，也没有父母亲朋，两个人在乌江的乡下，小村庄的尽头，长满乌桕树的山脚下，他娘亲的爷爷留下来的小木屋里，成亲了。白茫茫的天地，呵气就成了冰。屋里柴火咻咻地烧，光影在窗纸上晃动。他娘喝多了，趴在他爹的怀里晃着头笑。

"郎君、郎君，你怎么这么好看？让小娘子我白天看了不够，晚上还想看，晚上睡觉闭着眼看不着，只好去梦里看了！"

戚慎微伸出手，放下胭脂红的土布帘子。

两个人的影儿在那帘子后面合拢在一起，男人低声喟叹，仿佛忍着极大的欢喜。

他轻声道："平生无所幸事，唯幸皮囊尚可，娘子喜欢。"

流氓。戚隐蹲在墙角，唾弃他爹。床下锯嘴葫芦，床上嘴巴抹蜜。流氓！

乌江镇那边的人常常来他们这儿找麻烦，同村的乡亲也不大待见他们，他爹怕自己不在，他娘受欺负，一直没有回门通禀还俗之事。他爹这一脉师父早丧，是大师兄拉扯他爹长大。他们一同读经习剑，感情甚笃。他爹思虑再三，写了封长信陈情。日子一天天过去，他爹帮村里抵挡山妖，逐渐不那么受排挤了。他爹跟着他娘学做饭，学浣衣，终于从除了御剑啥事儿不懂的狗剑仙，成了做饭烧厨房、浣衣洗破洞的倒霉丈夫。

"戚道长，"阿芙敲了敲黑成炭的锅炉，道，"你真是个败家爷们儿。"

戚慎微冷着脸重新围上围裙："再试一遍！"

农闲的时候，他爹就推着二轮车去赶集，他娘坐在车上哼歌，有时候跳下来自己走。白茫茫的天地，只有她枣红色的裙摆红得耀眼。

轮子伴着歌声辘辘作响，戚慎微那时候还不知道，他将用最后的残生去回忆这个画面。当他躺在封闭的木棺，躺在冰冷幽暗的地宫，他无数次记起这条泥泞小路上蝴蝶一样蹁跹的红色裙摆，那一扎绑了红头绳小绒花儿的大辫子，灿烂天光下她回过头来，眼神灼灼，笑靥如花。

"戚道长，你怎么走得这样慢呀？！"

他没有答话，只是默默地想，因为我在看你呀，阿芙。

第二年冬天，他娘怀胎的第九个月，他们去女娲庙里为孩子求名字。他爹说，名字交给女娲娘娘起，她就会保佑他健康长寿。千字筒掷出"犬"字，他娘眨巴着大眼睛："咱孩子真的要叫这个土了吧唧的名儿？"

他爹沉默了一阵，道："当小名。"

不知是不是路上动了胎气，刚回去，他娘的肚子就疼得受不了。村子里的大夫过来瞧，说是胎位不正，十分危险。那是戚隐头一回看他爹着了慌，这个对战妖魔尚且临危不乱的男人，在这时候急得满头冷汗。凡间医术拙劣，他爹前往凤还求医，却恰逢凤还掌门仙逝，封山拒客。他爹当机立断，前往无方。

那天下了三尺厚的雪，他的大师兄闭门不见，他爹在雪阶上长跪不起。戚隐望着他爹落满雪的眉睫，心里隐隐作痛，他好像猜到了，为什么他爹最终没能回去。

星辰高悬，天地苍茫。门终于开了，皂靴步到他爹的眼前。戚隐抬起头，看见元籍垂下眼眸，眸底有深重的痛楚。原来他爹那个师兄，就是元籍。

戚慎微气若游丝，艰难地道："师兄，救救我的妻儿。"

"元微，我救你的妻儿，谁来救你的道？"

"我的妻儿，便是我的道。"

"救她，可以，"元籍道，"但从此你不是我师弟，更不是无方弟子，无方教予

第二十二章 难追

你的心法剑术，在无方习得的修为灵力，你统统都要还给无方。刮骨洗髓散尽修为之痛，你可受得？沦为废人任人宰割之苦，你可忍得？"

戚隐摇头，惶然道："不要答应他，爹！"

他的父亲抬起头，眸光坚定，如霜似雪。

"好，我答应你。"

冰冷的石室，无方十二长老围着中间昏睡的人儿。元尹忧心道："这么做真的好吗？"

"这是为他好。"元籍望着外面簌簌落的雪，道。

"那元微的妻子……"有人迟疑着道。

"凭凡世的医术，胎位不正，生产艰难，她与孩子能否活命，尚未可知。"元籍回过头，道，"为免她忧心，我会用元微的笔迹送给她一封休书。"

元籍骗了他爹，他们没有拿走他爹的修为和灵力，而是封印了他的记忆。元籍说他遭妖妇欺骗，搅动凡心，但最终改过自新，回到无方，自请封印了记忆，从此不做他想。他爹在无方大殿前认错，静坐思过崖，除了降妖伏魔之事，不踏出思过崖半步。三年后，无方执剑长老病逝，他的父亲，成为新一任执剑长老。

他爹沉默了很多，几乎不怎么说话，没人知道他爹心里到底在想什么。戚隐看着他在思过崖上静坐，时光在他身侧汹涌而过，霜雪落满肩头，他像一块披雪巉岩，无悲无喜，无怨无尤。

后来，元籍带来了一个四岁的孩子，让他爹收他为徒。

孩子站在雪地里，身板挺得笔直，握得发青的拳头泄露了他的紧张。戚慎微看了他半晌，忽然道："师兄，他们说我也有个孩子，对吗？"

元籍愣了下。

"他还活着吗？"

"元微，你在想什么？"

"师兄，不知为何，我常常觉得心里缺损了一块。我有障，"戚慎微凝着眉，望向茫茫远天，"有心障。"

他爹要求去见从前的妻儿，元籍一开始拒绝，后来答应。他们去了江南，到了一处宅院，元籍让他爹看见了那所谓的"妻子"——一个被元籍收买了的寡妇，倚着门墩子漫不经心地吹指甲。

"哦？孩子？"她撩起眼皮，嗓音懒散，"掉进井里，淹死了。谁知道呢，一下没看着，就没了。"

"元微，情真似幻，大梦一场，你还放不下吗？"元籍叹息道，"你肩负我派道途，这世上你最不可负的，便是巍巍无方。"

他爹什么也没说，留下银钱，转身走了。那个孩子成了他爹唯一的徒弟，他爹领着他下山拜女娲，用千字筒掷道号。戚隐有时候觉得他爹纯粹是不想自己取名字，才想这么个省事儿的法子。千字筒摇了半天，掷出一个"犬"字来。孩子一下

321

愣了，十分不安地看着他爹。他爹拿着签子愣怔了半晌，眸子浮起疑惑。可他爹最终什么也没想起来，对孩子说："重新掷。"

再次掷签，竹签子落在地上，面上赫然一个"枢"字。

有了戚灵枢，他爹有人气儿了不少。他爹清晨教他剑法，晌午读经，晚上打坐。这孩子性子倔，尿了床，偷偷把床单藏在柜子底下，第二天带出去洗，再用避水诀烘干。他爹只假装不知道，到思过崖上静坐，好让小徒儿有空洗床单。不过小徒儿还太小，总洗不干净，所以夜半三更，他爹又悄悄起身，重新把床单洗一遍。戚灵枢十二岁那年，他爹亲手为戚灵枢铸造了问雪剑，交到这个孩子的手里。高阶之上，他的父亲高冠白袍，黑发落满雪，变得灰白，那寂静的眸底，终于有了岁月的痕迹。

时间一晃就是七年，一日，颍河水鬼作祟，他爹领着弟子前去除妖。水浪大作，剑光直插河底，所有水鬼顷刻间灰飞烟灭，他爹独自一人御着归昧剑破浪前行，追着那水鬼头子深入峡谷。仿佛是宿命一般，那茫茫的深潭，四面围住的绿柳林子，静悄悄的天和水，一如徽州府他爹娘初见的那口清潭。

行至峡谷，潭水平静，戚慎微悬立水上，静静等待。多年除妖的经验提醒他危机就在周围，有东西在漆黑的水里潜伏。这是水鬼惯用的伎俩，藏起来，然后一跃而出，在猎物防不胜防的时候用尖利的牙齿撕咬喉咙。果然，水底有什么东西破浪而上，戚慎微一动不动，等待那妖怪自行现身。

水波激荡，一个披头散发的东西冲出了黑暗，龇着狰狞的尖牙咬向他。归昧尖啸着出鞘，剑光照亮水域。那一刻戚隐看见了水鬼的脸，泡得几乎透明的皮肤，眼睛全黑没有眼白，只有那一双细眉，依稀辨得出远山一般秀丽。

戚隐呆住了，那是他的母亲，孟芙娘。

归昧霎时间停滞，雪亮的剑光在水里徘徊。戚慎微睁大了双眸，有什么东西在他心底复苏。四月乌江下不尽的雨，冬日村镇白茫茫的雪，他们在绿水塘子边上剥莲蓬，在乡间小路推二轮小车。那久远的画面犹如鸦羽一般簌簌袭来，他想起来了，全都想起来了。记忆像一个幽魂，追了他十八年，终于在这一刻追上了他。阿芙狠狠地撞进他怀里，锋利的牙齿咬进他的肩头。鲜血胭脂一样洇散开，戚慎微颤着手，抱住了这个变成水鬼的女人。

他伸出手梳她烟墨一样乌黑的发，一绺一绺，捋到耳后。他离开了十八年，这样长的岁月，他的妻子从一个明媚的女人，变成一只可怖的水鬼。可她是阿芙，聚天地之气于胸怀，即使成了妖，也是妖中魁首。

戚慎微眸藏哀恸，他在流泪，眼泪流出眼眶，汇进了潭水。

"阿芙，我回来了。"戚慎微闭上眼，埋入水鬼的颈间。

即使隔得远远的，戚隐依然能感受到他身上巨大的悲伤，恍若冰冷的海潮起伏。

戚隐察觉到什么，惊恐地大声喊："不要！"

归昧铮然一动，寒霜一般凄冷的剑划过一道凛冽的流光，刺破墨绿色的水浪，直直刺向阿芙的后心。那一瞬仿佛过得极慢，戚隐眼睁睁看着剑光刺入他娘的胸背，从他爹的背后穿出。归昧悲鸣，然而戚慎微继续掐诀，剑光又是一转，化作锋利的寒芒，刺进他的心脏，贯穿二人的身体。

戚隐怔怔地，立在潭心。

他的父亲，天下剑道第一人，此生斩妖除魔从无败绩。他的父亲只败给一个人，那个明媚如四月天光的女人，孟芙娘。

莫大的哀苦攫住了戚隐，让他几乎无法呼吸。怪不得区区水鬼能要他爹的命，因为那只水鬼是他的娘，因为他的父亲是自尽而亡。周遭天地一转，潭水消失不见，他看见戚慎微一袭素衣，坐在雪阶上，衣襟微敞，胸前的纱布露出一角。元籍站在戚慎微的身后，垂目叹息。

"元微，你当振作。"

"师兄，何必救我？"戚慎微眸光寂寥，"吾心已死，吾道已亡。"

元籍告诉了他所有的真相，包括戚隐的存在。戚慎微终于绝了自尽之念，配合无方的治疗。他什么都没有对戚灵枢说，目送灵枢离开无方，前往塞北。他转过身，却吐出一口血。他颤抖着看自己的手，指甲一片片剥落，掌纹扭曲畸变。他的身体在变化，无方却束手无策。四月初五，他的脸也开始流血，身体爆裂，畸形的手臂从伤口里伸出来。送饭的弟子上石室，打开门，里面满是抓痕，他们高声呼唤戚长老，却看见一个畸形硕大的白影攀在穹顶。

戚隐蹲在石室门口，捂着脸，听见弟子的惨叫，还有他爹的悲号："狗崽——"

他不敢再看，不敢再听，泪水沿着指缝下落，滴在地上，心像被谁扼住，刻骨地疼。戚隐难以想象，他爹该如何眼睁睁看着自己一点一点变成妖怪，又该如何在清醒之后面对那些被他撕碎的断肢残骸。凤还定然有所察觉，他们在颍河找到了归昧剑，看见了战场，他们一定猜到，他爹是自尽而亡，所以他们才没有告诉戚隐这个悲惨的真相。

天地变化，一切草木山石褪色消失，世界变成白茫茫的一片，若放眼而望，只能看见一片无垠的雪白。一个影子罩在戚隐身前，他视线里忽然暗了一片。戚隐哽咽着抬起头，看见清冷的男人站在他身前，垂着眉睫，静静凝望着他。

空空茫茫的世界里，他们父子一站一蹲，彼此相望。

戚隐怔怔地站起来，触摸他的脸颊，却只触碰到一片虚无。戚隐梦呓一般开口："爹……"

他们父子俩，如出一辙的深邃眉眼，相差无几的挺直鼻梁，一看便知是血脉相连的父子。

"狗崽。"戚慎微静静望着他，眸中有无言的欣慰，"幽居神墓之时，神志崩溃离析之际，我分离神识封印在琉璃十八子之中。原只是奢望，神明垂怜，终是让我侥幸与你相见。"他顿了顿，"方才看见为父化妖，可曾吓到？"

分离神识，无异于切割魂魄。可戚慎微说得风清云淡，仿佛不过拔了一根头发。

他的嗓音，一如那张留音符里那般平静从容，像走过千山万水，看遍风起云涌，最终归于波澜不惊的淡然。十八年，从乌江到吴塘，从凤还到无方，戚隐终于真正见到了他的父亲，与他说上了话。

虽然，他已经成了一缕神识。

喉头一哽，汹涌的悲哀在胸腔里翻腾，戚隐使劲儿摇头："爹，你就算成了大蜘蛛，也是蜘蛛精里最俊的。真的，在神墓里我就觉得，你是我见过的最俊的蜘蛛。"

戚慎微闻言愣了愣，旋即苦笑道："原来你进了神墓吗？我可曾伤到你？抱歉，第一次见面，就让你看见我这样丑陋的模样。"

戚隐终于忍不住，泪如雨下："你等等我，我认识一特厉害的人，起死回生，什么都会。我去找他，他一定有法子救你。"

"不必，"戚慎笼住衣袖，轻轻摇头，"狗崽，死亡是万物的终点。为父的师兄已替我强求过一次，便不必强求第二次了。"

戚隐的眼泪抑制不住往外流："可……可是……"

"同我说说你吧。"戚慎微凝望着他，那月一样清冷的眸光中仿佛有一种力量，让戚隐悲伤汹涌的心潮渐渐平静。戚慎微道："元籍同我说，阿芙罹难之后，你被阿玉收养。你可……过得好吗？"

戚隐抹了把脸，道："过得很好，你别担心。小姨对我可好了，比亲儿子还亲，家里吃穿用度，都紧着我先用，跟少爷似的，连表哥都嫉妒我。在吴塘上学，夫子也老爱夸我，说我勤奋，试帖诗写得好，弄得我都不好意思。邻居同窗都特别照顾我，我们每天一块儿走街串巷，特别有意思。你看，"他拍了拍自己的手臂，"我身子多结实，个儿也高，健健康康，没病没灾。后来清式真人接我去凤还，我拜了他当师父。山上也挺好，风景漂亮。师叔师兄待我都特别好。你猜怎么着，当初我娘生我难产，就是清和师叔给娘接的生，他是我们的救命恩人来着。"

"竟是这样吗？"戚慎微略微惊讶，"为父与清和长老只有一面之缘，印象里他是极温雅的一位君子。"他感激地道，"阿芙怀你时胎位不正，生产定然凶险，为父不曾回返，想不到，原是清和长老救了你们母子。"

"对啊，为了救我，师叔花了好大的工夫来着，还浪费了一件法宝。你别担心，大家都对我可好了。各大仙山的前辈听说我是你儿子，都赶着来关心我，邀我去他们那儿玩儿。你放心，就算你不在，我……"戚隐一边笑一边流泪，"我也肯定能健健康康，平平安安的。"

"那就好，那就好。"戚慎微安了心，望向远方，睫羽恍若细细的翅子，歇落在白皙的脸颊上。他又问道："你已是弱冠之龄，可有成亲吗？"

戚隐脸一红，挠着头，挑拣着说："没有，不过我有哥哥。"

"哥哥？"

"对，他特别好，"戚隐竖起大拇指，"性子温柔，从来不对我生气；看起来呆傻，其实聪明得很，学啥都快：洗衣缝补做饭扫地，样样都精。你看，"戚隐从兜里把手帕拿出来，"这就是他绣的，多好看。就是宫院里的绣娘都没他这么能干，他什么都会。"

戚慎微点点头："他可有喜欢的人吗？"

"没呢，"戚隐说，"他小时候住在山里，特别单纯，情情爱爱的，他不明白。"

"既为兄弟，当互相关照，天寒问他穿衣，三餐问他吃食。"戚慎微的表情很认真。

戚隐一时间有些感动，鼻子里酸溜溜的，只连连点头，道："我记住了！"

"日后你若成亲了，记得上炷香，让你娘和我看看。"戚慎微道。

"你要是不满意，可千万别生气。"戚隐忐忑地说。

"为父便是不满，又有何用？"戚慎微轻轻叹了一声，"左右是忧是喜，是苦是乐，都要你独自面对。"

他的话儿藏着深深的无奈和忧愁，戚隐忽然想起巫郁离的话儿，对于一个母亲来说最残忍的不是夺走她唯一的孩子，而是将她从她唯一的孩子身边夺走。戚隐心里微微地疼，对于一个父亲来说，又何尝不是如此？

戚慎微低下头，他的指尖在天光下变得透明。他轻声道："时候不早了，为父该走了。"

戚隐一愣，心里变得茫茫的，洪水从心底涌上来，在眼眶决了堤，怎么忍也忍不住。他等了他的父亲十八年，相见却不过短短一瞬。这才过了多久，才说了几句话儿？他不停地抹眼睛，视线模糊了又清晰，清晰了又模糊："爹，我舍不得你。"

"还有最后一事，"戚慎微道，"你师兄灵枢秉性倔强，然而刚过易折，剑道一途，杀生太多，煞气尤重，若道心稍有动摇，则步步深渊，万劫不复。狗崽，你若在他身边，当多出言相劝。"

戚隐哽咽着点头。

"不要哭，"戚慎微望着他，目光在他脸上眷恋地流连，"我留给你琉璃子，给你看那些往事，并非想让你悲哀，更不是想让你仇恨。我只是想让你知道，我很爱你。我希望将来有人问你父亲的名字，你会骄傲地告诉他，你是我戚慎微的儿子。"

戚慎微微笑着落泪，他抬起手，想要帮戚隐擦掉眼泪，手掌却穿过了戚隐的脸颊。

他无奈地看了看自己的手，道："你是我和阿芙生命的延续，你是我们的希望。你要记住，你活着，我们就活着。"

戚隐泪如雨下，不停地摇头。

"为父要去见你的娘亲了，你该为我高兴。"他的父亲最后说。

"高兴，我高兴。"戚隐用力扯嘴角，可怎么努力也扯不出一抹笑容。

戚慎微留恋地看了他最后一眼，转过身，向着远方走去。茫茫世界中，他清冷皎洁的背影与那无垠的白色几乎融为一体。他口占了一首诗，送进风里，吹到戚隐的耳边。

"万里云风终一去，不知来处不知归。飘零一身无所有，唯恨此生，长向别离中。"

再一眨眼，只见他化作一道霜白剑光，倏忽一去，便消逝在了远方。

戚隐站在那儿发愣，豆大的泪水滚滚而落。忽然，一道蛮狠的吸力拉扯他，他眼前一黑，又是一阵天旋地转。再一睁眼，已经回到了小筑外头，琉璃子啪嗒一声，跌落在他脚边。他把琉璃子捡起来，戴在腕上，眼泪又一滴滴打在那剔透的琉璃珠子上。

他是真的难过了，好像一辈子的难过都在今天发作了，浑身无力，连心脏都懒得跳动。他站在廊下发了会儿呆，如梦初醒一般，拖着身子回屋，推开门，跨进门槛，转进里屋，他哥还躺着，闭着双眼，很安详的样子。

戚隐看了看窗外的天色，已经深夜了，星子低垂，一眨一眨，和平常没什么两样。他没点灯，搬了张杌子，坐在他哥床边上，捂住脸，无声地落泪。

他想，命运真是坏透了，他爹娘那样的人，一个是天底下头一号剑仙，一把归昧剑寒光四射，妖魔见了闻风丧胆；一个是天字第一号大美人，威风凛凛气势汹汹，会烧饭会洗衣，还能徒手把铁钎子拧成麻花。他俩就该是一对侠侣，一路过五关斩六将，打败张牙舞爪的妖魔鬼怪，征服满嘴狗屁的仙门同道，找到一个世外桃源，生一地的娃娃，最后被写进戏折子里，成为遥远的传说。可他们分离了十八年，一个化妖，一个变鬼，死得还那么惨。

而他们的孩子是个没用的，有个虎视眈眈的大巫即将取他的狗命。

戚隐从杌子上滑下来，坐到地上，抱着膝盖埋着头，缩成一只蜗牛。他忽然觉得好冷好冷，冰天雪地里只剩下他一个人，小孩子一样坐在黑暗里哭泣。冻死了，戚隐抱紧自己的手脚，是倒春寒么，然后他恍然发现，是他心里太冷。

一双温暖的手臂忽然落在他的肩头，他抬起头，看见扶岚的双眸。扶岚刚刚醒来，就看见戚隐缩在床帷子下面，像一个孤单的小孩。

扶岚是个迟钝的人，这个世界和他像隔了一层，他总是很难领会情绪的起伏、情感的流动。不过阿芙曾经告诉过他，露出牙齿的笑容代表高兴，深深锁住的眉头代表愤怒，止不住的眼泪代表悲伤。

"弟弟不要一个人哭，哥哥在。"

黑猫从绒布垫子里跳出来，钻进戚隐的怀抱。毛茸茸的黑团子舔了舔他的脸颊，喉咙里咕噜一声。

"猫爷也在。"

第二十三章　折柳

戚隐痛痛快快哭了一通，直哭得满脸通红。扶岚轻轻拍着他的后背，给他盖上棉被。黑猫蹲在他脑袋边上，用毛茸茸的爪子拭他的泪，道："还和小时候一样呢，哭起来就哇哇的，喘不上来气儿。"

"要看小鱼吗？"扶岚问。

"什么？"戚隐眼睛肿得跟鱼泡似的，勉强睁开条缝儿瞧，扶岚正静静瞧着他。戚隐哭够了，心头郁结散了些，打眼瞧见被子上洇湿一片，正是他哭湿的，顿时觉得尴尬，拿手擦了擦，越擦颜色倒越深了。

扶岚并不在意，按住他的手，掌心里涌出天青色的小鱼，在寂静黑暗的床帏里散开。小鱼盘旋，汇成青色的水流，绕着戚隐徘徊。扶岚说："小时候你哭，给你看小鱼就不哭了。"

黑猫贴在戚隐身边，戚隐抬起手抹了把脸，道："我好多了，没事儿。"他平躺着，望着头顶的飞鱼，道，"我看见我爹了，他是个特别好的人。我现在特后悔以前老叫他'狗剑仙'，他一点儿也不狗，真的。要是我娘生我那天，他回到了家，他一定是世上最好的爹。"

说着他又难过起来，豆大的眼泪吧嗒吧嗒掉，沿着眼角流进鬓发。戚隐用手臂盖住眼睛，抿着嘴憋了一阵。扶岚靠过来，轻拍他的后背。小时候也是这样，戚隐夜里闹腾不睡觉，踢被子，哇啦哇啦说话，扶岚就轻轻拍他的后背。现在他长大了，扶岚还是用这种方式安抚他。

"哥，我心痛。"戚隐说。

戚隐叹了口气，又道："老怪说他要我的身体。"

"不给。"扶岚攥紧他。

"放宽心，兵来将挡，水来土掩。"黑猫嘟囔着出了声儿，"就算打不过，也要卸掉点儿他的零件儿，让他讨不到好处。"

戚隐抱紧黑猫，道："我好好练剑，等他来我们一起打。我爹也真是的，怎么不给我搞个灌顶传功，话本子里都这么写。"

黑猫没声儿了，眼皮子打架，渐渐打起呼噜来。

"哥，"戚隐又喊了一声，这一次却什么也没说，沉默了许久，才低声道，"我很想念你们。"

第二十三章 折柳

扶岚愣了一下，呆呆地望着他。床帷子的阴影里，男孩儿的眼神悲伤又哀悯。他沉默不说话的时候，总是显得孤独又哀伤，像走失了的孩子，找不到回家的路。

戚隐闷声道："在神墓里的时候就很想你，杀掉我爹变成的大蜘蛛的时候想你，在琉璃子里看我爹的回忆的时候也想你。"

"我也想念你。"扶岚回抱住他。

"你骗人，你一声不吭地就跑掉了，带着猫爷跳下悬空阶，连我也没告诉。你带猫爷，不带我。"

扶岚想解释，但他实在嘴太笨了，想了半天也不知道该怎么说，总觉得越说弟弟会越生气，最后只能沮丧地垂下眼睫，道："对不起。"

两个人不说话，屋子里静静的。月光越过翘脚檐，钻进纸窗，像凄冷的水波，在冰冰凉凉的砖地上漫过。戚隐睁开眼，道："我难过得睡不着。"

"哼曲子给你听。"扶岚说。

"什么曲儿？"戚隐问，心里不自觉地想，该不会是"神案底下叙恩情"吧？

"巴山月圆的时候，风里就会有笛声，传说是一个大巫留下来的。"扶岚道，"小时候，会给你唱这个当摇篮曲。"

戚隐点点头，闭上眼。幽幽的曲调响起在耳边，扶岚的嗓音低沉又柔和，哼的那曲调缱绻又悠长，像一个人在诉说着无尽的想念。戚隐的心里哀哀的、静静的，恍惚间似乎看见巴山月圆，月光恍若霏霏细雪。那缱绻的曲调里藏着白鹿似有若无的蹄音，越来越近，越来越近。

戚隐睡着了。

第二天一大早，天刚蒙蒙亮，戚隐先去钟鼓山的小院找方辛萧。她说的那虫子，很可能就是巫郁离种在她身上的蛾子。要不然巫郁离怎么会对神墓里发生的事儿了如指掌，必定是这蛾子同他有什么联系。到那一瞧，方辛萧虽然脸色还白得像纸似的，但就是虚了点儿，没什么大碍。戚隐为确保没事儿，压着她的腕子探了探她的脉。方辛萧红了脸，道："隐师兄，谢谢你这么关心我。"

"都是师兄妹，何必见外，小事儿一桩。"戚隐一笑。

方辛萧捏着衣角踌躇了一阵，从怀里拿出一块叠得整整齐齐的素白手绢儿，放在戚隐手里。

"哦，要我转交给我哥？"戚隐看也没看，塞进乾坤袋里。

"不是！"方辛萧巴掌大的脸儿彻底红透，"在神墓的时候，人面妖那一回，后殿人茧那一回，隐师兄一下子救我两回。后来我在秘殿……你也不怪我，还关心我这点儿小伤。这个是谢谢你，送给你的，你别嫌弃。"

"给我？"戚隐一愣，道，"不用了，我已经有帕子了，我哥给我绣的。"戚隐把帕子还给她，又拿出自己的小鱼手帕给她瞧，他脸上透着自豪，莫名有种炫耀的意味，"看，我哥手艺不错吧。"

方辛萧望着那帕子呆了一阵，道："比我绣得好多了。"

"还行吧，你加把劲儿，平常多练练，就能赶上我哥了。"戚隐鼓励她。

方辛萧看了他一眼，什么也没说，转过身跑了，临走时眼眶通红，像是要哭。这是怎么了？戚隐呆在原地没回过神儿来。女孩儿送帕子……等等，莫不是那个意思吧？可她不是喜欢他哥的吗？这是移情别恋了？还……移到了他的身上！戚隐恍然大悟。活了十八年，终于有女孩儿喜欢他了！戚隐感慨万分。

他把扶岚的帕子叠好揣回兜里，转身去找清式。清式那屋宽敞明亮，进去一瞧，扶岚和叶清明都在那儿。他哥坐在罗汉榻上翻花绳，面前还摆着好些孔明锁之类的玩意儿。都是那些仙山前辈送的，说这些玩意儿益智，适合他哥玩儿。戚隐很无语，打眼瞧他哥，玩得还挺入迷。

他把那蛾子的事儿跟清式说了一遍，老头儿沉吟了半晌，从袖子掏出一卷纸轴，道："这是为师这些年来找到关于那妖蛾的所有线索。世上妖蛾种类繁多，不胜枚举，但只要是妖，都嗜血如命。你若说方辛萧中了此蛾，还毫发无损，与我往日所见又不大一样。"

戚隐又看向叶清明，踌躇着道："师叔，你要不要检查一下身上，说不定老怪也在你身上种了妖蛾子。"

叶清明摆摆手："打住，我身上可没那玩意儿。你要不信，我现在就能剥光了给你瞧。"他语气不是很好，话儿说出口，自己也有发觉，平了平声气儿，道，"师侄，不是我不信你。你说妖蛾子是我师兄养的，你亲眼见过没有？但凡你去常州府打听，没有说他坏话的。我们师兄弟相处十几年，他什么人，我们会不知道？现如今，你口口声声说他是那老怪，却都是一面之词。那老怪诡计多端，真没准儿是他假扮师兄呢。"

巫郁离那个家伙，若那厮不微笑着说出"我要取你肉身"的话，戚隐也很难相信他是个杀人不眨眼的老怪。他在凤还待了十几年，确实很难说服凤还山的人他这些年来温和良善的模样都是伪装做戏。不，他根本没有做戏。他可以对你温煦微笑，犹如四月春风，也可以在一眨眼之后，用最残忍的方式取你的性命。

戚隐也不多做争辩，只道："师叔说得极是，是我武断了。"

"这就对嘛，"叶清明一笑，"咱不能冤枉好人不是？"

不过戚隐还是坚持叶清明要检查一下自己身上，叶清明点头答应了，揽了清式到屏风后面脱衣服。戚隐扭头看，正瞧见扶岚坐在窗边看清式的妖蛾画轴。清式检查完叶清明，确认并无不妥之处，出来道："老夫所知道的蛾子都在上面了，西南边陲的金线天蛾、山里常见的鬼脸夜光蛾，还有这只，"他指着画轴中间一个栖在酒葫芦上的蛾子，仔细瞧，这蛾子似乎是一脸陶醉的表情，"这老贼是咱们凤还禁地的妖蛾子，二百八十多年的道行，会唱数来宝。老夫曾问过它，江南那帮怪蛾子是它们蛾族的哪支。"

"它怎么说？"戚隐问。

第二十三章 折柳

"见所未见,闻所未闻。"清式道。

扭头看扶岚,见他正看得入迷,戚隐问:"发现什么了?"

"眼熟。"

扶岚指着画轴上一个蛾子,翅子五彩斑斓,缀了两个弯弯的眼斑,像一张没有鼻子嘴巴的笑脸,无端透着一股邪性,很像戚隐他爹遇见的那种。

"你是不是以前在哪看过,南疆?江南?"戚隐坐下来问。他哥来自南疆,又去过江南,还真可能见过这蛾子。

扶岚摇头,道:"不是。"

"哦?那是别的地方,云梦古泽?你不是和猫爷去过那儿拓金错书吗?"

扶岚还是摇头,脸上露出迷茫的表情。他很用力地想了一会儿,道:"不记得了。"

戚隐看着他哥,又想起白鹿中殿那具骸骨来。巫郁离说他哥没有父母,到底是什么意思?他哥和巫郁离之间,又有着什么样的关系?总不可能,那具骸骨就是扶岚自己吧?

"那个人,"扶岚垂下眸,抚摸画轴上的妖蛾,"他和我有关系。"

"你想找他吗?"戚隐问。

扶岚点点头:"找到他,问他我是谁,"他抬起眼,望向戚隐,眉目淡然,"然后杀了他。"

戚隐领着他哥刚想走,清式叫住他,又道:"小隐,昔年老夫壮游天地,出海寻仙,觅得一蓬莱仙岛,远在重海之外。如今人间灵气衰微,道脉眼看就要断绝。老夫打算不日封山出海,不再回返,兴许尚能躲过一劫,为我人间留存一缕微脉。你可要与凤还一道?如此,说不定能躲过我那师弟的追杀。"

戚隐想了会儿,道:"不了,他是千年老怪,你们同他不可同日而语。我若跟着你们,只怕牵连无辜。更何况,我之前答应了我哥,要跟他去南疆的。你们去吧,要是将来能活下来,我去找你们玩儿。"

"也好,他来自南疆,说不定巴山神殿有克他之法。你跟在云岚小徒儿的身边,也比跟着我们安全许多。待到了仙岛,老夫会飞信与你。若有需要,你可随时传信与我。"

出了门,最近倒春寒,灭度峰又高,刚融的雪又积得厚厚的,一踩下去,能没过脚踝。戚隐揣着袖子,和扶岚一道儿走。

戚隐道:"我还有事儿,先走了,你一会儿来小师叔那儿找我。"

"灵枢。"

冷冷清清的声音响在耳畔,戚灵枢一个激灵,睁开眼:"师尊!"

眼前却蓦然是四手四足的怪物,畸异苍白的脸庞上,八颗眼珠子骨碌碌乱转。

"灵枢……"它幽幽地喊。

戚灵枢猛地惊醒，睁开眼，眼前是熟悉的丁香色床帷子，炕桌上点了安神香，袅袅烟气晕散在纱窗透进来的天光里。摸了摸中单，一身的冷汗，戚灵枢坐起来，深锁着眉心闭了闭眼。他自己看不见，额心中央隐隐有赘然的火光，凶中带煞，倏忽消隐，那是心魔的征兆。一根手指按在他的眉心，戚灵枢一惊，方要出剑，抬起眼一瞧，正是云知。他边上站了一人儿，却是戚隐。

清凉的灵力顺着指尖递进他的眉心，心里顿时松泛许多，云知望着他摇摇头，道："想开点儿嘛，元籍已经伏法，你不必再想这事儿了。"

戚隐一愣："元籍死了？"

"今早上在天诛崖，你不知道吗？"云知手臂合抱在胸前，"本来是说五雷轰顶，可能怕他挨得住，改成无方太上杀阵。十方红莲真火焚身，据说一入此阵，神仙踏上不归路，妖魔凡人化成灰，便是伏羲老爷在世，也要烟消云散。他连声儿也没出，一眨眼就没了。"

"死得这么省事儿，倒便宜他了。"戚隐道。

云知继续给戚灵枢输送灵力，戚灵枢却挥开他的手，道："别碰我，我的事与你无关。"

"怎么与我无关？"云知挑起眉，"你还欠我一份恩情呢。你要是没了，谁来还？"

戚灵枢皱起眉，道："休要胡言乱语。"

"你可别赖账，证据还在我身上呢。"云知拉开交领，露出白皙的肩膀，上面赫然一个红红的牙印。云知把肩膀凑到他眼前："你看看，都是你干的好事儿，这都几天了，还没消。"

那红彤彤的牙印烙印似的刺进眼里，戚灵枢默默别开眼，不作声。

"行了行了，"戚隐看戚灵枢板着脸，似乎很不高兴的模样，伸出手把云知的衣裳拉回去，"你怎么天天就爱气他，不气他你心里不舒坦是不是？"

"我哪儿气他？我是劝他。"云知絮絮叨叨，"小师叔，你道心不稳，近日就别练剑了，等心定了，再修炼也不迟。你说你，就是爱憋着，要我说，出去喝两壶酒，吃几两肉，再叫个姑娘唱几首好曲儿，什么伤心事儿都忘了。你们这些无方山的，成天在屋里待着，没病也得憋出病来。"

他的话儿不堪入耳，戚灵枢冷着脸道："声色犬马，不思进取。"

"你师尊都娶妻，还生了个大胖儿子。"云知看了看戚隐，改口道，"大黑儿子。"

这厮成天嘴里犯贱，戚隐低下头寻称手的东西削他。

戚灵枢瞥他一眼，道："吾师真情所至，与你不同。"

"那我是什么样儿？"云知笑问。

"沉溺色相，放浪无形，见人就……"戚灵枢一顿，停住了。

"见人就撩。"戚隐帮他说了，"几个字儿概括你，流氓、下流、浑蛋。"

"那些都是逢场作戏，开玩笑的！"云知笑嘻嘻地拉戚灵枢的衣襟，"对小师

第二十三章 折柳

叔就不一样了，我从来对小师叔赤诚相待，一片冰心，天地可证，日月可鉴！"

这厮一副二百五的样子，说出来的话，他自己都不信。戚灵枢心里有气，想说些什么，却也知道他就是说得再多，这厮该怎么混账还是怎么混账。深深吸了一口气，他平复心绪，道："最后一事，交代完你就离开。"

云知委屈："这么绝情。什么事儿？"

"裤子。"戚灵枢道。

"啊？"云知没反应过来。

"裤子。"戚灵枢耐着性子，再重复一次。

两个人眼对眼望了一会儿，云知恍然想起来，道："哦，你的开裆裤！"

戚灵枢握紧拳头，艰难地按下想把这厮大卸八块的心。他冷冷地道："还我。"

云知站起来，跑到落地屏那儿，笑得直不起腰："你太傻了，我随口编的，这你也信！"

他话儿还没说完，问雪剑寒光一闪，呼啸着飞过去。云知一侧身，问雪剑直直插进花鸟木雕落地屏。

"怎么还打人了呢？山中私斗，欺凌弱小，小师叔，你这可不行啊。"云知贱兮兮地挑眉，"先走一步！黑仔，看着他，别让他气得走火入魔了！"

说完白影一闪，人就蹿出门不见了。戚隐转过脸，瞧见戚灵枢一脸憋气的样子，想笑又不敢笑，道："他就是欠揍，等你好了，狠狠揍他一顿。"说完想起什么，道，"不过也没事儿，反正你以后估计也见不着他了。"

"何意？"戚灵枢一愣。

"我师父说要封山出海，去什么蓬莱岛，老远了。"

"为何突然要出海？"戚灵枢绞起眉心。

戚隐耸耸肩："还不因为那个老怪，他搞得人间灵气衰竭，道运衰微，人力难阻。我师父说，出海说不定能留存一丝道脉。"

戚灵枢怔忡了一会儿，垂手抓住衣角雪白的缎子，道："他们何日重回人间？"

"不知道，我师父说可能不回来了。"戚隐拍拍他的肩膀，"这不挺好的，你不挺烦云知的吗？现在他走了，再也气不着你了。"

戚灵枢幽幽地看着他。

"呃，"戚隐挠了挠头，"我说错了？"

"戚隐，"戚灵枢忽然道，很严肃的模样，"师尊为何会喜欢师……"他顿了顿，像是很艰难才说出那个词儿，"师娘。"

他这话儿问得奇怪，戚隐心里有点儿不高兴，总觉得他也像那些仙门同道似的，认为戚慎微喜欢一个乡野村妇不可思议。可阿芙那样的人儿，又漂亮又能干，谁都喜欢她，戚隐喜欢，戚慎微喜欢，扶岚和猫爷也喜欢。戚隐不是很想回答，随便说道："我怎么知道？可能就是同住一个屋檐，日久生情，看对眼了吧？"

"为何……会日久生情？"戚灵枢又问，"师尊在无方时，也同许多师姐妹同

333

在一山，却没有日久生情。"

"我也说不清，"戚隐搞不懂戚灵枢突然问这个干吗，想了半天，艰难地组织语句，"就像你去了很多地方，看过很多山啊水的，路过很多人，但他们只是路人，跟你走了一段路，说'后会有期'，你就把他们抛诸脑后了。可是忽然有一天，有那么一个人，在某个时间，可能是艳阳天，阳光照在脸上，照得你睁不开眼睛。这个时候她对你笑了一下，你心里咯噔一下，冥冥之中有个声音对你说，你完了。"

"完了？"

"对，完了。"戚隐说，"从今以后，你再也忘不了她了。她的声音，她的样子，将时时刻刻印在你的脑子里，你吃饭的时候想她，睡觉的时候想她，想她是不是也在睡觉，是不是也在吃饭，是不是同你一样，喜欢着某个人，而那个人，是不是就是你。"

戚灵枢微微睁大眼睛，问："只因为那天天光正好，她对你微笑吗？"

"也可能是那天下着大雨，她撑着伞，亲了你一下。"戚隐道。

"我不明白……"戚灵枢眉头深锁。

这一个两个的，怎么都这么笨？！连喜欢这种东西都搞不清楚。他哥也就算了，这些无方道士，修个什么道，把脑子都修傻了。

戚隐想起元籍，那个家伙总嚷嚷着，情欲都是幻梦，镜花水月，一晃就没了，天底下唯一不变的，只有那茫茫大道。可是人活到头，数来数去也就那么几十年，妖魔长寿，也终将走到终点，就连那抠脚的白鹿神都会在天殛之战中死去。再长久的岁月，同千年万载的天地相比，也不过是春生秋死的蟪蛄。望得到头的命数，有人陪，有人爱，又有什么不好？

无语了一阵，他忽然一愣，怔怔地望着戚灵枢。这小子蹙着眉心，一副深思的样子。戚隐在他面前摆摆手，道："小师叔，你干吗突然问这个？"

戚灵枢沉默了，幽幽地望着他。屋子里冷冷清清，窗外的凉风刮进来，嗖嗖从身边过着。

戚灵枢闭上眼，只道："请回吧，我要休息了。"

戚隐却不走，把琉璃子从腕子上褪下来，戴到戚灵枢的手腕上。淡青色的琉璃子挂在他皓白的手腕上，煞是好看，戚隐满意地点点头，果然这种珠串还是比较适合他们这种白净小生。

"你做什么？"戚灵枢一愣，"这是师尊留给你的。"

"这是我爹留给咱们的。"戚隐说，"我爹留下两样东西，归昧剑和这串没啥用只能看的琉璃十八子。我自私一点儿，归昧剑我拿走了，这串琉璃子你戴着吧。我要跟我哥走了，你可得保重着点儿。戴着它，你就知道，我爹在天上保佑着你呢。"

戚灵枢低下头，久久地凝视那串剔透的琉璃子。天光下，他的眼睫蛾羽一般轻轻颤动。戚隐知道，他的眸中一定藏了刻骨的哀恸。戚灵枢沉默了一会儿，道："我常想，师尊斩妖除魔数十载，夙兴夜寐，披霜沥雪，身上创痏，累累数来，尽皆救

第二十三章　折柳

民于倒悬所致，何以落得如此境地？'天之报施善人，其何如哉？''倘所谓天道，是耶，非耶？'"

他的发问一字一句，字字沉痛，字字泣血。戚隐也难过得很，是啊，他爹娘那般好的人儿，怎么就这般下场呢？戚隐默然半晌没吭声。戚灵枢醒过神来，道："抱歉，我不该同你说这些。"

戚隐摇摇头，道："你这些问题我也回答不了。只不过我想，天呀命的，咱们这些凡人猜不明白也看不透，谁也不知道明天会怎么样。说不定今儿在一块其乐陶陶地涮着肉，明儿落下个花盆就把我给砸死了。算了，管他明朝几般苦，只消今日快活逍遥似神仙！日后就算颠沛流离，蓬头垢面，也有东西可以回味不是？"

他拍拍戚灵枢的肩膀，出了门。天地一片雪色，苍茫无垠。扶岚一身麻布黑衣，背着蓝布碎花儿的小包袱，抱着猫爷，站在廊下等他。

傍晚时分，晚霞在青砖地上流泻，像一丛丛火焰，整座山城都笼在黄昏里。天渐渐暖了，河道边上的垂柳发了新芽。杨柳底下搭了个窝棚，几张油腻腻的方桌，几把长凳。五六个卷着衣袖的汉子在那喝酒划拳，脸颊吃得红红的。街上人少了，大家都收拾摊子，关上门。一条临水的长街，只剩下这一个孤零零的窝棚。

"请问，月牙谷怎么走？"有人问。

汉子们转过脸，正见一个男孩儿站在青砖地上。他长得很漂亮，眉目精致，看起来只有十二三岁的模样，脖子上围着雪一样的狐裘，身上穿着披风，银纽子一丝不苟地扣在一起，只是眼睛好像看不见，灰蒙蒙的，没有光彩。

"太久没回去，竟然迷路了，"男孩儿带着抱歉的笑容，不知是不是因为迷路而窘迫，"烦劳几位指个方向。"

"你去那儿做什么，那儿一片迷雾，进里头的人再也没回来过，危险得很。"汉子们醉醺醺地围住他，"你一个小孩子，你爹娘呢？"

男孩儿没答话，有人搓着手笑："长得不错，兄弟几个，要不要把他捎回家卖给鸨儿，咱下半年的酒钱都有了。"

男孩儿似乎没听懂，浅笑着，依旧是彬彬有礼的模样："能给我指个方向吗？"

"走走走，我们带你去！"有男人伸手过来揽他。

男孩儿退了一步，正好避过那伸过来的手。男人有些不高兴，道："怎么的，老子带你去你还不肯？"

男孩无奈地摇摇头。男人们互相看了一眼，从四面八方围上来，阴鸷的眼睛露出淫邪的光。男孩一动不动，微微低着头，仿佛毫无防备。所有人大喝一声，正要扑上去，数道凄冷的寒光从披风底下飞出来，仿佛刀子狠狠割在眼皮上，所有人的眼睛都被晃了一道。风刃在窝棚里盘旋，刹那间柴草乱飞，血花四溅。所有人矮了一截，像信徒跪拜神祇一般，伏倒在地，那是因为他们的双腿已被风刃斩断。

漂亮的男孩踏着血，停在一个男人的跟前，居高临下。男人艰难地抬起眼，看

335

见那个男孩儿的脸上依旧带着温煦的笑容,连嘴角的弧度都不曾变过。

"我已经问了第三遍了,"男孩儿苦笑着,很苦恼的模样,"月牙谷怎么走?"

汉子颤抖着指了一个方向,男孩颔首,道:"多谢。"说完,男孩儿化为丛丛紫蝶,消失了踪迹。

男人正要求救,一道风刃滚过所有人的咽喉,霎时间鲜血长流,窝棚里再无声息。

紫蝶穿过山坳子里巨斧斩过似的天堑,飞过重重迷雾,顺着潺潺的溪流,飞往隐匿在深山里的峡谷。曲曲折折的山阶上两侧挂满了晕红的油纸灯笼,男孩儿在爬满青苔的石阶上落了脚。立刻有溪边浣衣的妇人注意到他,溪边耍水的孩子们愣了一下,大叫着跑过来:"阿离大人!阿离大人回来了!"

孩子们像蹁跹的小蝴蝶一般围住了他,巫郁离从披风底下取出绒花儿、布老虎之类的小玩意儿,分给他们。孩子们簇拥着他,一同往月牙谷深处走。浣衣的妇人们站起来在衣襟上擦手,道:"阿离大人又变小了。"

"是啊,"一个中年妇人道,"这是我看过的第二回了。我头一回见阿离大人变小,看模样只有八岁呢。"

"这是阿离大人的私事儿,咱们别管。"有人打断她们,"多亏阿离大人,咱们这些无家可归的寡妇才能逃过妖魔的利爪,有一处安歇之地。收拾收拾,且回家吧。阿离大人爱喝茶,我呀,去包点儿云雾茶给他。"

满月在山尽头升起,月光犹如细腻的水银,铺陈在静谧的谷中。月牙谷里住的都是寡妇,每间低矮的小屋里都有一个母亲和几个孩子。他们大多从妖患中侥幸逃生,被巫郁离收留。谷中央矗立着高大的白鹿神像,披着月光,鹿角生花。巫郁离坐在白鹿神像下,擦拭一支素白的骨笛。大大小小的孩子们围着他,趴在他的脚边上。

有孩子嘟囔着问:"阿离大人今天不弹琴吗?"

巫郁离微笑着摇头:"今天高兴,吹笛子。"

"可是以前阿离大人都弹琴,"孩子懵懂地问,"吹笛才高兴,那以前弹琴的时候,阿离大人都很难过吗?"

巫郁离没有回答,只是歪了歪头,问:"要听故事吗?"

"要!"所有孩子大声道。

巫郁离娓娓道来:"很久很久以前,白鹿大神还会降临凡间的时候,常常去外面嬉戏游玩。每当夜深,月亮升起,白鹿大神披着月光,从远方归来,笃笃的蹄音在灌木丛里响起,有一位大巫就会吹起骨笛。"

"他在迎接神回家吗?"孩子们问。

巫郁离眼中有细碎的柔光,他抬起手,蝴蝶飞出掌心,扑着翅子,荧光点点,散入远山。他仿佛又看见那只洁白的鹿灵踏着月光下降,向他走来。那一瞬,他迷蒙的眼睛里仿佛忽然有了光彩。

"对,没错。"他低声道,"他在迎接他的神……回家!"